MIRA®

Umwelthinweis:
Dieses Buch wurde auf chlor- und säurefreiem Papier gedruckt.

Henri Bellotto

AMEN

Roman

Aus dem Französischen von
Grace Pampus

MIRA®

MIRA® TASCHENBUCH
Band 25276
1. Auflage: April 2008

MIRA® TASCHENBÜCHER
erscheinen in der Cora Verlag GmbH & Co. KG,
Valentinskamp 24, 20350 Hamburg
Deutsche Erstveröffentlichung

Titel der französischen Originalausgabe:
La Porte du Silence

Konzeption/Reihengestaltung: fredebold&partner gmbh, Köln
Umschlaggestaltung: pecher und soiron, Köln
Redaktion: Ivonne Senn
Titelabbildung: pecher und soiron, Köln
Autorenfoto: © Henri Bellotto
Satz: Buch-Werkstatt GmbH, Bad Aibling
Druck und Bindearbeiten: Ebner & Spiegel, Ulm
Printed in Germany
ISBN 978-3-89941-456-1

www.mira-taschenbuch.de

PROLOG

Tiefe Stille lag wie ein bleiernes Tuch auf dem bedrückenden Ort. Es herrschte völlige Finsternis.

Der Mann saß an der Wand des Gewölbes auf dem Boden. Das unebene rohe Gestein drückte sich in seinen Rücken und erinnerte ihn daran, dass er noch am Leben war. Stechender Kopfschmerz verhinderte jeden klaren Gedanken über seine Situation. Die regelmäßigen Herzschläge schienen seinen Körper zu verlassen und in die Wände einzudringen, als wollten sie der Dunkelheit Leben einhauchen. Er wusste nicht, ob der Raum, in dem er sich befand, groß oder klein war. Jede Bewegung seiner schweren Glieder löste ein leises metallisches Klirren aus. Diese Umgebung machte ihm Angst.

Plötzlich nahm er ein leises Röcheln wahr. Er hielt die Luft an. Nun war es weg! Doch nach einer Weile pochte es wild in seinen Schläfen, und seine Lungen brannten wie Feuer. Schließlich holte er tief Luft und kehrte ins Leben zurück. Gleichzeitig setzte auch das Röcheln wieder ein.

Da begriff der Mann, dass er seine eigene Atmung gehört hatte und kein anderes Lebewesen in der Nähe war. Die Luft war trocken und kühl. Trotzdem stand ihm, diesem Wesen aus Fleisch und Blut, das in dieser steinernen Hölle zu überleben versuchte, der Schweiß auf der Stirn. Vorsichtig fuhr er mit den Fingerspitzen über den Boden. Es fühlte sich wie Lehm an. Bei dieser einfachen Bewegung spürte er einen heftigen Schmerz in der linken Schulter. Aber als er mit der rechten Hand nach seinem Arm greifen wollte, hinderten ihn schwere Ketten daran.

Plötzlich erinnerte er sich wieder, wie er hierhergekommen war. Allerdings hatte er jedes Zeitgefühl verloren und wusste nicht, ob dort oben in der Freiheit Tag oder Nacht herrschte …

1. KAPITEL

Bundesstaat Nevada, USA, 21. Jahrhundert

Unbarmherzig brannte die Sonne auf die mondähnliche Landschaft. In der Ferne flimmerte der Horizont in der Hitze. Die spärliche Vegetation hauchte der verbrannten und unfruchtbaren Erde nur wenig Leben ein. Hier schien die Zeit stillzustehen. Die Vergangenheit bestimmte die Gegenwart und diese wiederum die Zukunft. Das Einzige, was sich zu dieser frühen Stunde regte, waren die wenigen Autos, die unsichtbare Striche auf dem Asphalt zogen.

Eines der Fahrzeuge verschlang den dunklen Straßenbelag wesentlich ungeduldiger als die anderen. Nervös, aber mit sicherer Hand lenkte der Fahrer seinen Wagen ohne Rücksicht auf die Geschwindigkeitsbegrenzung. Ein Führerscheinentzug in diesem Land, das bekanntermaßen wenig Toleranz gegenüber Verkehrssündern kannte, wäre absolut gerechtfertigt gewesen. Seit der Mann Los Angeles verlassen hatte, konnte er an nichts anderes mehr denken als an die bevorstehende Begegnung in Las Vegas. Neben ihm auf dem Beifahrersitz lag ein dicker roter Ordner. Rot, die Farbe des Lebens, vielleicht auch des Todes. Aber auf jeden Fall die Farbe der Gefahr.

Der alte beigefarbene Lincoln setzte unbeirrt seinen Weg fort. Das Relikt aus den Siebzigern schien für die Ewigkeit gebaut und hatte seine wechselnden Besitzer nie im Stich gelassen. Mühsam tat die Klimaanlage ihre schwere Arbeit und erfüllte den verrauchten Innenraum mit sanftem Schnurren. Von Zeit zu Zeit warf John einen Blick in den Rückspiegel. Seit einiger Zeit folgte ihm in gleichbleibend großem Abstand ein Ford. Zuerst hatte er das Modell nicht erkennen können, doch jetzt war er sich sicher. Die anfangs pure Feststellung verwandelte sich in Besorgnis, vor allem als er vom Gas ging, um sich den Wagen genauer anzusehen. Ohne Erfolg. Der andere Fahrer tat es ihm gleich, und der Abstand blieb unverändert. Deshalb hatte John bis jetzt nur die Farbe des Autos erkennen können. Schwarz wie die Nacht glitt es als latente Bedrohung hinter seinem Lincoln durch die Landschaft.

Die Zeit verging rasch. Die Sonne und seine Uhr zeigten ihm, dass es schon Mittag war. Doch John war noch nicht hungrig. Allerdings legte ihm ein natürliches Bedürfnis nahe, rasch die Schnellstraße zu verlassen, um sich zu erleichtern. Vielleicht könnte er sich bei der Gelegenheit auch ein genaueres Bild von seinem Verfolger machen. Hinter einer lang gezogenen Kurve bog er ohne zu blinken plötzlich rechts ab und tauchte in eine gelbe Staubwolke ein. Den Blick auf den Rückspiegel geheftet, sah er den schwarzen Ford, als dieser an ihm vorbeifuhr, endlich aus der Nähe. Der luxuriöse Wagen mit getönten Scheiben – ein neueres Modell – setzte ohne zu zögern seinen Weg Richtung Las Vegas fort. Hatte er sich doch geirrt? Allmählich ging ihm die ganze Sache auf die Nerven, denn er war überzeugt, dass ihm schon seit Monaten jemand auf den Fersen war.

Er erhob sich vom rissigen Ledersitz seines Wagens, stieg aus und streckte sich. Trotz der Klimaanlage klebte ihm das Hemd am Leib. Gern hätte er sich auf einen Stein gesetzt und über sein bewegtes Leben nachgedacht. Manchmal „vergeudete“ er gern seine Zeit mit melancholischen Träumereien, aber das dringende körperliche Bedürfnis hinderte ihn daran.

Überall ragten Kakteen aus der verdorrten Erde und streckten ihre Stacheln gen Himmel. Tiefe Stille lag wie ein unsichtbares Leichentuch über dieser reglosen Welt. Nur entfernte

Motorengeräusche oder der Ruf eines Vogels verliehen dieser Wüstenlandschaft einen Anschein von Leben. Nachdem er sich erleichtert hatte, stieg er in den Wagen und stellte zufrieden fest, dass es im Lincoln immer noch wohltuend kühl war. Tief durchatmend setzte er seinen Weg fort.

Bald schon schwebte vor ihm die Metropole des Glücksspiels und des Lasters zwischen Himmel und Erde. Das in der Hitze flimmernde unwirkliche Bild schien sich zu entfernen, je näher er kam. In einigen Minuten würde die Luftspiegelung verschwinden und einer mitten in der Wüste entstandenen Wirklichkeit Platz machen. Dort, in den unendlichen Weiten der Sierra Nevada, wo ausschließlich Sand, Dürre und Stille herrschten, war allein durch menschliche Willensstärke eine Millionenstadt der Träume entstanden, ein gewagter Balanceakt zwischen Laster und Tugend, zwischen den Geschäften der einen und dem Vergnügen der anderen.

Als John die Stadt und die ersten Spielhallen erreichte, ging er vom Gas und fuhr langsam die Tropicana Avenue hinunter. Er ließ das *Hotel Luxor* mit seiner Pyramide links liegen und bog vor dem *MGM* rechts in die legendäre Casinomeile The Strip ein.

* * *

Ein riesiger Löwe, Symbol der *Metro-Goldwyn-Mayer*, bewachte den gigantischen Hotel- und Casinokomplex, der ganz oben auf der langen Liste der Casinos von Las Vegas stand und wegen seiner Größe und der verschwenderischen Ausstattung bestaunt wurde. Mit über fünftausend luxuriösen Zimmern, vielen Geschäften und Restaurants glich es eher einem Dorf als einem Hotel.

John fuhr langsam die Hauptstraße hinauf, die die zahlreichen Casinos auf beiden Seiten voneinander trennte. Die Stadt der Wunder stöhnte unter der unbarmherzigen Sonne. Wegen der Hitze herrschte auf den Straßen nur wenig Verkehr. Breite Gehwege führten in regelmäßigen Abständen an Wasserspielen vorüber. Die einfallsreichen Erbauer hatten in einem unvergleichlichen architektonischen Rausch mitten in der Wüste Wasserfälle, Bäche und Teiche geschaffen, ein echter Luxus, der den Passanten auf ihren Spaziergängen eine unschätzbare Erfrischung verschaffte. Das Leben spendende Nass brachte der Stadt Millionen ein.

Unmittelbar vor dem *Aladin,* dem Palast aus „Tausendundeiner Nacht", dessen Leuchtreklame als Willkommensgruß blinkte, fand John einen Parkplatz für seinen alten Lincoln. Als er das klimatisierte Fahrzeug verließ, glaubte er, den Kopf in einen Backofen gesteckt zu haben. Die bleierne Hitze bereitete ihm Unbehagen. Er beeilte sich, ins Innere des Hotels zu kommen, wo ihn ein erträglicheres Ambiente erwartete.

Er kannte die Stadt eigentlich nur bei Nacht, wenn das märchenhafte Glitzern der unzähligen bunten Neonleuchtreklamen die unermüdlichen Spieler und Touristen wie Nachtfalter anlockte. Abends waren die Straßen ebenso belebt wie die Casinos. Die zahlreichen Wasserspiele und erfrischenden Oasen schossen dann ihre Lichtfontänen in die Höhe. Doch in der Nacht krochen auch die vom Leben vergessenen Veteranen des Vietnamkriegs aus ihren Quartieren, bettelten sich ihren kargen Lebensunterhalt von gleichgültigen Nachtschwärmern zusammen und hofften, ein wenig von dem für sie unerreichbaren goldenen Manna zu erhaschen. Hier zeigte sich die schmutzige Kehrseite der glänzenden Medaille: die Kluft zwischen Arm und Reich, zwischen Siegern und Verlierern.

Las Vegas bei Tage war völlig anders. Die brütende Hitze dämpfte den Größenwahn und die frenetische Vergnügungssucht. Auch die Luxuspüppchen zeigten sich noch nicht, denn der Backofen schadete ihrem Make-up. Sie warteten lieber auf die abendliche Kühle, bevor sie ihren Liebreiz wieder zur Schau stellten und ihre Kunden bedienten – natürlich sehr diskret, denn in der Metropole des Lasters war Prostitution verboten.

Als John mit großen Schritten den Gehweg entlangeilte, warf er immer wieder einen Blick über die Schulter, konnte seinen Verfolger jedoch nirgends entdecken. Er fühlte sich zwischen den Passanten einigermaßen sicher. Doch stellten die fremden Menschen, die ihn umgaben, nicht auch eine Gefahr für ihn dar? Ein einzelner Mensch konnte in einer gleichgültigen Menschenmenge leicht verschwinden.

Selbstgefällig präsentierte der *Caesars Palace* seinen Reichtum. Der majestätische Aufgang führte durch einen gepflegten Park. Sein herrlicher dichter Rasen wirkte wie ein künstlicher Teppich. Palmen streckten ihre gefiederten Blätter auf der Suche nach einer kühlenden Brise in den Himmel, und griechisch-römische Statuen setzten weiße Akzente in diesem grünen Paradies.

John konnte sich nicht erinnern, in Las Vegas jemals Wartungspersonal gesehen zu haben – weder Gärtner noch Elektriker oder Straßenkehrer. Er wusste, dass die Straßen nachts instand gehalten wurden, zweifellos wegen der unerträglichen Hitze. Außerdem verdunstete das Wasser, das man auf den Asphalt spritzte, nicht so schnell. Verrichtete man die anderen Arbeiten vielleicht vor Tagesanbruch? Er stellte sich vor, wie ein unsichtbares fleißiges Heer die notwendigen Schönheitsarbeiten im Zwielicht der Morgendämmerung verrichtete.

Legionen von Handlangern, die rasch und perfekt ihre Jobs ausführten.

Am Eingang des Casinos empfing ein makelloser roter Teppich auf weißem Marmorboden die Gäste. Hinter den schweren Türen verbarg sich eine fantastische Maschinerie. Der Spielbetrieb war in vollem Gange. Die Spieler an den zahlreichen Tischen wussten sicher nicht, ob Tag oder Nacht war. John hielt einen Moment inne, um die Atmosphäre zu genießen. Die Blicke, die ihm begegneten, waren nur von einem Wunsch beseelt: mit einem Schlag mehr Geld zu gewinnen, als ein normaler Mensch in einem langen und arbeitsreichen Leben verdienen konnte, ein Glück zu erzwingen, das die meisten Menschen als ungerecht empfanden, weil es einigen Überfluss bescherte, während andere leer ausgingen. Spieler saßen mit Plastikbechern voll Fünfundzwanzig-Cent-Münzen auf dem Schoß vor den Einarmigen Banditen. Mechanisch, aber gewissenhaft fütterten sie die Automaten mit dem Kleingeld, als müssten diese Maschinen sonst verhungern. Die meisten bückten sich nicht einmal, um das Geld aufzuheben, das aus dem Auffangbehälter fiel und lautlos über den dicken Teppich rollte.

John durchquerte den Spielbereich mit den frenetisch spielenden Menschen und betrat über eine Stufe den legendären Bereich des *Palace,* der ein Fenster zur Vergangenheit öffnete.

In Las Vegas verkörpert jedes Casino ein eigenes Thema. Hinter den klassischen Spielbereichen in der Nähe des Eingangs haben neugierige oder betuchte Touristen die Wahl zwischen fantastischen historischen Welten und Fantasieländern. Hier findet jeder je nach Geschmack seinen Traum. *Caesars Palace* hat sich dem antiken Rom gewidmet. Obwohl John keine Zeit für eine Entdeckungsreise hatte, verschlug ihm der hier betriebene Aufwand doch die Sprache. Bis ins kleinste Detail erinnerte alles – Marmorsäulen, Statuen, Brunnen, Läden – an die antike Stadt. Sogar das Personal trug kurze weiße Tuniken. Das künstliche Himmelsgewölbe änderte seine Farbe mit der Tageszeit und zeigte abends einen Nachthimmel mit Myriaden von Sternen. Eine wunderbare Idee! Anscheinend spielte Geld hier keine Rolle.

* * *

Das luxuriöse Büro war ganz im Stil des *Palace* gehalten. Die Fenster, die bis zum Boden reichten, gaben den Blick auf den Strip und das fantastische Panorama der theoretisch in Konkurrenz stehenden Casinos frei. Nachts musste der Ausblick atemberaubend sein. Die Schallschutzfenster hielten den Straßenlärm ab, sodass sich die drei Männer in gedämpfter Stille unterhalten konnten. Zwei der Herren saßen mit einem Glas in der Hand in weichen weinroten Ledersesseln und redeten auf einen dritten ein. Die Hände in den Hosentaschen vergraben, stand dieser am Fenster und betrachtete nachdenklich das Treiben auf der Straße.

„Otlinger, ich habe Sie gewarnt! Wir hätten diesen Schnüffler gleich erledigen sollen, als wir gemerkt haben, dass er uns auf den Fersen ist. Dann wären wir heute nicht in dieser lächerlichen Lage!“

Das Alter des beleibten Mannes, der das Wort ergriffen hatte, war schwer einzuschätzen. Nur der schroffe Ton verlieh ihm eine gewisse Autorität. Der stillose Anzug verriet, dass der Mann weder Charme noch Geschmack besaß. Allerdings ließ der tiefgründige Blick unter den buschigen Brauen eine gewisse Gefährlichkeit erahnen.

Der Angesprochene etwa gleichen Alters war das genaue Gegenteil. Seine stattliche, vornehme Erscheinung strahlte, ebenso wie seine Kleidung und sein höfliches Benehmen, eine gewisse Klasse aus. Und doch hatten beide Männer etwas gemeinsam – den Blick.

Durch die zusammengepressten Lippen erwiderte Otlinger gereizt: „Hören Sie, Speeling, niemand konnte vorhersehen, dass diese Nervensäge die richtigen Schlüsse ziehen und bei uns auftauchen würde. Das wissen Sie doch. Schließlich sind wir alle hier, um das Problem zu lösen und Schlimmeres zu verhindern. Ich darf Sie daran erinnern, dass wir uns nur mit ihm treffen, um herauszufinden, was er in der Hand hat, und um die Situation besser einschätzen zu können. Also reißen Sie sich zusammen!"

Doch weder der eisige Ton noch die Worte konnten Speeling beruhigen. Seiner Meinung nach hatte das Projekt nur dann eine Chance, zu überleben, wenn man diesen Journalisten rechtzeitig beseitigte. Bevor er antworten konnte, klopfte jemand leise dreimal an die Tür des großen Büros. Ohne sich umzudrehen, rief der dritte Mann, der bis jetzt geschwiegen hatte: „Herein!"

Ein Schrank von einem Mann betrat den Raum und verkündete: „Mister Gattuso ist jetzt da."

John wartete in Begleitung eines zweiten Kleiderschranks, der dem ersten sehr ähnlich sah, hinter der schweren Tür.

„Er soll reinkommen, und du verschwindest!"

John trat ein und stand vor den Hauptakteuren des möglicherweise größten Skandals der letzten zehn Jahre. Drei Augenpaare starrten fasziniert auf den roten Ordner unter seinem Arm, den er bewusst sichtbar den ganzen Tag mit sich herumgetragen hatte. Er war seine Lebensversicherung.

Rasch blickte er sich in dem komfortablen Büro um. Es war vermutlich so teuer wie ein ganzes Apartment und passte zu einem mächtigen erfolgsgewohnten Mann, der wusste, wie man Befehle erteilte. Bestimmt gehörte es dem großen, schick gekleideten Herrn, oder dem, der mit dem Rücken am Fenster lehnte. Der dritte wirkte eher wie ein Kläffer, einer der Typen, die nicht nur bellen, sondern auch beißen. Ein großes beleuchtetes Aquarium in der mit Marmor verkleideten Wand unterstrich den Luxus des Raums. Die bunten exotischen Fische, die gemächlich ihre Runden drehten, erinnerten an den Lichterglanz der Stadt. John fühlte sich in diesem pompösen und bedrückenden Ambiente fehl am Platz. Seine einfache legere Kleidung passte nicht zu den beiden Männern. Nur das Äußere des Kläffers entsprach etwa dem seinen.

Der Mann wuchtete sich geschickt aus dem tiefen Sessel. Rasch musterte er den Besucher mit eindringlich fragendem Blick von Kopf bis Fuß und erforschte wie ein Scanner sein ganzes Wesen. John beschlich das Gefühl, wie eine Ware gewogen und beurteilt zu werden. Otlinger übernahm höflich die Vorstellung.

„Mister Gattuso …“

„Cattuso, mit C!“

„Na gut, Mister Cattuso, das ist Mister Speeling, Geschäftsführer von *Speeling & Co.* Die Firma kennen Sie ja. Und das ist Mister D’Amato, Direktor des *Palace,* der so freundlich war, uns sein Büro zur Verfügung zu stellen. Mein Name ist Otlinger. Ich bin Hauptaktionär der Unternehmen *American Corporation, Norsk Inc.* und *Tycon Oil.* Meine Herren, das ist Mister John Cattuso, Journalist der geschätzten *New Herald Post,* Los Angeles, der uns die Ehre erweist, sich seit einiger

Zeit für unsere Geschäfte zu interessieren. Mister Cattuso, wir haben Sie zu diesem Gespräch eingeladen, weil uns aufgefallen ist, dass Sie sich, wie wir es ausdrücken, nahezu verbissen mit der Analyse der Geschäftstätigkeit unserer Unternehmen befassen. Ist dieses Interesse rein beruflicher Natur, oder haben Sie, sagen wir mal, einen persönlichen Grund?"

Die Einführung war sehr direkt. Jetzt ging es ums Ganze.

„Was Sie sagen, ist richtig. Ich recherchiere seit einigen Monaten die Verbindungen zwischen Ihren Konzernen. Im Rahmen meiner Arbeit bin ich auf die Herkunft des Kapitals gestoßen, mit dem Sie Ihre Firmen finanzieren. Insbesondere der multinationale Konzern *Speeling* hat meine Aufmerksamkeit erregt, da er vor Kurzem andere, vor allem ausländische Unternehmen, aufgekauft hat, obwohl der Konzern mit seinen eher zweifelhaften Ergebnissen einen wenig gesunden Eindruck macht. Nach langwierigen und schwierigen Recherchen konnte ich zurückverfolgen, was Sie drei verbindet, und kam zu dem einzig logischen Schluss: Sie haben mit illegalen Geldern eine Dreiecksfinanzierung aufgebaut. Das Geld wurde in großen Mengen in den Casinos von Vegas gewaschen und sofort wieder in Ihre Unternehmen investiert, die sich ihrerseits beeilten, es für neue Firmenübernahmen oder legale Börsencoups zu verwenden. Ergebnis: Das Geld ist gewaschen und wird vor der Nase und den Augen des Staates und des Fiskus legal investiert. Dass die meisten Transaktionen im Ausland stattfinden, erleichtert die Sache erheblich."

Während seiner Ausführungen änderte sich das Verhalten seiner Zuhörer. Anfangs noch neugierig, wurde die Nervosität auf den Gesichtern immer deutlicher, je länger er sprach. Der offensichtlich hitzköpfige Speeling konnte sich nicht länger beherrschen und sprang auf.

„Sie sind doch verrückt! Diese Behauptungen sind völlig haltlos. Wir lassen uns doch nicht von einem Schmierfinken der Skandalpresse ins Bockshorn jagen! Sie haben ja keine Ahnung, was Sie da lostreten. Die Interessen, die wir vertreten, lassen sich nicht manipulieren!“

Otlinger griff nun seinerseits in gemäßigtem Ton ein: „Mister Cattuso, Sie wissen hoffentlich, dass Sie schwerwiegende Anschuldigungen erheben und Gerüchte in die Welt setzen, die unseren Interessen großen Schaden zufügen können … und natürlich auch Ihnen.“

Die Drohung war eindeutig. Diese Leute waren als Geschäftsleute getarnte gewissenlose Ganoven. Wer sich ihnen in den Weg stellte, begab sich in Lebensgefahr, was John bewusst in Kauf genommen hatte. Niemand erlangte so viel Macht und häufte unermessliche Vermögen an, ohne sich die Hände schmutzig zu machen. Diese Männer gingen über Leichen.

„Sie können sich sicher vorstellen, meine Herren, dass ich Beweise für meine Behauptungen habe und sie jederzeit veröffentlichen kann.“ John klopfte leicht auf den Ordner, den er nicht aus der Hand gelegt hatte. „Aber auch, wenn Sie es vielleicht nicht für möglich halten, verfolge ich ein ganz anderes Ziel.“

Der dritte Gesprächspartner, der bis jetzt geschwiegen hatte, löste sich endlich vom Fenster. Erst jetzt bemerkte John seine adligen, deutlich mediterran geprägten Züge. Eine tiefe Narbe zog sich als weißer Strich über sein braun gebranntes, kantiges Kinn. Er war jünger als die beiden anderen, aber seine kalten Augen und die zusammengepressten Kiefer ließen keinen Zweifel daran, dass auch er ein Mann der Macht war.

„Genug der Haarspalterei, *compare!* Sie stammen doch aus Italien, oder?“

„Meine Eltern waren Sizilianer, aber ich bin in Brooklyn geboren."

Die Antwort überraschte D'Amato nicht. Er wusste, dass sich viele italienische Immigranten am East River in New York City niedergelassen hatten und wie die meisten ihrer Landsleute, die halb Manhattan besiedelten, bemüht waren, eine Miniatur ihrer Heimat nachzubauen. Ein anderes italienisches Viertel wurde liebevoll „Little Italy" genannt. Drei Brücken – *Williamsburg Bridge, Manhattan Bridge* und *Brooklyn Bridge* – verbanden es mit Brooklyn. Doch weder materielle noch immaterielle Verbindungen reichten aus, um eine echte Einigkeit zu erreichen. Zwischen 1910 und 1920 kamen mehr und mehr Einwanderer, und die Viertel nahmen, weit weg von Italien, die regionalen Streitigkeiten wieder auf, immer bestrebt, die territorialen Grenzen zu sichern und ihre Unabhängigkeit zu wahren. Obwohl inzwischen viele Jahre ins Land gegangen waren, blieben die Rivalitäten zwischen den Clans bestehen. D'Amato war gut informiert, denn er stammte aus Manhattan. Doch dieser Cattuso war ihm ein Rätsel. Obwohl er aus derselben Wohngegend und demselben Ursprungsland kam, waren ihre Schicksale völlig verschieden. Im Augenblick versuchte er, die Gründe und Ziele seines „Gastes" zu verstehen.

„Naturlich. Was wollen Sie? Geld? Berühmtheit? Wollen Sie sich um den Pulitzer-Preis bewerben?" Er machte eine kurze Pause. „Was treibt Sie nur zu dieser Dummheit?"

Der süffisante Ton klang ausgesprochen bedrohlich. Mit der Beleidigung demonstrierte D'Amato seine Macht und führte John seine prekäre Lage vor Augen.

Er ignorierte den Affront. Zuerst musste er das Spiel zu Ende spielen, für Stolz war immer noch Zeit. Wenn er bekam, was er wollte, war er der Gewinner und die anderen die Idioten.

„Nun gut, kommen wir zur Sache. Zweifellos wären Ihre Finanzierungstricks für viele Leser ausgesprochen interessant, doch der eigentliche Grund für mein Kommen und unser Gespräch ist Ihr letztes Projekt. Las Vegas ist Ihnen zu klein geworden. Obwohl die Geldwäsche auf vollen Touren läuft, kann die Nachfrage längst nicht mehr befriedigt werden. Der Fluss der Mafia-Gelder ist nicht mehr zu bremsen, das System funktioniert zu gut. Es muss eine neue Geldwaschanlage her, und Sie haben sich längst einen Standort für das neue Eldorado ausgesucht ..."

Ein Blick auf die drei Männer bewies, dass die gesammelten Informationen in Johns Ordner korrekt waren. Er hatte ins Schwarze getroffen! Jetzt konnte er auspacken und sie so einschüchtern, dass ihnen die Lust am Diskutieren verging. Wenn sie mit dem Rücken zur Wand standen, blieb ihnen nichts anderes übrig, als das Projekt aufzugeben. Nur dann konnte er seinen Weg fortsetzen und in Ruhe leben.

„Ihre Wahl ist auf einen Standort in Utah an der Grenze zu Arizona gefallen, zwischen Hurricane und St. George. Diese herrliche Gegend zieht massenhaft Touristen an. Dort könnte leicht eine Stadt wie Las Vegas entstehen, die Ihnen noch mehr Macht und Geld einbringt. Doch diese Region, die genau auf der Grenze von zwei Bundesstaaten liegt, ist eine Halbwüste. Um sie mit Wasser zu versorgen, was für den Erfolg des Projekts unerlässlich ist, muss am Moapa River ein Staudamm gebaut werden. Deshalb haben Sie das Projekt auf den Namen *Aquantis* getauft. Doch das wäre ziemlich sicher das Ende des ökologischen Gleichgewichts, das seit Jahrmillionen besteht, und das Ende der Reservate, in denen die Indianer mehr schlecht als recht überleben. Ich habe keine Zweifel an Ihren Fähigkeiten, die zuständigen Behörden zu überreden, Ihnen die erforderlichen Genehmigungen für das Projekt zu erteilen. Der Kauf der Grundstücke wäre für Sie dann lediglich eine Formalität. Eine Maßnahme dieser Art käme der Schaffung eines neuen Lake Powell gleich, und deshalb wird dieses Projekt … nicht realisiert werden."

Seinen Zuhörern hatte es die Sprache verschlagen. John betrachtete gelassen, wie sich ihre Hände verkrampft um die Gläser schlossen. Speeling konnte einen Fluch nicht unterdrücken und ballte wütend die Hände in den Hosentaschen.

„Und hier komme ich ins Spiel. Es ist ganz einfach: Sie verzichten auf die Durchführung des Projekts *Aquantis* am Moapa River, und ich lege meine Recherchen endgültig ad acta – eine Hand wäscht die andere."

Speeling war sprachlos. Obwohl die Klimaanlage in seinem Büro auf vollen Touren lief, wischte er sich mit einem Taschentuch den Schweiß von der Stirn. D'Amato blickte schweigend aus dem Fenster. Nervös trommelte er mit den Fingerspitzen der rechten Hand auf sein Glas. Otlinger, der als Einziger einen kühlen Kopf zu bewahren schien, brach das Schweigen.

„Selbst wenn Ihre Vermutungen begründet wären, welche Sicherheit hätten wir, dass diese Akte tatsächlich verschwindet? Sie könnte auch in weniger sensible Hände geraten und ohne Ihr Zutun veröffentlicht werden."

„Die Originale sind in sicherer Verwahrung. Aber ich warne Sie: Sollte ich verschwinden oder eines unnatürlichen Todes sterben, würden sie sofort auftauchen."

Mit einem Blick versicherte er sich, dass ihm alle noch aufmerksam zuhörten und fügte hinzu: „Meine Herren, es ist alles gesagt. Sie können diese aussagekräftigen Unterlagen gerne behalten. Es sind nur Kopien. Sie werden nichts mehr von mir hören, es sei denn, Sie treffen die falsche Entscheidung."

Das Gespräch war beendet. Mit gespielter Gelassenheit und unter Einsatz seines Lebens hatte er die Karten auf den Tisch gelegt. Doch er ging davon aus, dass alle Geschäftsleute – Ganoven oder nicht – auf ihre Interessen bedacht waren. Wenn dieser Grundsatz stimmte, hatte er gewonnen!

Am Ausgang des *Caesars Palace* schlug ihm wieder die trockene und stickige Hitze entgegen. Doch jetzt zog er diese Unbequemlichkeit der Idealtemperatur in dem großen Büro vor, zu dem ein Aquarium voller Piranhas viel besser gepasst hätte als die exotischen Fische.

Speeling war knallrot angelaufen. Er hatte sich vor Wut den Inhalt seines Glases über die Hose gegossen und fauchte die beiden anderen Männer hemmungslos an.

„Was habe ich euch gesagt! Wir hätten diesen Schnüffler erledigen sollen, bevor er die kompromittierenden Beweise sammeln konnte. Jetzt sitzen wir in der Klemme! Unsere Gesellschafter werden nicht gerade begeistert sein."

Otlinger schwieg nachdenklich. Die Lage war komplizierter, als er angenommen hatte. Dieser Journalist war nicht nur clever, sondern ausgesprochen intelligent. Das musste er auch sein, sonst hätte er nicht jede Etappe ihrer Konstruktion lückenlos zurückverfolgen, die Fakten logisch interpretieren und auf den eigentlichen Zweck dieses Projekts kommen können: die Gründung einer Zwillingsstadt von Las Vegas. Zudem war es ihm gelungen, die Geschäftsverbindungen zwischen D'Amato, Speeling und ihm aufzudecken. Ärgerlich, sogar sehr ärgerlich! Dieser Typ fürchtete sich offenbar vor gar nichts, sonst hätte er sich nicht in die Höhle des Löwen gewagt und ihnen gedroht. Er wusste doch, wer sie waren! Sein Mut und seine

Naivität grenzten schon an Größenwahn, was ihn unberechenbar und damit ausgesprochen gefährlich machte.

Otlinger überlegte einen Augenblick und kam zu dem einzig logischen Schluss: Er musste sich unbedingt die Originale des roten Ordners besorgen. Dann konnte man anhand der Unterlagen die Plappermäuler identifizieren und die Spur, die der Möchtegerndetektiv verfolgt hatte, nachvollziehen. Solche Indizien konnte man nur zu einem Ganzen zusammenfügen, wenn jemand das für ihre Art von Geschäften notwendige Schweigen gebrochen hatte. Jedem, der ausgepackt hatte, würde er eigenhändig die Zähne einschlagen!

D'Amato warf Otlinger einen Blick zu, ging wortlos mit großen Schritten durch das Büro, öffnete die Tür und rief den beiden Kraftprotzen ungerührt zu: „Kümmert euch um ihn, aber gründlich!"

* * *

In der Stadt war nicht viel los. Der treue Lincoln stand noch am selben Platz. In wenigen Minuten würde John dieses Höllenparadies hinter sich gelassen haben. Der Verkehr floss ruhig dahin, und er erreichte problemlos die Bundesstraße 15 Richtung Los Angeles. Hinter ihm entschwand die Metropole des Glücksspiels wie eine Fata Morgana, wie ein Traum.

Der Wagen nahm Geschwindigkeit auf. John dachte an Angela. Die Erinnerung an sie versetzte ihm einen Stich ins Herz. Drei Jahre waren vergangen, drei lange Jahre. Sie wäre stolz auf ihn gewesen, stolz darauf, dass er trotz des hohen Risikos für seine Ideale kämpfte. Wie gern hätte er diesen Augenblick mit ihr geteilt. Seit dem tragischen Dezemberabend, als sie zu ihm nach Los Angeles fahren wollte, gingen ihm die Bilder nicht mehr aus dem Kopf. Wieder sah er den riesigen, völlig zerbeulten Truck vor sich. In dem anderen Blechhaufen, der einmal ein Auto gewesen war, lag Angela oder das, was von ihr übrig geblieben war. Ein Klumpen Fleisch ohne Seele, ein zerfetztes menschliches Etwas, in dem jeder Hauch von Leben, der noch Hoffnung zugelassen hätte, erloschen war. Sie, die schöne Brünette, die mit ihm eine unbeschwerte Kindheit und Jugend in Brooklyn und schließlich einen Teil seines Erwachsenenlebens geteilt hatte, war nun nicht mehr da, um ihm zuzuhören und ihm zu helfen.

Die Erinnerung war immer noch unerträglich. Um die Bilder loszuwerden, reagierte er sich auf der Straße ab, fuhr unnötig schnell und mit hohem Risiko. Er hatte mit seinem Schicksal gewettet, dass er trotzdem am Leben bleiben würde. Er, der Nichttrinker und Nichtraucher, hatte nach diesem schrecklichen Abend seinen Kummer in Alkohol ertränkt und geraucht wie ein Schlot. Doch nach einiger Zeit war er wieder zur Vernunft gekommen und hatte seine Trunksucht besiegt. Nur die Zigaretten waren seine ständigen Begleiter geblieben.

Es war früher Nachmittag. In der Sierra Nevada herrschte brütende Hitze. Die wenigen Autos kämpften gegen den aufgeweichten Asphalt, der an den Reifen klebte, als wollte er sie verschlingen. Der Lincoln glitt leise und wie üblich mit Höchstgeschwindigkeit aus dem Death Valley in Richtung Mojave-Wüste dahin und überließ Las Vegas seinen Exzessen und Legenden. Manche Leute behaupteten, die Wüste sei Tag und Nacht voller Leben. Aber im Augenblick konnte John in der höllischen Hitze kein einziges Lebewesen entdecken. Hier war es noch heißer als in der Sierra, die er gerade hinter sich gelassen hatte. Hoffentlich hielt der Wagen durch! Doch das

Schnurren der acht Zylinder klang beruhigend gleichmäßig. Der Wagen hatte ihm viele Jahre treue Dienste geleistet. Warum sollte er sie ihm ausgerechnet hier und jetzt versagen? In dieser öden ausgestorbenen Landschaft fehlte jegliches Anzeichen menschlichen Lebens. Und doch musste sie erhalten bleiben, wie Gott sie geschaffen hatte. Sie war Teil des großen Ganzen. In diesem komplizierten Puzzle hatte alles seinen Platz. Selbst das scheinbare Fehlen von Leben sowie das Zusammenspiel der Farben und Kontraste des Gesteins waren perfekt. Die farbigen Steine, die ockerfarbene Erde, die spärliche Vegetation und der klare Himmel fügten sich zu einer perfekten Harmonie zusammen, die der Zeit und der Ignoranz der Menschen trotzte.

John verspürte das dringende Verlangen nach einer Zigarette. Er vermisste den bittersüßen Duft in der dicken Luft der Klimaanlage. Die regelmäßige Nikotinzufuhr verschaffte ihm eine Art inneren Frieden, kurze Momente, in denen er den Alltag vergessen konnte. Manchmal stellte er sich vor, wie sich sein Körper in dem blauen Dunst auflöste und davonschwebte.

In dem Augenblick, als er die halb leere Schachtel „Lucky Strike" aus dem Handschuhfach nehmen wollte, tauchte wie aus dem Nichts hinter ihm der schwarze Ford auf. Getönte Scheiben schützten die Insassen vor seinen neugierigen Blicken.

John fuhr der Schreck in die Knochen. Er verstand die Welt nicht mehr. Hatte er das Spiel doch nicht gewonnen? Begriffen diese Idioten nicht, wie sie ihre Interessen wahren konnten? Diese Typen waren doch waschechte Geschäftsleute! Er war davon ausgegangen, dass den ehrenwerten Herren ihre Ziele wichtiger waren als ihre Gefühlsregungen.

Doch jetzt befand er sich in großer Gefahr, denn der Ford

fuhr mit voller Wucht auf das Heck seines Wagens auf.

John erschrak und trat das Gaspedal bis zum Anschlag durch. Doch der Lincoln hatte sein Limit erreicht, mehr konnte er nicht erwarten. Als geübter Fahrer, der hohe Geschwindigkeiten gewohnt war, versuchte John dem schwarzen Ungetüm auszuweichen. Eine Zeit lang schien ihm das auch zu gelingen. Trotz der kühlen Luft aus der Klimaanlage stand ihm der Schweiß auf der Stirn. Beide Fahrer bewiesen großes Geschick. Doch die atemberaubende Verfolgungsjagd über glühenden Asphalt war ein ungleicher Kampf. Das wesentlich schnellere schwarze Fahrzeug holte ihn immer wieder ein und versuchte den Lincoln von der Straße zu drängen, der nach jedem Stoß ins Schleudern geriet. John vollbrachte wahre Kunststücke, um den alten Achtzylinder auf der Straße zu halten.

Er fühlte sich wie eine Maus in den Klauen einer bösen schwarzen Katze. Mit feuchten Händen umklammerte er das Lenkrad und versuchte das schmerzhafte Klopfen in der Brust zu verdrängen. Vor Anstrengung lief ihm der Schweiß über Stirn, Wangen und Lippen, brannte in den Augen und schmeckte salzig.

Meile für Meile rasten sie hintereinander her, während ihnen andere Fahrzeuge in normaler Geschwindigkeit entgegenkamen.

Dann war die Katze des Spielens plötzlich müde. In einer langen Kurve schob sie die Maus fast sanft gegen die Böschung. Der schwere Lincoln versuchte vergebens, an dem steilen Hang im Gleichgewicht zu bleiben, überschlug sich dann und rutschte in einer Staubwolke auf dem Dach zurück auf die Straße.

Als das laute Knirschen des Blechs auf dem Asphalt aufgehört und der Staub sich gelegt hatte, drehte sich nur noch ein leise quietschendes Rad.

* * *

John war mit dem Kopf gegen den Türholm geschlagen und blutete stark. Das süße Blut lief ihm in den Mund, und im linken Bein spürte er einen stechenden Schmerz. Er war zwar verletzt, aber immerhin bei Bewusstsein. Kalter Schweiß jagte ihm Schauer über den Rücken. Oder war es die Angst, in diesem Blechkäfig zu sterben?

Plötzlich stieg ihm beißender Benzingeruch in die Nase. Er musste hier raus, und zwar schnell! Doch seine unbeholfenen Anstrengungen waren vergebens. Eingeklemmt zwischen Sitz, Tür und Dach des schrottreifen Blechhaufens saß er praktisch in der Falle. Aus der verbeulten Motorhaube quoll eine Rauchwolke.

2. KAPITEL

Der Himmel des rothaarigen Mädchens hing voller Geigen. Aufgeregt saß sie in Los Angeles in einem der zahlreichen Flure der *New Herald Post* und wartete. Dünne Glaswände trennten sie nur notdürftig von dem hektischen Treiben bei der Zeitung. Das unaufhörliche Klappern des Fernschreibers, das ständige Läuten der Telefone, das Stimmengewirr, die über Köpfe hinweg geführten Gespräche, die hin und her laufenden, wild gestikulierende Menschen, das alles war Musik in ihren Ohren. Ihre Bewunderung war echt. Wie schafften es die Leute in dem Durcheinander nur, sich auf ihre Arbeit zu konzentrieren? Um ihre Nervosität in den Griff zu bekommen, schlug sie die wunderschönen langen Beine übereinander, zuerst das rechte über das linke, dann das linke über das rechte. Die bewundernden Blicke der vorübergehenden Männer, die sie mit den Augen fast auszogen, erwiderte sie nicht.

Hastig fuhr sich Nancy durch das feuerrote Haar, das ihre irische Abstammung verriet.

Zum Abschluss ihres Journalismusstudiums hatte ihr die Universität ein Praktikum bei einer der größten Tageszeitungen der Westküste empfohlen. Nach jahrelanger Theorie und einigen viel zu kurzen Praktika bei unbedeutenden Zeitungen brannte sie jetzt darauf, in die große Familie der Reporter und Berichterstatter aufgenommen zu werden. Sie wollte endlich ihr Können unter Beweis stellen und sich einen Platz in dem Metier sichern, das sie gründlich erlernt hatte. Die nächsten Minuten waren für ihre Zukunft entscheidend. Außerdem hoffte sie, etwas mehr Geld zu verdienen, auch wenn ihr Gehalt am Anfang bescheiden sein würde. Von dem kargen Stipendium konnte sie bisher kaum ihren Lebensunterhalt bestreiten. In den ersten Semestern hatten ihre Eltern sie, so gut es ging, unterstützt, aber nun konnten sie das Geld nicht mehr aufbringen, sodass sie mit der staatlichen Unterstützung und dem geringen Zubrot aus vielen kleinen Jobs auskommen musste.

Nancys Elternhaus befand sich im Mittleren Westen, in Cedar Rapids. Cedar war die Maismetropole schlechthin – nichts als Mais, so weit das Auge reichte. Ihre Familie hatte nie verstanden, warum sie diese Landschaft mit den endlosen ebenen und eintönigen Feldern nicht mochte. Nicht einmal dem Wind gelang es, dieser Monotonie Leben einzuhauchen. Sie brauchte etwas anderes, wollte woanders leben und die Welt entdecken. Jetzt dachte sie, dass dieses Woanders auch hier sein könnte.

Eine lächelnde Assistentin riss sie aus ihren Träumen. „Miss Shepard? Mister Ellworth bittet Sie herein. Folgen Sie mir bitte!"

Froh, sich ein wenig die Beine vertreten zu können, erhob sich Nancy, und wie dem Ariadnefaden folgte sie der freundlichen Dame, die sie sicher durch das Gewirr der Flure führte, vorbei an kleinen Büros mit geschäftigen Mitarbeitern. Hin und wieder folgte der Besucherin ein bewundernder Blick, der sie sogleich wieder auf den Boden der Tatsachen brachte.

Schließlich blieben sie vor einer Glastür stehen. Das ziselierte Muster auf der Scheibe erinnerte an hohe Wellen und verhinderte den Blick ins Innere. Auf halber Höhe befand sich ein Metallschild mit der Aufschrift *Andrew Ellworth – Chefredakteur.* Plötzlich wurde Nancy bewusst, dass der Mann hinter dieser Tür über ihr künftiges Schicksal zu entscheiden hatte, und sie bekam vor Aufregung feuchte Hände.

Die freundliche Assistentin klopfte zweimal kurz an die dicke Scheibe.

„Wir sind da. Ich lasse Sie jetzt allein."

Gleichzeitig rief jemand laut und deutlich: „Herein!“

Nancy straffte die Schultern, ordnete noch einmal nervös ihr feuerrotes Haar, atmete tief durch und betrat das kleine überfüllte Büro. Stöße von Akten schienen mit den kaum sichtbaren Möbeln – großer Schreibtisch, Computer, drei Stühle und ein Schrank – verwachsen zu sein.

Hinter einer Mauer aus Papier saß ein etwa sechzig Jahre alter Mann. Er hatte die Brille ins schüttere weiße Haar geschoben und blickte sie aus freundlichen blauen Augen an. Dieser Archetyp eines Großvaters, ihr künftiger Chef, strahlte Ruhe und Gelassenheit aus. Er erhob sich und reichte ihr jovial lächelnd die Hand.

„Guten Tag, Miss Shepard. Bitte, nehmen Sie doch Platz.“

„Vielen Dank, Mister Ellworth.“

Der Mann überragte sie nur um einen halben Kopf. Er räusperte sich.

„Darf ich mich vorstellen? Ich bin Andrew Ellworth, zweiundsechzig Jahre alt und habe die Ehre, seit achtzehn Jahren Chefredakteur dieser Zeitung zu sein. Die Funktion eines Chefredakteurs kennen Sie vermutlich, sodass ich sie Ihnen nicht zu erklären brauche. Wenn Sie keine Fragen haben, können wir gleich zum Wesentlichen kommen, nämlich zu Ihnen. Einverstanden?“

Überrascht von seiner direkten Art beschränkte sich Nancy auf ein Nicken und lächelte unsicher. Ellworth nahm ihre Zustimmung wohlwollend zur Kenntnis.

„Wir stehen seit vielen Jahren mit Ihrem Institut in Verbindung, das uns zum Jahresende immer seine besten Stundenten schickt. Ich habe Ihre Bewerbung sorgfältig gelesen. Bemerkenswert, wirklich bemerkenswert! Ich bin sicher, dass wir gut zusammenarbeiten werden, wenn Sie die Stelle annehmen.

Allerdings möchte ich Ihnen noch einige Fragen zu Ihrer Person stellen. Erstens sehe ich, dass Sie schon sechsundzwanzig sind. Für gewöhnlich sind unsere Praktikanten, wie soll ich sagen …"

„… jünger?", half Nancy ihm aus seiner Verlegenheit. „Das kann ich Ihnen erklären. Zuerst habe ich Biologie bis zum Vordiplom studiert, was meinen späten Einstieg ins Journalismusstudium erklärt. Biologie entsprach eher den Wünschen meiner Eltern. Erst später habe ich begriffen, dass es besser ist, sein eigenes Leben zu führen und nicht immer die Erwartungen anderer zu erfüllen."

Der Chefredakteur blickte sie mit unverhohlenem Interesse an. Doch das störte sie nicht, denn seine Aufmerksamkeit war offensichtlich rein professioneller Natur.

„Ich verstehe. Das bringt mich zu meiner zweiten Frage. Sie sind eine sehr hübsche junge Frau. Warum wollen Sie ausgerechnet in diesem Metier arbeiten? Ich versichere Ihnen, es ist nicht einfach! Sie hatten doch bestimmt auch andere Angebote, die mit weniger Schwierigkeiten verbunden sind."

Nancy dachte einen Moment nach. Das Kompliment schmeichelte ihr natürlich, doch gleichzeitig schien er zu bezweifeln, dass dieser Beruf für sie eine echte Berufung war. Mit einem strahlenden Lächeln formulierte sie ihre unmissverständliche Antwort.

„Es ist mir neu, dass man nicht attraktiv sein darf, um eine erfolgreiche Journalistin zu werden. Doch der Grund, der mich zu dieser Berufswahl veranlasste, ist nicht schwer zu verstehen. Ich bin ständig auf der Suche nach der Wahrheit und möchte sie möglichst vielen Menschen zugänglich machen, auch wenn es manchmal nicht leicht ist."

Ellworth brach in schallendes Gelächter aus. Er hatte die

Schlagfertigkeit, den Stolz und den Eigensinn der Iren sofort erkannt, schließlich war er selbst irischer Abstammung. Auch wenn er es sich nicht eingestehen wollte, war die Herkunft der Bewerberin bei seiner Entscheidung, sie als Praktikantin einzustellen, nicht ohne Bedeutung.

„Hören Sie, Nancy ... ich darf Sie doch Nancy nennen, nicht wahr? Keine Sorge, das soll kein Annäherungsversuch sein. Die Zeitung ist eine große Familie, und hier nennen sich die meisten Leute beim Vornamen. Nun ja, Ihre Antwort überzeugt mich, und schließlich ist es Ihre Sache. Sie werden mit einem meiner besten Reporter zusammenarbeiten. Er hat große Erfahrung und kann Ihnen alle Tricks dieses Jobs beibringen. Außerdem ist es für ihn eine gute Gelegenheit, seinen geistigen Horizont zu erweitern. Fox ist ein Einzelgänger und arbeitet immer allein. Das ist Ihre erste Herausforderung. Es liegt an Ihnen, ob Sie es schaffen, sich durchzusetzen."

„Fox?"

„Ja, beim *Herald* nennen ihn alle so. Sein richtiger Name ist John Cattuso."

„Warum Fox?"

„Weil dieser Spitzname den Nagel auf den Kopf trifft. Das verstehen Sie erst, wenn Sie ihn kennengelernt haben."

Nancy jauchzte innerlich und konnte ihre Freude kaum verbergen. Nach so vielen Jahren harter Arbeit war sie endlich am Ziel! Alles schien viel zu einfach und ging viel zu schnell. Hoffentlich erwachte sie nicht plötzlich aus diesem Traum. Allerdings war in dem kurzen Gespräch noch ein Punkt offengeblieben, und sie wusste nicht recht, wie sie ihn ansprechen sollte, ohne ihr Gegenüber zu verärgern.

Ellworth bemerkte ihre Verlegenheit und kam ihr zu Hilfe.

„Haben Sie noch Fragen?"

„Na ja, ich wüsste gern … besteht die Möglichkeit, nach Abschluss meines Praktikums bei der Zeitung anzufangen? Ich meine, angestellt zu werden?“

Ellworth hatte die Frage schon erwartet. Sie wurde häufiger gestellt, als Nancy sich vorstellen konnte. Sie jedenfalls war froh, sie ausgesprochen zu haben.

„Die Möglichkeit besteht schon, aber es gibt mehr Bewerber als freie Stellen. Entscheidend für die Übernahme ist die Qualität der Arbeit während des Praktikums. Sie haben sechs Monate Zeit, sich mit dem Geist des *Herald* vertraut zu machen und zu zeigen, was Sie können. Wir erwarten Professionalität, Zuverlässigkeit und Einsatzbereitschaft. Ich bin überzeugt, dass Sie diese Eigenschaften mitbringen und schlage vor, dass Sie morgen Vormittag wiederkommen, um den Vertrag zu unterschreiben. Bis dahin hat die Personalabteilung ihn sicher vorbereitet. Heute Nachmittag würde ich Ihnen gern Ihren neuen Kollegen vorstellen. Allerdings hat er sich bis jetzt noch nicht blicken lassen.“

Aus dem Papierberg auf dem großen Tisch erklang plötzlich gedämpftes Läuten und zeigte Nancy, dass zur Büroausstattung auch ein Telefon gehörte. Der Chefredakteur folgte dem Kabel auf dem Boden und fand es schließlich unter den Akten.

„Ja bitte, Ellworth?“

Nancy wusste nicht, ob sie bleiben oder gehen sollte. Eigentlich hätte sie ihren künftigen Chef gern gefragt, wie hoch ihr Gehalt war. Aber offensichtlich war jetzt nicht der richtige Zeitpunkt. Der nette Großvater änderte plötzlich sein Verhalten und runzelte ärgerlich die Stirn. Obwohl er schweigend zuhörte, sprachen seine Augen Bände. Nach einigen Minuten legte er kreidebleich den Hörer auf.

Jetzt schien Nancy für den sichtlich verwirrten Chefredakteur nicht mehr zu existieren.

* * *

Vatikanstadt

„Buonasera, Signore."

„Ciao, piccolo, a domani."

Der alte Mann blickte dem jüngeren, den er liebevoll „Kleiner" nannte und der sich mit der Unbeschwertheit eines Zwanzigjährigen entfernte, lange nach.

Seit Tagen hatte er voller Ungeduld auf diesen Abend gewartet, ihm sogar entgegengefiebert.

Das Warten hatte eigentlich schon in dem Moment begonnen, als „man" ihm diese merkwürdigen Beschränkungen auferlegt hatte. Dennoch waren die letzten Monate wie im Fluge vergangen, denn die Verkabelung und die ersten Testläufe hatten ihn voll in Anspruch genommen. Doch neuerdings plagte ihn sein berufliches Gewissen. Das große Fragezeichen in seinem Kopf hatte sich rasch in hartnäckige Neugier verwandelt. Der Grund dafür war die dunkle, bedrohliche Masse, die sie die ganze Zeit bewachte.

Jedes Mal, wenn ihn seine Pflicht zum hintersten Teil des Hofes führte, veranlasste ihn ein unheimliches Knurren, sich wieder zu entfernen.

Der Bau war fast fertig. Zwei Jahre seines Lebens hatte er auf dieser Baustelle verbracht, eine lange Zeit für einen Mann, der auf seine wohlverdiente Rente wartete. Schon lange freute er sich auf die vielen freien Tage und hatte sich bereits überlegt, wie er sie nutzen würde. Aber dann hatten „sie" ihn auf-

gesucht, um ausgerechnet ihm diesen zeitraubenden Job anzubieten. Natürlich fühlte er sich geschmeichelt. Diese Baustelle war der ideale Einsatzort für die von ihm entwickelten elektronischen Sensoren. Der Auftrag sollte der „krönende Abschluss" seiner langen Laufbahn sein.

So manches Mal hatte er diese Entscheidung allerdings bereut, denn er war nicht mehr der Jüngste. Doch heute war das nicht mehr wichtig. Heute Nacht würde er es erfahren … endlich!

Nur langsam vergingen die Stunden und zerrten schmerzlich an seinem Geduldsfaden. In Gedanken versunken, stand er in einer düsteren Ecke und wartete. Überrascht stellte er plötzlich fest, dass es schon dunkel wurde. Es war Oktober, und die Tage wurden kürzer.

Vor ihm glänzte der Hof noch schwach in der untergehenden Sonne.

* * *

Los Angeles in der Nähe der Central Library, 21 Uhr 30

Die Sonne schickte müde ihre letzten Strahlen auf die Stadt und zog sich nach und nach aus den Stadtvierteln zurück. Auch die Hope Street entging diesem Schicksal nicht. Stück für Stück gewann die Dämmerung die Oberhand, und die Straße erstrahlte jetzt in künstlichem Licht. Gemessen an den Nachbarstraßen herrschte hier kaum Verkehr. Müllcontainer, stumme Zeugen der Reinlichkeit, standen ordentlich aufgereiht an den Hauswänden.

Das fünfstöckige Gebäude mit der Hausnummer 223 stammte aus dem letzten Jahrhundert. Es war solide gebaut, ohne architektonische Schnörkel, und zeigte trotz der spärlichen Beleuchtung eine saubere Fassade. Offensichtlich befand sich das Gebäude in gutem Zustand und würde sicher noch längere Zeit überdauern.

In der großen Wohnung, die sich über das ganze oberste Stockwerk erstreckte, war es still. Sanftes Dämmerlicht drang ins Innere. Nur das leise Rauschen des unverzichtbaren Deckenventilators, der die heiße Luft vertrieb und kurzfristig Linderung brachte, unterbrach die ansonsten absolute Stille.

John Cattuso lag mit zerschundenem Körper auf dem großen Bett und dachte an den ereignisreichen Tag. Die letzten Sekunden seines Unfalls liefen wie ein Film vor ihm ab. Der alte Lincoln hatte sich in einer vollen Drehung überschlagen. Wieder sah er die herumfliegende Zigarettenschachtel und erinnerte sich an die vergeblichen Bemühungen, sich aus dem Blechgefängnis zu befreien, das zu explodieren drohte. Dann hatte er das Bewusstsein verloren und war erst wieder zu sich gekommen, als sich besorgte Helfer über ihn beugten.

Er hatte am ganzen Körper Prellungen davongetragen, und schon die kleinste Bewegung schmerzte höllisch. In diesem Augenblick hätte er am liebsten alles hingeschmissen, diesen korrupten Herren mit ihren schmutzigen Geschäften den Rücken gekehrt und die anderen ihrer Ahnungslosigkeit überlassen. Warum musste ausgerechnet er sein Leben aufs Spiel setzen und diese Machenschaften aufdecken? Was ging es ihn an? Außerdem hätte er diese viel zu große Wohnung, die voller Erinnerungen an das kurze Leben zu zweit war, schon längst aufgeben sollen. Es war endlich an der Zeit, irgendwo anders ein neues Leben mit neuen Zielen und vor allem mit weniger Risiken zu beginnen. Aber wollte er das wirklich? Trieb ihn etwa sein latent depressiver Zustand zu diesen sinnlosen Aktionen, deren Folgen er nicht abschätzen konnte? War ihm sein Leben nichts mehr wert?

Plötzlich fiel es ihm wie Schuppen von den Augen. Seine Suche nach der Wahrheit glich eher einem Selbstmordversuch als einem Ideal! Dieser Gedanke missfiel ihm sehr. Aber war der Tod durch fremde Hand wirklich Selbstmord? Eigentlich nicht ... oder doch? Vielleicht eine neue Form des Selbstmords? Jedenfalls gab es keine Bezeichnung für dieses Vorgehen, zumindest jetzt noch nicht.

Die Klingel der gepanzerten Haustür, die ihn von der Außenwelt abschirmte, riss John unsanft aus den düsteren Gedanken. Humpelnd schleppte er sich den Flur entlang. Das ungeduldige Läuten dröhnte in seinen Ohren und trieb ihn zur Eile. Er blickte durch den Spion und erkannte das ärgerliche Gesicht seines Chefs. Ellworth hatte sich tagelang Sorgen gemacht. Wortlos schob Fox den Sicherheitsriegel zur Seite und öffnete die schwere Tür.

Mit hochrotem Gesicht stürmte Ellworth herein und schlug wütend die Tür hinter sich zu. Die lange Wartezeit vor der Panzertür hatte ihn keineswegs beruhigt. Selbst die sonst so strahlend blauen Augen wirkten jetzt dunkler. Er richtete sich auf, um einige Zentimeter größer zu wirken und versuchte vergebens, auf Augenhöhe mit seinem Gegenüber zu kommen. Dann ließ er seinem irischen Temperament freien Lauf.

„Zum Teufel, John! Was hast du nur angerichtet? Ist dir nicht klar, dass du dieses Mal zu weit gegangen bist? Seit Angela tot ist, verstrickst du dich in immer heiklere Angelegenheiten. Du missbrauchst die Unabhängigkeit, die du beim *Herald* genießt, und sammelst hinter meinem Rücken einen ganzen Ordner voll brisanter Informationen über die Geschäfte großer Finanzkonzerne. Die Artikel, die du bisher geschrieben hast, waren immer sehr gut. Aber das gibt dir noch lange nicht das Recht, dich und andere in Gefahr zu bringen!“

John hatte Schmerzen im Bein, und der dicke Verband um den Kopf half nur wenig gegen die dröhnenden Kopfschmerzen. Mit einem Seufzer der Erleichterung streckte er sich auf der Couch aus und erwiderte schroff: „Vielen Dank, Chef, übertreiben Sie nicht. Meine Tage sind noch nicht gezählt. Nochmals vielen Dank für Ihr Mitgefühl.“

Verlegenes Schweigen entstand.

Der Ventilator kämpfte immer noch unermüdlich gegen einen unsichtbaren Gegner und versuchte der Wohnung Leben einzuhauchen. Plötzlich bemerkte Ellworth, in welchem Zustand sich Cattuso befand, und seine Wut verrauchte. Er bewunderte den Mut und die Ausdauer dieses Mannes, doch in diesem Fall war Fox in den roten Bereich geraten und hatte auch andere mit hineingezogen.

„Entschuldige meine Unbeherrschtheit, John. Aber ich bin nicht ohne Grund so aufgebracht. Heute Nachmittag hat mir jemand am Telefon die Situation geschildert und unmissverständlich mit Konsequenzen gedroht. Deine Gesprächspartner sind keine blutigen Anfänger. Falls wir deine Recherchen veröffentlichen, werden sie meiner Familie etwas antun. Bisher habe ich meine Reporter immer gedeckt, vor allem dich. Aber versteh mich bitte, in diesem Fall sind mir die Hände gebunden. Es geht nicht um mich. Meine Familie ist in Gefahr! Ich darf diese Drohungen nicht einfach ignorieren und so tun, als wäre nichts passiert. Es tut mir leid, aber ich muss dich auffordern, das Problem zu lösen, und zwar sofort. Ihre Forderungen sind einfach: Sie wollen das Original der Akte, die du gegen sie zusammengestellt hast, und sie verlangen, dass du diesen Bundesstaat ein für allemal verlässt.“

Cattuso dachte verbittert, dass dieser Teil der Forderungen ohne Ellworths Hilfe sehr schwierig werden würde.

Mit der Bedrohung der Familie hatten sie den wunden Punkt des Alten getroffen. Wäre es nur um ihn gegangen, hätte er trotz der Gefahr sicher weitergemacht. Dass ihn jemand zwingen konnte, aufzugeben, war neu für ihn und erklärte seine Wut. Jetzt war alles viel komplizierter. Gekränkt, weil seine Gegner einen Fehler in seiner lückenlosen Logik gefunden hatten, platzte John heraus: „Sie mögen ja keine Anfänger sein, aber mich haben sie nicht erwischt. Ich lebe noch!"

Ellworth war außer sich. „So viel Dummheit übersteigt meine Vorstellungskraft! Bist du so naiv, oder glaubst du wirklich, dass du noch lebst, weil sie zu blöd waren? Das war nur ein gezielter Warnschuss, um dir zu zeigen, wo das Ganze endet. Ich behaupte sogar, dass es für dich nicht reicht, einfach nur Kalifornien zu verlassen."

John war müde und erschöpft. Er spürte jeden Muskel und jeden Knochen einzeln und wollte nur schlafen, seine Schmerzen vergessen und sich hinter der Tür verschanzen, die ihn von der Welt und ihren Verbrechern trennte. Doch er kannte Ellworth nur zu gut. Dieser sture Esel würde erst gehen, wenn er ihm sein Versprechen abgerungen hatte, die Forderungen zu erfüllen. Wieder musste er aufs Ganze gehen, aber diesmal gegen den Mann, der bis jetzt sein Verbündeter gewesen war.

„Also gut, was soll ich tun?"

„Ganz einfach, du gibst mir die Originale, die Akte wird geschlossen, und wir besprechen deine berufliche Zukunft."

Diesen Wunsch konnte er seinem Chef erfüllen, aber er musste sich wenigstens ein bisschen zieren. Und so erwiderte er trotzig: „Eine solche Aktion erfordert ein Mindestmaß an Sicherheit. Zuerst möchte ich wissen, wie und wo die Übergabe der Originale stattfinden soll. Und wenn das geschehen ist, woher wollen sie wissen, dass wir keine Kopie behalten haben? Und vor allem, wie sollen wir uns dann vor ihnen schützen?“

Ellworth mit seinem irischen Temperament ärgerte sich, dass Cattuso ebenso stur war wie er. Er musste diese Beweise so schnell wie möglich in die Hände bekommen, um dieses für sich und seine Familie riskante Problem aus der Welt zu schaffen. Zu langes Zögern würde sicher Misstrauen hervorrufen und die Übergabe der Dokumente gefährden.

„Verdammt, John, du machst mich wahnsinnig! Ich habe dir doch gesagt, dass bereits alles geregelt ist. Was willst du denn noch? Glaubst du, ich gehe auch nur das geringste Risiko ein? Mir ist klar, dass ich mehr an meinem Leben und dem meiner Familie hänge als du an deinem. Dein Zögern macht mich wütend. Du weißt genau, dass meine Familie in Gefahr ist. Ich hatte gehofft, du würdest das verstehen.“

John Cattuso war am Ende. Müde und verdrossen murmelte er: „Sagen Sie mir wie … Chef.“

John weigerte sich trotz wiederholtem Angebot, seinen Arbeitgeber zu duzen, wie es bei der Zeitung üblich war. Er wollte sich seine Unabhängigkeit und die notwendige Distanz bewahren, für den Fall, dass es einmal zu einem Kräftemessen kam. Trotzdem akzeptierte er die Vertraulichkeit des älteren Mannes. Sein Alter und die gegenseitige Sympathie trugen sicher dazu bei, dass diese ungleiche Beziehung schon lange bestand. Das Spiel bestand darin, dass der eine dem anderen die Möglichkeit ließ, das Gesicht zu wahren. Eine leichtfertige und zu offensichtliche Kumpanei war in dieser Beziehung nicht angebracht.

Der Chefredakteur spürte Johns Bereitschaft nachzugeben

und versetzte ihm den Gnadenstoß. „Sehr gut, du Dickschädel! Zuerst muss ich sicher sein, dass du mir tatsächlich das Original ausgehändigt hast. Dann fahre ich in die Stadt und werfe den Umschlag in den von ihnen bestimmten Briefkasten. Ich, der Leiter der Redaktion, bin ihre Garantie, denn sie wissen genau, dass in unserer Zeitung ohne mein Einverständnis nichts veröffentlicht wird. Solange über dieses Thema im *Herald* nichts erscheint, wissen sie, dass ich meinen Teil des Vertrags erfüllt habe. Ich brauche dir wohl nicht zu sagen, dass unser aller Wohl von deiner Ehrlichkeit abhängt. Was dich betrifft, müssen wir noch eine Aufgabe finden, die möglichst weit weg ist und dich von ihren Geschäften fernhält, bis Gras über die Sache gewachsen ist. Einverstanden? Jetzt bist du dran!"

Mittlerweile war es schon spät und in der lauen kalifornischen Frühlingsluft begann das Nachtleben von Los Angeles. Das gleichmäßige Raunen der Stadt wurde nur gelegentlich durch die grellen Sirenen der Polizeifahrzeuge gestört. Jetzt war es an der Zeit.

„Einverstanden. Sehen Sie im Archiv nach. Ich habe alles vorschriftsmäßig im Safe der Zeitung deponiert. Dort finden Sie eine rote Mappe mit der Aufschrift *Aquantis*. Hier in der Wohnung habe ich nichts, Sie können gerne selber nachschauen, wenn Sie möchten."

Ellworth schien noch etwas sagen zu wollen und blickte John direkt in die Augen. Doch dann drehte er sich wortlos um und ging zur Tür. Seufzend dachte er, dass er erst dann wieder ohne Bedenken in sein Auto steigen würde, wenn er die bedrohliche Akte abgeliefert hatte. Dennoch war es eine Schande für das Metier. Bevor er hinausging, drehte er sich noch einmal um und sagte lächelnd: „Übrigens, in einigen Tagen, wenn du dich wieder sehen lassen kannst, erwartet dich im Büro eine Überraschung ... eine ausgesprochen hübsche Überraschung."

Die schwere Tür, die John Cattuso von der Außenwelt trennte, fiel ins Schloss. Wieder herrschte die vertraute Einsamkeit. Er löschte das Deckenlicht und machte die Lampe neben dem Sofa an. Immer noch schmerzte jede Bewegung. Mit Sorge dachte er an die nächsten Tage. Plötzlich fiel sein Blick auf die Kommode. Nur nicht die Schublade aufziehen und in einer glücklichen, unwiederbringlichen Vergangenheit wühlen! John schloss die Augen. Sofort kamen die Erinnerungen wieder, schemenhafte Bilder gewisser Momente und Gesichter.

Es war der 26. April, wahrscheinlich ein Samstag. Hochzeiten fanden meistens an Samstagen statt. Die strahlende Sonne versprach einen herrlichen Frühlingstag. Doch für John war an diesem Tag die Sonne noch wärmer, der Himmel blauer und das Leben schöner. An diesem Tag heiratete er Angela – seine Angela. Sie hatten sich schnell entschlossen. Seine Freundin aus Kinder- und Jugendtagen war wie selbstverständlich auch seine Lebensgefährtin geworden und mit ihm von New York nach Los Angeles gezogen. Sie lebten allerdings noch einige Zeit getrennt, weil sie ihr Architekturstudium in San Francisco abschließen wollte. Doch Angela war es bald leid, dass sie sich nur am Wochenende sahen, und Fox, wie sie ihn zu nennen pflegte, machte ihr eines Abends einen Heiratsantrag. Überglücklich war sie ihm um den Hals gefallen und hatte ihn zärtlich geküsst. Diesen Tag würde John nie vergessen. Randy Spinoza, sein Kollege und bester Freund, sollte sein Trauzeuge sein, und Angela hatte ihrerseits ihre Freundin Sarah um Beistand für den großen Augenblick gebeten.

Unverzüglich wurde alles arrangiert. Pater Joseph, den sie schon lange kannten, war bereit, sie schnellstens zu trauen und ihnen das Versprechen abzunehmen, sich in guten wie in schlechten Zeiten zu lieben und zu ehren. Allerdings wunderte sich der Pater, warum die jungen Leute, die sich schon so lange kannten, es plötzlich so eilig hatten. Wie hätten sie ihm auch erklären können, dass verzauberte Momente keinen Aufschub duldeten, weil der Zauber sonst verging? Doch dann kam der große Moment. Aufrecht und zitternd stand Angela in ihrem weißen Kostüm neben ihm. Während der kurzen Zeremonie hielt John zärtlich ihre Hand. Sie hatten nur die engsten Freunde eingeladen. Aber die sogenannte „bescheidene Hochzeit" war dank der treuen Freunde und der offensichtlichen Liebe des Brautpaars so gut wie jede andere Eheschließung.

Die Zeit ließ alle Erinnerungen verblassen, nur die bewegendsten Momente blieben. Zuerst wurden die Gesichter undeutlich, und die Konturen verschwammen. Seltsamerweise waren Stimmen viel hartnäckiger. Ihre Schallwellen prägten sich wie Musik ins Gedächtnis ein. Traurig bemerkte John, dass ihm Angelas Gesichtszüge allmählich entglitten. Kinder hatten sie keine, das Schicksal hatte ihnen keine Zeit gelassen. Nichts war ihm von ihr geblieben. Nur die Schublade konnte ihm das geliebte Gesicht zurückbringen und seine Erinnerungen auffrischen. Er entschloss sich, sie zu öffnen, und nahm das Foto in dem grünen Lederrahmen heraus. Sarah hatte es kurz nach ihrer Trauung im Garten der hübschen Kirche von Millbrae, südlich von San Francisco, geschossen. Die Braut war atemberaubend schön, und er strahlte vor Glück. Angela standen die Tränen in den Augen. John wusste noch genau, warum. Sogar das kleine Grübchen auf ihrer linken Wange war zu erkennen. An diesem Tag hatte ihm Angela vor dem Altar das Jawort gegeben und war seine Frau geworden. Traurig dachte er, dass er es schon fast vergessen hatte.

Die Zeit war eine seltsame Verbündete, die willkürlich manche Erinnerungen einfach auslöschte – vielleicht, um Wunden zu heilen. Langsam schob John die Schublade wieder zu und schloss das Fenster zur Vergangenheit.

* * *

Schon vor einer Woche hatte Nancy ihre Praktikantenstelle angetreten, doch den berühmten Fox hatte sie noch immer nicht zu Gesicht bekommen. Angeblich hatte der Mann eine herbe berufliche Schlappe erlitten, und nur aus kursierenden Gerüchten und gelegentlich aufgeschnappten Gesprächsfetzen erfuhr sie ein wenig mehr über den durch Abwesenheit glänzenden Kollegen. Man hatte ihr ein winziges Büro zugewiesen. Die zwei Trennwände – offiziell sollten sie den Lärm abhalten – schützten sie vor den neugierigen Blicken der Männer, die sich immer neue Ausreden einfallen ließen, um sich mit ihr zu unterhalten. Natürlich fühlte sie sich geschmeichelt, doch war ihr auch bewusst, dass dieses Interesse Eifersucht und Unmut bei den weiblichen Mitarbeitern erzeugte. Schließlich war sie nicht hier, um sich Feinde zu machen, was unweigerlich passieren würde, wenn es ihr nicht gelang, sich die Platzhirsche vom Hals zu halten.

Von ihrem Platz aus konnte sie den Schreibtisch ihres mysteriösen Kollegen sehen, auf dem es ebenso unordentlich aussah wie in Ellworths Büro. Nancy hoffte, in dem ständigen Kommen und Gehen einmal einen ruhigen Moment zu finden, um einen Blick darauf werfen zu können – rein beruflich natürlich. Nach einem langen Arbeitstag, an dem sie nur Akten ordnen und ähnlich undankbare Aufgaben ausführen durfte, sehnte sie sich nach dem Erscheinen dieses Mannes, der ihr zweifellos den richtigen Einstieg in ihren Beruf ermöglichen würde.

Eine junge blonde Frau, kaum älter als sie selbst, trat ein und blieb vor ihrem Schreibtisch stehen. Nancy kannte sie noch nicht, obwohl sie sich schon einige Male auf den langen Fluren begegnet waren. Jedenfalls gehörte sie nicht zu den Kollegen, die man ihr an ihrem ersten Arbeitstag vorgestellt hatte. Wahrscheinlich arbeitete sie in einer anderen Abteilung. Die junge Frau gab ihr lächelnd die Hand.

„Hallo, ich bin Sarah Bolton, eine Freundin von Fox, und ich betreue das Archiv. Unsere Arbeitsplätze sind nicht weit voneinander entfernt. Leider habe ich bis zum Hals in Arbeit gesteckt, sonst hätte ich mich schon früher vorgestellt."

Nancy glaubte allerdings, dass sie die Neue erst einmal eine Weile hatte beobachten wollen, um sich eine Meinung zu bilden, und ließ sich auf das Spiel ein.

„Nancy Shepard, die neue Praktikantin … das macht gar nichts. Ich hatte genug mit diesem Papierkram zu tun. Außerdem muss ich mich erst an alles hier gewöhnen." Sie zeigte auf die Akten.

„Und? Wie geht es Ihnen in der neuen Umgebung?"

„Eigentlich komme ich überall gut zurecht. Allerdings sind die mir übertragenen Arbeiten eher … wie soll ich sagen …"

„Langweilig?", lachte Sarah. „Machen Sie sich nichts draus, das ist das Schicksal aller Praktikanten. Ich habe gesehen, dass Sie auch die Dinge, die niemand machen will, sorgfältig erledigen. Ein Pluspunkt für Sie."

Nancy fand Sarah Bolton sympathisch und stellte ihr die

Frage, die ihr schon lange auf den Nägeln brannte.

„Kennen Sie John Cattuso?“

„Fox? Natürlich! Ich war mit seiner Frau Angela befreundet.“

Plötzlich verschwand das Lächeln aus ihrem Gesicht, und in den azurblauen Augen stand Wehmut. Nancy brauchte nicht nachzufragen, die Antworten kamen von selbst.

„John ist Witwer. Er hat Angela durch einen dummen Autounfall verloren. Na ja, wahrscheinlich sind alle Unfälle dumm. Sie war eine außergewöhnliche Frau, spontan und leidenschaftlich. Fox trauert noch immer um sie. Seit ihrem Tod hat er sich sehr verändert. Auch seine Art, Nachforschungen anzustellen, gibt allmählich Anlass zur Sorge. Sie haben sicher schon davon gehört ...“

Sarahs Vertraulichkeit erstaunte Nancy, doch sie spürte, dass sie ein offenes Ohr suchte. „Anlass zur Sorge? Wer muss sich denn Sorgen machen?“

„Er!“

Nancy glaubte vielmehr, ein „Ich“ herausgehört zu haben. Ihr weiblicher Instinkt sagte ihr, dass Sarah mehr als nur freundschaftliche Gefühle für John Cattuso hegte.

„Ich habe dem Klatsch über ihn nicht viel Beachtung geschenkt. Allerdings sagt man, dass er seine Recherchen mit einer gewissen Verbissenheit zu Ende führt. Kommt sein Spitzname daher?“

„Richtig! Angela nannte ihn immer Fox, denn er ist schlau wie ein Fuchs, aber auch hartnäckig wie ein Foxterrier ... Sie wissen schon, die kleinen Jagdhunde, die so mutig sind, dass sie auch ein Wildschwein angreifen. Ich finde, dass der Vergleich den Nagel auf den Kopf trifft. Machen Sie sich selbst ein Bild, wenn Sie mit ihm zusammenarbeiten.“

Wenn es jemals zu einer Zusammenarbeit kommt, denn bis jetzt glänzt der Herr durch Abwesenheit, dachte Nancy.

Sarah war hübsch. In ihrer klassisch geschnittenen Bluse wirkte sie ein wenig streng. Doch diesen Eindruck machte der gewagte Minirock über den langen Beinen wieder wett – eine gelungene Kombination. Offensichtlich wusste Miss Bolton, sich in Szene zu setzen. Nancy war wohl nicht die einzige Frau, der die Platzhirsche des Hauses nachstellten.

Die nette Unterhaltung wurde durch Ellworths Erscheinen unterbrochen. Sarah fühlte sich ertappt, drehte sich auf dem Absatz um und überließ es ihrer verlegenen Gesprächspartnerin, die Situation zu retten. Mit besorgtem Blick trat der Chefredakteur näher.

„Nancy, ich mache mir große Sorgen. Unser berühmter Reporter ist noch immer nicht aufgetaucht. Seit ich ihn vorige Woche in seiner Wohnung besucht habe, hat er nichts mehr von sich hören lassen. Er hatte nämlich einen Unfall. Vielleicht sind die Verletzungen schwerer, als ich dachte. Den ganzen Tag habe ich vergeblich versucht, ihn anzurufen. Da er uns nicht mit seiner Anwesenheit beehrt, schlage ich vor, dass wir morgen gemeinsam zu ihm fahren. Dann lernen Sie ihn endlich kennen. Was halten Sie davon?"

Nancy überlegte einen Moment. Der Reporter hatte sicher einen guten Grund für sein Verhalten. Aber hätte er nicht wenigstens seinen Vorgesetzten informieren können? Vor allem wenn die Beziehung, wie es schien, nicht nur beruflicher, sondern auch freundschaftlicher Natur war? Jedenfalls konnte sie Ellworths Angebot, ihn zu begleiten, schlecht ablehnen.

„Natürlich! Ich stehe Ihnen jederzeit zur Verfügung. Wann wollen Sie losfahren?"

„Das weiß ich noch nicht. Ich gebe Ihnen im Laufe des Vormittags Bescheid. Es ist nicht sehr weit, John wohnt mitten in der Stadt.“

Der alte Mann entfernte sich, und Nancy blickte ihm noch lange nach. Er wirkte müde und weniger schneidig als bei ihrer ersten Begegnung. Er muss einmal vor Energie gestrotzt haben, dachte sie. Wahrscheinlich hatte ihn die Last der Verantwortung kleingekriegt. Auf lange Sicht wird auch das zäheste Leder brüchig. Dieser Mann war ihr sehr sympathisch. Er war herzlich, ohne gleich väterlich zu wirken, und schien alles im Griff zu haben. Vermutlich war er mit ihrer Arbeit zufrieden, obwohl er sie noch kein einziges Mal gelobt hatte. Dass sie, ohne zu murren, die allgemein ungeliebten Arbeiten erledigte, hatte ihr beim *Herald* einen guten Ruf eingetragen.

Draußen kämpfte der Frühling tapfer gegen die Dunkelheit und versuchte die Sonne hoch am Himmel zu halten, damit die Tage länger wurden. Doch Abend für Abend behielt die Dunkelheit die Oberhand, und die Sonne verschwand hinter dem Horizont. Finsternis legte sich auf die Stadt, schloss die schweren Lider und nahm hier und da Leben. Nancy dachte nachts oft an den Tod. Sie war überzeugt, dass Unfälle, Verbrechen, Morde und natürliche Sterbefälle jeglicher Art nachts häufiger vorkamen als tagsüber. Eine statistische Erhebung zu diesem Thema wäre nicht uninteressant gewesen, denn die Parallele zwischen der Vergänglichkeit der Sonne und des Lebens war doch sehr naheliegend.

Sie dachte an den morgigen Besuch. Wie sollte sie sich kleiden? Frech oder artig? Aber woher sollte sie wissen, was ihrem neuen Kollegen gefiel? Sie kannte ihn ja nicht. Also war es wohl das Beste, sich auf ihren gesunden Menschenverstand zu verlassen. Sie nahm ihre Handtasche und verließ das Büro.

* * *

Es war halb neun. Im *Herald* kehrte Leben ein. Einige Korrespondenten hatten die Nacht in der Redaktion verbracht. Dieser Beruf war eine Berufung für sie, geregelte Arbeitszeit kannten sie nicht. Begriffe wie Familie, Urlaub oder Mittagspausen waren eher Wunschträume. Wem es gelang, diese Dinge mit seiner Tätigkeit in Einklang zu bringen, war entweder privilegiert oder wenig motiviert.

Wie jeden Morgen kam Nancy pünktlich ins Büro. Es war ihr wichtig, auch als Praktikantin Zuverlässigkeit zu beweisen. Das hatte sie von ihrem Vater gelernt. Obwohl er als Landwirt keine geregelten Arbeitszeiten kannte, pflegte er immer zu sagen: „Pünktlich zu sein bedeutet, die Arbeit, von der du lebst, zu achten. Danke Gott für die Möglichkeit, deinen Lebensunterhalt verdienen zu können." Sie hatte seinen Rat befolgt und hielt sich peinlich genau an diese Regel.

Nach einer Woche war es ihr endlich gelungen, sich in dem Gewirr der Gänge zurechtzufinden. Ihr morgendlicher Weg führte sie zwangsläufig an Ellworths verglastem Büro vorbei. Ihr Chef war schon da und hatte offenbar Besuch. Durch die ziselierte Milchglasscheibe konnte sie die zwei Männer nicht genau sehen, die vor dem Schreibtisch standen. Den kleineren und untersetzten Mann erkannte Nancy, es war Ellworth. Aber den großen schlanken Mann hatte sie noch nie gesehen. Im Vorübergehen hörte sie Stimmen, verstand jedoch nicht, worum sich das Gespräch drehte. Sicher war nur, dass die Stimmung ziemlich angespannt war.

John Cattuso hatte von seinem Ausflug nur ein leichtes Hinken und den Kopfverband zurückbehalten. Nervös lehnte er an der Wand und hörte seinem Chefredakteur zu, der sich hoch aufgerichtet wie ein Kampfhahn vor ihm aufbaute.

„John, dein Verhalten ist unter aller Sau! Du hältst mich wohl für einen Trottel! Während deiner Abwesenheit habe ich mich mit dem beschäftigt, was wir vereinbart hatten, und mich bemüht, möglichst wenig Wind zu machen. Wie ein Dieb habe ich mich nach den Bürostunden ins Archiv geschlichen, um Sarah Bolton nicht erklären zu müssen, was ich da will. Es ist doch nicht zu viel verlangt, dass du dich wenigstens ab und zu meldest! Ich hatte gehofft, dass du –"

„Ich musste zuerst einen klaren Kopf bekommen und über die Situation nachdenken", fiel John seinem Chef ins Wort und stieß sich heftig von der Wand ab.

„Schließlich haben sich die Dinge nicht so entwickelt, wie ich es wollte. Außerdem wusste ich, dass Sie alles Notwendige tun würden, um die Lage zu beruhigen. Meine Anwesenheit hätte daran auch nichts geändert. Es ist mir wirklich nicht leichtgefallen zu akzeptieren, dass wir ihnen freie Hand lassen müssen. Also habe ich es vorgezogen, mich zurückzuziehen. Außerdem habe ich diese Woche gebraucht, um wieder zu Kräften zu kommen."

Andrew Ellworth ergriff wieder das Wort.

„Die wirst du auch noch brauchen. Es wird Zeit für den zweiten Teil des Programms – deine Abschiebung. Derzeit steht Europa vor einem wichtigen Ereignis. Alle Zeitungen der Welt werden darüber berichten, denn es betrifft mindestens ein Fünftel der Weltbevölkerung. Es handelt sich um das zweitausendjährige Bestehen der römisch-katholischen Kirche. Mit gigantischen Veranstaltungen wird man ein ganzes Jahr lang zweitausend Jahre Geschichte wieder aufleben lassen – in Italien, genauer gesagt, im Vatikan. Die *New Herald Post* muss unbedingt dabei sein! Wir dürfen unserer Konkurrenz nicht das Feld überlassen. Das wäre für dich doch *die* Gelegenheit, dich aus der Affäre zu ziehen. Immerhin hast du deine Lage selbst verschuldet. Dieses Jubiläum im Jahr Zweitausend wird das größte und längste sein, das die Kirche je veranstaltet hat. Wir haben die wichtigsten und medienwirksamsten Veranstaltungen herausgesucht. Um alles vorzubereiten und das Thema vollständig zu recherchieren, musst du einige Tage vorher vor Ort sein. Eine Praktikantin, die ihr Journalismusstudium gerade abgeschlossen hat, wird dich begleiten. Das ist die Überraschung, die ich dir angekündigt habe. Ich glaube, dass sie –"

Cattuso reagierte wie üblich impulsiv und ließ seinen Chef gar nicht erst ausreden.

„Was soll das? Sie wollen mich wohl aufs Abstellgleis schieben? Kein Interesse! Sie können sich einen anderen suchen, der mit dieser Anfängerin loszieht. Ich bleibe in den Staaten! Notfalls kündige ich!"

Mit dieser Antwort hatte der Chefredakteur gerechnet. Sie passte zu Johns Charakter. Ellworth kannte seinen Stolz und versuchte ihm zu helfen. Doch dieser ignorierte die ausgestreckte Hand.

„Ich fürchte, John, du hast nicht begriffen, welche Chance dir die Zeitung bietet. Als ich die Unterlagen eingeworfen habe, klebte dieser Zettel am Briefkasten."

Ellworth zog die Schublade seines Schreibtisches auf und reichte dem Reporter ein Blatt Papier, auf dem stand: *„Die Anwesenheit von Mister Cattuso ist nicht mehr erwünscht. Falls er das nicht begreift, wird er es bereuen."*

Die mit steiler und gut lesbarer Handschrift geschriebene Drohung war eindeutig. John zog es den Magen zusammen. Man hatte ihn tatsächlich ins Exil verbannt. Der *Herald* besaß Agenturen in fast allen Großstädten der Welt, so auch in Rom. Er wusste, dass es nach dieser Reportage fast unmöglich war, wieder zurückzukommen. Wenn er in seinem Beruf weiterarbeiten wollte, musste er sich wohl oder übel mit einem mehrjährigen Auslandsaufenthalt anfreunden. Nach den gründlichen Überlegungen der letzten Woche war er bereit, Kalifornien zu verlassen. Aber gleich den ganzen Kontinent? Das kam einem Leben auf einem anderen Planeten gleich, und dazu hatte er nicht die geringste Lust. Der Chefredakteur bemerkte das verstörte Gesicht seines Gegenübers und sagte mit Nachdruck: „John, du musst dich entscheiden! Ich brauche deine Antwort! Begreife doch, unter diesen Umständen ist es deine einzige Chance. Wenn Gras über die Sache gewachsen ist, können wir wieder über eine Stellung hier beim *Herald* reden. Du weißt genau, dass wir Chronisten deines Schlags brauchen. Aber du musst endlich einsehen, dass du die Welt nicht ändern kannst, auch wenn es gerecht und notwendig erscheint."

John Cattuso hörte die gut gemeinten Worte. Sie erinnerten ihn an seine Kindheit in Brooklyn. Den gleichen Ton hatten seine Eltern angeschlagen, wenn sie ihn dazu bringen wollten, irgendeine Erwachsenenweisheit zu glauben. Plötzlich fiel ihm ein, dass eine Zeitung für solche Reportagen gewöhnlich eine ziemlich aufwendige Logistik benötigte, vor allem im Ausland. Der oder die beauftragten Journalisten wurden meistens von einem ganzen Team unterstützt: Assistenten, Fotografen, Stadtführer und Dolmetscher. Die nicht unerhebliche Investition für ein solches Ereignis wurde vorher immer budgetiert. Das war jetzt nicht der Fall, also wäre er nach seinem Verständnis bei diesem Job völlig auf sich allein gestellt. Na ja … bis auf die Praktikantin. Das erschien ihm ein wenig dünn für eine

Berichterstattung über ein so bedeutendes Ereignis wie dieses Jubiläum.

„Was für Reportagen erwarten Sie eigentlich ohne Team und technische Unterstützung? So können wir es doch niemals mit der Konkurrenz aufnehmen!“

„Wir brauchen vor allem gut recherchierte Artikel. Unsere Agentur in Rom besitzt bereits alle notwendigen Videobänder über die Geschichte des Vatikans sowie Informationen über seine Museen. Sie können diese Archivunterlagen für Ihre Artikel nutzen. Nancy, unsere Praktikantin, ist eine ausgezeichnete Fotografin. Das kann eine sinnvolle Ergänzung sein.“

Cattuso fiel auf, dass Ellworth die ganze Sache so darstellte, als wäre sie bereits beschlossen, während er sich bemühte, nur im Konditional zu sprechen. Obwohl er seinem Chef vertraute, wollte er zumindest seinem Missfallen Ausdruck verleihen und ihm beweisen, dass er nicht so leicht zu überzeugen war. Seit er für die Zeitung arbeitete, hatte Ellworth immer zu ihm gehalten. Auch heute versuchte dieser Mann nur, ihm zu helfen. John wurde schmerzlich bewusst, dass der Vorschlag, auf den alten Kontinent zu reisen, ein ausgezeichnetes Angebot, ja sogar eine Geste der Freundschaft war und keineswegs einem echten Bedarf der Zeitung entsprang. Er, der seine Freiheit und Unabhängigkeit so sehr liebte, war gerade dabei, eine kaum zu tilgende Schuld einzugehen. Flüchtig dachte er, dass es eigentlich angebracht wäre, sich zu bedanken. Doch die Aussicht auf ein Leben im Exil und die Arbeit mit dieser Praktikantin gefiel ihm gar nicht. Also beschloss er, den heiklen Augenblick noch ein wenig hinauszuzögern, wobei auch sein Stolz eine nicht unerhebliche Rolle spielte.

Als John wortlos zur Tür ging, wusste Ellworth, dass er

gewonnen hatte. Die beiden Männer kannten sich gut, und oft drückte ein Schweigen mehr aus als Worte.

Vertieft in ihre Arbeit heftete Nancy Unterlagen ab. Als Andrew sie ansprach, fuhr sie herum und blickte verdutzt in die Gesichter der beiden Männer.

„Nancy, ich möchte Ihnen unseren Reporter John Cattuso vorstellen. John, das ist Nancy Shepard, unsere neue Praktikantin. Ich lasse Sie jetzt allein, damit Sie sich bekannt machen können."

Knapp und formlos entfernte sich der Chefredakteur und ließ die beiden in Nancys Büro zurück. Beide blickten sich schweigend und ein wenig verlegen an. Nancy fielen sofort die sanften dunklen Augen des Mannes auf. Das halblange schwarze Haar umrahmte ein ernstes Gesicht mit hoher Stirn, ebenmäßigen Zügen und markantem Kinn. Er trug einen Kopfverband. Bekleidet war der athletisch gebaute Mann mit Jeans, einer schwarzen Weste und weißem T-Shirt, das seinen dunklen Teint betonte. Ja, John Cattuso war ausgesprochen attraktiv. Er besaß Charisma. Nancy konnte verstehen, warum Sarah Bolton nicht nur freundschaftliche Gefühle für ihn hegte. Während der kurzen Vorstellung hatte er keinerlei Gefühlsregung gezeigt und nur mit einem Kopfnicken reagiert. Nancy hatte ihm instinktiv die Hand hingestreckt, doch sie angesichts der offensichtlichen Zurückhaltung des anderen sofort wieder zurückgezogen.

Die junge Frau war schön – zu schön. Langes flammend rotes Haar umrahmte das hübsche, intelligente Gesicht mit den smaragdgrünen Augen. Jeans und eine weiße Bluse sollten offensichtlich ihre weiblichen Formen verhüllen, die sich jedoch deutlich unter der Kleidung abzeichneten und durch das dünne Gewebe noch attraktiver wirkten. Das gefiel John ganz und gar nicht! Diese Nancy strahlte eine Sinnlichkeit aus, die nicht zu übersehen war, was sich bei Recherchen, die unbedingt diskret durchgeführt werden mussten, rasch als nachteilig erweisen konnte. Doch ihr berufliches Intermezzo würde sowieso nicht lange dauern, und das zu behandelnde Thema war so banal, dass es ihm die Tränen in die Augen trieb. Fox drehte sich um und verschwand lässig und ohne ein Wort in sein Büro.

Nancy geriet völlig aus der Fassung und ärgerte sich über sein ungehobeltes Benehmen. Häufig musste sie Annäherungsversuche abwehren oder aufdringlichen Blicken aus dem Weg gehen, aber Gleichgültigkeit wurde ihr selten entgegengebracht. Und dieser Mann ließ sie einfach links liegen, und sie wusste nicht, warum.

Der berühmte Fox war eine ganze Weile damit beschäftigt, seinen Schreibtisch aufzuräumen und würdigte sie keines Blickes. Als er seine Aufräumarbeiten abgeschlossen hatte, zog er seine Weste an, schob sich den Karton unter den Arm, in den er seine persönlichen Dinge geworfen hatte, und verließ das Büro.

* * *

Vatikanstadt

Der alte Mann trat zögernd an die niedrige Pforte. Seine Taschenlampe wollte er nicht einschalten – noch nicht.

Vorsichtig fuhr er mit der Hand über das Holz und ertastete eine Metallfläche. Der kühle Kontakt zeigte ihm, dass er das Schloss gefunden hatte. Er konnte es mit geschlossenen Augen beschreiben, so oft hatte er es schon bei Tageslicht gesehen.

Eine altertümliche Schließvorrichtung mit dicken Nägeln und einer für heutige Verhältnisse ungewöhnlichen Größe.

Mithilfe eines Schraubenziehers und eines Dietrichs, den er tagsüber angefertigt hatte, machte er sich an dem alten Mechanismus zu schaffen.

Entgegen aller Erwartungen gelang es ihm zunächst nicht, das Schloss zu bezwingen. Trotz der völligen Finsternis versuchte der alte Mann, seine ungeschickten Hände zu koordinieren, um die Tür doch noch zu öffnen.

Schweiß lief ihm über die Stirn, und seine Hände waren so feucht, dass ihm die Werkzeuge immer wieder entglitten. Nach langen Minuten gelang es ihm endlich, den Riegel mit dem Dietrich zu fassen, und das Schloss sprang mit einem kurzen Klicken auf.

Nervosität und Angst hatten den Herzschlag des alten Mannes beschleunigt. Er wartete einige Augenblicke, um sich zu beruhigen, bevor er langsam die Tür aufdrückte. Auf den ersten Blick konnte er in der Dunkelheit nichts erkennen. Vorsichtig tastete er sich vor, bis er nach einigen Schritten beschloss, seine Taschenlampe einzuschalten.

Genau vor ihm befand sich ein großes Loch im Boden. Das gelbliche Licht fiel auf eine Treppe, die direkt in die Hölle zu führen schien. Die Nacht verhüllte die Gestalt des Besuchers und machte ihn unsichtbar. Nur sein weißes Haar schien fast übernatürlich im Raum zu schweben.

Während er ängstlich die ersten Steinstufen hinabstieg, dachte er über seine merkwürdige Lage nach. Er konnte kaum glauben, dass er, der sonst so unauffällige und bedächtige Mann, dem jeder Sinn für Abenteuer fehlte, sich über alle Verbote hinweggesetzt hatte und hier eingedrungen war.

Nur das wütende Knurren des Wesens, das ihn auf Schritt

und Tritt begleitete, und die Beschränkungen, die „man" ihm für seine Arbeit auferlegt hatte, rechtfertigten sein Eindringen.

„Man" hatte ihm unmissverständlich zu verstehen gegeben, dass er auf keinen Fall durch die kleine Pforte am Ende des Hofes gehen durfte. Aber warum? Die riesige Baustelle mit der ganzen Elektronik und den perfekten Sicherheitsmaßnahmen endete genau vor diesem Bereich. Er war sich sicher, dass sich dort etwas verbarg, und wollte unbedingt herausfinden, was es war.

3. KAPITEL

Rom im Jahr 1061 nach der Gründung

Fahle Dämmerung zerriss den Schleier der römischen Nacht. Später, wenn die Sonne den Dunst vertrieben hatte, würde die riesige Stadt wieder unter der Hitze leiden. Im Augenblick jedoch erwachte die größte Militär-, Wirtschafts- und Kulturmacht der Welt nur langsam aus der Dunkelheit. Ein schüchterner Schimmer weckte Gärten, Straßen, Läden und Tempel, enthüllte die Pracht der herrlichen Patrizierhäuser. Bis zum Hafen hinunter nichts als Wohlgerüche und Reichtum. Dieser Gesellschaft fehlte es an nichts, doch sie verstanden auch zu morden.

Seit einigen Jahren erschütterte eine wahre Flutwelle von Verdächtigungen und Streitereien das friedliche Nebeneinander der von ihrer Überlegenheit überzeugten Menschen. Die stolze Stadt, die uneingeschränkt über ein unendlich großes Reich herrschte und das Schicksal der Menschen bestimmte, kämpfte ums eigene Überleben. Um diesen Kampf zu gewinnen, musste sie ihre Feinde ermorden – unermüdlich und in wachsender Zahl. Ihr Mordinstrument war das Kolosseum. Immer häufiger bot der wie ein Gott verehrte Imperator seinem Volk gigantische Schauspiele, mit denen er nicht nur seine Macht und die technischen Errungenschaften, sondern auch die Grausamkeit eines kriegerischen Volkes demonstrierte.

Vor dieser verheerenden Entwicklung schien alles ganz einfach. Es genügte, Spiele zu veranstalten, bei denen die Menschen ihre Triebe ausleben, ihren Hass abreagieren und den Alltag vergessen konnten, um Unruhen und Aufstände in der riesigen Stadt zu verhindern. So sicherte sich die Obrigkeit ihre Macht.

Diese schrecklichen Veranstaltungen hatten nur ein Ziel: die Unterdrückung des Volkes, um sich die Vormachtstellung in der Welt zu sichern.

Das machtgewohnte Rom führte seit geraumer Zeit einen heimtückischen, scheinbar einfachen Krieg, allerdings noch mit ungewissem Ausgang. Rom kämpfte gegen das Christentum. Mit Unterstützung zahlloser Denunzianten, die großzügig mit den Sesterzen des Imperators entlohnt wurden, durchkämmten Dekurionen Nacht für Nacht die Stadt und verfolgten friedliche und wehrlose Menschen bis in ihre geheimsten Gebetsräume. Dort, in dunklen Schlupfwinkeln, saßen die Anhänger der neuen Religion im schwachen Schein der Öllampen wie Tiere in der Falle. Alle, Männer, Frauen und Kinder, wurden verschleppt und in die Kerker des Kolosseums geworfen.

Inzwischen war es fast Mittag.

Auf einem der sieben heiligen Hügel der Stadt stand der mit Gold und Seide ausgestattete Marmorpalast des rechtmäßigen Imperators. Schwere Moschus- und Rosenlorbeerdüfte hingen in dem luxuriös ausgestatteten Raum, in dem Maxentius aufmerksam die Berichte seiner Kundschafter entgegennahm. Das Kinn auf die linke Hand gestützt, mit der rechten nervös an seinem Dolch spielend, saß er auf dem Thron der Cäsaren und blickte herablassend auf seine Untertanen. Hinter ihm, unauslöschlich auf die breite Marmorwand graviert, prangte das Symbol der Größe Roms: die vier Buchstaben S, P, Q, R, „Senatus Populusque Romanus“, was bedeutete: „Der römische Senat und das römische Volk“. Maxentius – jung, mittelgroß, mit ebenmäßigen adligen Gesichtszügen – strahlte Selbstherrlichkeit und Macht aus. Eine Krone aus goldenen

Lorbeerblättern zierte seine hohe Stirn und bändigte die kurzen blonden Locken. Kleiderspangen aus fein ziselierten goldenen Muscheln hielten die blutrote Tunika auf den Schultern. Die leuchtende, fast aggressive Farbe des Stoffs unterstrich die Bedeutung seines Trägers, aber auch die kriegerische Vergangenheit des durch ihn verkörperten Reichs. Der leichte Harnisch, der seinen Oberkörper schützte, trug ein Relief mit den hoheitlichen Zeichen seiner Herkunft, seiner Funktion und seiner Macht.

Doch der Blick dieses Mannes überraschte und sorgte für Beklemmung. Es war der unstete und Angst einflößende Blick eines zutiefst misstrauischen und feigen Menschen, geprägt von erschreckender Rachsucht.

Er war beileibe ein würdiger Nachfolger jener machthungrigen Männer, die mit grausamer Hand und purer Menschenverachtung regiert hatten, und verabscheute wie sie jede Form von Aufbegehren. Auch er bekämpfte das Christentum und wollte diese aufrührerische Bewegung ein für allemal zerschlagen. In den sechs Jahren seiner Regierungszeit hatte er hinlänglich unter Beweis gestellt, wozu er fähig war. Er hasste die Anhänger dieser Religion, die immerhin schon seit drei Jahrhunderten bestand, so sehr, dass ihn nichts davon abbringen konnte, sie zu verfolgen und zu vernichten. Als Herrscher des Kaiserreichs betrachtete er es als seine Pflicht, alle Christen unschädlich zu machen und nicht eher zu ruhen, bis sie vollends ausgerottet waren. Zweifellos würde ihm gelingen, woran die anderen Cäsaren gescheitert waren.

Heute standen zehn Männer, die jeweils für ein Stadtviertel zuständig waren, unterwürfig und betreten vor ihm.

Der älteste und erfahrenste war Caius Ventii. Der einstige Sklave, der seinem Herrn jahrelang in blindem Gehorsam gedient hatte, kannte das Volk in den Straßen der Stadt wie kein anderer. Seine wachen Augen und sein scharfer Verstand hatten ihm Türen geöffnet, die dem niederen Volk für gewöhnlich verschlossen blieben. Der Imperator hatte stets ein offenes Ohr für ihn und schätzte seinen Rat. Oft sprach er im Namen aller Berichterstatter. Obwohl es keine Rangordnung unter ihnen gab, galt er doch als ihr Anführer.

„Sprich, Caius! Was hast du heute Nacht beobachtet? Was ist dir zu Ohren gekommen? Warum erfahre ich die Neuigkeiten aus Rom erst jetzt? Du kennst doch meinen Befehl!"

Der strenge Ton verhieß nichts Gutes, und die Berichterstatter befanden sich in einer heiklen Lage.

„Herr, wir haben die ganze Nacht die Stadt durchstreift. Die Christen werden immer zahlreicher. Jedes Loch, jeder Keller ist ein Gebetsraum. Überall sind Gläubige, es ist unmöglich, sie alle aufzustöbern. Ich habe so lange gewartet, weil ich zuerst meine Eindrücke mit denen der anderen Berichterstatter vergleichen wollte. Sie sind absolut identisch. Die Bewegung hat unglaublich viele Anhänger gewonnen und gerät allmählich außer Kontrolle. Neuerdings bevorzugen sie die Katakomben als Stätte der Gottesverehrung. Sie in diesem weitläufigen Labyrinth mit den zahlreichen geheimen Zugängen aufzustöbern ist äußerst schwierig."

Während des Berichts konnte Maxentius sich kaum beherrschen. Als Caius schwieg, ließ er seinem Zorn freien Lauf.

„Ein paar Plebejer, die sich wie Ratten verkriechen, werden Rom nicht besiegen! Der Arm der Gerechtigkeit wird alle Feinde des Imperiums erreichen und diese Christen, die unsere Götter stürzen wollen, zum Schweigen bringen! Ich befehle euch, dieses Ungeziefer Nacht für Nacht zu jagen, wo immer es sich verbirgt! Notfalls setze ich eine ganze Legion ein, um diese Christen ein für alle Mal aus ihren Löchern zu holen!“

Eingeschüchtert durch die gebieterischen und zornigen Worte ihres Herrn zogen sich die zehn Männer mit einem Gefühl der Ohnmacht zurück. Sorgenvoll fragten sie sich, warum dieser gefürchtete Halbgott nicht erkannte, dass sich in der Welt ein Wandel vollzog und der inzwischen weitverbreitete Glaube die bestehende Ordnung außer Kraft zu setzen drohte.

Maxentius wandte sich an seine Kaisergarde. Ein Zenturio, Anführer der Garde und Leibwächter des Imperators, löste sich aus der Gruppe, trat einige Schritte vor und schlug sich zum Gruß mit der Faust auf die Brust. Die stattliche Erscheinung strahlte Sicherheit und Kraft aus.

„Ja, Herr?“

„Flavius, du, der gegen mehr Feinde und Barbaren gekämpft hat als die meisten meiner Soldaten, fürchtest du dich vor den Christen?“

Der Prätorianer wusste, dass er im Gegensatz zu den meisten anderen Menschen frei sprechen durfte. Er gehörte zur Elite, zu den Helden der Legion, von denen es hieß, dass sie lieber starben, als auch nur einen Schritt zurückzuweichen. Seine Vorgänger hatten vor Jahrhunderten den großen, von Spartakus angeführten Aufstand zerschlagen. Als die Legionen vor den nach Freiheit strebenden Sklaven zurückgewichen waren und Rom zu fallen drohte, rief man als letzte Rettung die Elitekohorten herbei. Trotz der zahlenmäßigen Unterlegenheit besiegten sie die Aufständischen und stellten die Sicherheit im Römischen Reich wieder her. Das Urteil dieses stahlharten Mannes zählte für Maxentius mehr als die Meinung aller seiner Berichterstatter zusammen.

„Herr, für dich und für Rom würden meine Legion und ich unser Leben geben. Doch es ist meine Pflicht, dir zu sagen, dass dieser Feind anders ist als die Horden, die an den Grenzen in unser Reich einfallen. Er kämpft nicht und tötet nicht, und doch fürchtet er weder Schwert noch Lanze. Weil ihr Gott ihnen Unsterblichkeit versprochen hat, nehmen diese Christen kraft ihres Glaubens jedes Leid auf sich. Selbst den Kerkermeistern des Kolosseums nötigen sie Respekt ab, denn sogar angesichts des Todes bleibt ihr Glaube unerschütterlich."

Ärgerlich über diese Warnung stand der Imperator abrupt auf und verließ den großen Saal. Ihn befiel das ungute Gefühl, die Lage nicht mehr im Griff zu haben. Das Blatt in der Geschichte Roms schien sich zu wenden, und er konnte nichts dagegen tun. Das konnte und durfte er nicht zulassen! *Imperatori,* die Söhne der Götter, waren immer siegreich geblieben und hatten sich die Welt untertan gemacht. Er, Maxentius, der letzte in der langen Reihe der Cäsaren, durfte sich nicht geschlagen geben.

Als er zwischen den hohen weißen Marmorsäulen entlangschritt, fiel ihm plötzlich auf, dass er gar nicht wusste, wer diese Menschen waren, die er als Verräter betrachtete. Bisher hatte er sie nur von Weitem in der Arena gesehen, wenn die Raubtiere über sie herfielen. Nie war er diesen Christen naher gekommen. Für ihn waren sie nur unbezahlte Laiendarsteller, die dem Volk grandiose Schauspiele boten. Sein Entschluss stand fest! Er wollte sich dieses unheimliche Volk einmal genauer ansehen und sich selbst ein Urteil bilden, ob sie wirklich in der Lage waren, das Reich zu erschüttern.

Die Prätorianergarde folgte ihm. Ohne sich umzudrehen, rief er über die Schulter: „Flavius, wir gehen ins Kolosseum!"

In Begleitung seiner Eskorte verließ der Imperator den stillen Palast auf dem Palatin, der wie die anderen Hügel rund um die riesige Stadt vom strahlend blauen Himmel erhellt wurde. Zu seinen Füßen pulsierte das Leben Roms in dem von ihm diktierten Rhythmus. Der herrische Blick des lebenden Gottes ruhte selbstgefällig auf dem regelmäßigen, architektonisch harmonischen Stadtbild. Eine herrliche Landschaft! In der Ferne schlängelte sich der Tiber, Fluss der Cäsaren, wie schon seit Jahrhunderten unbeirrt durch die Stadtviertel. Der Gedanke, Gebieter dieser Stadt zu sein, erfüllte Maxentius mit unermesslichem Stolz.

Im Schutz der Prätorianergarde durchquerte er die Stadt. Durch die dünne durchbrochene Bespannung des kaiserlichen Baldachins, der von acht nubischen Sklaven getragen wurde, nahm er wahr, was um ihn geschah. Zügig und im Gleichschritt zogen sie durch die Straßen. Nur das Keuchen der schweißgebadeten Träger und das Knirschen der Brustpanzer begleitete die schweigende Prozession. Der Imperator befand sich im Herzen seiner Stadt, dieser einmaligen Hauptstadt, die durch sein Handeln von Tag zu Tag unmenschlicher wurde. Die Sonne stand nun am höchsten Punkt. Es war unerträglich heiß. Nur am Tiber wehte eine leichte kühlende Brise. Hitze und Staub machte das Atmen schwer. Überall machte die Menge der kaiserlichen Eskorte sofort Platz und verharrte reglos, bis sie vorbeigezogen war. War es ein Zeichen des Respekts oder des Misstrauens? Der Imperator war sich unsicher, die Zeiten hatten sich geändert.

Maxentius näherte sich dem Kolosseum. Obwohl gerade keine Zuschauer anwesend waren, herrschte in dem gewaltigen Bauwerk aus weißem Travertin reges Treiben. Handwerker waren unablässig mit der Instandhaltung beschäftigt. Der beeindruckende Monumentalbau beherrschte die ganze Umgebung und wirkte dennoch leer. Das Kolosseum hätte Rom und dem Römischen Reich als Symbol der Macht alle Ehre gemacht. Es war einst von Vespasian und Titus errichtet worden, um der Welt für alle Zeiten die Größe und Stärke seiner Schöpfer vor Augen zu führen.

Umgeben von seiner Leibgarde erstieg der Imperator die mächtigen Steinstufen zum Haupteingang, vor dem vier Wächter standen. Als sie Maxentius erkannten, wichen sie sofort zurück und schlugen sich zum Gruß heftig mit der Faust auf die Brust. Schwerfällig öffnete sich das mächtige schmiedeeiserne Tor und gab den Weg zu den Logen frei. Im Schatten der Gänge konnte man die Arena überblicken, die friedlich und still in der Sonne lag. Schon bald würde eine entfesselte und brüllende Menge diese trügerische Beschaulichkeit zerstören.

Aber im Augenblick interessierte den Sohn der Götter etwas anderes. Die Arena war ihm vertraut, die steinernen Eingeweide jedoch, in denen Sklaventreiber, Elend und Wehgeschrei herrschten, waren ihm weitgehend unbekannt.

Gefolgt von seiner Garde wandte sich Maxentius nach rechts und ging einen langen gebogenen Korridor entlang. Durch die Öffnungen der dicken Mauern fiel in regelmäßigen Abständen Tageslicht. Nach etwa fünfzig Metern blieb die kleine Gruppe stehen. Ein großer kahlköpfiger Mann, dessen Gesicht und Arme mit Narben übersät waren, bewachte den Zugang zu einer dunklen Treppe, die ins Untergeschoss führte. Der Wächter hob den massigen Kopf und grüßte wortlos mit ausgestrecktem Arm.

Gebieterisch rief der Imperator: „Ich will mir die Christen ansehen. Zeig mir den Weg!"

Der Befehl erlaubte keinen Widerspruch und schloss bewusst die anderen Mitglieder der Gruppe aus. Wortlos nahm der Mann die Fackel aus dem Eisenring an der Wand und ging voraus. Die Treppe führte steil nach unten. Maxentius, Flavius und drei Soldaten folgten ihm, die anderen blieben oben an der Treppe stehen. Das rhythmische Klappern der Ledersandalen auf den grob behauenen Steinstufen hallte durch die jahrhundertealten Gewölbe. Nach einem Dutzend Stufen wurde es angenehm kühl. Es war so dunkel, dass die Seitenwände des schmalen Korridors, durch den gerade zwei Männer passten, kaum zu erkennen waren. Hier und da verbreiteten Fackeln einen schwachen Schein, der die Dunkelheit nur spärlich zu erhellen vermochte. Bald hatten sie die letzte Stufe erreicht, und der enge Gang verlief nun horizontal. Die sechs Männer passierten ein Gewirr von Räumen und Winkeln. Allmählich wurde es heller. Licht fiel durch die Kellerfenster im Boden der Arena. Schließlich betraten sie einen großen hellen Raum, in dem Männer an komplizierten Maschinen, die zur Freude des Publikums spektakuläre Effekte erzeugen konnten, arbeiteten. Die Flaschenzüge, Hebel und Seilwerke konnten unglaubliche Lasten heben und mussten regelmäßig gewartet und überprüft werden.

Als die Arbeiter den Imperator bemerkten, grüßten sie. Dann herrschte bedrückendes Schweigen, und die Männer blickten ihn fragend an. Für gewöhnlich wohnte Maxentius den Kämpfen der Gladiatoren auf der anderen Seite des Kolosseums bei, was wollte er also hier unten? Der Führer ging mit seinen Besuchern im Gefolge an den mächtigen Maschinen vorüber. Hinter ihnen setzten die Arbeit und das Gemurmel wieder ein. Ein schmaler Durchgang führte in einen großen Saal, in dem Käfige aus dicken Eisenstäben standen. Die kühle Luft war nun spürbar feuchter und hatte auf den Wänden eine dünne Salpeterschicht gebildet.

Als die Besucher näher traten, ertönte tiefes Knurren und Fauchen aus den Käfigen. Ein scharfer Geruch erfüllte die Luft und raubte den Männern den Atem. Der Gestank der Raubtiere und ihrer Ausscheidungen war ebenso furchterregend wie die Tiere selbst. Abgestoßen von dem unheimlichen Ort, bedauerte Maxentius bereits seinen Entschluss, dieses Elendsquartier zu besichtigen. Doch der Wunsch, die Feinde des Reichs aus der Nähe zu sehen, war stärker und zwang ihn, sein Vorhaben zu Ende zu bringen.

Die hier gehaltenen Tiere jeglicher Rasse und Herkunft, von sanftmütigen Kamelen und Giraffen bis zu gefährlichen Löwen und Tigern, dienten der Belustigung der fünfzigtausend Zuschauer des Kolosseums, wobei die Raubkatzen die wichtigsten Helfer bei der Ausrottung der Christen waren. Die in Lumpen gekleideten Menschen waren ihre einzige Mahlzeit und leichte Beute für die ausgehungerten Tiere. Wollten die Veranstalter dem Schauspiel mehr Würze verleihen, gaben sie den Opfern kurze Dolche zur Verteidigung. Allerdings verstanden diese Christen nicht, sie einzusetzen oder weigerten sich – ein weiterer Beweis für ihre Würdelosigkeit. Mut bewiesen sie nur, wenn sie sich unbewaffnet auf die hungrigen und durch das Schreien der Menschenmassen erregten Raubtiere stürzten, um ihnen ihre Kinder zu entreißen, die ihnen als Appetithappen vorgeworfen wurden.

Der Mann mit dem geschorenen Schädel setzte seinen Weg fort und betrat schließlich einen Saal, der noch düsterer war als die anderen und eine lange Reihe vergitterter Zellen aufwies. Aus der Ferne war noch immer das Gebrüll der Raubtiere zu hören, die sich nur allmählich beruhigten. Hinter den schweren Eisenstangen standen dicht gedrängt Menschen.

Ihre ergebenen und traurigen Blicke folgten den Besuchern dieses Vorzimmers zur Hölle. Man hatte die Männer von den Frauen und Kindern getrennt. Trotz der vielen Menschen war es sehr still. Nur das gleichmäßige Murmeln der Gebete und leises Schluchzen verriet die Anwesenheit von Menschen in diesem dunklen Verlies. Die Kinder hatte man nicht etwa aus Mitgefühl bei den Müttern gelassen, sondern weil ihr ängstliches Geschrei sonst das ganze Untergeschoss erfüllt und die Raubtiere beunruhigt hätte.

Wortlos nahm Maxentius dem großen Wächter die Fackel aus der Hand, trat einige Schritte vor und betrachtete verwundert diese sanften Wesen, die allem Anschein nach glaubten, eines Tages lebend diesem dunklen Verlies entrinnen zu können. Woher nahmen sie das tiefe Vertrauen, das in ihren gezeichneten Gesichtern stand? Der Imperator lächelte herablassend. Anscheinend hatten sie ihr Schicksal akzeptiert und dachten bereits an ihr Leben nach dem Tod. Unter den Blicken der Gefangenen trat der Imperator näher heran und betrachtete die leblosen Körper, die zwischen den Lebenden auf dem Boden lagen. Vermutlich wurden sie entfernt und den Raubkatzen als Vorspeise serviert, bevor man die Opfer für die Spiele auswählte.

Maxentius starrte in ihre Gesichter. In ihren Augen stand kein Hass, nur Müdigkeit. Er suchte den Anführer der Gruppe und rief: „Wer befiehlt hier?“

„Niemand, wir sind alle gleich“, antwortete ein mittelgroßer Mann. Sein Gesicht war hinter einem dichten Bart verborgen, seine Kleidung zerrissen, und er trug nur noch eine Sandale.

„Wer bist du? Kommst du aus Rom?“

„Ich heiße Gallius und war Töpfer in den unteren Vierteln

von Rom. Meine Familie gehört seit Generationen zum römischen Volk."

„Wer ist dein Herr?"

„Ich bin kein Sklave. Ich bin ein freier Mann."

„Du sagtest, du warst Töpfer. Bist du es nicht mehr?"

„Nein, nun lehre ich das Wort Gottes und erkläre den Menschen die Heilige Schrift."

„Wovon lebst du, wenn du nicht arbeitest? Vermutlich bist du einer dieser Räuber, die nachts in Rom plündern und brandschatzen!"

„Nein! Ich bin kein Dieb! Ich lebe von dem, was mir barmherzige Menschen geben, mehr nicht! Was ich besitze, trage ich auf dem Leib, hier vor dir!"

Er bot einen bedauernswerten Anblick. Die ärmsten Sklaven Roms waren zweifellos besser gekleidet als dieser freie Mann.

„Wo haben euch meine Soldaten entdeckt?"

„In den Katakomben."

„Die Katakomben werden jede Nacht durchsucht. Warum kehrt ihr immer wieder dorthin zurück?"

„Dieser stille Ort eignet sich gut für die Andacht. Trotz der Gefahr hoffen wir, dort in Ruhe für bessere Tage beten zu können. Außerdem ist das Gelände sehr weitläufig, und vielen von uns gelingt es, zu entkommen. Du siehst hier nur sehr wenige unserer Brüder."

Der Mann war sich seines Glaubens so sicher, dass er jede Vorsicht vergaß und unumwunden die regelmäßigen Versammlungen der Christen in den unterirdischen Friedhöfen zugab. Verwundert über diese Naivität fuhr der Imperator mit seiner Befragung fort.

„Das Römische Reich ist groß. Ihr seid nur wenige, und doch sorgt ihr für ständige Unruhe. Weißt du, was dich und deine

Leidensgenossen erwartet? Ist euch euer Leben denn so wenig wert, dass ihr es leichten Herzens im Kolosseum opfert?"

„Cäsar, wir hängen ebenso am Leben wie du und wissen genau, was uns erwartet. Aber wir opfern es nicht für deine Spektakel, sondern schenken es unserem Herrn. Je mehr Märtyrer du schaffst, umso wichtiger und sinnvoller wird unser Opfer. Wir glauben nur an einen Gott. Für unsere Treue hat uns unser Herr das ewige Leben versprochen. Nichts wird uns dazu bringen, diesem Glauben zu entsagen, weder die Macht noch die Grausamkeit Roms. Wir haben schon so viel Leid ertragen. Was kannst du uns noch nehmen, außer unser irdisches Leben?"

Zum ersten Mal hörte der allmächtige Cäsar das Wort „Herr", ohne dass es ihm galt.

„Beim Jupiter, ihr habt keinen anderen Herrn als mich! Ich bin Maxentius, Imperator des Römischen Reichs! Alle Kreaturen dieses Reichs schulden mir Gehorsam und Unterwerfung! Euer Glaube verhöhnt den römischen Glauben und die Götter des Pantheons!"

Verärgert über den Widerstand des Christen, schrie der Kaiser wütend: „Ihr werdet alle sterben! Männer, Frauen und Kinder! Eure elenden Leben dienen bald nur noch der Belustigung der Zuschauer!"

Der Zornesausbruch des Kaisers flößte den Kindern Furcht ein. Ihr Weinen weckte die Raubtiere, die mit fürchterlichem Gebrüll und Fauchen reagierten. Livio, gerade einmal sieben Jahre alt, umklammerte mit seinen kleinen Fingern die Eisenstangen und starrte diesen hochmütigen und hasserfüllten fremden Mann aus hoffnungslosen Augen an. Angst und Entbehrungen hatten seinen Körper ausgezehrt, der gerade noch genug Kraft besaß, um sich ein paar Stunden, bestenfalls einige Tage am Leben zu erhalten. Den Glauben hatte er von seinen Eltern übernommen, war willenlos ihrem Ideal gefolgt und wusste, dass sie sich verstecken mussten, um zu überleben. In seinen sieben zugleich kurzen und langen Lebensjahren hatte er nur selten gespielt, aber oft gelitten, zu oft für ein unschuldiges Kind, dem man eine Denkweise diktiert hatte, die es kaum verstand. So weit seine mageren Erinnerungen zurückreichten, hatte sein Leben nur aus endlosen Klagen und nächtlichen Gebeten in ständig wechselnden Verstecken bestanden. Als er kleiner war, hatte er noch Gefallen an der Heimlichtuerei gefunden. Für ihn war es nur ein Spiel gewesen. Doch allmählich ahnte er, in welcher Gefahr sie sich befanden und wusste, dass die Versammlungen verboten waren. Schließlich hatte man sie festgenommen, gestoßen und geschlagen. In dem Handgemenge war er von seiner Mutter getrennt worden. Lange hatte Livio verzweifelt nach ihr gerufen, vergebens. Sie war nicht mehr da, um ihn zu trösten, wenn er sich fürchtete. Obwohl die anderen bei ihm waren, quälte ihn ein schreckliches Gefühl des Alleinseins, grenzenloser Schwäche und Hoffnungslosigkeit. Lautlos ließ er sich zu Boden gleiten, lehnte sich an die Eisenstäbe und weinte ein letztes Mal.

Unberührt vom Schicksal des Kindes, das er kaum wahrnahm, verließ Maxentius fluchtartig das Verlies und eilte ins Freie, an die frische trockene Luft. Auf dem Rückweg dachte er über die innere Stärke und den unbeugsamen Willen dieser unbedeutenden Menschen nach. Man hatte alles versucht, doch selbst die raffiniertesten Foltermethoden, denen sonst niemand standhielt, führten nicht zum Erfolg. Auch die wenigen, die dem Gemetzel in der Arena entkamen, hatten keine Chance. Denn selbst wenn die Tiger und Löwen, satt und trunken von Fleisch und Blut, von ihnen abließen, brachte man die Überlebenden in die Gewölbe des Kolosseums, wo eigens für diese niederträchtige Aufgabe abgestellte Soldaten den wehrlosen und verletzten Menschen die Kehle durchschnitten. Wer die ekstatischen Schreie der Massen überlebt hatte, sollte sie kein zweites Mal hören. Man riss diesen Menschen zwischen zwei Vierergespannen die Glieder aus, übergoss sie mit Öl und benutzte sie als lebende Fackeln. Man zwang sie sogar, gegeneinander zu kämpfen, wobei sie ein miserables Schauspiel boten. Wie ihren Christus peitschte man sie aus, und sie starben unter den Hieben der Geißeln, deren Bleikugeln ihnen das Fleisch in Fetzen aus dem Leib rissen. Und doch war es Rom nicht gelungen, diese Christen zur Umkehr zu bewegen, ihnen ein öffentliches Abschwören von ihrem Glauben abzuringen, was Symbolcharakter gehabt hätte.

Die vier Wächter am Eingang grüßten ihn erneut, doch er beachtete sie nicht. Ein unerklärliches Gefühl der Niederlage hatte ihn erfasst. Gereizt musste er sich eingestehen, dass er sich herabgelassen hatte, mit einem niederen Wesen zu sprechen, das sich seinem Einfluss, seiner Macht entzog. Er hatte sie sehen wollen, um sie zu verstehen. Doch er war aus der Hölle wieder ans Licht gestiegen und hatte seine Zeit vertan. Sein Unverständnis für diesen Glauben war größer denn je. Wie hatte ein ungebildeter Vagabund, dessen Existenz weniger Wert besaß als ein Zugtier, ihm die Stirn bieten können? Ihm, Maxentius! Ihm, der häufig vor der Versammlung der eloquenten Senatoren Reden hielt. Lag die Antwort vielleicht in der Bedeutung der Worte und nicht in der Art ihrer Verwendung?

Die nubischen Sklaven standen neben der kaiserlichen Sänfte und ruhten sich aus. Ihre braunen muskulösen Körper bildeten einen seltsamen Kontrast zu den hellen Lichtflecken auf dem Kreideboden.

Kaum hatte der Imperator das Kolosseum verlassen und war ein paar Schritte gegangen, bemerkte er einen Boten des Senats, der im Schatten einer Zypresse auf ihn wartete. Er trug eine kurze weiße Tunika und um die Taille die rote Schärpe der Diener. Mit zum Gruß erhobenem Arm trat er vor und reichte Maxentius wortlos eine Pergamentrolle mit rotem Wachssiegel. Der Imperator riss ihm das Schreiben mit einem herablassenden Kopfnicken aus der Hand. Er brauchte die Botschaft nicht zu lesen, er kannte den Inhalt. Der Senat forderte ihn auf, unverzüglich zu erscheinen. Seit Monaten plagte ihn nicht nur das Problem mit den Christen, sondern auch die Unzufriedenheit der Senatoren, die sich nicht zwischen ihm und Konstantin entscheiden konnten. Dieser wollte die neue Religion integrieren und Rom um seinen Rang als Mittelpunkt der Welt bringen. Bisher hatte Maxentius, der den Forderungen der Gesetzgeber nicht nachkommen wollte, diese Ladungen ignoriert. Doch heute stand sein Entschluss fest. Gefolgt von Flavius und seiner Garde begab er sich zum kaiserlichen Baldachin.

„Zum Senat!"

Die kleine Truppe trabte die Via Sacra hinauf und hielt schließlich vor dem Forum.

Das Bauwerk verkörperte alles, was Rom je geschaffen hatte. Es besaß gigantische Ausmaße und war von beeindruckender Stattlichkeit. In diesem mit farbigem Stuck verzierten Marmorgebäude tagte der Senat. Nur die Vollversammlung – alle tausend Senatoren – durfte die Befehle des Imperators diskutieren und ihm öffentlich widersprechen. Langsam stieg Maxentius die mächtige Freitreppe zur Kurie hinauf. Eskortiert von seiner Garde betrat er ohne Ankündigung den halbrunden Versammlungsraum. Beim Anblick des Purpurmantels und der Soldaten erstarb das Stimmengewirr, das schon von draußen zu hören gewesen war. Die Spannung stieg spürbar. Alle Blicke waren auf den völlig gelassenen Imperator gerichtet. Die Senatoren erwarteten eine Antwort von ihm – *die* Antwort.

Rasch setzte die allgemeine Unruhe wieder ein. Die Versammlung forderte einen Senator auf, das Wort zu ergreifen. Catina, der Älteste, erhob sich. Seine weiße Toga verlieh dem alten Mann Würde. Die erstaunlich lebhaften graublauen Augen passten so gar nicht in sein faltiges Gesicht.

„Cäsar, wir warten seit Wochen auf deine Antwort! Du darfst unsere Forderungen nicht länger ignorieren! Wir alle sind der Meinung, dass Rom nur überleben kann, wenn die Ausrottung der Christen aufhört und wir ihre Religion anerkennen. Willst du ihren Glauben im Keim ersticken, musst du mehr als die Hälfte der Stadt ermorden lassen. Es gibt kaum eine Plebejerfamilie, zu der nicht ein oder zwei Christen gehören. Wir riskieren einen Aufstand! Das Reich ist nicht in der Lage, gleichzeitig gegen das Volk und die Barbaren an unseren Grenzen zu kämpfen. Unsere Soldaten verstehen nicht, wie ein einziger Gott den Gläubigen trotz der Folterungen und Leiden, die sie ertragen müssen, so viel Kraft und Abgeklärtheit verleihen kann. Roms Stärke lag stets in der Fähigkeit, sich den verschiedenen Bewegungen anzupassen. Wir fordern dich erneut auf, mit Konstantin und dem Senat ein Triumvirat zu bilden, um das Imperium zu verteidigen und unsere Hauptstadt wieder zu Stärke und Stabilität zu führen. Du musst eine Entscheidung treffen, wir haben dir genug Zeit gelassen. Antworte! Jetzt! Rom muss leben!“

Sein Ton war nüchtern und gebieterisch. Da der Senator die Sprache der Cäsaren benutzte und eine direkte Auseinandersetzung nicht scheute, war klar, dass der gesamte Senat hinter ihm stand.

Maxentius ließ den Angriff ungerührt über sich ergehen, denn er kam nicht unerwartet. Nur die Entschlossenheit des alten Catina überraschte ihn ein wenig. Normalerweise hielten sich die wortgewandten Senatoren sorgfältig an die Regeln. Doch jetzt wagte der Senat zum ersten Mal, ihm zu befehlen.

Wieder herrschte lastendes Schweigen. Der Imperator überlegte und ließ sich mit der Antwort Zeit. Man verlangte die Gewaltenteilung von ihm. Gab er den Forderungen der Versammlung nach, bliebe er im Triumvirat stets derjenige, der verzichtet hatte, und seine Tage wären gezählt. Schwäche war von Rom noch nie geschätzt worden, vor allem nicht in Krisenzeiten. Mit der typischen Cäsarengeste streckte er gebieterisch den ringsum Versammelten den Arm entgegen. Der Senat wollte sich gegen ihn stellen? Nun gut, dann würde er eben ohne ihre Unterstützung siegen!

„Senatoren, in widrigen Zeiten erkennt Rom seine Söhne! Ihr habt euch für Konstantin entschieden und nennt eure eigene Schwäche Vernunft. Meine getreuen Legionen werden sein Heer schlagen! Mars und Jupiter geben mir die Kraft, die Feinde des Imperiums zu vernichten! Ich werde die innere Stabilität der Stadt der Cäsaren wiederherstellen und die Christen, die unsere Götter stürzen wollen, ausrotten. Wenn ich gesiegt habe, werdet ihr wissen, dass eure Entscheidung Roms unwürdig war!“

Eine unverhüllte Drohung. Die Gesetzgeber wussten, dass es gefährlich war, Maxentius die Stirn zu bieten. Obwohl die

Anzahl seiner Gegner nicht unbedeutend war, konnte der Imperator die Einflussreichsten unter ihnen ohne Weiteres ausschalten, und im Falle eines Sieges würde er, der eher gefürchtet als geachtet war, wieder den Cäsarenthron besteigen.

Nun hatte der Senat die lang ersehnte Antwort. Sich selbst treu bleibend, unterstützte er den „Usurpator" bedingungslos, vertrat seine Vorstellungen und Ziele und entschied sich für seine Vorgehensweise in der Stadt.

Wenige Tage später trafen Maxentius' und Konstantins Heere an der Milvischen Brücke aufeinander. Die Schlacht vor den Toren der Hauptstadt an den Ufern des Tibers dauerte den ganzen Tag. Das Blut der Söhne Roms tauchte die Region Latium in brudermörderisches Rot. Die hohen Verluste auf beiden Seiten zeugten von der großen Brutalität und Entschlossenheit, mit der die verfeindeten Legionen aufeinanderprallten. Der heilige Fluss schwemmte die Leichen fort und befreite den Schauplatz von den nicht mehr benötigten Akteuren. Die gnadenlose Schlacht war eine einzige Demonstration römischer Kampftechnik. Lange blieb ihr Ausgang ungewiss. Doch ohne Rücksicht auf das Schicksal der Männer brachte die untergehende Sonne die Entscheidung. Im Jahr 1061 nach der Gründung Roms – nach dem christlichen Kalender 312 nach Christus – siegte Konstantin, und Maxentius starb.

Der durch den neuen Imperator übernommene christliche Glauben stürzte das Pantheon der römischen Götter. Neue Vorschriften und Regeln veränderten das Leben in Rom radikal. Doch das Imperium blieb dank neuer Tatkraft der Regierenden noch Jahrhunderte unter derselben bleischweren Sonne erhalten.

4. KAPITEL

Flughafen Los Angeles, Gate 23

Flug 114 nach Rom. Es war zwanzig nach zwei. Nancy war verstimmt.

Sie waren gemeinsam von der *New Herald Post* zum Flughafen gefahren. Gemeinsam war zu viel gesagt. Wie zwei Fremde hatten sie bereits vor der Abfahrt vom Büro aus kein Wort gewechselt. Dieser Mensch war unmöglich! Zumindest benahm er sich so. Ungehobelt wie er war, hatte er nicht die geringste Geste der Höflichkeit oder Hilfsbereitschaft gezeigt. Er half ihr weder mit dem Gepäck noch hielt er ihr die Tür auf oder ließ ihr beim Einsteigen ins Taxi den Vortritt. Er behandelte sie einfach wie Luft! Was sie anfangs für Unachtsamkeit oder Gleichgültigkeit hielt, hatte sich im Laufe der Zeit als unverhohlene Antipathie herausgestellt. Sie hatte zwei Möglichkeiten: Entweder sie ließ den Dingen ihren Lauf und wartete, bis „Mister Cattuso" geruhte, sie als Mensch wahrzunehmen und mit ihr zu reden oder sie provozierte eine Konfrontation und zwang diesen Menschenhasser, sein Schweigen zu brechen.

John fühlte sich nicht wohl in seiner Haut. Er ahnte, dass er sein Land sehr lange nicht wiedersehen würde und eine Hälfte seiner Seele zusammen mit glücklichen und schrecklichen Erinnerungen zurücklassen musste. In diesem Augenblick beschlich ihn das Gefühl, vor seiner schweren Vergangenheit, die er nie verarbeitet hatte, zu fliehen. Doch vor seinem Abflug musste er noch etwas Wichtiges erledigen. Nervös drehte und wendete er den großen dunkelbraunen Papierumschlag in den Händen. Das Aufgeben dieses Umschlags würde sicher seine letzte Handlung auf diesem Kontinent sein.

Nancy beobachtete ihren Nachbarn aus dem Augenwinkel. Trotzig übersah sie die Blicke, die sich intensiv mit der Anatomie ihrer langen Beine beschäftigten. Neugierig schielte sie auf den Umschlag, den Cattuso langsam von einer Hand in die andere schob. Als es ihr endlich gelungen war, einen kurzen Blick auf den Empfänger zu werfen, war sie so verblüfft, dass sie zuerst an einen Irrtum glaubte. Doch dem war nicht so. Die Sendung war tatsächlich an die *Washington Daily*, zu Händen Mister Patrick Gowan, adressiert.

Sie wusste, dass diese Zeitung in dem Ruf stand, eine erbitterte Konkurrentin des *Herald* zu sein. Obwohl die etwa gleich großen Tageszeitungen mehrere Tausend Meilen voneinander entfernt waren, führten sie einen gnadenlosen Krieg und verteilten trotz der Entfernung regelmäßig heftige Tiefschläge. Es war bekannt, dass sich die beiden Kontrahenten nichts schenkten.

Wie alle Leute im Wartesaal wandte Nancy neugierig den Kopf, als das anhaltende Pfeifen von Triebwerken ertönte. Die riesige 747 näherte sich dem Gate. Schon bald würde der große Metallvogel sie in andere Sphären tragen. Zum ersten Mal verließ sie die Vereinigten Staaten und reiste in ein fernes Land. Die fremde Kultur in einer fremden Welt machte ihr ein wenig Angst. Sie sprach zwar ganz annehmbar Französisch, verstand jedoch kaum Spanisch und überhaupt kein Italienisch. Sie befürchtete, dass die erste dieser drei Sprachen drüben wenig hilfreich war. Und dass die beiden anderen romanischen Sprachen dem Französischen so ähnlich waren, dass sie damit zurechtkam, war eher unwahrscheinlich. Also reiste sie in ein fremdes Land, dessen Sprache sie nicht beherrschte. Blieb nur noch Englisch als Kommunikationsmittel, das zwar viele Türen öffnete, aber nicht unbedingt alle. Das bereitete ihr Kopfzerbrechen. Ihr

Ziel war in greifbare Nähe gerückt, doch sie war immer davon ausgegangen, zuerst im eigenen Land Berufserfahrung sammeln zu können, bevor man sie in andere Länder schickte.

Bei dem Gedanken an Cedar wurde sie sentimental. Dort kannte sie die Menschen und ihre Lebensart. Sie waren zwar ein bisschen ungeschliffen, aber berechenbar. Im Augenblick glaubte Nancy immer noch, dass berechenbare Menschen keine Gefahr darstellten.

Man hatte ihnen nur wenig Zeit gelassen, sich auf die Reise vorzubereiten, und Nancy konnte sich des Eindrucks nicht erwehren, dass es nicht Ellworths Entscheidung war, sondern wichtige Gründe ihn dazu gezwungen hatten. Sie hatte auch ein Gefühl dazu, aber sie konnte es nicht einordnen. War es Angst oder eine Vorahnung?

Nachdenklich ruhte ihr Blick auf dem blitzenden Cockpit der Maschine. Als sie sich umdrehte, stellte sie fest, dass ihr wenig charmanter Reisebegleiter verschwunden war. Suchend blickte sie sich um und sah ihn in aller Ruhe und mit leeren Händen zurückkommen.

* * *

Flughafen Fiumicino, Rom

Die dreihundert Tonnen schwere Maschine setzte elegant auf dem glühenden Asphalt auf, rollte langsam aus und blieb wie ein Vogel, den die Kräfte verlassen hatten, am Ende der Landebahn stehen.

Es war früher Nachmittag. Durch die Bullaugen betrachteten die Passagiere gespannt ihre neue Welt, deren Formen und Konturen in der Hitze verschwammen. Anscheinend war es in

Rom schon im Frühling sehr heiß.

Nancy war müde. Während der langen Stunden auf dem viel zu engen Sitz der Boeing hatte sie kaum geschlafen. Ihr schweigsamer Begleiter auf dem Nachbarsitz hatte es ihr auch nicht leichter gemacht und den Flug endlos erscheinen lassen. Der Beginn ihrer Reise hatte sie bitter enttäuscht. So viele Träume, Schufterei, Opfer und undankbare Arbeiten, nur um schließlich der Verachtung dieses schweigenden und misstrauischen Fremden ausgesetzt zu sein, der ihr die Schuld für etwas zu geben schien, wofür sie nichts konnte. War das der Lohn für ihre jahrelangen Anstrengungen? Musste sie, nur weil sie Anfängerin war, seinen eiskalten Groll, der nichts mit dem Beruf zu tun hatte, hinnehmen?

John war verärgert. Er fühlte sich durch die Gegenwart der Praktikantin beeinträchtigt, nicht zuletzt, weil ihre Ressentiments nicht zu übersehen waren. Er wusste, dass er kein guter Gesellschafter war, doch dafür konnte er nichts. Gewöhnlich arbeitete er allein, redete nie viel und schon gar nicht über seine Gefühle. Er konnte stundenlang schweigen, eine Angewohnheit, die seiner „Partnerin" zweifellos auf die Nerven ging. Doch er war noch nicht bereit, den Schleier zu lüften und eine Art Beziehung herzustellen. Noch konnte er Los Angeles nicht vergessen, das viel zu weit weg auf der anderen Seite des Ozeans lag, wo er sein früheres Leben zurücklassen musste, das fest mit einem kleinen Stück Erde verbunden war, auf dem eine schwarze Granitplatte mit einem eingravierten Namen und zwei Jahreszahlen ruhte.

John verließ das Flughafengebäude, ging zielstrebig zu einem Taxi und gab dem Fahrer die Adresse der Agentur des *Herald.* Ellworth hatte mitten in der Stadt, in der Via Montebello 131, ein Büro angemietet.

Die erste Begegnung mit dem alten Kontinent begann mit einer profanen Feststellung: Die Autos waren deutlich kleiner als jenseits des Atlantiks. John hatte das Gefühl, beinahe auf Nancy zu sitzen. Die Enge stellte eine Nähe her, die so nicht von ihm gewollt war. Der Fahrer, ein dunkelhäutiger Mann mit Stirnglatze, die er offenbar durch einen dicken Schnurrbart kompensieren wollte, musterte sie mit berufsmäßig freundlichem Blick.

„Sie sind fremd hier, stimmt's? Amerikaner, oder?"

John fragte sich, ob reisende Amerikaner wohl eine Erkennungsmarke um den Hals trugen. Der Mann sprach Italienisch, was John verstand, denn es war die Sprache seiner Vorfahren. Doch er hatte sie lange nicht mehr gesprochen und musste erst nach den richtigen Worten suchen. Trotzdem antwortete er in der Muttersprache seiner Eltern.

„Ja, wir sind Amerikaner, aus Los Angeles."

Überrascht vom italienischen Tonfall seiner eigenen Worte brach eine Flut von Erinnerungen über ihn herein. Er dachte an seine Großeltern väterlicherseits, die kaum Englisch gesprochen und sich nur auf Sizilianisch unterhalten hatten. Wieder hatte er diesen unnachahmlichen, singenden Akzent im Ohr, der schon damals seine kindliche Fantasie beflügelt hatte und ihn von einem weit entfernten unbekannten Land hatte träumen lassen. Der Fahrer freute sich über die Gelegenheit, mit seinen Fahrgästen ins Gespräch zu kommen.

„Willkommen in Rom, der schönsten Stadt der Welt! Ich hoffe, Sie bleiben lange genug, um sie kennen- und lieben zu lernen. Wenn Sie während Ihres Aufenthalts ein Taxi benötigen, stehe ich Ihnen gerne jederzeit zur Verfügung. Hier ist die Karte meiner Zentrale. Fragen Sie einfach nur nach Beppi, dort kennt mich jeder."

John nahm dem Fahrer die Visitenkarte aus der Hand und hoffte, dass er sich rasch wieder umdrehen und auf das Verkehrschaos, das zu dieser Tageszeit auf der Straße herrschte, konzentrieren würde. Cattuso war ein schlechter Beifahrer, wie die meisten Leute, die gern schnell fahren. Der Fiat Croma nahm sich im Verkehr Freiheiten heraus, die ihn in Staunen versetzten, obwohl man ihm, was das Autofahren betraf, nicht viel vormachen konnte. Hier schien dieser offensive Fahrstil allerdings kein Einzelfall zu sein. Um jede Berührung mit der Praktikantin zu vermeiden, hielt sich John krampfhaft am Haltegriff über dem Fenster fest und achtete auf jede Kurve, um ihr nicht doch noch zu nahe zu kommen.

Nancy drückte sich in die Ecke und versuchte, einen kleinen Abstand zwischen sich und Cattuso herzustellen. Immer wieder zog sie nervös ihren Minirock über die Oberschenkel, um sie vor den unverhohlenen Blicken des Fahrers zu schützen. Der hatte offenbar nichts Besseres zu tun, als sie ständig im Rückspiegel zu beobachten. John bemerkte ihre fruchtlosen Bemühungen und fragte sich, warum alle Frauen das Bedürfnis hatten, zuerst ihre Reize zu zeigen, um sie anschließend wieder zu verstecken. War das ein infames Spiel oder eine Form der Keuschheit? Wer hatte noch gesagt, Frauen seien unbekannte Wesen? Jedenfalls musste es ein ausgezeichneter Beobachter gewesen sein.

Eine scharfe Kurve drückte Nancy nun doch gegen John. Sein Ellbogen bohrte sich in ihre linke Brust, und ihr volles Haar strich ihm übers Gesicht. Der flüchtige Körperkontakt brachte die beiden völlig durcheinander. Sofort rückte Nancy wieder von ihm ab und stammelte eine Entschuldigung. Peinlich berührt vom Druck des männlichen Ellbogens auf ihrer Brust, stieg ihr das Blut zu Kopf, und ihre Wangen röteten sich. Als sie sich wieder in ihre Ecke zurückzog, hatte sie immer noch den Geruch ihres Begleiters, eine Mischung aus Moschusparfüm, Schweiß und Zigarettentabak, in der Nase.

Inzwischen hatten sie den Flughafenbereich verlassen und die ersten Vororte der Stadt erreicht. Die beiden Fahrgäste bestaunten schweigend das verwirrende Labyrinth der zahlreichen Wohnviertel, Straßen und Gassen. Wer sollte sich denn hier zurechtfinden? Auf den großen Zufahrtsstraßen war nichts Besonderes zu sehen. Doch in den Nebenstraßen und Gassen tummelte sich eine bunt zusammengewürfelte und kinderreiche Gesellschaft, wie man schon von Weitem an der Wäsche erkennen konnte, die an den Fenstern zum Trocknen hing. Diese Arbeit musste die südliche Sonne allerdings allein verrichten, denn es war kein einziges Lüftchen zu spüren.

Trotz ihrer Müdigkeit betrachteten John und Nancy interessiert das Verkehrsgewimmel und die dicht gedrängte, geschäftige Menschenmasse. Ob zu Fuß oder motorisiert – alles war in Bewegung, wie ein gigantisches Herz, das in einer steinernen Brust schlug. Nun war das Stadtzentrum nicht mehr fern. Erstaunt stellten sie fest, dass jede Hauptstraße, jede Prachtstraße unweigerlich zu einer historischen Stätte, einem runden Platz mit einem Brunnen oder einem Denkmal führte. Wie in einem Freilichtmuseum konnte man hier die Geschichte dieser grandiosen Stadt, die sich unbestritten bis heute ihren Zauber bewahrt hatte, ablesen.

Das Taxi bahnte sich seinen Weg durch die Wogen des Verkehrs, wobei es hemmungslos die Mehrtonhupe einsetzte. Autofahren glich hier einem Hochseilakt, und der Fahrer des Fiats zeigte sein ganzes artistisches Können. John hatte bis jetzt kein Wort von sich gegeben. Amüsiert betrachtete er die Motorroller, die ungeachtet der Beschimpfungen der verärgerten

Autofahrer zwischen den Fahrzeugen hindurchsausten. Verglichen mit den Boulevards in den Vereinigten Staaten herrschte auf den Straßen Roms pure Anarchie, wodurch diese Stadt paradoxerweise viel menschlicher wirkte.

Die Sonne zog über den azurblauen Himmel. Bleierne Hitze senkte sich auf Italiens Hauptstadt. Den Menschen auf den Straßen schien das Klima nichts auszumachen, während die Insassen im Fahrzeug trotz der offenen Fenster unter der trockenen Hitze litten. Sie waren seit über einer Stunde auf Roms Straßen unterwegs. Wie alle Taxis der Welt hatte auch ihr Fahrer vermutlich eine kleine Sightseeingtour eingeplant, um seinen Fahrgästen etwas zu bieten – natürlich auch zugunsten seines Zählerstands. John kannte dieses Ritual, war jedoch zu müde, um zu protestieren und beschloss, es einfach geschehen zu lassen.

Er träumte davon, nach der Erholungsphase und Überwindung des Jetlags nach Belieben durch die Straßen zu flanieren oder auf den Steinstufen zu sitzen, die nur darauf warteten, ihn auf eine Reise in die Vergangenheit mitzunehmen. Auf die mächtigen alten Paläste am Horizont zeichnete die glühende Sonne scharfe Grenzen zwischen Licht und Schatten. In diesem Augenblick hätte John gern an den Steinmauern gerochen, den typischen Duft der Flechten eingeatmet, die mehr über ihre Geschichte aussagten als alles andere. Doch beseelt von einer prosaischen Wirklichkeit setzte das Taxi seinen Weg unbeirrt fort.

Unermüdlich hatte der Fahrer die Rolle des Cicerone, des Fremdenführers, übernommen, die einzelnen Viertel beschrieben und ihre Sehenswürdigkeiten angepriesen. Obwohl er ununterbrochen redete und sich seinen Fahrgästen widmete, ließ er den Verkehr nicht aus den Augen. Müde und durch das gleichmäßige Brummen des Dieselmotors eingelullt, hatten Nancy und John schon nach kurzer Zeit aufgehört, seinem Redefluss zuzuhören und sich nur noch auf die vorüberziehenden Bilder konzentriert.

Nancy wunderte sich über Kleinigkeiten, wie zum Beispiel über die Kleidung der Frauen, die sich raffinierter, ausgesuchter und luftiger kleideten als in ihrer Heimat. Zudem standen an jeder Straßenecke und auf jedem Platz Eisverkäufer. Gab es hier denn keine Klimaanlagen? Musste man sich mit einem Sorbet Kühlung verschaffen? Der gute Ruf des italienischen Eises war über den Ozean gedrungen, und Nancy wollte es unbedingt kosten und hemmungslos genießen.

Die Via Montebello war eine breite, von mediterranen Zypressen gesäumte Allee. Die majestätischen Bäume reckten ihre grünen Kronen weit hinauf ins Frühlingsblau, als drohten sie dem Himmel mit erhobenem Zeigefinger.

Der Fiat fuhr langsam an einem breiten Gehweg entlang und blieb vor der Agentur des *Herald* stehen. Hohe Zypressen warfen dunkle Schatten auf die weiß getünchte Fassade des Gebäudes. Nachdem der Taxifahrer entlohnt worden war, fuhr er mit quietschenden Reifen davon. Vermutlich wartete bereits ein neuer Fahrgast auf ihn.

Mario Pozzis Büro lag im ersten Stock und war angenehm kühl. Die beiden Amerikaner atmeten erleichtert auf. Der Gebieter der Räumlichkeiten begrüßte sie ausgesucht höflich und führte sie in einen großen Raum, der offenbar gerade frisch gestrichen war. Der Geruch des Lösungsmittels hing noch in der Luft und verstärkte den Eindruck von Reinlichkeit. Die moderne Möblierung des Büros, geschmackvoll und doch funktionell, stand in deutlichem Kontrast zum veralteten Allgemeinzustand des Gebäudes.

Nachdem sie sich bekannt gemacht hatten, äußerte sich ihr Gastgeber erstaunt über ihre Verspätung. Der Taxifahrer hatte die Sightseeingtour wohl ein wenig übertrieben. John und Nancy begriffen sehr rasch, dass hier viel mehr Wert auf Zeit und Pünktlichkeit gelegt wurde als in den Vereinigten Staaten.

Pozzi, offenbar ein großer Frauenkenner, machte der jungen Praktikantin, die in einem tiefen schwarzen Ledersessel versank und wohl oder übel ihre schönen langen Beine bewundern lassen musste, unverhohlen Komplimente. Obwohl er erklärte, beiden Besuchern zu Diensten zu sein, war er unverkennbar mehr an Nancy interessiert als an ihrem Begleiter. Pozzi drückte sich in korrektem Englisch aus, allerdings mit starkem Akzent. Ein leichtes Lispeln verlieh seiner harschen Raucherstimme einen unverwechselbaren Klang.

„*Signore* Ellworth hat Ihre Ankunft bereits angekündigt und mir den Zweck Ihrer Tätigkeit in Rom mitgeteilt. Das Jubiläum ist sicherlich ein wichtiger Anlass, aber eigentlich verstehe ich nicht, warum Sie hier sind. Schließlich haben wir vor Ort alle notwendigen Ressourcen und Mittel, um ausführlich über das Ereignis berichten zu können."

Er wartete auf eine plausible Erklärung. Offenbar hatte es der Boss auf der anderen Seite des Ozeans nicht für nötig gehalten, den Leiter der örtlichen Agentur eingehend zu informieren. Dieser sah jetzt natürlich den Wert seines eigenen Teams infrage gestellt. John spürte, dass er ihm diese Sorge nehmen musste, um ihn zum Verbündeten zu machen.

„Natürlich wissen wir, dass Sie äußerst fähige Leute haben, und bauen auf eine gute Zusammenarbeit. Wir sind hier, weil wir bei diesem wichtigen Ereignis einmal ganz anders an die Reportage herangehen wollen. Ich glaube, dass unsere Konkurrenten so arbeiten werden wie immer, und mehr vom Einheitsbrei, auch wenn er in der *Herald Post* erscheint, ist nicht besonders originell."

Mario Pozzi schien das gar nicht zu gefallen. Verwundert verzog er den Mund, den ein dünner Schnurrbart zierte, und zwischen den dunklen Augenbrauen erschien eine Sorgenfalte. Er sah gut aus, ein richtiger Mann, etwa vierzig Jahre alt. Ihn ärgerte, dass man ihn offensichtlich für einen Idioten hielt. Da seine Agentur für das Stammhaus arbeitete, war er nur begrenzt selbstständig. Also blieb ihm im Augenblick nichts anderes übrig, als sich in sein Schicksal zu fügen. Aber wenn er das Spiel schon mitspielen musste, dann wenigstens zu den bestmöglichen Bedingungen.

„Nun gut, wie wollen Sie vorgehen?"

Automatisch hatte er sich an John gewandt, den er wohl für den Leiter des Unternehmens hielt. Nancy konnte nur seine Assistentin sein. John spürte, dass er sein Gegenüber noch nicht überzeugt hatte, und dass ihm das auch nicht so schnell gelingen würde. Aus dem Augenwinkel sah er Nancys müdes Gesicht und beschloss, das Gespräch auf den nächsten Tag zu verschieben.

„Ich fürchte, meine junge Kollegin braucht dringend etwas Schlaf. Wahrscheinlich ist es sinnvoller, darüber nachzudenken, wohin wir unser Gepäck bringen sollen. Kennen Sie ein gutes Hotel oder eine Pension?"

Pozzi wusste, dass es eine Ausrede war, konnte allerdings nichts dagegen tun.

„Das ist bereits geregelt. Bei derartigen Veranstaltungen kümmert sich der Vatikan selbst um die Unterbringung der Journalisten – natürlich auf unsere Kosten. Jede Zeitung teilt der zuständigen Dienststelle die Namen ihrer Journalisten mit und erhält die Anschriften der reservierten Quartiere. Für Sie wurden Zimmer in der Pension *Glyzine* in der Via della Croce reserviert. Die Pension, in der sonst nur Pilger absteigen, gehört dem Vatikan. Die Zimmer sind ziemlich einfach, aber komfortabel. Sie sind dort gut untergebracht. Der Vatikan verfügt außerhalb der eigenen Mauern über eine gute Infrastruktur und besitzt zahlreiche Unterbringungsmöglichkeiten für seine Besucher. Einer unserer Dienstwagen kann Sie hinbringen, damit Sie nicht noch eine Stadtrundfahrt machen müssen. Mit einem Jetlag wäre das sicher kein Vergnügen."

Sowohl John als auch Nancy entging die leichte Ironie des Agenturleiters nicht. Dieser Mann war sicher kein Dummkopf und wollte sie das auch wissen lassen.

* * *

Guido, in der Agentur der Mann für alle Fälle, kutschierte sie eine halbe Stunde lang durch Rom. Wegen seiner ruckartigen Fahrweise und der kaputten Stoßdämpfer des alten BMWs geriet die Fahrt zu einer echten Tortur. Der Innenraum war auch nicht größer als der des Fiats, der sie zur Agentur gebracht hatte. Um nicht schon wieder in eine peinliche Situation zu geraten, rückten der Journalist und seine Kollegin so weit wie möglich in ihre Ecken. Der junge Fahrer hatte offenbar in Eau de Cologne gebadet, und der schwere betörende Duft, vermischt mit der stickigen Luft im Innenraum, war unerträglich.

Erschöpft und durchgerüttelt hatten Nancy und John nur noch einen Wunsch, nämlich so schnell wie möglich in ihr Hotel zu kommen, und hörten dem Geschwätz des Hausdieners, der in ausgesprochen schlechtem Englisch ununterbrochen redete, überhaupt nicht zu. Ohne Rücksicht auf seine müden Fahrgäste spulte er seine touristische Litanei ab, bis sie trotz des Straßenlärms eingeschlafen waren. Erst das Zischen der abgenutzten Bremsen riss sie aus dem Schlaf. Sie hielten mitten in der Stadt vor einem unauffälligen Gebäude ohne architektonische Finessen, jedoch von beeindruckender Größe. Auf einem modernen Schild stand „Pilgerhaus, Hotel-Pension *Glyzine*“. Guido nahm Nancys Gepäck, ging hinein und stellte die beiden Koffer vor der Rezeption ab.

„Guten Abend, wir sind von der Agentur der *New Herald Post.* Hier müssten zwei Einzelzimmer reserviert sein, und zwar auf die Namen …“

Bevor der Fahrer dem Empfangschef die Namen der Gäste nennen konnte, fiel ihm dieser ins Wort und sagte, ohne auf seine Gästeliste zu schauen: „Wir haben Sie schon erwartet. Die Zimmer sind bereit. Sie befinden sich im zweiten Stock und liegen nebeneinander. Hier sind Ihre Schlüssel. Ihr Gepäck lasse ich hinaufbringen.“

Offensichtlich gehörte ein Lächeln nicht zu den Pflichten des Empfangschefs. Eingezwängt in einen schlichten dunklen Anzug musterte er die Ankömmlinge mit unfreundlicher Miene. In der Empfangshalle herrschte ein ständiges Kommen und Gehen. Das Geschäft lief offenbar gut. John vermutete, dass der Mann wohl die Lust verloren hatte, Menschen anzulächeln, die doch nur auf der Durchreise waren.

Guido erbot sich, sie auf ihre Zimmer zu bringen. Doch Nancy, die vorausging, lehnte höflich dankend ab. Sie wollte ein Gespräch, das diesen anstrengenden Tag nur unnötig in die Länge gezogen hätte, unbedingt vermeiden. Ein wenig enttäuscht vom geringen Interesse seiner Fahrgäste verabschiedete sich der Fahrer des BMWs.

„In den nächsten Tagen stehe ich Ihnen gern zur Verfügung, wenn Sie es wünschen. Dann verschwenden Sie nicht so viel Zeit in einem Taxi. Signore Pozzi hat mich zu Ihrer Verfügung abgestellt. Sie brauchen nur in der Agentur anzurufen."

Als sie endlich allein war, zog Nancy sofort die Schuhe aus und genoss die angenehme Kühle der Granitplatten unter den Fußsohlen. Das Zimmer war zwar komfortabel, aber nicht schön, und wirkte durch die altmodische Einrichtung etwas streng. Der triste Eindruck wurde durch die kahlen weißen Wände noch verstärkt. Mit dem winzigen Badezimmer – Dusche und Toilette – erfüllte die Pension gerade einmal die Mindestanforderungen. Der einzige Luxus war der Fernseher, der in einer Ecke des Zimmers stand. Als Nancy sich auf das große, aber harte Bett fallen ließ, glaubte sie, in tausend Teile zu zerbrechen. Gern hätte sie noch die Koffer ausgepackt und ihre Sachen eingeräumt, doch dazu fehlte ihr die Kraft. Sie war so erschöpft, dass sie auch keine Lust mehr hatte, etwas zu essen, obwohl die letzte Mahlzeit im Flugzeug schon viele Stunden zurücklag. Sie wollte lieber schlafen, als sich mit dem schweigenden John Cattuso an einen Tisch zu setzen.

Immer wieder musste sie an ihren merkwürdigen Reisebegleiter denken. Sein gewollt unfreundliches Wesen, sein Schweigen, aber vor allem der traurige Blick, mit dem er seine Umgebung betrachtete, verunsicherten sie. Der Gedanke an den peinlichen Moment, als sie in der Kurve gegen ihn gedrückt worden war, trieb ihr immer noch die Röte ins Gesicht. Doch allmählich verwandelte sich der Groll, den sie gegen diesen Mann hegte, in Mitleid. Noch vor einer Stunde hatte sie sich geärgert, weil er ihre Müdigkeit benutzt hatte, um das Gespräch mit Pozzi zu beenden. Obwohl er genauso müde war wie sie, hatte er damit durchblicken lassen, dass sie die

Schwächere von beiden war. Doch dessen ungeachtet hatte er erreicht, was sie wollten, und Nancy konnte sich endlich dem Wunder der Regeneration überlassen.

Langsam brach die Nacht herein. Die junge Praktikantin stellte sich vor, dass die Stadt, wie alle Städte der Welt, nachts von anderen Menschen bevölkert wurde als tagsüber. Nach und nach machten die ehrlichen und braven Bürger nächtlichen Gestalten Platz, die ihr Leben nur im Schutz der Dunkelheit führten.

Nancys Blick wanderte über Zimmerdecke und Wände. Über dem Kopfende des Bettes hing ein schwarzes Kruzifix. Von unten betrachtet sah es aus, als hinge es falsch herum an der Wand. Das Kreuz erinnerte daran, dass sie sich in der Hauptstadt der Katholiken befand.

Eigentlich hatte sie noch duschen wollen. Doch sie konnte ihre Lustlosigkeit nicht überwinden und blieb im Bett. Gnadenlos schloss ihr eine unsichtbare Hand die Lider, und der Straßenlärm auf der Via della Croce wurde leiser und leiser.

John lag mit verschränkten Armen auf dem Bett und genoss die Ruhe. In einer Ecke des Zimmers beobachtete ihn das schwarze Auge eines Fernsehers. Müde, aber entspannt ließ er den langen Tag Revue passieren. Neue Menschen waren in sein Leben getreten. Wer weiß, vielleicht würden sie es ja verändern … Er dachte auch an Nancy Shepard. Dieses Mädchen besaß mehr Mut und Durchhaltevermögen, als er sich vorgestellt hatte. Nicht ein einziges Mal hatte sie sich beklagt, weder über die beschwerliche Reise noch über sein Schweigen, obwohl sie sichtbar darunter litt. Mit Ringen unter den Augen und zusammengepressten Lippen hatte sie alles widerspruchslos über sich ergehen lassen. John war ihr dankbar, dass sie ihn in Ruhe gelassen hatte, denn noch hatte er den Bruch in seinem Leben nicht überwunden. Früher oder später würde er sein Verhalten ändern müssen, und sei es nur, um zu einer guten Zusammenarbeit zu finden. Doch er brauchte einfach noch ein wenig Zeit.

Vorhin im Taxi war ihm die Nähe der jungen Frau nicht gleichgültig gewesen. Die kurze Berührung mit ihrem wunderschönen Körper hatte ihm gefallen. Dieses Gefühl verwirrte ihn, denn es hatte sich heimtückisch in die Erinnerung an Angela gedrängt.

Pozzi hatte ihn mit seinem Scharfsinn und seiner Fähigkeit, gute Miene zum bösen Spiel zu machen, überrascht. Dieser Mann war ein knallharter Profi, der sehr hilfreich sein konnte.

Plötzlich kam John wieder die untersetzte Gestalt des Empfangschefs in den Sinn. Merkwürdig, dass er sich an ihre Reservierung erinnern konnte, ohne in sein Gästebuch zu blicken.

Doch lange hielt er sich nicht mit dieser Frage auf. Dieselbe unsichtbare Hand, die auch Nancy ins Reich der Träume geschickt hatte, schlich sich nun in Johns Zimmer, ließ seine Gedanken und Sinne entschwinden, bis er in einen tiefen Schlaf sank, während draußen, auf der Via della Croce, das Leben weiterging.

* * *

Schon seit Stunden brannte die Sonne auf Rom. Das Getümmel und der Lärm hatten auch an diesem Tag – einem mehr in der fast dreitausendjährigen Geschichte der Stadt – wieder eingesetzt.

Der zunehmende Straßenlärm holte Nancy aus dem Reich der Träume. Als die junge Frau sich streckte und die Muskeln dehnte, bemerkte sie, dass sie in ihren Kleidern geschlafen hatte.

John kam gerade vom Rasieren aus dem Bad. Das hartnäckige Hungergefühl ermahnte ihn, dass alle Lebewesen ihre körperlichen Bedürfnisse erfüllen müssen, gleichgültig unter welchen Umständen. Er dachte an die junge, angehende Journalistin im Zimmer nebenan. Vermutlich schlief sie noch. Auch sie hatte nicht zu Abend gegessen und war bestimmt ebenso hungrig wie er.

Immer wieder musste John völlig grundlos an den Empfangschef denken. Sein verschlossenes Gesicht mit dem bohrenden Blick und sein unfreundliches Verhalten hatten sein Misstrauen geweckt.

John packte seine beiden Koffer aus und räumte seine Sachen in den schmucklosen Schrank, der mit dem Bett, zwei Stühlen und einem kleinen Tisch die karge Einrichtung darstellte. Einer plötzlichen Eingebung folgend nahm er Rasierschaum, Duschgel und Rasierwasser aus seinem Kulturbeutel und stellte die drei Gegenstände genau in dieser Reihenfolge auf das Waschbecken, wobei er sie leicht verdrehte, sodass jedes Etikett in eine andere Richtung zeigte. Dann verließ er das Zimmer, schloss sorgfältig ab und hängte das Schild „Bitte nicht stören“ an die Klinke.

In dem langen Flur war es angenehm kühl, vermutlich wegen des Granitfußbodens und der bis zur Hälfte mit Granitplatten verkleideten Wände. Die Zimmermädchen gingen bereits ihrer Arbeit nach und schoben einen Wagen mit Putzmittel und Bettwäsche vor sich her. Die Zimmer, an deren Tür ein Schild mit der Aufschrift „Bitte nicht stören“ hing, betraten sie nicht. Touristen aus aller Herren Länder, vermutlich Pilger, die zum Jubiläum in die Hauptstadt des Christentums gekommen waren, grüßten sich im Vorübergehen, ohne sich zu verstehen. Das Echo ihrer Gespräche prallte von den Wänden ab und schickte das Stimmengewirr den langen Korridor entlang.

Nancy kam im Bademantel aus der Dusche. Nach langem und tiefem Schlaf hatte sie sich gut erholt, und der irische Lebenswille war in ihren Körper zurückgekehrt. Noch spürte sie das kühlende Wasser auf der Haut, bevor es der Mantel langsam aufsaugte. Sie genoss es, wenn die Haut nach einem Bad oder einer Dusche noch eine Weile feucht blieb und den intimen Kontakt mit dem Leben spendenden Element verlängerte. Als es diskret an der Tür klopfte, zuckte sie zusammen.

„Ja? Wer ist da?"

Eine heisere Stimme antwortete leise: „Ich bin es, John."

Fassungslos und wegen der leichten Bekleidung etwas befangen rief sie: „Einen Augenblick bitte. Ich bin noch nicht angezogen!"

Rasch zog sie ein malvenfarbiges T-Shirt und einen hellen Minirock über, und eine Minute später öffnete eine barfüßige und ungeschminkte junge Frau die Tür. John staunte über ihre natürliche Schönheit. Auch ohne künstliche Hilfsmittel und in dem eng anliegenden T-Shirt strahlte sie eine solche Sinnlichkeit aus, dass es ihm die Sprache verschlug. Ein wenig nervös blickte sie ihn fragend an. John gab sich einen Ruck.

„Es ist nach zwölf, und ich habe Hunger wie ein Löwe. Ein Frühstück werden wir nicht mehr bekommen, aber was würden Sie von einem Mittagessen in der Stadt halten?"

Ein vollständiger Satz mit Subjekt, Prädikat und Objekt! Halleluja! Nancy ließ sich ihre Verblüffung angesichts dieser netten, wenn auch etwas zögerlich vorgebrachten Einladung nicht anmerken.

„Gut, ich bin auch sehr hungrig. Wohin gehen wir?"

„Ich weiß noch nicht ... in die Stadt, denke ich."

Falls das der Beginn eines Dialogs sein sollte, war es für längere Erklärungen wohl noch zu früh.

Auf der einzigen Treppe des Hauses schleppten Reisende ihr schweres Gepäck nach oben. Blieb nur der Lift. Aber der fasste nur drei Personen und fuhr eine ganze Weile auf und ab, bis sie die kleine Kabine endlich für sich allein hatten. Wieder einmal befanden sich Nancy und John Seite an Seite auf sehr begrenztem Raum. Beiden war die Situation etwas peinlich. Schweigend bemühten sie sich auf der kurzen Fahrt, ausreichenden Abstand zu halten, um jeden direkten Kontakt zu vermeiden.

In der Empfangshalle sprach der Empfangschef vom Vorabend gerade mit einer Gruppe deutscher Touristen. Offenbar beherrschte er die Sprache Goethes und beantwortete ihre Fragen mit gezwungenem Lächeln, das sofort verschwand, als John an die Rezeption trat. Die unvermeidliche Frage war schroff, aber auf Englisch: „Was kann ich für Sie tun?"

„Wir möchten zu Mittag essen. Können Sie uns etwas empfehlen?"

„Selbstverständlich. Das Hotelrestaurant öffnet um dreizehn Uhr. Sie müssten sich nur ein wenig gedulden ..."

Doch John unterbrach ihn und erklärte: „Wir möchten außerhalb essen und uns bei der Gelegenheit die Stadt ansehen."

Der Empfangschef dachte einen Moment nach. Dann zeigte er auf einen Metallständer in einer Ecke der Halle und sagte in korrektem Englisch: „Dort finden Sie Broschüren und einen Stadtplan von Rom."

Er ließ die beiden Amerikaner stehen, setzte sich an seinen

Computer und begann konzentriert auf der Tastatur herumzuhämmern.

Nancy drehte sich um, ging nach hinten und suchte sich einige Broschüren heraus, die neben Ansichtskarten und Heiligenbildern auf dem Ständer lagen. Flüchtig dachte sie an ihre Eltern, die sich auf ihren gelben Feldern abrackerten, und nahm sich vor, ihnen eine Ansichtskarte von Rom zu schicken. Sie wollte ihnen zeigen, dass sie an ihre Familie dachte, aber auch, dass die Welt weit über die Grenzen ihrer Farm hinausging. Sie setzte sich auf eines der drei Sofas, die in der Empfangshalle standen, schlug die langen Beine übereinander und begann zu lesen.

Die meisten Faltblätter waren dreisprachig: Italienisch, Englisch und Deutsch. Schwierig war nur, die Restaurants auf dem Stadtplan zu finden. John kam zu ihr und bemerkte die tiefe Denkfalte auf ihrer Stirn. Angestrengt starrte sie auf die Karte und versuchte sich in dem Straßengewirr zurechtzufinden, bis er sie erlöste.

„Warum überlassen wir es nicht einfach dem Zufall? Im Augenblick wollen wir doch nur unseren Hunger stillen. Die schönen Winkel und Plätze der Stadt können wir auch später noch entdecken!“

Erleichtert brach Nancy ihre Suche ab, stand auf und folgte ihm.

Die Sonne stand jetzt am höchsten Punkt und erdrückte mit ihrem bleiernen Schleier jedes Gefühl für Schönheit. Es ging nicht die kleinste Brise, die Luft war heiß und stickig. Dazu kam noch der unerträgliche Lärm der aufheulenden Motoren und das gellende Hupen in der mittäglichen Rushhour. Nancy staunte über die rücksichtslose Fahrweise der Römer, die sämtliche Verkehrsregeln missachteten, und fragte sich, ob diese Regeln nicht sowieso überflüssig waren, denn offenbar kam man hier auch ohne prima zurecht.

Die Stadt wirkte riesig, doch die meisten Dinge waren hier viel kleiner als auf der anderen Seite des Atlantiks. Die beiden Amerikaner wanderten durch die Straßen und amüsierten sich über die Kleinwagen mit dem lächerlichen Hubraum, die wie aus dem Nichts auftauchten und sich durch die Massen der anderen Fahrzeuge schlängelten. Erstaunlich viele Motorroller wichen im Zickzackkurs geschickt jedem Hindernis aus und machten den Verkehr noch unübersichtlicher. Trotz der Hitze wälzten sich wahre Menschenmassen über die Gehwege. Noch war Frühling, doch viele Menschen schienen bereits im Urlaub zu sein und einen Verdauungsspaziergang zu machen.

John legte ein ganz schönes Tempo vor, und Nancy musste fast laufen, um mit ihm Schritt zu halten. Nach einigen Hundert Metern blieb er vor einer Pizzeria stehen.

„Das da … ich denke, es ist gut genug."

Ohne ihre Antwort abzuwarten, betrat er das Lokal. Verblüfft setzte sich Nancy zu ihm an den Tisch, den er ohne zu fragen ausgesucht hatte. Spöttisch sagte sie: „Warum ausgerechnet hier? Das ist ein ganz gewöhnlicher Laden. Wir hätten genauso gut im Hotel essen können, dann hätten wir uns nicht eine halbe Stunde in dieser Hitze durch die Menge quälen müssen."

John war der spöttische Unterton nicht entgangen, und er wusste, dass er ihr eine Erklärung schuldete.

„Ich möchte etwas überprüfen. Dazu mussten wir unser Hotel aber verlassen, ohne uns allzu weit zu entfernen."

Nancy hatte keine Ahnung, worum es ging und erwartete eine logische Fortsetzung. Als diese nicht kam, insistierte sie ärgerlich: „Ist das alles? Würden Sie mir bitte endlich sagen, worum es geht oder bin ich Ihnen nur ein Klotz am Bein, den Sie mitschleppen wie eine leidende Seele ihre Bürde? Seit Tagen ertrage ich Ihr Misstrauen und Ihre Ignoranz. Es reicht! Ich will endlich Klarheit! Es wird Zeit, unsere Zusammenarbeit zu regeln."

Sie war laut geworden, und die anderen Gäste drehten sich nach ihrem Tisch um. Doch froh, ihrem Ärger endlich Luft machen zu können, ignorierte sie die amüsierten Blicke und fuhr unbeirrt fort: „Ich mache Sie darauf aufmerksam, dass wir hierhergekommen sind, um zusammenzuarbeiten! Als Team! Dazu gehört ein Mindestmaß an Kommunikation, was Ihnen völlig fremd zu sein scheint! Die Anweisung von Mister Ellworth war klar und deutlich: Ich bin Ihre Assistentin und soll alles tun, um Sie bei Ihrer Arbeit zu unterstützen. Aber ich muss gestehen, dass ich schon eine Weile darüber nachdenke, wie ich das machen soll, da ich Ihnen ja scheinbar so unsympathisch bin."

Ihr irisches Temperament war mit ihr durchgegangen. Die anderen Gäste lächelten und schauten ihnen jetzt mit unverhohlenem Interesse zu. Vermutlich glaubten sie, es ginge um den Streit eines Liebespaars, und erwarteten gespannt seine Antwort. Dass ihr Tisch die Aufmerksamkeit der anderen Gäste auf sich zog, war John peinlich. Er beugte sich zu Nancy vor, blickte ihr in die Augen und flüsterte: „Beruhigen Sie sich doch, ich werde Ihnen alles erklären."

Jetzt war der gefürchtete Moment gekommen. Jetzt musste er seine Schutzmauer einreißen, sein Schweigen und seine Zurückhaltung aufgeben und eine Beziehung herstellen.

„Zuerst möchte ich Ihnen versichern, dass ich überhaupt nichts gegen Sie habe. Seit Jahren arbeite und lebe ich allein und habe alles mit mir selbst ausgemacht. Inzwischen fällt es mir sehr schwer, normale Beziehungen zu anderen Menschen aufzubauen … Ich hätte mir gewünscht, dass man uns mehr Zeit gelassen hätte, um zu einem Team zusammenzuwachsen. Aber leider waren die Umstände gegen uns. So … nun zu unserem Hotel: Ich habe ein ungutes Gefühl. Der unterkühlte Empfang gestern hat mich misstrauisch gemacht. Bevor wir hierhergekommen sind, habe ich brisante Recherchen durchgeführt und musste mich in ziemlich gefährlichen Kreisen bewegen. Wahrscheinlich ist das der Grund, warum ich übervorsichtig geworden bin und schon fast eine Paranoia entwickelt habe."

Johns beruhigende und leise Stimme hatte die Neugier der Nachbarn gestillt, die sich wieder ihren Speisen und ihren eigenen Gesprächen zuwandten. Inzwischen hatte er sich eine seiner gewohnten hellen Zigaretten angezündet. Der Rauch zog nach oben. Die mächtigen Deckenventilatoren verteilten ihn im ganzen Raum.

Nancy blickte in seine traurigen dunklen Augen, die aufrichtiges Bedauern ausdrückten. Wieder empfand sie Mitgefühl, ja fast Mitleid für diesen Mann, der aufgehört hatte zu leben, als er aufhörte zu lieben.

„Ich glaube, wir sollten uns vertrauen und noch einmal von vorne beginnen. Tun wir doch einfach so, als würden wir uns gerade erst kennenlernen."

Ein Kellner in klassischem weißen Hemd und schwarzer Hose unterbrach ihr Gespräch. Er trat mit professionellem Lächeln und einem Block in der Hand an ihren Tisch und wartete auf ihre Bestellung. Bei der Wahl der Speisen ließen sich die beiden Journalisten des *Herald* von ihrem Appetit und ihrer Intuition leiten, denn die meisten Gerichte auf der Karte kannten sie nicht.

Nachdem sich der Kellner entfernt hatte, schwiegen sie eine Weile. Dann brach John das Schweigen und nahm das Gespräch mit leiser Stimme dort wieder auf, wo sie es abgebrochen hatten.

„Also gut. Darf ich mich vorstellen? Ich heiße John Cattuso. In unserem Metier nennt man mich allerdings nur John, manchmal auch Johnny und meistens Fox. Ich bin vierunddreißig, seit drei Jahren Witwer, keine Kinder. Seit etwa zehn Jahren recherchiere ich für den *Herald* und habe mich auf besonders heikle Angelegenheiten spezialisiert. Man sagt mir nach, dass ich meine Recherchen immer zu Ende bringe. Das hat mir die Ehre eingebracht, heute mit Ihnen hier in Rom sein zu dürfen. Allerdings musste ich im Rahmen meiner Arbeit noch nie Rücksicht auf andere nehmen und bin natürlich auch nicht in den Genuss einer Assistentin gekommen. Da ich von Psychologie keine Ahnung habe, fehlt mir zweifellos das nötige Einfühlungsvermögen. Aber wenn Sie etwas Geduld mit mir haben, könnte es uns gelingen, gut zusammenzuarbeiten … ich meine, als Team."

Die Vorstellung klang wie ein Inhaltsverzeichnis. Immerhin hatte der berühmte Fox wenigstens etwas von sich preisgegeben. Außerdem war er es, der den magischen Faden wieder aufgenommen hatte. Nancy spürte, dass es ernst gemeint war. Endlich schmolz das Eis ein wenig, und sie beeilte sich, das Gespräch fortzusetzen, um nicht erneut Schweigen aufkommen zu lassen.

„Ich bin Nancy Shepard, irischer Abstammung, geboren in Cedar Rapids, sechsundzwanzig. Ich habe anfangs Biologie studiert und bin erst später zum Journalismus gekommen. Ich bin ledig. Meine Familie ist im Mittleren Westen geblieben, wo meine Eltern und meine beiden Schwestern sich um die

Farm kümmern. Sie fehlen mir sehr. Andererseits bin ich froh, diesem eintönigen Leben entronnen zu sein, das auch mich erwartet hätte, wenn ich dort geblieben wäre."

John zündete sich eine Zigarette nach der anderen an. Er rauchte sehr viel. Doch Nancy war aufgefallen, dass er keinen Alkohol trank. Er hatte ihr aufmerksam zugehört, ohne sie zu unterbrechen. Vermutlich war er froh, dass er nichts sagen musste.

„Dieses Praktikum ist sehr wichtig für mich. Ich möchte herausfinden, ob ich mich für diesen Beruf eigne, und wenn ja, würde mich die Zeitung vielleicht übernehmen …"

Sie wollte noch so viel sagen, ihre Gründe und ihre Bedenken erläutern, vielleicht auch ihre Hoffnungen, um die gerade beginnende Beziehung zu festigen. Doch der Kellner unterbrach erneut den so mühsam aufgebauten Kontakt. Akrobatisch balancierte er vier Teller auf den Unterarmen, stellte sie mit dem gleichen strahlenden Lächeln vor sie hin und wünschte ihnen guten Appetit. Zunächst verstimmt über die erneute Unterbrechung, verzieh Nancy ihm aber sehr schnell. Der Hunger war stärker, und der Duft der heißen Pasta und die südlichen Farben der Soßen erinnerten sie an den eigentlichen Zweck ihres Restaurantbesuchs.

Schweigend ließen sie sich das italienische Nudelgericht schmecken. Die scharfe Soße, mit der Nancy ihre Bolognese nachgewürzt hatte, trieb ihr das Blut in die Wangen, und sie fand plötzlich, dass es in dem Lokal sehr heiß war. Der erfrischende Lambrusco, ein spritziger fruchtiger Wein aus Emilia-Romagna, einer Region in Norditalien, brachte zunächst die erhoffte Abkühlung, bevor sich ihre Wangen noch mehr röteten.

Während des Essens beobachtete John heimlich seine Tischnachbarin und amüsierte sich über ihre Ungeschicktheit. Immer wieder rutschten ihr die langen Spaghetti von der Gabel. Sogar in dieser komischen Situation bewahrte sie ihr natürlicher Charme davor, lächerlich zu wirken. Aufgrund seiner entsetzlichen Einsamkeit und Zurückgezogenheit nach dem Tod seiner Frau hatte er jegliches Gefühl und Interesse an anderen Menschen verloren. Nun saß eine junge Praktikantin neben ihm, die Aufmerksamkeit und Anerkennung einforderte. Vielleicht war das seine Chance, eine Art Erwachen. Doch während der Mahlzeit wechselten sie kaum ein Wort, und die anfängliche Vertrautheit verschwand wieder. Befangen verließen sie das Restaurant. Beide spürten, dass noch lange nicht alles gesagt war.

Nancy fiel auf, dass John aus Rücksicht auf sie seinen Schritt verlangsamt hatte. Auf der Straße war es noch heißer als im Restaurant, und sie beeilten sich, wieder in das kühle Hotel zu kommen. Die ganze Welt schien auf den Beinen zu sein, und der Lärm hatte seinen Höhepunkt erreicht. Die Straße, deren Namen sie sich nicht merken konnten, bot außer alten, wie auf einer Perlenschnur aneinandergereihten Häusern mit von Autoabgasen schmutzig grauen Fassaden keine Sehenswürdigkeiten. Auch in den angrenzenden Straßen waren kaum Denkmäler oder Kirchen zu finden, was bewies, dass sie sich noch nicht im historischen Stadtzentrum befanden, sondern in einem der Außenbezirke.

Die Pension *Glyzine* war offensichtlich ausgebucht. Touristen und Pilger drängten sich am Empfang, und ganze Türme von Koffern und Gepäckstücken versperrten den Eingang. John bemerkte, dass jetzt ein anderer Empfangschef Dienst tat, der ebenfalls mehrere Sprachen beherrschte. Im Gegensatz zu seinem Vorgänger zeigte dieser jedoch ein strahlendes Lächeln.

Der Aufzug war besetzt, und die beiden Journalisten des *Herald* mussten die Treppe nehmen. Zwischen den Granitwänden war es angenehm kühl, was ihnen die nötige Energie verschaffte, um zwischen den vielen Menschen, die hinauf- oder hinunterdrängten, in den zweiten Stock zu kommen.

Das Pappschild hing immer noch an Johns Zimmertür. Das Bett sah genauso aus, wie er es zurückgelassen hatte, und es war auch nicht aufgeräumt worden. So weit schien alles in Ordnung zu sein. Doch ein kurzer Blick ins Bad zeigte, dass die Gegenstände zwar noch ordentlich in einer Reihe standen, aber die Ausrichtung stimmte nicht mehr. Nach dieser kurzen Überprüfung drehte sich John um und ging zum Nachbarzimmer. Nancy hatte die Tür nur angelehnt. Er klopfte zweimal.

„Ja bitte?"

„Ich bin es, John ... darf ich?"

„Ja, natürlich, kommen Sie herein."

Nancy hatte die Schuhe ausgezogen, saß auf dem Bett und massierte sich den rechten Fuß. Sofort bemerkte sie Johns sorgenvolle Miene.

„Gibt es Probleme? Haben Sie herausgefunden, ob Ihre Ahnung stimmte?"

„Ja, mein Zimmer ist durchsucht worden."

Nancy zog verwundert die Augenbrauen hoch.

„Sind Sie sicher? Hier ist mir nichts aufgefallen. Mein Zimmer ist zwar gemacht worden, aber ich habe noch nicht nachgesehen, ob etwas fehlt."

„Ihr Zimmer durften die Zimmermädchen ja auch machen, denn an Ihrer Tür hing kein Schild. Sie haben einen Generalschlüssel und räumen die Zimmer auf, sobald die Gäste gegangen sind. Aber an meiner Tür hing das rote Schild, das ihnen den Eintritt theoretisch verbietet."

„Und was bedeutet das?“, wunderte sich Nancy wieder.

„Es ist zwar nicht aufgeräumt worden, was auch richtig ist, aber dennoch war jemand in meinem Zimmer.“

„Woher wissen Sie das?“

„Bevor ich gegangen bin, habe ich drei Gegenstände in einer bestimmten Reihenfolge und Ausrichtung aufgestellt, und zwar so, dass jemand, der sie in die Hand nimmt, sie schwerlich genauso wieder hinstellen kann, selbst wenn er sich große Mühe gibt.“

„Ich verstehe. Raffiniert … Aber Sie müssten nachsehen, ob etwas fehlt. Wenn jemand in unseren Zimmern war, dann doch nur, um Geld oder andere Dinge zu stehlen. In diesem Fall müssen wir es beim Empfang melden.“

Doch John bezweifelte, dass es sich um einen Hoteldieb handelte. Die sorgfältig zurückgestellten Gegenstände bewiesen, dass es ein Profi war, der sein Eindringen unbedingt geheim halten wollte. Ohne die Etiketten … Er kehrte nicht ganz überzeugt ins Nachbarzimmer zurück und prüfte, ob ihm etwas gestohlen worden war.

Nancy zählte ebenfalls ihre Sachen durch und fragte sich, ob die ironische Bemerkung ihres Kollegen über seine Paranoia vielleicht doch einen Funken Wahrheit enthielt. Nach etwa zehn Minuten klopfte sie an seine Tür. Mit seiner rauen, beinahe metallischen Stimme bat er sie herein.

Er war gerade dabei, die auf dem Bett ausgebreitete Kleidung ungeschickt wieder zusammenzufalten. Ihr erster Impuls war, ihm zu helfen, denn offensichtlich machte er es sehr ungern. Doch sie hielt sich zurück.

„Fehlt etwas?“

„Nein, nichts. Und bei Ihnen?“

„Auch nicht. Sie müssen sich wohl geirrt haben.“

„Wahrscheinlich haben Sie recht. Vergessen wir das Ganze einfach. Es wird auch langsam Zeit, dass wir bei Pozzi in der Agentur vorbeischauen. Das Jubiläum beginnt in vierzehn Tagen, und wir müssen mit ihm noch die Ausrichtung unserer Reportage festlegen. Außerdem brauchen wir Hintergrundinformationen, auf die wir uns bei der Arbeit stützen können."

Zum ersten Mal seit ihrer Ankunft hatte er über den beruflichen Zweck ihrer Reise gesprochen. Nancy fürchtete sich ein wenig vor der Besprechung in Mario Pozzis Büro, denn dieser hatte ihr deutlich gezeigt, welche Rolle er ihr in diesem Team zugedacht hatte. Doch sie lehnte es zutiefst ab, diesen Firlefanz mitzumachen und den Handlanger zu spielen.

„Wenn Sie nichts dagegen haben, würde ich die Sache lieber zuerst mit Ihnen besprechen."

John schwieg. Erstaunt über ihre eigene Courage fuhr sie fort: „Ich hätte da eine Idee für das Leitthema, auf das wir unsere Dokumentation aufbauen könnten."

John zeigte sich interessiert und machte ihr Mut. „Ich wüsste nicht, was gegen eine Vorbereitung spricht, das würde unsere Arbeit nur beschleunigen."

Begeistert von seiner Reaktion legte Nancy ihm ihre Idee dar. „Nun, ich glaube, dass die meisten Konkurrenten, um nicht zu sagen, alle, auf die gleiche Weise an dieses einmalige Ereignis herangehen werden: als Leitthema der Glaube und als Hintergrund die Schätze des Vatikans. Auch wenn sich diese Form der Annäherung an das Thema kaum vermeiden lässt, finde ich, dass wir da nicht stehen bleiben dürfen und unsere Arbeit um eine Dimension erweitern sollten. Ich habe gelesen, dass die Museen des Vatikans die größte und wichtigste Kunstsammlung der Welt beherbergen. Allerdings ist das nur der Teil, der gezeigt wird. Wir können hier sicher etwas herausfinden und weniger Bekanntes recherchieren. Und Pozzi könnte uns dabei helfen.“

John staunte über die Weitsicht der jungen Frau. Während des Gesprächs mit Ellworth war er zwar zu einer ähnlichen Erkenntnis gekommen, aber sie hatte weiter gedacht. Natürlich mussten sie wie alle anderen über dieselben Ereignisse berichten, um dem Thema gerecht zu werden. Aber darüber hinaus brauchten sie etwas Neues, etwas, von dem man noch nie gehört hatte.

„Sie haben absolut recht. Ihr Vorschlag ist gut. In diesem Sinne werden wir vorgehen und Mario Pozzi um Unterstützung bitten. Ich hoffe, dass er für unsere Argumente empfänglich ist und uns hilft.“

Nancy atmete auf. Fox schien der Vorschlag tatsächlich zu gefallen. Aber am meisten freute sie sich, dass er ihr endlich Aufmerksamkeit schenkte. Vielleicht war das der Anfang einer echten Zusammenarbeit.

* * *

In der Agentur in der Via Montebello war es ruhig. Die wenigen Mitarbeiter zeigten im Gegensatz zum Stammhaus des *Herald* keinerlei Hektik oder Stress. Pozzi empfing sie herzlich und bot ihnen Erfrischungen an. Sekundenlang starrte er Nancy an, die als Arbeitskleidung Jeans und eine hochgeschlossene weiße Bluse gewählt hatte. Als er sich wieder gefangen hatte, erkundigte er sich nach ihrer Unterbringung. Als auf seine Frage keine Antwort kam, fuhr er fort: „Wie ich Ihnen bereits sagte, das Hotel ist akzeptabel und bietet ausreichenden Komfort. Der Service im Restaurant ist auch nicht schlecht. Das erspart es Ihnen, sich in der Innenstadt ein Restaurant zu suchen. Die meisten sind um diese Jahreszeit völlig überfüllt."

Pozzis Bemerkungen passten so gut, dass sich Nancy sofort fragte, ob das Hotel ihn wohl über ihren kleinen Ausflug informiert hatte. Allerdings erschien ihr dieser Gedanke ziemlich abwegig. Vielleicht war sie schon genauso paranoid wie ihr Kollege. Sie wartete, ob dieser seine Zweifel über die Sicherheit in der Pension *Glyzine* vorbringen würde, aber er tat es nicht. Vermutlich glaubte er jetzt auch, dass er sich geirrt hatte.

John war nicht entgangen, dass Mario Pozzi Nancys Aussehen bewunderte. Doch er wusste auch, dass sich der Leiter der Agentur lieber mit ihm allein unterhalten wollte, wahrscheinlich Ausdruck des typischen Machoverhaltens, wie es auf dem alten Kontinent häufig anzutreffen war. Aber es wäre unfair gewesen, der „Anfängerin" ihre Idee zu stehlen. Also setzte er sich über Pozzis Vorurteile hinweg und eröffnete die Diskussion.

„Miss Shepard und ich haben uns bereits über die Themen der Reportage, die wir über das Jubiläum bringen wollen, geeinigt. Ich finde, sie hat eine ausgezeichnete Idee, die sie Ihnen selbst erläutern wird. Ich möchte, dass Sie ihr zuhören."

Seine Worte verblüfften Nancy. Sie war davon ausgegangen, dass John die Sache selbst darlegen würde, und hatte nicht damit gerechnet, so abrupt in den Vordergrund geschoben zu werden. Der Leiter der Agentur ließ sich sein Erstaunen nicht anmerken und schenkte Nancy diesmal seine ganze Aufmerksamkeit. Während sie Mario Pozzi ihre Idee unterbreitete, stand John auf und ging zu einem niedrigen Tisch, auf dem verschiedene Zeitungen lagen. Er nahm sich eine, schaute sie kurz durch, faltete sie zusammen und schob sie in die rechte

Tasche seiner Weste. Am anderen Ende des Büros hörte Pozzi der jungen Frau schweigend zu. Die nach unten gezogenen Mundwinkel unter dem Schnurrbart ließen keinen Zweifel daran, was er von der ganzen Sache hielt.

John kehrte zu seinem Platz zurück. Nancy brachte dieselben Argumente vor, die auch ihn überzeugt hatten, doch nicht mit demselben Erfolg. Allmählich ahnten die beiden Journalisten, welche Schwierigkeiten sie erwarteten.

„Sie verlangen Unmögliches von mir! Das, was im Vatikan gezeigt wird, war schon immer zu besichtigen und wird es noch lange sein. Aber über die angeblich geheimen Schätze gibt es nur Gerüchte, die viel zu vage und unglaubwürdig sind, um eine Besichtigungsgenehmigung zu beantragen! Ich hoffe, Sie wissen, dass Ihre Argumente nicht sehr glaubwürdig sind."

Er holte tief Luft und fuhr in fast fehlerfreiem Englisch mit dem typischen harten, leicht gelispelten Akzent fort: „Uns bleiben nur noch vierzehn Tage. Ich halte es für unbedingt erforderlich, dass wir unsere Arbeit auf solide Fakten stützen. Sich zu verzetteln würde den Erfolg der Reportage gefährden. Auch wenn die Agentur bereits reichlich Material hat, werden Sie eine Menge Auskünfte einholen müssen. Außerdem brauchen Sie selbst zu zweit einige Tage, um alles durchzuarbeiten."

Enttäuscht suchte Nancy den düsteren Blick ihres Teamkollegen. Dieser zeigte sich solidarisch und beugte sich etwas vor, um seinen Worten Nachdruck zu verleihen.

„Wir verlangen doch nichts Unmögliches. Wir suchen nur nach einem Aufhänger, etwas, das kein Blickfang für normale Touristen ist wie die berühmten und bekannten Kunstwerke. Vielleicht gibt es ein Nebengebäude, in dem ältere, längst vergessene Kunstschätze aufbewahrt werden. Irgendetwas, das beweisen könnte, dass sich im Schutz des Vatikans außer den Kunstsammlungen der Museen noch andere Objekte befinden, die etwas über den Glauben aussagen könnten."

Nancy war ihm unendlich dankbar. Er hatte ihr aus der Seele gesprochen und klar zu erkennen gegeben, dass er ihre Idee durchsetzen wollte. Pozzi schüttelte nachdenklich den Kopf. Überzeugt war er nicht, aber er hatte die Anordnungen Ellworths zu befolgen und die beiden Vertreter der großen kalifornischen Zeitung nach allen Kräften zu unterstützen. Bedauerlich war nur, dass es ihm nicht gelungen war, sie von der Naivität ihres Vorhabens zu überzeugen, denn nach seiner Erfahrung war es reine Zeitverschwendung, sich mit diesem Anliegen an die zuständigen Stellen des Vatikans zu wenden.

„Ich werde einen Antrag bei der Verwaltung stellen, die für Besichtigungen und Rundgänge in der Leoninischen Stadt zuständig ist, obwohl ich überzeugt bin, dass er abgelehnt wird."

Nancy kannte diese Bezeichnung nicht. „Die Leoninische Stadt?"

„Ja, so wird die Vatikanstadt auch genannt, zu Ehren eines Papstes … Leo IV., glaube ich."

Diese beiden würden noch viel lernen müssen, bevor sie die Komplexität und den kulturellen Reichtum dieser Institution verstanden, wenn sie noch nicht einmal die grundlegendsten Dinge wussten. Schon jetzt war klar, dass er ihnen bei der Vorbereitung auf die Sprünge helfen musste. Mit einer Kopfbewegung deutete er auf zwei Kartons, die auf dem Boden standen.

„Wir haben diese Unterlagen schon einmal für Sie zusammengestellt. Darin befinden sich Videokassetten über die Museen, die Vatikanische Bibliothek und die Archive, sowie eine Auswahl der neuesten Broschüren über die Vatikanstadt. Sie brauchen also zunächst keine eigenen Fotos oder Recherchen zu machen. In einem der Kartons befindet sich auch ein Inhaltsverzeichnis, damit Sie sich einen Überblick verschaffen können. Ach, noch etwas ... in den nächsten Tagen werden wir oft miteinander sprechen müssen. Ein Mobiltelefon wäre sehr praktisch, denn das Festnetz funktioniert in diesem Land nicht immer. Es gibt in Italien mehr Mobiltelefone als in jedem anderen europäischen Land. Für die Zeit Ihres Aufenthalts kann ich Ihnen gern zwei Handys zur Verfügung stellen."

Er holte zwei kleine Telefone aus einer Schublade, legte sie auf den Tisch und schob sie seinen Gesprächspartner hin. Nachdem Nancy ihr Handy eingesteckt hatte, schätzte sie den Umfang der beiden Kartons ab und warf John einen besorgten Blick zu. Auch für eine Leseratte wie sie war das reichlich Stoff!

Guidos malträtierter alter BMW brachte die beiden Journalisten zurück in die Pension. Schon auf dem Hinweg hatten sie sich des Faktotums der Agentur bedient. Wie üblich blieben sie weder von seinem Fahrstil noch von seinem ewigen Geschwätz verschont. Allerdings mussten sie zugeben, dass sie auf diese Weise viel Zeit sparten, was in den nächsten Tagen sicher von Vorteil war.

Die beiden Kartons landeten in Johns Zimmer. Nancy war in ihr Zimmer gegangen, um sich frisch zu machen. Als sie zurückkam, um ihm beim Auspacken von Pozzis „Geschenk" zu helfen, war er schon in eine Ausgabe der *Washington Daily* vertieft. Die fett gedruckte Schlagzeile verkündete einen groß angelegten Skandal. Als sie bemerkte, welcher Zeitung sein Interesse galt, fiel ihr sofort der braune Umschlag wieder ein, den er bei ihrer Abreise aus den Vereinigten Staaten bei sich getragen hatte.

Nachdem er den Artikel gelesen hatte, warf John die Zeitung aufs Bett. Während er sich daranmachte, die Kartons zu öffnen, überflog Nancy rasch den Artikel, der von dunklen Machenschaften im Zusammenhang mit Schwarzgeldern, Steuerhinterziehung, Korruption und Ähnlichem handelte. Mehrere multinationale Konzerne und die Namen einflussreicher Männer wurden genannt. Offensichtlich ging es um den Versuch, einen riesigen Freizeitpark zu bauen, was inzwischen verhindert worden war.

John packte leise pfeifend die Kartons aus. Neugierig unterbrach ihn Nancy bei seiner Tätigkeit.

„Haben Sie etwas damit zu tun?“

„Wer? Ich?“

„Ja, Sie …“

Er wusste, dass er dieser klugen Frau nichts vormachen konnte. Trotzdem tat er erstaunt und antwortete mit einer Gegenfrage: „Wie kommen Sie darauf?“

„Ich zähle nur eins und eins zusammen, und dann ist da noch ein gewisser brauner Umschlag, der an die *Washington Daily* adressiert war. Der Empfänger des Umschlags war ein gewisser Patrick Gowan, derselbe, der diesen Artikel hier verfasst hat. Wollen Sie etwa behaupten, dass das alles nur ein Zufall ist?“

John seufzte. Die kluge und logisch denkende junge Praktikantin bewies immer öfter, dass sie eine feine Spürnase besaß. Er hielt es für sinnlos, sie im Unklaren zu lassen.

„Na schön! Ich war es, der diesem Kollegen das Ergebnis meiner Recherchen zugeschoben hat. Dabei kann ich ihn nicht einmal besonders gut leiden.“

Nancy war entsetzt.

„Aber das kann man doch nicht machen! Ich habe immer geglaubt, dass man eine Sensationsmeldung niemals an die Konkurrenz weitergibt!“

„Richtig! Aber ich hatte nur zwei Möglichkeiten: entweder alles fallen zu lassen und tatenlos zuzusehen, wie dieses katastrophale illegale Projekt realisiert wird oder die Informationen an einen anderen Herausgeber weiterzugeben, um den *Herald* aus der Schusslinie zu bringen und das geplante Projekt doch noch zu verhindern. Sie haben den Artikel ja gelesen und wissen, dass ich mich für die zweite Lösung entschieden habe. Ich konnte die Sache einfach nicht auf sich beruhen lassen.“

Nancy verstand noch immer nicht, warum man sich eines Dritten bedienen musste, um einen Skandal aufzudecken. Also erklärte ihr John die möglichen Konsequenzen seiner Ermittlungen.

„Mir wurde angedroht, dass ... falls die Sache ans Licht käme .... Man hat versucht, mich einzuschüchtern. Deshalb bin ich auch erst lange nach Ihrer Einstellung in der Zeitung erschienen. Wäre es nur um mich gegangen, hätte ich die Herausforderung angenommen. Aber die Drohung galt auch unserem Redaktionschef und seiner Familie. Obwohl unser Berufsethos ein solches Vorgehen eigentlich verbietet, habe ich keine Sekunde gezögert, die Informationen und Beweise der Konkurrenz zukommen zu lassen. Da im *Herald* nichts erscheint, ist Ellworth vor Repressalien sicher. Niemand wird darauf kommen, dass wir die Ursache für das Leck sind. Sie werden höchstens glauben, dass andere Journalisten parallel zu mir heimlich recherchiert und dieselbe Spur verfolgt haben. Das ist auch deshalb plausibel, weil man Patrick Gowan nachsagt, ein ausgesprochener Streber zu sein.“

Die Argumentation war logisch. Niemand würde vermuten, dass es sich um ein abgekartetes Spiel zwischen den beiden rivalisierenden Zeitungen handelte. Andererseits hatte die ganze Sache auf der anderen Seite des Atlantiks so viel Staub aufgewirbelt, dass Nachwirkungen nicht ganz auszuschließen waren.

„Meinen Sie nicht, dass Sie diesem Gowan ein Trojanisches Pferd beschert haben? Warum sollten Drohungen, die Ihnen gegolten haben, nicht auch für ihn gelten?“

„Weil die Drohungen gegen mich eigentlich verhindern sollten, dass die Wahrheit ans Licht kommt. Aber jetzt kennt die ganze Welt die Hintergründe der Machenschaften, und es besteht kein Grund mehr, irgendjemanden zu bedrohen. Für die Männer, die dahinterstecken, ist es jetzt sowieso zu spät.“

„Und Sie? Haben Sie keine Angst vor Rache? In vierzehn Tagen, spätestens in drei Wochen, kehren wir nach Kalifornien zurück. Selbst wenn Ihre Vermutung zutrifft, ist das keine absolute Garantie. Es wird eine Weile dauern, vielleicht auch sehr lange, bis sich die Wogen geglättet haben.“

John drehte sich um und blieb ganz nahe vor Nancy stehen.

„Hören Sie, Nancy.“

Zum ersten Mal nannte er sie beim Vornamen, was bei ihr eine leichte Erregung, eine undefinierbare Vorahnung auslöste.

„Ich halte es für angebracht, dass Sie alles erfahren. Für mich kommt eine Rückkehr nach Kaliforn… in die Vereinigten Staaten nicht infrage. Das habe ich schon Tage vor unserer Abreise mit Ellworth vereinbart. Ich habe meine Arbeit gemacht, gründlich und integer. Auch wenn der Preis dafür ein Leben im Exil ist und ein Teil von mir – meine Kindheit in Brooklyn und die Erinnerung an meine Familie – zurückbleibt, bereue ich es nicht. Damit muss ich leben, auch wenn es mir schwerer fällt, als ich gedacht hätte.“

Plötzlich nahm diese undefinierbare Sorge, die Nancy seit Beginn der Reise zu schaffen machte, Formen an. Seine Offenbarung schmerzte, denn sie hatte begonnen, diesen Mann zu mögen, der plötzlich eine Charakterstärke und Sensibilität zeigte, die sie ihm nicht zugetraut hätte. Was für ein undankbarer Beruf, wenn eine selbstlose Arbeit bestraft anstatt belohnt wurde! Und auch noch eine solch harte Strafe! Es war eine schreiende Ungerechtigkeit.

„Was haben Sie vor? Ich meine, wenn unsere Reportage abgeschlossen ist?“

„Darüber habe ich noch nicht ernsthaft nachgedacht. Vielleicht bleibe ich hier und arbeite mit Mario zusammen in der Agentur. Ich könnte auch nach Sizilien gehen, dem Heimatland meiner Eltern und Großeltern. Eine Art Rückkehr zu den Wurzeln … Dort ist es angeblich sehr schön. Ideal, um eine Weile aus dem internationalen Zirkus zu verschwinden und in Vergessenheit zu geraten.“

Nancy konnte sich einen Journalisten seines Kalibers kaum bei einer bedeutungslosen Lokalzeitung vorstellen. Das glich eher einem Begräbnis als einem strategischen Rückzug. Bedrückendes Schweigen breitete sich im Zimmer aus. Johns trauriger Blick ruhte auf einem goldenen Fleck, den ein durch die Gardine des halb geschlossenen Fensters fallender Sonnenstrahl auf den Granitboden zeichnete. Gebannt folgte er dem Lichtstrahl und ließ sich in seine Vergangenheit, zu seinen Erinnerungen und geliebten Gesichtern tragen. Doch plötzlich schien alles sehr weit weg. Die letzten Tage waren wie im Flug vergangen, als würde sich die Sanduhr plötzlich beeilen und die Seiten seines Lebensbuches schneller umblättern. Neue Ereignisse und neue Gedanken ließen die Vergangenheit verblassen und allmählich in weite Ferne rücken. Der magische Strahl der Sonne hatte seine Mission beendet. Unmerklich löste er die Verbindung in die Zeitlosigkeit und befreite sich von den dunklen Augen, die sich an ihn geheftet hatten.

„Hallo! Ich rede mit Ihnen."

John erschrak. Nancys warme Hand lag auf seinem Arm und holte ihn in die Realität zurück.

„Entschuldigung, ich war mit meinen Gedanken ganz woanders."

„Das habe ich gemerkt … Hören Sie, ich halte es für das Beste, wenn wir uns im Augenblick ganz auf das Jubiläum konzentrieren. Damit haben wir genug zu tun. Anschließend können wir immer noch nach einer Lösung suchen."

John bemerkte, dass Nancy sich ganz spontan seines Problems angenommen hatte. Sie war wirklich eine erstaunliche junge Frau. Es tat ihm leid, mit welcher Kälte er ihr in den ersten Tagen begegnet war, obwohl der Grund für sein Verhalten nur Verbitterung und keine Feindseligkeit gewesen war.

Während John ihr seine Lage erklärte, spürte Nancy, dass ihn etwas bedrückte, was er mit betonter Sachlichkeit zu überspielen versuchte. Die Traurigkeit des Mannes, der vom Schicksal geschlagen war, berührte sie zutiefst. Sie hoffte von ganzem Herzen, dass er eine Lösung finden würde, die seinem Leben wieder einen Sinn gab.

„Sind Sie noch immer überzeugt, dass Ihr Zimmer durchsucht wurde?"

„Ja, ich bin mir ganz sicher."

„Warum haben Sie das heute Nachmittag in der Agentur nicht erwähnt? Und warum bleiben wir dann noch hier?"

„Pozzi ist offenbar nicht auf dem Laufenden, und es erscheint mir wenig sinnvoll, ihn in die Sache hineinzuziehen. In meiner augenblicklichen Situation kann er mir sowieso nicht helfen. Ich weiß ja selbst nicht, wie es weitergehen soll. Außerdem spielt sich die ganze Sache weit weg von Europa auf einem anderen Kontinent ab. Die jüngsten Ereignisse haben sicher nichts damit zu tun. Und warum sollten wir in ein anderes Hotel ziehen? Wir haben nichts zu verbergen, deshalb ist bei uns auch nichts zu finden, egal wie gründlich sie suchen. Ich glaube, dass sie ihre Suchaktionen aufgegeben haben und uns in Ruhe lassen. Außerdem liegt die Pension sehr günstig, und die Agentur ist auch nicht weit."

Durch das halb offene Fenster drang der Straßenlärm der rastlosen Masse, in der jeder Einzelne, getrieben von seiner eigenen Motivation, zum allgemeinen Chaos beitrug. Dieses absurde Gewimmel war ein Spiegel der Gesellschaft, wie überall auf der Erde, zumindest dort, wo Menschen lebten. Nun hing Nancy ihren Gedanken nach und fragte sich, was die Menschen wohl dazu trieb, immer weiterzumachen. Im Geiste zählte sie auf: Geld, Liebe, Ehrgeiz, Altruismus, Neugier, Fatalismus, Abenteuerlust, Unternehmungsgeist. Sie gab auf. Die Liste war endlos, weil sie vom genetischen Code des Einzelnen abhing. Um es noch komplizierter zu machen, konnte eine Person mehrere Motive gleichzeitig haben und ein oder mehrere Ziele verfolgen. Das machte eine Analyse unmöglich.

Plötzlich begannen unzählige Glocken gleichzeitig ihr völlig disharmonisches Geläut. Weit trug die Luft ihre Schwingungen und rief die Gläubigen zum Gebet. Regelmäßig und zu festen Zeiten wurde in Rom der Alltag unterbrochen, um die ganze Welt daran zu erinnern, dass sie die höchste Stadt des unermesslich großen Reichs der römisch-katholischen Kirche war, ein Reich, in dem nur der Glaube Grenzen setzte.

John und Nancy saßen nebeneinander auf dem Bett. Die Stille und der Lichtstrahl, der inzwischen zur Wand gewandert war, brachten Entspannung und verleiteten zum Nachdenken. John fühlte sich in Gegenwart der jungen Frau wohl. Mit ihr konnte er über sich reden, was er schon lange nicht mehr getan hatte. Plötzlich wurde ihm klar, wie gut ihm dieses Gespräch getan hatte.

„Es wird Zeit, dass wir uns das mal genauer ansehen." Er zeigte mit dem Daumen auf die beiden Kartons. „Bevor wir auch nur eine Zeile über den Vatikan schreiben, müssen wir die gesamten Unterlagen durchsehen. Außerdem werden wir Pozzi bitten, uns einen Videorekorder zur Verfügung zu stellen, damit wir die Kassetten ansehen können, entweder in meinem oder in Ihrem Zimmer. Sie haben die Wahl."

Nancy war froh. Endlich begann die Teamarbeit.

„Ich lese gern und außerdem sehr schnell. Wir könnten die Unterlagen aufteilen und ..."

Eine klassische Melodie, der Klingelton seines Handys, ertönte aus Johns Westentasche und unterbrach sie mitten im Satz. Beide blickten sich fassungslos an, bevor er das winzige Telefon nach längerer Suche aus der Tasche zog.

„Ja, Cattuso."

John erkannte Mario Pozzis harten Akzent mit dem leichten Lispeln sofort.

„Pozzi. Ich muss Ihnen schnell die gute Nachricht übermitteln. Ich kann es selbst nicht glauben, aber das Amt für Denkmalschutz hat einer ... wie soll ich sagen ... nicht touristischen Besichtigung zugestimmt. Das ist äußerst ungewöhnlich. Gleich nachdem Sie gegangen waren, habe ich angefragt und innerhalb einer Stunde die Antwort bekommen. Erstaunlich!“

John zeigte sich erfreut. Nancy, die das Gespräch nicht mithören konnte, fragte sich, was die offensichtliche Begeisterung wohl ausgelöst hatte.

„Ausgezeichnet, Mario! Das haben Sie gut gemacht. Wir sind Ihnen zu großem Dank verpflichtet.“

„Ehrlich gesagt glaube ich nicht, dass ich viel dazu beigetragen habe. Mein einziges Argument war, dass Sie in Ihren Artikeln etwas Besonderes schreiben wollen, nicht nur das übliche Blabla über die Museen und ihre Schätze. Das hat wohl gereicht. Auf jeden Fall müssen Sie sich an ein gewisses Prozedere halten und gleich morgen beim zuständigen Büro Ihre Genehmigung beantragen. Guido holt Sie kurz nach neun Uhr im Hotel ab. Ihr Termin ist um zehn. Ist Ihnen das recht?“

„Ja, natürlich! Herzlichen Dank, Mario. Guten Abend.“

Kaum war das Gespräch beendet, fragte Nancy: „Gute Nachrichten?“

„Exzellente Nachrichten! Der Vatikan hat uns einen Spaziergang durch seine geheimen Gärten genehmigt. Man erwartet uns morgen um zehn Uhr im Amt für Denkmalschutz.“

Nancy sah ihn mit ihren grünen Augen erstaunt an.

„Kaum zu glauben ... Ich muss gestehen, dass Pozzis Zweifel meine Begeisterung ziemlich gedämpft haben. Ich hätte nie geglaubt, dass wir es tatsächlich schaffen. Und dazu noch so schnell! Das ist genial! Ich bin sicher, dass unsere Reportage hervorragend wird.“

Ihre spontane Begeisterung übertrug sich auf John. Wieder erfasste ihn dieses erregende Gefühl, das er vor jeder neuen Reportage hatte, vor allem wenn es um etwas ging, das noch nie an die Öffentlichkeit gedrungen war. Er spürte, wie sein Adrenalinspiegel stieg, was ihn doppelt anspornte. Nancy strahlte und wollte am liebsten gleich mit der Arbeit beginnen.

„Bevor Ihr Handy Verdis *La Traviata* spielte, hatte ich vorgeschlagen, die Unterlagen aufzuteilen und mit dem Durchlesen anzufangen."

Plötzlich fiel John wieder ein, worum er Pozzi hatte bitten wollen.

„Mist! Ich habe ganz vergessen, Mario zu fragen, ob er uns einen Videorekorder leiht. Zu dumm! Na ja, vielleicht kann Guido uns morgen einen besorgen. Was das Lesen der Unterlagen angeht ... ehrlich gesagt, ich habe heute Abend keine Lust mehr dazu. Aber wenn es Ihr Herz erfreut, bitte, suchen Sie sich etwas aus. Danach essen wir im Hotelrestaurant zu Abend, damit Sie gleich wieder Ihrer Lieblingsbeschäftigung nachgehen können."

Nancy war sein spöttischer Unterton nicht entgangen. Da sie sich aber nicht sicher war, was er bedeutete, ging sie einfach darüber hinweg. Die gute Zusammenarbeit war ihr wichtiger und noch zu frisch, um sie zu gefährden.

Das Hotelrestaurant lag neben dem Empfang. Um dorthin zu gelangen, musste man das Hotel verlassen und über einen mit Blumen gesäumten Betonweg zum Eingang eines ganz ähnlichen, allerdings viel kleineren und ebenerdigen Gebäudes gehen. Eine hohe Glyzinie, der die Pension vermutlich ihren Namen verdankte, streckte ihnen ihre dicken knotigen Ranken wie abwehrende Arme entgegen. Nur das kräftige Pflanzengitter verhinderte, dass sie ins Unermessliche wuchs. Aus dem zierlichen Blattwerk ragten lange violette Blütentrauben wie Weintrauben einer überdimensionalen Rebe. John vermutete, dass diese majestätische Pflanze mindestens fünfzig Jahre alt sein müsse. Eine alberne Frage kam ihm in den Sinn: Handelte es sich um einen gigantischen Strauch oder um einen mittelgroßen Baum? Ab welcher Größe war eine Pflanze eigentlich ein Baum?

Der Windfang am Eingang diente als Garderobe. In einem Schaukasten hing die Speisekarte. Das Restaurant, das aus drei hintereinanderliegenden Speisesälen bestand, schien voll besetzt zu sein. Doch die beiden Journalisten wurden sofort zu einem freien Tisch gebracht. Das Kommen und Gehen bewies, dass man rasch bedient wurde. Mehrere Kellner in schwarzen Hosen, weißem Hemd und roter Weste liefen eifrig zwischen den Tischen hin und her. Durch die angelehnten Fenster drang frische Luft in die Räume. Dünne Gardinen, die sich in dem leichten Luftzug bewegten, hielten die vom Licht angelockten Insekten ab. Draußen erhellte der Lichterglanz der römischen Nacht die Ewige Stadt. In die etwas abseits der Straße gelegenen Speisesäle drang kein Straßenlärm. Doch das lebhafte Geplauder und Gelächter der Gäste sowie das Klappern der Bestecke auf den Tellern erzeugte eine festliche Stimmung, als wären die vielen Menschen unterschiedlicher Herkunft eine einzige große Familie.

Nancy fiel auf, dass an fast allen Tischen leicht moussierender Rotwein getrunken wurde. Auch hier sprach man gern dem Lambrusco zu, der ältesten Rebsorte der Welt. Nachdem sie ihren Tischgenossen eine Weile aus dem Augenwinkel beobachtet hatte, fragte sie: „Ich möchte nicht indiskret sein, aber ich wüsste gern, warum Sie Englisch bevorzugen, obwohl Sie perfekt Italienisch sprechen."

Gern hätte sie die Sprache ihres Gastlandes so flüssig gesprochen wie er, deshalb fand sie es schade, dass er nur Englisch sprach. John schien diese Frage nicht zu überraschen, und er beantwortete sie bereitwillig.

„Sie haben sicher schon bemerkt, dass sich unsere diversen Gesprächspartner sehr bemühen, Englisch mit uns zu sprechen. Vielen fällt es sehr schwer, wie zum Beispiel Guido. Ihre Bemühungen sind sehr lobenswert. Ich finde es nur höflich, in derselben Sprache zu antworten, und sei es nur, um ihnen zu zeigen, dass sie sich verständlich gemacht haben. Außerdem haben Sie mir gesagt, dass Sie Italienisch nicht verstehen und immer auf die Übersetzung warten müssen. Für Sie wäre es nur eine Einschränkung."

Nancy hatte schon gemerkt, dass ihre Spanischkenntnisse nur beim Lesen nützlich waren, da die beiden romanischen Sprachen viel Ähnlichkeit hatten, was Interpretationen ermöglichte, die der Realität ziemlich nahe kamen. Hingegen fiel es ihr schwer, gesprochenes Italienisch zu verstehen, was nicht nur am singenden Tonfall und dem gerollten R lag, sondern weil die Menschen schrecklich schnell sprachen. Nur manchmal verstand sie in etwa, worum es ging.

Wie John bestellte auch Nancy wieder Spaghetti und mühte sich ab, die langen beweglichen Nudeln auf die Gabel zu wickeln. John amüsierte sich über ihre Verbissenheit, das Problem mit den nicht gehorchen wollenden Nudeln in den Griff zu bekommen.

„Darf ich Ihnen eine persönliche Frage stellen …?"

Nancy hob den Kopf und vergaß für einen Augenblick ihren dampfenden Teller.

„Bitte. Ich werde versuchen, sie so gut es geht zu beantworten."

„Die Versetzung ins Ausland scheint Ihnen gar nichts ausgemacht zu haben. Hält Sie dort drüben niemand?" Er wirkte etwas unsicher. „Ich meine … vielleicht eine emotionale Bindung?"

Erstaunt und gleichzeitig erleichtert, lächelte Nancy. Sie hatte mit einer intimeren Frage gerechnet, obwohl sie nicht genau wusste, warum.

„Ich habe nichts zurückgelassen, was mir wichtig ist, nur gute und schlechte Erinnerungen wie die meisten Leute und obendrein eine gescheiterte und inzwischen geschiedene Ehe. Die gehört zu den Dingen, die ich vergessen möchte."

„Tut mir leid, ich wollte keine traurigen Erinnerungen wachrufen."

„Keine Sorge, das sind alte Geschichten. Ich war damals erst zweiundzwanzig und betrachte das Ganze als Jugendsünde."

„Was ist denn schiefgelaufen?"

„Das ist nicht so leicht zu erklären. Einfach ausgedrückt könnte man sagen, Unvereinbarkeit der Charaktere, was zu gegenseitiger Gleichgültigkeit geführt hat. Zum Glück haben wir keine Kinder, was die Trennung sehr erleichtert hat."

„Ein Witwer und eine Geschiedene ... wir sind schon ein tolles Team."

Nancy fühlte sich angegriffen und reagierte etwas pikiert: „Ich finde nicht, dass es ein Makel ist, geschieden zu sein. Bei Ihnen klingt es, als sei es eine Behinderung!"

John blickte in zwei grüne zornige Augen und merkte sofort, dass seine Bemerkung sie gekränkt hatte. „Entschuldigung, ich habe mich wohl falsch ausgedrückt. Eigentlich wollte ich nur sagen, dass wir beide, jeder auf seine Weise, vom Schicksal geschlagen sind. Sicher haben Sie viele Illusionen und Träume einer jungen Frau begraben müssen ... und ich habe das bisschen Glück, das mir geschenkt wurde, teuer bezahlt. Sehen Sie, wir sind uns gar nicht so unähnlich."

Sie nahm ihren Kampf mit den Spaghetti wieder auf.

„Ich sehe das nicht so negativ wie Sie. Ich war jung und unerfahren und habe sicher Fehler gemacht. Aber deshalb geht die Welt nicht unter. Jeder hat die Kraft, noch einmal von vorn zu beginnen und seinem Leben wieder einen Sinn zu geben. Man muss es nur wollen und vor allem daran glauben."

Den wenigen Worten entnahm John, dass seine Tischgenossin einen starken Willen besaß und alles, was sie tat, mit großer Entschlossenheit zu Ende führte, eine Kämpfernatur, die aus den Unbilden des Lebens positive Erfahrungen ziehen konnte.

Als sie sich nach dem Essen einen Weg durch die Tische bahnten und das Restaurant verließen, hatte John Cattuso die charmante angehende Journalistin Nancy Shepard ein wenig näher kennengelernt. Aufkommender Wind raschelte in den Blättern der hohen Glyzinie und jagte die Wolken, die sich schützend vor Millionen von Sternen geschoben hatten, über den Himmel. Die milde Nachtluft war deutlich abgekühlt, und schon bald würde der Himmel über Rom seine Schleusen öffnen.

Im zweiten Stock der Pension standen die Fenster weit offen, und der Luftzug kühlte die Granitplatten des langen Korridors.

Nancy lag auf dem Bett und dachte an den ungehobelten Mann der letzten Tage, den es nun nicht mehr gab. Nach dem vertraulichen Gespräch beim Abendessen hatte sie ihre Meinung über John geändert. Er hatte schon früh Vater und Mutter durch einen Autounfall verloren und lange gebraucht, darüber hinwegzukommen, nur um nach kurzem Glück auf die gleiche Weise seine geliebte Frau zu verlieren. Jetzt konnte sie seine Verbitterung und seinen Rückzug aus der Gesellschaft nachvollziehen, zu dem er sich aus Angst vor Verletzungen entschlossen hatte. Es erklärte auch sein Verhalten und die dunklen melancholischen Augen, die nüchtern und desillusioniert auf die Welt und die Menschen blickten.

Seit ihrer Scheidung hatte sie sich nur auf sehr wenige kurze Abenteuer eingelassen. Doch dieser Mann zog sie an. Das Bedürfnis, ihn in ihrer Nähe zu haben, wurde immer stärker. Sich einzugestehen, dass sie Gefühle für ihn entwickelte, machte ihr Angst. War es vielleicht nur Neugier? Wollte sie lediglich mehr über das Leben und die Geheimnisse dieses komplizierten Mannes erfahren, der anfangs so verschlossen war? Vielleicht. Oder war es eine rein körperliche Anziehung, der Wunsch, die Umarmung dieses undurchschaubaren Mannes zu spüren, der, wie sie glaubte, zu tiefer Zärtlichkeit fähig war? Wahrscheinlich. Oder sogar Liebe? Schon einmal hatte sie geglaubt, die große Liebe gefunden zu haben. Doch dann war ihr dieses komplizierte Gefühl, nach dem sie sich immer noch sehnte, wieder entglitten. Der Gedanke an eine Leidenschaft, die möglicherweise nicht erwidert wurde, war unerträglich und machte ihr Angst. Lieber wollte sie gegen ihr Gefühl ankämpfen. Im Augenblick war es wohl das Beste, sich in die Arbeit zu stürzen.

Plötzlich zerriss ein heftiger Blitz den Himmel und machte die Nacht für einen kurzen Augenblick zum Tag. Wie aus dem Nichts folgten einzelne große Tropfen, bis nach und nach kühler Regen auf die Stadt niederprasselte.

John stand am offenen Fenster und beobachtete das Gewitter. Für einen Moment waren seine melancholischen Gedanken in dunkle Tiefen abgeglitten. Doch nach und nach befreite ihn sein Verstand aus der trunkenen Träumerei, ließ ihn in die Realität zurückkehren und seine Gedanken zu Nancy wandern. Den ganzen Abend hatte er die Augen nicht von der jungen Frau lassen können und versucht, sich sein wachsendes Interesse nicht anmerken zu lassen. Immer wieder erinnerte ihn ihr wunderschöner Körper daran, dass er doch noch ein Mann war. Bei jeder Geste hob und senkte sich ihre sinnliche Brust, oder der kurze Rock verschob sich und ließ ein wenig mehr von ihren langen wohlgeformten Beinen erkennen. Beim Abendessen war John mehr als einmal aufgefallen, dass die Blicke der männlichen Gäste länger als nötig auf den perfekten Rundungen der jungen Praktikantin ruhten, die zweifellos Verlangen nach Liebe und Liebkosung hervorriefen. Aber am meisten berührten ihn ihre großen fragenden Augen, die tief in seiner Seele nach Ängsten und Sorgen zu suchen schienen. Fast schämte er sich, dass diese Frau Wünsche in ihm weckte, die er eigentlich mit Angelas Tod begraben hatte.

Das Läuten des Telefons riss ihn unsanft aus seinen Gedanken. Es war Viertel nach zehn.

„Hier spricht der Empfang."

Es war die unsympathische Stimme des Empfangschefs, der nur einmal pro Woche lächelte.

„Ein Anruf aus dem Ausland. Ich verbinde."

„Ja, danke."

Sofort erkannte er Ellworths vertraute, durch die Entfernung leicht verzerrte Stimme.

„Hallo, John? Ich bin es, Andrew …"

John wollte das Gespräch so kurz wie möglich halten und sagte nur: „Hören Sie, ich rufe Sie gleich zurück."

In der leeren Empfangshalle saß der Empfangschef lässig hinter der Rezeption und las Zeitung. Als er den Amerikaner kommen sah, unterbrach er seine Lektüre und musterte ihn mit undurchdringlichem Blick.

„Ich möchte ein Auslandsgespräch führen. Geht das von hier aus?“

„Natürlich, aber das hätten Sie in Ihrem Zimmer bequemer haben können. Gehen Sie in eine der drei Kabinen dort drüben. Ich schalte Ihnen eine Leitung frei.“

Er deutete mit dem Kinn auf den hinteren Teil des Saals.

„Die Vorwahlen für das Ausland sind in den Kabinen angeschlagen. Sie können das Gespräch anschließend bei mir bezahlen oder auf Ihre Zimmerrechnung setzen lassen. Einen Augenblick bitte … Kabine zwei, die Leitung ist freigeschaltet.“

Als John die Glastür der dunklen Kabine aufschob, ging automatisch das Licht an. In Rom war es zwanzig nach zehn, in Los Angeles dreizehn Uhr zwanzig. Hier neigte sich der Tag dem Ende zu, gehörte schon der Vergangenheit an, während dort gerade ein vielversprechender Nachmittag begann.

„Hallo? Ich bin es, John. Sie wollten mich sprechen?“

„Ja, aber warum wolltest du mich unbedingt zurückrufen? Stimmt etwas nicht?“

„Nein, es ist alles in Ordnung. Ich wollte mir nur die Beine vertreten und eine Zigarette rauchen. Die Kabine lag auf meinem Weg.“

„Na schön. John, ich nehme an, du weißt schon, was aus deiner Sache geworden ist?“

„Ja, ich habe es gelesen. Ein harter Schlag für diese Leute. *Aquantis* ist im wahrsten Sinn des Wortes ins Wasser gefallen.“

„Stimmt. Ich wüsste gern, wer Gowan informiert hat. Hast du eine Idee?“

„Warum fragen Sie ausgerechnet mich? Bestimmt hat er eigene Recherchen durchgeführt und die gleichen Schlussfolgerungen gezogen wie ich.“

„Ja, das haben die Herren aus Las Vegas bestimmt auch geglaubt. Leider konnte er sich nicht mehr über seinen Sensationsbericht freuen. Einen Tag nach der Veröffentlichung hatte er einen Autounfall."

John hatte plötzlich einen dicken Kloß im Hals. Um sich zu vergewissern, fragte er mit dünner Stimme: „Ist er ...?"

„Ja, leider. Er ist mit seinem Fahrzeug von einer Brücke gestürzt. Die *Washington Daily* muss jetzt auf sein Talent verzichten. Armer Kerl!"

Ellworths Bedauern war aufrichtig. Alle Journalisten gehörten zu einer großen Familie, und der Tod eines Familienmitglieds, auch wenn es sich um einen Konkurrenten handelte, war stets eine Tragödie.

„Haben Sie sich wegen der ganzen Aufregung nach der Veröffentlichung des Skandals Sorgen gemacht?"

„Nein, es herrscht absolute Windstille. Vermutlich hat man keinen Zusammenhang mit unseren Recherchen herstellen können. Allerdings hat Patrick Gowan seine Verwegenheit mit dem Leben bezahlen müssen. Trotzdem muss ich meine Zusage, für deine Auswanderung zu sorgen, halten. Du wirst ziemlich lange im Ausland bleiben müssen. Nun ja, kommen wir zu einem anderen Thema. Ich habe noch nichts von Nancy Shepard gehört. Wie steht es mit eurer Zusammenarbeit?"

„Sie ist gut. Als ich ging, brannte noch Licht in ihrem Zimmer. Während wir miteinander reden, verschlingt sie bestimmt die Unterlagen, die Pozzi uns zur Verfügung gestellt hat. Sie hat eine gute Spürnase und ist sehr dynamisch."

Ellworth traute seinen Ohren kaum. John arbeitete tatsächlich mit jemandem zusammen und war auch noch zufrieden! Das Leben war voller Überraschungen.

„Gut, lassen wir es dabei. Morgen werde ich Mario anrufen und mit ihm über die Reportage sprechen – aus reiner Höflichkeit. Ich habe ihm eingebläut, dass er euch helfen soll. Offenbar tut er es. Ich denke, ihr könnt auf die Unterstützung der ganzen Agentur zählen. Bis bald, John. Ruf mich an, wenn ihr etwas braucht. Verstanden?"

„In Ordnung. Aber ich glaube, wir kommen ganz gut allein zurecht. Ich möchte mich bei dieser Gelegenheit noch einmal bei Ihnen bedanken. Die Ereignisse haben sich fast überschlagen, und ich habe versäumt, rechtzeitig zu tun, was zu tun war. Ich hoffe, Sie wissen, was ich meine, Andrew."

„Natürlich, mach dir deshalb keine Gedanken. Konzentriere dich auf das Jubiläum und mache eine echte Schlagzeile daraus. Das kannst du am besten. Aber suche bitte nicht das Haar in der Suppe!"

5. KAPITEL

Vatikanstadt

Tief unter der Erde hing der alte Mann seinen Gedanken nach. Oben war alles so schön, so harmonisch, hier unten dagegen schmutzig, düster und nasskalt. Kaum zu glauben, dass die beiden Welten zu ein und demselben Universum gehörten. Während der ungebetene Besucher vorsichtig die schlüpfrigen Stufen hinabstieg, wuchs seine Angst.

Die absolute Finsternis, in die das runde gelbe Auge der Taschenlampe ein kleines Loch bohrte, schien kein Ende zu nehmen.

Schon bald stieß er auf dem gewundenen Pfad auf ein Hindernis, das nicht so leicht zu überwinden war. Ein schweres, mit einer kräftigen Kette gesichertes Eisengitter versperrte ihm den Weg. Am Ende der Kette hing ein großes altes Vorhängeschloss. Es mit dem Dietrich zu öffnen war undenkbar, und der Eisenbügel war sehr dick. Hier brauchte er ein kräftigeres Werkzeug.

Der alte Mann steckte seinen Schraubenzieher, den er trotz der störenden Größe mitgenommen hatte, durch den Bügel und stemmte sich mit seinem ganzen Gewicht dagegen. Ein stärkeres Werkzeug hatte er nicht, und nun hing es von diesem Schraubenzieher ab, ob er seinen unterirdischen Weg fortsetzen konnte oder nicht.

Als das Metall endlich nachgab, wusste der schweißgebadete Eindringling nicht, ob das Schloss oder der Schraubenzieher gebrochen war. Doch dann pendelte die Kette am Eisengitter, und das Vorhängeschloss fiel zu Boden … der Weg war frei.

Nach langen Minuten zögernden Vorantastens erreichte der Mann eine massive, mit Eisenspitzen versehene Tür. Nur durch ein Schnappschloss gesichert, bot sie keinen Widerstand.

Als er den rauen Türflügel aufdrückte, stieg ihm ein fürchterlicher Gestank in die Nase. Vor ihm lag ein riesiger Raum in völliger Dunkelheit.

Der Lichtkegel der Taschenlampe war zu schwach, um die Finsternis zu durchdringen, reichte jedoch aus, um am Fuße der Treppe ein danteskes Inferno zu enthüllen.

Heftiger Ekel hinderte ihn daran, den Raum näher zu erforschen. Er begnügte sich damit, seine unmittelbare Umgebung mit der Taschenlampe auszuleuchten und wandte sich mit zugeschnürter Kehle ab.

Der Rückweg schien eine Ewigkeit zu dauern. Unsicher strauchelnd und mit Tränen in den Augen hatte der alte Mann Mühe, den Weg zu finden. Er wusste, dass sich diese Schreckensbilder für alle Ewigkeit in sein Gedächtnis gebrannt hatten. Als er der feuchten Erde entronnen war und erleichtert die warme trockene Nachtluft einatmete, hatte sich sein Leben für immer verändert.

* * *

Der Regen hatte aufgehört. John ging hinaus an die frische Luft, um das entsetzliche Schuldgefühl loszuwerden, das ihn seit einigen Minuten quälte. Dunkelheit umfing ihn wie ein Leichentuch. Etwas weiter vorn spendete eine alte Straßenlaterne schwaches Licht. Die glühende Zigarette, die er hin und wieder an seine Lippen wandern ließ, nahm sich wie ein Leuchtzeichen aus in dem kleinen Gärtchen hinter dem Hotel. Sanft wiegten sich die Kronen der hohen Bäume im leichten Wind.

Wie Glasperlen im Mondlicht glitzerten dicke Regentropfen auf den Blättern, und das silbrige, vergängliche Licht schien die Pflanzen mit Sternenstaub zu bedecken.

John setzte sich auf eine kalte feuchte Steinbank und fing sofort an zu zittern, allerdings nicht vor Kälte. Der Grund war ein anderer. Ja, er war schuld an Gowans Tod! Er hatte genau gewusst, wie scharf jener auf Erfolg war, und dass er sich eine solche Sensationsmeldung niemals hätte entgehen lassen – eine absolute Garantie für die Veröffentlichung eines solchen Dossiers. Und es hatte funktioniert! Doch setzte man nicht leichtsinnig das Leben anderer aufs Spiel, wenn man die möglichen Konsequenzen einer solchen Handlung einfach außer Acht ließ? Tief im Innern wusste er, dass jeder nach dem Berufsethos des Metiers verpflichtet war, die Gefahren, die sein Handeln nach sich ziehen könnte, selbst einzuschätzen. Das war klar. Andererseits hatte John selbst nicht gewusst, was auf dem Spiel stand, als er das explosive Dossier abschickte.

Die nasse Erde verströmte den Geruch von Humus, der sich mit dem der Buchsbäume vermischte. Allmählich klarte der Himmel wieder auf, und der Vollmond verlieh dem Garten eine übernatürliche Aura.

Verloren in Gedanken so dunkel wie die Nacht, fühlte sich John hilflos und klein. Es würde lange dauern, sehr lange, bis dieser bittere Geschmack, der einen befällt, wenn man die Last einer schweren Schuld zu tragen hat, wieder verging.

* * *

Die Stunden verstrichen nur langsam, bis die Dämmerung die unerbittliche Nacht verdrängte.

Unsanft riss der Wecker Nancy aus ihren Träumen. Ohne

Rücksicht auf das dünne Nervenkostüm der jungen Frau erfüllte er das Zimmer mit seinem aggressiven Zirpen. Ärgerlich schlug Nancy mit der Hand auf den Knopf und erzeugte damit eine relative Ruhe, die nach und nach durch die erwachende Betriebsamkeit auf der Straße wieder zunichtegemacht wurde. Fasziniert von ihrer Lektüre und beunruhigt über ihre persönlichen Probleme, hatte sie bis spät in die Nacht gelesen. Die wenigen Stunden Schlaf erschienen ihr jetzt lächerlich kurz. Mühsam kroch sie aus dem großen Bett und schleppte sich unter die Dusche. Erst als kaltes Wasser über ihren Körper rieselte, fand sie zu ihrer gewohnten Energie zurück. Das kühle Nass erzeugte eine Gänsehaut auf ihrer samtweichen Haut und ließ die Brüste fester werden. Sie liebte diesen lustvollen Kontakt mit dem Leben spendenden Element. Es war acht Uhr, gerade noch Zeit genug, sich anzuziehen, bevor Guido sie abholte.

John starrte an die Decke. Er hatte die Nacht über immer wieder lange wach gelegen. Ob er überhaupt Schlaf gefunden hatte, konnte er nicht sagen. Benommen dachte er, dass dieser Tag nicht besonders gut begann.

Für ein Frühstück im Speisesaal blieb nur wenig Zeit, denn Guido erwartete sie bereits am Empfang und begleitete sie wie immer mit einem breiten Lächeln zu seinem BMW.

Das nächtliche Gewitter hatte sich längst verzogen, nur einige feuchte Flecken auf dem ansonsten trockenen Boden erinnerten noch daran. Was die durstige Erde nicht aufnehmen konnte, hatte die Morgensonne getrunken. Ein pastellblauer wolkenloser Himmel überließ Rom auf Gedeih und Verderb der Gnade der glühenden Sonne.

„Zehn nach neun, das wird knapp. Im Zentrum herrscht auch jetzt schon viel Verkehr. Leider haben wie keine Zeit mehr, um an den Denkmälern, die auf unserem Weg liegen, stehen zu bleiben."

Guido hatte in seinem gebrochenen Englisch den Zweck ihrer Fahrt richtig erfasst: ohne Umwege und ohne touristische Führungen zum Vatikan.

Ganze Schwärme Mopeds und Motorroller tauchten wie aus dem Nichts auf und verschwanden ebenso schnell wieder, wie sie gekommen waren, bis die nächste Welle heranrollte. Diese Zweiräder dominierten zweifellos Roms Verkehr. Erstaunlich beweglich und flink ergoss sich die Blechlawine in die Arterien der Stadt. Trotz des dichten Verkehrs machte sich der Fahrer die Mühe, ihnen alles Sehenswerte auf dem Weg zu erklären. Er kannte die Namen aller *Palazzi,* Kirchen und Brunnen und wusste von jedem Gebäude die glorreiche und schicksalhafte Vergangenheit zu berichten. Die beiden Journalisten konnten zwar nur kurze Blicke auf diese Wunder der Architektur werfen, doch dank Guidos Erläuterungen waren sie in der Lage, diesen Stadtteil historisch einzuordnen und erkannten, dass sie den ältesten Teil noch nicht durchquert hatten. Diese Relikte der leidvollen Geschichte Roms rechtfertigten zweifellos die Bezeichnung „Ewige Stadt". Die intakten Zeugnisse der Macht Roms hatten alle Unwägbarkeiten überstanden und zeigten noch heute der Welt ihr tausendjähriges Gesicht.

„Wir kommen jetzt zum *Palazzo Borghese.* Am Ende dieser Prachtstraße überqueren wir die *Ponte Umberto* und erreichen so das linke Tiberufer."

Umgeben von unzähligen rollenden Vespas bahnte sich das Dienstfahrzeug der Agentur mühsam seinen Weg durch das Chaos. Schon bald sahen sie das Bauwerk, auf dem sie den sagenumwobenen Fluss überqueren wollten. Die mächtigen weißen Steinsäulen, auf denen die Brücke ruhte, standen fest im gelben Fluss, der seine Farbe dem mitgeführten Schlamm verdankte. Rechts und links der Umberto-Brücke, nur wenige hundert Meter entfernt, überspannten die Brücken Cavour und San Angelo das schlammige Wasser und zerteilten das breite glitzernde Band, als wollten sie verhindern, dass es im Meer verschwand. Guido erklärte, dass dieses natürliche Hindernis auf mehr als zwanzig vergleichbaren Bauwerken überwunden werden konnte, ein Beweis, dass alle Bemühungen, die Verbindung zum Mittelmeer zu unterbrechen, gescheitert waren. John dachte darüber nach, dass sich der Flusslauf in zweitausend Jahren vermutlich kaum geändert hatte. Rom hatte lediglich die Ufer mit dicken Steinmauern befestigt. Etwa zehn Meter unterhalb der Brüstung trieb der trübe und unergründliche Strom mit der einzigartigen Farbe noch einige Kilometer flussabwärts, bis er sich im unendlichen Blau des Mittelmeers verlor.

„Wir sind auf der Via della Conciliazione. Die große Mauer, die Sie dort rechts sehen, ist Teil der Stadtmauer der Vatikanstadt. Wir überqueren zuerst die Piazza Pio XII. Dahinter liegt die Piazza San Pietro, der berühmte Petersplatz."

Der letztere lag vor ihnen wie eine riesige Kneifzange. Die in Viererreihen angeordneten hohen Travertinsäulen muteten wie Zähne eines riesigen Mauls an, das sich zum Petersdom hin öffnete. Über jeder inneren Säule thronte eine Statue, insgesamt einhundertvierzig, die eine drei Meter hohe Krone bildeten. Laut Guido handelte es sich um die Standbilder aller Heiligen des Pantheons der christlichen Religion. Sie empfingen die Besucher der größten, aber nie vollendeten Kirche der Welt. In der Mitte des Platzes reckte ein imposanter Obelisk seine steinerne Spitze gen Himmel, als wollte er sagen: „Seht her, ich bin der Mittelpunkt der Welt!“ Rechts und links standen zwei große Springbrunnen, die ihre Fontänen in die Luft schossen und das Wasser auf ihren Kaskaden wieder auffingen.

„Der Platz ist für Autos gesperrt. Wir parken hier und gehen zu Fuß weiter. Ich glaube, dass Sie trotzdem nicht zu spät kommen. Zum Glück, denn in diesem Amt wartet man nicht gern.“

Es war fünf nach zehn, und auf dem Petersplatz herrschte bereits reger Verkehr. Zahlreiche Pilger, Touristen und Geistliche belebten den Platz. Guido, John und Nancy brauchten mehrere Minuten, um die große elliptische Fläche mit den Schaulustigen, die es im Gegensatz zu ihnen nicht eilig hatten, zu überqueren. Das Informationsbüro, in dem sie sich anmelden mussten, lag auf der linken Seite zwischen den Kolonnaden. Hinter den mächtigen Säulen konnte man den Platz des Heiligen Offiziums und einen Teil der Palastfassade erkennen, ein gedrungenes Gebäude, dessen klotzige Architektur abweisende Strenge ausstrahlte.

Zehn Uhr zwanzig. Sichtlich nervös beschleunigte Guido den Schritt und führte Nancy und John zum Eingang des ebenerdig gelegenen Büros. Dort verteilten zwei Personen, offenbar Laien, Pläne und beantworteten die Fragen der zahlreichen Besucher. Als sie endlich an der Reihe waren und einem der beiden Hilfskräfte ihre Frage stellen konnten, schickte dieser sie ins Nachbargebäude. Guido wurde immer nervöser.

„Wir sind spät dran. Ich hoffe, Ihr Termin wird nicht gestrichen.“

Die Tür führte in einen kleinen, aber hellen Raum, der sehr sachlich und mit der in allen modernen Büros anzutreffenden technischen Ausstattung eingerichtet war. Religiöse Bilder an den Wänden erinnerten daran, dass man sich in heiligen Räumen befand. Zwei Männer, ein Laie und ein Geistlicher, wie sein römischer Kragen zeigte, teilten sich das winzige Büro. Beim Eintreten der drei Besucher hob der Jesuit den Kopf und fragte sofort auf Englisch: „Sind Sie die Vertreter der römischen Agentur der *New Herald Post?*“ Ohne eine Antwort abzuwarten, fügte er hinzu: „Eigentlich haben wir Sie um zehn Uhr erwartet. Sie haben sich verspätet. Ich weiß nicht, ob der Termin noch gehalten werden kann.“

Verlegen versuchte Guido, sich auf Italienisch zu rechtfertigen: „Bitte entschuldigen Sie, es ist meine Schuld. Es herrscht starker Verkehr, und ich habe für die Fahrt zu wenig Zeit einkalkuliert. Mein Chef, Signore Pozzi, hat gesagt, dass der Termin sehr wichtig sei. Würden Sie vielleicht so freundlich sein und nachfragen, ob wir ihn noch wahrnehmen können?“

Der Jesuit hörte sich die Erklärung an, ohne eine Miene zu verziehen und trommelte mit den Fingerspitzen ungeduldig auf die Arbeitsunterlage seines Tisches. Schließlich nahm er den Telefonhörer in die Hand, drückte eine Taste und fragte sein unsichtbares Gegenüber auf Italienisch: „*Pronto?* Hier ist die Anmeldung. Die Leute von der *Herald Post* sind jetzt da, Eure Eminenz, allerdings verspätet. Soll ich absagen? ... Ja, in Ordnung. Danke.“

Er legte den Hörer auf und musterte Nancy von oben bis unten. Offensichtlich missfiel ihm ihre Kleidung und spürbare weibliche Ausstrahlung. Er sagte jedoch nichts, sondern setzte das Gespräch auf Englisch fort: „Ihr Termin wird nicht abgesagt. Das kommt sehr selten vor, Sie haben Glück. Wären Sie dann bitte so freundlich, mir Ihre Presseausweise zu zeigen?“

Nancy und John legten ihre Ausweise vor, und Guido trat einen Schritt zurück, da ihn diese Aufforderung nicht betraf. Nach kurzer Überprüfung tippte der Jesuit die Daten der beiden Besucher in den Computer, speicherte sie und gab ihnen die Ausweise zurück.

„Danke. Bitte begeben Sie sich jetzt zum Palast des Gouvernorats. Das Büro Seiner Eminenz Kardinal Zalinghi befindet sich im zweiten Stock. Er ist für die Bibliothek und die Archive des Vatikans zuständig und erwartet Sie."

Immer noch begleitet von ihrem jungen *Cicerone,* verließen die beiden Korrespondenten des *Herald* das Büro und durchquerten die Reihe der hohen Säulen.

Kurz darauf standen sie vor dem Palast des Heiligen Offiziums, den sie vorhin schon sehen konnten. Die klobige und schmucklose Fassade mit den zahlreichen Fenstern wirkte streng. Offenbar diente dieser Palast rein bürokratischen Zwecken. Rechts befand sich ein hohes schmiedeeisernes Tor, dessen mächtige Flügel weit offen standen. Zu beiden Seiten bewachten Gardisten den Eingang. Sie sahen aus, als hätte man sie mit einer Zeitmaschine aus einer anderen Epoche direkt hierher verfrachtet. Die Uniform der stattlichen Männer bestand aus einem Wams mit Puffärmeln und einer Puffhose in den Farben Blau, Rot und Gelb. Lustige schwarze Mützen, ähnlich einer Baskenmütze, thronten schräg auf ihren Köpfen. Außerdem hielten sie museumsreife Hellebarden aufgepflanzt in der Hand. Den Blick unbeirrbar ins Leere gerichtet, erfullten sie offenbar nur eine symbolische Aufgabe. Vermutlich hatte sie ein Schelm dort hingestellt, um Touristen in Erstaunen zu versetzen. Als die drei Besucher auf die schweigenden Gardisten zugingen, versperrten jene ihnen mit den Hellebarden den Weg. Einer der beiden hob den Arm und hielt sie auf.

„Durchgang verboten. Dieser Teil der Stadt kann nicht besichtigt werden."

„Wir werden im Gouvernorat erwartet und sind schon spät dran“, erklärte Guido hastig, während er seinen Presseausweis hervorholte.

Der Schweizer Gardist schaute sie mit ausdruckslosen blauen Augen prüfend an, drehte sich um und ließ die Eindringlinge unter Aufsicht seines Kollegen warten. Nach einer Minute kam er zurück.

„Sie können passieren.“

Der Palast glich einer Festung. Beide Flügel der jahrhundertealten Holztür wurden vom Boden bis zum Türsturz von einem massiven, symmetrisch gemusterten Eisenrahmen gehalten, aus dem pyramidenförmige Spitzen herausragten. Das schwere Portal und die hoch angeordneten Gucklöcher, die durch schwarz angelaufene Gitter verschlossen waren, zeugten von Leid und dunklen Geheimnissen.

Nachdem sie diesen Palast hinter sich gelassen hatten, gingen sie links am Fuße des Petersdoms entlang und passierten den *Palazzo Courtial.* Dieser war wenig beeindruckend. Die nüchterne und triste Linienführung passte offensichtlich zu dem Zweck, den man ihm zugedacht hatte. Schon nach wenigen Metern erblickten sie die Kirche *Santo Stefano degli Abissini.* Die einzelnen Bauwerke standen dicht beieinander, sodass sie schon nach knapp zwanzig Minuten vor dem Palast des Gouvernorats standen.

Auf dem Weg fiel Nancy auf, dass die Gebäude in unterschiedlichen Baustilen errichtet waren, als hätten die jeweiligen Herrscher der verschiedenen Epochen sich hier verewigen wollen. Der ein wenig barocke und uneinheitliche Komplex bot bei Weitem nicht das erhabene und überwältigende Bild, das sie erwartet hatte. Die Gebäude waren zwar ganz schön, aber ohne architektonischen Anspruch. Guido erklärte ihr mühsam, dass sich in diesem Teil des Komplexes keine Sehenswürdigkeiten befanden und dass alles, was den Glanz der Stadt ausmachte, eher auf der rechten Seite des Petersdoms zu finden war. Dort würde sie auf Schritt und Tritt die schönsten und auf der ganzen Welt einzigartigen Kunstwerke zu sehen bekommen. Seine Worte unterstrich er mit einer lebhaften Gestik, als könnte er sich nur mithilfe seiner Hände und Arme verständlich machen.

John war aufgefallen, dass Nancy seit ihrer Abfahrt aus dem Hotel versuchte, eine gewisse Distanz zu wahren. Auch jetzt ging Guido in der Mitte und trennte die beiden. Er spürte deutlich, dass sie es so wollte, fand jedoch keine Erklärung dafür. Eigentlich hatte sich die junge Frau in letzter Zeit um eine aufrichtige und freundschaftliche Beziehung zu ihm bemüht.

Ein schwerer schwarzer Wagen verließ das Gouvernorat und fuhr an ihnen vorüber. Die dunkel getönten Scheiben schützten die Insassen vor neugierigen Blicken. Er fuhr langsam, vermutlich saß ein Prälat in der luxuriösen Limousine. Neben der Zahl auf dem Nummernschild zeigten die Buchstaben SCV, „Status Civitatis Vaticanae", dass der Wagen in der Vatikanstadt, dem kleinsten eigenständigen Staat der Welt, zugelassen war.

Als sie um eine Mauerecke bogen, wurde der Häuserkomplex plötzlich von einer gepflegten Grünanlage abgelöst. Mehrere Gärtner schnitten große Buchsbäume in Form und kehrten mit einem Rechen auch das kleinste Blättchen zusammen, damit nichts die wie mit einem Lineal gezogene Landschaft störte. Wie ein zartgrünes Samtkissen lag der Rasen vor ihnen, auf dem das Wappen der Vatikanstadt mit den gekreuzten Schlüsseln und der darüber schwebenden päpstlichen Tiara mit dreifachem Kronenreif durch ein Blumenmeer dargestellt war. Die Gärtner blickten ihnen nach, machten wohlgefällige Bemerkungen und stießen leise Pfiffe aus. Offensichtlich ließ Nancys Äußeres das weltliche Personal, das für die Pflege des Parks zuständig war, nicht ganz gleichgültig.

Das Gouvernorat lag etwas höher als Petersplatz und Petersdom, was daran erinnerte, dass sich der Vatikan einst auf einem Hügel befand, der durch Abtragungen und immer neue Bauprojekte heute nur noch eine leichte Erhebung war. Das weitläufige imposante Gebäude bestand aus einem etwas zurückgesetzten Mittelteil mit einer Terrasse und zwei lang gestreckten Flügeln. Eine breite Treppe führte zum einzigen Eingang unter einem Balustradenbalkon, der dem symmetrischen Palast Eleganz und Vornehmheit verlieh und seinen Rang in der Hierarchie des Stadtstaates unterstrich.

Im Erdgeschoss prüfte ein Amtsdiener erneut ihre Presseausweise und begleitete sie in den zweiten Stock. Guido, der sich auf seine Rolle als Fahrer und Fremdenführer beschränkte, wartete im Flur auf sie.

Als Nancy und John zu Kardinal Zalinghi vorgelassen wurden, fiel ihnen sofort die unglaubliche Unordnung in dem Büro auf. Der große Schreibtisch war mit Aktenstapeln übersät. Sogar auf dem Boden hatte man Bücher und Dokumente gelagert. In stattlichen Schränken, deren Glastüren bis zur Decke reichten, standen Bücher aller Art. Vor den Fenstern des eigentlich hellen Raums hingen schwere Vorhänge, durch die nur wenig Licht drang, sodass eine gedämpfte Atmosphäre herrschte.

Bei ihrem Eintreten erhob sich sofort ein junger Novize, vermutlich der Sekretär, und verließ wortlos den Raum, um *Sua Eminenza* mit den Besuchern allein zu lassen. Auf den ersten Blick wirkte der Kardinal wie ein einfacher Mann.

Seine Körperhaltung und sein Büro standen in krassem Gegensatz zu dem theoretisch mit seiner Funktion verbundenen Glanz. Nur sein strenger schwarzer Anzug, der römische Kragen und die massive Kette mit dem breiten Goldkreuz auf seiner Brust verrieten seine Berufung. Ohne seine Soutane, die *Mozetta* und das scharlachrote Birett wirkte der unauffällige kleine Mann mit den grauen Schläfen eher wie der Priester einer kleinen Gemeinde und nicht wie ein hoher Würdenträger des Vatikans. Mit höflichem Lächeln deutete er auf zwei Stühle.

„Guten Tag, ich bin Kardinal Pietro Zalinghi. Entschuldigen Sie die Unordnung. Wir sind ein wenig überlastet und haben zu wenig Platz. Bitte, setzen Sie sich …“

Nancy und John warfen sich einen verblüfften Blick zu, denn der Kardinal sprach fließend und akzentfrei Englisch. Er bemerkte ihr Erstaunen.

„Ich durfte Ihre Sprache viele Jahre studieren und bin im Rahmen meiner Ämter häufig gereist. Außerdem glaube ich, dass ich ein wenig sprachbegabt bin, was mir sicher geholfen hat. Und womit kann ich Ihnen nun helfen?“

John und Nancy stellten sich und ihr Anliegen kurz vor, wobei sie sich auf das Notwendigste beschränkten. Der hohe Würdenträger, der für die Vatikanische Bibliothek und ihre Archive verantwortlich war, ergriff wieder das Wort.

„Kommen wir zu den Fakten. Sie haben über Ihre römische Agentur die Genehmigung beantragt, bestimmte, weniger bekannte Teile unseres historischen Erbes zu besichtigen. Ich muss gestehen, dass wir anfangs geneigt waren, Ihrem Antrag nicht stattzugeben. Allerdings kam die übergeordnete Behörde, mit der wir uns vorschriftsmäßig beraten haben, zu einem anderen Ergebnis und hat mich beauftragt, Sie bei

Ihren Recherchen zu unterstützen."

John hörte trotz des herzlichen und sachlichen Tons des Geistlichen heraus, dass er eine andere Meinung als seine „übergeordnete Behörde" vertrat und sich nur widerwillig, jedoch mit dem nötigen Gehorsam, dem Willen seiner Vorgesetzten beugte.

„Soweit ich verstanden habe, möchten Sie mit der Tradition brechen und eine originellere Reportage erarbeiten, in der ‚unser' Vatikan in neuem Licht dargestellt werden soll."

Cattuso erläuterte ihm den Leitgedanken, der Nancy und ihn veranlasst hatte, sich für den Bericht ein anderes Szenario als die üblichen Klischees zu überlegen.

Der Kardinal hörte dem Vortrag aufmerksam zu und fuhr dann fort: „Das Jubiläum schließt das zweite vollständige Jahrtausend ab und erhält dadurch eine besondere Bedeutung für die gesamte Christenheit. Deshalb hält man es wohl für sinnvoll, das Bild der Kirche auf der ganzen Welt zu beleuchten. In diesem Sinne ist Ihre Zeitung ein relativ mächtiger Träger für die Verbreitung einer bestimmten Anschauung."

Nancy betrachtete den unscheinbaren Mann, der sich dennoch sehr geschickt ausdrückte. Sie hatte das Gefühl, dass ihm diese Audienz auferlegt worden war. Sicher verbarg sich hinter seiner scheinbaren Gutmütigkeit ein eiserner Wille, gepaart mit gefährlicher Intelligenz. Doch es war nur ein Eindruck, und soweit sie es beurteilen konnte, schien der Prälat gewillt, sie zu unterstützen und ihnen die erforderlichen Genehmigungen zu erteilen. Als sie sich umblickte, fiel ihr eine Tür auf, die von der Holzverkleidung der Wände kaum zu unterscheiden war. Vielleicht war der Raum, in dem ihr Gespräch stattfand, nur ein Vorzimmer oder ein Arbeitszimmer, während sich hinter der Tür ein luxuriöses Büro verbarg, das eines hohen Beamten des Vatikans würdig war.

Als der Kirchenmann die gefalteten Hände löste, blitzte an seinem linken Ringfinger ein großer Ring auf. Der scharlachrote Rubin verlieh der unauffälligen Gestalt Autorität und erinnerte die Besucher daran, dass diese verantwortliche Position nicht zufällig vergeben wurde. Während er seinen Monolog fortsetzte, der sich anhörte, als rezitiere er aus der Bibel, schaute er seine Gäste aufmerksam an und vollzog im Geiste eine gründliche Überprüfung.

„Die der Öffentlichkeit weniger bekannten Abteilungen, die für Sie interessant sein könnten, befinden sich im Archiv und in der Bibliothek. Dort könnten Sie Material für Ihre Arbeit finden. Am besten lassen Sie sich dabei von einem erfahrenen Fachmann helfen, auf den ich große Stücke halte. Es handelt sich um einen *Professe*, der im Vatikan als sehr gelehrt gilt. Er hat sich auf die antiken Sprachen spezialisiert, war an der Übersetzung zahlreicher alter Texte beteiligt und kennt sich in der Bibliothek trotz ihres beträchtlichen Umfangs sehr genau aus. Ja, ich glaube, dass Pater Francesco Spà der richtige Führer für Sie ist. Es ist mir wichtig, noch einige Details mit Ihnen zu besprechen. Unsere Verwaltung ist sehr komplex und unterliegt einer strengen Hierarchie. Um Ihnen den Zugang zu den verschiedenen Archiven zu ermöglichen, empfehle ich Ihnen, die Anweisungen ganz genau einzuhalten und jede Eigeninitiative, die Pater Spà in Verlegenheit bringen könnte, zu unterlassen."

Der immer noch zuvorkommende Ton beinhaltete eine unmissverständliche Botschaft: Handlungsfreiheit ja, aber nur innerhalb der festgelegten Grenzen – was John sofort in „eingeschränkten Handlungsspielraum" übersetzte.

„Der gesamte Vatikan ist ein heiliger Ort. Hier wohnen viele

Pilger und Geistliche. In diesem Sinne ist hochgeschlossene Bekleidung die Regel. Die Kirchen werden von Kirchendienern beaufsichtigt, die einen Zutritt in, sagen wir mal, leichter Bekleidung verwehren. Andere Zugänge und Eingänge werden weniger streng bewacht, doch auch sie befinden sich in der Vatikanstadt und unterliegen damit den gleichen Regeln."

Da die Ausführungen des Kardinals direkt an sie gerichtet waren, errötete Nancy und zupfte vergeblich an ihrem zu kurzen Rock. Mit wohlgesetzten Worten war es ihm gelungen, ihr ein schlechtes Gewissen einzureden, als hätte sie ein Verbrechen begangen. Sie fragte sich, ob er ihr nicht sogar vorwarf, überhaupt mitgekommen zu sein. Sie hob den Kopf und betrachtete das große Foto des Papstes, das zwischen den beiden Fenstern an der Wand hing. Mit erhobener Hand und wohlwollendem Lächeln auf den Lippen schien er seinen päpstlichen Segen direkt an sie zu richten.

Mit dem Eindruck, unerwünschte Gäste gewesen zu sein, verabschiedeten sie sich von dem ausnehmend höflichen Kardinal Zalinghi. Der Termin mit ihrem künftigen Führer wurde auf vierzehn Uhr festgelegt. Es war erst halb zwölf, also blieb noch etwas Zeit.

Die harten Worte des Kardinals hatten Nancy tief getroffen. In ihrer unverhohlen als schamlos bezeichneten Bekleidung fühlte sie sich nun nicht mehr wohl. Es beschlich sie das Gefühl, wegen Schamlosigkeit und Unmoral an den Pranger gestellt worden zu sein. Zum ersten Mal seit ihrer Ankunft im Vatikan wandte sie sich direkt an John: „Ich möchte ins Hotel zurück, um mir etwas … Angemessenes … anzuziehen. Wäre das möglich?"

John warf Guido einen fragenden Blick zu. Dieser zuckte die Schultern.

„Ein bisschen knapp ist es schon. Wir müssten zum Auto laufen, uns dann ausgerechnet zur Mittagszeit durch das ganze Zentrum quälen und wieder zurückrasen. Das dauert mindestens zwei Stunden. Es wäre sicher angebrachter, wenn Sie hier bleiben und dann in den Gärten auf den Pater warten. Brauchen Sie mich heute Nachmittag noch?“

„Nein, ich glaube nicht. Offensichtlich sprechen die meisten Menschen hier Englisch. Wir rufen Sie an, wenn wir abgeholt werden wollen. Vielen Dank für alles, Guido.“

„In Ordnung. Nachher bringe ich Ihnen auch den Videorekorder mit, um den Sie mich gebeten haben.“

John dankte Pozzi im Geiste dafür, dass er ihnen den sympathischen jungen Mann zur Verfügung gestellt hatte. Er war nicht nur ein Fahrer, sondern ein hilfsbereiter und fähiger Mitarbeiter.

„Gibt es im Vatikan ein Restaurant, wo wir zu Mittag essen können?“, erkundigte sich John.

„Ja, natürlich, in der Nähe der Museen befindet sich ein großes Restaurant für Touristen und Pilger. Die Leute sparen sich auf diese Weise viel Zeit, die sie dann für Besichtigungen nutzen können. Hier ist ein Plan, damit Sie sich in der Vatikanstadt zurechtfinden.“

Er zog einen Faltplan aus der Tasche und breitete ihn aus.

„Sehen Sie, hier ist es. Zu Fuß brauchen Sie etwa zwanzig bis dreißig Minuten. Ich muss los, bis später.“

Nancy und John durchquerten mehrere Gärten, die aus verschiedenen Epochen und von verschiedenen Architekten zu stammen schienen, so wie die Gebäude, die sie auf dem Weg zum Gouvernorat passiert hatten. Außer der Reinlichkeit und Strenge der Linienführung hatten sie nichts gemein. Die beiden Journalisten waren voller Bewunderung für die vollendete künstlerische Ausgewogenheit der Bepflanzung. Antike Bauwerke, deren Farben von strahlendem Weiß bis zu tiefem Ocker reichten, schmückten die Gärten wie seltene Perlen in smaragdgrünen Schatullen. Eine Allee führte sie am Gärtnerhaus vorbei, zu dem ein sehr alter, vielleicht sogar mittelalterlicher Turm gehörte. Im Verlauf ihres Spaziergangs sahen sie mehrere Gebäude, die gleich Edelsteinen in einen dicken grünen Teppich eingelassen waren und Namen aus einer anderen Zeit trugen wie *Casina Pius IV.* oder *Päpstliche Akademie der Wissenschaften.* Weiter vorn, auf der rechten Seite, folgte der riesige, scharf abgegrenzte Schatten des Petersdoms unermüdlich und gemächlich der Sonne.

John beobachtete Nancy aus dem Augenwinkel. Irgendetwas schien ihr Sorgen zu bereiten.

„Sie sehen müde aus. Wenn Sie möchten, können wir uns einen Augenblick ausruhen."

„Ja, gern, mir tun die Füße weh."

Nancy trug Schuhe mit hohen Absätzen. Ein Teil der Wege war gerade erst geteert worden, und das Gehen fiel ihr schwer. Kaum hatten sie den Sektor verlassen, der zum Gouvernoratspalast gehörte, nahm die Zahl der Besucher, Pilger und Touristen schlagartig zu. Die wenigen Bänke waren von Menschen unterschiedlichster Herkunft umlagert, die alle unter der bleiernen Hitze litten. Nancy musste sich mit einem Markierungsstein gegenüber dem Sakramentsbrunnen begnügen. Der Brunnen hatte die Form eines Portals mit einem dreieckigen Aufsatz, der von zwei Türmen flankiert wurde, auf denen geflügelte Drachen thronten. Die mythischen Gestalten bewachten drei unterschiedlich große übereinanderliegende Becken. Das Wasser der sechs senkrecht aufsteigenden Fontänen wurde im obersten Becken aufgefangen und floss dann in einem rauschenden Wasserfall über die Kaskaden nach unten. Das Plätschern des kristallklaren Wassers verbreitete eine zeitlose Ruhe.

Nancy hatte sich etwas erholt. In dieser Menschenmenge, die auf Souvenirs und Entdeckungen aus war, fiel sie weniger auf als in den Gärten des Gouvernorats. Sie schwor sich, die Vatikanstadt nur noch in Jeans zu betreten.

Erstaunt über seine wortkarge Kollegin versuchte John mit ihr ins Gespräch zu kommen.

„Schade, nicht wahr?"

„Was ist schade?"

„Dass wir keine Zeit für Besichtigungen haben wie diese Leute hier."

„Ja, und nach dem, was ich gestern gelesen habe, braucht man mindestens vierzehn Tage, um den Vatikan und Rom kennenzulernen."

„Ist Ihnen vor dem Eingang zum Dom auf dem Petersplatz nichts aufgefallen?"

„Nein, gab es dort etwas Besonderes zu sehen?"

„Ja. Nirgends waren Kerzenverkäufer oder Bettler zu sehen, obwohl sie an allen heiligen Stätten geduldet werden. Anscheinend sind die Armen aus dem Heiligtum der christlichen Religion verbannt worden, als müsse an diesem Ort alles rechteckig und sauber sein, so untadelig wie die Gärten und Parks. Eine bettelnd ausgestreckte Hand würde dieses idyllische Bild vielleicht stören."

Seine Bemerkung rührte Nancy. Er hatte recht, diese zeitlose Schönheit um sie herum war weit entfernt von allen Sorgen dieser Welt.

„Ich verstehe, was Sie meinen. Dieser Luxus und Reichtum ist nicht gerade ein Symbol für Verzicht und Demut."

„Genau. Die Welt ist nun einmal, wie sie ist. Hier ist es auch nicht anders, was mich nicht wundert." Er schaute sich noch einmal um. „Es ist fast Mittag. Wir könnten jetzt essen gehen und dann unseren berühmten *Professe* treffen. Was halten Sie davon?"

„In Ordnung, gehen wir. Meine armen Füße haben sich ein wenig erholt."

Trotz der vorgetäuschten Ungezwungenheit fragte sich Nancy besorgt, wie sie die nächsten Tage in Johns Nähe überstehen sollte. Natürlich wusste sie, dass es ihr nichts nützte, zwischen ihnen eine Mauer aufzubauen, wie John es anfangs getan hatte. Fast körperlich spürte sie das unsichtbare Band, das sie immer stärker mit diesem Mann verband, der ihr nicht mehr gleichgültig war. Sie riss sich zusammen und fragte: „Was bedeutet ‚Professe'?"

„Ich weiß es nicht, aber wir können ihn ja fragen."

Aus Rom war ein fernes Läuten zu hören. Die disharmonischen Schwingungen wurden allmählich lauter und fanden innerhalb der Mauern des Vatikans ein dankbares Echo. Zeitlich leicht verzögert schickten die Glocken der Ewigen Stadt im Einklang ihre Botschaft hinaus, als wollten sie die fernen und untergebenen Stimmen zum Verstummen bringen. Es war Mittag.

Laut Plan machten die Gärten und Parks etwa ein Drittel der Gesamtfläche der Stadt aus. Die restliche Fläche fiel zu gleichen Teilen auf Plätze und Gebäude. Nach einigen Minuten hatten die beiden Journalisten das Gelände der Museen des Vatikans erreicht, ein Musterbeispiel für Touristik. Hier fanden die Besucher von der Wechselstube bis zum Restaurant, das praktischerweise ganz nebenbei auch Reproduktionen von Kunstwerken und Publikationen in verschiedenen Sprachen verkaufte, alle nötigen Dienstleistungen vor, um in kürzester Zeit zweitausend Jahre Geschichte „verschlingen“ zu können. Die funktionelle Einrichtung und die rasche Bedienung erinnerte die beiden Journalisten an das Restaurant der Pension *Glyzine.* Nancy riss John aus seinen Gedanken: „Haben Sie keinen Appetit?“

„Nein, ich habe schlecht geschlafen und fühle mich nicht sehr wohl.“

„Sie machen einen besorgten Eindruck. Hat Sie die Unterhaltung mit dem ehrenwerten Kardinal Zalinghi nachdenklich gestimmt?“

„Ja, auch. Seine aufgesetzte Höflichkeit konnte mich über sein Misstrauen unserem Vorhaben gegenüber nicht hinwegtäuschen. Offenbar hat man ihn gezwungen, uns zu helfen.“

„Ich hatte den gleichen Eindruck. Wichtig ist, dass wir zuversichtlich bleiben. Wenn wir dort Zutritt bekommen, wo wir recherchieren möchten, sind die Seelenqualen des heiligen Mannes nur noch Anekdoten und brauchen uns nicht weiter zu beschäftigen.“

John war weniger optimistisch hinsichtlich der Möglichkeiten, die ihnen eingeräumt würden. Er konnte nur hoffen, dass die Kluft zwischen den verbalen Zusagen und der Realität nicht allzu groß war. Er schaute Nancy zu, wie sie hungrig ihre Fettuccine verschlang. Sie hatte ihr langes feuerrotes Haar zu einem Pferdeschwanz gebunden. Auf ihrem elegant gebogenen Nacken brach sich in wunderbarer Weise das römische Licht. Ein paar Schweißperlen liefen über ihre Haut, bevor sie im kühlen Luftzug der Klimaanlage trockneten. Nancy spürte seinen bohrenden Blick und hob ein wenig verlegen den Kopf.

„Warum schauen Sie mich so an?“

„Nur so. Ich finde, dass Ihnen der Pferdeschwanz sehr gut steht."

„Das mache ich immer, wenn es sehr heiß ist. Ich mag die Hitze nicht, und auf diese Weise halte ich sie besser aus. Ich kann es gar nicht erwarten, unter die Dusche zu kommen."

Seine dunklen Samtaugen blickten sie noch immer prüfend an, und sie hatte das dringende Bedürfnis, das Thema zu wechseln.

„Haben Sie sich schon Gedanken gemacht, wie unsere weitere Zusammenarbeit aussehen soll?"

„Noch nicht. Das hängt ein wenig von unserem Ansprechpartner und von dem Thema ab, für das wir uns entscheiden. Zu zweit ist es sicher kein Problem, die ganze Geschichte sauber über die Bühne zu kriegen. Wir könnten unsere Rollen von Zeit zu Zeit tauschen, damit die Arbeit interessanter wird. Was halten Sie davon?"

Dass der berühmte Fox ihr eine gleichberechtigte Position anbot, schmeichelte ihr, denn ihre Unerfahrenheit war mindestens ebenso groß wie ihr Wunsch, in diesem Beruf Erfolg zu haben. Sie wusste, dass dieser Vorschlag eher ein Vertrauensbeweis als eine Bewährungsprobe war, was sie mit Stolz erfüllte.

Das Treffen mit dem gelehrten Experten sollte an einem bestimmten Ort in der Nähe der Museen stattfinden. Hinter dem großen Innenhof, der zwischen pastellgelben Gebäuden lag, begann ein breiter Weg, der quer über eine Rasenfläche führte. Wie alle Grünflächen der Vatikanstadt erfüllte auch sie natürlich den Anspruch der Perfektion. Der Weg endete an einem mehrstöckigen Gebäude, in dessen Mitte sich ein kuppelförmiger Hohlraum befand. Es handelte sich um die berühmte sogenannte „Piniennische", in der auf einer Terrasse ein riesiger, mit jahrhundertealter Patina überzogener Kiefernzapfen aus Bronze stand. An diesem Ort sollte das Treffen stattfinden. Die beiden geschwungenen Treppenaufgänge zur Terrasse wurden von zwei imposanten, ebenfalls bronzenen Löwenstatuen bewacht.

Überall wanderten Touristen aus aller Herren Länder mit Fotoapparaten umher und verewigten jedes Detail der erhabenen Bauwerke.

Vierzehn Uhr! Lächelnd und mit einem Büchlein in der Hand näherte sich ein junger Seminarist den beiden Vertretern des *Herald.* John dachte schon, er würde ihnen mitteilen, dass der *Professe* in letzter Minute verhindert sei, und blickte ihn fragend an.

„Guten Tag, ich bin Pater Francesco Spà. Ich glaube, Sie erwarten mich."

Sein Englisch war perfekt, aber sein leichter Akzent verlieh dem kurzen Satz eine lustige Note. Auf den ersten Blick hätte John nie vermutet, dass es sich um den berühmten Fachmann handelte. Kardinal Zalinghis Beschreibung seiner Fähigkeiten passte so gar nicht zu der jugendlichen Erscheinung des Mannes, der ihnen zur Begrüßung die Hand reichte. Er war höchstens dreißig, wirkte sportlich und hatte ein wahres Engelsgesicht. So stellte sich niemand einen Mann vor, der seine Zeit auf den harten Bänken einer Bibliothek zubringt. John hielt mit seiner Überraschung nicht hinter dem Berg.

„Wir sind erstaunt, dass Sie so jung sind. Seine Eminenz sprach von einem Gelehrten, deshalb hatten wir uns einen wesentlich älteren Herrn vorgestellt."

Der Jesuit brach in tiefes fröhliches Gelächter aus, was ihn sofort sympathisch machte.

„Das höre ich nicht zum ersten Mal, aber ich habe mich schon daran gewöhnt. Ich bin einunddreißig und glaube nicht, dass ‚Gelehrter' auf mich zutrifft. Ich würde lieber etwas bescheidener von ‚Fachwissen' sprechen."

Wie durch ein Wunder wurde in der Nähe eine Bank frei. Rasch schlug er vor, sich zu setzen.

Staunend beobachtete Nancy den Mann aus dem Augenwinkel. Er sah gut aus, war jung und intelligent. Warum hatte er sich für Entsagung und Verzicht entschieden? Mit seiner schwarzen Kleidung, dem klassischen römischen Kragen und dem auf dem linken Revers glänzenden Kreuz schien er weder Zeit noch Versuchung zu kennen.

„Mein Vorgesetzter, Kardinal Zalinghi, dem Sie ja schon begegnet sind, hat mich gebeten, mich zu Ihrer Verfügung zu halten und Ihnen bei Ihrer Arbeit zu helfen. Ich denke, er hat mich vorgeschlagen, weil ich mich in der Bibliothek und den Archiven gut auskenne und Ihnen alles zeigen kann. Haben Sie schon eine Vorstellung, was Sie suchen?"

John wusste nicht recht, wie er erklären sollte, dass sie noch gar nicht wussten, was sie suchten, weil sie ja nicht wissen konnten, was sie herausfinden würden.

„Wir möchten einer breiten Leserschaft die weniger bekannte Geschichte des Vatikans näherbringen und aufzeigen, dass die Kirche im Laufe der Jahrhunderte zur Hüterin von Wissen und Kultur geworden ist ..."

„Ich weiß nicht, ob das sehr originell wäre. Seit mehreren Jahren schon hat der Vatikan die Pforten beider Einrichtungen für Wissenschaftler aller Disziplinen geöffnet. Unsere Schätze, Handschriften, Inkunabeln, Erstausgaben und so weiter sind bereits in zahlreichen Werken beschrieben worden."

Schon diese kurze Aufzählung machte John bewusst, wie schwierig ihr Unterfangen war. Der Pater kannte sich in den Archiven, in denen er sich regelmäßig aufhielt, sicherlich am besten aus. Also mussten sie seine Zweifel an der Grundlage ihrer Reportage wohl ernst nehmen. Vielleicht war es doch keine so gute Idee. Nancy spürte die Unsicherheit ihres Partners, hielt ihre Idee jedoch weiterhin für durchführbar.

„Meinen Sie nicht, dass man die Kirche und ihre Rolle in ungewöhnlichem Licht darstellen könnte, wenn man dieses Jubiläum mit der Vision des Vatikans in Verbindung bringt?“

„Das kann ich nicht sagen, schon möglich. Fest steht jedoch, dass die breite Öffentlichkeit sicher nicht weiß, dass die besagte Öffnung stattgefunden hat, da die notwendigen Genehmigungen für einen Teil der Bibliothek und der Archive nur sehr selten erteilt werden.“

Während der *Professe* Nancys Frage beantwortete, beobachtete ihn John genau und versuchte sich ein Bild von seiner Persönlichkeit zu machen. Im Gegensatz zu Kardinal Zalinghi strahlte der Pater Vertrauenswürdigkeit, Aufrichtigkeit und Herzlichkeit aus.

„Ist Kardinal Zalinghi Ihr direkter Vorgesetzter?“

„Ja. Warum fragen Sie?“

„Dann entscheidet er sicher auch, wer eine Sondergenehmigung bekommt und wer nicht?“

„Normalerweise gibt sich die Öffentlichkeit, seien es Pilger oder einfache Touristen, mit den üblichen Rundgängen zufrieden, für die man keine Genehmigung benötigt. In den seltenen Fällen, in denen Wissenschaftler unsere Geschichte studieren und innerhalb unserer Mauern arbeiten wollen, werden die erforderlichen Genehmigungen Seiner Eminenz Kardinal Zalinghi vorgelegt, der dann entscheidet, ob wir sie erteilen oder nicht.“

John begriff, wie viel Einfluss Spàs Vorgesetzter darüber hatte, welche Information nach außen gelangte und welche nicht, konnte jedoch nicht beurteilen, wie groß seine Macht tatsächlich war.

„Ist es normal, dass uns Seine Eminenz empfangen hat, obwohl wir weder Wissenschaftler noch Gelehrte sind? Hätte nicht ein Amtsdiener gereicht, um den Kontakt zwischen Ihnen und uns herzustellen?“

„Das glaube ich nicht. Ihr Antrag fiel etwas aus dem Rahmen, da Sie nicht zum Kreis der theologischen Gelehrten, sondern zu der viel offeneren Welt des Journalismus gehören. Es kommt nicht sehr oft vor, dass Kardinal Zalinghi Audienzen gewährt. Ich denke, es war ihm wichtig, Ihre Absichten kennenzulernen, um die Ernsthaftigkeit Ihrer Arbeit beurteilen zu können.“

Der Gesprächsverlauf führte leider nicht zu der entscheidenden Frage, die John auf dem Herzen lag. Er hätte zu gern gewusst, wer Zalinghis Vorgesetzter war und wer diesen dazu gebracht hatte, ihnen eine Audienz zu gewähren. Deshalb beschloss er, sich die Antwort auf direktem Wege zu holen.

„Der Kardinal hat uns den Eindruck vermittelt, dass er ein einfacher Mann ist, der bei Weitem nicht die Rolle spielt, die Sie uns beschrieben haben.“

„Sie irren sich! Der Kardinal ist ein äußerst kluger Mann und bekannt für sein umfangreiches Wissen. Er besetzt eine wichtige Position und gehört dem Kardinalskollegium an. Damit steht er praktisch ganz oben in der Hierarchie.“

„Praktisch ganz oben?“

„Ja, natürlich. Es steht nur noch ein Vorgesetzter zwischen ihm und Seiner Heiligkeit.“

„Aha! Und wer ist das?“

„Kardinal Scalingeri.“

Nancy beschlich das Gefühl, dass das Gespräch zu einer

Art Kreuzverhör geriet. Bald würde der junge Pater genug davon haben und seine herrliche Unbefangenheit, die er zu Beginn ihrer Begegnung an den Tag gelegt hatte, verlieren.

„Wir möchten Sie mit unseren Fragen nicht langweilen, Pater, aber die Institutionen hier sind sehr komplex und Ihre Antworten tragen dazu bei, dass wir sie besser verstehen und auseinanderhalten können. Ich habe zwar einige Bücher über die Arbeitsweise des Vatikans gelesen, aber ich muss gestehen, dass ich ein wenig den Überblick verloren habe."

Mit der intuitiven Finesse einer Frau war es ihr gelungen, dem Pater ein liebenswürdiges Lächeln zu entlocken.

„Machen Sie sich keine Sorgen, ich bin sehr geduldig und schlage eine Bitte nur selten ab. Sie haben recht, die Zuständigkeiten der unzähligen Dienststellen, sei es in der Verwaltung oder woanders, sind für Laien kaum zu durchschauen. Ich könnte Ihnen ein Organigramm zeichnen, das könnte Ihnen helfen, den Überblick zu behalten."

Sein Blick fiel auf eine Gruppe Asiaten, die wild gestikulierend vor dem mächtigen bronzenen Kiefernzapfen standen.

„Ob diese Leute wohl wissen, dass der Kienapfel zweitausend Jahre alt ist ...?"

John bemerkte seinen leicht verbitterten Unterton. Vermutlich bedauerte er die Unwissenheit der Touristen. Nachdenklich nahm der Pater das Gespräch wieder auf. „Wollen wir ein paar Schritte gehen? Es ist erst zwanzig nach zwei. Wenn Sie möchten, kann ich Sie gleich in die Bibliothek bringen."

Ohne eine Antwort abzuwarten, stand er auf und ging langsam voraus. John blickte ihm nach. Plötzlich tauchte vor seinem geistigen Auge ein Gesicht aus seiner Jugend in Brooklyn auf. Minutenlang hatte er überlegt, an wen ihn Pater Spà erinnerte, doch als er ihn jetzt vor sich hergehen sah, fiel es ihm wieder ein. Noch nach fünfundzwanzig Jahren wurde ihm bei dem Gedanken an dieses heitere und gelassene Gesicht schwer ums Herz. Damals war Pater Del'Uomo für ihn der Inbegriff eines guten friedlichen Menschen mit einem Herzen aus Gold. John hatte den sanften Pater, der noch die alte Soutane getragen hatte, niemals schreien oder schimpfen hören. Gelassen, warmherzig und immer gut gelaunt war er von allen geliebt worden. Die Soutane passte gut zu seiner Rolle als Vater und Mutter, die er für die Schäfchen seiner Gemeinde angenommen hatte. Niemand kannte seinen Vornamen, er war einfach nur der *Padre,* das genügte. Als er starb, trauerte das ganze Viertel um ihn, John ein wenig mehr als die anderen, denn ihm allein konnte er die Sorgen und Ängste eines verwaisten und einsamen Kindes anvertrauen. Genau wie am Todestag seiner Eltern war er auch an diesem Tag mit der schrecklichen Realität konfrontiert worden, an der ein Kinderherz zerbrechen kann. Der alte Pfarrer hatte bei John einen so starken Eindruck hinterlassen, dass er sich alle Diener Gottes so vorstellte wie seinen einstigen Vertrauten: mit dem gleichen Lächeln und in der gleichen Soutane.

Sie kehrten der Nische mit dem mächtigen Bronzezapfen den Rücken. Mit dem liebevoll an die Brust gedrückten Büchlein, das er noch immer bei sich trug, bahnte sich Francesco Spà einen Weg durch die Touristen. Schon bald erreichte das ungleiche Trio das südliche Ende eines Innenhofs, der an ein quer stehendes Gebäude grenzte.

„Ursprünglich bestand eine Verbindung zwischen dem sogenannten ‚Pinienhof', in dem wir uns noch befinden, und dem Hof des Belvedere hinter dem Komplex, vor dem wir jetzt stehen. Das Gebäude, das heute die beiden Flächen trennt, wurde im sechzehnten Jahrhundert als Erweiterung der beiden Seitengalerien der zu klein gewordenen Bibliothek angefügt. Wir gehen jetzt durch ein Museum, das ‚Braccio Nuovo' heißt."

Ein Mann, offensichtlich ein Amtsdiener, wollte ihnen den Zutritt verwehren, trat jedoch sofort zurück, als er den Führer der beiden Journalisten sah. Mit dem *Professe* als Galionsfigur öffneten sich ihnen wie von Zauberhand alle Türen. Vor ihnen türmte sich eine hohe ockerfarbene und fensterlose Mauer auf. Die eintönige Farbe und schlichte Architektur stand in krassem Gegensatz zur perfekten Schönheit der Nische, die zur selben Anlage gehörte. Tief verwurzelt in der Erde waren die beiden Bauwerke so unterschiedlich wie verfeindete Schwestern. Der monumentale Durchgang des schmalen Gebäudes nahm fast ein Drittel seiner Länge ein. Ihn schützten zehn schlichte Säulen aus weißem Travertin, die über die ganze Höhe reichten.

Die beiden Journalisten hatten den Eindruck, ein riesiges Maul mit großen Zähnen überwinden zu müssen, bevor sie wenig später in den Hof der Bibliothek gelangten. Nachdem sie eine weitere strenge Fassade passiert hatten, standen sie vor einem herrlichen Turm, den zwei geschwungene Treppenaufgänge rahmten.

Für die Durchquerung des *Braccio Nuovo* bis zur Bibliothek hatten sie nur einige Minuten gebraucht. Die kühle Frische der großen Eingangshalle löste die draußen herrschende Hitze übergangslos ab. Nancy fröstelte. Auf der anderen Seite konnte man einen Blick auf den Innenhof des Belvedere werfen, in dem zahlreiche Autos parkten. Offenbar war die große geteerte Fläche ein Parkplatz, auf dem genau in der Mitte ein majestätischer Brunnen stand. Die beiden Journalisten des *Herald* und der Pater waren nicht die einzigen Besucher. So weit der Blick reichte, standen Gruppen im Halbkreis vor ihren Führern, während andere allein auf Entdeckungsreise gingen. Trotz der vielen Menschen, die staunend vor dem Glanz und Prunk der Räumlichkeiten standen, war es unglaublich still. In jeder Ecke des großen Korridors bewachten Kameras auf halber Höhe die sich langsam bewegende Menschenmenge. Bei genauerer Betrachtung fiel John auf, dass die Eingänge zu den Nebensälen ebenfalls überwacht wurden. Wie starre schwarze Augen gefährlicher Tiere schienen die Überwachungsgeräte ihre eigene Energie aus den übertragenen Bildern zu schöpfen.

Als John die vielen Menschen mit Videokameras oder Fotoapparaten um den Hals durch die Flure des Erdgeschosses und über die breite Treppe hinauf in die oberen Stockwerke wandern sah, wusste er sofort, dass das hier nicht der Mittelpunkt der von ihm und Nancy beabsichtigten Berichterstattung sein konnte.

„Entschuldigen Sie, Pater. Natürlich möchte ich die Schönheit und Bedeutung der Bibliothek nicht infrage stellen, doch ich glaube nicht, dass uns das hier weiterbringt. Ich weiß ja nicht, wie meine junge Kollegin das sieht, doch wie es scheint, sind diese Räumlichkeiten dem breiten Publikum zugänglich."

Johns Bemerkung ließ keinen Zweifel daran, dass er bei diesem Spektakel keine Chance sah, für das große Ereignis zu recherchieren. Der Ort war viel zu bekannt.

Nancy blickte betreten zu Boden. Sie teilte zwar Johns Meinung, fand sein Vorgehen jedoch nicht sehr diplomatisch. So gerechtfertigt seine Bedenken auch waren, mit seiner direkten Art könnte er den jungen Gelehrten verletzt haben. Beim Betreten des großen Saals hatten seine blauen Augen voller Stolz aufgeblitzt, denn er führte sie durch Räume, in denen er sich zu Hause fühlte.

„Ich habe Ihnen ja bereits gesagt, dass die unschätzbar wertvollen Bücher, die Sie neben einer großen Anzahl Gemälde und Skulpturen hier vorfinden, heute ziemlich bekannt sind", antwortete der junge Geistliche. Offensichtlich hatte er John die Bemerkung nicht übel genommen und blieb weiterhin freundlich. „Inzwischen wird fast jedem der Zutritt zu dem großen Lesesaal unserer Bibliothek genehmigt. Derzeit kommen etwa einhundertvierzig Leser pro Tag, das macht etwa zweitausend Personen pro Jahr, die hier Schriften aller Art studieren und analysieren. Abgesehen von dem erheblichen Umfang der Werke, deren Lektüre viele Stunden in Anspruch nehmen würde, gibt es hier für ein wenig belesenes Publikum nichts Interessantes zu sehen."

Nancy sah ihre Reportage schon dahinschwinden.

„Vielleicht sind die Archive des Vatikans für uns interessanter. Sie sind weniger bekannt und könnten uns bei der Verfassung unseres Artikels sicher weiterhelfen. Können Sie uns dorthin führen und uns einen Überblick geben, was sich dort verbirgt?"

Wieder reichte das Lächeln des *Professe* bis zu seinen stahlblauen Augen.

„Die Archive sind längst nicht mehr so geheim wie früher. Heute arbeiten bei uns auch externe Wissenschaftler. Ich verbringe dort einen großen Teil meiner Zeit, und mir begegnen ständig neue Gesichter. Es stimmt zwar, dass der Besuch streng geregelt ist, aber unsere Archivare und ihre Assistenten gewähren jedes Jahr mindestens einhundertfünfzig Forschern aus etwa dreißig Ländern Zugang zu den Archiven. Die kurze Bestandsaufnahme, um die Sie mich gebeten haben, ist allerdings nicht so einfach zu erstellen. Stellen Sie sich vor, Sie müssten zweitausend Jahre Geschichte in wenigen Zeilen zusammenfassen. Am besten wäre es, wenn ich Ihnen Einblick in die offiziellen Verzeichnisse gewähre, dann können wir eine Kurzfassung erarbeiten. Da Sie Ihre Arbeit jedoch auf die ‚geheimen' Texte konzentrieren möchten, schlage ich vor, Sie dorthin zu führen. Ich könnte Ihnen etwa zwei Stunden pro Tag widmen, vorwiegend nachmittags von zwei bis vier, wenn es Ihnen recht ist. Ich habe sehr viel Arbeit, aber ich werde mein Möglichstes tun, um Ihnen zu helfen. In den anderen Räumlichkeiten können Sie sich frei bewegen und kommen und gehen, wann Sie wollen. Nur in den Bereichen, für die Sie eine Sondergenehmigung brauchen, ist meine Anwesenheit erforderlich. Dazu gehören natürlich auch die Archive des Vatikans. Ich hoffe, Sie leiden nicht an Klaustrophobie?"

„Warum?" Nancy spürte bei der Frage ein leichtes Unbehagen.

„Weil sich sämtliche Räume in den Untergeschossen befinden. Sie sind gerade darübergelaufen. Die Archive liegen genau unter dem Pinienhof."

Der Eingang zu den Archiven befand sich im Belvedere-Hof direkt neben dem der Bibliothek. Er war ziemlich unauffällig und wenig frequentiert. Den beiden Journalisten fiel wieder einmal auf, dass alle strategisch wichtigen Zugänge von Amtsdienern kontrolliert wurden. Der Mann, der vor diesem Eingang stand, machte einen eher lässigen Eindruck, was seiner Wachsamkeit jedoch keinen Abbruch tat. Als das Trio auf ihn zuging, trat er mit einem Kopfnicken sofort zur Seite und ließ sie passieren. Zweifellos galt der Gruß dem Pater, der sich an Nancy und John wandte und mit seiner sanften angenehmen Stimme erklärte: „So, das ist der Eingang zu den Archiven des Vatikans, die etwa zwanzig Meter unter der Erde liegen. Die Regalwände wachsen jedes Jahr um etwa einen Kilometer. Die unterirdische Lagerung ist die einzige Möglichkeit, das uns anvertraute Erbe sicher aufzubewahren und laufend zu ergänzen. Es waren zwar größere Drainagearbeiten erforderlich, aber dafür sind die Räume so gebaut, dass sie Katastrophen aller Art standhalten. Wie Sie leicht feststellen können, wurde der Ausbau erst kürzlich abgeschlossen, mit hervorragendem Ergebnis. Jetzt können wir in einem dreistöckigen Regalsystem über vierundfünfzig Kilometer Dokumente archivieren."

Während der Pater die Architektur des Lesesaals erklärte, der mehr einem Atombunker glich, zeichnete Nancy seine Ausführungen mit einem kleinen Tonbandgerät auf. Über einen Korridor gelangten sie in eine große Halle mit mehreren Aufzügen.

„Es gibt auch eine Hintertreppe, doch der Abstieg ist endlos. Mit dem Aufzug geht es viel schneller."

Der geräumige moderne Aufzug war mit der neuesten Technik ausgestattet. Offensichtlich hatte die Kirche nicht gespart.

Francesco Spà drückte auf den Knopf zum ersten Untergeschoss. Leise surrend setzte sich der Aufzug in Bewegung. Einen Moment herrschte unwirkliche Stille, bis John das Schweigen brach.

„Pater, wir haben uns gefragt, was ‚Professe' bedeutet. Können Sie uns sagen, woher dieser Begriff stammt?"

Der schwere Aufzug kam sanft und ohne Rucken zum Stehen.

„Das ist ganz einfach." Die Tür glitt auf und Spà trat lächelnd über die Metallschwelle. „Ich gehöre dem Jesuitenorden an, einer sehr alten Glaubenskongregation, die ursprünglich gegründet wurde, um die katholische Kirche vor Angriffen der Häretiker zu schützen. Es gab eine Zeit, in der unser Orden eine eher kriegerische Aufgabe hatte. Aber das gehört längst der Vergangenheit an. Die Mitglieder werden in vier Kategorien unterteilt: Novizen, nicht geistliche Brüder, Scholastiker und schließlich Professen. Scholastiker und Professen werden zu Priestern geweiht. Den eigentlichen Kern des Ordens bilden die Professen. Sie legen neben den Gelübden Keuschheit, Armut und Ordensgehorsam auch ein Gehorsamkeitsgelübde gegenüber dem Papst ab. Wie fast alle unsere Begriffe kommt auch ‚Professe' aus dem Lateinischen, nämlich von ‚professus', der Erklärende."

Beim Verlassen des Aufzugs bemerkte John vier Kameras, die den gesamten Eingangsraum abtasteten. Ihre seelenlosen elektronischen Augen ersetzten menschliches Wachpersonal. Bei genauerem Hinsehen konnte John ihre unauffälligen Bewegungen deutlich sehen. Offensichtlich wurde jeder, der kam oder ging, irgendwo auf einem Monitor überwacht.

Vor ihnen öffneten sich lange Regalwände, angefüllt mit dicken, aufrecht stehenden Aktenordnern. In regelmäßigen Abständen wurden die Regale von Arbeitsnischen unterbrochen, die mit einem Tisch und einem Computer ausgestattet waren. Enttäuscht blickte Nancy auf die vielen Menschen, die sich hier aufhielten. In dem spärlich beleuchteten, durch die Regalreihen gegliederten Raum befanden sich mindestens dreißig Gehilfen und Leser, die in gedämpfter Atmosphäre still vor sich hin arbeiteten. Nur die Halogenlampen in den Arbeitsnischen spendeten ausreichend Licht zum Lesen.

Der *Professe* senkte seine klare wohlklingende Stimme und flüsterte: „Die Herren in den blauen Kitteln sind Archivare. Sie halten Ordnung, erfassen und ordnen neues Material und sind den Besuchern behilflich."

Nancy trat näher, um seine kaum hörbaren Erklärungen zu verstehen.

„Alle Neuzugänge werden elektronisch erfasst und klassifiziert. Nur so können die Bücher und Akten wieder aufgefunden werden. Ist ein Dokument erst einmal identifiziert, kann es lokalisiert und dem Suchenden sofort zur Verfügung gestellt werden. Auch die Entnahmen aus den Regalen werden elektronisch gespeichert, sodass ihr Verbleib jederzeit festzustellen ist. Die Leute, die hier Einsicht nehmen, sind Gelehrte, Wissenschaftler oder Professoren. Sie besitzen eine Sondererlaubnis, die jeweils nur für eine Abteilung des Archivs gilt."

John hob den Kopf. Auch hier gab es überall Überwachungskameras. Der Priester führte sie etwa zehn Meter weiter zu einem freien Arbeitsplatz. Alle Anwesenden waren ganz in die vor ihnen liegenden Texte vertieft und nahmen keine Notiz von den Neuankömmlingen.

„Vom Bibliothekseingang bis hierher sind wir ständig an Videokameras vorbeigekommen. Wozu diese Vorsichtsmaßnahmen? Will man Diebstählen vorbeugen?" John hatte seine Stimme ebenfalls zu einem Flüstern gesenkt.

„Nicht nur das. Der Vatikan ist voll von Kunstwerken und historischen Schätzen, alles Originale, unersetzbare Zeugnisse unserer jahrhundertealten Kultur. Sie sind nicht nur das Gedächtnis der Kirche, sondern ganz Italiens. Sie entstammen einer Epoche, in der Zeit keine Rolle spielte und nur das Ergebnis zählte. Wussten Sie, dass die berühmte ‚Pietà', die Michelangelo in monatelanger besessener Arbeit schuf, 1972 in wenigen Sekunden von einem Geisteskranken mit einem Hammer schwer beschädigt wurde? Nur eine minutiöse Restaurierung konnte ihr die einstige majestätische Würde zurückgeben. Dank einer geschickten Beleuchtung bleiben die Spuren der Wiederherstellung wenigstens den Laien verborgen. Jetzt kann man sie nur noch wie Nippes unter einer Staubglocke hinter Panzerglas bewundern. Nicht zuletzt um solche Vorfälle zu vermeiden, hat sich der Vatikan mit einem kompletten Sicherheitssystem ausgerüstet."

John wähnte sich im Bauch eines gigantischen streng bewachten Tresors. Noch nie hatte er sich von anderen helfen, geschweige denn bevormunden oder kontrollieren lassen. Jetzt fühlte er sich bespitzelt und seiner Freiheit beraubt. Nervös suchte er in der Tasche nach seinen Zigaretten, bis er seine ständigen Begleiter gefunden hatte. Mit den Fingern betastete er das schädliche Kraut im glatten Papier und konnte sein Verlangen kaum bezähmen. Aber vor ihm an der Wand hing unübersehbar ein großes Schild, das ihm das Rauchen strengstens untersagte. Widerwillig schob er die Nikotinration zurück in die Tasche und setzte das Gespräch fort: „Verstehe, aber ich habe den Eindruck, dass die Archive strenger bewacht werden als die Werke der Maler und Bildhauer. Außerdem müsste doch das hier anwesende Personal ausreichen, um Diebe und Saboteure abzuschrecken. Warum also alle paar Meter eine Kamera?"

„Die Bücher und Schriften sind sehr empfindlich und können blitzschnell beschädigt oder vernichtet werden. Ich vermute, dass der für die Anlage Verantwortliche bei seiner Arbeit auch daran gedacht und Vorkehrungen getroffen hat, um Derartiges wenigstens zu erschweren. Der Mann war sehr kompetent und umsichtig."

Nancy hielt dem Pater noch immer ihr Tonbandgerät hin, fühlte sich jedoch dabei zunehmend unwohl. Johns Fragerei, die wie ein Verhör klang, war ihr peinlich. Sie verstand ihn nicht mehr. Er schien sich mehr für die Logistik als für die Schätze des Gebäudes zu interessieren. Dieser Mann war wirklich kompliziert und seine Vorgehensweise nicht zu durchschauen.

„Kannten Sie den Mann? Ich dachte immer, eine solche Anlage wird von großen Spezialunternehmen entwickelt und betreut und nicht von einem Einzelnen."

„Oh ja, ich kannte ihn gut. Die Arbeiten haben immerhin zwei Jahre gedauert. Während dieser Zeit haben wir uns angefreundet. Ingenieur Sorsi war ein sehr gebildeter Mann und an jeglicher Art von Kunst interessiert. Er war ein Genie auf seinem Gebiet. Das von ihm entwickelte Überwachungssystem ist konkurrenzlos. Allerdings arbeitete er nicht allein. Er hatte einen jungen Techniker für die laufenden Arbeiten eingestellt."

„Das hört sich an, als sei er gestorben ..."

„Das weiß ich nicht. Trotz seines respektablen Alters wirkte er völlig gesund. Doch kurz vor Abschluss der Arbeiten wurde er plötzlich krank, und der junge Assistent musste die Anlage allein fertigstellen, was für ihn nicht ganz einfach war, denn er konnte seinem Chef nicht das Wasser reichen."

Nancy merkte, dass ihr Kollege von diesem Thema nicht ablassen wollte, und wagte eine Zwischenbemerkung. „Sie haben von zwei Stunden gesprochen. Es ist bereits Viertel nach vier. Wir sollten Ihre Zeit nicht über Gebühr in Anspruch nehmen."

Als hätte der Priester nur auf diese Gelegenheit gewartet, meinte er mit gewohntem Lächeln: „Sie haben recht, die Zeit ist wie im Fluge vergangen. Ich schlage vor, dass wir uns morgen Nachmittag um zwei Uhr am Eingang zu den Archiven treffen. Dann können wir den Rundgang durch das erste Untergeschoss fortsetzen und anschließend das zweite besichtigen. Bis dahin zeichne ich Ihnen ein Organigramm und bringe die Listen mit, über die wir gesprochen haben. Wenn Sie noch etwas Zeit haben, würde ich Ihnen empfehlen, sich die Sixtinische Kapelle anzuschauen. Ausnahmsweise ist heute die letzte

Führung um sechzehn Uhr dreißig. Sie haben noch genügend Zeit, bevor die Tore schließen."

Fox hatte gedacht, der Vatikan wäre eine offene Stadt und wunderte sich nun über diesen Hinweis. „Die Stadt wird nachts geschlossen?"

„Ja, es gibt fünf Tore, alle werden um zwanzig Uhr, spätestens um zwanzig Uhr dreißig geschlossen. Nur die Sankt-Anna-Pforte bleibt bis Mitternacht offen. Durch sie verlassen Besucher, Laienmitarbeiter und späte Lieferanten die Leoninische Stadt. Wer danach noch unterwegs ist und keine Erlaubnis vorweisen kann, wird von der Schweizer Garde festgenommen, die regelmäßig an der Mauer patrouilliert."

John dachte an die vielen Pilger, die das Vorwärtskommen so schwierig gemacht hatten, und überlegte, wie er das Transportproblem der nächsten Tage lösen könnte.

„Ich habe gesehen, dass im Belvedere-Hof Autos parken. Braucht man eine Sondergenehmigung, wenn man bis dorthin fahren möchte? Das würde uns viel Zeit sparen, wenn wir zur Bibliothek wollen."

„Die Einfahrt ist für die Öffentlichkeit gesperrt, aber ich werde mich darum kümmern. Allerdings herrschen hier strenge Verkehrsregeln. In Anbetracht des begrenzten Platzes wird Falschparken rigoros bestraft."

* * *

Nachdem sie die Archive verlassen hatten, überquerten John und Nancy den Pinienhof, um in die Eingangshalle zu gelangen, die zur Sixtinischen Kapelle führte. Über zahlreiche Treppen und Flure gelangten sie in die lang gestreckte „Galerie der Landkarten". Hier wurde das Wissen vergangener Epochen über die damalige mediterrane Welt zur Schau gestellt. Vor den herrlichen Wandkarten hatten sich Trauben von Menschen gebildet, durch die sich die beiden Journalisten mühsam hindurchkämpfen mussten, um die Kunstwerke bewundern zu können. Auch in den folgenden Sälen, die alle prunkvoll und doch sehr unterschiedlich waren, kamen die beiden nur langsam voran. Endlich landeten sie in der Warteschlange vor dem Portal der Kapelle. John schätzte, dass sie frühestens in einer Viertelstunde die Schwelle erreichen würden. Wie er den Gesprächen der Wartenden entnehmen konnte, war der Andrang keineswegs ungewöhnlich, erst recht nicht vor einem so wichtigen Jubiläum. Vormittags und nach der Mittagszeit sei die Schlange mindestens dreimal so lang, hörte er jemanden sagen. Offensichtlich begannen die meisten Touristen gleich nach ihrer morgendlichen Ankunft ihre Besichtigungstouren mit der berühmten Kapelle und überließen sie am späten Nachmittag den geduldigeren Besuchern.

Aber auch jetzt war die *Capella Sistina,* eine rund vierzig mal dreizehn Meter große gewölbte Hallenkirche, dem Ansturm ihrer Bewunderer kaum gewachsen. Die Fülle der Fresken an den Wänden und der Decke versetzte die Eintretenden in ehrfürchtiges Staunen. Auf dem beidseitig von spitz zulaufenden Stichkappen durchbrochenen Deckengewölbe waren die Figuren der Schöpfungsgeschichte dargestellt. Ihre Größe, die Höhe des Raumes und die Wölbung der Decke ließen erahnen, welch enorme technische und künstlerische Leistung Michelangelo mit diesem Wunderwerk vollbracht hatte. Nancy las in einem Faltblatt die Namen weiterer Künstler der italienischen Renaissance, die hier gearbeitet hatten: Mino da Fiesole, Matteo da Lecce, Le Pérugin, Pinturicchio, Botticelli und viele andere. Einer nach dem anderen dieser mehr oder weniger bekannten Künstler hatte sein Talent auf diesen Mauern verewigt. Kaum vorstellbar, dass diese Wände einmal kahl gewesen waren. Auf dem beinahe schlichten Altar stand, flankiert von je drei Leuchtern mit weißen Kerzen, ein Kruzifix. Aber die Altarwand verschlug den beiden Journalisten vor Staunen die Sprache. Auf der riesigen Wand hatte Michelangelo auf azurblauem Grund in überwältigender Weise seine Vision des Jüngsten Gerichts dargestellt. Hoch oben schwebten Engel mit ihren Posaunen, über ihnen wieder andere mit den Leidenswerkzeugen Christi, Christus mit richtender Geste, umgeben von Aposteln und Heiligen, zu seiner Rechten die Seligen, die zum Himmel auffahren, zur Linken die Verdammten, auf die unten der Fährmann wartete, um sie über den Styx zum Hades zu bringen. Eine lebendige Ansammlung lebensechter, ursprünglich völlig nackter Leiber erinnerte an Dantes „Göttliche Komödie". Und wenn der Priester die Messe las und die Augen hob, blickte er wie zur Ermahnung genau auf den dunklen Eingang zur Unterwelt.

Die Szene war so eindringlich und realistisch dargestellt, die Farben leuchteten derart frisch, dass Nancy vor ihrem geistigen Auge den Maler sah, wie er an sein Gerüst geklammert unter Aufbietung aller Kräfte wie besessen an diesem Werk arbeitete.

Ihr Blick suchte den von John. Gern hätte sie mit ihm über die stürmischen Emotionen gesprochen, die das Bild in ihr hervorrief. Sie hatte Mühe, ihn in der Menge auszumachen, obwohl er, ebenfalls ergriffen und vertieft in dieses Fresko, ganz in ihrer Nähe stand.

Sie ging zu ihm und flüsterte: „Unser Pater hatte recht, es ist unbeschreiblich."

John nickte: „Wahrhaftig. Der dies schuf, war mehr als ein Künstler, er war ein Magier, als hätte er mit unglaublicher Kreativität und Ausdruckskraft die ganze Menschheitsgeschichte darstellen wollen. Seine Gestalten sind ganz anders als die der anderen Maler, viel kraftvoller und überzeugender!“

Nancy begriff, dass Fox ähnlich empfand wie sie. Diese Werke bedurften keiner Worte. Der Maler hatte versucht, auf dieser Mauer das große Wunder des Lebens in atemberaubender und überzeugender Weise zu erklären.

* * *

Vatikanstadt

„Buongiorno, Signore.“

„Piccolo“, wie ihn der alte Mann nannte, wunderte sich, dass die gewohnte Antwort ausblieb. Er machte sich an die Arbeit und schob das ungewohnte Schweigen seines Chefs auf dessen Übermüdung. Immerhin war der „Alte“ schon fünfundsechzig und arbeitete immer noch von früh bis spät.

Stutzig wurde er erst, als er um technische Anweisungen bat und keine oder falsche Antworten bekam. Das hatte es noch nie gegeben! Der Alte wirkte völlig geistesabwesend, und allmählich machte sich sein Gehilfe Sorgen.

Den größten Teil des Tages saß der Mann zusammengekauert und schweigend an einer der Säulen, ohne zu bemerken, was um ihn herum geschah.

Er dachte an die letzten Tage und an seine Zufriedenheit über den Fortschritt der Arbeiten. Ehrgeizig wie er war, hatte er alles darangesetzt, den vorgezogenen Termin einzuhalten und sie schon ein Jahr früher, also vor dem großen Jubiläum, abzuschließen.

Doch vor allem durchlebte er immer wieder die Ereignisse

des Vorabends, die seine Zufriedenheit von einer Minute zur nächsten in Verzweiflung verwandelt hatten.

Wie konnte man Menschen nur so behandeln? Welche Weltanschauung erlaubte es, solche Untaten zu begehen?

Stundenlang hatte ihn diese Frage gequält, auf die er keine Antwort fand, bis er schließlich aufstand, um seinen Freund, den Priester, zu suchen. Trotz ihres Altersunterschieds verstanden sich die beiden Männer ausgezeichnet. Doch während des ganzen langen Gesprächs wagte er nicht, ihm seine Entdeckung zu offenbaren, und versuchte diesmal lediglich, andere als die üblichen Themen anklingen zu lassen. Der junge Geistliche ging wie immer bereitwillig auf alle Fragen ein. Da aber vage Fragestellungen nur selten konkrete Antworten ermöglichen, blieb der Fragensteller mit seiner Trauer und seiner Verzweiflung allein.

Verstört und völlig aus der Bahn geworfen erwiderte er nicht einmal den Gruß seines Assistenten, der ihm einen schönen Abend wünschte. Er mochte weder an die nächsten Tage noch an den Abschluss der Arbeiten denken. Für ihn hatten diese Dinge aufgehört zu existieren. Wie sollte er nach dem, was er gesehen hatte, weiterleben? Und wem konnte er sich anvertrauen?

Es war schon sieben Uhr abends, und der Tag wich allmählich der hereinbrechenden Nacht. Der Verantwortliche für die Baustelle machte seine Runde über den Hof und schaffte es nicht, nach Hause zu gehen, als hoffte er, hier die Antwort auf seine Frage zu finden.

Hinter sich hörte er das bekannte, gefährliche Knurren. Als er sich umdrehte, wusste er, dass sein Schicksal besiegelt war …

6. KAPITEL

Vor der Sankt-Anna-Pforte warteten John und Nancy auf Guido. Noch immer beeindruckt von den Malereien des alten Meisters, dessen Talent der Zeit getrotzt hatte, hatten sie den Weg dorthin schweigend zurückgelegt. Plötzlich fiel Nancy wieder ein, wie sich John gegenüber dem Jesuiten verhalten hatte.

„Entschuldigen Sie, ich möchte nicht indiskret sein, aber es würde mich interessieren, warum Sie Pater Spà mit Ihren Fragen derart bedrängt haben. Der Ton, den Sie dabei angeschlagen haben, kam eher einem Verhör gleich …"

Sie beendete den Satz nicht und wartete auf Johns Reaktion. Doch die blieb aus. Er hatte nicht zugehört und blickte gedankenverloren ins Leere. Sie nahm einen neuen Anlauf.

„Er tut doch wirklich alles, um uns zu unterstützen, obwohl er sich damit eine Menge zusätzlicher Arbeit aufhalst. Ich fürchte, dass wir ihm zur Last fallen, wenn wir so weitermachen."

Fox erwachte aus seinen Gedanken und bemerkte Nancys Besorgnis.

„Ich habe nicht das Geringste gegen den Pater, ganz im Gegenteil. Ich bin überzeugt, dass er ein höchst freundlicher und hilfsbereiter Mensch ist. Es lag nicht in meiner Absicht, ihn zu kränken. Dennoch habe ich das Gefühl, dass wir unser Ziel aus den Augen verlieren. Wir wollten nur deshalb in die Bibliothek, weil wir hofften, eine völlig neue Reportage machen zu können. Wie man sieht, ist sie völlig überlaufen. Also haben wir unser Interesse auf die sogenannten geheimen Archive gerichtet, nur um festzustellen, dass sich dort jährlich nicht weniger als fünfhundert Wissenschaftler aus aller

Herren Länder aufhalten."

„Aber dafür kann doch Pater Spà nichts! Ist das ein Grund, sich so zu benehmen?"

„Nein, natürlich nicht. Aber Sie müssen zugeben, dass keiner von uns weiß, wie wir zu unserem Thema kommen sollen. Ich denke, wir haben nur zwei Möglichkeiten: Entweder wir begnügen uns mit einer traditionellen Beschreibung der Aufgaben der Archive und machen eine relativ uninteressante Dokumentation ..."

„Oder?"

„Oder wir versuchen die gesamte Komplexität des Vatikans aufzuzeigen: sein Überwachungssystem, seine Hierarchie, alles, was die Öffentlichkeit bisher nicht weiß. Für diese Informationen brauche ich Spà. Ich gebe zu, dass meine Art, ihn auszufragen, nicht gerade die höflichste ist ..."

Nancy war empört.

„Aber das entspricht nicht der Vereinbarung! Die uns erteilte Genehmigung gilt nur für Nachforschungen in der Bibliothek und Besuche in den Archiven. Wie sollen wir denn diesen plötzlichen Sinneswandel gegenüber Spà und seinen Vorgesetzten rechtfertigen? Und was Pozzi betrifft, auch er ist davon überzeugt, dass wir uns an das klar umrissene Thema halten. Ich frage mich, wie wir ihm das erklären sollen, ohne ihm einen Grund zu geben, unsere Wahl anzuzweifeln und gegen alle Erwartungen auf unsere Mitarbeit zu verzichten?"

John dachte einen Moment nach, bevor er antwortete.

„Um Schwierigkeiten aus dem Weg zu gehen wäre es am Besten, wenn wir uns die Arbeit teilten. Pozzi und Sie könnten sich auf das ursprüngliche Konzept konzentrieren. Allerdings müssten Sie in der nächsten Zeit in der Agentur arbeiten. Und ich könnte mich auf die Suche nach den dunklen Geheimnissen des Vatikans machen. Im Augenblick braucht Mario nichts von der Änderung unserer Zielrichtung zu erfahren. Wenn ich innerhalb von drei oder vier Tagen keine Ergebnisse zu verzeichnen habe, können wir uns ja wieder dem ursprünglichen Konzept zuwenden. Und ich verspreche, Spà etwas diplomatischer zu befragen."

Nancy war wie vom Donner gerührt. Sie hatte sich darauf gefreut, die erste Reportage ihrer neuen Karriere gemeinsam mit Fox zu schreiben, stattdessen sollte sie jetzt mit diesem Gecken Mario zusammenarbeiten, der zweifellos mehr Zeit darauf verwendete, ihr den Hof zu machen, als ihr zu helfen. Sie war tief enttäuscht und begriff allmählich, warum John Cattuso so oft in prekäre Situationen geriet. Sein Talent, den Zorn anderer auf sich zu ziehen, war sicher ebenso groß wie Michelangelos Hingabe zur Malerei.

* * *

Heimlich beobachtete John seine schöne Mitstreiterin, als sie ihren Pferdeschwanz auflöste und die feuerrote Haarpracht mit einer trotzigen Kopfbewegung in den Nacken warf. Sie schwieg, und das Schweigen dauerte auch an, als Guido seine Passagiere zur Pension *Glyzine* zurückgebracht hatte.

Die unübersehbare Spannung zwischen den beiden hatte auch den sonst so freimütig plaudernden Fahrer verstummen lassen, und so übergab er ihnen im Hotel nur schnell den Videorekorder, erkundigte sich nach dem Ablauf der nächsten Tage und verabschiedete sich. Der Abend brach herein, und wieder gehörte ein neuer Tag der Vergangenheit an. Ein leichter Wind kam auf, bauschte die Gardinen am offenen Fenster und verbreitete eine willkommene Frische. Die Dämmerung schuf eine angenehme Atmosphäre, die zum Nachdenken einlud.

John lag auf dem Bett und zündete sich eine Zigarette an. Wieder gingen ihm die vielen Kameras und die fast militärische Ordnung in der Vatikanstadt durch den Kopf. Hinter den massiven Steinfassaden dieser Festung verbargen sich zweifellos viele Geheimnisse. Er dachte an Nancy und ihre Vorwürfe. Sie missbilligte seine Vorgehensweise und war enttäuscht, dass sie nun allein mit Mario Pozzi zusammenarbeiten musste. John beschloss, ihr die zwingenden Gründe hierfür etwas näher zu erklären, nahm den Videorekorder unter den Arm und ging zu ihrem Zimmer hinüber.

Es war zwanzig Uhr. Der lange Flur war fast leer. Nur ein paar Pilger waren auf dem Weg in die Aufenthaltsräume oder ins Restaurant. Ein älteres amerikanisches Ehepaar stritt lautstark über die Besichtigungstour für den nächsten Tag. Der Singsang ihres Westküstenakzents erinnerte ihn für einen kurzen Moment an Los Angeles und die breiten Boulevards. Aber das war in weite Ferne gerückt. Die beiden Streithähne gingen an ihm vorüber, als wären sie allein auf der Welt.

John klopfte und rief Nancys Namen. Nach einer langen Pause kam endlich ihre Antwort.

„Ja bitte."

Nur mit einem Bademantel bekleidet saß sie an ihrem Tisch und beschäftigte sich mit den Unterlagen. Als er zögernd eintrat, hielt sie es nicht einmal für nötig, sich umzudrehen.

„Schenken Sie mir fünf Minuten? Ich möchte gern mit Ihnen sprechen, natürlich nur, wenn ich nicht störe."

„Sie stören nicht. Ich höre!"

Nancy ordnete ihre Unterlagen und vermied es, sich umzudrehen und John anzusehen.

„Ich dachte, ich schließe Ihnen den Videorekorder an, damit Sie sich Pozzis Material anschauen können. Außerdem wollte ich Ihnen sagen, dass ich immer erst am Nachmittag in den Vatikan gehe. Wenn Sie wollen, könnten wir wie bisher vormittags zusammenarbeiten."

Schweigend nahm Nancy ein paar Kleidungsstücke aus dem Schrank. Ein wenig verunsichert durch ihr frostiges Verhalten, versuchte Fox zu ihr durchzudringen.

„Es wird nur ein paar Tage dauern, bis ich weiß, ob es Hinweise gibt, die uns weiterhelfen. Ich möchte doch nur, dass uns eine außergewöhnliche Reportage gelingt – nicht mir, sondern uns … gemeinsam. Im Augenblick habe ich noch kein Gespür für das Thema. Lassen Sie mir ein paar Tage Zeit, mich damit zu beschäftigen, und wenn nichts dabei herauskommt, werde ich diese Spur nicht weiter verfolgen. Versprochen!" Er schaute sie fragend an. „Einverstanden?"

Als sie sich endlich umdrehte, sah er, dass sie geweint hatte. Ihre Augen waren rot und geschwollen. Traurig blickte sie ihn an. Ihre Stimme klang müde.

„Was würde es nützen, Ihnen zu widersprechen? Wenn Sie meinen, Ihr Vorgehen sei besser für unsere Arbeit, bleibt mir ja wohl nichts anderes übrig, als mich zu fügen. Schließlich bin ich nur die kleine Praktikantin, und Sie sind der Profi."

Ihre Resignation machte John betroffen. Er wünschte sich eine gleichberechtigte Partnerschaft und keine hierarchisch diktierte Ergebenheit.

„Ich möchte Sie nicht gängeln, mich nicht aufspielen und Sie auch nicht zwingen, meine Ideen und Konzepte widerspruchslos hinzunehmen. Ich betrachte uns als Team und habe Sie noch nie wie eine Untergebene behandelt. Unsere Arbeit wird nur gut, wenn wir *miteinander* arbeiten und unsere Entscheidungen und Ideen absprechen. Wenn Sie meine Einstellung zu der Reportage ablehnen, muss ich sie eben sausen lassen, zumal Mario Ihnen beipflichten wird und ich in der Minderheit bin."

Nancy hatte sich auf das große Bett gesetzt. Das offene Haar verdeckte ihr Gesicht. Der leicht geöffnete Bademantel ließ ihren Brustansatz erkennen. John konnte seinen Blick nicht von den sinnlichen Formen unter dem dicken Stoff lösen. Unwillkürlich stellte er sich vor, ihre schönen Brüste zu umfassen und spürte förmlich ihr Zittern unter seinen Händen. Nancys Blick folgte dem seinen, und ihr wurde bewusst, wofür er sich interessierte. Sie errötete und zog mit einer schamhaften Geste den Bademantel über ihrer nackten Haut zusammen.

„Während Ihrer Abwesenheit muss ich jeden Nachmittag in der Agentur verbringen. Ich fürchte, Mario Pozzi wird bald wissen wollen, warum plötzlich jeder für sich arbeitet. Um jeden Verdacht zu zerstreuen, müsste ich lügen, und das liegt mir nicht."

„Sie können ihm ruhig sagen, dass ich mit Spà rede, um die erforderlichen Informationen zu bekommen. Das entspricht der Wahrheit. Bis Mario sich Gedanken über mein Fernbleiben macht, habe ich meine Recherchen längst abgeschlossen. Was ist? Geben Sie mir die Chance?"

Forschend sah Nancy ihn an. In dem dunklen melancholischen Blick entdeckte sie einen kleinen Hoffnungsschimmer, wie ein ängstliches Kind, das auf das Urteil eines Erwachsenen wartet. Zum ersten Mal spürte sie, dass der große Cattuso weich und empfindsam war. Diese überraschende Erkenntnis gab den Ausschlag für ihre Entscheidung.

„Na gut, wenn es nur für ein paar Tage ist, mache ich mit.

Aber Sie müssen mir versprechen, sich auf das ursprüngliche Thema zu beschränken, wenn Sie auf Schwierigkeiten stoßen oder nicht fündig werden. Ich liefere lieber einen mittelmäßigen Bericht ab als gar keinen. Meine Zukunft beim *Herald* hängt vom Ergebnis dieser Arbeit ab, und ich kann es mir nach all den anstrengenden Jahren nicht leisten, die Chance meines Lebens aufs Spiel zu setzen."

Wortlos ergriff John ihre ausgestreckte Hand. Diese sanfte warme Berührung verwirrte ihn, und er spürte, dass er diese Frau nicht nur körperlich begehrte. Sie fing auch an, ihm als Mensch zu gefallen und weckte Gefühle in ihm, die er schon längst begraben geglaubt hatte. Lange ruhte ihre Hand in der seinen. „Versprochen! Und was immer daraus wird, Sie bekommen Ihre Reportage. Außerdem überlasse ich Ihnen Guidos Fahrservice und fahre mit dem Taxi zum Vatikan."

„Gut." Lächelnd erwiderte Nancy seinen Blick. „Übrigens, dürfte ich sie jetzt wiederhaben?"

„Was denn?"

„Meine Hand."

Mit Bedauern löste John die Berührung mit ihrer zarten Hand, in der so viel Hoffnung lag.

„Was halten Sie von einem gemeinsamen Abendessen im Hotelrestaurant? Es wäre ohnehin gut, wenn wir heute früher in die Betten kämen. Morgen ist ein harter Tag, und ich habe letzte Nacht nicht sehr gut geschlafen."

„Klingt gut. Ich bin auch ziemlich müde."

Beim Essen einigten sie sich auf das weitere Vorgehen in den nächsten Tagen. Nancy sollte alle erreichbaren Informationen über den Themenkreis „Bibliothek und Archive" zusammentragen und nach interessanten Informationen durchstöbern. Gemeinsam würden sie daraus dann erste Entwürfe für ihre Berichterstattung erstellen, die Nancy nachmittags in der Agentur weiterbearbeiten würde, während John sich mit Pater Spà traf. Pozzi auf dem Laufenden zu halten war eher ein diplomatischer Schachzug als eine Notwendigkeit und nur dazu gedacht, seine Kooperationsbereitschaft zu erhalten.

Inzwischen war es finstere Nacht geworden. Nur der schwache Schein der alten Straßenlaternen beleuchtete den breiten Weg. Wie gewöhnlich war John hinter das Hotel gegangen, um zu rauchen. Er mochte diese späten Stunden, wenn der Tag entschwand, und genoss den allmählichen Übergang vom Heute ins Morgen. Die Buchsbäume verströmten den typischen Geruch alter Gärten. Eine einsame Grille lockte mit ihrem eindringlichen Liebeslied einen potenziellen Partner. Ein makelloser, klarer Sternenhimmel umhüllte diesen Teil der Erde, der dem Lauf der Zeit zu entfliehen suchte. Demjenigen, der Rom den Namen „Ewige Stadt" gegeben hatte, war es gelungen, mit diesen beiden Worten Vergangenheit und Gegenwart zu vereinen.

Der Duft des hellen Tabaks, der John umgab, vermischte sich mit den Gerüchen der blühenden Pflanzen zu einem ungewöhnlichen Aroma.

Wie jeden Abend hatte sich Nancy geduscht und nackt und nass auf dem frisch bezogenen Bett ausgestreckt. Nur langsam verdunsteten die Tropfen auf ihrer zarten hellen Haut. Sie genoss diesen magischen Moment, in dem sie Bilanz über den vergangenen Tag mit allen Höhen und Tiefen zog, bevor sie in Morpheus' Arme sank. An die letzten Stunden des heutigen Tages dachte sie mit gemischten Gefühlen. Einerseits war sie erleichtert über die Einigung mit John, was die Arbeit betraf, doch andererseits hatte ihr Gespräch vorhin, hier in diesem Zimmer, sie auch beunruhigt. Sie hatte sich buchstäblich zwingen müssen, ihm ihre Hand wieder zu entziehen. In ihr war eine Sehnsucht aufgestiegen, von ihm in seine starken Arme genommen zu werden, die sie erschreckte. Dieser Mann verkörperte so vieles, was sie anzog. Er besaß Autorität, Beharrlichkeit und männliche Ausstrahlung, war zum einen verschlossen, enthüllte dann aber wiederum unerwartete Aspekte seiner Persönlichkeit wie Verletzlichkeit und Sensibilität. Gerade in seiner Verletzlichkeit wirkte er unglaublich verführerisch. Wenn diese großen dunklen Augen auf ihr ruhten, fiel es ihr schwer, ihre Erregung zu verbergen.

Die nächsten Tage würden sicher nicht leicht werden. Nancy bezweifelte, dass die Dinge so einfach waren, wie Fox ihr weismachen wollte. Wenn Francesco Spà bereit war, ihm mit seinem gesamten Wissen zur Verfügung zu stehen, warum sollte sie dann im Internet Informationen über den Vatikan sammeln?

Nancy fröstelte und zog gedankenverloren die leichte Bettdecke über ihren Körper. Bleischwere Müdigkeit hinderte sie daran, die Fenster zu schließen. Widerstandslos glitt sie hinüber in die Welt der Träume, die diesmal angefüllt waren mit Männern in schwarzen Anzügen und weißen römischen Kragen.

John hatte die Fenster geschlossen. Jetzt lag er auf dem Bett und schaute dem blauen Dunst seiner Zigarette nach, der nach oben stieg und sich allmählich auflöste. Die Lucky Strike vorhin im Garten hätte eigentlich für heute seine letzte Zigarette sein sollen. Aber Nancy brachte ihn völlig durcheinander, und er ging durch ein Wechselbad der Gefühle. Manchmal war sie freundschaftlich, dann wieder sehr zurückhaltend, manchmal herzlich und entgegenkommend, gleich darauf wieder kühl und distanziert. Kaum glaubte er, aus ihrem Verhalten auf Sympathie oder gar Zuneigung schließen zu dürfen, fühlte er sich wieder zurückgestoßen. Er fand keine Erklärung für diese Gegensätze.

Der Rauch brauchte immer länger, bevor er sich auflöste, blieb auf halber Höhe stehen und machte die abgestandene Luft des Zimmers noch stickiger. Die letzte Glut war verglommen. Jetzt roch es nur noch nach kaltem Rauch.

* * *

Überrascht hatte Guido festgestellt, dass sein alter BMW nur einen Fahrgast transportieren musste. Den ganzen Weg vom Hotel zur Agentur hatte er sich bemüht, ein Gespräch in Gang zu bringen und seine ganzen, allerdings recht spärlichen Englischkenntnisse mobilisiert. Vergebens, die attraktive Journalistin ging einfach nicht darauf ein und hing lieber ihren Gedanken nach.

Mario Pozzi begrüßte Nancy überaus galant. Aber dann suchten seine Blicke John. Als ihm klar wurde, dass sie allein gekommen war, erstarb sein erwartungsvolles Lächeln. Betrübt und etwas vorsichtig erkundigte er sich, ob sie allein sei.

„Ja. Mister Cattuso musste noch einmal in den Vatikan, um von Pater Francesco Spà weitere Informationen zu erhalten." Um ihn abzulenken, fuhr sie rasch fort: „Wir haben heute Morgen gemeinsam diesen Text verfasst."

Sie legte eine Mappe mit etwa zehn Blättern auf den Schreibtisch des Chefredakteurs.

„John ... Mister Cattuso meint, ich könnte Ihnen beim Zusammenschnitt helfen."

Pozzi griff nach den Unterlagen, ohne ihren Körper aus dem Blick zu lassen. Sie hatte sich bewusst so schlicht wie möglich gekleidet. Allerdings schienen die Jeans und die hochgeschlossene Bluse Pozzi trotzdem nicht davon abzuhalten, sie mit seinen Blicken förmlich auszuziehen.

„Dann kommt Signore Cattuso sicher später noch vorbei?“, hakte er etwas verstimmt nach.

„Nein, ich glaube nicht. Aber er hat mich gebeten, Sie zu fragen, ob Sie einen Internetzugang haben. Ich soll ein paar kurze Recherchen für ihn durchführen.“

„Natürlich haben wir einen Internetanschluss. Was suchen Sie denn?“

Sein Blick schien sie förmlich zu durchbohren.

„Ach, nichts Besonderes. Nur ein paar allgemeine Daten zur Geschichte der Stadt und ihrer Doppelrolle als Zentrum der Christen und Hauptstadt Italiens.“

* * *

John hatte das Taxi nicht vergessen, das sie nach ihrer Ankunft in Rom vom Flughafen Fiumicino in die Via Montebello gebracht hatte, und so hatte er den Fahrer angerufen und gebeten, ihn abzuholen. Beppi erwartete ihn vor der Pension und begrüßte ihn wie immer fröhlich und unbekümmert auf Italienisch.

„Und wie geht es dem *Signore Americano*? Ich freue mich, Sie wiederzusehen. Gefällt Ihnen Rom? Ich hoffe, Sie hatten schon Zeit, sich die Stadt anzusehen. Schön, dass Sie mich gerufen haben. Wohin darf ich Sie bringen?“

„Ich freue mich auch, Sie wiederzusehen, Beppi. Natürlich gefällt mir Rom, eine prachtvolle Stadt. Aber bis jetzt hat die Zeit gerade gereicht, um einmal quer durch die Vatikanstadt zu laufen. Dort will ich auch jetzt wieder hin. Ich muss pünktlich um vierzehn Uhr an der Bibliothek sein.“

Der Fahrer schaute rasch auf die Uhr und strahlte wie immer über das ganze Gesicht. „Es tut mir leid, aber das ist nicht zu schaffen. Es bleiben uns nur eineinhalb Stunden, und wir müssen durch die ganze Innenstadt, und dann müssen Sie ja noch den Rest zu Fuß gehen. Ich fürchte, Sie werden sich verspäten!"

„Keine Sorge. Wir können mit dem Auto bis in den Belvedere-Hof fahren. Ich habe eine Sondergenehmigung."

Beppi begriff plötzlich, dass sein Fahrgast ein wichtiger Mann war und blickte ihn verblüfft an. Bisher hatte er eine solche Erlaubnis nur bekommen, wenn er bedeutende Wissenschaftler oder schwere Pakete an der Bibliothek abzuliefern hatte, und das war in seiner langen Taxifahrerlaufbahn nur selten vorgekommen. Bereit, den Wettlauf mit der Zeit aufzunehmen, ließ er den Motor aufheulen. Wie am ersten Tag musste John wieder Beppis abrupte Lenk- und Bremsmanöver und seine Schimpfkanonaden ertragen, nur dass er diesmal die Rückbank für sich allein hatte. Mit akrobatischem Geschick kämpfte sich der Fiat durch den dichten und wie immer anarchischen Verkehr. Um fünf vor zwei standen sie vor dem großen Brunnen. Sichtlich stolz, den Kampf gegen den Verkehr gewonnen zu haben, drehte sich Beppi mit breitem Grinsen zu John um, wobei die schneeweißen Zähne einen bemerkenswerten Kontrast zu der matten Haut und dem schwarzen Schnauzbart bildeten.

„Geschafft. Das war knapp, aber wir sind da, *Signore!*"

Als John, dem sich während der Fahrt der Magen umgedreht hatte, das Geld zum Bezahlen heraussuchte, kam ihm plötzlich eine Idee.

„Noch eine Frage. Könnten Sie mich jeden Tag um dieselbe Zeit hier absetzen?"

„Aber natürlich! Wie lange brauchen Sie mich denn?"

„Drei Tage, vielleicht auch vier."

„Einverstanden. Und was ist mit der Rückfahrt?"

„Am späten Nachmittag, so gegen fünf. Ich würde Sie vorher anrufen. Geht das?"

„In Ordnung. Beppi ist stets zu Diensten und immer pünktlich!"

John nahm sich vor, das Taxi künftig so zeitig zu rufen, dass seinem Magen eine Wiederholung der heutigen Tortur erspart blieb. Das galt vor allem für die Fahrten von der Pension zum Vatikan.

Vertieft in ein Buch mit schwarzem Einband und goldenem Schnitt wartete der Jesuit bereits am Eingang der Archive. Während John auf ihn zuging, hatte er Muße, ihn bei seiner Lektüre zu betrachten. Der Pater schien völlig eins zu sein mit diesem Ort und strahlte eine unerschütterliche Abgeklärtheit aus. Kein Zweifel, der Mann in der tristen dunklen Kleidung war glücklich. Als der Journalist näher kam, hob er den Kopf, schloss sein Buch und ging ihm entgegen.

„Guten Tag, freut mich, dass Sie pünktlich sind. Wo ist denn Ihre Assistentin?"

„Ich bin allein gekommen. Sie musste in die Agentur."

„Gut. Bevor ich es vergesse, hier sind die versprochenen Informationen." Er zog mehrere doppelt gefaltete Blätter aus der Tasche. „Es ist eine reduzierte Aufstellung der Bücher, die sich in der Bibliothek und in den Archiven befinden. Die wichtigsten habe ich markiert. Außerdem habe ich Ihnen ein kurzes Organigramm des Vatikans gezeichnet. Darin finden Sie die verschiedenen Dienststellen, ihre Funktionen und die Namen der Leiter. Ich hoffe, dass die kleine Übersicht Ihnen die Arbeit etwas erleichtert."

John warf einen kurzen Blick auf die Unterlagen. Sie waren übersichtlich, verständlich und zeigten die Anteilnahme des Paters an seiner Arbeit. Spà hatte eine knappe, aber ausgezeichnete Zusammenfassung geliefert, die der klaren, geordneten Gedankenwelt des Verfassers entsprach.

„Vielen Dank, dass Sie sich die Zeit genommen haben. Hoffentlich haben wir Sie nicht über Gebühr strapaziert. Wir wissen Ihren Beitrag sehr zu schätzen."

„Ich bitte Sie, das war keine große Sache. In knapp zwei Stunden war alles erledigt." Freundlich lächelnd setzte sich der Pater in Bewegung und winkte John, ihm zu folgen.

In der ersten Etage der Archive angekommen ließen sie sich ganz hinten in der letzten Arbeitsnische der Hauptregalwand nieder. Die absolute Ruhe wurde nur vom Rascheln der Archivare gestört, die mit den Armen voller Bücher hin und her gingen und sie auf die Arbeitsplätze verteilten. John beobachtete das Treiben eine Weile interessiert.

„Wie in aller Welt konnten alle diese Bücher Jahrhunderte überstehen und noch dazu in so gutem Zustand?" Fragend schaute er den *Professe* an.

„ Seit Langem haben die Verantwortlichen der Kirche großes Interesse daran, möglichst viel Wissen über die einzelnen Epochen zu sammeln, und so haben sie die Gelehrten immer wieder aufgerufen, alle wichtigen Zeugnisse der Geschichte, besonders natürlich die der Kirche, konsequent zu sammeln und zu ordnen. Ursprünglich wurden ihre Werke in den päpstlichen Bibliotheken verwahrt und waren ausschließlich dem Papst und den Mitgliedern der Kurie zugänglich. Aber auf Betreiben einiger Prälaten, vor allem Papst Nikolaus V., hat man sich entschlossen, diese alten Werke auch der Wissenschaft zur Verfügung zu stellen, anstatt sie in den Schränken verstauben zu lassen. Die Vatikanische Bibliothek besitzt gegenwärtig mehr als fünfundsiebzigtausend Handschriften, achttausendzweihundert Inkunabeln und etwa achthunderttausend andere Druckwerke.“

John staunte über die enorme Anzahl.

„Bemerkenswert! Als wir gestern die Bibliothek besichtigten, hatte ich nicht den Eindruck, dass sie so viele Bücher beherbergt.“

„Das ist nicht verwunderlich, unser Rundgang war viel zu kurz. Erinnern Sie sich? Sie wollten ja nicht alle Etagen besichtigen. Deshalb haben wir uns auf den zweischiffigen Saal beschränkt, den Fontana geschaffen hat. Sie haben sicher die Bilder von Botticelli und die in den Vitrinen ausgestellten Bücher für die Pilger und Touristen gesehen. Wären Sie etwas näher herangegangen, hätte Sie die Evangelien aus dem ersten Jahrhundert entdecken können. Aber die meisten Werke stehen wohlverwahrt in den Schränken und dürfen nur auf Anfrage herausgenommen werden.“

John merkte erst jetzt, dass er bisher keinerlei Interesse an diesen Schätzen gezeigt hatte, was ihm der Jesuit auf freundliche Weise jetzt vor Augen führte.

„Pater, ich wüsste gerne …“

„Ja?“

Als der Journalist zögerte, ermunterte der Priester ihn, fortzufahren.

„Was wüssten Sie gern?“

„Ja … die Kirche hat ja auch dunkle Zeiten erlebt, in denen eher Gewalt als Barmherzigkeit herrschte. Ich denke da vor allem an die großen Prozesse gegen Ketzer oder diejenigen, die man für solche hielt.“

Francesco Spà richtete sich in seinem Stuhl auf, seine gute

Laune wich einer gewissen Nervosität.

„Sie sprechen von der Inquisition. Das ist tatsächlich der dunkle Fleck unserer Geschichte. Über sie wird viel geredet und geschrieben, auch innerhalb der Kirche, denn schon immer gab und gibt es dazu unterschiedliche Standpunkte. Aber entfernen Sie sich damit nicht sehr weit vom Gegenstand Ihrer Berichterstattung, dem Jubiläumsjahr?"

„Auch das gehört zur Geschichte und interessiert mich sehr. Ein Diener Gottes dürfte eigentlich keine Angst vor der Wahrheit haben."

„Ich habe keine Angst vor der Wahrheit, ganz im Gegenteil. Mich erstaunt nur, dass der Gegenstand Ihres Interesses ständig wechselt. Ich habe den Eindruck, dass Sie sich in Wirklichkeit noch gar nicht recht auf ein Thema festgelegt haben. Oder irre ich mich?"

Ein Lächeln huschte über Johns Gesicht. Dieser Teufelskerl hatte ihn durchschaut und seine Unentschiedenheit, die ihn seit Tagen beschäftigte, erkannt.

„Sie haben recht, Pater. Ich versuche gerade, ein Gefühl für die Geschichte und Struktur der Kirche zu bekommen, um dann das endgültige Thema meiner Reportage festlegen zu können. Derzeit schwimme ich noch ein bisschen."

„Das tut mir leid. Ich frage mich nur, wie ich Ihnen helfen kann, wenn Sie selber noch keine Ahnung haben, worüber Sie etwas wissen möchten."

„Ich hätte schon eine Idee. Über die Prozesse, von denen wir vorhin sprachen, muss es doch etwas Schriftliches geben, zum Beispiel Korrespondenz oder Gerichtsakten …"

Ohne das Ende des Satzes abzuwarten, stand Francesco Spà auf. „Kommen Sie, wir gehen in die zweite Etage. Ich möchte Ihnen etwas zeigen."

Auf dem Weg begegneten ihnen mehrere Personen, die den Pater freundlich grüßten. Offenbar brachte man ihm viel Sympathie entgegen. Die zweite Etage glich der ersten, war jedoch weit weniger frequentiert. Höchstens ein Dutzend Leser und Archivare waren zu sehen. John schien es, als hätte Spà seine Gelassenheit wiedergefunden. Mit verheißungsvoller Miene trat er vor eine moderne Vitrine, deren Beleuchtung sich beim Näherkommen von selbst einschaltete. Hinter dickem Glas standen in mehreren Regalböden übereinander Handschriften. Größe und Aufteilung der Vitrine ließen auf den Wert ihres Inhalts schließen. Mit bewegter Stimme erklärte der Priester: „Schauen Sie, Signore Cattuso, vor Ihnen liegen unersetzliche Werke, alles Unikate, ja sogar Urschriften. Hier links sehen Sie zwei Sammelbände aus dem fünften und sechsten Jahrhundert. Sie gehörten den Päpsten Leo dem Großen und Gregor dem Großen. Darunter befindet sich eine Urkunde von Kaiser Otto II., sie stammt aus dem zehnten Jahrhundert."

Das purpurrote Pergament war mit goldenen Lettern beschrieben. Unter der Beleuchtung wirkten sie wie Glut auf blutgetränkten Seiten.

„In unserem Besitz befinden sich auch die Schriften von Innozenz III. einschließlich der päpstlichen Bullen, zusammengenommen zweitausendsiebenundvierzig Bände. Sie zählen zu den wichtigsten Quellen der europäischen Geschichte. Ich erspare Ihnen die weitere Aufzählung dieser Zeugen der Vergangenheit. Sie müssen zugeben, dass es unnötig ist, an anderer Stelle zu suchen, um die Jahrhunderte währende Bedeutung der Kirche zu erkunden."

John betrachtete die wertvollen Handschriften, die in unzähligen Stunden mühsamer Arbeit erstellt worden waren. Er stellte sich vor, wie viele Gelehrte sich bemüht hatten, dieses Wissen an die Nachwelt weiterzugeben. Als er zurücktrat, schaltete sich die Vitrinenbeleuchtung wieder aus.

„Dieses Beleuchtungssystem verdanken wir übrigens auch unserem Ingenieur Sorsi. Er hat sich nicht nur um die Sicherung, sondern auch um die Gestaltung der Vitrinen gekümmert."

Einige Meter entfernt stand ein größerer Schreibtisch, auf dem sich neben ein paar verstreuten Blättern ein Stapel Bücher befand. Daneben lag eine Schildpattbrille, die auf ihren Besitzer zu warten schien. Pater Francesco Spà folgte dem Blick des Journalisten.

„Das ist mein Arbeitsplatz. Ich übersetze gerade einen alten Text aus dem Aramäischen, der mir allerdings einiges Kopfzerbrechen bereitet. Nach Ihrem Besuch setze ich meine Arbeit fort, die manchmal bis spät in die Nacht dauert."

* * *

Stunden waren vergangen. John hatte sich dem warmherzigen Pater gegenüber geöffnet. Das Eis war gebrochen, der Argwohn verschwunden. Zu seinem Erstaunen konnte er sogar relativ gelassen über seine Kindheit in Brooklyn sprechen. Inzwischen waren sie in den Archivsaal zurückgekehrt. Auch Spà war dem Fremden gegenüber offener geworden und entdeckte hinter der harten Schale des Fremden eine ungeahnte Sensibilität.

„Warum haben Sie gerade diesen Beruf gewählt, Signore Cattuso?"

„Sie können mich ruhig John nennen."

Nur wenigen gestattete der scheue Fox diese vertrauliche Anrede, vor allem nach so kurzer Zeit.

„Für mich war es das Selbstverständlichste der Welt. Den Dingen auf den Grund zu gehen und die Wahrheit aufzudecken entspricht meinem Wesen. Man könnte sagen, es war schon immer meine Berufung. Und Sie, warum haben Sie sich für die Kirche entschieden?“

Der Priester hob den Kopf, und John blickte in diese freundlichen Augen in der Farbe des römischen Himmels.

„Das ist eine Geschichte für sich. Die Frage, was ich werden wollte, hat sich für mich nie gestellt. Sie müssen wissen, ich bin ein Findelkind. Wirklich, Signore Cattuso ... ich meine, John. Wie in einem Film hat man mich einfach gefunden. Ich stamme aus Apulien, einer sehr armen Region in Süditalien. Zumindest nehme ich das an. Man fand mich als herrenloses Bündel auf den Stufen einer Dorfkirche. Also wurde ich einer kirchlichen Anstalt übergeben, in der ich auch aufgewachsen bin. Seit meiner frühesten Kindheit ist die Kirche mein Zuhause. Sie hat mir die Familie ersetzt, die ich nie haben konnte, und mich ernährt. Als ich größer wurde, kam ich zu den Jesuiten, die meine Begabung für Literatur und Sprachen erkannten und förderten.“

Er zeigte auf das kleine schwarze Buch mit dem goldenen Schnitt.

„Sie haben mir auch dieses Messbuch geschenkt, das ich immer bei mir trage, obwohl ich die Gebete natürlich längst auswendig kann. Nach langjährigen Studien vertraute man mir den Posten an, den ich heute bekleide. Eigentlich habe nicht ich die Kirche gewählt, sondern sie mich.“

John dachte an sein eigenes Schicksal. Zwar war er kein Findelkind, aber auch er hatte sich sehr früh einsam und verlassen gefühlt. Wahrscheinlich hatten sie in ihrer Kindheit die gleichen Ängste und Sorgen durchlebt.

Das Kommen und Gehen zwischen den Regalen wurde lebhafter, und eine Fortsetzung des vertraulichen Gesprächs war kaum mehr möglich. John sehnte sich plötzlich nach der ruhigen, gedämpften Atmosphäre im zweiten Untergeschoss, in der dieser vertrauliche Gedankenaustausch mit dem verständnisvollen Priester seinen Anfang genommen hatte. Dessen Fähigkeit, zuzuhören, tat ihm wohl, und er hätte gern noch länger mit ihm geplaudert. Plötzlich ertönte beschwingte Musik aus seiner Jackentasche. „La Traviata" kündigte einen Anruf an. Er musste umherwandern, um einen besseren Empfang zu finden.

„Ja? Cattuso."

„Hier ist Nancy."

„Nancy? Gibt es Probleme in der Agentur?"

„Nein, eigentlich nicht. Ich habe mich im Internet umgesehen, wie Sie es wünschten."

„Ja? Mit Erfolg?"

„Nichts."

„Was heißt das, nichts?"

„Nichts. Es gibt zwar eine Website des Vatikans mit sehr vielen Links, aber was man auch anklickt, man landet immer auf leeren Seiten. Auch die Suchmaschinen finden nichts."

„Sind Sie absolut sicher? Haben Sie wirklich alles versucht?"

„Natürlich. Aber jedes Mal, wenn man die angezeigte Datei öffnet, ist sie leer. Wie eine große Kommode mit lauter leeren Schubladen."

„Na schön. Schade. Vielen Dank! Wie läuft es mit Pozzi?"

„Das zu erklären würde zu lange dauern. Ich erzähle Ihnen alles heute Abend, einverstanden?"

„Ja. Nochmals vielen Dank, Nancy."

Francesco Spà, der sich diskret entfernt hatte, kam wieder näher.

„Ist alles in Ordnung?"

„Ja, aber ich hätte noch etwas auf dem Herzen. Könnte ich wohl einen Blick in die Akten der Inquisition werfen?"

Der junge Jesuit erstarrte und blieb die Antwort schuldig.

„Natürlich möchte ich auf keinen Fall, dass Sie Probleme mit Ihren Vorgesetzten bekommen", fügte John rasch hinzu. „Aber vielleicht könnten Sie meine Bitte an die Verantwortlichen weiterleiten. Ich beschränke mich auch darauf, die Akten einzusehen und zu lesen, ohne Fotos oder Fotokopien zu machen."

Die Antwort des Paters kam zögernd und sichtlich verlegen. „Ich fürchte, das ist unmöglich. Diese Schriften lagern an einem ganz anderen Ort. Nur sehr wenige Personen dürfen diesen Raum betreten, und noch viel weniger erhalten Zutritt zu den Archiven. Außerdem kann nur eine einzige Person die Genehmigung dazu erteilen."

„Und wer ist das?"

„Seine Eminenz Kardinal Scalingeri."

* * *

Kurz nach Johns Anruf hatte Beppi seinen Kunden vom Belvedere-Hof abgeholt und in der Via della Croce wieder abgesetzt. Die gute Laune und der Optimismus des Taxifahrers waren ansteckend, und in John regte sich die Hoffnung, vielleicht doch eine Sondergenehmigung zu erhalten, um auch die düstersten Seiten der Geschichte des Vatikans zu studieren. Er war früher als geplant nach Hause gefahren, weil es ihm ratsam erschien, dem Pater etwas Zeit zu geben. Auf keinen Fall wollte er die fast freundschaftlichen Bande, die er an diesem Nachmittag geknüpft hatte, mit seiner Bitte gefährden.

Die Empfangshalle der Pension war brechend voll. Fox hatte den Eindruck, dass sich die Zahl der Gäste seit seiner Ankunft noch erhöht hatte. Offensichtlich ließ das Jubiläum die Kassen klingeln. Hinter der Rezeption verteilte der Empfangschef, wie immer wortlos und mit dem typisch säuerlichen Berufslächeln, die Zimmerschlüssel und öffnete den Mund nur für kurze Auskünfte. Aus dem Augenwinkel beobachtete er John, der die Eingangshalle durchquerte und zum Lift ging.

Im zweiten Stock hallten Gesprächsfetzen durch den langen Korridor. Mit dem Gefühl, sich wie ein Fuchs in seinem Bau vor der Außenwelt zu verkriechen, schloss er die Tür zu seinem Zimmer. Das Stimmengewirr vor der Tür rückte in weite Ferne.

Er entfaltete die Blätter, die ihm Spà gegeben hatte, und legte sie nebeneinander auf das Bett. Sein Blick fiel auf eine schematische Zeichnung. Es wirkte auf den ersten Blick wie eine Ahnentafel. Das Organigramm hatte die Form einer Pyramide mit Rechtecken, in denen Namen standen. Die Verbindungslinien zwischen den Feldern zeigten das Geflecht der Beziehungen zwischen den einzelnen Funktionsträgern. Überrascht stellte er fest, dass sich unmittelbar unter dem Papst nur ein einziges Feld befand, zu dem folgerichtig nur eine Linie führte, von dem aber viele Linien ausgingen. Es enthielt einen Namen, den er nun schon mehrfach gehört hatte.

Jemand klopfte zweimal kurz an die Tür. John zuckte zusammen.

„Herein."

Nancy war wie immer wunderschön. Das feuerrote Haar ergoss sich über eine hochgeschlossene weiße Bluse. Die Jeans betonte ihre herrliche Figur und ließ ihre langen Beine noch länger erscheinen. Alles an ihr strahlte, nur ihr Gesicht nicht. Sie wirkte besorgt und setzte sich müde auf einen leeren Platz zwischen den verstreuten Blättern. „Puh, ich bin fix und fertig."

John bot ihr etwas zu trinken an, was sie dankend ablehnte.

„Erzählen Sie! Wie war Ihr Nachmittag in der Via Montebello?"

„Eher langweilig. Pozzi ist nicht dumm und hat mich mehrfach nach Ihren ergänzenden Aktivitäten zu meiner Arbeit gefragt. Als er merkte, dass ich mich nicht ausfragen lasse, verdonnerte er mich dazu, einer seiner Mitarbeiterinnen in der Grafikabteilung zu helfen. Ich habe ihn erst wieder gesehen, als ich mit meiner Internetsuche begann. Er hat meine Arbeit genauestens verfolgt."

„Was hat er gesagt?"

„Zunächst nichts. Während meiner Suche hat er mich nur angegrinst, und als ich ergebnislos aufgeben musste, meinte er spöttisch: ‚Sie werden über den Vatikan nichts finden. Die Website enthält keine Informationen. Das hätte ich Ihnen gleich sagen können, aber mich haben Sie ja nicht gefragt.'" Beinahe etwas wütend schaute Nancy ihn an. „Diese Unannehmlichkeiten habe ich nur Ihnen zu verdanken. Ich hasse es, Pozzi anlügen zu müssen und bin nicht sicher, ob er es nicht doch gemerkt hat. Schließlich ist er nicht auf den Kopf gefallen. Hoffentlich waren Sie auf Ihrem Fischzug erfolgreicher."

„Nein, ich habe Spà gebeichtet, dass ich dem Thema, das

wir ihm ursprünglich genannt haben, wenig abgewinnen kann. Seine Reaktion war gut, allerdings nicht mehr so gut, als ich ihn fragte, ob ich die geheimen Akten der Inquisition einsehen darf."

Nancy traute ihren Ohren nicht.

„Wie bitte? Die Inquisition? Aber warum? Was hat das mit dem Kirchenjubiläum zu tun? Außerdem werden Sie niemals eine Genehmigung für Recherchen über diese Epoche bekommen. Und hatten Sie mir nicht versprochen, sich diese Hirngespinste im Fall eines Misserfolgs aus dem Kopf zu schlagen?"

„Noch ist es kein Misserfolg. Ich warte auf die Antwort von Pater Spà. Entgegen aller Erwartung haben wir bis jetzt immer eine Zusage erhalten. Sollte es diesmal allerdings nichts werden, halte ich mein Versprechen. Das versichere ich Ihnen."

Nancy war dennoch enttäuscht.

„Dann muss ich morgen wieder in die Agentur? Das kann ja heiter werden! Mario wird bestimmt erneut anfangen zu bohren. Hoffentlich bekommen Sie Ihre Antwort bald, lange halte ich es dort nämlich nicht mehr aus."

„Das hoffe ich auch." Er deutete auf die verteilten Blätter um sich herum. „Nun sehen Sie sich aber das hier einmal an. Das sind die Informationen, die Spà uns zugesagt hatte."

Als Nancy die Blätter betrachtete, fiel ihr eines besonders auf.

„Was ist das denn?"

„Ein Organigramm des gesamten Vatikans. Sehen Sie es sich genau an, und sagen Sie mir, was Sie davon halten."

Nach einer Weile legte sie das Blatt wieder zurück.

„Das scheint ziemlich kompliziert zu sein. Ich hatte keine

Ahnung, dass so viele Abteilungen auf so beschränktem Raum Platz finden: Kurie, Gouvernorat, Papstgemächer, Verwaltung des Petersdoms ... Und alle sind in tausend andere Ämter untergliedert. Was für ein Durcheinander! Wie kann denn da jemand den Überblick behalten? Mir fällt auf, dass das Gouvernorat offenbar sehr mächtig ist. Ihm untersteht ja eine ganze Legion von Dienststellen: Kongregationen, Behörden, Gerichtshöfe, sogar eine eigene Polizei und eine Militäreinheit."

„Das dachte ich auch. Offensichtlich ist das Gouvernorat die Drehscheibe des Vatikans und sowohl politischer als auch administrativer Mittelpunkt der Vatikanstadt. Und jetzt schauen Sie mal, wer an der Spitze steht."

Nancy nahm das Blatt noch einmal zur Hand.

„Das ist ja interessant! Wenn man das Geflecht genau verfolgt, läuft alles bei einer einzigen Person zusammen: Kardinal Scalingeri!"

Als sie sich die Zeichnung noch einmal genauer ansah, fiel ihr auf, dass in winziger Schrift in jedem Kästchen auch die Anzahl der Mitarbeiter eingetragen war. Eine rasche Addition ergab, dass dem Kardinal rund dreitausendfünfhundert Mitarbeiter direkt oder indirekt unterstanden.

„Eine bedeutende Persönlichkeit in der Hierarchie, zweifellos die wichtigste nach Seiner Heiligkeit. Wollten Sie mir das zeigen?"

„Ja, und laut Spà ist er auch für meinen Antrag zuständig."

„Entschuldigen Sie meine Offenheit, aber ich kann mir kaum vorstellen, dass sich eine solche Autorität lange mit dem Gemütszustand eines amerikanischen Journalisten befasst, und sei er noch so begabt. Wir werden sicher eine abschlägige Antwort bekommen, was uns das Leben nicht leichter machen wird."

„Möglicherweise haben Sie recht. Wir werden ja sehen. Der morgige Tag ist entscheidend und ... Gab es außer mit unserer Arbeitsplanung noch andere Probleme mit Mario? Ich hatte den Eindruck, dass er Ihrem Charme kaum widerstehen kann."

Nancy versuchte zu ergründen, was seine Frage zu bedeuten hatte.

„Wenn man davon absieht, dass er mich mit seinen Blicken auszieht, wagt er es nicht, sich unkorrekt zu verhalten. Warum interessiert Sie das?"

„Ach, nur so, schließlich sind Sie jung, hübsch und ledig, lauter Eigenschaften, die Sie begehrenswert machen."

„Vielen Dank für das Kompliment, auch wenn mir das Wort ‚begehrenswert' nicht ganz passend erscheint."

„Sie haben recht, sagen wir, attraktiv ..."

„Finden Sie mich wirklich attraktiv?"

„Aber ja! Wie die meisten Männer in Ihrer Umgebung."

„Ich weiß nicht, darüber mache ich mir keine Gedanken."

John spürte einen Kloß im Hals. Er kam sich vor wie ein Pennäler in Gegenwart seiner Angebeteten, ungeschickt und tölpelhaft. Wie gern hätte er ihren warmen erregenden Körper an sich gedrückt, sie seine Sehnsucht, seine Leidenschaft spüren lassen bis zur Ekstase. Doch er blieb wie erstarrt stehen und wusste nicht, ob seine Blockade der angemessenen Zurückhaltung zuzuschreiben war oder dem vertrauten Gesicht, das er noch immer in sich trug. Nancy war sein Zustand nicht entgangen. Um ihm Gelegenheit zu geben, sich wieder zu fassen, lenkte sie das Gespräch auf ein neutrales Thema.

„Was sollen wir tun, solange wir auf die berühmte Antwort warten?"

„Morgen Vormittag könnten wir genau wie heute wieder zusammenarbeiten. Während Sie am Nachmittag allein in die Agentur fahren, nehme ich noch einmal Kontakt zum Vatikan auf. Hoffentlich bekomme ich von Seiner Eminenz grünes Licht. Wenn nicht, komme ich wie versprochen sofort zu Ihnen in die Via Montebello.“

7. KAPITEL

Beppis Fiat Croma überquerte zum wiederholten Mal eine der breiten Brücken, die sich über den Tiber spannten. Unermüdlich trieb der sagenumwobene Fluss die gelblichen Fluten durch seinen gewundenen Lauf. Als treuer Zeuge der tausendjährigen Geschichte Roms war er bis ans Ende aller Tage mit dem Schicksal dieser Stadt verbunden. Seine endlosen Windungen bildeten eine flüssige Grenze zwischen der Ewigen Stadt und der Stadt des Papstes. Der Taxifahrer nahm den Fuß vom Gas. Es war erst dreizehn Uhr zwanzig, und im Gegensatz zum Vortag hatten sie es nicht eilig.

Es war der fünfte Tag in Rom. Schon wieder ein Tag, den John damit verbrachte, auf der Stelle zu treten und seine Zeit zu vergeuden. Nach der rasch zustande gekommenen Kontaktaufnahme in den ersten beiden Tagen hatten sich die Dinge, beruflich gesehen, wenig entwickelt, und ihn beschlich das unangenehme Gefühl, festzustecken. Alles schien vom Willen eines allmächtigen Unbekannten abzuhängen. Plötzlich wurde Fox aus seinen Gedanken gerissen. Beppi trat heftig auf die Bremse und fluchte.

„*Porco diavolo!* Haben Sie das gesehen? Beinahe hätte ich ihn erwischt!“

Unbeirrt setzte der Roller seinen Weg fort und schnitt dabei weitere Fahrzeuge, die ähnlich reagierten.

„Die glauben, sie wären allein auf der Welt. Erstaunlich, dass es nicht mehr Unfälle gibt. Übrigens, wo ist eigentlich Ihre hübsche Kollegin abgeblieben? Arbeiten Sie nicht mehr mit ihr zusammen?“

John stellte fest, dass Nancy schon wieder eine Eroberung gemacht hatte.

„Aber natürlich. Sie arbeitet in unserer römischen Agentur und muss leider ohne mich auskommen.“

Der Schnauzbart hatte seit ihrer ersten Begegnung schon etliche Stunden mit seinem Fahrgast verbracht, und sein sonniges Gemüt verführte ihn dazu, einen familiären Ton anzuschlagen.

„Sie macht einen netten Eindruck. Und welche Klasse! Das ist der Typ Frau, den die Italiener lieben. Sie sollten sie nicht allzu lange allein lassen, sonst ziehen Sie noch den Kürzeren.“ Er bekräftigte seinen letzten Satz mit heiterem Gelächter.

Grünlich schimmerndes Wasser ergoss sich über die zwei Stufen des Brunnens im Belvedere-Hof und erinnerte John an Nancys Augenfarbe. Diese Besonderheit war ihm tags zuvor gar nicht aufgefallen. Wie viel Zeit man wohl brauchte, um alles gesehen zu haben, zu erfassen und sich einzuprägen, egal wo man sich befand? Auch auf diese Frage wusste er keine Antwort.

Es war Viertel vor zwei. John blickte sich um, aber offenbar war Francesco Spà noch nicht eingetroffen. An den Eingang der Bibliothek gelehnt, konnte John den gesamten Hof überblicken. Alle Autos parkten ordentlich auf den dafür vorgesehenen Plätzen und hielten sich strikt an die Verkehrsregeln, als wären sie nicht in Italien, sondern in einer ganz anderen Welt.

Er zuckte zusammen, als jemand die Hand auf seine Schulter legte. Gleichzeitig realisierte er, dass es Punkt zwei Uhr war, also musste es Spà sein.

„Guten Tag, John. Sind Sie immer noch allein?“

„Guten Tag, Pater. Ja, vermutlich noch für ein oder zwei Tage.“

„Wohin sollen wir gehen? Das Wetter ist sehr angenehm,

aber draußen ist es ziemlich laut."

Überall herrschte aufgeregtes Stimmengewirr. Vor dem Eingang des Gebäudes entstand Gedränge, und etliche Besucher wurden schon ungeduldig. Fox bevorzugte ein friedliches und stilles Ambiente.

„Die Archivräume sind für eine Besprechung sicher geeigneter. Ihr Büro wäre perfekt."

Ohne ein Wort gingen sie ins Untergeschoss. Der Jesuit schob die Bücher und Papiere, die sich stets auf seinem Arbeitstisch häuften, beiseite. John nahm sich ein Herz und stellte die Frage, die ihm schon seit einigen Minuten auf den Lippen lag, denn von der Antwort hing der Verlauf der kommenden Tage ab.

„Apropos ... konnten Sie mein Ersuchen, das ich Ihnen gestern unterbreitet habe, schon weiterleiten?"

Der junge Geistliche räusperte sich ein wenig verlegen, ehe er antwortete.

„In der Tat. Ich habe Ihr Ersuchen Seiner Eminenz Kardinal Zalinghi vorgetragen. Er war sehr erstaunt über den Wechsel Ihrer ... wie soll ich sagen ... Ihrer Strategie. Außerdem hat er mir erklärt, dass er keineswegs allein über Ihre Berechtigung entscheiden kann und hat beschlossen, wie meinerseits schon vermutet, Seiner Eminenz Kardinal Staatssekretär Bericht zu erstatten."

„Und wie ist dessen Entscheidung ausgefallen?"

„Im Augenblick noch gar nicht. Sie werden sich wohl noch gedulden müssen."

John war enttäuscht und hatte mit widersprüchlichen Empfindungen zu kämpfen. Einerseits freute er sich, dass er nicht sofort eine Ablehnung bekommen hatte, andererseits musste er sich gedulden und außerdem Nancy weiterhin Mario Pozzis unangenehmen Fragen aussetzen.

„Glauben Sie, dass sich das noch lange hinzieht? Ich brauche möglichst schnell eine Antwort, damit ich meine Arbeit danach ausrichten kann.“

„Ich verstehe Ihre Ungeduld, aber im Augenblick kann ich nichts für Sie tun. Seine Eminenz Kardinal Staatssekretär ist durch das Jubiläum sehr in Anspruch genommen, und Ihre Reportage gehört vermutlich nicht zu seinen Prioritäten.“

John hob den Kopf. Genau über dem Büro des Priesters tastete das schwarze und gefühllose Auge einer Kamera die Räumlichkeiten ab. Der Journalist fragte sich, wie das Überwachungssystem wohl funktionierte und in welcher Form die Informationen gespeichert wurden.

„Pater, vermutlich braucht man für die Überwachung der Räume eigenes Personal. Wissen Sie Genaueres über die verwendete Technik?“

„Nein, leider nicht. Ich verstehe von diesen Dingen nichts. Ich weiß nur, dass an einem streng gesicherten Ort alle Aufnahmen der verschiedenen Bereiche des Vatikans zusammenlaufen und auf Monitoren überwacht werden. In Anbetracht des Besucherstromes von ungefähr drei Millionen Menschen jährlich ist diese Vorsichtsmaßnahme aus den schon neulich genannten Gründen notwendig.“

„Hat Sorsi auch das Kontrollterminal installiert?“

„Ja. Er hat zusammen mit dem jungen Pasquale die gesamte Installation durchgeführt. Ich habe sein Ausscheiden sehr bedauert, zumal es etwas überraschend kam.“

„Überraschend?“

„Ja, eigentlich ging es ihm gut, zumindest was seine körperliche Verfassung anbetraf. Um sein Gemüt allerdings war es anders bestellt.“

„Hatte er familiäre Probleme?“

„Nicht dass ich wüsste. Er war ein sehr gläubiger Mensch. Plötzlich plagten ihn Zweifeln, und er hat mir viele Fragen zur Kirche gestellt, während wir früher vor allem über Literatur oder Kunst gesprochen haben. Er war ein hervorragender Zeichner.“

„Gab es bis zum Abschluss der Arbeit noch viel zu tun?“

„Nein, nicht allzu viel. Wie ich Ihnen schon sagte, sein Assistent hat alles allein zu Ende geführt. Das hat ungefähr einen Monat in Anspruch genommen.“

„Was ist ihm zugestoßen? Ein Unfall?“

„Nein, nichts dergleichen. Am Abend zuvor hatten wir uns noch vor dem Palast des Heiligen Offiziums getroffen, wo sich sein Arbeitsplatz befand. Trotz seines depressiven Zustands konnte ich keinerlei Anzeichen von Erschöpfung entdecken. Tags darauf, am späten Vormittag, informierte mich ein Amtsdiener von seinem Ausscheiden.“

„Wie? Ohne weitere Erklärungen ...?“

„Nein, man hat mir gesagt, dass er unter hohem Fieber litt und sofort ins Krankenhaus gebracht werden musste. Armer Mann. Ich hatte ihn sehr gern. Er war so ausgeglichen, so besonnen.“

„Wissen Sie, ob er noch lebt?“

„Nein, ich weiß nicht, ob er noch lebt. Das ist schon einige Monate her. Aber er könnte sich immer noch in der Klinik *Santissimo Rosario* befinden. Das ist ein Hospital, das dem Vatikan untersteht. Für gewöhnlich wird das Personal der Vatikanstadt dorthin gebracht, wenn es der Pflege bedarf. Ich erinnere mich, dass ich an dem Morgen, an dem Ingenieur Sorsi verschwunden ist, einen Notarztwagen des Hospitals gesehen habe.“

„Haben Sie sich anschließend nicht bemüht, ihn wiederzusehen oder sich wenigstens nach seinem Befinden erkundigt? Hat er vielleicht versucht, Kontakt mit Ihnen aufzunehmen?“

„Aber natürlich. Gleich am nächsten Tag bin ich ins Gouvernorat gegangen und habe mich bei dem für den Gesundheitsdienst zuständigen Beamten nach ihm erkundigt, weil ich Renato besuchen wollte. Aber man hat mir gesagt, dass sein Zustand sich verschlechtert habe und ein Besuch im Augenblick nicht möglich sei. Jeden Tag habe ich es erneut versucht, jedoch ohne Erfolg. Nachdem ich mich mehrere Wochen lang bemüht habe und stets die gleiche Auskunft bekam, war ich von seinem ernsten Zustand überzeugt. Ich habe lange geglaubt, dass Sorsi mich von sich aus über seine Genesung informieren würde, aber nichts dergleichen geschah. Dann hat Pasquale, sein Assistent, die Arbeiten mehr recht als schlecht beendet. Von dem Ingenieur fehlt bis heute jedes Lebenszeichen.“

* * *

Der Fiat fuhr westlich des Vatikans die lange Stadtmauer entlang. Der fließende Verkehr erlaubte eine zügige Fahrweise ohne besonders akrobatische Manöver. In weniger als einer halben Stunde hatte der Wagen die Stadtgrenze erreicht. Beppi brachte John und Nancy zum Monte Mario, einem der sieben Hügel Roms. Obwohl er nicht hoch war, bot er einen schönen Ausblick auf das Panorama der Stadt. Das Fahrzeug ließ die Millionenstadt mit ihrer Dunstglocke aus unzähligen Atemzügen hinter sich. Straßen und Plätze, gesäumt von ausgedehnten Grünflächen, wechselten sich ab.

Nancy hatte sich über Johns plötzliches Erscheinen vor

der Agentur sehr gewundert. Er hatte im Taxi gewartet und sich darauf beschränkt, sie über sein Handy anzurufen, und sie hatte die kurze Abwesenheit Marios genutzt, um sich heimlich zu entfernen.

„Was ist los? Warum holen Sie mich schon so früh ab?“

„Da ich die erwartete Antwort nicht bekommen habe, dachte ich mir, ich erlöse Sie von Ihrem Leiden. Eine Spazierfahrt wird Ihnen sicher mehr Spaß machen.“

„Stimmt, das kommt wie gerufen. Ich muss gestehen, dass Pozzi allmählich ausgesprochen unangenehm wird. Ich weiß nicht, ob wir noch lange auf seine Mitarbeit zählen können. Wohin fahren wir?“

„Zu einer Privatklinik auf dem Monte Mario. Ich vermute, dass man den Ingenieur, der mit der Installation des Überwachungssystems im Vatikan beauftragt war, dorthin gebracht hat.“

Nancy fragte sich, was die Reportage über das Jubiläum wohl mit den Überwachungskameras der Vatikanstadt zu tun hatte. Aber die jüngsten Ereignisse hatten sie ein wenig fatalistisch gestimmt, und so zog sie es vor, zu schweigen.

Die schnurgerade Straße, der sie außeralb der Stadt noch einige Kilometer folgten, trug den pompösen Namen Via Trionfale. Als sie den nordwestlichen Vorort Roms gleichen Namens durchquert hatten, ging es mitten durch grüne Eichen- und Pinienwälder in Serpentinen den Hügel hinauf. Üppige Oleanderhecken säumten die Straße und verströmten ihr schweres Parfüm. Die berauschenden Düfte drangen durch die offenen Fenster ins Taxi und vermischten sich mit der trockenen Luft. Beppi war glücklich, als die auf Englisch geführte Konversation abbrach. In Unkenntnis dieser Sprache zum Schweigen verurteilt, konnte er nun seinem natürlichen

Überschwang wieder freien Lauf lassen.

„Na? Ist es hier nicht wunderschön? Hier oben ist die Luft viel besser. Außerdem stinkt es hier nicht so wie unten. Schauen Sie, je höher wir kommen, umso mehr Blumen gibt es zu sehen."

Nancy liebte dieses satte Grün, das in der Sonne glänzte. Sie fand die Natur immer schön, wenn man ihr die Freiheit ließ, sich zu entfalten und die Farben und Formen selbst zu wählen. Daraus entwickelten sich die schönsten Gemälde. „Ist die Sommerresidenz des Papstes weit von hier entfernt?", fragte sie den Fahrer. Da er sie nicht verstand, musste John für sie dolmetschen.

„Nicht sehr weit, Signorina, aber sie liegt auf der anderen Seite, in Castel Gandolfo, oberhalb des Albaner Sees, etwa fünfundzwanzig Kilometer südlich von Rom. Der Ort ist bei den Römern sehr beliebt, da es dort im Sommer angenehm kühl ist. Schon in der Antike haben die Kaiser dort Paläste errichten lassen. Die Ruinen sind noch erhalten. Die päpstliche Residenz befindet sich auf einer Höhe von fünfhundert Metern am Hang eines erloschenen Vulkans. Die Landschaft und die Aussicht sind überwältigend. Wenn Sie wollen, fahre ich Sie an einem der kommenden Tage dorthin."

Die Antwort auf den Vorschlag blieb aus. Der Fiat bog von der Via Trionfale ab in die Via Spinelli. Nach etwa hundert Metern erreichten sie die hohen Mauern eines Anwesens. Das majestätische weiß lackierte schmiedeeiserne Tor stand weit offen und gab den Blick auf einen Park frei. Als der Fiat Croma das Tor passierte, entdeckte John an einem der beiden Pfeiler, an denen die schweren Metallflügel hingen, ein großes Messingschild mit der Aufschrift *Clinica del Santissimo Rosario*. Beppis Taxi mühte sich auf dem knirschenden Kies die breite Auffahrt hinauf. Nach einigen Minuten verstummte das Konzert der weißen Kieselsteine, und das Fahrzeug hielt vor einem zweistöckigen Gebäude. Die moderne, kühne Architektur mit der klaren Linienführung verlieh dem leuchtend weißen Zweckgebäude, das einen reizvollen Kontrast zu den alten Bäumen des Parks bildete, eine gewisse Eleganz.

Es war zwanzig vor fünf. John und Nancy gingen zum Empfang, während Beppi in seinem Taxi auf dem Parkplatz wartete. John stellte sich der jungen Empfangsdame auf Englisch vor und bat darum, einen Patienten namens Sorsi besuchen zu dürfen. Die Mitarbeiterin des Hospitals schaute in eine vor ihr liegende Liste.

„Sorsi? Sind Sie sicher, dass der Namen stimmt? Er steht leider nicht auf meiner Liste", bedauerte sie in gebrochenem Englisch.

Fox setzte wie gewohnt alles auf eine Karte.

„Absolut sicher, *Renato* Sorsi."

„Ich kann ihn aber nicht finden. Wenn Sie darauf bestehen, werde ich mich nach ihm erkundigen. Bitte gedulden Sie sich einen Moment."

Sie griff zum Hörer und wählte eine Nummer. Nancy zog John am Ärmel ein wenig von der Rezeption fort.

„Sie sind aber frech!", flüsterte sie. „Zum einen wissen Sie nicht, ob man ihn überhaupt hierher gebracht hat, und zum anderen, selbst wenn es so wäre, ist nach so vielen Monaten die Chance sehr gering, dass er noch hier ist."

„Stimmt, es kann sein, dass ich mich irre."

„Und warum treten Sie dann trotzdem so bestimmt auf?"

„Was soll denn schon passieren? Entweder er ist hier, dann hat es uns geholfen, oder er ist nicht hier, dann richtet es auch keinen Schaden an, weil wir nicht wieder herkommen werden."

Die junge Dame in der Aufnahme hatte den Hörer aufgelegt und winkte die Besucher heran.

„Es gibt bei uns tatsächlich jemanden namens Renato Sorsi. Allerdings ist er zur Langzeitpflege hier und steht aus diesem Grund nicht auf der üblichen Liste. Doktor Manieri ist sein behandelnder Arzt. Er wird in einigen Minuten hier sein. Sie können dort hinten Platz nehmen, wenn Sie es wünschen."

Nancy und John ließen sich auf einer futuristisch gestalteten, mit hellbraunem Leder bezogenen Bank nieder. Die Fensterfront vor ihnen gab den Blick auf den gepflegten Park frei. Er strahlte Ruhe aus, und mit den vielen, üppig blühenden Blumenrabatten spendete er den Genesenden, die hier spazieren gingen, zweifellos Trost und Erholung. Offensichtlich bot die Klinik ihren „Gästen" ein hohes Niveau, und Fox fragte sich, welchem Typ Patient dies zugutekam.

Ein älterer Mann um die fünfzig im weißen Kittel kam auf sie zu. Er verkörperte den Archetyp des Mediziners oder Forschers: hohe intellektuelle Stirn, auf der schmalen Nase eine Brille mit Goldfassung. Mit lebhaftem Blick musterte er die beiden Journalisten und stellte sich in korrektem Englisch vor, allerdings mit starkem Akzent.

„Guten Tag, ich bin Doktor Carlo Manieri. Sie möchten zu einem unserer Patienten? Ich glaube …"

„Ja, wir möchten Ingenieur Sorsi besuchen. Ist das möglich?"

„Gewiss doch. Aber würden Sie mir sagen, warum Sie sich für Renato Sorsi interessieren? So weit ich weiß, gehören Sie nicht zu seiner Familie." Mit der ihm eigenen Dreistigkeit konterte John sofort mit dem Vorzeigen seines Presseausweises.

„Wir sind amerikanische Journalisten und haben uns auf Umfragen über Probleme im Gesundheitswesen spezialisiert.

Unsere Zeitung hat uns davon in Kenntnis gesetzt, dass Sie eine seltene Krankheit erforschen. Wir würden gern ein Interview mit Ihnen machen und, wenn das möglich ist, einen Ihrer Patienten sehen."

Nancy merkte sofort, dass John ins Schwarze getroffen hatte, als er das Ego des Mediziners ins Spiel brachte. Zweifellos hatte dieser, wie viele seiner Kollegen, die ein gewisses Niveau für sich beanspruchten, bereits wissenschaftliche Beiträge veröffentlicht, und die Anwesenheit der ausländischen Presse ließ ihn glauben, sein Ruf sei bereits über die Grenzen Italiens hinausgedrungen. Er richtete sich auf, setzte eine bedeutsame Miene auf und schien bereit, alle Fragen zu beantworten.

„Nun gut, Sie möchten also den Ingenieur besuchen. Das ist ohne Weiteres möglich, aber ich bezweifle, ob Sie das weiterbringt." Die nächste Frage seines Gesprächspartners vorwegnehmend, fuhr er fort: „Dieser arme Mann ist zu keiner Kommunikation mehr fähig."

„Was ist ihm zugestoßen?"

„Schwer zu sagen, obwohl die Symptome seines Leidens inzwischen erkannt wurden."

„Dann handelt es sich also um ein bekanntes Krankheitsbild? Hat man dann nicht auch Mittel zur Heilung?"

„Mein lieber Herr, Sie verstehen mich falsch. Ich habe nicht gesagt, dass die Krankheit bekannt ist, sondern dass ihre Symptome bekannt sind. Das ist nicht dasselbe. Ich habe dieses Leiden ‚Vatikanisches Fieber' genannt, denn ich behandle nicht den ersten Fall dieser Art. Ich bin seit zehn Jahren in dieser Klinik und habe schon etliche Kranke mit denselben Symptomen erlebt. Leider konnten wir für diese Menschen nichts tun."

Hin und wieder gingen Mitarbeiter oder Patienten, die zu einem Spaziergang in den Park wollten, durch die ansonsten ruhige Halle. Sichtlich erfreut über das ihm entgegengebrachte Interesse, setzte sich der Arzt zu den beiden vermeintlichen Spezialisten für Gesundheitsfragen, um das Gespräch gleich hier im Warteraum, der mit seinen bequemen Sesseln und der Aussicht auf den Park eher an einen Salon erinnerte, fortzusetzen. Fox zog ein Notizbuch aus der Westentasche und notierte während des Interviews die ersten vertraulichen Mitteilungen des Mediziners.

„Führt dieses Fieber immer zum Tod?"

„Im Augenblick noch, leider. Das Krankheitsbild ist bei allen Fällen identisch, aber die Dauer der Krankheit variiert von Fall zu Fall."

„Wie erklären Sie sich das?"

„Ganz einfach mit den körperlichen Abwehrkräften und dem Alter der Personen. Das kann einige Monate gehen, vielleicht ein oder zwei Jahre, selten länger."

Nancy wunderte sich über das Interesse, das John für Manieris Erläuterungen an den Tag legte. Er hörte aufmerksam zu, notierte gewissenhaft dessen Antworten und stellte seine Fragen, als läge in den Worten des Mediziners der Schlüssel zu einem Rätsel. Seltsamerweise war er hier viel aufmerksamer als zuvor in der Bibliothek.

„Sind Ihre Forschungen schon so weit gediehen, dass Sie den Verlauf dieser Krankheit verstehen und uns die verschiedenen Stadien erklären können?"

„Ja. Leider bin ich hier der Einzige, der sich dafür interessiert und komme zwangsläufig nicht so schnell voran, als wenn mir ein ganzes Team zur Verfügung stünde. Dennoch ist es mir gelungen, ein Schema im Krankheitsverlauf zu entdecken. Die Krankheit beginnt mit hohem Fieber, das zu einem komatösen Zustand führt. Dabei verliert der Patient jegliche

Wahrnehmung der Außenwelt und verfällt in tiefen Schlaf. Da das Nervensystem ausfällt, als gäbe es keinerlei Verbindung zwischen Körper und Geist, müssen wir diese Patienten künstlich ernähren. Dieser vegetative Zustand zieht sich sehr lange hin, bis der Patient schließlich allmählich aus seiner Lethargie erwacht. Anscheinend kommen manche körperlichen Fähigkeiten wieder, gewöhnlich zuerst der Gehörsinn und dann die Bewegungsfähigkeit der Glieder."

John füllte mit Eifer die Seiten seines Notizbuchs, was ihn keineswegs daran hinderte, das Gespräch wieder in Gang zu bringen, sobald Doktor Manieri eine Pause machte. Nancy bewunderte insgeheim die Mühelosigkeit, mit der John die Situation zu seinem Vorteil nutzte. Er hatte das Gespräch, das anfangs so unwahrscheinlich schien, im Griff.

„Kann der Patient dann auch wieder sprechen?"

„Nein, so weit sind sie nie gekommen. Zuerst schien sich ihr Zustand zu bessern, und sie konnten ihre Hände wieder benutzen. Aber bevor sie in der Lage waren, auch nur ein einziges Wort zu sprechen, hatten sie eine Art Hirnembolie ... ich habe keine andere Bezeichnung dafür."

„Warum haben Sie diesem Leiden den Namen ‚Vatikanisches Fieber' gegeben?"

„Ganz einfach, weil die Menschen, die ich behandelt habe, alle aus dem Vatikan kamen. Ich habe eine Weile sogar vermutet, dass dort ein unbekannter endemischer Virus grassiert. Aber das ist ausgeschlossen und lächerlich, also habe ich diesen Gedanken rasch wieder verworfen."

Nancy fragte sich, in welchem Stadium der Krankheit sich Sorsi wohl befand. Als hätte der Arzt ihre Frage erraten, fügte er hinzu: „Was Renato Sorsi betrifft, so hat er einen Teil seiner Fähigkeiten wiedererlangt. Er kann hören und versteht, worüber man mit ihm spricht. Allerdings zeigt er keinerlei Reaktion, sitzt starr in seinem Sessel und ist, mit Ausnahme von zwei Fingern seiner rechten Hand, nicht imstande, sich zu bewegen."

Zum ersten Mal unterbrach Nancy den Arzt, den der Klang ihrer Stimme überraschte.

„Wenn er seine Hand bewegen kann, kann er bestimmt auch schreiben. Und wenn er Sie versteht, müssten Sie doch mit ihm irgendwie kommunizieren können."

„Das ist nicht so einfach, Signorina. Auch wenn er seine rechte Hand teilweise wieder gebrauchen kann, benutzt er sie nicht zum Schreiben. Er begnügt sich damit, zu zeichnen ... Eigentlich ist es eher ein Kritzeln, noch dazu immer dasselbe Bild, wie von einer fixen Idee besessen."

John schrieb ununterbrochen mit und überließ vorläufig Nancy die Gesprächsführung.

„Glauben Sie, dass Ihr Patient dieses besagte Stadium, die Vorstufe ... wie sagten Sie doch gleich ...?"

„Hirnembolie? Ich weiß es nicht. In letzter Zeit hat sich der Krankheitsverlauf beschleunigt. Aber ich kann nicht sagen, ob es schon dem Ende zugeht, davon wollen wir noch nicht sprechen. Ich werde meinen Patienten nicht aus den Augen lassen und alles tun, was in meiner Macht steht, um diesen unfassbaren und bis heute unverständlichen Ausgang zu verhindern."

Eine Tür öffnete sich, und eine Krankenschwester schob einen Greis im Rollstuhl herein. Als der alte, in einen dunkelroten Morgenmantel gehüllte Mann an ihnen vorbeirollte, grüßte er ohne ein Lächeln mit kurzem Kopfnicken. Dann verfiel er wieder in Teilnahmslosigkeit und ließ sich mit leerem Blick in Richtung Blumenrabatten weiterschieben.

John fragte sich, was diese apathische Kreatur wohl einmal für ein Leben geführt hatte. Vielleicht das eines bekannten und mächtigen Mannes, der nun auf Gedeih und Verderb von einer Betreuerin anhängig war? Manieri riss ihn aus seinen Gedanken.

„Es ist Viertel nach sechs. Falls Sie den Ingenieur noch sehen wollen, müssen wir uns beeilen. Die Besuchszeit ist um sieben Uhr zu Ende, und die Vorschriften werden streng eingehalten. Aber ich warne Sie, der Anblick ist nicht sehr schön."

Fox drückte seine Zigarettenkippe im Aschenbecher aus. Als er sich erhob, steckte er instinktiv die Hand in die Tasche und suchte nach dem Päckchen Luckys. Doch beim Verlassen der Eingangshalle entdeckte er plötzlich ein Schild mit dem Hinweis, dass das Rauchen in dem Teil der Klinik, den sie gerade betraten, verboten war.

Die Flure der Klinik waren von beispielhafter Reinlichkeit. Überall roch es nach Äther. Nur einige exotische Pflanzen in großen Töpfen brachten einen Hauch von Natur in diese künstliche und aseptische Umgebung.

Nancy fiel auf, dass alle Kranken, denen sie begegneten, die gleichen dunkelroten Morgenmäntel trugen. Die Standardisierung von Kleidung und Farben erinnerte an das Tragen von Uniformen, was bewies, dass in dieser Klinik vatikanische Strenge und Ordnung herrschte. Nach einigen Minuten standen Dr. Carlo Manieri und die beiden Journalisten vor einer Stahltür, die keine Klinke besaß, sondern mit einem schweren Hebel gesichert wurde, der sich nicht so leicht öffnen ließ. Von Dr. Manieri in Bewegung gesetzt, hob sich der Hebel mit einem trockenen Klacken, und die Stahltür gab den Weg in eine völlig andere Welt frei. Plötzlich hatten Nancy und John das Gefühl, einen Sprung in die Vergangenheit zu machen. Hinter der ultramodernen Klinik mit dem schönen Namen *Del Santissimo Rosario* befand sich ein uraltes Kloster.

Vier überdachte Wandelgänge umschlossen einen kleinen Garten. In der Mitte thronte ein Brunnen mit einem wunderschönen Rand aus Stein. Als Dr. Manieri ihr Erstaunen bemerkte, erzählte er ihnen mehr über dieses Fenster in eine vergangene Zeit.

„Das Hospital wurde direkt neben einem Benediktinerkloster aus dem 16. Jahrhundert errichtet. Die tragende Außenmauer stammt noch aus dieser Zeit. Wir kommen jetzt in das Kloster des Konvents, das heute zur Klinik gehört."

Gemeinsam durchschritten sie einen der Wandelgänge. Die schwarzen und weißen Bodenplatten bildeten ein imposantes Schachbrettmuster. Weiße Marmorsäulen stützten das uralte Gewölbe. Als John die jahrhundertealten Steine betrat, hatte er das Gefühl, dass ihn jeder Schritt tiefer in längst vergangene Zeiten führte. Die schräg einfallenden Strahlen der sinkenden Sonne teilten den Ort in Licht- und Schattenseiten – hell und klar die einen, in mystisches Dunkel getaucht die anderen. Kleine rosa und rote Rosen malten Farbtupfer in den Rasen, der von untadelig geschnittenen Buchsbaumhecken gesäumt war. Wie viele Leben mochte dieser friedliche, von der Welt abgeschiedene Ort schon gesehen haben, wie viele Schicksale waren hinter diesen hermetisch abgeschlossenen Mauern besiegelt worden?

Die wenigen Menschen, denen sie begegneten, bewegten sich nur langsam und ziellos oder hochgradig erschöpft mit bizarren Posen und Gebärden. Diese Kranken sahen anders aus als jene, die sie in der nur zwanzig Meter entfernten, modernen Klinik gesehen hatten. Instinktiv suchte Nancy Johns Nähe. Diese Aura von Kummer und Leid, die das alte Kloster umgab, war ihr unangenehm. Ein ziemlich kleiner Mann machte die Runde durch die Wandelgänge, indem er von Platte zu Platte sprang. Die junge Frau bemerkte, dass er die schwarzen Steine sorgsam vermied und nur auf die weißen trat. Er hob den Kopf, und sein zahnloser Mund verzog sich zu einem breiten Grinsen. Er kam auf John zu, zog ihn am Ärmel und ahmte mit zwei Fingern die Geste eines Rauchers nach. Seinen weichen Lippen entwich dabei ein unangenehmes Zischen, als wenn ein Reifen Luft verliert.

John kramte nach seinen Zigaretten, aber Doktor Manieri hinderte ihn daran.

„Bitte nicht! Das würde ihm nicht gut bekommen ... Nun, Sandro, sei so gut und lass den Signore weitergehen. Du bekommst heute keine Zigaretten."

Mit traurigen feucht glänzenden Augen krallte sich der Mann an Johns Ärmel fest, und dieser konnte sich nur mühsam befreien. Dieses Zeugnis völliger Abhängigkeit dämpfte die Stimmung der Gruppe und ließ sie verstummen. Kurz darauf hörten sie hinter sich von Neuem das Hüpfen des kleinen Mannes, der seine Runde von Stein zu Stein wieder aufgenommen hatte. Fox ging weiter und hatte Mühe, das enttäuschte Lächeln zu vergessen. Um auf andere Gedanken zu kommen, wandte er sich an den Arzt.

„Ist er stumm?"

„Jetzt ja. Er hatte Kehlkopfkrebs, deshalb musste man ihm die Stimmbänder entfernen. Davor war er starker Raucher."

Johns Magen zog sich zusammen. Gleichzeitig empfand er Mitleid mit diesem hüpfenden Unbekannten.

„Ist Besserung zu erwarten?"

„Keine Chance, trotzdem hindere ich ihn am Rauchen. Die toxischen und krebserregenden Substanzen im Tabak sowie der warme Rauch reizen seine Kehle. In den wenigen Monaten, die ihm noch bleiben, soll er sich auf seinen Parcours um den Kreuzgang konzentrieren und darüber seine Halsschmerzen vergessen. Rauchen Sie nicht auch?"

John presste ein leises Ja heraus, das einen merkwürdigen Nachgeschmack hinterließ. Mit der nächsten Frage hoffte er, sein Unbehagen wieder loszuwerden.

„Warum hat er sich an mich und nicht an meine Kollegin gewandt?"

„Ganz einfach, weil er den Geruch in Ihren Kleidern und die Farbe Ihrer Finger wahrgenommen hat. Einem Raucher genügen diese Hinweise."

* * *

Der hochgewachsene ältere Mann im weißen Kittel hatte sein Fernglas auf einen ganz bestimmten Punkt des Klostergeländes gerichtet. Er wirkte angespannt. Vom Fenster seines Büros im ersten Stock der Klinik konnte er das Terrain der tiefer gelegenen flachen Klosterbauten weiträumig überblicken. Die „magischen Augen" lenkten seinen Blick über den Kräutergarten mit dem alten Brunnen hinaus in einen kleinen Hof, in dem Kranke spazieren gingen. Diesem Hof galt seine ganze Aufmerksamkeit. Er nannte ihn ironisch „Gehege", denn er wusste, dass die Insassen, die sich dort befanden, dieses Terrain nicht mehr verlassen würden. Ihre Krankheitsbilder waren zwar unterschiedlich, aber alle teilten dasselbe ausweglose Schicksal. Der Anblick von Elend und Leid passte zwar nicht zu der Schönheit, Vornehmheit und dem Komfort „seiner" Klinik, aber immerhin waren diese Menschen hier sehr gut aufgehoben – geschützt vor indiskreten Blicken, von allen vergessen, ihre Familien eingeschlossen.

Im Augenblick fokussierte er sein Fernglas auf eine hilflose Gestalt im Rollstuhl. Geduldig beobachtete Dr. Giovanni Mazzola die schwerfälligen Bewegungen, die der Gelähmte mit der rechten Hand vollführte. Mühsam zeichnete der Mann Formen auf einen vor ihm liegenden Block. Der Arzt setzte sein Fernglas ab und blätterte in seinem Notizbuch. Er seufzte, als er auf einer der Seiten den Eintrag *Patient Nummer 27, Renato Sorsi* fand. Ein wenig zögerlich fügte er „in der Phase der Besserung" hinzu.

* * *

In Begleitung der beiden Journalisten durchquerte Dr. Manieri einen großen gewölbten Raum. Ein Altar an der Wand deutete darauf hin, dass es sich um eine alte Kapelle handelte. In der Mitte stand ein langer, von Bänken umrahmter massiver Tisch und zeugte davon, dass der Raum seine ursprüngliche Bestimmung eingebüßt hatte und nun als Refektorium genutzt wurde. An der hinteren Wand führte eine niedrige Tür in einen Garten, der einen gepflegten, aber ein wenig tristen Eindruck machte. In das vorherrschende Grün mischten sich nur vereinzelt winzig kleine weiße und gelbe Tupfer. Die Pflanzen, die diesen Garten zierten, wuchsen in exakt abgegrenzten Beeten. Dr. Manieri bemerkte Nancys Erstaunen über diese schmucklosen Gewächse.

„Dieser Garten erstaunt Sie wohl, Signorina."

„Ja, ich sehe keine Blumen, wie sie üblicherweise auf geraden Beeten wie diesen zu finden sind."

„Nun, das hier ist kein normaler Garten, sondern ein Kräutergarten. Im Mittelalter wurden diese Pflanzen wegen ihrer allgemein anerkannten Heilkräfte kultiviert. Leider begeistern wir uns heute meist nur für die geschmacklichen Komponenten dieser Kräuter, während ihr medizinischer Wert in Vergessenheit geraten ist. Thymian, Lavendel, Kamille, Salbei und Lorbeer kennt jeder, und die einzigen Blüten, die Sie hier sehen, gehören zu eben diesen Kräutern."

Das Trio war an einer Mauer angekommen, deren heller Putz schon abplatzte, sodass man dahinter die roten Backsteine sehen konnte. Hier und da rankte Efeu, krallte sich in den bröckelnden Mörtel und streckte Halt suchend frische Triebe in die Luft.

Der Arzt ging auf eine Sicherheitstür zu, die jener glich, die die Klinik vom Kloster trennte, und schob den Hebel beiseite, sodass die Tür aufschwang und den Blick auf einen weiteren kleinen Innenhof freigab.

Die wenigen Personen, die sich hier aufhielten, zeigten kein Interesse an den Besuchern. Manche wanderten mit leerem Blick umher. Andere, die offensichtlich unter absurden Zwangsvorstellungen litten, wurden von groteskem nervösem Gelächter geschüttelt. Wieder andere starrten die Eintretenden an, als wären sie Schicksalsgenossen. All das trug dazu bei, die Beklemmung, die von diesem gespenstischen Hof ausging, zu verstärken.

Nancy wurde von einem fast schmerzhaften, körperlichen Unbehagen erfasst und suchte erneut Johns Nähe. Sie wünschte sich Flügel, um diesen bedrückenden Mauern entfliehen zu können, und stellte sich vor, wie sie davonschwebte, unerreichbar für diese gequälten Seelen. Kaum spürbar legte sich eine Hand auf die ihre. Sie zuckte zusammen, denn der Kontakt holte sie in die Realität zurück. Eine alte barfüßige Frau stand neben ihr. Sie trug einen Schlafrock, der einmal weiß gewesen sein mochte. Die kleine zerbrechliche Gestalt ähnelte einem Kind, das zu einem Erwachsenen aufschaut. Manieri schob die Kranke sanft beiseite und erklärte Nancy ihr Verhalten.

„Keine Angst, sie ist nicht bösartig. Sie hofft lediglich auf die Rückkehr ihrer Kinder, die sie verlassen haben, als sie den Verstand verlor. Sobald sie eine fremde Person sieht, glaubt die arme Frau, abgeholt zu werden."

Als Nancy weiterging, war sie kaum imstande, ihren Blick von diesem Gesicht zu lösen, das von unzähligen Runzeln überzogen war wie ein alter geschrumpfter Apfel. Ständig verfolgten sie diese farblosen, fast erloschenen Augen, in denen noch ein letzter Hoffnungsschimmer flackerte.

Der Arzt betrat nun einen Hinterhof, in dem sich ein völlig bewegungsunfähiger Mann im Rollstuhl aufhielt. Nur seine zittrige rechte Hand umklammerte einen Stift, mit dem er mühsam Formen auf einen an seinem Rollstuhl befestigten Block zeichnete. Auf dem Boden lagen unzählige zerknitterte Blätter, Zeugen seiner nicht nachlassenden Bemühungen.

„Das ist unser Freund, *Ingegnere* Renato Sorsi. Renato, ich möchte Ihnen zwei Journalisten vorstellen, die eigens gekommen sind, um Sie zu besuchen."

* * *

Der *Direttore* zuckte zusammen. Seine Hände krampften sich um das Fernglas … Manieri betrat das Gehege tatsächlich mit zwei Fremden, obwohl dieser Teil der Klinik ausschließlich für besondere Fälle vorgesehen war und unter keinen wie auch immer gearteten Umständen von Besuchern betreten werden durfte. Er mochte diesen Carlo Manieri ohnehin nicht. Er war zwar kompetent, aber selbstgefällig und geschwätzig. Viel zu geschwätzig! Er, Giovanni Mazzola, war der verantwortliche Leiter dieses Hospitals, und er konnte einen solchen Ungehorsam seines Mitarbeiters, und sei er noch so brillant, auf keinen Fall dulden.

* * *

Nancy und John näherten sich dem Kranken. Lediglich seine Augen und seine rechte Hand deuteten darauf hin, dass er noch lebte. Das kurze schneeweiße Haar umrahmte ein Gesicht, dessen fahle und unnatürlich straffe Haut an eine Wachsmaske erinnerte, als würde eine mysteriöse innere Spannung alle Falten, die gewöhnlich bei Personen seines Alters auftraten, glätten. Die leichenhafte Starre seines Körpers und der hoch aufgerichtete Oberkörper vermittelten den Eindruck, dass er durch künstliche Mittel gestützt wurde.

Ein Klingeln ertönte. Der Arzt löste sein Handy vom Gürtel und nahm den Anruf entgegen.

„Entschuldigen Sie, ich muss Sie einen Augenblick allein lassen. Es dauert nicht lange."

Ohne den Kopf zu bewegen, blickte Sorsi prüfend in die Gesichter der beiden Besucher. Die blaue Iris seiner Augen verschwamm in der safrangelben Lederhaut. Die Kombination dieser Farben verlieh seinem Blick eine morbide Tiefe. John kam es vor, als stünde er vor einer ägyptischen Mumie. Dennoch blickte er in diese Augen und versuchte sein Glück auf Italienisch.

„Signore Sorsi, verstehen Sie mich?"

Die Hand bewegte sich ein wenig mehr, vielleicht ein Zeichen, dass er ihn verstand.

„Können Sie schreiben? Versuchen Sie es, wir werden Ihnen antworten.“

Mühsam begann die extrem weiße Hand eine Linie zu ziehen, die jedoch nicht einer Schrift glich, sondern einem minuziös wiedergegebenem Muster, als wollte Sorsi mit einigen klaren Strichen eine Vielzahl konfuser Gedanken zusammenfassen. Die Aufgabe schien jedoch unlösbar, und die Hand ließ den Stift zu Boden fallen.

Nancy bückte sich, hob ihn auf und legte ihn wieder in die zittrige Hand. Seine Finger mit den langen Nägeln waren eiskalt, und die junge Frau ekelte sich davor.

„Er ist eiskalt“, flüsterte sie John zu. „Vielleicht braucht er eine Decke.“

John befühlte die Hand des Ingenieurs. Sie war in der Tat erschreckend kalt, als hätte John eine Marmorstatue berührt.

„Frieren Sie, Signore Sorsi? Sollen wir Sie hineinbringen?“

* * *

Während er den langen Flur entlangeilte, fragte sich Manieri, was Mazzola wohl von ihm wollte. Ihr Verhältnis war noch nie gut gewesen, und Mazzola ließ keine Gelegenheit aus, ihn daran zu erinnern, wer in der Klinik das Sagen hatte. Etwas nervös betrat er das Büro des Direktors.

„Würden Sie mir bitte erklären, wer diese Leute sind, die Sie in das Gehege geführt haben?“, blaffte Mazzola ihn sichtlich gereizt an.

„Zwei ausländische Journalisten, die sich für den Fall Sorsi interessieren. Sie brauchen genauere Informationen über seine Krankheit und wünschten ihn zu sehen.“

„Und woher kommen sie? Wieso wussten sie überhaupt von Sorsi?“

Allmählich fühlte sich Carlo Manieri in seiner Haut nicht mehr wohl, denn die präzisen Fragen Mazzolas führten ihm vor Augen, wie unüberlegt er gehandelt hatte.

„Es sind amerikanische Spezialisten für Gesundheitsfragen, die von ihrer Zeitung beauftragt wurden, einen Bericht über unsere Krankheitsfälle zu verfassen.“

„Und wieso hat man ausgerechnet in den Vereinigten Staaten Kenntnis von diesem Leiden? Soweit ich weiß, haben Sie über dieses Thema nie etwas veröffentlicht, und Renato Sorsi hat keine Familie mehr.“

„Äh …“

„Ich habe den Eindruck, mein Lieber, dass Sie wieder einmal ohne nachzudenken unsere Vorschriften missachtet haben. Unsere Kranken sind keine Schafe, die man zur Schau stellt. Sie werden diesen ungelegenen Besuch sofort beenden und die Leute hinausbegleiten.“

Der schroffe Ton des mürrischen Siebzigjährigen ließ Manieris angeborenes Selbstbewusstsein schwinden. Tief gekränkt ob der Offenlegung seiner mangelnden Urteilsfähigkeit verließ er das große Zimmer und musste sich eingestehen, dass ihm sein Vorgesetzter überlegen war.

* * *

Der alte Mann hatte den Bleistift wieder einmal fallen lassen, ohne ihn zu benutzen. Nancy hob ihn erneut auf. Jetzt war klar, dass ein Dialog, in welcher Form auch immer, nicht möglich war. Fünf- oder sechsmal war der Stift heruntergefallen, ohne dass auch nur ein einziges Wort auf den weißen Blättern erschien. John hörte, wie der Sicherheitshebel die Hofpforte freigab. Gleichzeitig fiel der Bleistift zum siebten Mal. Als er sich bückte, um ihn aufzuheben, sah er, dass der Zeigefinger der rechten Hand des Ingenieurs auf den Boden zeigte. Instinktiv sammelte Fox einige der zerknitterten Blätter ein und ließ sie in seine Westentasche gleiten. Dann richtete er sich wieder auf und steckte den eigensinnigen Stift erneut in Sorsis geschlossene Hand.

Völlig verändert trat Dr. Manieri zu ihnen. Seine angenehme, allerdings recht großspurige Nonchalance war einer offensichtlichen Nervosität gewichen.

„Entschuldigen Sie bitte, aber es ist schon nach neunzehn Uhr. Die Besuchszeit ist zu Ende. Wir müssen die Kranken versorgen, und ich wünsche, dass Sie jetzt gehen. Wenn Sie bitte mitkommen mögen …“

Ein wenig überrascht fügten sich die beiden Journalisten der Anweisung des Arztes und folgten ihm aus dem kleinen Innenhof. Vor der Pforte drehte sich John noch einmal um und warf einen letzten Blick auf den alten Renato. Seine Hand schloss sich fest um den Stift. Dieses Mal fiel er nicht herunter.

Als sie den Hof der Einsamkeit und Leiden verließen und die Sicherheitstür mit einem metallischen Klacken ins Schloss fiel, löste sich eine Träne aus Sorsis blauem Auge und rollte über seine wächserne Wange.

* * *

Das Läuten des Telefons zerriss die Stille des großen Raums, dessen dunkelrote Vorhänge kein Tageslicht hereinließen. Eine Lampe mit bronzenem Fuß, die sich dezent in die Einrichtung fügte, erhellte das große Büro nur notdürftig. Eine fahrige schlanke Hand mit langen eleganten Fingern unterbrach das Schreiben, schloss den Füllfederhalter und nahm den Hörer ab.

„Ja bitte?"

„Giovanni Mazzola. Wir hatten heute Besuch im Hospital."

„Fahren Sie fort."

„Zwei Journalisten haben sich nach Sorsi erkundigt. Sie wissen schon, nach diesem Mann, den Sie uns vor ungefähr einem Jahr überwiesen haben. Anscheinend kannten ihn die beiden."

Der Mann am anderen Ende der Leitung hörte schweigend zu. Dr. Mazzola wurde unsicher.

„Sind Sie noch da?"

„Was waren das für Leute?"

„Ein Mann, so um die dreißig, und eine rothaarige Frau, etwas jünger. Sie war sehr schön. Dem Arzt zufolge, der die Dummheit beging, ihnen die Kranken vorzuführen, handelt es sich um amerikanische Journalisten. Ich hielt es für angebracht, Sie darüber in Kenntnis zu setzen."

Der Mann überlegte und ließ endlos scheinende Sekunden verstreichen. Bevor er das Gespräch beendete, fügte er mit seiner tiefen Stimme hinzu: „Das haben Sie gut gemacht."

Er faltete die Hände, wobei sich die langen Finger ineinander verkrampften, bis die Knöchel weiß wurden. Seine Stimme durchbrach das lastende Schweigen, als er sich an die anderen Männer in seinem Büro wandte. „Wir haben ein kleines Problem. Scheinbar wird unser Besucher lästig."

„Kommt er der Sache näher?", fragte der Italiener.

„Ja, scheint so."

„Sollen wir eingreifen?"

„Nein, wir lassen ihn weitermachen."

Ein anderer Mann mit deutschem Akzent meldete Zweifel an.

„Aber er ist gefährlich."

„Für wen? Er gefährdet nur sich selbst. Er kann nichts ausrichten. Lassen wir ihn also gewähren."

Der autoritäre Ton erlaubte keinen Widerspruch. Das Gespräch war beendet. Das große Büro tauchte wieder in die souveräne Abgeklärtheit, die scheinbar durch nichts zu erschüttern war.

* * *

Im Taxi wanderten Nancys Gedanken zurück zu ihren Erlebnissen im Hospital, zu den gequälten Körpern und hoffnungslosen Seelen, die sich scheinbar grundlos in den Wahnsinn geflüchtet hatten. Warum verbarg sich überall auf der Welt, an jedem Ort, und mochte er noch so schön sein, auch Elend und Not, als wäre das der Preis für Harmonie und Seelenfrieden?

In Gedanken versunken, hatte sie nicht bemerkt, dass sie in einer Kurve gegen John gerutscht war. Im Gegensatz zu den vorangegangen Tagen wehrte sie sich diesmal nicht gegen die erregende Berührung.

Das Kloster mit seinen in sanftes goldenes Licht getauchten Blumenrabatten ging John nicht mehr aus dem Kopf. Er bewunderte solche Orte, die von einer langen Geschichte zeugten. Sie strahlten eine seltsame Anziehungskraft aus, nahe an der Grenze zum Okkulten. Unter anderen Bedingungen hätte er sich neben den alten sprudelnden Brunnen gesetzt und seiner Fantasie freien Lauf gelassen. Und dann wären die Menschen aus seiner Vergangenheit aufgetaucht und hätten sich an diesem magischen Ort still zu ihm gesellt. John war sich sicher, dass es ungezählte Orte wie diesen gab, Übergangszonen, die wie Brücken die einzelnen Epochen verbanden. Die einzige Bedingung, die man erfüllen musste, um Zugang zu ihnen zu finden, war die Bereitschaft, sich den geheimnisvollen Schwingungen dieser Orte hinzugeben und den stummen Erzählungen der Steine zu lauschen.

Er spürte einen leichten Druck am Bein und bemerkte, dass Nancy ganz nah an ihn herangerückt war. Instinktiv fiel sein Blick auf ihre nackten langen Beine, und er ließ ihn langsam aufwärts wandern. Er unterdrückte einen sehnsüchtigen Seufzer. Gleichzeitig erfasste ihn ein unkontrollierbares Verlangen, das augenblicklich die schwärmerische Melancholie hinwegfegte, die zuvor von ihm Besitz ergriffen hatte.

Nancy wartete gespannt darauf, dass John die Blätter aus seiner Tasche ziehen würde, die er neben Sorsis Rollstuhl aufgesammelt und scheinbar völlig vergessen hatte.

„Sind Sie gar nicht neugierig?"

Fox, der im Moment ganz andere Dinge im Kopf hatte, reagierte überrascht und etwas verlegen.

„Ja … äh … worauf jetzt genau?"

Nancy spürte die Samtaugen auf ihren Schenkeln und hielt es für nötig, ihm auf die Sprünge zu helfen.

„Ich meine die Zeichnungen unseres Kranken."

„Ach so! Die habe ich völlig vergessen. Ich habe sie nur aufgehoben, weil es mir so vorkam, als habe der Ingenieur mit dem Finger auf sie gezeigt."

Die drei Blätter waren nur leicht zerknittert, als hätte Sorsi die Kraft zum Zerknüllen gefehlt. Zwei zeigten grobe abstrakte Muster, allerdings ohne jeden Zweifel dasselbe nur schwer erkennbare Motiv. Auf dem dritten Blatt hingegen war mit etwas Fantasie die Tür eines Gebäudes zu erkennen. Man sah den Strichen an, mit welcher Mühe sie skizziert worden waren.

John spürte förmlich, welche übermenschliche Anstrengung es den alten Mann gekostet haben musste, die vielen Details nachzuzeichnen. Vermutlich hatte er mit dem Mut der Verzweiflung die letzten Kräfte seines eiskalten Körpers für diese Arbeit mobilisiert. Fox war sich sicher, dass alle Blätter, die auf dem Boden gelegen hatten, dasselbe Objekt zeigten. Wahrscheinlich waren die Zeichnungen für den Mann die einzige Verbindung zur Außenwelt.

John spürte Nancys Brust an seinem rechten Arm, und die fast intime Nähe verwirrte ihn. Die junge Praktikantin hingegen widmete sich den Skizzen, konnte sich jedoch keinen Reim darauf machen.

„Es muss eine Pforte sein. Aber das ergibt überhaupt keinen Sinn. Mm … ich glaube, so etwas Ähnliches schon einmal gesehen zu haben. Aber ich erinnere mich nicht mehr, wo das war."

Nun war John endgültig überzeugt, dass das, was dieser geschwächte Mensch unter Aufbietung all seiner Kräfte zustande gebracht hatte, eine ganz besondere Bedeutung haben musste.

„Mir geht es genauso", erwiderte er. „Ich kenne diese Tür. Die vielen Details sind unverkennbar. Aber ich komme auch nicht darauf, wo ich sie gesehen habe."

* * *

Nach dem Abendessen, das sie wie üblich im Restaurant der Pension eingenommen hatten, schlenderten Nancy und John durch den stillen Garten des Hotels. Sie gingen durch den schwachen Schein der alten Straßenlaterne und tauchten kurz darauf wieder ins Halbdunkel der hereinbrechenden Nacht ein. Das Mondlicht ließ ihre Silhouetten silbern schimmern und der Kies knirschte unter ihren Schritten. In den Buchsbäumen saß eine einsame Grille und widmete sich ihrem Liebesgesang. Als John und Nancy näher kamen, verstummte sie, und im Garten wurde es still. Nancy fiel auf, dass Fox seit der Begegnung mit dem hüpfenden kleinen Mann im Hospital nicht mehr geraucht hatte. Er ließ lediglich seine Zigarettenschachtel zwischen den Fingern rotieren und kämpfte offensichtlich gegen die Versuchung, sie zu öffnen. Ehe er es sich anders überlegen konnte, sprach sie das Thema an.

„Seit wir aus dem Hospital gekommen sind, haben Sie nicht mehr geraucht. Wollen Sie aufhören?"

Das Päckchen drehte sich noch immer.

„Vielleicht. Ich muss gestehen, dass mir der Kranke mit seiner Bettelei nach einer Zigarette die Augen geöffnet hat. Ich habe begriffen, dass ich eigentlich keinen Grund mehr habe, nach der Zigarette zu greifen. In letzter Zeit hat es mir sicher geholfen, aber ich glaube, es gibt auch andere Möglichkeiten."

Nancy wollte ihn nicht fragen, welche Möglichkeiten er meinte, denn sie hatte Angst vor der Antwort. Sie hatte John nur in das Gärtchen begleitet, weil sie unbedingt wissen wollte, was er in den nächsten Tagen vorhatte.

„Ich hätte gern gewusst, was der Klinikbesuch heute Nachmittag unserer Reportage gebracht hat, und vor allem, ob Sie Antworten auf Ihre Fragen gefunden haben."

„Im Moment ist alles ziemlich verworren. Noch kann ich die Teile dieses Puzzles nicht zusammenfügen." Er seufzte. „Morgen treffe ich Spà wieder."

Nancy spürte seine Unentschlossenheit, fühlte, dass er anscheinend nicht genau wusste, wie es weitergehen sollte. Offensichtlich hatte ihn der Besuch bei Sorsi genauso verwirrt wie sie.

„Hören Sie, John, ich wiederhole mich nur ungern, aber die Zeit drängt. Wir sind seit fünf Tagen in Rom und haben noch keine sichtbaren Ergebnisse. Heute ist schon der sechsundzwanzigste Mai. Bisher konnte ich Mario Pozzi nur einen Entwurf liefern, und wir müssen die Reportage bis zum vierten Juni fertig haben. Es bleibt uns also nur etwas mehr als eine Woche, um die ganze Sache auf die Reihe zu bringen. Wie soll das gehen?“

„Mm …“

Fox brachte Nancy mit seinem Schweigen zur Weißglut. Mit erhobener Stimme fuhr sie fort: „Hören Sie mir eigentlich zu, John? In Ordnung, wir … Sie haben Ingenieur Sorsi gefunden, den alle Welt für verschwunden hielt. Stimmt, seine Lage ist besorgniserregend. Auch ich habe Mitleid mit diesem armen Mann. Aber wie kommen wir an ihn heran? Und was können wir für ihn tun? Offensichtlich tut Dr. Manieri sein Möglichstes, und es ist nicht unsere Sache, nach anderen Lösungen zu suchen, auch wenn uns sein Schicksal an die Nieren geht.“

Inzwischen hatten sie auf einer Bank Platz genommen. Das Päckchen mit den Zigaretten drehte sich immer noch in Johns Hand und schimmerte verführerisch im fahlen Mondlicht.

Ohne auf ihre vielen Fragen einzugehen, fragte John: „Wie denken Sie denn über unseren Ausflug?“

„Beantworten Sie Fragen immer mit einer Gegenfrage?“

„Eigentlich nicht. Ihre Fragen sind sehr präzise und treffen den Nagel auf den Kopf. Aber leider habe ich keine Antworten darauf.“

Nancy seufzte. „Na schön. Punkt eins: Mir ist diese Klinik merkwürdig vorgekommen. Etwa wie eine Medaille mit zwei Seiten. Die eine zeigt ein ruhiges und freundliches Bild mit viel Komfort, die andere enthüllt ihr abscheuliches Gesicht voller Leid und Elend. Ich muss gestehen, dass ich mich in diesem Teil der Klinik sehr unwohl gefühlt habe."

„Mir ging es ähnlich. Haben Sie bemerkt, dass Sorsi seine rechte Hand bewegen konnte?"

„Ja ... warum?"

„Weil Manieri gesagt hat, er könne nur zwei Finger bewegen."

„Und? Zwei Finger oder die ganze Hand, ist das so wichtig?"

„Der Unterschied ist erheblich. Das bedeutet, dass er rasche Fortschritte macht. Möglicherweise kann Sorsi schon bald wieder sprechen."

„Und dann? Was könnte er uns schon sagen, das uns bei unserer Reportage weiterhilft? Denken Sie an den vierten Juni!"

„Keine Ahnung. Sicher ist nur, dass dieser arme Mensch von allem und jedem abgeschottet wird. Selbst sein Freund Francesco Spà hat keine Ahnung, was aus ihm geworden ist."

„Wollen Sie damit sagen, dass man ihn versteckt? Ich glaube, Sie übertreiben, schließlich war er dort unten im Hof nicht allein. Außerdem, warum sollte man diese Menschen einsperren?"

John antwortete mit einem nachdenklichen Schweigen. Das Zigarettenpäckchen hatte aufgehört zu rotieren und verschwand in der Jackentasche. Heimlich betrachtete Nancy sein regloses Profil im schwachen Mondschein. Woran er wohl dachte? Die Dunkelheit schuf Vertraulichkeit und bewirkte eine geradezu verschwörerische Intimität, so als hätte sie die seltene Gabe, den Menschen ihre Sorgen zu nehmen.

„Nancy, haben Sie schon einmal davon geträumt, Ihr Leben noch einmal von vorn zu beginnen?"

Nancy schwieg, und John fürchtete, eine Indiskretion begangen zu haben.

„Bitte entschuldigen Sie, ich wollte nicht ..."

„Nein, nein, Sie brauchen sich nicht zu entschuldigen. Ich war nur etwas überrascht über den Themenwechsel. Und Sie? Haben Sie jemals daran gedacht?"

„Jetzt antworten Sie mit einer Gegenfrage. Um ehrlich zu sein, nein. Der Tod meiner Frau hat in mir eine große Leere hinterlassen. Mit ihr ist auch ein Teil von mir gestorben. Ich war völlig hilflos und unfähig, den langen Weg allein zu gehen. Wenn man sich so sehr liebt, dass der Andere Teil des eigenen Ichs wird, glaubt man, ohne ihn nicht mehr leben zu können. All die sinnlos vergangenen Stunden und Tage waren voller Zweifel und Hoffnungslosigkeit. Ich habe mich lange gefragt, wie die Zukunft wohl aussieht, die das Schicksal für mich bereithält, falls es überhaupt eine Zukunft für mich gibt. Aber in letzter Zeit ist alles anders geworden. Die Erinnerungen sind zwar noch da, aber sie haben nicht mehr so viel Gewicht. Ich glaube, dass ich es endlich geschafft habe, über den Verlust Angelas hinwegzukommen. Ich schäme mich ein wenig, es auszusprechen, aber ich spüre wieder Leben in meinem Körper."

„Dafür braucht man sich doch nicht zu schämen. Mir scheint, Sie haben genug gelitten. Die tiefen Gefühle zu Ihrer Frau werden nicht dadurch entwertet, dass Sie wieder zu leben beginnen."

Die Wolken legten einen zarten Schleier über das fahle Weiß des Mondes, milderten seinen schwachen Schein und ließen den Garten noch dunkler erscheinen. Die Grille hatte sich an die beiden Menschen gewöhnt und ihr monotones Lied wieder aufgenommen.

Nancy konnte das Leid, das John ertragen hatte, nachfühlen. Sein Geständnis rührte sie. Dieser Mann war aufrichtig und ehrlich und gehörte zu den seltenen Menschen, die bedingungslos zu lieben vermochten, sogar über den Tod hinaus. Vorsichtig legte sie ihre Hand auf die seine und drückte sie zärtlich.

Das Glück des Augenblicks, eingehüllt in das zarte Licht dieser Nacht, schien unvergänglich. Doch plötzlich verstummte das vertraute Zirpen der Grille. Auf dem Kiesweg näherten sich Schritte. Schemenhaft löste sich ein Schatten aus dem Dunkel, begleitet von bläulichen Kringeln und dem herben Geruch dunklen Tabaks. Das Aufglimmen einer Zigarette erhellte flüchtig ein hageres freudloses Gesicht. Ohne die beiden auf der Steinbank zu beachten, kam der Fremde in ihre Richtung.

Der Mann blieb etwa zehn Meter vor den beiden schweigenden Journalisten stehen und warf seinen Zigarettenstummel achtlos auf den Boden. Er war nahe genug herangekommen, dass sie ihn an seinem Gang und seinem Profil erkennen konnten. Die letzten Zweifel lösten sich auf, als er sich eine neue Zigarette anzündete und die Flamme seines Feuerzeugs Gesicht und Hände erhellte.

Bald darauf drehte sich der wenig sympathische Empfangschef der Pension *Glyzine* langsam um und ging wieder zur Rezeption. Mit ihm entschwand der magische Zauber, den er unfreiwillig zerstört hatte.

8. KAPITEL

Samstag, 27. Mai, 13 Uhr 50

Drückende Hitze lag über Rom und lastete auch schwer auf der Vatikanstadt.

John war etwas zu früh dran. Er saß auf dem Beckenrand des großen Brunnens im Belvedere-Hof und wartete auf Spà. Langsam ließ er seine Hand durch das klare Wasser des Brunnens gleiten, was ihm für kurze Zeit etwas Abkühlung verschaffte. Das Treiben im Hof hatte zugenommen. Offensichtlich war samstags mehr los als an den anderen Tagen. Pünktlich wie immer und mit dem für ihn charakteristischen strahlenden Lächeln trat Francesco Spà auf John zu und streckte ihm freundlich die Hand entgegen.

„Guten Morgen, John. Wie geht es Ihnen? Was für ein wunderbarer Tag, finden Sie nicht auch? Wie ich sehe, sind Sie wieder allein gekommen."

„Meine Kollegin ist in unsere Agentur gefahren, um die Arbeit des heutigen Vormittags abzuliefern."

Der Journalist des *Herald* wunderte sich immer wieder über die offensichtlich durch nichts zu erschütternde gute Laune, Sanftmut und Gastlichkeit des jungen Jesuiten. Spà nahm ihn am Arm und zog ihn in Richtung Bibliothek.

„Wohin möchten Sie heute gehen? Das Wetter ist zwar sehr schön, aber es ist auch sehr heiß. Außerdem sind da noch die vielen Leute ..."

Die Besucher drängten sich schon jetzt vor dem Eingang, und es waren noch mehr als am Tag zuvor. John wäre gerne mit dem Priester zwischen den alten Gebäuden spazieren gegangen, doch die lärmende Menge hielt ihn davon ab.

„Wir könnten in Ihr Büro gehen, unten bei den Archiven, dort ist es viel kühler."

„Sie haben recht, dort könnten wir ungestört über Ihre Reportage sprechen und wie wir in den nächsten Tagen vorgehen sollen."

Das zweite Untergeschoss empfing die beiden Besucher mit gewohnter Stille. John hatte an den vorangegangenen Tagen gar nicht bemerkt, dass sich rechts neben dem Aufzug ein Schacht befand, der mit einem Stahlgestell gesichert war. Neugierig trat er näher heran. Der Jesuitenpater holte ihn rasch ein und hielt ihn zurück.

„Seien Sie vorsichtig, es ist gefährlich."

„Was ist das? Und wohin führt dieser Schacht?"

„Eine Art Brunnen. Er ist mehrere Meter tief. Soweit ich weiß, wurden hier Bohrungen durchgeführt, um die Bodenbeschaffenheit für die Erweiterung des Archivs, also für ein drittes Untergeschoss, zu prüfen."

Vorsichtig beugte sich Fox über die provisorische, rotweiß gestreifte Absperrung und blickte in ein gähnendes schwarzes Loch von etwa zwei Metern Durchmesser. Sofort schlug ihm kalte und feuchte Luft ins Gesicht und raubte ihm fast den Atem. Fasziniert von dem dunklen Schacht, in den auch die Flurbeleuchtung nicht zu dringen vermochte, fragte er sich, wohin dieser senkrechte Zugang wohl führen mochte. Genauso schwarz und unheimlich stellte er sich den Weg zur Hölle vor, doch dieser war paradoxerweise nicht heiß, sondern eiskalt.

„Hm, ich glaube nicht, dass diese Absperrung ausreicht, um jemanden am Hineinfallen zu hindern."

„Das habe ich dem verantwortlichen Handwerker schon mehrmals gemeldet, aber man hat mir jedes Mal geantwortet, dass hier kaum jemand vorbeikäme und der Schacht sowieso bald wieder zugemauert würde."

Spàs Büro war genau so unaufgeräumt wie beim letzten Mal, und wie immer lag die Brille des *Professe* verkehrt herum und starrte den Besucher unverschämt an. John wartete noch auf eine Antwort auf sein Gesuch vom Vorgesetzten des Priesters. Aber aus Angst vor einer Absage zog er es vor, die Frage, die ihm auf den Lippen lag, nicht zu stellen.

„Ich habe Ihren Freund Sorsi gefunden."

Überrascht zuckte Francesco Spà zusammen. In seinem hübschen Gesicht standen Freude und Ungläubigkeit.

„Wie ist das möglich? Ich hatte mich schon damit abgefunden, ihn nie mehr wiederzusehen. Wo ist er?"

„Sie hatten recht, er befindet sich tatsächlich in der Klinik *Del Santissimo Rosario.*"

„Ja, aber warum hat er so lange nichts von sich hören lassen? Wie geht es ihm?"

„Ihm geht es ziemlich schlecht. Er kann nicht sprechen, kann sich nicht einmal bewegen."

„Ist er gelähmt? Wird er wieder gesund?"

„Ich weiß es nicht. Sein Arzt ist nicht sehr zuversichtlich, auch wenn er in letzter Zeit Fortschritte gemacht haben soll."

„Ausgerechnet Renato, der immer so aktiv war. Es muss schrecklich sein, sich plötzlich nicht mehr bewegen zu können. Ich werde ihn bald besuchen, das wird ihm guttun. Und wenn er mir nicht antworten kann, dann spreche ich eben für ihn. Wir haben uns immer gut verstanden!"

Fox wusste, dass Spà sich falsche Hoffnungen über den Zustand des Ingenieurs machte. Um ihm eine Enttäuschung zu ersparen, zog er es vor, ihm die Wahrheit zu sagen.

„Eine Unterhaltung mit ihm ist leider nicht möglich, Pater.

Er gibt sich damit zufrieden, immer dasselbe Muster auf ein Blatt Papier zu zeichnen. Nur seine Augen und seine rechte Hand lassen noch einen Hauch von Leben erkennen. Man kann nicht einmal sicher sein, ob er versteht, was man ihm sagt. Es ist ein schwer zu ertragender Anblick."

Der Jesuitenpater war sichtlich ergriffen. Er dachte an die stundenlangen Gespräche, die er mit dem alten Mann in den Gärten des Vatikans geführt hatte. Sorsi war ein gelehrter, sehr aufgeschlossener und toleranter Mensch, mit dem man über alles reden konnte. Wenn man mit ihm zusammen war, verging die Zeit wie im Flug. Mehr als einmal hatte der Pater ihn bis zur Sankt-Anna-Pforte begleiten müssen, um ihn aus der Vatikanstadt zu schleusen, weil die normale Besuchszeit längst abgelaufen war.

„Ist er wenigstens gut versorgt?"

John wollte den *Professe* nicht noch trauriger stimmen. Wie konnte er ihm sagen, dass sein Freund völlig vergessen in einem schmutzigen Hof dahinvegetierte, wo es nichts als Elend gab? Dass er durch seine komplizierte Krankheit zu einem klinischen Fall geworden war, den man lösen musste, anstatt ihm zu helfen? Er brachte es nicht übers Herz, ihm zu erzählen, dass der Körper des armen Mannes völlig ausgekühlt war und es keine Decke für ihn gab!

„Ich glaube, der behandelnde Arzt tut alles, was in seiner Macht steht, um ihm zu helfen."

Ein Schleier der Traurigkeit überzog Francesco Spàs azurblaue Augen. Der junge Priester versank einen Moment in seinen Gedanken. Als er wieder in die Realität zurückfand, blickte er John an.

„Ich danke Ihnen in seinem Namen. Wie es für Renato auch ausgehen mag, ich danke Ihnen für Ihre Nachforschungen und vor allem dafür, dass Sie ihn wiedergefunden haben. Er ist ein guter Mensch und hat es verdient, nicht vergessen zu werden. Aber ich begreife nicht, warum das Gouvernorat mich nicht längst schon über seinen Zustand informiert hat."

John wusste keine Antwort darauf, wollte ihn aber wenigstens beruhigen.

„So viel ich weiß, war er lange Zeit in einem fast vegetativen Zustand. Sicherlich war man der Ansicht, dass ein Besuch keinen Sinn hatte ... zumindest glaube ich das."

Spà überlegte ein paar Sekunden und wechselte dann resigniert das Thema.

„Kommen wir zu Ihrer Reportage, John. Ich habe von Kardinal Zalinghi eine Antwort auf Ihr Gesuch bekommen, beziehungsweise vom Staatssekretär, da er derjenige ist, der darüber entscheidet. Ich freue mich, Ihnen mitteilen zu können, dass der Vatikan Ihnen die Erlaubnis erteilt, Einsicht in die geheimen Akten des Heiligen Offiziums zu nehmen. Allerdings müssen Sie sich ausdrücklich dazu verpflichten, diese Dokumente weder zu vervielfältigen noch zu fotografieren. Soweit ich weiß, ist es das erste Mal, dass einem Nichtwissenschaftler eine derartige Erlaubnis eingeräumt wird, was mich sehr wundert. Bedingung ist allerdings, dass Sie dieses Gebäude nur in meiner Begleitung betreten dürfen."

John war hochzufrieden. Wieder einmal hatte sich seine Hartnäckigkeit gelohnt. Endlich konnte er dieser Reportage jene Einzigartigkeit verleihen, die aus einem Routinebericht eine spannende Dokumentation machte.

Nancy würde sich sicher freuen, die geheimen Dokumente der Kirchengeschichte einsehen zu dürfen und ihm bei der spannenden Arbeit zu helfen.

Etwas zögerlich riss ihn der junge Priester aus seinen Gedanken. „Seine Eminenz Kardinal Scalingeri möchte Sie sprechen – allein! Sie haben um fünfzehn Uhr einen Termin bei ihm.“

„Mich? Warum?“ John konnte seine Verwunderung nicht verbergen.

„Das weiß ich nicht. Er spricht nicht viel und scheut die Öffentlichkeit. In Anbetracht seiner Position und seines vollen Terminkalenders ist es äußerst ungewöhnlich, dass er Ihnen eine Audienz gewährt.“

„Was ist er für ein Mensch?“

„Schwer zu sagen. Zweifelsohne sehr kompetent, aber auch extrem verschlossen. Nur wenige Menschen haben direkt mit ihm zu tun. Er leitet das ganze Sekretariat des Vatikans von seinem Büro aus, das er nur selten verlässt. Er erscheint nur zu den großen Veranstaltungen, wie zum Beispiel zu den wichtigen Jubiläen.“

Verwirrt versuchte Fox, einen Grund für dieses Treffen zu finden.

„Seine Eminenz erweist mir damit eine große Ehre. Diese Aufmerksamkeit verdiene ich gar nicht. Meinen Sie, Pater, dass dieser Termin etwas mit meiner Anfrage bezüglich der Akten über die Inquisition zu tun hat?“

Spà konnte sich nicht erklären, warum der zweitwichtigste Mann der Kirche einem völlig unbedeutenden Weltlichen seine wertvolle Zeit schenkte. Normalerweise delegierte der kirchliche Würdenträger diese Art Kontakte an einen seiner Sekretäre, der wiederum einen Amtsdiener damit betraute.

„Ich weiß es nicht. Es kann schon sein, dass es einen Zusammenhang zwischen der erteilten Genehmigung und dieser Audienz gibt, dennoch ist es ungewöhnlich. Ich weiß nicht, was ich davon halten soll. Es ist schon fünf nach halb zwei, wir müssen gehen. Hier kommt man besser nicht zu spät."

Nachdem sie das Büro im zweiten Untergeschoss der Vatikanischen Archive verlassen hatten, gingen John und der *Professe* zum Apostolischen Palast, einem imposanten burgähnlichen Gebäudekomplex am Ende des Belvedere-Hofs. Die einzigen Lichtinseln zwischen den Monumentalbauten bildeten die zahlreichen und unterschiedlich großen Höfe. Der Jesuit ging voraus und erklärte John den Weg.

„Das Staatssekretariat befindet sich in den beiden oberen Etagen des mittelalterlichen Gebäudes. Es gehört zum Apostolischen Palast. Dieser Weg hier geht auf der einen Seite auf den Hof des Heiligen Damasus, dem größten der acht Höfe, und auf der anderen Seite auf den Belvedere-Hof, den Sie ja inzwischen schon ziemlich gut kennen."

Die Gänge des mittelalterlichen Gebäudekomplexes zum Staatssekretariat waren für die Öffentlichkeit gesperrt. Sie waren für Touristen ohnehin uninteressant.

„In diesem Teil befinden sich die Büros der Verwaltung. Wie überall sehen Sie natürlich auch in diesen Gebäuden große Meisterwerke, aber man hat sie absichtlich für Touristen gesperrt. Der Trubel im *Palazzo* wäre nicht mehr steuerbar. Außerdem gibt es auch so genügend zu sehen."

Die meisten Menschen, die in den verschiedenen Stockwerken zwischen den Büros hin und her gingen, waren Weltliche. In der obersten Etage war das Verhältnis umgekehrt, und man sah fast nur Geistliche. John bewunderte die architektonische Spitzenleistung. Die Architekten hatten mit viel Gefühl einen lichtdurchfluteten Renaissancebau auf die strenge Struktur des mittelalterlichen Schlosses gesetzt. Durch die großen Fenster der Fassade fiel gleißendes Tageslicht ins Innere. Ein langer Korridor führte durch den obersten Stock, der einer balkonähnlichen Loge auf halben Säulen glich. Fox ging zu Spà, der nun vor einer hohen kunstvoll gearbeiteten Tür stehen blieb und aus dem Fenster blickte. Von hier aus konnte man den Petersplatz und den mächtigen Obelisken aus weißem Granit sehen. John wunderte sich, warum der junge Jesuit nicht an die Tür klopfte und eintrat.

„Pater, wir sind pünktlich."

„Nicht ganz, wir sind etwas zu früh, was im Vatikan auch nicht geschätzt wird. Hier hat man auf die Minute genau pünktlich zu sein."

In der Loge prallte auch das leiseste Geräusch von der Wand ab und wanderte in bizarrem Zickzack von einer Wand zur anderen durch den Korridor.

Plötzlich erfüllte wie aus dem Nichts ein vibrierender, immer stärker werdender Ton die Luft. Tief und fordernd riefen die Glocken der Kirche ihre Gottessöhne zum Gebet. Punkt drei Uhr. Spà klopfte zweimal kurz an die schwere mit Reliefs verzierte Holztür. Eine tiefe schroffe Stimme antwortete auf Italienisch: „Herein!"

Der junge Priester betrat, dicht gefolgt von John, einen halbdunklen Raum, in dem man kaum etwas erkennen konnte. Der Pater verbeugte sich.

„Eure Eminenz, die angekündigte Person ist jetzt da."

Die Antwort kam knapp und gebieterisch. „Gut, danke, lassen Sie uns bitte allein."

Während Spà den Raum verließ, ging John ein paar Schritte in den Raum hinein, dessen Umrisse er nur verschwommen wahrnahm. Schwere dunkelrote Vorhänge ließen kaum Licht durch die hohen Fenster, und auch die kleine Tischlampe vermochte den Raum nicht wesentlich zu erhellen. Hinter einem Schreibtisch saß ein Mann. Im Halbdunkel wirkte sein Gesicht wie eine unheimliche Maske. Ein dünner Sonnenstrahl hatte sich durch die dicken Vorhänge bis auf den Schreibtisch gestohlen und fiel auf die gefalteten Hände des Mannes.

„Klaus, sorgen Sie bitte für etwas mehr Licht!“, erhob sich die Stimme erneut auf Italienisch.

Zwar war die Bitte höflich formuliert, doch der Ton war knapp und autoritär. John bemerkte, wie jemand zum Fenster ging und die Vorhänge einen Spalt öffnete. Es wurde ein wenig heller, sodass sich John ein genaueres Bild von dem Raum und den Menschen, die sich darin befanden, machen konnte. Auf den Sonnenstrahlen tanzten Milliarden kleiner Teilchen und legten sich wie Goldstaub auf die jahrhundertealte Patina der antiken Möbel, die von einer vornehmen Vergangenheit zeugten. Im Zwielicht zeichneten sich die Silhouetten eleganter goldbrauner Bronzestatuen ab, die wie zufällig im Raum verteilt standen. Auch sie schienen aus einer längst vergangenen Zeit zu stammen. Auf dem Boden lag ein riesiger Teppich mit kunstvollen Mustern aus verschiedenen Rottönen. Mit seinem verstaubten Luxus verbreitete der Raum, der aus der Renaissance zu stammen schien, eine bedrückende Atmosphäre.

Hinter dem großen Schreibtisch, auf dem sich zwischen alten Nippesfiguren unzählige Akten stapelten, saß ein Mann unbestimmten Alters mit ausgemergelten Zügen und dem Profil eines Adlers. Er war ganz in Schwarz gekleidet und erschreckend mager. Die Haut an seinem Hals hing wie ein leerer Kropf über den viel zu großen römischen Kragen. Auf seiner Brust prangte ein massives goldenes Kreuz an einer ebenso massiven Goldkette, ähnlich der von Kardinal Zalinghi. Außer der Kleidung hatten die beiden Männer allerdings nichts gemein. Fox schaffte es nicht, seinen Blick von den Augen zu wenden, die ihn seit seinem Eintreten unentwegt aus tiefen Höhlen beobachteten. Die unglaubliche Intensität machte es ihm dennoch schwer, dem Blick standzuhalten. Als der Mann die gefalteten Hände auseinandernahm, fielen John die ungewöhnlich langen, spindeldürren Finger und der mächtige, tiefrot glänzende Ring auf, der wie ein drittes Auge wirkte. Die Gestalt, die das Licht in den Raum gelassen hatte, blieb rechts im dunkleren Teil des Raumes stehen.

Der Mann stellte sich in perfektem Englisch und dem gleichen gebieterischen Ton vor, der keinen Widerspruch duldete.

„Ich bin Kardinal Scalingeri, Staatssekretär des Vatikans im Dienste Seiner Heiligkeit, Papst Johannes Paul II."

Er deutete mit dem Kopf auf den Schatten in der dunklen Ecke.

„Das ist Klaus Hübner, Sicherheitsbeauftragter der Vatikanstadt."

Der Mann trat aus dem Schatten. Er hielt sich auffallend gerade, war etwa so groß wie John, hager und athletisch gebaut. Sein kantiges Gesicht zeigte grobe Züge, das weißblonde Haar trug er in einem Bürstenhaarschnitt. Auch er war ganz in Schwarz gekleidet. Auf dem Revers seiner Jacke leuchtete ein silbernes, nicht näher identifizierbares Abzeichen. Die eckigen Schuhe mit den glänzenden Stahlkappen waren das einzig Auffallende an dem ansonsten klassischen Aufzug. Sie waren unverhältnismäßig groß und wirkten wie Waffen. Seine wässrigen hellblauen Augen schienen durchsichtig zu sein. Die ganze Erscheinung war eine einzige Kampfansage. Offensichtlich war er ein Mann der Tat. Als er seinen Namen hörte, verneigte er sich schweigend in militärischer Manier. Nur das Hackenschlagen fehlte, um den perfekten Soldaten abzugeben. Schon beim ersten Blickkontakt war die gegenseitige Antipathie zwischen Cattuso und dem Sicherheitschef zu spüren. Zu Hübners Füßen regte sich ein Hund von beeindruckender Größe, der den Eindringling mit schwarzen grausamen Augen fixierte. Blendend weiße, erschreckend große Zähne blitzten aus dem halb offenen Maul. Fox, der Doggen noch nie gemocht hatte, spürte die gleiche Abneigung gegenüber dem Tier wie gegenüber seinem Herrn. Der Hund schien dieses Gefühl zu erwidern, denn er fletschte sofort die Zähne, als er sich von John beobachtet fühlte.

„Klaus, das ist Mister Cattuso von der *New Herald Post*, einer großen Tageszeitung an der amerikanischen Westküste."

Fassungslos angesichts der beiden Zerberus-Gestalten, brachte der Journalist nur ein Kopfnicken in Richtung seiner Gastgeber zustande.

„Eure Eminenz ..., Mister Hübner ..."

Nach der kurzen Vorstellung ergriff der Kardinal wieder das Wort.

„Mister Cattuso, zugegebenermaßen hat uns Ihre Anfrage, Dokumente einer gewissen Epoche – sagen wir, die dunklen Zeiten der Kirchengeschichte – einsehen zu dürfen, überrascht. Deshalb hielten wir es für notwendig, Sie persönlich kennenzulernen. Bisher kamen solche Anträge ausschließlich von Wissenschaftlern. Bis heute hat sich noch nie ... ein Journalist darum bemüht."

John war klar, dass er eigentlich „irgendein" Journalist hatte sagen wollen.

„Das diesjährige Jubiläum ist etwas ganz Besonderes. In dem Bestreben nach größerer Klarheit und mehr Transparenz hat Seine Heiligkeit beschlossen, der Welt Tür und Tor der römisch-katholischen Kirche zu öffnen. Dass wir Ihnen die beantragte Genehmigung erteilt haben, ist nur in diesem Sinne zu verstehen.“

Kardinal Scalingeri sprach von sich selbst stets im majestätischen Plural. John wusste sofort, dass er vor einem mächtigen Mann stand, dafür sprach sein ganzes Gebaren und in erster Linie sein übersteigertes Selbstwertgefühl. Der kirchliche Würdenträger stützte sich auf seine langen Finger, richtete sich allmählich zu voller Größe auf und ging auf Fox zu. Trotz seiner leicht gebeugten Haltung war er gut einen Kopf größer als der Journalist. In jüngeren Jahren musste er an die zwei Meter gemessen haben. Die breite violette Schärpe um seine schlanke Taille unterstrich seine Autorität. Die schwarzen Augenbrauen standen in seltsamem Kontrast zu dem schütteren weißen Haar und der Blässe des asketischen Gesichts. Der erste Staatssekretär des Vatikans war ein alter Mann, was auch sein vorsichtiger Gang belegte, aber seine intellektuelle Agilität war nicht zu unterschätzen. John war den Umgang mit dieser Art Männer gewohnt. Ungeachtet ihrer Nationalität oder ihres Tätigkeitsfelds, sie alle besaßen diesen absolut selbstsicheren Blick, den man nur durch Machtausübung erlangt.

„Mister Cattuso, wir möchten sichergehen, dass Sie weder die Ihnen erteilte Erlaubnis missbrauchen noch unser Vertrauen enttäuschen. Deshalb gewähren wir Ihnen den Zutritt zum Palast des Heiligen Offiziums nur unter bestimmten Bedingungen. Sie werden sicher verstehen, dass die Kirche keinerlei Abweichung von diesem Prozedere duldet.“

Da John schon im Vorfeld von Spà auf dieses Gespräch vorbereitet worden war, wusste er, dass er sämtliche Bedingungen akzeptierten musste, um keine endgültige Absage zu riskieren.

„Selbstverständlich stehe ich Eurer Eminenz zur Verfügung, um alle Fragen zu beantworten. Aber zunächst möchte ich Eurer Eminenz für die Audienz danken und vor allem, dass Ihr mein Gesuch nicht einfach abgelehnt habt."

Ein flüchtiges Lächeln huschte über die dünnen zusammengepressten Lippen des Kardinals, offensichtlich alles, was die Gesichtsmuskeln des alten Mannes noch hergaben.

„Gut, gut! Ich werde Ihnen jetzt den Ablauf erklären. Erstens, Sie dürfen das Heilige Offizium nur allein betreten, Ihre Mitarbeiterin hat keinen Zutritt. Aus Sicherheitsgründen beschränken wir die Anzahl der Besucher in diesen Räumlichkeiten auf sehr wenige. Nur der für die Archive zuständige Priester darf Sie dorthin begleiten. Zweitens, Sie dürfen dort auch allein verweilen, allerdings müssen Sie sich verpflichten, keine Dokumente, die Sie einsehen dürfen, mitzunehmen oder zu kopieren. Drittens, die von Ihnen geschriebenen Artikel müssen uns vor der Veröffentlichung ausnahmslos zur Freigabe vorgelegt werden. Sie werden verstehen, dass es zu unseren Pflichten gehört, Fehler in der Darstellung oder Interpretation zu unterbinden. Wir hoffen, dass Sie das Ihnen gewährte Privileg zu schätzen wissen. Wir benötigen Ihr Einverständnis zu allen genannten Punkten. Es versteht sich von selbst, dass wir zu keinerlei Zugeständnissen bereit sind."

John überlegte nicht lange. Es wäre ihm zwar lieber gewesen, Nancy mitnehmen zu dürfen und seine Recherchen mit der Veröffentlichung alter Dokumente zu belegen, aber er wusste, dass jeder Versuch, mit dem Staatssekretär zu verhandeln, sinnlos war.

„Ich versichere Eurer Eminenz, dass ich mich auf meine Rolle als Journalist beschränken und Ihre Auflagen einhalten werde. Wann darf ich mit meiner Arbeit in den Archiven beginnen?"

„Das hängt von den zeitlichen Möglichkeiten des Priesters

ab, der Sie momentan betreut. Regeln Sie es direkt mit ihm. Das fällt nicht in unsere Zuständigkeit."

Die Audienz war beendet. Erleichtert, der stickigen Atmosphäre des Büros und den zähnefletschenden Grimassen des riesigen Hundes zu entkommen, verbeugte sich John und verließ den Raum.

Mit einem dumpfen Geräusch fiel die schwere Tür zu und hüllte den Raum wieder in totale Stille. Nach einer Weile brach Kardinal Scalingeri das Schweigen.

„Ihr Eindruck, Klaus?"

Der Chef der Sicherheit formulierte sein Urteil mit kehliger harter Stimme: „Er ist ein Schnüffler, noch dazu sehr clever. Er wird sich nicht an die Abmachung halten."

„Ich weiß."

„Besteht Handlungsbedarf?"

„Nein, wir haben nichts zu befürchten. Kommt Zeit, kommt Rat."

* * *

Das Verhältnis zwischen Nancy und Mario Pozzi wurde von Tag zu Tag schlechter. Der Agenturleiter nahm kein Blatt vor den Mund und ließ seiner schlechten Laune freien Lauf.

„Signorina, ich stelle fest, dass Signore Cattuso wieder einmal nicht hier ist. Die Art, wie er diese Reportage vorbereitet, gefällt mir ganz und gar nicht. Auch wenn Sie vormittags zusammenarbeiten und mir nachmittags Ihre Texte bringen, muss ich mich doch über die mangelnde Professionalität Ihres Kollegen beschweren. Er nimmt weder an den notwendigen Korrektursitzungen noch an unseren Besprechungen teil. Das momentane Ergebnis Ihrer Zusammenarbeit ist sehr mager, und ich denke, dass Sie … wir mit unserem Programm im Rückstand sind. Ich habe mich gezwungen gesehen, Ihren Chefredakteur davon in Kenntnis zu setzen, denn ich übernehme keinerlei Verantwortung, falls Ihre Reportage ein Flop wird. Ellworth hat darauf bestanden, dass ich Sie unterstütze, aber unter den gegebenen Umständen kann ich diese Aufgabe nicht erfüllen. Ich werde nicht den Kopf für Sie hinhalten, wenn die Sache schiefgeht. Unsere Agentur befindet sich in einer äußerst schwierigen Lage, denn wir müssen dem Vatikan gegenüber eine gewisse Neutralität wahren. Pressedienst und Rechtsabteilung des Vatikans sind sehr mächtig, ein Konflikt mit ihnen muss unbedingt vermieden werden. Mein Gefühl sagt mir, dass Signore Cattuso sich nicht an die Regeln hält. Ich weiß zwar nicht, was er im Schilde führt, aber ich befürchte, dass uns sein mangelndes Feingefühl Probleme bereiten wird.“

Nancy fühlte sich noch unwohler als an den vorangegangenen Tagen. Sie hatte gehofft, die zunehmenden Feindseligkeiten des Agenturchefs mit weiblichem Charme besänftigen zu können, leider ohne Erfolg.

„Hören Sie, Mario. John bekommt heute wertvolle Hinweise zu den Jubiläumsfeierlichkeiten. Heute Abend können wir uns zusammensetzen und Sie über den Stand der Dinge informieren. Ich kann Ihnen versichern, dass alles seine Ordnung hat. Wahrscheinlich sitzen wir schon morgen früh in der Agentur und gehen ganz normal unserer Arbeit nach.“

Ihre Worte konnten Mario Pozzi kaum beruhigen. Ihm war klar, dass sich die Praktikantin in einer heiklen Lage befand und für die eigenwilligen Aktionen ihres amerikanischen Kollegen nicht verantwortlich war. Plötzlich änderte sie die Position ihrer langen Beine, und einen kurzen Moment konnte er einen Blick auf ihre perfekt geformten Oberschenkel erhaschen. Dieses Mädchen raubte ihm den Verstand. Es fiel ihm schwer, sich auf die Diskussion zu konzentrieren. Ihr trug er es eigentlich nicht nach. Dieser verdammte Cattuso machte Schwierigkeiten, nicht sie. Eifersüchtig fragte er sich, was für eine Beziehung die beiden eigentlich hatten. Soviel er wusste, war die attraktive Jungjournalistin geschieden und der andere Witwer. Für einen Mann wie Mario lag es auf der Hand, dass es nicht dabei bleiben würde.

* * *

Spà lehnte vor dem Büro des Kardinals am Fenster und betrachtete die gewölbte, reich verzierte Decke. Johns Augen begegneten dem offenen Blick des Geistlichen, in dem tiefe Traurigkeit zu lesen war. Fast tonlos sagte der junge Jesuitenpater: „Er ist tot."

„Wer?"

„Renato."

Fox war wie betäubt. Auch wenn der Ingenieur am Tag zuvor nicht sonderlich gesprächig gewesen war, hatten seine Fortschritte doch hoffen lassen.

„Wie haben Sie es erfahren?"

„Ich habe in der Klinik angerufen, während Sie bei Kardinal Scalingeri waren. Eigentlich wollte ich nur wissen, wann ich ihn besuchen darf."

„Sind Sie ganz sicher? An der Rezeption wussten sie gestern nicht einmal, dass er Patient der Klinik ist."

„Man hat mich direkt mit dem behandelnden Arzt, Doktor Manieri, verbunden. Er hat mir dann ausführlich die genauen Umstände seines Todes erklärt."

„Lungenembolie?"

„Ja, genau. Es ist letzte Nacht passiert. Der Arzt konnte nichts mehr für ihn tun. Er war sehr betroffen. Anscheinend sind schon andere Kranke mit den gleichen Symptomen gestorben. Jedes Mal kam seine Hilfe zu spät."

Das war ein harter Schlag für John. Er hatte sehr auf die Genesung des armen Mannes, vor allem aber auf Informationen über das ausgeklügelte Sicherheitssystem der Vatikanstadt gehofft. Die Trauer des jungen Priesters hingegen war aufrichtig. Er hatte geglaubt, den fast vergessenen alten Mann wiedergefunden zu haben und sich auf ein Wiedersehen gefreut. Und jetzt erfüllten ihn die vielen Erinnerungen an seinen verstorbenen Freund mit Traurigkeit. In Gedanken versunken, machten sie sich zusammen auf den Rückweg durch die prunkvollen Räumlichkeiten des mittelalterlichen Palastes.

„Wie war Ihre Audienz bei Seiner Eminenz?", brach Spà das Schweigen schlussendlich.

„Sie hatten recht, er ist ein seltsamer Mensch mit einer starken Persönlichkeit."

„Daran besteht kein Zweifel! Niemand hier würde es auch nur im Traum wagen, seinen Anweisungen zu widersprechen."

„Warum lebt er im Dunkeln? Ich hatte fast den Eindruck, er scheut das Licht."

„Das ist richtig. Ich glaube, er hat eine seltene Augenkrankheit. Wenn er ausgeht, trägt er stets eine dunkle Brille."

„Der Sicherheitschef – sein Name ist mir leider entfallen – scheint auch kein einfacher Mensch zu sein. Er wirkt wie ein Soldat oder ein Söldner."

„Hübner ..., Klaus Hübner. Er kommt aus der deutschsprachigen Schweiz. Alle Mitglieder der Garde, etwa hundert Mann, sind traditionsgemäß Schweizer."

„Warum ausgerechnet Schweizer? Weil man dort mehrere Sprachen spricht?“

Francesco Spà musste lächeln und vergaß für einen kleinen Moment seine Traurigkeit. Unglaublich, wie wenig dieser Amerikaner über Geschichte wusste. Vielleicht interessierte er sich, wie die meisten seiner Landsleute, auch nur für die Geschichte seines eigenen Landes. Er fand John jedoch sehr sympathisch und schämte sich fast für seine Gedanken.

„Nein, das ist nicht der Grund. Diese Armee wurde 1506 von Julius II. ins Leben gerufen. Ungefähr zwanzig Jahre später, im Jahr 1527, um genau zu sein, wurde die Schweizer Garde, die zum Schutz Papst Clemens VII. angetreten war, von den deutschen Söldnern Kaiser Karls V. angegriffen. Mehr als drei Viertel der Truppen überlebten nicht. Doch die restlichen Gardisten sorgten dafür, dass Seine Heiligkeit den Infanteristen des Kaisers entkommen und sich in die Engelsburg retten konnte. In Erinnerung an diese Geschichte und zu Ehren ihrer Tapferkeit kommen die Garden, die den Papst beschützen, seitdem immer aus der Schweiz. Sie bewachen ganz bestimmte Bereiche der Stadt, wie den Apostolischen Palast, das Heilige Offizium und die fünf Eingangstore des Vatikans.“

John war von der Belesenheit seines Führers tief beeindruckt. Er konnte fast alles erklären, ging auf die banalste Frage ein, als läse er in einem unsichtbaren Buch.

„Dann hat ihr mittelalterliches Gewand auch eine Bedeutung?“

„Richtig. Ihre Uniform aus gelben, roten und blauen Stoffstreifen stammt aus dem 16. Jahrhundert. Es sind die Farben der Medici.“

Bingo! Darauf hätte er wetten können!

„Und dieser Klaus, was spielt er für eine Rolle?“

„Er ist für die Garde zuständig. Und er ist eine wichtige Persönlichkeit und sorgt mit eiserner Hand für die Sicherheit des Vatikans. Vermutlich haben Sie auch seinen Hund Teufel kennengelernt. Die beiden sind unzertrennlich."

„Teufel … merkwürdiger Name für einen Hund."

„Da bin ich ganz Ihrer Meinung. Wenn man bedenkt, dass wir hier im Vatikan sind, ist dieser Name geradezu geschmacklos."

Fox vermutete, dass der Name bewusst ausgesucht worden war.

„Ich finde, dass Hund und Herr gut zueinander passen, sie haben das gleiche sympathische Lächeln."

Bei dem Gedanken, dass man die gefletschten Zähne von Hübners Begleiter mit einem Lächeln verwechseln könnte, gewann der junge Jesuitenpater wieder etwas von seiner natürlichen Fröhlichkeit zurück. Die zögerliche Antwort des Journalisten hatte sein Misstrauen gegenüber der Dogge gezeigt. Der junge Pater machte sich darüber lustig und fragte mit leicht ironischem Unterton: „Haben Sie etwa Angst vor Hunden, John?"

„Vor Hunden nicht, aber vor dem Teufel schon!"

Der Priester, der Menschen und Tiere gleichermaßen liebte, erklärte: „Der Hund begleitet den Sicherheitschef auf seinen abendlichen Runden. Er ist gut erzogen und bellt nie. Die Frage, ob er gefährlich ist, ist schwer zu beantworten, denn bisher hat es keinen einzigen Zwischenfall gegeben. Er wird übrigens nie an die Leine genommen und trägt auch keinen Maulkorb, was ein ausreichender Beweis für seine Harmlosigkeit sein dürfte."

Spàs Argumente überzeugten John nicht. Vor seinem geistigen Auge sah er das massige, kompakte, schwarz glänzende

Etwas, das ihn aus unergründlich funkelnden Augen anstarrte. Mit Grauen dachte er an den großen Kopf mit dem quadratischen Maul und die halb geöffneten Kiefer, die wie eine riesige Falle aus Elfenbein aussahen. Klaus' Freund war für ihn nur eine furchterregende Kampfmaschine.

Spà warf einen Blick auf die Uhr.

„Es ist erst halb vier. Wir haben noch genug Zeit, zum Palast der Kongregation für die Glaubenslehre – eine andere Bezeichnung für das Heilige Offizium – zu gehen. Dann können Sie sich schon mal mit den Räumlichkeiten vertraut machen, denn morgen kann ich Sie nicht begleiten. Sonntag ist ein besonderer Tag, an dem ich mich ganz dem Gebet widme."

Sobald die beiden Männer aus dem Papstpalast traten, umhüllte sie die bleierne Mittagssonne mit ihren golden glänzenden Strahlen. John blinzelte in das grelle Licht und konnte kaum nach vorn schauen. Die lärmenden Menschenmassen um ihn herum waren nur schwer zu ertragen. Auf dem kurzen Weg vom Staatssekretariat bis zum Palast des Heiligen Offiziums musste John an den Mann denken, der dort oben hinter verschlossenen Fenstern saß und diesen Teil der Welt regierte. Während der kurzen Begegnung mit diesem Mann hatte er den Eindruck gewonnen, dass er weit mehr war als ein Staatssekretär und auch mehr als der zweitwichtigste Mann nach dem Papst. Sein selbstsicheres und gebieterisches Auftreten und sein luxuriöses Büro ließen vermuten, dass der machtgierige Mann im Hintergrund alle Fäden zog. Zweifellos war er ebenso mächtig wie die Kaiser, die seinerzeit Rom regierten.

Als die beiden Männer die Kolonnaden auf der linken Seite des Petersplatzes durchquerten, drehte sich Francesco Spà zu John um.

„Glauben Sie an Gott, John?"

„Hm …"

„Sie antworten ja gar nicht. Ist Ihnen die Frage unangenehm?"

„Nicht die Frage ist mir unangenehm, es stört mich nur, an welchem Ort sie mir gestellt wird."

Der Pater war stehen geblieben. Sie hatten die hohen Säulen und somit auch die zahlreichen Pilger und Besucher, die sich auf dem mythischen, schwarz-weiß gepflasterten sonnigen Platz aufhielten, hinter sich gelassen.

„Haben Sie noch nie versucht, in sich hineinzuhören und Ihre tiefsten Überzeugungen zu spüren?"

„Doch, natürlich, aber ich bin mir nicht sicher, ob ich zu den gleichen Schlussfolgerungen gekommen bin wie Sie."

„Ach ja? Und welche sind das?"

Fox zögerte, dem jungen Geistlichen seine Gedanken zu offenbaren und gezwungenermaßen Erklärungen abzugeben, denn er hatte keine Lust, auf der Straße eine Frage zu diskutieren, die ihn schon seit Jahren quälte.

„Pater, woher kommt Ihr plötzliches Interesse an meiner seelischen Verfassung? Spielt sie irgendeine Rolle?"

Johns spürbarer Widerwillen überraschte Spà. Er hörte den Fatalismus in seinen Worten, der so gar nicht zu dem Bild passte, das er sich von dem Journalisten gemacht hatte.

„Eigentlich wollte ich Ihnen diese Frage schon viel früher stellen. Ich glaube, dass man ein Minimum an Gewissheit und den Glauben an bestimmte Werte braucht, um eine solche Reportage schreiben zu können, meinen Sie nicht auch? Sehen Sie sich um, John, all diese Menschen sind nicht nur neugierig auf die Schätze unserer Kirche. Sie sind auch gekommen, um das Haus Gottes, das auch ihr Haus ist, zu besuchen. Dieses Jahr ist ein ganz besonderes Jahr. Es ist ein Symbol für Offenheit und die Begegnung unglaublich vieler Gläubiger mit dem Heiligen Vater. Bis zum Dezember, wenn die Heilige Pforte im Petersdom geschlossen wird, werden uns die verschiedenen Jubiläumsfeste das ganze Jahr über durch die Etappen des liturgischen Lebens führen und ihren Beitrag zur Läuterung des Gedenkens leisten."

John hatte keine Lust auf eine Grundsatzdebatte und hätte es lieber vermieden, mit Spà über dieses Thema zu diskutieren. Aber die letzte Bemerkung Spàs hatte ihn aufhorchen lassen.

„Was meinen Sie mit Läuterung des Gedenkens?"

„Seine Heiligkeit Papst Johannes Paul II. hat den Wunsch geäußert, die Kirche einer gründlichen Gewissensprüfung zu unterziehen. Die Zeiten haben sich geändert. Um das Evangelium glaubwürdig predigen zu können, musste die Kirche die Initiative ergreifen, was auch Reaktionen bei einigen Würdenträgern aus dem direkten Umfeld des Heiligen Vaters hervorgerufen hat ..."

„Wie zum Beispiel Kardinal Scalingeri?"

Der Jesuit blieb die Antwort schuldig, löste sich von der Mauer, an die er sich gelehnt hatte, und ging voran über den Platz des Heiligen Offiziums. Der Palast des Heiligen Offiziums war ein massiver schnörkelloser Bau ohne jegliche architektonische Besonderheit. In seiner extremen Schlichtheit passte er gar nicht zu seiner Umgebung mit der verschwenderischen Fülle künstlerischer Kreativität.

* * *

Die breite Straße, die zwischen dem alten Palast und den Kolonnaden des Petersplatzes verlief, kannte John schon. Vor ein paar Tagen war er mit Nancy und Guido hier gewesen. Die vielen parkenden Busse und Autos waren der prallen Sonne schutzlos ausgeliefert und flimmerten in der Hitze.

Schweigend ging er neben seinem Führer her und dachte an Renato Sorsis trauriges Ende. Monatelang, Stunde um Stunde, hatte dieser arme Mensch darum gekämpft, seinen unterkühlten Körper am Leben zu halten, um kurz vor seiner Genesung den Kampf zu verlieren. Welch ein Hohn! Das Leben war ein Trauerspiel. Plötzlich fiel John ein, dass der Ingenieur einen jungen Assistenten gehabt hatte.

„Pater, hatten Sie mir nicht erzählt, dass Sorsi mit einem jungen Mann zusammengearbeitet hat?"

„Meinen Sie Pasquale? Ja, warum?"

„Ist es möglich, ihn aufzusuchen?"

Der Priester blieb abrupt stehen.

„Keine Ahnung. Ist es wichtig?"

„Vielleicht. Er könnte mir ein paar Dinge erklären, die ich eigentlich mit Ihrem Freund besprechen wollte."

„Ich weiß nicht, ob er Ihnen helfen kann. Er hat viel weniger Erfahrung als der alte Renato. Ich erinnere mich lediglich an seinen Namen. Calabrese … Pasquale Calabrese."

„Wissen Sie, wo er wohnt?"

„Nein, daran erinnere ich mich nicht. Eigentlich habe ich mich nur mit seinem Chef unterhalten und oft bis spät in die Nacht mit ihm über Künstler der italienischen Renaissance diskutiert, für die er eine ausgeprägte Leidenschaft hegte. Pasquale fuhr nach der Arbeit immer sofort nach Hause. Ich weiß noch, dass er ein Motorrad besaß. Er sagte immer, mit einem Zweirad käme man besser durch den römischen Verkehr als mit einem Auto. Ach ja, ich glaube, er hat einmal die Via Prenestina im Süden der Stadt erwähnt. Aber das ist lange her, und ich bin mir nicht sicher."

Wieder stand Fox vor dem alten dreiteiligen Gebäude. Das hohe schmiedeeiserne Tor rechter Hand wurde immer noch von den beiden Schweizer Gardisten bewacht, die wie eh und je unbeweglich in ihren gestreiften Uniformen dastanden, als könnte ihnen die Hitze nichts anhaben. Hinter ihnen konnte John die Fassade mit ihrer langen Reihe hoher schmaler Fenster und der massiven Holztür mit den zwei Flügeln sehen, die ihn schon das erste Mal beeindruckt hatte.

Der Seiteneingang zum Palast des Heiligen Offiziums beeindruckte durch seine pyramidenförmigen Eisenspitzen. Plötzlich wusste John, was Sorsis Kritzeleien bedeuteten. Die ungeschickten Striche stellten unverkennbar diese Tür mit den vielen Spitzen dar. Als er das jahrhundertealte Holz mit dem unverwechselbaren, leicht grauen Farbton betrachtete, schnürte ihm ein dumpfes Angstgefühl die Kehle zu. Die gleiche Angst hatte er gespürt, als er vor einigen Tagen an dieser unheimlichen Mauer entlanggegangen war. Diese Entdeckung erinnerte ihn an die Begegnung mit dem alten Mann, der seine letzten Kräfte mobilisiert hatte, um auf diese Tür hinzuweisen … vielleicht sogar mit erhobenem Zeigefinger.

Francesco Spà bog nach links ab, in die entgegengesetzte Richtung des mit zwei Hellebarden versperrten Eingangs. John betrachtete nachdenklich die abschreckenden Eisenbeschläge, die auch auf Sorsis Zeichnungen zu sehen waren.

„Die Tür dort hinten, Pater“, er deutete mit seiner Hand in die Richtung, „warum hat man sie mit einer derartigen Abwehrvorrichtung ausgestattet?“

„Dieser Eingang wird heute nicht mehr benutzt. Er war einmal der Haupteingang des Palasts. Durch ihn gingen die Angeklagten der Inquisition, um ihr Urteil zu empfangen, bekanntermaßen ein hartes Gericht, das nicht immer einstimmig entschied. Obwohl dieser Eingang so furchteinflößend war, zettelten Aufwiegler Revolten an und stürmten das Gebäude. Deshalb wurden die Schutzvorrichtungen angebracht, die Sie hier sehen. Heute bleibt dieser Eingang fast immer geschlossen und kann nur elektronisch von innen geöffnet werden."

Spà näherte sich einem Eingang an der linken Seite des Gebäudes, dem direkten Zugang zum Palast der Kongregation für die Glaubenslehre. Außen war eine Sprechanlage mit ungefähr zwanzig Knöpfen und Namen angebracht. Einer der Knöpfe war der Türöffner. Als der *Professe* mit John über die Schwelle trat, versperrte ihnen ein Amtsdiener den Weg. Er musterte John von oben bis unten und wandte sich an den Priester: „Verzeihen Sie, Padre, aber ohne Sondergenehmigung dürfen Sie keinen Fremden mitbringen."

„Wir haben eine Sondergenehmigung. Das Staatssekretariat weiß Bescheid. Dieser Herr sammelt Informationen für eine Reportage, und ich begleite ihn. Ab Montag kommen wir täglich." Beeindruckt durch das selbstsichere Auftreten des Paters, gab der Amtsdiener nach kurzem Zögern den Weg frei.

Das Innere des Palasts erinnerte an ein Kloster. Um den quadratischen Innenhof lief ein überdachter Wandelgang, dessen hohe weiße Säulen lange Schatten auf den glänzenden Granitboden warfen. Mehrere makellos lackierte und mit weißen Steinen eingefasste Türen führten in pastellgelb gestrichene Gänge. Der Straßenlärm war nur noch als leises Hintergrundrauschen zu hören. Die Schritte der beiden Männer auf dem rutschigen Steinboden hallten laut durch das alte Gemäuer. Schließlich erreichten sie das Ende des Hofes. Spà ging auf eine nicht sehr große Flügeltür zu, die mit zwei alten Messingknöpfen versehen war. Links befanden sich zwei Schilder mit der Aufschrift „Archiv“ und „Klingeln“.

„Wir sind da, John. Hier befinden sich die Räume des Archivs, die sich über diesen Teil des Palasts und die darüberliegenden Stockwerke erstrecken. Leider ist es schon zu spät, um hineinzugehen. Ich bin mit meiner Arbeit im Rückstand. Sie wissen schon, der alte Text, von dem ich Ihnen erzählt habe. Er bereitet mir immer noch Kopfzerbrechen. Ich schlage vor, dass wir uns am Montag um zwei vor den Kolonnaden des Petersplatzes treffen.“ Der Pater überlegte einen Moment. „Wir könnten eine Menge Zeit sparen, wenn Sie mir den Zeitraum nennen könnten, der Sie bei Ihren Recherchen interessiert.“

John wusste keine Antwort darauf. Wieder einmal war er mit der Situation konfrontiert, Geschehnisse beschreiben und zeitlich einordnen zu müssen, von denen er nichts wusste. Wie sollte er eine Fähigkeit beschreiben, die fern von Logik oder Fakten ausschließlich auf einer gefühlsmäßigen Vorgehensweise beruhte und die man allgemein Intuition nannte?

„Ich muss gestehen, Pater, dass ich nur sehr wenig über die Inquisition und ihre Geschichte weiß und hoffte, dass Sie mich auf die richtige Spur bringen würden.“

Francesco Spà lächelte. Sein ewig gutmütiges und verbindliches Lächeln ließ hoffen, dass alles gut würde, solange sich die Erde drehte.

„Machen Sie sich keine Sorgen, John. Wir werden schon einen Weg finden, auch wenn es etwas länger dauert.“

Fox war sich sehr wohl bewusst, wie viel Mehrarbeit er dem Priester bescherte.

„Es tut mir aufrichtig leid, Pater, dass Sie durch mich

so viele Unannehmlichkeiten haben und so viel Zeit vergeuden."

„Das macht nichts. Mit etwas gutem Willen schafft man alles, seien Sie unbesorgt. Ich komme schon zurecht."

* * *

Nancy war erschöpft. Der Tag war im wahrsten Sinne des Wortes heiß gewesen, wobei es nicht die Hitze des römischen Frühlings war, die ihr am meisten zu schaffen gemacht hatte. Den ganzen Nachmittag hatte sie Pozzis Ärger ertragen müssen und sich nach ihrem ruhigen Hotelzimmer gesehnt. Jetzt war sie fest entschlossen, nur noch in Johns Begleitung in die Agentur zu gehen. Schließlich war er der Grund für Marios Verärgerung und sollte sie deshalb auch ertragen.

Tagelang hatte sie den Prellbock zwischen den beiden Männern gespielt. Jetzt hatte sich die Situation derartig zugespitzt, dass eine Klärung unumgänglich war. Wütend lehnte sie am Fenster und dachte über die jüngsten Ereignisse und die unvorhergesehene Wendung der Reportage nach, in die sie alle Hoffnungen gesetzt hatte. Seit einiger Zeit lag ihr Schicksal nicht mehr in ihrer eigenen Hand. Das machte ihr Angst. Angst vor dem nächsten Tag und vor einem möglichen Scheitern – ein unangenehmes Gefühl, das sie bisher nicht gekannt hatte.

Langsam ließ sie ihre Kleider auf den Boden gleiten und befreite ihren Körper vom erzwungenen Anstand. Sofort spürte sie die wohltuende kühle Luft, die den Schweiß auf ihrer nackten Haut trocknete. Nancy ließ sich auf das große Bett neben die Unterlagen fallen, die ihr Ivana zusammengestellt hatte. Sie war in der Agentur für die Archivierung der Informationen zuständig. Während sie auf den unzuverlässigen Fox wartete, machte sie sich wieder an die Arbeit.

Um den Überblick zu behalten, schrieb sie alle neuen Fakten, die ihr beim Lesen auffielen, auf kleine Kärtchen. Zumindest in diesem Punkt stimmte sie mit Mario Pozzi überein: John Cattuso überließ ihr den überwiegenden Teil der uninteressanten Recherchearbeit.

Nancy arbeitete so konzentriert, dass sie gar nicht bemerkte, wie die Zeit verflog. Nach Stunden erinnerte sie ein Frösteln daran, dass sich der Tag dem Ende neigte. Sie erhob sich und schlüpfte in ihren Bademantel. Acht Uhr, eigentlich müsste John schon längst zurück sein. Verärgert und zugleich besorgt suchte Nancy ihre Kleidung heraus, um sich anzuziehen. Ein kurzes Klopfen riss sie aus ihren Gedanken.

„Ja? Wer ist da?"

„Ich bin es, John."

„Moment, ich komme."

Ihr Blick verriet John sofort, dass sie verärgert war.

„Ich bin schon seit über zwei Stunden zurück. Wo waren Sie?"

Ohne seine Antwort abzuwarten, fuhr sie fort: „Seit mehreren Tagen erledige ich den größten Teil der Arbeit und ertrage obendrein noch *Signore* Pozzis schlechte Laune. Mir reicht es langsam." Nancy ließ ihrem ungestümen Temperament freien Lauf und wurde immer lauter. „Darf ich Sie wieder einmal daran erinnern, dass wir diese Reportage gemeinsam schreiben sollen? Auch wenn ich nur eine Praktikantin bin, ist es untragbar, dass Sie mich die ganze Arbeit machen lassen. Ich habe das Gefühl, dass Sie alles im Alleingang erledigen wollen und sich dabei immer weiter von unserem ursprünglichen Thema entfernen. Selbst Mario ist nicht mehr gewillt, uns bei dieser

Arbeit zu unterstützen und hat Ellworth über die Sachlage in Kenntnis gesetzt. Dabei hat er sicher kein Blatt vor den Mund genommen."

John hatte sich inzwischen aufs Bett gesetzt und wartete wortlos das Ende ihres Vortrags ab.

„Schon gut! Ich verstehe, dass Sie genervt sind, aber ich kann alles erklären, zumindest meine Verspätung. Zuerst musste ich ziemlich lange auf Beppi warten. Der Verkehr war höllisch, viel schlimmer als gewöhnlich. Ich bin gerade erst aus dem Taxi gestiegen."

„Sie hätten mich wenigstens anrufen können."

„Stimmt, das habe ich völlig vergessen. Aber ich konnte ja nicht wissen, dass Sie sich Sorgen um mich machen."

„Irgendjemand muss doch auf Sie aufpassen! Offensichtlich haben Sie eine ausgeprägte Begabung, sich in die unmöglichsten Situationen zu bringen."

John konnte sich ein Lächeln nicht verkneifen.

„Vielen Dank für Ihre Anteilnahme. Apropos unmögliche Situationen: Ich wurde heute Nachmittag von einer sehr wichtigen Persönlichkeit empfangen."

„Ach ja? Und darf ich wissen, von wem?"

„Von Kardinal Scalingeri … höchstpersönlich!"

Nancy blickte ihn ungläubig an, aber innerlich machte ihr Erstaunen der Gewissheit Platz, dass dieser Teufelskerl Fox in der Lage war, sämtliche Hindernisse und Verbote zu umgehen.

„Laut Organigramm ist er eine bedeutende Persönlichkeit, an die man nicht so leicht herankommt. Wie haben Sie das geschafft?"

„Ich habe gar nichts gemacht. Ich habe nur auf seine Antwort auf mein Gesuch gewartet. Bevor er meinem Antrag stattgab, wollte er mich persönlich treffen. Es war eine ausgesprochen lehrreiche Begegnung."

Nancy vergaß einen Augenblick lang ihre Wut und folgte ihrer Neugier.

„Was ist er für ein Typ?"

„Alt, sehr von sich eingenommen, kurz angebunden und autoritär. Aber auf alle Fälle sehr intelligent und meiner Ansicht nach nicht gewohnt, die zweite Geige zu spielen."

„Haben Sie erreicht, was Sie wollten?"

„Ja, aber nur zum Teil."

„Was heißt das?"

„Ich bekomme Zugang zu den geheimen Archiven der Inquisition, aber nur allein …"

Zutiefst getroffen fuhr Nancy hoch.

„Ohne mich? Aber warum?"

„Offensichtlich aus Sicherheitsgründen. Nur sehr wenige Personen dürfen den Palast des Heiligen Offiziums betreten, und alle Informationen, die dort gesammelt werden, müssen vom Staatssekretariat freigegeben werden."

„Von wegen Sicherheit!" Nancy schoss vor Wut das Blut in die Wangen. „Ich darf nur nicht mitkommen, weil ich eine Frau bin! Sie haben doch die Reaktion dieses kleinen Kardinals gesehen, der uns neulich empfangen hat. Ich habe seine süffisante, vorwurfsvolle Ansprache noch im Ohr. Ich soll wohl mit Hut und schwarzem Talar herumlaufen! Es ist doch klar, wo das hinführt: Sie dort, und ich hier! Das kommt überhaupt nicht infrage, darauf können Sie Gift nehmen!"

John fand ihre Reaktion absolut gerechtfertigt und konnte ihre Verbitterung verstehen. Aber er war an Scalingeris Auflagen gebunden.

„Hören Sie, Nancy, ich könnte Ihre Hilfe in den Archiven

wirklich gut gebrauchen, denn Sie sind eine hervorragende Mitarbeiterin. Aber Scalingeri ist dagegen, und ich muss mich seinen Anordnungen fügen. Mit Spàs Hilfe habe ich bis nächsten Montag oder Dienstag die nötigen Fakten für das Porträt über den Vatikan zusammen. Dann bleiben uns immer noch ganze vier Tage, um die Reportage gemeinsam fertigzustellen. Bis dahin müssen Sie nicht mehr in die Agentur, das verspreche ich Ihnen. Ich werde Ellworth gleich anrufen und die Sache mit ihm klären. Dann gehen wir mit dem Ergebnis unserer Arbeit zusammen zu Pozzi … sagen wir, am Donnerstag. Sie werden sehen, es wird schon alles klappen."

„Und was soll ich Ihrer Meinung nach am Montag und Dienstag tun? Shoppen gehen?"

„Am Montagabend bekommen Sie das erste Material. Spà hilft mir, mich zu orientieren, und es wird sicherlich genug zusammenkommen, um Sie zu beschäftigen."

„Und warum nicht gleich morgen? Soweit ich weiß, ist der Vatikan sonntags nicht geschlossen. So verlieren wir noch einen Tag."

„Unser Freund Francesco kann morgen nicht, weil er diesen Tag ganz dem Herrn und dem Gebet widmet. Ohne ihn habe ich keinen Zugang zum Heiligen Offizium. Aber der Tag muss ja nicht verloren sein, wie wäre es mit einem Spaziergang durch Rom?"

In Johns Zimmer klingelte das Telefon. Er lief hinüber und schaffte es gerade noch, das Gespräch anzunehmen.

„Hallo?"

„Signore Cattuso? Hier spricht die Rezeption. Ein Gespräch für Sie."

„Woher kommt der Anruf?"

„Aus dem Ausland. Ich verbinde."

John hätte lieber zurückgerufen, aber schon hörte er Ellworths ungeduldige Stimme: „Hallo, John? Andrew hier."

„Hallo Andrew, wie geht es Ihnen?"

„Mir geht es gut, aber ich weiß nicht, ob man das auch von dir sagen kann! Pozzi hat mich angerufen. Soweit ich verstanden habe, hältst du dich nicht an die Spielregeln. Offensichtlich macht die Reportage überhaupt keine Fortschritte. Kannst du mir erklären, warum du Nancy in der Agentur allein lässt und was du im Vatikan treibst? Mario befürchtet, dass du eine Situation heraufbeschwörst, die für alle Beteiligten sehr peinlich werden könnte."

„Machen Sie sich keine Sorgen. Ich versuche nur, Informationen für unsere Reportage zu sammeln. Übrigens habe ich einen Passierschein für die Archive bekommen, über die das breite Publikum nur sehr wenig weiß."

„Ich verstehe dich, John. Aber vergiss nicht, dass du mit der Praktikantin zusammenarbeiten sollst. Offensichtlich macht sie ihre Arbeit in der Agentur sehr gut, aber es kann nicht angehen, dass du sie dort allein lässt. Ob es dir passt oder nicht, ihr seid ein Team!"

„Das weiß ich, und ich bin auch froh darüber. Allerdings hat sich durch die Bedingungen hier eine etwas andere Situation ergeben, die ein getrenntes Arbeiten für den Moment unumgänglich macht. Dennoch wäre es schön, wenn Nancy ein oder zwei Tage der Agentur fernbleiben könnte. Wir wollen im Hotel arbeiten und erst Ende nächster Woche zu Mario gehen, um die Reportage mit seinem Team abzuschließen."

„Es ist mir egal, wie du deine Arbeit organisierst, John. Für mich zählt nur das Ergebnis. Vor allem erwarte ich von eurem Gespann echte Zusammenarbeit. Ich weiß zwar nicht, was du vorhast, aber vergiss nicht, dass du sowohl für deine Handlungen als auch für die Konsequenzen verantwortlich bist. Bitte mach mir keinen Ärger!“

„In Ordnung, ich werde mein Möglichstes tun. Könnten Sie in der Zwischenzeit versuchen, unseren hiesigen Partner zu beruhigen?“

„Das habe ich bereits getan. Aber egal wie, er wird sicher nicht für dich den Kopf hinhalten.“

9. KAPITEL

Sonntag, 28. Mai, 11 Uhr, Rom, südliche Viertel

Beppi, dem die Sonntagsruhe heilig war, stand nicht zur Verfügung. Doch schien er eine Art Doppelgänger zu haben. Jedenfalls legte der Taxifahrer, der sie in die südlichen Viertel der Stadt brachte, die gleiche Fahrweise wie Beppi an den Tag. Die historisch uninteressante Via Prenestina befand sich in einem quirligen Viertel, wo es von Zweirädern nur so wimmelte und permanenter Trubel herrschte. Die Bevölkerung lebte dicht gedrängt in tristen, nach dem Krieg entstandenen, Wohnsilos. Hier zeigte Rom ein anderes Gesicht als die pompöse Welt des historischen Zentrums, dessen Pracht die Touristen in Staunen versetzte. Hier wichen die barocken Brunnen und alten Monumente der Unsicherheit des wahren Lebens.

Nancy mochte diese Straße nicht. Sie fand sie langweilig und alltäglich. Selbst die strahlende Sonne schien die gesichtslosen Häuser mit ihren endlosen Fensterreihen nur mit Mühe zu erhellen.

„Sie haben mir eine Spazierfahrt durch Rom versprochen, aber so habe ich mir das nicht vorgestellt. Warum sind wir überhaupt hier?"

„Hier wohnte der junge Assistent von Ingenieur Sorsi. Vielleicht ist er immer noch hier."

Nancy seufzte und versuchte zum wiederholten Mal, eine mögliche Verbindung zwischen dem alten Mann, seinem Assistenten und dem Jubiläumsjahr der römisch-katholischen Kirche zu finden. Fox sah sich indessen eines der Gebäude genauer an. Nancy hatte den Eindruck, dass er dabei etwas ganz Bestimmtes suchte.

„Die Straße ist lang. Wer weiß, wie viele Leute hier wohnen. Haben Sie die genaue Adresse?“

„Ja, ich habe im Hotel im Telefonbuch nachgeschlagen. In Nummer 23 wohnt jemand mit dem Namen Calabrese.“

Diese Nummer gehörte zu einem bescheidenen einstöckigen Haus mit bröckelnder Fassade, das eingezwängt und etwas zurückgesetzt zwischen zwei Wohnblöcken stand. Ein altes schmiedeeisernes Tor führte zu dem winzigen mit Kies belegten Hof, über den man zur Haustür kam. John zog an einem Kettchen, worauf der helle Klang einer Glocke ertönte. Nach einer Weile öffnete eine korpulente Frau unbestimmten Alters in einer rot-weiß karierten Schürze die Tür. Misstrauisch musterte sie die beiden Fremden von oben bis unten, bevor sie mit rauer Stimme fragte: „Sie wünschen?“

John erwiderte auf Italienisch: „*Buongiorno.* Sind Sie Signora Calabrese?“

„Ja, was wollen Sie von mir?“

„Wir hätten gern mit Ihrem Sohn Pasquale gesprochen.“

Augenblicklich verschwand jeder Anflug von Freundlichkeit aus dem feisten Gesicht der Frau.

„Was wollen Sie von Pasquale?“, fragte sie barsch und gereizt.

„Ich kann Sie beruhigen, es ist nichts Ernstes. Wir wollen nur mit ihm über einen gemeinsamen Freund plaudern, das ist alles. Wissen Sie, wo wir ihn finden könnten?“

„Nein, ich habe absolut keine Ahnung! Er wohnt schon lange nicht mehr hier.“

John beobachtete die Frau und schloss aus ihrer abweisenden Miene und dem ausweichenden Blick, dass nichts aus ihr herauszubringen war. Der ohnehin dünne Faden des Gesprächs war endgültig gerissen.

Unhöflich drehte sich die Mutter des jungen Assistenten um und knallte ihnen die Tür vor der Nase zu. John und Nancy sahen sich verdutzt an. Der frostige Empfang und der jähe Abbruch des Gesprächs machten sie stutzig. Nancy ahnte, dass sie nun den größten Teil des Vormittags geopfert hatten und wegen nichts und wieder nichts quer durch Rom gefahren waren. Pure Zeitverschwendung!

„Zumindest wissen wir jetzt, dass Pasquales Mama die Liebenswürdigkeit einer Gefängniswärterin besitzt. Allein dafür hat es sich gelohnt, hierherzukommen! Jetzt bleibt uns nichts anderes übrig, als wieder zurückzufahren."

Fox stimmte zu.

„Stimmt, sie ist ein richtiger Drache. Aber ich möchte den Weg nicht ganz umsonst gemacht haben. Sehen wir uns einmal um."

Eine schwarz gekleidete ältere Frau kehrte den kurzen Treppenaufgang zum Nachbargebäude. John zauberte ein gewinnendes Lächeln auf seine Lippen und ging zu ihr.

„*Buongiorno, Signora.*"

„*Buongiorno ...*"

Im Gegensatz zur vorherigen Gesprächspartnerin machte diese Frau einen freundlichen Eindruck. Sie stellte ihren Besen ab und wandte sich den beiden Fremden zu.

„Kann ich Ihnen helfen?"

„Entschuldigung, wir hätten gerne den jungen Pasquale Calabrese gesprochen."

„Sie haben sich in der Nummer geirrt. Das ist das Haus nebenan. Es würde mich sehr wundern, wenn er da wäre, denn er wohnt seit geraumer Zeit nicht mehr hier."

John tat bestürzt.

„Zu dumm. Wir sind weit gefahren, um ihm Neuigkeiten

über einen gemeinsamen Freund zu bringen. Sie wissen nicht zufällig, wo wir ihn finden könnten?"

„Ich weiß nicht, wo er jetzt wohnt. Aber fragen Sie doch seine Mutter. Sie kann Ihnen sicher Auskunft geben."

„Wir haben geläutet, aber es ist wohl niemand zu Hause."

„Wahrscheinlich ist sie beim Einkaufen. Pasquale kommt manchmal sonntags gegen Mittag und bringt seine Wäsche. Aber heute habe ich ihn noch nicht gesehen. Vielleicht kommt er ja noch."

„Besitzt er immer noch sein Motorrad?"

„Ja, er hat ein großes weißes Motorrad."

Die Sonne stand im Zenit, und die Straße flimmerte in der Hitze. Ohne auf den Verkehr zu achten, spielten halb nackte Kinder am Straßenrand mit einem Ball. Schweißgebadet hatte Nancy sich in den Schatten eines Vorbaus geflüchtet, um der drückenden Hitze einen Moment zu entkommen. Vergebens. Bleischwer und quälend langsam vergingen die Minuten in der allgegenwärtigen, unerträglichen Hitze.

Plötzlich löste sich ein Motorrad aus dem fließenden Verkehr der Via Prenestina, fuhr auf den Bürgersteig und hielt vor dem kleinen Haus der Calabreses. Der junge Fahrer stellte seine Maschine vor dem Tor ab, schwang einen großen Sack über die Schulter und verschwand im Haus. Nancy eilte zu John, der die Straßenseite gewechselt hatte.

„Das muss er sein! Das Motorrad ist weiß, und er hat einen großen Sack dabei. Er bringt bestimmt seine Sachen zum Waschen, wie die Nachbarin gesagt hat. Was machen wir jetzt? Wir wollen hier doch wohl nicht stundenlang auf ihn warten, oder?"

John überlegte, ob er noch einmal läuten sollte. Womöglich wies man sie wieder ab. Vielleicht war es besser zu warten, bis der junge Mann das Haus wieder verließ, was sehr lange dauern konnte. Dumme Situation. Während er sich den Kopf zerbrach, fand sich die Lösung von selbst. Plötzlich öffnete sich die Tür, und Pasquale tauchte auf. Verstohlen blickte er sich um und schwang sich auf seine Maschine. Mit zwei langen Sätzen hatte John die Fahrbahn überquert und erwischte ihn gerade noch rechtzeitig am Ärmel.

Der junge Assistent war etwa fünfundzwanzig Jahre alt, sah aber mit dem sommersprossigen Gesicht noch sehr jungenhaft aus. Erschrocken fuhr er herum.

„Wer sind Sie? Haben Sie nach mir gefragt? Was wollen Sie von mir?“ In seiner Stimme schwang deutliche Abwehr mit.

„Wir möchten etwas mit Ihnen besprechen, es dauert nicht lang.“

Der junge Mann riss sich los.

„Lassen Sie mich in Ruhe. Ich kenne Sie nicht und habe Ihnen nichts zu sagen.“

John setzte wieder einmal alles auf eine Karte.

„Es geht um Ingegnere Sorsi …“

„Er ist schon lange tot. Mehr weiß ich auch nicht.“ Schroff wandte er sich ab, um sein Motorrad zu starten.

„Stimmt! Er ist zwar tot, aber erst seit gestern.“

Verblüfft riss Pasquale die großen braunen Augen auf.

„Was, erst seit gestern? Unmöglich! Die Geschichte glaube ich Ihnen nicht!“

„Wir können Ihnen alles erklären und würden uns gern ein paar Minuten mit Ihnen unterhalten. Vielleicht da hinten, in der Trattoria?“

Neugier gewann die Oberhand, und so stellte Pasquale sein Motorrad ab und folgte den beiden über die Straße.

Das bescheidene Gasthaus war gut besetzt mit einem bunten lärmenden Publikum. Der Assistent des alten Renato starrte verwirrt auf seinen Cappuccino.

„Ich dachte, er sei noch am Tag seiner Einlieferung ins Krankenhaus gestorben. Jedenfalls hat man mir das dort gesagt. Wo war er denn die ganze Zeit?“

„In einer Klinik.“

„Und woran ist er gestorben?“

„Anscheinend litt er an einem seltenen Herzleiden, wofür es bis heute weder Medikamente noch andere Heilmittel gibt. Eigentlich war er schon auf dem Weg der Besserung, aber dann hat ihn eine Embolie dahingerafft. Das war gestern. Können Sie sich noch an die letzten Tage erinnern, die Sie mit ihm verbracht haben?“

„Sehr gut, aber ich möchte lieber nicht darüber reden.“

„Von uns haben Sie nichts zu befürchten. Pater Francesco Spà hat uns Ihren Namen genannt. Ich denke, dass Sie ihm vertrauen können.“

„Dem schon. Das ist ein super Typ.“ Pasquale taute merklich auf. „Also, was wollen Sie wissen?“

„Vielleicht fällt Ihnen etwas ein, was die plötzliche Änderung seines Gesundheitszustandes erklären würde …“

„Hm, es gab tatsächlich eine merkwürdige Situation. Ungefähr zwei Jahre lang haben wir dieses Monstrum von Anlage überall im Vatikan installiert. Für zwei Leute eine Heidenarbeit, deshalb hat es auch so lange gedauert. Wir waren froh, als wir mit den Montagearbeiten im Palast der Kongregation der Glaubenslehre dem Abschluss unserer Tätigkeit näher kamen. Dort sollte die Überwachungsanlage allerdings nur bestimmte Teile des Komplexes erfassen. Laut dem Deutschen musste ein Teil des Gebäudes abgesichert werden, wobei wir uns aber nur innerhalb bestimmter Grenzen bewegen durften …“

„Welcher Deutsche?"

„Na, der Sicherheitschef, Klaus Hübner."

„Erzählen Sie weiter."

„Immer wenn wir an diese Grenze kamen, saß uns der Deutsche mit diesem blöden Köter im Nacken. Der Ingegnere, den eigentlich nichts aus der Ruhe bringen konnte, wurde plötzlich sehr nervös. Er ließ sich nicht gern auf die Finger schauen. Er sagte immer, das würde ihn bei der Arbeit stören. Ich fand das Theater eher lächerlich. Nur vor dem Hund hatte ich ehrlich gestanden einen Riesenbammel. Aber wir hatten den genehmigten Bereich schon fertig verkabelt, und es funktionierte auch alles perfekt."

„Und dann?"

„Es ging Renato nicht in den Kopf, warum man den ganzen Kernbereich des Vatikans schützte, aber einen Teil des Heiligen Offiziums aussparen wollte."

„Vielleicht gibt es in diesem Teil des Gebäudes nichts, was den Aufwand einer solchen Installation rechtfertigen würde."

„Na ja … schon möglich, aber warum hat man uns dann ständig bewacht? Wollten die nicht riskieren, dass wir den verbotenen Bereich betreten?"

„Was lässt Sie vermuten, dass dieser Bereich für Sie beide tabu war?"

„Jedes Mal, wenn der Sicherheitschef nicht da war, lag sein Hund in der Ecke und hat uns belauert. Ich habe mich oft gefragt, ob wir für dieses Mistvieh Menschen oder Beutetiere waren, womöglich beides. Wenn einer von uns hinten im Saal aus Versehen in die Nähe dieser niedrigen Tür kam, erhob sich die Dogge und zwang uns knurrend zum Rückzug. Da wurde mir einiges klar."

„Also schlossen Sie daraus, dass die berühmte Grenze diese Tür war."

„Mit Sicherheit."

„Und dann? Was ist dann passiert?"

„Renato arbeitete jeden Tag ein oder zwei Stunden länger als ich. Danach unterhielt er sich oft noch lange mit Pater Francesco. Auch an diesem Abend blieb er länger, doch am nächsten Morgen war er nicht mehr derselbe. Er wirkte ernst und sehr niedergeschlagen. Als ich ihn nach dem Grund fragte, bekam ich keine Antwort. An diesem Tag hat er kaum gearbeitet, was gar nicht zu ihm passte."

„Hatten Sie den Eindruck, dass er krank war?"

„Überhaupt nicht! Zwar war er von Natur aus sehr ruhig, aber das hinderte ihn nicht daran, viele Stunden am Tag zu arbeiten. In den zwei Jahren habe ich ihn nicht einmal husten hören. Ich glaube, er war ziemlich robust. An dem besagten Tag war er jedenfalls völlig verändert. Er schien irgendwie aus dem seelischen Gleichgewicht geraten zu sein und saß lange untätig an eine der Säulen gelehnt, die den Innenhof des Heiligen Offiziums säumen. Er sagte kein Wort, starrte nur ins Leere. Fragen zu unserer Arbeit beantwortete er gar nicht oder sehr abwesend. Zwar blieb er den ganzen Tag über so seltsam, aber ich kann Ihnen versichern, dass er zumindest körperlich gesund war, als ich ihn gegen siebzehn Uhr verließ. Am darauffolgenden Tag erschien Renato nicht mehr zur Arbeit. Man hat mir gesagt, dass er ganz plötzlich verstorben sei."

„Wer hat das gesagt?"

„Der Deutsche, dieser Hübner. Aber ich begreife nicht, wieso man mich belogen hat. Warum?"

Nancy verfolgte das Gespräch zwar, verstand jedoch nur das, was John in aller Kürze übersetzte. Aber sie spürte die tiefe Traurigkeit des jungen Mannes, der seinen väterlichen Chef ein zweites Mal verloren hatte. Zweifellos hatte dieser seinem jungen Kollegen viel Sympathie entgegengebracht, so wie er auch die Freundschaft zu Francesco Spà gesucht hatte. In den letzten Tagen hatte sie viel über Renato Sorsi erfahren. Er musste sehr liebenswürdig und tolerant gewesen sein. Sie begriff, dass man einen solchen Mann rasch ins Herz schloss. John setzte seine eindringliche Befragung fort.

„Haben Sie die Anlage allein fertiggestellt?"

„Was blieb mir anderes übrig, wir waren ja fast fertig. Aber es war nicht leicht. Der Ingegnere hatte ein System ultrasensibler Sensoren ausgeklügelt, die perfekt aufeinander abgestimmt wurden. Das Ganze ist geradezu revolutionär und funktioniert bombensicher, aber die Technik ist sehr kompliziert. Ich habe zwar auch Elektrotechnik studiert, begreife aber das System nicht ganz. Jeder Teil des Überwachungsnetzes ist eine Einheit für sich und wird aus einer Mini-Station bedient, die wiederum von einem Kontrollterminal gesteuert wird. Ich war die ganze Zeit auf Renatos Anweisungen angewiesen. Sie können sich vorstellen, wie es war, als er mir nicht mehr helfen konnte."

„Und bis zu welcher Stelle war Ihr Einsatz begrenzt?"

„Wie vorgegeben, zwei Meter vor der kleinen Tür."

„Wollen Sie damit sagen, dass es hinter diesem Punkt des Gebäudes gar keine Sicherheitsvorkehrungen gibt?"

„Keine, zumindest haben wir dort nichts installiert. Wahrscheinlich auch niemand anders, denn ich glaube nicht, dass die jemandem erlaubt hätten, diese Grenze zu überschreiten."

„Die? Von wem sprechen Sie?"

Pasquale starrte schweigend in seine leere Tasse und rührte unentwegt mit dem weißen Plastiklöffel den restlichen

Schaum um. Seine verschlossene Miene verriet deutlich, dass er nicht gewillt war, diese Frage zu beantworten.

„Und was machen Sie jetzt? Arbeiten Sie immer noch in Rom?“

Pasquale zögerte einen Augenblick.

„Ich schufte immer noch in der Elektronik, aber nach den Erfahrungen dort unten brauchte ich eine Luftveränderung.“

„Warum? Was hat Sie beunruhigt?“

„Hm …“

Das Misstrauen des jungen Mannes war zurückgekehrt, und er war sichtlich nervös.

„Von uns haben Sie wirklich nichts zu befürchten. Wir möchten nur in Erfahrung bringen, was Sorsi zugestoßen ist. Und Sie sind der Einzige, der uns helfen kann.“

„Während der letzten Tage, die ich dort unten verbracht habe, ist mir Sorsi nicht aus dem Kopf gegangen. Als man mir seinen plötzlichen Tod mitgeteilt hat, war ich sehr verwirrt, vor allem wegen seines eigenartigen Zusammenbruchs am Vorabend seines Verschwindens. Irgendwie habe ich mich bedroht gefühlt. Sosehr ich mich auch zusammenriss, ich wurde die Angst nicht los. Einige Tage vor Beendigung der Arbeiten habe ich auf meinen letzten Lohn verzichtet und einfach alles hingeschmissen. Anschließend bin ich sofort umgezogen und besuche meine Familie nur noch sporadisch.“

Es war dreizehn Uhr dreißig, und das lebhafte Treiben auf der Via Prenestina hatte plötzlich nachgelassen. Selbst die Jungen mit dem Ball waren verschwunden. Nur vereinzelte Autos verliehen dem tristen Grau der Straße etwas Farbe. Als Pasquale sich auf sein Motorrad schwang und mit aufheulendem Motor davonfuhr, beschlich John das Gefühl, dass der junge Mann lange nicht mehr in diesem Viertel auftauchen würde.

* * *

Nancy war schon ein paar Schritte vorausgegangen. John holte sie ein.

„Wohin so eilig?"

„Ich habe Hunger. Sie etwa nicht? Ich würde gern gut zu Mittag essen, aber nicht hier."

„Eine gute Idee. Versuchen wir ins Zentrum zurückzukommen."

Es dauerte eine gute halbe Stunde, bis sie ein Taxi fanden, das sie in den historischen Teil der Stadt brachte. Der Mercedes war geräumig, und sie genossen den Komfort, den sie im alten Europa bisher vermisst hatten. Angesichts all der Gebäude, Straßen und Menschen, an denen das Taxi vorüberfuhr, dachte Fox darüber nach, wie viele Schicksale ihren Weg kreuzten, ohne sie zu berühren. Nancy beobachtete ihn und versuchte, seine Gedanken zu erraten.

„Sie sehen nachdenklich aus. Hat Sie das Treffen zufriedengestellt?"

„Ja, es hätte gar nicht besser laufen können."

„Tatsächlich? Und welche Schlüsse ziehen Sie daraus? Was meine Wenigkeit betrifft, so weiß ich überhaupt nicht mehr, was hier gespielt wird. Ich habe den Eindruck, dass wir im Moment eher kriminalistische als journalistische Recherchen durchführen."

„Nun gut, um es kurz zu machen: Ich glaube, dass man bei dem Abgang unseres Freundes Sorsi ein wenig nachgeholfen hat."

„Sie machen wohl Witze? Er soll ermordet worden sein? Von wem und warum?"

„Genaues weiß ich auch nicht. Vermutlich hat er etwas gesehen, was er nicht hätte sehen sollen."

Nancy schüttelte ungläubig den Kopf.

„Das ist aber ein bisschen weit hergeholt."

„Zugegeben, bis jetzt ist es nur eine Hypothese. Aber Sie werden mit mir übereinstimmen, dass Realität und Fantasie manchmal nahe beieinanderliegen."

Das Taxi hielt in der Via Frattina vor einem Restaurant, das der Chauffeur ihnen wärmstens empfohlen hatte. Die barocke Inneneinrichtung mit den Travertinsäulen und den in pompejischem Rot gehaltenen Wänden mit den weißen Stuckputten entsprach dem italienischen Geschmack. Niedrige Ziegelmauern, auf denen üppige Blumenschalen standen, unterteilten den großen Saal in kleine Nischen und schufen eine leise beruhigende Atmosphäre. Im Gegensatz zu dieser exklusiven Ausstattung war das Publikum eher einfach. Nancy bewunderte die prächtigen bunten Azaleen, die ihrem Tisch einen Hauch von Festlichkeit verliehen.

„Wundervoll! So habe ich mir Rom immer vorgestellt: eine Mischung aus Luxus und Raffinesse."

Als sie bemerkte, dass John sie unverwandt anblickte, fügte sie hinzu: „Warum sehen Sie mich so an? Ist etwas?"

Das Licht fing sich in ihrem feuerroten Haar und erzeugte einen goldenen Schimmer auf ihrem makellosen ovalen Gesicht. Die Blumenpracht des Raums unterstrich den Zauber ihrer nymphenartigen Schönheit.

„Sie sind sehr schön und passen perfekt in dieses Ambiente."

„Sie machen sich über mich lustig. Und sehen Sie mich nicht so an, das macht mich verlegen …"

„Wie soll ich Sie denn sonst anschauen?"

„Ich weiß nicht … schwer zu sagen … eben anders."

Als sie bemerkten, wie lächerlich dieser Wunsch war, brachen beide in Gelächter aus. Beim Essen unterhielten sie sich entspannt wie gute Freunde, die sich nach langer Zeit wiedersahen.

„Ich möchte Ihnen gern eine Frage stellen, John."

„Nur zu. Hoffentlich kann ich sie beantworten."

„Sind Sie ein gläubiger Mensch?"

„Ach nein, Sie auch?"

„Wieso?"

„Weil mir Spà gestern dieselbe Frage gestellt hat."

„Und was haben Sie geantwortet?"

„Nichts. Die Umgebung hat sich für ein solches Gespräch kaum geeignet."

„Und dieses Ambiente, passt das besser?"

„Vermutlich schon." Nach kurzem Zögern fuhr er fort: „Sehen Sie, Nancy, seit meiner Kindheit, zumindest so weit meine Erinnerung zurückreicht, habe ich versucht, das große Rätsel des Glaubens zu entschlüsseln. Schon sehr früh musste ich mich mit der Grundsatzfrage auseinandersetzen, ob es den Allmächtigen gibt oder nicht. Zu früh. Genauer gesagt, als ich sechs Jahre alt war und mich ein großer kräftiger Polizist auf seine Knie setzte und mir erklärte, dass ich nun lernen müsse, ohne meine Eltern zu leben, ohne ihre Liebe und Fürsorge. Aufmerksam folgte ich seinen langen wohlüberlegten Sätzen, die mich beruhigen sollten, ohne sie zu verstehen, denn es waren die Worte eines Erwachsenen, die sich in den Ohren eines sechsjährigen Waisen ganz anders anhörten. Nichts davon blieb mir im Gedächtnis, nur seine schöne schwarze Uniform mit den goldenen Knöpfen, die mich mehr faszinierten als alles, was er mir sagte. Die Zeit verging. Ganz allmählich begann ich die Worte des Polizisten zu begreifen. Ich betete jeden Abend, glaubte an diese magische Kraft, die alle Schwierigkeiten überwand, Ungerechtigkeit und Leid ungeschehen machte und alles wieder gut werden ließ. Aber meine Eltern kamen nicht wieder. Eines Tages erschien wieder ein Polizist und erklärte mir, dass ich jetzt lernen müsse, ohne meine Großeltern, die letzten meiner Familie, zu leben. An diesem Tag fand ich die Uniform nicht schön, und die goldenen Knöpfe hatten ihren Glanz verloren. Diesmal begriff ich die Botschaft des schwarz gekleideten Mannes und verstand, dass die magische Kraft nicht existierte. Diese Zeit hat mich gelehrt, dass das Leben schwer ist und man der Realität ins Auge blicken muss. Ich glaube zwar nicht an die Unsterblichkeit, aber an ein Wesen, das unser Leben und unser Schicksal bestimmt, etwas Allgegenwärtiges, das man nicht fassen kann. Vielleicht ist es das, was manche Leute Gott nennen …"

Als Nancy sah, wie sich sein dunkler samtener Blick schmerzerfüllt in der Ferne verlor, zog sich ihr Herz zusammen. Spontan ergriff sie seine Hand.

„Es tut mir leid, meine Frage war sehr dumm."

„Nein, Sie haben sich nichts vorzuwerfen, schließlich können Sie nicht hellsehen. Außerdem ist das sehr lange her, fast wie in einem anderen Leben. Aber wenn ich Ihnen jetzt dieselbe Frage stelle, laufen wir dann Gefahr, ebenso traurige Erinnerungen zu wecken?"

„Nein, meine Jugend war weniger dramatisch. Ich bin in einer streng katholischen Familie aufgewachsen. Allerdings tat ich mich schwer, die mir auferlegten Pflichten wie Katechismus oder Sonntagsgottesdienst zu akzeptieren. Jung wie ich war, habe ich Himmel und Hölle in Bewegung gesetzt, um mich dem zu entziehen. Meine Eltern hatten es sehr schwer, mir Gehorsam beizubringen. Man könnte sagen, dass ich in dieser Zeit eine gewisse Distanz zur Kirche entwickelt habe, vielleicht als Reaktion auf die mir auferlegten Einschränkungen, gegen die sich mein Freiheitsdrang wehrte."

John betrachtete Nancy und stellte sich vor, wie sie wohl als Kind gewesen sein mochte. Als er sich ausmalte, was dem eigensinnigen und unberechenbaren Mädchen eingefallen sein mochte, um nicht in die Messe gehen zu müssen, lächelte er.

„Was ist daran so komisch?"

„Ach, eigentlich nichts. Ich dachte nur daran, dass es sicher schon damals schwierig war, sich gegen Sie durchzusetzen. Ich weiß nicht, ob wir wirklich die idealen Personen für die Berichterstattung über ein kirchliches Jubiläum sind."

Jetzt musste Nancy lächeln.

„Richtig, John, wir sind nicht gerade objektiv."

Nach dem Essen gingen sie zu Fuß die Via Propaganda hinunter bis zur Piazza di Spagna, die vom *Palazzo di Propaganda Fide* beherrscht wurde. Von diesem Platz aus führte die berühmte Spanische Treppe zur Dreifaltigkeitskirche, der *Santa Trinità dei Monti.* In Nancys Stadtführer stand, dass dieser geschwungene Aufgang aus dem Jahre 1725 im reinen Rokokostil erbaut worden war. Sie staunte über das verspielte Geländer und die in ein Blumenmeer getauchten Terrassen. Wie jedes Jahr im Mai, wenn hier die Azaleenausstellung stattfand, bedeckte ein Teppich aus weißen, rosa und roten Blüten die Stufen. Die Frühlingssonne tat das Ihre und tauchte die Pracht in ein überirdisches Licht. Der Anblick war überwältigend. Begehbar war nur der mittlere Bereich des dreigeteilten Treppenlaufs, wo sich überwiegend junge Leute aufhielten, Händchen haltende Liebespaare, ein auf der ganzen Welt vertrautes Bild.

Bald hatten sie die erste, von einer Balustrade aus Stein gerahmte Terrasse erreicht. Von dort führte ein weiterer Aufgang durch kleine Gärtchen, die in der sengenden Hitze eine wohltuende Frische verbreiteten. Auf der rechten Seite ragte eine hohe Palme aus einer Buchsbaumhecke und streckte ihre großen gefiederten Blätter auf der vergeblichen Suche nach einer frischen Brise zum Himmel.

Nancy lehnte an der Balustrade und blickte verträumt auf die bezaubernde Szene.

„Es ist wunderschön hier. Schade, dass wir so wenig Zeit haben. Es ist geradezu frustrierend, hier zu sein, ohne es genießen zu können."

„Journalisten haben nur selten Zeit, etwas von den Orten zu sehen, die Gegenstand ihrer Arbeit sind. Das ist paradox, gehört aber zum Beruf. Na ja, vielleicht gibt uns Ellworth nach dem vierten Juni einen Tag frei. Möchten Sie unterdessen vielleicht ein Eis?"

Fröhlich und lebhaft erklang plötzlich eine Tarantella aus einer Drehorgel, die dem festlichen Sonntagnachmittag eine heitere Note verlieh. Amüsiert beobachtete John, wie Nancy sich das Eis schmecken ließ. Auf ihren vollen Lippen hatte sich ein dünner weißer Schnurrbart gebildet.

Ungestüm biss sie ein Stück aus der Waffeltüte, drehte sich zu John um und zitierte aus ihrem Stadtführer: „In der Geschichte und der Architektur dieser Hauptstadt finden sich drei verschiedene Epochen: das antike, das christliche und das barocke Rom. Wie fahren wir fort?"

„Wo sind wir denn jetzt?"

„Wir sind mitten im Barock mit seinen berühmten Plätzen und Brunnen. Außerdem ist es nicht mehr weit bis zu unserem Hotel in der Via della Croce."

„Das Vernünftigste wäre, die Besichtigung dieses Teils der Stadt fortzusetzen und alles Übrige auf einen anderen Tag zu verschieben."

Sie erklommen die Stufen bis hinauf zur Eingangstreppe der Kirche *Santa Trinità dei Monti*, vor der auf einem Sockel ein von einem Kreuz gekrönter Obelisk aufragte und mit den Doppeltürmen des Gotteshauses zu wetteifern schien. Der Rückweg führte sie über die Via Propaganda zum berühmten Trevi-Brunnen. Der größte barocke Brunnen Roms zog unzählige staunende Touristen an, die freudig eine Münze in sein bläuliches Wasser warfen.

Nancy las aus ihrem Führer die Beschreibung dieser Szene mit seinen mythologischen Gestalten vor: „Der Brunnen wurde 1762 fertiggestellt und zeigt den triumphierenden Neptun, Gott des Meeres, in einem von Meerespferden gezogenen und von Meeresgöttern geleiteten Streitwagen in Form einer Muschel. Nach einer Legende kehren alle, die ein Geldstück in das Brunnenbecken werfen, eines Tages wieder in die Ewige Stadt zurück. Haben Sie etwas Kleingeld zur Hand, John?"

John kramte in seinen Taschen, brachte ein paar Münzen zum Vorschein und reichte sie ihr lachend.

„Sie glauben doch nicht wirklich daran, oder?"

„Warum nicht? Wenn etwas so lange besteht, kann es doch nicht falsch sein, oder?"

„Hm, eine einfache, aber logische Erklärung. Aber solche Schlussfolgerungen führen auch dazu, dass bestimmte Legenden Jahrhunderte überstehen."

Zu Füßen des Meeresgottes in dem steinernen Streitwagen floss das glasklare Wasser von Felsenschale zu Felsenschale bis in das große Becken. Auf dessen Grund funkelten goldene und silberne Geldstücke aus aller Herren Länder, bündelten die Sonnenstrahlen und warfen sie zurück an die Oberfläche. Bedächtig warf Nancy ihre Münzen ins Wasser, eine nach der anderen, und beobachtete verträumt, wie sie taumelnd zu Boden sanken. Als die letzte ihre Hand verlassen und auf den Grund des mythischen Brunnens gesunken war, sagte sie leise: „Wir werden ja sehen."

Während immer mehr Touristen Neptun beschenkten, drängelten sich schelmische Buben vor. Sie fassten sich an den Händen und bildeten eine Kette, um so nah wie möglich an das Geld heranzukommen und die Münzen aus dem kühlen Nass zu fischen. Der letzte der Kette lag mit nacktem Oberkörper auf dem Brunnenrand. Sein Kinn berührte schon das Wasser, aber seine Arme waren nicht lang genug. Neben John steckte sich eine junge Brünette eine Zigarette an. Der Rauch des hellen Tabaks stieg ihm in die Nase und weckte Gelüste, die er schon überwunden geglaubt hatte. Unwillkürlich griff er in die Tasche und suchte nach dem Päckchen Lucky Strike. Als er es herauszog, blickte Nancy ihn vorwurfsvoll an.

„Ich dachte, Sie wollten aufhören? Wie lange ist das schon her?"

„Drei Tage, aber ich werde es schon schaffen. Nur eine Frage des Willens."

Um seine Aussage zu bekräftigen, warf er die noch volle Schachtel Zigaretten in einen überquellenden Abfalleimer. Am Brunnen brach Gelächter aus, denn der Junge, der sich ebenso angestrengt wie vergeblich um die Reichtümer im Brunnen bemüht hatte, war ins Wasser gefallen.

Nancy und John hatten die Piazza di Trevi verlassen und gingen die Via delle Muratte entlang bis zur Via del Corso. Dann folgten sie der breiten Prachtstraße bis zur Piazza Venezia, auf der das Nationaldenkmal von Victor Emanuel II. prangte. Am Ende der imposanten Freitreppe mit seinen Terrassen stand ein Palast aus strahlend weißem Travertin mit einer mächtigen Säulenreihe. Große Statuen, teils aus Stein, teils aus Bronze, ergänzten das Werk. Nancys Fremdenführer bezeichnete den Platz als geografisches Zentrum Roms und als idealen Ausgangspunkt für alle Besichtigungstouren durch die historische Stadt. Die Nonchalance der Römer wirkte ansteckend. Wie überall war der Sonntag auch hier ein Ruhetag, allerdings mit dem Flair des *dolce vita.* Gelassen flanierten die Römer zwischen den jahrhunderte- und jahrtausendealten Zeugen der Geschichte, in der Gewissheit, dass diese auch morgen noch da sein würden. Im Gegensatz dazu fielen die Touristen durch ihre Hast und Eile auf. Ihnen blieb kaum Zeit und Muße, in die Geschichte Roms einzutauchen. Hatten sie denn keine Augen für die Sehenswürdigkeiten unter freiem Himmel, die diese herrliche Stadt ihnen bot? Der Zweifel war durchaus berechtigt.

Auch John und Nancy folgten den ganzen Nachmittag den empfohlenen Routen, entdeckten Plätze und Brunnen, Kirchen und Paläste. Nancy fotografierte alle Sehenswürdigkeiten mit ihrer Spiegelreflexkamera, wählte das beste Objektiv, prüfte Lichteinfall und Schattenwirkung, Perspektiven und Bildausschnitte, immer bemüht, die Monumente so optimal wie möglich festzuhalten. Fox bewunderte ihre Geduld. Sie war zwar kein Profi, bewies jedoch viel Gefühl im Umgang mit den Motiven und sehr viel Sinn für Details. Als sie sich umdrehte, bemerkte sie, dass John sie lächelnd beobachtete.

„Machen Sie sich schon wieder über mich lustig?“

Jetzt musste John wirklich lachen.

„Jedes Mal, wenn ich lächle, fragen Sie mich dasselbe. Nein, es macht mir nur Spaß, Ihnen beim Fotografieren zuzusehen. Sie machen Ihre Sache sehr gut …“

„Ich fotografiere sehr gern. Jedes Mal habe ich das Gefühl, einen Moment des Lebens zu verewigen. Aus diesem Grund wähle ich meine Motive sehr sorgfältig aus. Meistens entwickle ich meine Negative selbst, um zu beobachten, wie das Bild entsteht. Ein magischer Augenblick."

Während sie den Film wechselte, ging er zu ihr.

„Ich möchte Sie etwas fragen. Haben Sie eigentlich keinen Kosenamen?"

Jetzt musste Nancy laut lachen.

„Warum, ist Ihnen Nancy zu lang?"

„Nein, vielleicht ein wenig zu förmlich. So nennt Sie doch jeder, der Sie kennt."

Sie wusste, was er meinte. Er wollte etwas Intimeres. Sie blickte ihn zögernd an und gestand: „Nane ... so hat mich meine Schwester Kathy genannt, als sie klein war und Nancy noch nicht aussprechen konnte. Aber außer ihr hat mich noch niemand so genannt, weder meine Eltern noch mein Exmann."

Die Stunden vergingen. Unerbittlich drehte sich das Rad der Zeit, und mit ihm vergingen auch die Momente, die man am liebsten festhalten würde. Hin- und hergerissen zwischen Eile und Sehnsucht hätte John gern nach Lust und Laune mit dem Lauf der Zeit gespielt. Der Kosename seiner Kollegin ging ihm nicht aus dem Kopf. Mit heiserer Stimme sprach er ihn aus. Nane! Ihn beschlich das zarte Gefühl, ein Geheimnis mit ihr zu teilen, das sie einander ein wenig näherbrachte.

Während die Sonne langsam hinter dem Horizont verschwand, ersetzten unzählige Laternen das Tageslicht und ließen die Stadt erstrahlen. Rom schien den Tag festhalten und der einbrechenden Dunkelheit trotzen zu wollen, um nicht einzuschlafen. Noch mehr Menschen als am Tage bevölkerten Straßen und Plätze, saßen auf den Terrassen der Cafés und genossen die Kühle des Abends. Selbst auf den kleinsten Plätzen zeigte sich der italienische Überschwang. John hatte den Eindruck, dass die Stadt, von der bedrückenden Hitze befreit, erst jetzt zum Leben erwachte.

Für ihn war dieser Sonntag etwas ganz Besonderes. Er hatte einen ganzen Tag mit Nancy verbringen dürfen. Gemeinsam waren sie auf Entdeckungsreise gegangen, hatten dieselbe Begeisterung für die Denkmäler und die Geschichte Roms geteilt und den eigentlichen Grund ihrer Anwesenheit in der großen Stadt vergessen. Mehr als einmal hatten sich ihre Körper und Hände berührt, und jedes Mal hatte er diese vertraute Erregung verspürt, die ihn inzwischen allein schon bei dem Gedanken an seine wunderschöne Kollegin überfiel. Ihre Blicke hatten nach Bestätigung, nach Einwilligung gesucht. Die Momente des Schweigens schienen mehr zu sagen als alle Worte. Er hatte in ihren bezaubernden grünen Augen gelesen und geglaubt, in ihnen Vertrautheit und Erwartung zu entdecken. Vermutlich musste er ihr ein deutlicheres Zeichen geben, einen Händedruck oder eine zärtliche Geste, um sich ihr nähern zu können. Die Gedanken an Angela wurden seltener und verloren an Deutlichkeit, so als verschwänden sie in einer Schublade, die langsam zugeschoben wurde.

Nancy war erschöpft. Die touristische Rundreise hatte ihre Füße auf eine harte Probe gestellt. Nur weil sie bei der Entdeckung Roms auf Schritt und Tritt auf Neues gestoßen war, hatte sie nicht aufgegeben. Trotz ihrer Müdigkeit genoss sie den ausklingenden Nachmittag. Die sanft hereinbrechende Nacht ließ sie ihre Ängste und Fragen vergessen. In den belebten Straßen fühlte sie sich wie in einer großen Familie und ließ sich von dem Trubel mitreißen. Jeder hier schien bemüht, sich mehr oder weniger laut und gebärdenreich einen Platz zu erkämpfen. Heimlich hatte sie John beobachtet, der sich die Gestik mit bewundernswürdiger Anpassungsfähigkeit angeeignet hatte. Seine Sprachkenntnisse kamen ihm dabei sicher zugute. Immer müheloser flossen die Worte aus seinem Mund. Wie selbstverständlich hatte er die Nonchalance der Römer übernommen, die oft mit Arroganz verwechselt wurde, als sei sie ihm angeboren. Vielleicht entsprach sie ja seinem Naturell. Sie wusste es nicht. Fest stand jedoch, dass er hier kein Fremder mehr war. Plötzlich schien alles möglich: neuer Gesichtskreis, neue Gewohnheiten, vielleicht sogar ein neues Leben.

Den ganzen Tag hatte sie sich nichts sehnlicher gewünscht, als dass er sie in den Arm nähme, damit sie wären wie all die anderen verliebten Paare, die sie heimlich beneidete. Aber sie kannte diesen Mann inzwischen etwas besser und wusste, dass er mit seiner professionellen Selbstsicherheit ein übertriebenes Schamgefühl verdeckte. Der unbeschreibliche Zauber der Liebe begann nur allmählich zu wirken, aber ein rascher Blick in die sanften Augen ihres Begleiters gab ihr die Gewissheit, dass sie sich nicht täuschte.

Nancy hatte sich auf einer Bank niedergelassen. Plötzlich bemerkte sie, wie sich links von ihr etwas bewegte. Neben ihr saß still und brav ein großer Hund. Instinktiv streckte sie die Hand aus und streichelte den warmen weichen Kopf des Tieres, das sich dies offensichtlich gerne gefallen ließ. John hielt lieber Abstand.

„Passen Sie auf, er ist sehr groß und könnte Sie töten!"

Lächelnd fuhr Nancy fort, den Hund zu liebkosen.

„Aber nicht doch, er ist nicht gefährlich. Schauen Sie, er ist völlig brav und unterwürfig."

„Was soll das heißen, unterwürfig? Wem soll er sich denn unterwerfen und warum?"

„Keiner bestimmten Person. Manche Tiere wollen dominieren, und manche unterwerfen sich. Er gehört jedenfalls zu denen, die sich unterwerfen."

John, der sich von der Gegenwart des vermeintlich aggressiven Hundes belästigt fühlte, erwiderte: „Für mich bleibt ein Hund ein Hund. Und ein Hund kann einen Menschen töten. Je größer er ist, desto gefährlicher ist er."

Nancy musste lachen.

„Irre ich mich, oder haben Sie Angst vor Hunden, John? Ich versichere Ihnen, Hunde sind nicht gefährlich, vor allem dieser nicht. Es ist ein Labrador, eine sehr intelligente und sanfte Rasse. Sogar mit Kindern kann man sie allein lassen."

Wie zum Beweis dieser Aussage näherte sich ein etwa sechs oder sieben Jahre altes dunkelhaariges Mädchen und zog den Hund tadelnd am Ohr. Gehorsam erhob er sich, schüttelte resigniert den Kopf und folgte seiner kleinen Herrin.

„Na also, da sehen Sie es!"

„Ich wusste nicht, dass Sie sich so gut mit Hunden auskennen."

„Ach, wissen Sie, auf dem Land sind Hunde im Haus keine Seltenheit. Für die Bauern sind sie recht nützlich und nicht nur Spielgefährten. Ich bin mit zwei Neufundländern aufgewachsen. Sie waren bemerkenswert liebenswürdig und geduldig. Ich hatte sie sehr gern."

„Und was halten Sie von Doggen?"

„Das ist etwas anderes, allein schon durch ihre beeindruckende Größe. Ich erinnere mich an einen unserer Nachbarn. Er hieß Stanley, war ein echtes Original und lebte allein mit seinen beiden Doggen, genannt Dog und Madog. Die beiden großen Hunde bewachten Haus und Hof. Nachts ließ Stanley sie auf dem eingezäunten Grundstück laufen. Da er oft spät und voll bis obenhin nach Hause kam, hatte er sich angewöhnt, seine Hunde mit einem lauten Pfiff herbeizurufen, damit sie ihn erkannten, bevor er sein Grundstück betrat. Eines Nachts, vermutlich hatte er mehr als sonst getrunken, vergaß er zu pfeifen."

„Und?"

„Am nächsten Morgen fand man ihn tot und völlig zerfleischt auf. Die beiden Doggen lagen friedlich neben ihm, als wollten sie ihn beschützen. Der kleine Fehler ihres Herrn hatte eine Tragödie ausgelöst."

„Da haben wir's! Solche Geschichten versöhnen mich sicher nicht mit dem angeblich besten Freund des Menschen."

„Solche Fälle sind wirklich selten. Das Verhalten von Hunden hängt von ihrer Ausbildung ab. Je kräftiger und mutiger ein Tier ist, desto strenger und konsequenter muss es erzogen werden. Wissen Sie noch, was uns Sorsis Assistent heute Morgen über den Wachhund des Sicherheitschefs erzählt hat? Sind Sie deshalb so beunruhigt?"

„Beunruhigend ist für mich schon der Gedanke, dass ein solches Riesenvieh frei und ohne Maulkorb herumlaufen darf."

„Ist er wirklich so groß?"

„Ein Monstrum!"

„Auf jeden Fall besteht kaum Gefahr, solange sein Herr anwesend ist und nicht bedroht wird. Gehorsamkeit ist für jedes abgerichtete Tier oberstes Gebot."

Die Nacht hatte schließlich doch den Kampf gegen den Tag gewonnen und die Stadt in Dunkelheit gehüllt. Der Schein der unzähligen Straßenlampen ersetzte das fehlende Sonnenlicht. Nachdem sie im Zentrum in einer malerischen Pizzeria zu Abend gegessen hatten, kehrten sie in ihr Hotel in der Via della Croce zurück. Der leichte Wind bewegte die malvenfarbigen Blütentrauben der großen Glyzinie. Zu dieser späten Stunde war die Hotelhalle menschenleer. Der unsympathische Empfangschef, den sie schon kannten, kam aus dem Nebenraum und händigte ihnen stumm und mit ausdrucksloser Miene die Zimmerschlüssel aus.

John lag ausgestreckt auf seinem Bett und hörte im Nachbarzimmer die Dusche rauschen. Er stellte sich vor, wie das Wasser über Nancys perfekte Rundungen rann. Der Gedanke an ihren wundervollen tropfnassen Körper erweckte in ihm die gleichen Gefühle wie am Nachmittag. Die Versuchung war groß, ihre schweren Brüste zu berühren und sich an ihren makellosen warmen Leib zu schmiegen. Aber er riss sich zusammen. Es war noch zu früh, vielleicht morgen …

10. KAPITEL

Montag, 29. Mai, 13 Uhr 50, Vatikanstadt

Der getreue Beppi hatte John gerade an den von Bernini geschaffenen Kolonnaden am Petersplatz abgesetzt. Die Abkühlung am Vorabend hatte ihr Versprechen nicht gehalten, und es war kein Regen gefallen. Wieder war der Petersplatz mit seinem schwarzen Kopfsteinpflaster der sengenden Hitze ausgesetzt. Touristen und Pilger wanderten bereits auf dem halbrunden Platz umher. Ohne die vielen Menschen zu beachten, hatte John die Kolonnaden hinter sich gelassen und ging zu Francesco Spà, der mit seinem Gebetsbuch in der Hand im Schatten auf ihn wartete. Mit dem typischen engelhaften Lächeln auf den Lippen kam ihm der Jesuitenpater entgegen und reichte ihm die Hand.

„Guten Tag, John. Was für ein schöner Tag! Und? Hatten Sie gestern Gelegenheit, unsere schöne Stadt zu besichtigen?"

„Ja, zwar konnten wir nur am Nachmittag Touristen spielen, aber das, was wir in der kurzen Zeit gesehen haben, war einfach großartig."

„Das wundert mich nicht. Rom und seine Schätze versetzen jeden in Erstaunen, nur wenige bleiben davon unberührt. Mehr als zweitausend Jahre Geschichte hinterlassen zwangsläufig zahlreiche Spuren. Sie müssten sich viel mehr Zeit nehmen. Vielleicht, wenn Sie mit Ihrer Reportage fertig sind …"

„Ja, das hoffe ich sehr."

Der triste Palast der Kongregation der Glaubenslehre öffnete seine Pforten. Sogleich kam ein Amtsdiener auf die beiden Besucher zu, um, wie sein Kollege am Samstag zuvor, ihren Passierschein zu überprüfen. Er wandte sich an Spà: „Pater, gehört der Herr zu Ihnen?"

„Ja, wir haben einen Auftrag und wollen in die geheimen Archive des Palasts. Die Erlaubnis hierfür hat uns Seine Eminenz der Staatssekretär erteilt."

Als der Name der höchsten Persönlichkeit der vatikanischen Verwaltung fiel, zögerte der Mann kurz.

„Würden Sie bitte einen Moment warten?"

Ohne die Antwort abzuwarten, eilte er davon. Unbeeindruckt von dem Zwischenfall, lächelte der *Professe* immer noch.

„Keine Sorge. Wir haben es lediglich mit einem diensteifrigen Amtsdiener zu tun, der mich nicht kennt. Aber er hat ja recht, schließlich ist er für die Sicherheit zuständig."

Ein paar Minuten später kehrte der Amtsdiener zurück.

„Bitte verzeihen Sie, Pater, aber es gehört zu meinen Aufgaben, die Passierscheine aller Besucher zu kontrollieren. Sie dürfen passieren. Ich wünsche Ihnen einen angenehmen Tag."

Nur wenige Menschen hielten sich in dem quadratischen Hof auf. Wieder hallten ihre Schritte auf dem glatten Boden laut wider. Die Türen zu den Sälen waren verschlossen, ebenso wie die zu den Archiven. Fox fand es merkwürdig, dass eine so bescheidene und einfache Tür den Zugang zur dunkelsten Geschichte der römisch-katholischen Kirche verhindern sollte. Die Kamera über seinem Kopf, die ihn mit leerem Blick anstarrte, lehrte ihn das Gegenteil. Nachdem Spà geläutet hatte, erschien ein dunkelhaariger, schwarz gekleideter Mann an der Tür, der allerdings keinen römischen Kragen trug und somit auch kein Geistlicher war. Mit dem altmodischen Vollbart wirkte er wie ein Scherge aus der Renaissancezeit. Als er den Priester erkannte, hielt er lächelnd die Tür auf.

„Guten Tag, Pater."

„Guten Tag, Emilio. Das ist Signore John Cattuso, Journalist der *New Herald Post.* Wir wollen Einsicht in die Archive nehmen und kommen ab heute jeden Nachmittag.“

Erstaunt über Johns Beruf, musterte ihn der Mann von oben bis unten, bevor er zur Seite trat und die beiden einließ. Vor ihnen lag ein langer Korridor, an dessen Wänden sich Regale mit einer beeindruckenden Zahl von Büchern entlangzogen. Am Ende des Flurs befand sich eine Stahltreppe. Mit leisem Schnurren verbreitete die Klimaanlage wohltuend kühle Luft, die stark nach altem Papier roch. Nachdem der Aufseher sich wieder in seine Loge zurückgezogen hatte, ging Francesco Spà mit seinem Gast die lange Regalreihe entlang, wobei der Jesuit zärtlich einen Finger über die Handschriften gleiten ließ.

„Sehen Sie nur, John, hier stehen mehrere Jahrhunderte Geschichte. Alle diese Dokumente sind Originale. Einige wurden auf Velinpapier geschrieben, also auf Häuten tot geborener Kälber, die ältesten auf Pergament, ungegerbten Schafshäuten. Die meisten Einbände sind aus Leder, einige sogar aus Holz. Unendlich viele Präventionsmaßnahmen sind notwendig, um diese Werke vor Feuchtigkeit, Schimmel oder Milben zu schützen. Solche Schäden sind nicht wieder zu beheben.“

John hörte aufmerksam zu, zeugten die Ausführungen des Paters doch von der Liebe, die er für die alten Schriften und unzähligen Zeilen über eine immer mehr in Vergessenheit geratende Vergangenheit hegte.

„Kommen Sie, im nächsten Stockwerk befindet sich eine sehr interessante Epoche der Inquisition.“

Als sie zur Treppe gingen und die vielen Schriften, jede einzelne ein papiernes Stück Erinnerung, an sich vorüberziehen ließen, beschlich John das Gefühl, eine Reise in die Vergangenheit anzutreten. Das klirrende Geräusch ihrer Schritte auf den Stahlstufen hallte laut durch den Tempel verborgener Gedanken. Das obere Stockwerk war ähnlich eingerichtet wie das Erdgeschoss. Manche der Bücher in den vollen Regalen besaßen eine stattliche Größe. Alle schienen geduldig darauf zu warten, von einem interessierten Leser geöffnet zu werden. Spà deutete auf einen Tisch und zwei Stühle in einer Ecke und sagte, bevor er sich entfernte: „Sie können sich schon mal dort hinsetzen. Ich hole etwas und bin gleich wieder da."

John setzte sich auf einen der Stühle. Während er sich umsah, hatte er das Gefühl, vor einer unlösbaren Aufgabe zu stehen. Sich durch Tausende von Dokumenten zu wühlen war aussichtslos. Wo sollte er nur anfangen? Vor allem, wonach sollte er suchen? Die Luft wurde nicht besser, obwohl die Klimaanlage sie regelmäßig umwälzte. Der Geruch von altem Papier erinnerte an verstaubte Speicher. Die Mischung aus Staub, moderndem Holz und feuchtem Papier schuf eine seltsam nostalgische Atmosphäre. Hinter diesen Büchern, Reliquien und Zeugen der Geschichte mussten sich unzählige Geheimnisse, Leiden und ungehörte Schreie verbergen. Der Priester kam lächelnd mit zwei großen Büchern auf dem Arm zurück.

„So, wir können beginnen. Ich schlage vor, dass ich Ihnen zuerst den historischen Anlass, der zur Gründung der Institution mit dem Namen ‚Inquisition' geführt hat, erläutere. Ich könnte Ihnen die markantesten Punkte ihrer Entwicklung zusammenfassen und die verschiedenen Persönlichkeiten vorstellen, die dabei eine Rolle gespielt haben. Bei dieser Vorgehensweise vermeiden wir, im Dunkeln zu tappen und sparen Zeit, es sei denn, Sie suchen etwas Bestimmtes."

„Nein. Sie haben recht, das ist sicher die effektivste Methode. Ich werde alles, was Sie sagen, aufzeichnen und mir

Notizen machen. Und nochmals vielen Dank für Ihre Hilfe, Pater."

„Gut, fangen wir an. Aus dem zwölften Jahrhundert – genauer gesagt dem Jahre 1183 – gibt es Hinweise auf Gerichte, die sich mit der Straftat der Ketzerei beschäftigten. So nannte man jegliche Handlungen, die dem Wort Gottes schadeten und somit die Macht der Kirche schwächten. Das Konzil von Verona befahl den lombardischen Bischöfen, alle Ungläubigen, die sich weigerten, der katholischen Kirche beizutreten und somit Ketzerei begingen, seinen Gerichten zu übergeben. Dieses Konzil legte die Grundlagen und Regeln der Inquisition fest, auch wenn man sie damals noch nicht so nannte. 1233 rief Papst Gregor IX. unter der Federführung der Dominikanermönche ein Tribunal ins Leben, das alle als subversiv geltenden Taten abzuurteilen und zu bestrafen hatte, unter anderem auch, um die zunehmenden ketzerischen Aufstände im Süden Frankreichs zu zerschlagen. Von diesem Moment an galten Magie, Hexerei oder Apostasie als subversiv."

Spà bemerkte Johns fragenden Blick.

„Ein Apostat ist jemand, der seiner Religion den Rücken kehrt, sei es durch einen Kirchenaustritt oder durch den Übertritt zu einem anderen Bekenntnis. In den Augen der Kirche galt das als schwerer Verrat. Diese Tribunale zeichneten sich besonders durch ihr Bestreben aus, ihre Informationen geheim zu halten sowie durch die grausamen Methoden, mit denen Geständnisse erzwungen wurden, die wiederum als ausreichender Beweis für die Verurteilung galten. Jeder wusste, dass die Gründe für die Denunziationen, die Folter und den Scheiterhaufen meist politischer und nicht religiöser Natur waren. Spanien hat im fünfzehnten Jahrhundert Großinquisitoren wie Ximenes oder Torquemada hervorgebracht. Aus dieser unruhigen Zeit gibt es etliche Berichte über Prozesse, Urteile und die verhängten Strafen. Um das zu analysieren, braucht es Jahre. Außerdem ist diese Arbeit schon gemacht worden."

Die umfassenden Kenntnisse des Jesuiten faszinierten John. Der Pater konnte die Dinge klar und verständlich darstellen, was es John leicht machte, ihm zu folgen. Er brauchte höchstens hier und da noch ein paar zusätzliche Angaben.

„Warum hat sich die Inquisition, die ja in Italien entstanden ist, nach Spanien ausgebreitet, um anschließend wieder in ihr Ursprungsland zurückzukehren?"

„Spanien war schon im Mittelalter ein vereintes Land, im Gegensatz zu Italien, das damals nur aus vielen mächtigen, aber untereinander verfeindeten Stadtstaaten bestand. Diese Rivalitäten schadeten dem Zusammenhalt der Kirche. Als der Einfluss Spaniens abnahm, weil man die Reichtümer, die aus der Neuen Welt mitgebracht worden waren, verprasst hatte, gewann Rom wieder an Macht. Der Anfang der römischen Inquisition wird auf das Jahr 1542 datiert. Eine Zeit lang dachte man, diese Institution sei effizienter, wenn sie direkt unter dem Befehl des Papstes stünde. Papst Paulus IV. war zum Beispiel ein gefürchteter Inquisitor. Später wurden sogenannte Großinquisitoren ernannt, die offiziell im Namen des Papstes handelten, in Wirklichkeit aber nahezu unabhängig waren. Ab dem sechzehnten Jahrhundert sind uns Namen wie Santori und einige andere überliefert, leider im Zusammenhang mit unrechtmäßiger Beitreibung von Geldern."

Mit Eifer schrieb John auf, dass die von der Kirche anerkannten Vorkommnisse ihren Ruf und Anspruch auf Güte und Vergebung jahrhundertelang besudelten.

„Aus der Geschichte sind uns aber auch Namen von Persönlichkeiten überliefert, die dem Ganzen sehr kritisch gegenüberstanden, wie zum Beispiel Savonarola."

„War er auch ein Vertreter der Inquisition?"

„Nein. Er war Dominikanermönch und lebte im fünfzehnten Jahrhundert. Er hielt öffentliche Ansprachen, um eine Spaltung der Kirche anzuzetteln. Ihm wurde wegen Ketzerei der Prozess gemacht, und man hat ihn bei lebendigem Leib verbrannt."

Aufmerksam, wie er war, entging John nicht, dass Francesco Spà bei seiner Erzählung eine erstaunliche Distanziertheit bewahrte, als hätte das alles nichts mit der christlichen Religion zu tun.

„Verzeihen Sie, Pater, aber die Art und Weise, wie Sie über diese Vorkommnisse sprechen, verwirrt mich. Die Kirche war schließlich für diese unbeschreiblichen Gräueltaten, die in ihrem Namen und mit ihrem Wissen begangen wurden, verantwortlich." John deutete mit einer ausladenden Handbewegung auf die unzähligen Archivdokumente in den Regalen. „All das sind sicherlich schreckliche und unanfechtbare Zeugnisse dessen."

„Da haben Sie, zumindest teilweise, recht, John. Diese Zeiten sind längst vorbei, Gewalt ist keine Lösung. Aber ein perfektes System gibt es nicht. Der katholische Glaube hat stets versucht, sich gegen äußere Angriffe, die für lebensbedrohlich gehalten wurden, zu verteidigen. Katharer, Calvinisten, Lutheraner und viele andere hielt man für Ketzer, und ich stimme Ihnen zu, dass die gegen sie angewandten Mittel unmenschlich waren. Dennoch möchte ich Sie mit diesen Dokumenten überzeugen, dass unsere Heilige Mutter Kirche richtig reagiert und die richtige Entwicklung durchgemacht hat. Ja, es hat schwarze Epochen gegeben wie die unter dem Großinquisitor Santori.

Er war bekannt für seine Unerbittlichkeit, die sich vor allem gegen einen Philosophen und gelehrten Mönch richtete. Ich spreche von Bruder Giordano Bruno. Aber es hat in diesen finsteren Zeiten auch aufgeklärte Geister mit der Fähigkeit zu Weitsicht und Klarheit gegeben."

Die beiden antiken Bücher lagen unschuldig und geschlossen auf dem Tisch. Auf den abgenutzten Ledereinbänden standen lateinische Titel und römische Ziffern. Vorsichtig öffnete Spà das größere der beiden Bücher und blätterte ein paar Seiten um.

„Hier haben wir einen Teil der Inquisitionsanklage, die der Jesuitenpater und Großinquisitor Kardinal Roberto Bellarmin gegen Galileo Galilei, auch damals schon eine sehr bekannte Persönlichkeit, vertrat. Das Zusammentreffen der beiden Männer sollte die Geschichte der Inquisition prägen. Der Angeklagte, ein Wissenschaftler, dessen Bekanntheit, Äußerungen und Schriften schon weit über die Landesgrenzen reichten, traf auf einen intelligenten und sehr menschlichen Richter, der sich weigerte, ihn zu verurteilen."

Der Priester drehte das Buch um, schob es zu John hinüber und blätterte die Seiten mit ausgestrecktem Arm langsam um.

„Ich glaube, dass Bellarmin den großen Gelehrten heimlich bewunderte. Aus den Texten geht hervor, dass sich der Kardinal mehrfach schützend vor den brillanten Theoretiker stellte."

Spà fuhr mit dem Finger eine Reihe schwarzer unregelmäßiger Buchstaben entlang, die auf dem vergilbten Papier standen.

„Hören Sie sich das an: ‚*Die Haltung des Angeklagten ist schwerlich zu begreifen. Er bleibt bei seinen Aussagen, und bei jeder unserer Warnungen umgeht er unsere Fragen geschickt mit einem Lächeln. Dennoch versuchen wir, ihn zu schützen, und ihm klarzumachen, dass es ihm zum Verhängnis werden kann, wenn er darauf besteht, seine Theorien, die an Ketzerei grenzen, weiterhin zu lehren.*'" Spà blätterte die Seite um und fuhr fort: ,*Heute hat Galileo uns seine Sicht der Welt und das, was er das große Gleichgewicht der Planeten nennt, erklärt. Er ist ein sehr gebildeter und intelligenter Mann, aber zu starrköpfig und will nicht auf uns hören. Seine Argumentation ist gefährlich und das pure Gegenteil zur kirchlichen Glaubenslehre. Bei jeder Intervention unsererseits spricht er von nichts anderem als von Wissenschaft und himmlischer Mechanik. Von Natur aus hat er ein sanftes und freundliches Gemüt, andererseits ist er hochmütig und sehr von sich überzeugt, und das hindert uns, die Differenzen, die zwischen uns stehen, zu beseitigen.*'"

John hatte der Übersetzung des Priesters aufmerksam zugehört und war von der Leichtigkeit, mit der jener die alte Schrift las, beeindruckt. Gleichzeitig versuchte er sich diese beiden Männer vorzustellen, die in ein und derselben Epoche und doch in zu verschiedenen Welten gelebt hatten, um sich zu verstehen.

„Sind Sie sich sicher, Pater, dass Bellarmin versucht hat, Galileo zu schützen, weil er ihn bewunderte, oder ist es nicht eher so gewesen, dass ihm das Risiko zu groß war, jemanden zu bestrafen, der ein solch hohes Ansehen genoss?"

Francesco Spà zögerte keine Sekunde. „Ja, ich bin mir ganz sicher. Die Texte belegen eindeutig, dass der Kardinal den Wissenschaftler gezwungen hat, seinen Überzeugungen abzuschwören und darauf zu verzichten, seine Lehre weiterzuverbreiten. Das ist eine Tatsache. Aber natürlich hat er damit auch ein bestimmtes Ziel verfolgt. Er wollte die Autorität der

Kirche bewahren und dem waghalsigen Astronomen dennoch den Scheiterhaufen ersparen. Eine sehr weise Entscheidung des Kardinals und Zensors."

* * *

Den ganzen Nachmittag hatte John die Ausführungen des Priesters aufgezeichnet und sich Notizen gemacht. Spà hatte seine ganze Leidenschaft und Überzeugungskraft eingesetzt, um den Kurswechsel der katholischen Kirche zu beweisen. Es gab keine Inquisition mehr. Anstelle von Intoleranz und Gewalt waren Nächstenliebe und Verständnis getreten. Der jetzige Papst hatte beschlossen, das schwere von seinen Vorgängern geerbte Kreuz abzulegen und die Wege zu Transparenz und Neuanfang zu ebnen, um dem Glauben endlich ein Antlitz zu verleihen, das der ursprünglichen Lehre würdig war.

Achtzehn Uhr. Unmerklich waren die Minuten verflogen. Nur die Stimmen der beiden Besucher hatten die Stille in dem Universum der stummen Zeitzeugen durchbrochen. Als der Jesuitenpater merkte, wie spät es geworden war, stand er auf.

„Es ist schon spät, wir müssen gehen. Emilio, der Aufseher der Archive, hat sicherlich schon Dienstschluss, und ich muss auch los. Wenn es Ihnen recht ist, machen wir morgen weiter."

„Ich würde gerne noch bleiben, um meine Notizen zu ordnen. Ist das möglich? Es würde mir viel Zeit sparen."

Die stahlblauen Augen des Priesters blickten seinen Gesprächspartner prüfend an.

„Bleiben Sie aber nicht zu lange, eigentlich darf ich Sie hier nicht allein lassen. Allerdings kann ich mir nur schwer vorstellen, dass Sie Seiten aus diesen unschätzbaren Manuskripten herausreißen. So etwas würden Sie nie tun. Aber beeilen Sie sich bitte. Wenn man Sie ohne mich hier vorfindet, bekomme ich Ärger. Wenn Sie nach achtzehn Uhr gehen, müssen Sie den goldenen Knopf unterhalb der Sprechanlage drücken, um hinauszukommen. Der Haupteingang ist elektronisch gesichert …"

Nachdem die Tür im Erdgeschoss zugefallen war, herrschte in den langen Gängen wieder Totenstille. John schloss daraus, dass sich außer ihm niemand mehr in diesem Flügel des Palasts aufhielt.

Er erhob sich, schlenderte den Gang entlang und berührte dabei, wie vorhin der Priester, die abgenutzten Einbände der alten Bücher. Es wunderte ihn, dass sie sich so weich anfühlten, denn er hatte angenommen, dass jahrhundertealtes Leder spröde sein müsste. Offensichtlich hatten die Jahre das Leder, trotz einiger kleiner Risse, weich und samtig werden lassen. Er ging auf das große Buch zu, das Spà wieder weggeräumt hatte. Vorsichtig blätterte er in den hundertjährigen brüchigen Seiten und folgte mit den Augen den Zeilen, die von einem anderen Leben berichteten und deren Sprache er nicht verstand. In diesem Moment hätte John viel darum gegeben, Latein zu können, um zu lesen, was ihm jetzt verschlossen blieb. Er bemerkte, dass Bellarmins Schrift von Seite zu Seite unleserlicher wurde. Das Buch endete mit einer Reihe großer, schwer zu entziffernder Buchstaben. Vermutlich hatte den Großinquisitor ein schweres Augenleiden geplagt … wie Kardinal Scalingeri.

John setzte sich wieder an den Tisch und begann mithilfe der Tonbandaufnahmen seine Notizen zu ordnen und ins Reine zu schreiben. Die Minuten verstrichen in dieser eigenartigen Stille, die nur von dem Rascheln des Papiers und der verzerrten Stimme des Priesters unterbrochen wurde, der erklärte, warum der Glaube immer stärker war als alles andere.

Plötzlich verschwammen die Wörter und Sätze auf seinem Block und rückten in weite Ferne. John überkam eine süße unwiderstehliche Trägheit. Er legte den Stift auf den Tisch, blinzelte ein paarmal, lehnte sich zurück und schlief ein.

* * *

Durch die dicken Wände des Palasts drang lautes Singen. Ein schwermütiges, von Männerstimmen gesungenes Klagelied schien von überall her zu kommen. Der gregorianische Gesang riss John plötzlich aus dem Schlaf. Erschrocken stellte er fest, dass es fast zwanzig Uhr dreißig war. Er hatte über zwei Stunden geschlafen …

Durch die vergitterten Fenster am Ende des Ganges sah John, wie der schwindende Tag sich der hereinbrechenden Nacht nach und nach geschlagen geben musste.

Seine Schritte auf der Stahltreppe erfüllten das Archiv mit einem hell klingenden Echo, das so gar nicht zu dem rituellen Gesang passen wollte. Als die Türe hinter ihm ins Schloss fiel, hatte John das Gefühl, dass es sich um einen Abgesang handelte.

Draußen kämpfte der Tag immer noch um sein Leben und tauchte den Hof des Heiligen Offiziums in bizarres Licht. Lange würde es nicht mehr dauern, bis die Nacht die Oberhand gewann.

Die Kameras in den Gängen hielten unermüdlich Wache und beobachteten mit schwarzen regungslosen Augen genau abgesteckte Bereiche. John bemerkte, dass sie alle in dieselbe Richtung zeigten. Offensichtlich nahmen sie nur die hereinkommenden Besucher ins Visier, nicht die herausgehenden. Den hinteren Teil des Hofes links von den Archiven hatten sie nicht im Blickfeld. Alle Eingänge des Gebäudes schienen nur außen gesichert zu sein. Handelte es sich um einen Strategiefehler, oder vertraute man blind auf das Videoüberwachungssystem?

John fand die Pforte sofort. Die einfache schlichte Tür, die eher auf einen Keller als auf ein dahinterliegendes Büro deutete, war kleiner als die anderen. Der Journalist ging darauf zu und ließ die Hand über das trockene Holz gleiten. Überrascht stellte er fest, wie kalt sie sich anfühlte. Ein großes schweres Hängeschloss, Relikt aus früheren Zeiten, verriegelte die Tür. Kratzer auf dem Eisen zeugten davon, dass es vor gar nicht langer Zeit aufgebrochen worden war.

In der Nähe der kleinen Pforte, die Pasquale ihm beschrieben hatte, befand sich eine etwas größere, frisch lackierte Tür. Auf einem weißen Schild stand *Servizio* – Putzraum. In dem kleinen Raum hinter der Tür befanden sich mehrere Besen, Putzlumpen und Putzmittel. In einer Schachtel fand John eine gummierte Taschenlampe und einen großen Schraubenzieher.

Nach kurzem Widerstand gab das schwere Hängeschloss dem Druck des Werkzeugs nach. Von außen sah es zwar robust aus, aber der Sperrmechanismus im Inneren war recht primitiv, sodass es sich leicht aufbrechen ließ. Ein Kinderspiel für einen guten Techniker wie Renato Sorsi, der lediglich ein paar Kratzer auf dem rostigen Eisen hinterlassen hatte. Da John seine Jugend in Brooklyn verbracht hatte, wusste auch er, wie man ein Schloss aufbrach.

Nachdem er sich noch einmal vergewissert hatte, dass dieser Bereich nicht von den Kameras erfasst wurde, drückte er gegen das alte Holz. Leise knarrend gab die Tür nach. Plötzlich war der unheimliche Gesang ganz nah. John befand sich in einem kleinen, von hohen Mauern umgebenen Hof, den vermutlich kaum ein Sonnenstrahl erreichte. Das schwarze Kopfsteinpflaster ähnelte dem des Petersplatzes und stammte vermutlich aus derselben Epoche. Er beherrschte den düsteren Ort, in den kaum Tageslicht fiel, und schuf eine beklemmende Atmosphäre. Dieser Ort glich dem Hof eines sehr alten, längst vergessenen Gefängnisses. John atmete die modrige Feuchte der alten Pflastersteine und Mauern ein, spürte die Aura des magischen, geschichtsträchtigen Ortes, die einem unaufmerksamen Besucher verborgen blieb.

In der Mitte des Hofes befand sich ein gähnendes schwarzes Loch mit einer niedrigen rechteckigen Einfassung aus Stein. Eine Treppe aus Granit führte hinunter in ungewisse Dunkelheit. Vorsichtig stieg John die ersten, von unzähligen Füßen ausgetretenen und blank polierten Stufen hinab. Bereits nach ein paar Metern musste er die Taschenlampe einschalten. Wohltuende Kühle umhüllte ihn und trocknete im Nu seine feucht gewordenen Kleider. Mit jedem Schritt, mit dem er tiefer in das Innere des Palasts des Heiligen Offiziums eindrang, wuchs seine unerklärliche Angst. Die steile Treppe wurde schmaler, die Stufen feucht und rutschig. Um das Gleichgewicht nicht zu verlieren, musste er sich an den rauen Wänden abstützen. Nach mehreren Minuten mündete die Treppe in einen schmalen gewundenen Gang. Der Journalist setzte seinen Weg fort. Der gregorianische Gesang, der ihn am Anfang noch begleitet hatte, war nach und nach verstummt. Hier unten herrschte vollkommene Stille.

Plötzlich erfasste der Lichtstrahl seiner Taschenlampe ein schmiedeeisernes Tor, das den weiteren Weg versperrte. Die dicken von der Zeit gezeichneten Eisenstäbe waren zwar verrostet, erfüllten jedoch immer noch ihre Aufgabe. Der einzige Schwachpunkt dieser Absperrung schien die Kette zu sein, die durch beide Flügel gezogen worden war und diese verschloss. Das Vorhängeschloss am Kettenende glänzte auffallend neu. Es stammte mit Sicherheit nicht aus derselben Zeit wie das Eisentor. Vermutlich war das alte Schloss von Sorsi aufgebrochen worden, sodass es hatte ersetzt werden müssen. John benutzte erneut den robusten Schraubenzieher, um sich Eintritt zu verschaffen. Mit trockener Kehle setzte er seinen Weg fort. Nach einigen Metern stand er erneut vor einem Hindernis. Die massive Holztür war mit pyramidenförmigen Eisenspitzen beschlagen, ähnlich denen am Nebeneingang des Palasts. Überrascht stellte John fest, dass diese Tür nicht wie die anderen mit einem Vorhängeschloss gesichert war. Das einfache Schnappschloss sprang mit einem Knacken auf, und leise quietschend öffnete sich die Tür.

John spürte sofort die dumpfe Leere eines großen Saals. Der Strahl der Taschenlampe verlor sich im dunklen Nichts. Mit zugeschnürter Kehle trat er einen Schritt vor. Plötzlich gab der Boden unter seinen Füßen nach, und er fiel ins Nichts.

* * *

Einundzwanzig Uhr. Nancy war ratlos. Sie hatte den ganzen Nachmittag allein gearbeitet, immer in Sorge, Mario Pozzi könnte anrufen. Eigentlich hätte John am frühen Abend zurück sein müssen. Zuerst hatte sie sich über seine erneute Verspätung geärgert und geglaubt, er würde wieder einmal im Alleingang einem Hirngespinst nachjagen. Nachdem er auch nach Stunden noch nicht aufgetaucht war, wich der Ärger echter Sorge. Unzählige Male hatte sie versucht, ihn auf seinem Handy anzurufen, ohne Erfolg. Jedes Mal erreichte sie nur die Mailbox.

In diesem Moment wurde ihr bewusst, wie sehr sie ihren Kollegen mochte. Dumpfe Angst umklammerte ihr Herz und machte es ihr unmöglich, sich auf die Arbeit zu konzentrieren. Sie legte sich aufs Bett und fragte sich, wohin sich dieser Teufelskerl Fox wohl dieses Mal verirrt hatte. Sie wusste, dass Johns Eigensinn und Neugier keine Grenzen kannten, und machte sich noch mehr Sorgen, denn eben diese Eigenschaften hatten ihn, wie sie erkannt hatte, schon oft in Schwierigkeiten gebracht.

Nach den Ereignissen der letzten Tage hatte sie gespürt, dass er es ehrlich mit ihr meinte und bereit war, das Ergebnis seiner Nachforschungen mit ihr zu teilen, und sie schämte sich ein bisschen für ihr anfängliches Misstrauen. Wo blieb er nur? Und warum rief er nicht an? Allmählich dämmerte ihr, dass ihm etwas zugestoßen sein musste. Erneut versuchte sie ihn anzurufen. Wieder bestätigte ihr die Mailbox, dass der gewünschte Gesprächspartner vorübergehend leider nicht erreichbar war.

* * *

Die Arme schützend über Kopf und Gesicht gepresst, schlug John hart auf dem festen Lehmboden auf. Die Taschenlampe war ihm aus der Hand geglitten. Dank der schützenden Gummihülle hatte sie den Absturz heil überstanden und rollte jetzt langsam über den Boden, wobei sie ihren kreisrunden hellen Schein an die Wand warf.

Verglichen mit dem kühlen und feuchten Gang, der ihn hierher geführt hatte, war die Luft in dem großen Raum kalt und trocken. Sogar ein leichter Luftzug war zu spüren. Doch wegen der absoluten Dunkelheit suchte John vergeblich nach einem möglichen Belüftungsschacht. Es roch muffig und nach vermoderndem Stoff. John hörte ein kaum wahrnehmbares Rascheln, und etwas huschte an ihm vorbei. Mühsam stand er auf, um seine Taschenlampe zu holen. Als er sich bückte, um sie aufzuheben, folgte sein Blick dem Lichtstrahl, und er erschrak. Aus leeren Augenhöhlen starrte ihn ein menschlicher Schädel an. Der herabhängende Unterkiefer vermittelte den Eindruck eines unverschämten Grinsens. Als er realisierte, wo er sich befand, wurde ihm übel.

Offensichtlich handelte es sich bei diesem unterirdischen Gewölbe um eine große Krypta, durch die ein Mittelgang führte. An den Wänden hingen, an dicke Eisenketten gefesselt, Dutzende Skelette. Nur wenige lehnten aufrecht an der Wand, die meisten zeigten ungewöhnlich groteske Positionen. Als er näher herantrat, erkannte John das Ausmaß des Grauens. Aus der Größe der Knochen konnte man schließen, dass es sich ausschließlich um die Überreste von Frauen handelte. Einige drückten immer noch die winzigen Skelette ihrer Neugeborenen an die nicht mehr vorhandene Brust. Hier mussten sich schrecklichen Szenen abgespielt haben. An manchen Skeletten hingen schwarze Stofffetzen, andere waren völlig unbekleidet. Man konnte nicht mit Bestimmtheit sagen, ob sie nackt hier angekettet worden waren oder Ratten das schmutzige Geschäft besorgt hatten. Wieder andere waren noch völlig bekleidet. Als John den schweren Wollstoff der Mönchskutten erkannte, war er sich sicher: Bei all diesen Frauen handelte es sich um Nonnen. Zweifellos hatten sie die schrecklichste aller Sünden begangen, die Sünde des Fleisches, und damit dem Ansehen der Kirche geschadet. Einige trugen noch die Frucht ihrer verbotenen Liebe im Arm. Die anderen waren vermutlich schwanger gewesen, als man sie bei lebendigem Leibe begraben hatte.

Ihr Fehltritt, das Brechen ihres Treuegelübdes zu Gott, hatte man mit Kerker und Tod bestraft.

Erschüttert schritt John durch diese Grabstätte. Er konnte sich des Gefühls nicht erwehren, dass ihn all diese Schädel ohne Augen und Gehirn verzweifelt anstarrten. Ihnen musste Schreckliches widerfahren sein. Wahrscheinlich hatten die sterbenden Frauen in ihrer Verzweiflung unentwegt in Richtung Tür geblickt, dem einzigen Ausweg aus dieser Hölle. Wie lange mochten sie geschrien, geweint und geschluchzt haben? Hatte man sie einfach verhungern lassen oder ihnen wenigstens während der ersten Tage ein wenig Nahrung gegeben? Wie lange hatte dieses unmenschliche Begräbnis gedauert? Über wie viele Jahre hatte man hier immer wieder Frauen angekettet, die im Todeskampf neben den verwesenden Leichen ihrer Vorgängerinnen ausharren mussten? Schmerzerfüllt dachte John, dass vermutlich viele Mütter in ihrer völligen Verzweiflung das Schicksal der eigenen Kinder willentlich verkürzt hatten.

Weiter hinten wurde die Luft kälter. Hier waren die angeketteten Körper teilweise mumifiziert. Im gelben Lichtkegel der Taschenlampe erschienen gegerbte Gesichter, deren Münder im letzten stummen Schrei weit offen standen.

Als John im künstlichen Schein der Taschenlampe das unheimliche Grab durchschritt, achtete er peinlich genau darauf, nicht auf Gliedmaßen zu treten, die in dem Bemühen, sich von den Ketten zu befreien, bis in den Mittelgang ragten. Nach mehreren Minuten gelangte er an die hintere Wand, in die keine Ketten eingelassen waren und an der sich auch keine menschlichen Überreste befanden. Offensichtlich hatte er das Ende des Massengrabs erreicht.

John konnte sich Renato Sorsis Bestürzung bei der Entdeckung dieses grauenvollen Ortes gut vorstellen. Die Feststellung, dass die ehrwürdige Kirche zu solchen Gräueltaten und Grausamkeiten fähig war, musste dem gläubigen Mann in einen Schock versetzt haben.

John suchte die Wand mit der Taschenlampe ab. Plötzlich traf der Lichtstrahl auf eine niedrige Tür mit rundem Türsturz. Sie war mit einem großen Vorhängeschloss gesichert, das schon sehr alt war und allein wegen seiner Größe abschreckend wirkte. Prüfend schlug er mit der Faust gegen die massive Holzplatte. Aber das dumpfe Echo ließ keinerlei Rückschlüsse zu, was sich hinter der Tür befand.

Fox trat einen Schritt zurück und betrachtete den unscheinbaren Eingang genauer. Auf dem Türsturz befand sich eine Inschrift, die er zu entziffern versuchte. Aber das helle und zu direkte Licht verwischte die Höhen und Tiefen der Einkerbungen, wodurch die Buchstaben unleserlich wurden. Die Inschrift musste ziemlich alt sein, denn in die Buchstaben hatten sich Parasiten eingenistet und braune Flecken hinterlassen. Nach einigen Minuten konnte er den lateinischen Satz lesen. „Domini ira quem sacrilegum punit“ stand auf der Tür. Den genauen Sinn verstand er zwar nicht, aber Italienisch war dem Lateinischen sehr verwandt, deshalb begriff er zumindest, dass es sich um ein Verbot handelte.

Als er versuchte, sich die Inschrift einzuprägen, fing die Taschenlampe plötzlich an zu flackern. Bei der Vorstellung, in völligem Dunkel zu tappen, ergriff ihn Panik. Rasch machte er sich auf den Rückweg. Mit großen Schritten eilte er an der langen Reihe makabrer Skelette vorbei, deren tote Augen ihn bei seiner Flucht beobachteten.

Außer Atem kam er am Fuße der Treppe an, die er vorhin hinabgestürzt war. Aus dieser Perspektive war der Sturz unvermeidbar gewesen. Der obere Treppenabsatz war sehr schmal, und gleich hinter dem Eingang führte die Treppe, die kein Geländer besaß, nach links.

Als das Schnappschloss der schweren Tür mit den scharfen Spitzen hinter ihm ins Schloss fiel, erlosch die Taschenlampe endgültig und lieferte John mit all seinen Ängsten der Dunkelheit aus. Vorsichtig tastete er sich einige Meter an der Wand des feuchten und kalten Ganges entlang. Eigentlich hätte er schon längst auf das schmiedeeiserne Tor stoßen müssen, es sei denn, er hatte den falschen Weg genommen. Angst lief ihm wie ein Schauer über den Rücken. Er blieb stehen und dachte nach, aber er konnte sich nicht erinnern, an eine Gabelung gekommen zu sein. Schließlich ging er weiter und stieß mit dem Fuß gegen die dicken Eisenstangen. Erleichtert stellte er fest, dass sich im Dunkeln sowohl das Zeitgefühl als auch das Gefühl für Entfernungen änderte. Widerstandslos gab die mittelalterliche Tür seinem Druck mit leisem Knarren nach.

Wie ein Nachtwandler tastete er sich weiter an den Wänden des Tunnels entlang. Jetzt wusste er, dass er sich auf dem richtigen Weg befand, denn die kühle Luft wurde zunehmend wärmer. Vor ihm tauchte ein etwas hellerer Fleck auf. Er hatte es geschafft!

Draußen war es inzwischen dunkel geworden. Ein Gewitter zog auf. Den sonst so sternenklaren Himmel verhüllte ein dunkler Wolkenteppich. Man sah so gut wie nichts. Im Hof waren die Sichtverhältnisse nur geringfügig besser als in der Krypta.

John war klar, dass es sehr spät geworden war, und er konnte sich vorstellen, wie Nancy ihn empfangen würde.

In dem Augenblick, als er die Pforte zum Innenhof des Palasts aufstoßen wollte, hörte er ein trockenes Husten. Vorsichtig legte er ein Ohr an die Pforte. Jetzt war er sich ganz sicher:

Auf der anderen Seite stand jemand.

Geduldig wartete Fox einige Minuten. Aber wieder hörte er den Husten, der Gefahr für ihn bedeutete. Nach einer kurzen Pause wiederholten sich die kurzen nervösen Hustenanfälle. John hatte zwei Möglichkeiten: Entweder er wartete geduldig darauf, bis der Eindringling wieder verschwand, oder er versuchte sein Glück. Er entschloss sich zu warten.

Ein dicker Regentropfen fiel auf seine Wange. Nach und nach öffnete der Himmel seine Schleusen, bis heftiger Regen auf ihn niederprasselte. Gierig sog der staubige Boden das Wasser auf und verströmte einen muffigen Geruch.

Jetzt war außer dem regelmäßigen Prasseln des Regens nichts mehr zu hören. Damit die Pforte nicht quietschte, drückte John sie ganz langsam auf. Das kaum hörbare Schleifen wurde vom Stakkato des Regengusses verschluckt. Vorsichtig blickte sich Fox in dem großen Hof um und entdeckte nicht weit von der Pforte eine dunkle Gestalt. In blauen Dunst gehüllt lehnte ein Mann mit dem Rücken zu ihm unter dem schützenden Dach des Ganges an einer Säule.

Der Mann zog gierig an seiner Zigarette, anscheinend glaubte er, so seinen Hustenreiz lindern zu können. Während der Geruch von dunklem Tabak die Luft erfüllte, erhellte die Glut für einen kurzen Moment sein Gesicht.

John versuchte den Mann zu erkennen, aber es gelang ihm nicht. Reglos wie ein Teil dieser mittelalterlichen Kulisse stand er da.

Ein erneuter Hustenanfall schüttelte die breiten Schultern des Mannes. Bei der kurzen Bewegung blitzte ein metallener Gegenstand in Bodennähe auf. Dieses winzige Detail lieferte John die Antwort auf seine Frage: Der Unbekannte, der ihm den Weg versperrte, war kein geringerer als Klaus Hübner, Sicherheitschef, und der Lichtreflex stammte von einer seiner Schuhspitzen.

Sofort schoss John die nächste Frage durch den Kopf. Wenn das Herrchen hier war, wo hielt sich dann sein getreuer Freund, diese monströse und furchterregende Dogge auf?

Es war so dunkel, dass man den Regen nicht sehen konnte. Nur das Geräusch, das die Milliarden Tropfen beim Aufprall auf den Boden verursachten, verriet das flüssige Element. Angestrengt starrte John in die Dunkelheit und suchte die Umgebung des Mannes ab, der eine Zigarette nach der anderen rauchte. Doch der vierbeinige Teufel blieb unsichtbar, eine Tatsache, die eine nicht zu vernachlässigende Gefahr darstellte. Obwohl Regen den Geruchssinn von Hunden bekanntermaßen stark beeinträchtigte, würde die Situation zweifellos sehr brenzlig werden, falls die Dogge zu seinem Herrchen zurückkehrte. Er musste rasch handeln, bevor der schreckliche Köter auftauchte.

Der ahnungslose Mann stand immer noch mit dem Rücken zu ihm und vertrieb sich die Zeit damit, Rauchringe in die schwarze Nacht zu blasen. Vorsichtig und geduckt schlich Fox sich an ihn heran, sprang ihm plötzlich von hinten an die Kehle und packte fest zu. Überrumpelt vom Angriff ließ der Sicherheitschef fluchend seine Zigarette fallen. Sein athletischer Körper wehrte sich mit aller Kraft gegen Johns Griff.

Der Söldner des Vatikans konnte kämpfen und bewies, dass er darin viel Übung hatte. Er stützte seine beiden Beine an der Säule ab, warf sich mit einer abrupten Bewegung nach hinten und drückte seinen Angreifer heftig gegen die Wand des Innenhofs. Völlig überrascht ließ John ihn los und landete mit allen vieren auf dem Boden. Hübner war schon wieder auf den Beinen und schrie wütend: „*Schweinehund! Du bist tot!*“

Während des Kampfes fiel John der Hund wieder ein. Er fürchtete, dass alles viel zu lange dauerte und noch ein böses Ende nehmen würde. Der Chef der Schweizer Garde schlug blindlings um sich und ließ seinem Gegner keine Zeit, aufzustehen. Dem ersten Fußtritt konnte John gerade noch ausweichen. Die Stahlkappe von Hübners Schuh streifte seinen Kopf und prallte Funken sprühend gegen die Wand.

Als John aufstehen wollte, warf ihn ein weiterer Schlag wieder zu Boden. Sogar im Dunkeln landete der Mann seine Schläge mit unglaublicher Präzision. Der zweite Fußtritt traf ihn in die Rippen, und John spürte, dass sie gebrochen waren. Mit dem Mut der Verzweiflung packte er seine Taschenlampe und schlug blindlings von unten nach oben zu. Der Deutsche schnappte nach Luft, fiel auf die Knie und stöhnte vor Schmerz. John hatte ihn an der empfindlichsten Stelle getroffen, seiner Männlichkeit. Mit aller Kraft packte Fox den muskulösen Hals seines Gegners und drückte zu ... In diesem Moment wusste er nicht, ob er den anderen nur außer Gefecht setzen oder töten wollte.

Hübner leistete immer noch Widerstand. Wieder dachte John an den großen Hund. Er musste dem jetzt unbedingt ein Ende setzen. Mit einer abrupten Bewegung drehte er dem Schergen den Hals um, der unheilvoll knackte. Der schwere Körper sackte wie eine leblose Marionette in sich zusammen.

John war vor Anstrengung schwarz vor Augen geworden. Mit großer Mühe erhob er sich und blickte in die gelben Augen des schwarzen massigen Hundes, der zögernd am anderen Ende des Ganges stehen geblieben war. Vermutlich konnte er in der Dunkelheit nicht erkennen, was geschehen war.

Es regnete immer noch. Das ständige Prasseln hatte fast etwas Beruhigendes. Plötzlich setzte sich die schwarze Masse langsam in Bewegung und wurde zunehmend schneller, als er seinen Gegner erkannte. Sofort rannte John zum Haupteingang. Er biss die Zähne zusammen, um den Schmerz der gebrochenen Rippen, der ihm den Atem raubte, besser ertragen zu können.

Hinter ihm blieb die Kampfmaschine vor dem reglosen Körper seines Herrn stehen und beschnupperte ihn winselnd. Auf Gehorsam dressiert, schien der Hund auf einen Befehl zu warten, der nicht kam. Enttäuscht blieb er einige Sekunden reglos stehen. Dort hinten lief der verletzte und ungeschickt hinkende Mann. In dem Hund stieg Hass auf den Schwächeren auf, den nur die Autorität seines Herrn zu zügeln vermochte.

Plötzlich stürmte das schwarze Monster mit offenem Maul und gefletschten Zähnen los. Völlig außer Kontrolle hatte der Hund nur ein Ziel vor Augen: das flüchtende Wesen einzuholen und zu vernichten.

Der weiße glatte Granitboden war durch den schräg einfallenden Regen noch rutschiger geworden. Beim geringsten Ausrutscher hätte die Dogge den Flüchtenden eingeholt.

John musste den Gang zur Hälfte durchlaufen, um zur großen Eingangstür zu gelangen. Um den Weg abzukürzen, hätte er über die niedrige Mauer springen müssen, auf der die Säulen standen. Aber das ließen seine Verletzungen nicht zu. Als er um die Ecke des Ganges bog, dachte er angsterfüllt, dass das Monster diese Abkürzung leicht nehmen könnte, es musste sich nur von seinem Instinkt leiten lassen. Zum ersten Mal seit langer Zeit schickte er ein Gebet zum Himmel. Benommen von dem stechenden Schmerz, der ihm den Magen umdrehte und den Atem raubte, betete er, dass Gott ihm die Kraft geben möge, den goldenen Knopf, den Spà erwähnt hatte, in der

Dunkelheit zu finden und drücken zu können, bevor sich die Bestie auf ihn stürzte.

Immer noch verbreitete der Regen eine angenehme Kühle und spülte die Hitze des Tages fort. Einige Meter hinter John kämpfte die Riesendogge gegen die Schwerkraft und versuchte, bei voller Geschwindigkeit auf den glatten Steinplatten das Gleichgewicht zu bewahren. Das Kratzen der nutzlosen Krallen auf dem Granit übertönte sogar das Prasseln des Regens. Nur seiner Nase und nicht seinem Instinkt folgend, war er nicht über die kleine Mauer gesprungen, sondern einfach geradeaus gelaufen.

Aus Angst, auszurutschen, wagte John nicht, sich umzublicken. Er ahnte, dass ihm der Hund dicht auf den Fersen war. Schweißgebadet erreichte er den Haupteingang. Wie ein Hoffnungsschimmer leuchtete der Knopf der elektronischen Türsicherung auf der schwarzen Tafel der Sprechanlage.

John hämmerte mit der Faust auf seine winzige Überlebenschance. Wie eine Ewigkeit erschien ihm der Bruchteil einer Sekunde, bis sich die Tür mit dumpfem Knarren öffnete. In dem Augenblick, als er den Türflügel öffnete und hindurchschlüpfen wollte, stürzte sich die Bestie auf ihn. Die Dogge schlug ihre mächtigen Kiefer in seine Jacke und versuchte ihn mit beeindruckender Kraft in den Hof zurückzuziehen. John stemmte sich verzweifelt gegen die halb offene Tür, dicht vor sich den riesigen schwarzen Kopf mit böse funkelnden gelben Augen.

Langsam, aber sicher zogen die erbarmungslosen Zähne ihre Beute nach innen, bis die Jacke plötzlich mit einem befreienden Ratschen riss. John fiel nach hinten über die Schwelle der großen Tür, während die Schließautomatik den Haupteingang des Heiligen Offiziums mit leisem Knarren zuschob.

Erschöpft setzte er sich auf die nassen Stufen und lehnte sich atemlos an die kalte Mauer. Nach einigen Minuten hatte ihn der starke Regen völlig durchnässt, was ihm half, gegen die überwältigende Müdigkeit anzukämpfen. Plötzlich fiel ihm Hübner und das unheilvolle Knacken seines Halses ein. Hatte er ihn umgebracht? Seltsamerweise löste dieser Gedanke keine Schuldgefühle aus, denn er wusste, dass jener ihm keine Wahl gelassen hatte. Er dachte an den Augenblick, als der kräftige Körper plötzlich erschlaffte und sein Leben aushauchte ... So fühlte es sich also an, wenn man einen Menschen tötete und Millionen von komplexen Funktionen mit einer einzigen Bewegung wie eine Kerze einfach auslöschte.

* * *

Beppi wunderte sich. Am späten Nachmittag hatte er wie jeden Tag im Belvedere-Hof auf den Amerikaner gewartet. Nach einer guten halben Stunde und mehrmaligen vergeblichen Versuchen, ihn auf dem Handy zu erreichen, war er unverrichteter Dinge wieder abgefahren. Jetzt, um dreiundzwanzig Uhr, rief ihn der Journalist plötzlich an und wartete vor dem Palast der Kongregation der Glaubenslehre darauf, abgeholt zu werden!

Nur mit Mühe schaffte John es, in das Taxi zu steigen. Schweißgebadet und zugleich vor Kälte zitternd ließ er sich vor den Augen des verdutzten Fahrers auf den Rücksitz fallen. Dem wäre seine Redseligkeit vor Schreck fast vergangen.

„Was ist Ihnen denn passiert? Geht es Ihnen nicht gut?"

„Kein Grund zur Sorge, Beppi. Bringen Sie mich einfach ins Hotel zurück ... bitte!"

Beppi fuhr sofort los. Ohne sich umzudrehen, redete er weiter: „Ich habe mir Sorgen gemacht. Was glauben Sie, wie lange ich auf dem Hof auf Sie gewartet habe? Ich habe sogar versucht, Sie anzurufen, aber Sie hatten Ihr Handy nicht eingeschaltet."

„Doch, aber dort, wo ich mich aufgehalten habe, gab es vermutlich kein Netz."

Beppi beobachtete John im Rückspiegel, der schwer atmend auf der Rückbank kauerte. Er war vom Scheitel bis zur Sohle durchnässt und musste eine ganze Weile im Freien zugebracht haben. Seine Jacke war völlig zerrissen. Bestimmt hatte er einen Unfall gehabt oder war sogar Opfer eines Überfalls geworden.

„Geht es Ihnen wirklich gut? Brauchen Sie Hilfe? Wenn Sie möchten, bringe ich Sie zu einem guten Arzt."

Kaum hörbar, aber bestimmt antwortete John: „Nein danke! Ich muss nur ausschlafen!"

Die Eingangshalle der Pension *Glyzine* war wie immer um diese Zeit menschenleer. Da der diensthabende Empfangschef gerade nicht an seinem Platz war, nutzte John die Gelegenheit und nahm sich den Zimmerschlüssel vom Haken. Die Menschen, die ihm auf dem Weg zu seinem Zimmer begegneten, beachteten ihn kaum. Lediglich seine nassen Kleider fielen auf. In Nancys Zimmer brannte noch Licht. Als er an ihre Tür klopfte, antwortete eine ängstliche Stimme: „Ja? Wer ist da?"

„Ich bin es, John."

Bereit für eine Auseinandersetzung riss Nancy die Tür auf. Sie hatte stundenlang auf ihn gewartet und sich große Sorgen gemacht. Warum hatte er so lange nichts von sich hören lassen? Aber John Cattuso sah derart mitgenommen aus, dass ihr Zorn sofort wieder verpuffte.

„Mein Gott, John! Was ist denn mit Ihnen passiert?"

Die Schmerzen hatten zugenommen. John konnte kaum

einen Fuß vor den anderen setzen. Mit Nancy Hilfe schleppte er sich zu ihrem mit Unterlagen übersäten Bett und ließ sich schwer darauffallen.

„Was ist passiert?"

„Ich habe nur zu viel getrunken."

„Erzählen Sie mir keinen Blödsinn! Haben Sie sich geprügelt? Hatten Sie einen Unfall?"

„Ein bisschen von beidem, glaube ich."

„Wo waren Sie überhaupt? Seit Stunden versuche ich Sie zu erreichen. War Ihr Handy ausgeschaltet?"

„Nein, aber offensichtlich hatte ich keinen Empfang."

John versuchte, seine Jacke, oder das, was davon übrig war, auszuziehen. Er stöhnte vor Schmerz. Nancy ging zu ihm.

„Warten Sie, ich helfe Ihnen."

Während sie ihm das zerrissene Kleidungsstück auszog, setzte sie ihr Verhör fort.

„Der gesamte Vatikan ist vernetzt. Ich habe die Antennen gesehen, als wir durch die Gärten gingen. Es ist unmöglich, dort keinen Empfang zu haben. Also, wo waren Sie?"

Trotz der starken Schmerzen und der Müdigkeit hatte John das Bedürfnis, sich jemandem anzuvertrauen. Er kämpfte gegen die unglaubliche Erschöpfung an, während er versuchte zu antworten.

„Ich bin dem Weg gefolgt, den Renato Sorsi am Tag vor seinem Verschwinden gegangen ist."

„Und? Wohin hat dieser Weg geführt?"

„Das ist unbeschreiblich … in den Abgrund des Grauens."

„Sie sprechen in Rätseln. Könnten Sie sich etwas klarer ausdrücken?"

„Ich habe eine grauenhafte Höhle unter dem Palast des Heiligen Offiziums entdeckt. Es ist ein riesiges Massengrab voller Frauenskelette, die dort schon seit Jahrhunderten begraben liegen. Dieser Anblick hat die Verzweiflung und Niedergeschlagenheit unseres Freundes hervorgerufen."

Wie versteinert saß Nancy nun neben ihm auf dem Bett und hörte seinem vor Müdigkeit und Schmerzen monotonen Bericht zu. Er klang aufrichtig und ernst, ein Beweis dafür, dass die Geschichte stimmte.

„Wahrscheinlich hat ihn die Neugier dazu getrieben, durch die berühmte Tür zu gehen, die der Hund des Sicherheitschefs so wild entschlossen bewachte. Für ihn war es sicher ein Kinderspiel, die Schlösser zu knacken und bis zur Krypta vorzudringen."

Nancy hörte schweigend und aufmerksam zu. Diese entsetzliche Geschichte hätte einem Gruselfilm alle Ehre gemacht. Fassungslos über diese Enthüllung versuchte sie, den Grund für eine derart unmenschliche Bestrafung herauszufinden.

„Was genau befindet sich in dieser Höhle?"

„Wie ich schon sagte, mehrere Dutzend Frauenleichen, alle an die Wand gekettet. Manche sind bis auf das Skelett verwest, andere fast mumifiziert. Aus den Kleidungsresten kann man schließen, dass es Nonnen waren."

„Schrecklich! Warum hat man sie Ihrer Meinung nach dort unten eingesperrt?"

„Ich glaube, dass die Ordensfrauen zu Zeiten der Inquisition das Verbrechen begingen, Frau zu sein."

„Sie meinen, sie haben …"

„Genau das … Ich habe auf den Türschlössern Spuren gefunden, die beweisen, dass der Ingenieur bis dorthin vorgedrungen ist. Das erklärt auch sein Verhalten kurz vor seinem Verschwinden."

„Ich habe einmal etwas Ähnliches über die Methoden der

Inquisition gelesen. Im unterirdischen Gewölbe eines Kirchengebäudes – den Namen habe ich leider vergessen – hat man weibliche Überreste gefunden. Aber das war in Spanien und nicht hier, im Vatikan. Kaum zu glauben!"

„Ja, aber ich bin selbst durch dieses Massengrab gegangen und habe alles mit eigenen Augen gesehen! Ich glaube, dass man hier die Beweise einer schmachvollen und lange zurückliegenden Vergangenheit verbergen wollte."

„Aber man hätte diese erdrückenden Beweise doch leicht verschwinden lassen können. Warum hat man es nicht getan?"

„Ich denke, dass dieser Ort mit der Zeit in Vergessenheit geraten ist und nur ein paar Eingeweihte noch davon wussten. Später fand man es sicherlich einfacher, alles zu lassen, wie es war und lediglich den Zugang zu versperren."

„Das ist einfach unglaublich! Und dann? Was ist dann passiert?"

John verzog vor Schmerz das Gesicht und presste die Hand auf die Rippen.

„Dann fing der Ärger an. Als ich den Palast des Heiligen Offiziums verlassen wollte, traf ich auf Hübner."

„Hübner?"

„Ja, der Sicherheitschef, von dem uns Pasquale berichtet hat … und seinen Hund."

„Ja, ich erinnere mich. Er nannte ihn ‚den Deutschen'. Und dann?"

„Um herauszukommen, musste ich ihn aus dem Weg räumen."

„Was soll das heißen? John, was haben Sie getan? Sie haben ihn doch nicht etwa …"

„Doch … ich fürchte schon. Ich hatte keine Wahl … entweder er oder ich."

„Moment mal! Ich glaube, ich träume … Sie haben also ein paar Türen im Vatikan aufgebrochen, sind in einen Bereich eingedrungen, in dem Sie nichts verloren hatten und haben dann so mir nichts dir nichts den Sicherheitschef umgebracht, weil er Sie am Hinausgehen hindern wollte? Ist das alles?"

„Nicht ganz. Nach dem Herrchen kam die Dogge. Der musste ich leider ein Stück meiner Jacke überlassen."

„Wie haben Sie es geschafft, den Hund loszuwerden? Diese Hunde geben nicht so leicht auf. Haben Sie den auch aus dem Weg geräumt?"

„Nein. Ich hatte den Haupteingang schon erreicht und den Knopf gedrückt. Aber als sich die Tür öffnete und ich schon fast auf der anderen Seite war, biss sich dieser Köter an meiner Jacke fest. Gott sei Dank riss der Stoff. Ich stolperte rückwärts durch den Haupteingang, und die schwere Tür fiel vor der Nase der Dogge zu."

Nancy stand auf, drehte sich um und blickte ihn traurig an.

„Ich habe mich von Anfang an getäuscht. Ich dachte, wir würden gemeinsam eine großartige Reportage schreiben. Aber jetzt ist mir klar, dass Sie mich nur ausgenutzt haben. Vielleicht haben Sie mich sogar für naiv gehalten, obwohl ich Ihnen nur helfen wollte. Unseren eigentlichen Auftrag haben Sie völlig vernachlässigt, sind Ihrer merkwürdigen Intuition gefolgt und haben sich einzig und allein um Ihre persönlichen Nachforschungen gekümmert. Jetzt sitzen wir ganz schön in der Tinte. Es wird eine Untersuchung geben, Befragungen. Da es nur wenige Ausländer gibt, die den Palast des Heiligen Offiziums betreten dürfen, wird der Verdacht schon bald auf Sie fallen. Die Polizei wird nicht lange brauchen, bis sie die Verbindung zwischen Ihrer Anwesenheit und den anschließenden Ereignissen findet."

„Die römischen Behörden machen mir keine Sorgen, sie werden sich nicht einmischen. Der Vatikan ist ein unabhängiger Staat mit eigener Polizei und ist nicht verpflichtet, sich an die römische Kriminalpolizei zu wenden. Nachdem ich weiß, was sich in der Krypta befindet, wird sich die päpstliche Stadt hüten, Schwierigkeiten zu machen. Sollte der Verdacht auf mich fallen, werden sie mir höchstens den Zugang zu den Archiven verbieten."

„Und das Videoüberwachungssystem? Dort hängt doch alle paar Meter eine Kamera! Haben Sie daran gedacht?"

„Stimmt, es gibt viele Kameras, aber alle blicken in dieselbe Richtung. Sie können mich auf meiner Flucht höchstens von hinten erfasst haben. Außerdem herrschte finstere Nacht. Für die Qualität der Bilder würde ich mich nicht verbürgen."

„Gut! Hoffen wir, dass Sie recht behalten. Und nun, da Ihr Einsatz als Privatdetektiv Sie zu dieser makabren Entdeckung geführt hat, was gedenken Sie jetzt zu tun?"

Da sie keine Antwort bekam, fuhr Nancy fort. „Hoffentlich finden Sie einen Weg, diesen Knüller an die Öffentlichkeit zu bringen, ohne dass man uns damit in Verbindung bringt. Das wird in so einem Fall sicherlich das Beste sein, nicht wahr?"

Schweigend und mit gesenktem Kopf hatte John ihr zugehört.

„John! Hören Sie mir überhaupt zu?"

„Ja, ich höre Ihnen zu. Aber so einfach ist das nicht. Man kann nicht einfach aus egoistischen Gründen ein Verbrechen anzeigen."

„Wie bitte? Was soll das bedeuten? Heißt das etwa, dass Sie über die schrecklichen Dinge nicht berichten wollen? Oder darf ich daraus schließen, dass Sie mit der ganzen Aktion nur

Ihre Neugier befriedigen wollten?“

„Der ursprüngliche Grund für meine Recherchen war sicher Neugier, aber zu viele Details und Indizien weisen darauf hin, dass das nicht alles ist.“

Staunend und ungläubig hatte Nancy dem minutenlangen Bericht über die grausamen Enthüllungen zugehört. Jetzt versuchte sie zu begreifen, wie eine einfache Berichterstattung über ein Jubiläum der katholischen Kirche eine derartige Wendung hatte nehmen können.

„John, werden alle diese Frauen, die da unten im Dunkeln liegen und im Namen der unmenschlichen kirchlichen Moral geopfert wurden, endlich ein würdiges Grab bekommen, oder werden sie für immer, von der Kirche verleugnet und vergessen, dort unten bleiben müssen?“

„Ich fürchte, das Schicksal dieser Unglückseligen ist eng mit der Geschichte an sich verbunden, weshalb sie für immer in Vergessenheit bleiben müssen. Sie dort herauszuholen käme fast einer Grabschändung gleich, auch wenn diese Höhle eigentlich kein Grab ist.“

„So etwas zu sagen ist schrecklich. Das, was man diesen Nonnen angetan hat, ist und bleibt ein abscheulicher Mord. Jetzt, da die Wahrheit klar auf der Hand liegt, kann man sie doch nicht einfach ignorieren! Und wenn doch, würde man die Mörder dann nicht decken und sich zum Komplizen machen?“

John dachte einen Moment nach.

„Ich bin noch nicht fertig. Dort gibt es noch etwas.“

Nancy erstarrte. Fragend blickte sie ihn an und versuchte, den Sinn des Satzes zu erraten.

„Wie meinen Sie das? Reicht Ihnen das etwa nicht? Haben Sie keine Angst, nach all dem, was passiert ist? Um Himmels willen, was suchen Sie denn?“

„Meine Nachforschungen sind noch nicht beendet. Ich muss noch einmal zurück und eine weitere Tür aufbrechen.“

John war schweißgebadet, und das Hemd klebte ihm am Körper. Bei dem ungeschickten Versuch, es auszuziehen, verzog er das Gesicht. Nancy ging zu ihm.

„Lassen Sie mich das machen. Wo tut es denn weh?“

„Hier, die Rippen.“

Vorsichtig zog Nancy ihm das nasse Hemd aus. Seine Brust war schweißnass. Auf der linken Seite, von der Achsel bis zur Taille, entdeckte sie einen großen fast schwarzen Bluterguss unter der gebräunten Haut. Vorsichtig fuhr sie mit der Hand über die geprellten Rippen. Als sie etwas fester zufasste, stöhnte John vor Schmerz auf.

„Sie sind ja wehleidig! Kein guter Charakterzug für einen Abenteurer“, wies sie ihn halb scherzhaft zurecht.

Damit hatte sie John an seiner empfindlichen Stelle getroffen.

„Ich möchte Sie mal an meiner Stelle sehen. Ich kann kaum atmen und habe das Gefühl, von einem Bus überfahren worden zu sein.“

Nancy lachte laut und herzhaft.

„Nicht böse sein. Es war nur ein Scherz, leider ein schlechter. Aber egal, Sie haben da einen riesigen blauen Fleck. Wie ist das passiert?“

„Ein perfekt gezielter Fußtritt.“

„Das? Ein Fußtritt? Das sieht aus, als hätte Sie ein Esel getreten!“

„Fast. Der Deutsche hatte Stahlkappen auf seinen Schuhen.“

„Ich verstehe ja nicht viel von solchen Ausrüstungen, aber

ich habe den Eindruck, dass so etwas eher von Ganoven und Mördern getragen wird als von einfachen Wachposten."

„Ich teile Ihre Meinung. Jetzt verstehen Sie vielleicht, warum ich nicht traurig bin, wenn ich an ihn denke."

Nancy fuhr fort, mal mit weniger, mal mit mehr Druck die geschwollene Seite abzutasten.

„Ich glaube nicht, dass etwas gebrochen ist. Aber Sie sollten zum Arzt gehen, um sich eine schmerzlindernde Salbe und einen Verband verschreiben zu lassen. Sie hatten Glück, die Rippen hätten bei dem Schlag leicht brechen und sich in die Lunge bohren können."

Stöhnend streckte sich John auf dem Bett aus. In dieser Position konnte er besser atmen.

„Ich habe den ganzen Nachmittag mit Spà gearbeitet. Könnten Sie meinen Block aus meiner Jackentasche holen? Ich habe seinen Vortrag über die heilige Inquisition bereits ins Reine geschrieben. Dieser Mann ist eine wandelnde Bibliothek."

Nancy durchsuchte die Jacke nach dem Block und fand in der Innentasche das völlig zerstörte Tonbandgerät, das jetzt nur noch ein Klumpen aus Metall, Plastik und Elektronik war.

„Da haben wir es! Davon haben Sie zwar Ihren wunderschönen Bluterguss, aber es hat Sie auch vor dem Schuh Ihres Freundes geschützt. Ihr Tonbandgerät hat die Wucht des Tritts abgefedert."

Nancy kramte in einem ihrer Koffer und kam mit einer Tube Salbe wieder zurück.

„Das ist eine Arnikasalbe. Sie hilft sehr gut gegen Prellungen. Drehen Sie sich zur Seite, ich werde versuchen, Ihnen beim Auftragen nicht wehzutun."

Cattuso versuchte sich auf den rechten Arm zu stützen. Aber auch diese einfache Bewegung ließ ihn vor Schmerz aufstöhnen. Nancy drückte ihn sanft wieder aufs Bett.

„Lassen Sie das, es bringt nichts. Bleiben Sie liegen. Ich werde versuchen, sie so aufzutragen."

Auf seiner geschundenen Brust spürte John ihre warmen Hände, die ihn mehr streichelten als behandelten. Kurz darauf betäubte eine wohlige Wärme die schmerzende Prellung. Schwerer Arnikaduft erfüllte den Raum. Sorgfältig trug Nancy die Salbe mit langsamen kreisförmigen Bewegungen auf, wobei sich die halb offene Bluse über ihren schweren Brüsten spannte. Trotz des Schmerzes spürte John eine heftige Erregung. Ihm wurde heiß, allerdings nicht von der Salbe.

Nancy konzentrierte sich auf ihre Aufgabe und rückte dabei immer näher. John betrachtete ihr wunderschönes ovales Gesicht. Wieder hatte sie das feuerrote Haar im Nacken zusammengebunden, und der Pferdeschwanz ließ sie jünger erscheinen. Ihr Mund war leicht geöffnet. Plötzlich wünschte sich John, diesen vollen Mund auf den seinen zu pressen und seinen Gefühlen freien Lauf zu lassen.

„Nancy?"

„Ja?"

„Ich habe etwas auf dem Herzen, aber ich weiß nicht, wie ich es sagen soll, es ist schon so lange her. Ich habe Angst, etwas falsch zu machen."

Nancy unterbrach ihre Arbeit und blickte John lange an. In seinen dunklen Samtaugen stand nicht nur eine Liebeserklärung, nicht nur eine Aufforderung; sie entdeckte in ihnen das Versprechen eines Mannes, der seine Hoffnung und Lebenslust wiedergefunden hatte. Sie beugte sich zu ihm hinab, legte den Zeigefinger auf die Lippen ihres Patienten und flüsterte: „Psst … sag nichts …"

Ihre Lippen trafen sich zögernd, fast schamhaft, als könnte

diese Berührung, die sie so lange vermieden hatten, zu rasch wieder vergehen. Dann wurde John mutiger und küsste sie leidenschaftlich und tief. In diesem Moment, der ihnen wie eine Ewigkeit erschien, blieb das Rad der Zeit stehen.

Obwohl John große Schmerzen plagten, war er ihnen dankbar, denn durch sie waren sie sich nähergekommen. Unter anderen Umständen hätte er sich vermutlich nie getraut. Jetzt waren seine Zweifel verflogen. Nancy liebte ihn. Er spürte ihre schweren Brüste auf seinem Körper. Die sinnliche Berührung ihrer seidenweichen Haut erregte ihn noch mehr. Vorsichtig schob er die Bluse auseinander, entblößte die vor Erregung hart gewordenen Brustwarzen und beugte sich vor, um sie zu küssen. Doch plötzlich spürte er einen brennenden Stich und schrie auf. Diese kleine Bewegung hatte auf den Bluterguss gedrückt und den Wundschmerz wieder aufflackern lassen.

Sie blickten sich lachend an, denn beiden war klar, dass diese Nacht nicht ihre erste Liebesnacht werden würde.

Plötzlich verfluchte John den Schmerz, der ihn hinderte, sich seiner Geliebten ganz hinzugeben. Nancy beugte sich wieder über ihn und küsste ihn lange und zärtlich. Als sich ihre Lippen wieder trennten, war etwas Wunderbares mit ihnen geschehen, das ihre Herzen und Schicksale miteinander verband.

Nancy sah John mit glänzenden Augen an und fragte leise: „Sag mal, John, du hast doch nicht wirklich vor, noch einmal dorthin zu gehen, nicht wahr?“

11. KAPITEL

Dienstag, 30. Mai, 13 Uhr 30, Vatikanstadt

Obwohl die Sonne ihr Bestes gab, die letzten Pfützen zu trocknen, zeigte der Petersplatz noch Spuren des nächtlichen Unwetters. Der leichte Wind zerstäubte die Milliarden von Tröpfchen der beiden großen Brunnen zu einem belebenden Nebel, in dem einige Touristen Erfrischung suchten.

John war etwas zu früh da. Obwohl er sich im Schatten der Kolonnaden aufhielt, war er bereits schweißgebadet. Er war nicht zu einem Arzt gegangen, sondern verließ sich lieber auf die Pflege seiner „Krankenschwester", die ihn vor seiner Abfahrt zum Vatikan gründlich massiert hatte. Natürlich hatte sie dabei wie ein Rohrspatz über seine Sturheit geschimpft. Tief in seinem Herzen trug er die Erinnerung an die heißen Küsse, die ihn wieder mit dem Leben versöhnt hatten. Auch jetzt hatte er das Gefühl, sie immer noch zu spüren, und konnte sich ein Leben ohne Nancy nicht mehr vorstellen. Wie ihre Berührungen hatte auch die Arnikasalbe ihre Spuren auf seinem Körper hinterlassen. Ob ihre Wärmeentwicklung ebenso wohltuend war, würde sich noch herausstellen.

Seit heute Morgen drehten sich seine Gedanken um Nancy. Nur mit Mühe konnte er sich auf die Gegenwart konzentrieren, und er versuchte die Risiken einzuschätzen, denn die nächsten Minuten waren entscheidend.

Er stellte sich die möglichen Konsequenzen vor, angefangen von der Tatsache, dass Spà noch nicht zu ihrem täglichen Treffen erschienen war, bis zu seiner Ausweisung aus der Vatikanstadt oder einer eventuellen Verhaftung.

Vorsichtig fuhr er sich über die Rippen. Der Schmerz hatte

nachgelassen, offensichtlich hatten die Salbe und die Massage ihre Wirkung getan.

Mit wachsender Sorge wartete er auf den *Professe.* Seine Nervosität wurde durch das heftige Verlangen nach einer Zigarette noch verstärkt. Er litt unter Nikotinentzug. Die sich überstürzenden schrecklichen Ereignisse hatten wie eine Droge gewirkt. Doch jetzt stand er tatenlos herum, was die alte Gewohnheit und Abhängigkeit begünstigte. Automatisch durchsuchte er die Taschen seiner neuen Jacke, fand jedoch nur die Taschenlampe und den Schraubenzieher, aber leider keine Zigaretten.

* * *

Nancy lag auf dem Bett und ging mit wenig Begeisterung noch einmal ihre Notizen durch. Immer wieder kreisten ihre Gedanken um die vergangenen Stunden mit John. Ihre körperliche Annäherung war sehr leidenschaftlich gewesen, wenn auch unvollendet. Wieder durchlebte sie jede Berührung, jedes Wort, jeden Blick. Sie hatten sich keine Liebe oder ewige Treue geschworen, aber in ihren Blicken hatte all das und mehr gelegen.

Die Berührung mit diesem starken männlichen Körper hatte ihr das Gefühl unglaublicher Geborgenheit vermittelt, vermischt mit einer diffusen Angst. Nachdem sie eine Weile über diese paradoxe Empfindung nachgedacht hatte, begriff sie, dass Johns unerschütterliche Gelassenheit ihr zwar Sicherheit gab, sie aber Angst hatte, ihn zu verlieren. Nancy spürte, dass dieser Mann wie geschaffen für sie war, als hätte sie all die Jahre nur auf ihn gewartet. Sie hatte sich ihm hingegeben. Auch wenn sein Körper die ersehnten Zärtlichkeiten nicht erwidern konnte, hatte sie ihm ihr Herz und ihre Seele geschenkt. Doch sie machte sich Sorgen über ihre Zukunft, denn sie wusste, dass ihr und sein Schicksal nicht mehr voneinander zu trennen waren.

Heute Morgen hatte sie alles versucht, ihn davon abzubringen, wieder in den Vatikan zu gehen. Erfolglos! Als einzige Erklärung hatte er nur vage angedeutet, dass er noch eine letzte Tür öffnen müsse. Seine außergewöhnliche Sturheit zeigte wieder einmal, wie treffend der Spitzname „Fox" war.

* * *

Vierzehn Uhr siebzehn. Spà hatte sich verspätet. John war zwar nicht besonders abergläubisch, sah darin aber trotzdem ein böses Omen. Fünf Minuten später kam der *Professe* mit ausgestreckter Hand auf ihn zu und fegte seine Sorge mit einem strahlenden Lächeln fort.

„Guten Tag, John. Wie geht es Ihnen heute? Entschuldigen Sie meine Verspätung, man hat mich in die Verwaltung bestellt. Schauen Sie, was ich bekommen habe."

Pater Francesco hielt ein Mobiltelefon in der Hand, kaum größer als das von John. Stolz zeigte er John sein neues Spielzeug und freute sich dabei wie ein kleines Kind. Offensichtlich begnugte sich dieser Mann mit den kleinen Freuden des Lebens, weit weg von den Versuchungen der wahren Welt.

„Guten Tag, Pater, ich dachte, Sie hätten schon längst eines, wie heutzutage fast jeder."

„Ach, wissen Sie, ich habe nicht darum gebeten. Von dieser modernen Technik verstehe ich nicht viel. Doch man sagte mir, man könne mich so leichter erreichen. Was halten Sie davon, wenn wir unsere Nummern austauschen?"

Während jeder die Nummer des anderen in sein Telefon eingab, betrachtete Spà Fox aus dem Augenwinkel.

„Entschuldigen Sie, John, geht es Ihnen nicht gut?"

„Doch, warum?"

„Sie sind schweißgebadet und sehr blass. Möchten Sie vielleicht eine Erfrischung?"

„Nein, nein, es ist nichts. Ich habe nur einen schwachen Magen, und bei dieser Hitze ... aber sobald wir ins Kühle kommen, geht es mir wieder besser."

Als sie durch den Haupteingang des Heiligen Offiziums traten, dachte John wieder an die halb offene Tür und die große schwarze Schnauze, die versucht hatte, ihn ins Innere zu zerren. Sofort erfasste ihn die Angst, dem Koloss erneut ins Auge blicken zu müssen. Denn jetzt, da sein Herr nicht mehr lebte, würde die riesige Dogge sofort auf ihn losgehen. Mit großer Erleichterung beobachtete er, wie sich die Tür zu den Archiven öffnete. Dort war er in Sicherheit.

Der Priester verhielt sich wie immer und lächelte freundlich. Er setzte sich in die Ecke, in der sie sich schon am Vortag unterhalten hatten.

„Nun, John, konnten Sie das, was ich Ihnen gestern zum Thema ‚Inquisition' erläutert habe, verwenden?"

„Aber natürlich. Ich habe eine Zusammenfassung erstellt, die meine Kollegin gerade ins Reine schreibt. Nochmals vielen Dank für Ihre Unterstützung. Ihre Zusammenarbeit ist uns sehr wichtig, denn Sie versorgen uns mit Informationen, die der breiten Öffentlichkeit sonst verborgen bleiben würden."

„Es freut mich, wenn ich Ihnen helfen kann. Übrigens, warum begleitet Sie Signorina Shepard nicht mehr? Soweit ich weiß, ist sie doch auch an einer Besichtigung der Vatikanstadt interessiert. Sie ist doch hoffentlich nicht krank?"

„Nein, es geht ihr gut. Und sie hätte ihre Arbeit auch lieber hier als im Hotel fortgesetzt. Leider hat die Obrigkeit anders entschieden und betrachtet ihre Anwesenheit als unerwünscht."

„Obrigkeit? Welche Obrigkeit?"

„Kardinal Scalingeri, zum Beispiel."

„Sind Sie sicher, dass Sie das nicht falsch verstanden haben? Vielleicht hatte er nur Vorbehalte gegen die Kleidung Ihrer jungen Assistentin?"

„Nein, Pater, es gab keinen Zweifel. Der Ausschluss war leider unmissverständlich."

Spà schien es aufrichtig zu bedauern.

„Ich sehe nicht, inwieweit die Anwesenheit der Signorina Ihre Besuche im Archiv erschweren oder zu Unannehmlichkeiten führen könnte. Es tut mir sehr leid."

„Machen Sie sich keine Sorgen, schließlich können Sie nichts dafür."

Bedrückendes Schweigen entstand zwischen den beiden Männern. Offenbar verstimmt über die Entscheidung seines Vorgesetzten, war der *Professe* nachdenklich geworden. Nach einer Weile brachte John das Gespräch wieder in Gang.

„Ich würde Sie gern etwas fragen. Meine Lateinkenntnisse sind gleich null, und ich möchte Sie bitten, mir einen Satz zu übersetzen."

„Natürlich. Bitte fahren Sie fort."

„Wenn ich mich richtig erinnere, lautete der Satz etwa so: ‚Domini irem quem sacrilegum punit.'"

Verblüfft schwieg Francesco Spà einen Augenblick, bevor er wissen wollte: „Wo haben Sie denn diesen Satz gefunden?"

„So genau weiß ich das nicht mehr. Ich glaube, er war irgendwo eingraviert."

„Es sind schreckliche Worte, aber sehr aufschlussreich. Ich glaube allerdings, dass es nicht ‚Domini irem' sondern ‚Domini ira' heißen muss, denn ‚ira' heißt auf Lateinisch ‚Zorn'. Die Übersetzung würde also lauten: ‚Der Zorn Gottes straft den Schänder'. Zweifellos handelt es sich um eine doppelte Warnung vor einer Bedrohung. Diese Art Text wurde häufig im Mittelalter verwendet, um heilige Orte, wie zum Beispiel Friedhöfe, zu schützen."

Für John bedeutete die in Stein gemeißelte Grabinschrift mehr als eine Warnung. Sie war der Beweis, dass die grauenvolle Krypta nicht das Ende seiner unterirdischen Besichtigung gewesen war. Jetzt wusste er mit Gewissheit, dass sich hinter der dunklen Tür, die diese Worte schützen sollten, ein großes Geheimnis verbarg.

Wie am Vortag sprach der Jesuit lange und ausführlich über die allmächtige Inquisition. Zwar verurteilte er die Exzesse der Verantwortlichen in den jeweiligen Epochen, verwandte jedoch viel Zeit auf die Darstellung toleranter und humanistisch denkender Persönlichkeiten.

„Sehen Sie, John, man darf nicht glauben, dass diese Institution in der Vergangenheit nur von machtgierigen und blutrünstigen Rohlingen regiert wurde. Es gab auch Männer wie Kardinal Prospero Lambertini. Der Inquisitor des Heiligen Offiziums und Erzbischof von Bologna war ein sehr besonnener und weiser Gelehrter. Er ging streng wissenschaftlich vor und analysierte methodisch und klug die ihm vorgelegten Fälle. Man weiß zu berichten, dass er die ‚Auferstehung' eines ertrunkenen Kindes entmystifizierte, indem er nachwies, dass es auf ganz natürliche Weise ins Leben zurückgefunden hatte. Diese ‚Wiedergeburt' beruhte auf einem rein mechanischen und physiologischen Phänomen, wie wir es heute formulieren würden. Bewusstlos und unter Schock hatte das Kind krampfartig gehustet, wodurch das Wasser aus der Lunge gepresst wurde. Dieser Kardinal hatte die Aufgabe, Fälle von Seligsprechung zu überprüfen, was er mit viel Verstand und Sorgfalt auch tat."

„Fälle von Seligsprechung?"

„Ja. Selig gesprochen wurden diejenigen, die in den Stand der Seligen erhoben wurden, mit anderen Worten, deren Heiligkeit von der Kirche anerkannt wurde. In diesen dunklen Zeiten, als die Wissenschaft noch in den Anfängen steckte, konnte man sich vieles nicht erklären, und man musste sehr auf der Hut sein, um grobe Irrtümer zu vermeiden."

Wie immer verging die Zeit wie im Flug. In Gegenwart des Priesters schien alles unglaublich einfach, und seine sehr detaillierten Erklärungen machten die Vergangenheit fast greifbar. Auf den ersten Blick nur aneinandergereihte historische Fakten, wurden durch seinen Elan zu lebensnahen Schilderungen.

Am späten Nachmittag fragte John den Priester wieder, ob er noch bleiben könne. Spà wiederholte lächelnd, was er schon am Vortag gesagt hatte, forderte ihn jedoch auf, es nicht allzu lang herauszuzögern. Offensichtlich wusste er nichts von den jüngsten Ereignissen.

* * *

Diesmal war John nicht eingeschlafen. Zwei Stunden lang blätterte er in jahrhundertealten Büchern, versuchte ihren in der Ursprache verfassten Inhalt zu erfassen. Latein, dem Italienischen eng verwandt, war ihm durch seine zahlreichen Deklinationen und unbekannten Endungen teils geläufig und doch wieder fremd. Er hatte den Eindruck, Sätze in einer vertrauten Sprache zu lesen, die er aber im Laufe der Zeit vergessen hatte. Was blieb, war der Zauber der Worte mit der geheimnisvollen Aussprache, der sich ihm als Laie leider nicht erschloss.

Er wartete geduldig, bis es dunkel war, und schlich sich dann heimlich aus den Archiven. Erstaunt stellte er fest, dass die kleine Pforte an der hinteren Seite des Innenhofs nur angelehnt war. Als er die Stufen zum großen Leichensaal hinunterging, erfasste ihn dumpfe Sorge, die sich verstärkte, als er im Schein seiner Taschenlampe das schmiedeeiserne Tor vor dem engen Gang offen vorfand. Die Kühle in den unterirdischen Gängen, die durch die Eingeweide des Vatikans führten, jagte ihm Schauer über den Rücken. Das unangenehme Prickeln hatte allerdings eine andere Ursache. John, der das Terrain schon kannte, ging rasch weiter. Er hatte die Batterien seiner Taschenlampe ausgetauscht und wollte das kostbare Licht sparen. Der Weg bis zur Eisenpforte erschien ihm kürzer als am Vortag. Um nicht noch einmal auf akrobatische Weise in den Keller zu gelangen, tastete er sich vorsichtig nach links, bis er die Treppe unter seinen Füßen spürte.

John hatte geglaubt, den Schrecken und den Ekel, den er beim ersten Mal in diesem Gewölbe empfunden hatte, überwunden zu haben. Doch die Wirkung des makabren Schauspiels war diesmal nicht geringer. Langsam, fast gläubig schritt er den Mittelgang entlang. Dieser Ort flößte ihm verständlicherweise Respekt ein. Das grelle Licht fiel auf die hohlen Schädel. Sie begrüßten ihn mit demselben entsetzlichen Grinsen. Er kam auf die alberne Idee, die zahlreichen Skelette zu zählen. Um die Leichen, beziehungsweise das, was von ihnen übrig geblieben war, rascher zählen zu können, war es wohl das Beste, jeweils zwei Köpfe gleichzeitig zu erfassen. Zwei …

vier ... sechs. Während er zählend voranschritt, verlor er die Übersicht. Doch bis zu diesem Augenblick hatte er bereits dreißig sterbliche Überreste gezählt.

Die Knochen wirkten wie Elemente einer surrealen Kulisse. Wären da nicht die schweren Ketten gewesen, hätte man diese Szene für eine düstere und dubiose Inszenierung halten können. Einige völlig verweste Leichen waren in verrenkter Haltung auf benachbarte Skelette gesunken. Etliche Knochengerüste waren so eng ineinander verkeilt, dass es schwierig war, Köpfe und Glieder zuzuordnen. Etwas weiter hinten an der Wand saßen zwei Nonnen, an denen noch Reste ihrer braunen Kutten hingen, und hielten sich an den Händen. Ihre knochigen Finger waren über die Jahrhunderte vereint geblieben. Die letzte Geste einer tiefen Freundschaft oder Suche nach Halt und Trost im Anblick des Todes? Vielleicht beides.

John konnte den Blick kaum von diesem dantischen Bild erloschener Seelen, diesen anonymen, leeren Hüllen, abwenden.

John folgte dem gelblichen Lichtschein, bis er wieder vor dem gewölbten Türsturz der kleinen Tür stand. Er beugte sich vor und fuhr vorsichtig mit der Hand über das massive Holz. Es fühlte sich rau und unangenehm an. Der oberhalb der Tür in die Mauer gravierte Spruch bereitete ihm Kopfzerbrechen. Handelte es sich um eine banale, im Mittelalter gebräuchliche Warnung, wie Spà gesagt hatte, oder wies sie auf die besondere Gefahr dieses Ortes hin? Das gewaltige Vorhängeschloss war unversehrt. Es war zwar alt und verrostet, zeigte jedoch keine Aufbruchsspuren. Also hatte Renato Sorsi nicht versucht, es zu öffnen. Entweder hatte er kein Werkzeug – oder keine Zeit.

John steckte sich die Taschenlampe zwischen die Zähne und bearbeitete das antike Schloss mit dem großen Schraubenzieher. Nach mehreren anstrengenden Minuten musste er einsehen, dass die Hebelwirkung seines Werkzeugs nicht ausreichte, um mit dem jahrhundertealten Eisen fertig zu werden. Enttäuscht trat er gegen die massive Tür, die mit einem dumpfen Rumpeln gegen diese Behandlung protestierte.

Die neuen Batterien verhinderten, dass das Licht der Taschenlampe schwächer wurde. Auf der Suche nach einem brauchbaren Einbruchswerkzeug ließ er ihren Strahl über den Boden des Gewölbes und die makabren Überreste gleiten. In der rechten Ecke der Krypta lagen mehrere alte und verstaubte Gegenstände. Zuerst entdeckte John mehrere Notenständer, doch das verrostete Eisen war nicht stabil genug. Daneben, auf einer teilweise mumifizierten Leiche, lag ein massiver dreiarmiger Kerzenleuchter. Dieser war etwa einen Meter fünfzig groß und wog an die zehn Kilogramm. Wahrscheinlich war er umgefallen, als sich die Sterbende in ihrem Todeskampf daran festhalten wollte. Seine konische Spitze, auf die man eine dicke Kerze stecken konnte, war das ideale Hilfsmittel, um das Vorhängeschloss zu knacken.

Der Schweiß, sein getreuer Begleiter in allen schwierigen Momenten, lief ihm von der Stirn in die brennenden Augen und hinterließ eine salzige Spur auf der Haut. Mühsam schob er den Dorn in den Bügel des Schlosses und drückte mit seinem ganzen Gewicht auf den so geschaffenen Hebel. Einen endlos scheinenden Augenblick lang war der Kampf zwischen den beiden gleich alten Eisen unentschieden. Weder das alte Schloss noch die Spitze des alten Kerzenleuchters gaben nach. Als die Situation nicht mehr zu ertragen war, drückte John mit seiner ganzen Kraft auf das hinterste Ende der Stange. Seine Hartnäckigkeit wurde belohnt: Ein Knirschen und Knacken ertönte, als der Bügel schließlich nachgab.

Erschöpft und zitternd lehnte sich John an die Wand. Der

Schmerz, der bis jetzt geschlummert hatte, war unvermutet wieder erwacht. John rang nach Luft und presste beide Hände auf die stechende Seite. Schweiß lief ihm über Rücken, Arme und Beine und durchnässte sein Hemd.

Doch der Weg war frei. Er hob ein letztes Mal den Kopf und stützte sich mit der Taschenlampe in der Hand am Türsturz ab, bevor er sich bückte und die Schwelle überschritt. Das künstliche Licht der Taschenlampe erfasste rasch alle Winkel des überraschend kleinen Raums. Fast enttäuscht stieg John zwei Stufen hinunter und stand in einem runden Kellergewölbe. Anscheinend war der Raum so gut wie leer und besaß keinen zweiten Zugang.

Kaum hatte er einen Fuß auf die rauen Steinplatten gesetzt, bemerkte er einen diffusen bläulichen Schein, der von der Decke zu kommen schien. Die unverputzten Wände waren kahl. Obwohl es keinen Altar, keine Ikonen und auch kein Kreuz gab, hatte er den Eindruck, eine antike Kapelle zu betreten. Genau in der Mitte stand der einzige Gegenstand des Gewölbes, auf den der schwache Schein fiel, als wäre er von großer Bedeutung.

Beeindruckt von der eigenartigen Atmosphäre ging John nur zögernd weiter, als würde er ein Heiligtum entweihen. Mühelos erinnerte er sich an die Worte, die er nun auswendig kannte: ‚Domini ira quem sacrilegum punit.' Wieder lief ihm ein kalter Schauer über den Rücken. Erschrocken über seine eigene Waghalsigkeit und aus Furcht vor der nächsten Entdeckung, trat er vorsichtig näher. Noch drei Meter, dann würde er es wissen.

Das schmucklose Möbelstück war zwar sehr alt, aber gepflegt. Auf einem dunklen wurmstichigen Holzsockel befand sich eine Vitrine, ebenfalls in sehr gutem und sauberem Zustand. Der Nebenraum der Krypta wurde offenbar regelmäßig gereinigt.

John lenkte den Schein der Taschenlampe auf die Vitrine und entdeckte unter der Scheibe zwei nebeneinanderliegende Rollen, die auf einem mit Goldfäden durchwirkten, glänzenden Stück Stoff lagen. Es waren aufgerollte und mit einem Goldbändchen zusammengehaltene Pergamente. Jetzt war klar, wozu das Möbelstück diente: Es war ein Heiligenschrein, in dem Reliquien aufbewahrt wurden. Diese wirkten erstaunlicherweise nicht sehr kostbar, und die Maßnahmen für ihre Konservierung schienen übertrieben.

In einer Ecke befand sich ein Hygrometer, mit dem der Feuchtigkeitsgrad kontrolliert wurde. Dieses Gerät war der Beweis, dass man dem Inhalt des alten Schreins besondere Aufmerksamkeit schenkte. John hob vorsichtig den Glasrahmen hoch, nahm eines der beiden Dokumente heraus und entfernte behutsam das Goldbändchen. Die Rolle ließ sich nur mühsam öffnen, und Fox musste beide Seiten festhalten, um den Text lesen zu können.

Das Dokument war sehr alt. Die raue gelbliche Haut wirkte sehr brüchig und war an manchen Stellen schon rissig. Der Text war mit Tinte geschrieben, die im Laufe der Zeit dunkelbraun geworden war, und bestand aus seltsamen Zeichen. Vielleicht handelte es sich um eine tote Sprache, jedenfalls war sie für einen Laien unverständlich.

Das zweite Pergament öffnete sich ebenso widerstrebend wie das erste, bestand aus dem gleichen Material und wirkte ebenfalls brüchig. Obwohl er kein Fachmann war, schloss Fox daraus, dass die beiden Handschriften wahrscheinlich aus derselben Epoche stammten. Der Text blieb John verschlossen, doch die Endung der Wörter und die Formulierung der Sätze erinnerten ihn an Inschriften auf Grabsäulen. Wahrscheinlich war es Latein.

Als John die beiden Stufen erreicht hatte, um den runden Raum zu verlassen, erlosch der Lichtschein an der Decke und tauchte die Krypta in geheimnisvolles Dunkel. Die antike Vitrine war leer, denn er trug die mysteriösen Rollen, deren Wert nur ein Fachmann abschätzen konnte, ans Tageslicht. Sofort, als er die ersten geheimnisvollen Worte erblickt hatte, war ihm Francesco Spà eingefallen. Der *Professe* konnte ihm diese Zeilen aus vergangenen Zeiten sicher übersetzen. Allerdings würde es nicht einfach sein, ihm deren Herkunft zu erklären.

Wieder huschte der Schein der Taschenlampe über die Bewohnerinnen der vergessenen Gruft. Sie verabschiedeten sich auf ihre Weise mit einem stummen Schrei aus weit geöffneten Kiefern von dem nächtlichen Besucher. Sie kannten das ganze furchtbare Ausmaß des Frevels.

Die getreue Taschenlampe wies ihm den Weg durch den engen Gang ins Freie. John beeilte sich, hinauszugelangen. Sobald ihm die laue Luft der römischen Nacht übers Gesicht strich, atmete er erleichtert auf. Auf dem ganzen Weg durch die unterirdischen Gewölbe hatte ihn die unbewusste Furcht begleitet, für immer in dem Tunnel eingesperrt zu werden. Am Himmel prangten unzählige funkelnde Sterne. Der Vollmond tauchte den Innenhof in blassgelbes Licht. Auch hier herrschte eine seltsame Atmosphäre, doch immerhin befand er sich wieder im Freien.

Als John den Eingang zu den Archiven des Heiligen Offiziums erreicht hatte, wählte er, ungeachtet der späten Stunde, die Nummer des Paters. Nach einer Weile antwortete Spà: „*Si? Pronto?*“

„Ich bin es, John.“

„John! Was ist passiert?"

„Entschuldigen Sie, dass ich Sie so spät noch bemühe, Pater, aber wir müssen uns unbedingt treffen."

„Wie bitte? Jetzt? Es ist dreiundzwanzig Uhr vorbei. Kann es nicht bis morgen warten?"

„Ich muss mir so schnell wie möglich Klarheit verschaffen …"

„Klarheit verschaffen? Worüber?"

„Ich habe zwei Dokumente bei mir, die ich Ihnen zeigen möchte."

„Welche Dokumente? Wo sind Sie? In der Stadt?"

„Es handelt sich um sehr alte Texte. Nein, ich bin nicht in der Stadt, ich bin noch im Vatikan."

„Im Vatikan? Um diese Uhrzeit? Und wo genau befinden Sie sich?"

„Ich stehe vor den Archiven des Heiligen Offiziums."

Verblüfft antwortete der Pater mit rauer Stimme: „Das ist doch wohl ein schlechter Scherz, John."

„Keineswegs. Sie müssen mir diese Manuskripte unbedingt übersetzen. Bitte machen Sie sich sofort auf den Weg. Ich lasse Sie herein."

Nach kurzem bedrückendem Schweigen flüsterte der Jesuit: „Bleiben Sie, wo Sie sind, ich komme."

Die Kameras blickten wie immer in dieselbe Richtung. Damit ihre neugierigen Augen ihn nicht erfassen konnten, hatte sich John klugerweise in einen toten Winkel des Hofs gestellt. Außer ihm schien sich in den Gängen niemand mehr aufzuhalten. Selbst der Lärm der Stadt war kaum wahrnehmbar. In dem kleinen Universum, das ein großes Geheimnis unter sich verbarg, herrschte absolute Stille. John hatte die beiden Pergamente unter die Jacke geschoben. An seiner Brust wirkten sie so empfindlich, fast verletzlich. Waren sie wirklich so kostbar und furchteinflößend? Doch in diesem Teil der Welt maß man die Bedeutung und Macht der Dinge nicht unbedingt an ihrer Größe oder Haltbarkeit. Mitten in seinem Gedankengang fiel John plötzlich wieder ein, dass er dem Pater versprochen hatte, ihn hereinzulassen. Die Nacht war sehr hell und spendete ausreichend Licht für die Aufnahmen der Kameras. Deshalb durfte er nicht in die Nähe des Haupteingangs kommen.

Minuten vergingen, aber John fand keine Lösung für das Problem. Plötzlich zerriss ein Knirschen die Stille und hallte durch die Gänge. Der Haupteingang des Heiligen Offiziums öffnete und schloss sich automatisch hinter einer schwarzen Gestalt, die langsam zu den Archiven ging und leise rief: „John? Wo sind Sie?“

„Ich bin hier, Pater, in der Ecke. Kommen Sie!“

Der *Professe* ging suchend in die Richtung, aus der die Stimme kam, und fand John im hinteren Teil des Hofes.

„Warum verstecken Sie sich?“

„Ich versuche den Kameras auszuweichen.“

„Aber John, was ist denn in Sie gefahren? Was machen Sie hier? Wenn Sie jemand entdeckt, bekommen wir beide großen Ärger. Sie wissen doch, dass Sie nicht zu lange bleiben dürfen. Sie hatten es mir versprochen!“

John wusste nicht, ob sein Gegenüber vor Zorn blass geworden war oder seine Blässe vom diffusen Mondlicht herrührte. Kannte dieser sanfte Mensch überhaupt ein solches Gefühl? Anstelle einer Antwort öffnete Fox seine Jacke und reichte dem Gelehrten die beiden Pergamente.

„Deswegen bin ich immer noch hier. Können Sie mir diese Handschriften übersetzen?“

Francesco Spà nahm die beiden Rollen behutsam und

tastete sie leicht ab, bevor er kategorisch erklärte: „Das sind keine Pergamente. Ein Pergament besteht aus Schafshaut. Diese Rollen hier stammen nicht von einem Tier. Aus ihrer Textur ist zu schließen, dass es sich um Papyrus handelt. Sie dürften sehr alt sein, obwohl man auch heute sehr gute Imitationen herstellen kann. Wo haben Sie die Rollen gefunden?"

Als er keine Antwort bekam, öffnete er eines der Dokumente und prüfte es im Licht der Taschenlampe.

„Der Text ist eindeutig sehr alt. Es sieht aus wie Altaramäisch, ein semitischer Dialekt, der von den Nomadenvölkern westlich des Euphrat und bis Palästina gesprochen wurde. Ja, es muss eine Urschrift oder eine sehr gute Kopie sein, auf jeden Fall ist es sehr alt. Es tut mit leid, hier kann ich es nicht übersetzen, dazu brauche ich mehr Zeit ..."

John setzte alles auf eine Karte.

„Das andere Manuskript scheint in Latein geschrieben zu sein. Einige Wörter habe ich erkannt."

Der Priester zog die zweite Papyrusrolle auseinander.

„Stimmt, das ist Latein, aber in der ursprünglichen Form. Das müsste ich relativ leicht übersetzen können. Ich brauche ein bisschen mehr Licht ... danke, so ist es gut. Also ..."

Da er seine Brille nicht bei sich hatte, hielt sich Spà das Dokument dicht vor die Augen. Dann begann er laut zu übersetzen: *„Ich, Pontius Pilatus, Statthalter und Legat von Judäa auf Befehl von Gaius Julius Octavianus Augustus, Cäsar und Imperator des Römischen Reichs, bestätige im Jahr 779 der Augusteischen Zeit mit vorliegender Niederschrift ..."*

Der *Professe* unterbrach sich mitten im Satz und wurde plötzlich gespenstisch bleich. Mit weit aufgerissenen Augen starrte er auf den Text und überflog schweigend Zeile für Zeile der antiken Handschrift. Seine Hände zitterten und mit ihnen die alte Papyrusrolle, als würde sie wieder zum Leben erwachen. John fragte sich, ob der Priester weiterübersetzte oder jeden Absatz noch einmal las. Sein Blick ging ins Leere. Mit vor Erregung zitternden Lippen murmelte er immer wieder: „*O mio Dio … è impossibile …*“

Schließlich ließ er sich mit dem Rücken an der Mauer zu Boden sinken, schlug die Hände vors Gesicht und schluchzte wie ein Kind.

John ging zu ihm und legte ihm die Hand auf die Schulter.

„Pater, Sie sind ja völlig durcheinander. Warum? Bitte, sagen Sie es mir. Was steht auf diesem Papyrus?“

Francesco Spà hörte ihn nicht, sondern verbarg den Kopf zwischen den Knien und weinte leise vor sich hin. John schüttelte ihn leicht und fragte noch einmal: „Bitte, Monsignore, was hat Sie so erschüttert? Sagen Sie mir doch, was Sie so beunruhigt.“

Plötzlich richtete sich der *Professe* auf und schüttelte Johns Hand ab. Seine Sanftmut war wie weggeblasen und machte einem Wutausbruch Platz, den man bei diesem Mann nie vermutet hätte. Die geröteten Augen glühten vor Zorn, und er ließ seinem Unwillen freien Lauf: „Sie haben mich belogen! Von Anfang an! Sie haben mich nur benutzt und mein Vertrauen für Ihre Recherchen missbraucht … Ich habe an Sie geglaubt, Sie geachtet und gemeint, Sie wären anders! Ich glaubte, einen Freund gefunden zu haben. Aber Sie sind nur ein Atheist und haben vor nichts und niemandem Respekt!“

Zornig warf er John das Manuskript hin und fügte weinend hinzu: „Und jetzt haben Sie mein Leben zerstört … damit!“

John versuchte den Priester am Ärmel festzuhalten, doch der riss sich zitternd los und rief voller Bitterkeit: „Lassen Sie mich! Wir haben uns nichts mehr zu sagen!“

Spàs Verhalten erschütterte Fox zutiefst. Von einer Sekunde auf die andere war aus dem gelassenen freundlichen Priester ein Mensch voller Groll und Feindseligkeit geworden. Als der Priester mit gesenktem Kopf und hängenden Schultern davoneilte, wurde ihm bewusst, dass dieser Mann zutiefst betroffen war. Er, der so weit von der realen Welt entfernt schien, konnte nur in einem Punkt derart erschüttert werden: in seinem Glauben.

Fox hob die beiden Rollen vom Boden auf. Welches schreckliche Geheimnis hatte der Text enthüllt? Was hatte den sonst so gelassenen Geistlichen so erschüttert? Eines stand jedenfalls fest: Die beiden Dokumente mussten wieder in ihren Schrein zurückgelegt werden, damit sich der Schleier der Vergessenheit über sie legen konnte.

* * *

Mit Tränen in den Augen war Francesco Spà durch den Nebeneingang verschwunden, auf den auch Renato Sorsi aufmerksam geworden war. Die Tür öffnete sich wie von selbst und fiel hinter ihm mit einem lauten Knall wieder ins Schloss. Dahinter, auf der rechten Seite, befand sich das große schmiedeeiserne Tor, das die Vatikanstadt von der italienischen Hauptstadt trennte. Es war verschlossen. Und wieder einmal hatte sich die Einsamkeit der Nacht über den Vatikan gelegt und ihn in die Stille einer vergangenen Zeit getaucht.

Hals über Kopf und unsicher wie ein angeschlagener Boxer stürzte der Jesuit davon. Dank seines unkomplizierten und von Natur aus fröhlichen Charakters hatte er im Leben nur selten geweint, selbst als Waisenkind. Die Kirche hatte dafür gesorgt, dass er sich sein wohlwollendes, von allen geliebtes Lächeln bewahrte. Doch heute lernte er den salzigen Geschmack von Kummer und Leid kennen, denn er glaubte den schrecklichen Sätzen, die er gerade gelesen hatte. Selbst wenn es sich bei dem Text um eine Kopie handelte, war sie ein eindeutiger Beweis für die Wahrheit. Er müsste verrückt oder blind sein, wollte er das leugnen.

Wie ferngesteuert setzte Spà einen Fuß vor den anderen, schaute weder rechts noch links, ließ sich von der Gewohnheit leiten. Das dumpfe Echo seiner Schritte verbreitete die Illusion, als bewegten sich mehrere Personen in den verlassenen Gängen. Gedankenverloren bog er um eine Ecke, als plötzlich vier Männer vor ihm standen. Er hatte sie nicht kommen hören. Im Gleichschritt setzten sie ihren Weg fort. Der Gruppenführer der Schweizer Garde grüßte ihn mit einem Kopfnicken, schien sich jedoch nicht zu wundern, dass der Geistliche seinen Gruß nicht erwiderte. Diese Roboter kannten keine Gefühle. Die vier Gardisten mit den blonden Köpfen und den porzellanblauen Augen entfernten sich.

Der *Professe* kannte den Weg, den er zu gehen hatte, in- und auswendig. Doch was am Tag vertraut und freundlich war, konnte nachts leicht verwirrend und beängstigend erscheinen. Leere füllte sich mit Dunkelheit, Formen und Gestalten änderten sich auf geheimnisvolle Weise. Unbewusst beschleunigte er seinen Schritt. Er wollte sich in sein Büro in den Archiven zurückziehen, um nachzudenken und vielleicht auch, um zu beten.

Plötzlich spürte er deutlich, dass ihm jemand folgte. Doch als er sich umdrehte, sah er nur den breiten menschenleeren Korridor, den der Mondschein schwach erhellte. Er beeilte sich noch mehr. Die Eingangshalle im Parterre war fast dunkel. Nur die beleuchteten Knöpfe des Aufzugs waren deutlich zu sehen. Merkwürdig erleichtert, dass er das Phantom, das ihm wie ein Schatten gefolgt war, endlich abgeschüttelt hatte, fuhr er mit dem Fahrstuhl nach oben. Seine Gedanken drehten sich um die alte Papyrusrolle. Die grobe Struktur der Pflanzenfasern, die verblichene Tinte, die Form des Manuskripts, die Art des Textes, die Tatsache, dass dieses Dokument hier im Vatikan entdeckt worden war, lauter Beweise, die leider jeden Zweifel ausschlossen. Er hatte wirklich und wahrhaftig ein zweitausend Jahre altes *Volumen* gelesen!

Der Aufzug setzte seinen Fahrgast im Eingangsbereich des zweiten Stocks ab. Hier war es noch dunkler. Doch das sonst so vertraute Dämmerlicht wirkte heute Nacht völlig anders, denn er hatte noch immer das Gefühl, dass jemand unsichtbar und doch ganz nahe bei ihm war.

Als Spà nach rechts abbog, lief ihm ein Schauer über den Rücken. Um in die Archive zu kommen, musste er an der lächerlichen rot-weißen Absperrung vorübergehen, die schon seit Wochen vor Bauarbeiten warnte. In diesem Augenblick wünschte er sich nur, so schnell wie möglich in sein Büro zu gelangen.

Er trat zwei Schritte vor. Feuchtkalte Luft schlug ihm aus dem gähnenden Loch entgegen, während von links ein tiefes grollendes Knurren zu hören war. Er hatte gerade noch Zeit, sich umzudrehen und in das schreckliche Maul mit den gefletschten Zähnen zu blicken, bevor ihn ein heftiger Stoß traf und der schwarze Schlund ihn verschluckte. Pater Francesco Spà stürzte ohne einen Laut ins Leere. Für einen Schrei blieb ihm keine Zeit. Als sein Kopf mit einem dumpfen Geräusch auf dem felsigen Boden aufschlug, war sein Mund erst leicht geöffnet.

* * *

John folgte dem gelben Schein seiner Lampe durch den unterirdischen Gang. Er ging rasch, denn er kannte den Weg und hatte es eilig, die beiden Rollen wieder an ihren Platz in der Glasvitrine zurückzulegen. Obwohl er so lange gesucht und herumgeschnüffelt hatte, wollte er nur noch eines: die Früchte seiner Recherchen möglichst schnell dorthin zurückbringen, wo er sie gefunden hatte … in der Hoffnung auf göttliche Vergebung.

Die Ordensfrauen, unfreiwillige Wächterinnen und Opfer der Krypta, empfingen den Journalisten mit ihrem makabren breiten Grinsen, als wunderten sie sich, ihn so bald schon wiederzusehen.

Sobald er über die Schwelle trat, war der Raum wieder in seinen schwachen bläulichen Schein getaucht. Mit trockener Kehle trat John an den leeren Reliquienschrein und legte fast andächtig die Manuskripte zurück. Plötzlich fiel ihm der lateinische Satz wieder ein, der über dem Eingang zu diesem Heiligtum stand und ihn beschlich eine undefinierbare Angst.

Fast unmerklich wurde das Licht der Taschenlampe schwächer. John schloss eilig die niedrige Pforte hinter sich, durchquerte das Massengrab und überließ die Sünderinnen ihrer Einsamkeit und Vergessenheit. Als er oben auf dem schmalen Treppenabsatz angekommen war, kündigte ein Flackern der Lampe das baldige und unwiderrufliche Ende des Lichtscheins an.

Fox öffnete die schwere Tür … und blickte in die ausdruckslosen Augen der riesigen Dogge. Der Hund fletschte die weiß aufblitzenden Zähne. Aus seiner Kehle drang ein tiefes drohendes Knurren. Sich seiner Stärke bewusst, wich das Tier keinen Millimeter zurück und starrte John unverwandt an. Für den Bruchteil einer Sekunde überlegte John, die schwere Holztür rasch wieder zuzuschlagen. Plötzlich traf ihn ein brutaler Schlag am Kopf und schleuderte ihn die Treppe hinunter. Mit einem dumpfen Geräusch schlug er auf dem Boden auf, und der große dunkle Saal verschwamm vor seinen Augen.

12. KAPITEL

Tiefe Stille lag wie ein bleiernes Tuch auf dem bedrückenden Ort. Es herrschte völlige Finsternis.

John saß an der Wand des Gewölbes. Das unebene Gestein drückte sich in seinen Rücken und erinnerte ihn daran, dass er noch am Leben war. Stechender Kopfschmerz verhinderte jeden klaren Gedanken über seine Situation. Die regelmäßigen Herzschläge schienen seinen Körper zu verlassen und in die Wände einzudringen, als wollten sie der Dunkelheit Leben einhauchen. Er wusste nicht, ob der Raum, in dem er sich befand, groß oder klein war. Jede Bewegung seiner Glieder löste ein leises metallisches Klirren aus. Diese Umgebung machte ihm Angst.

Plötzlich nahm er ein leises Röcheln wahr. Er hielt die Luft an. Nun war es weg! Doch nach einer Weile pochte es wild in seinen Schläfen, und seine Lungen brannten wie Feuer. Schließlich holte er tief Luft und kehrte ins Leben zurück. Gleichzeitig setzte auch das Röcheln wieder ein.

Da begriff John, dass er seine eigene Atmung gehört hatte und kein anderes Lebewesen in der Nähe war. Die Luft war trocken und kühl. Trotzdem stand dem Wesen aus Fleisch und Blut, das in dieser steinernen Hölle zu überleben versuchte, der Schweiß auf der Stirn. Vorsichtig fuhr er mit den Fingerspitzen über den Boden. Es fühlte sich wie Lehm an. Bei dieser einfachen Bewegung spürte er einen heftigen Schmerz in der linken Schulter. Aber als er mit der rechten Hand nach seinem Arm greifen wollte, hinderten ihn schwere Ketten daran.

Plötzlich erinnerte er sich wieder, wie er hierhergekommen war. Allerdings hatte er jedes Zeitgefühl verloren und wusste nicht, ob dort oben in der Freiheit Tag oder Nacht herrschte …

* * *

Im Halbdunkel des großen Raums verschwammen die Umrisse der Möbel und zahlreichen Gegenstände. Der alte Mann saß hinter seinem Arbeitstisch im schwachen Schein der Schreibtischlampe und starrte nachdenklich an die Wand. Die Hände mit den ungewöhnlich langen Fingern zum Gebet gefaltet, suchten seine Raubvogelaugen im Halbdunkel nach einem unsichtbaren Gesprächspartner.

Die religiöse Stille, nur unterbrochen von den leisen Pendelbewegungen der alten Bronzeuhr, wurde plötzlich von einem grellen Läuten zerrissen. Kardinal Scalingeri schaute auf die Anzeige seines Telefons und wusste sofort, wer der Anrufer war. Es war ein Uhr morgens. Seit Tagen schon rief „er" immer zur selben Zeit an. Der Staatssekretär schlief nur wenig. In seinem Alter war jeder Tag kostbar, und die der Nacht gestohlenen Augenblicke waren unschätzbar wertvoll. Seine krummen Finger griffen nach dem Hörer.

„Ja? Wer will mich sprechen?"

Am anderen Ende der Leitung fragte sich der Mann mit der gebräunten Haut und dem kantigen, von einer tiefen Narbe durchzogenen Kinn, warum der Kardinal dieses Spiel jeden Tag wieder spielte, obwohl er doch genau wusste, wer ihn zu dieser Stunde anrief.

„Guten Abend, Eminenz, ich bin es. Wie stehen die Dinge?", antwortete er ebenfalls wie jeden Abend.

Unverzüglich kam die Antwort, klar und bestimmt: „Das Problem ist gelöst, die Sache hat sich erledigt."

Leichter Zweifel auf der anderen Seite: „Sind Sie sich absolut sicher? Er ist sehr clever."

„Clever oder nicht – dort, wo er sich jetzt befindet, richtet er keinen Schaden mehr an."

Ein kurzes Schweigen entstand. Mit den wenigen Worten war alles gesagt. Der dunkelhäutige Mann beendete das Gespräch: „In Ordnung, vielen Dank. Guten Abend, Eminenz."

* * *

D'Amato legte auf und blickte düster in das riesige Aquarium, das eine ganze Wand seines großen Büros einnahm. Im Schein der Neonleuchte funkelten die exotischen bunten Fische wie Juwelen. Zufrieden lächelnd trat er an die breite Fensterfront, die ihn von der Lichterstadt trennte. Alles im Leben zahlte sich aus – früher oder später.

„Ist die unerfreuliche Sache endlich erledigt?", riss ihn Otlinger ungeduldig aus seinen Gedanken.

D'Amato drehte sich langsam um. „Ja. Ich habe gerade erfahren, dass unser Störenfried ausgeschaltet ist – endgültig."

Speeling mischte sich besorgt ein. „Ganz sicher? Schließlich warten wir schon seit über einer Woche."

Der Direktor des *Caesars Palace* blickte ihn ungerührt an. „Es gibt keinen Grund, an der Aussage unseres Freundes zu zweifeln. Seine Methoden sind zwar anders als unsere, aber ebenso wirksam."

„Wir hätten selbst genügend Mittel gehabt, diese Nervensäge loszuwerden", höhnte Speeling arrogant wie immer. „Es war völlig überflüssig, den Papst einzuschalten. Die Sache wäre auch so schon längst erledigt!"

D'Amato gefiel es nicht, dass man die Kirche in seiner Gegenwart verspottete. Er ging zwar nur selten in die Kirche, aber … man konnte ja nie wissen! Daher klang seine Stimme leicht gereizt. „Sie wissen ganz genau, dass der Papst nichts damit zu tun hat! Wir haben uns an eine weit mächtigere Persönlichkeit gewandt, die uns in der langjährigen Zusammenarbeit noch nie im Stich gelassen hat. Schließlich verfolgen wir dieselben Interessen. Außerdem hat sich das Problem in den Zuständigkeitsbereich unseres Freundes verlagert. Deshalb war es praktischer, ihm die Lösung zu überlassen. Methode und Zeitraum spielen dabei keine Rolle, schließlich zählt nur das Ergebnis."

* * *

Der alte Kardinal stützte sich mit den langen Fingern auf dem Schreibtisch ab und richtete mühsam sein gebeugtes Knochengerüst auf. Ohne das Licht zu löschen, ging er zur Tür. Er wollte auf jeden Fall noch einmal zurückkommen, denn er war noch nicht müde, und es wartete noch viel Arbeit auf ihn. Eigentlich war er nie müde.

In der kalten Krypta erwachte John aus seiner Bewusstlosigkeit. Allmählich dämmerte ihm, wo er sich befand und warum er angekettet wie ein Tier in der Falle saß. Wieder im Vollbesitz seiner Kräfte, überdachte er die Ereignisse der letzten Tage. Bei der geringsten Bewegung zerrten die schweren Ketten an seinen Armen. Jetzt konnte er sich den Leidensweg, den die Ordensschwestern hier unten vor Jahrhunderten erdulden mussten, wesentlich besser vorstellen.

Trotz der totalen Finsternis hatte er das Bild des Grabgewölbes und der stummen Skelette genau vor Augen. Als er den Lehmboden abtastete, fuhr seine Hand plötzlich über einen geraden länglichen Gegenstand, an dem ein grob gewebter Fetzen hing. Erschrocken zog er die Hand zurück, die den knochigen Arm seiner Nachbarin ergriffen hatte.

In dieser Finsternis nutzten ihm die Leuchtziffern seiner Uhr leider nichts, denn sie zeigten nicht an, wie lange er schon eingeschlossen war. Würde man ihn hier herausholen? Oder musste er, wie die anderen Bewohner von allen vergessen, in dieser Höhle sein Leben aushauchen? Auch wenn er sich oft gefragt hatte, wie sein Leben einmal enden würde, weigerte er sich, sich vorzustellen, angekettet wie ein Hund zu verenden. Er versuchte aufzustehen, doch die Ketten waren zu kurz und zwangen ihn, sitzen zu bleiben. Wütend zerrte er an seinen Fesseln – vergebens. Die jahrhundertealten Eisenringe schnitten ihm in die Handgelenke und beendeten sein sinnloses Aufbäumen.

Angst legte sich mit eisernem Griff um seinen Magen und ließ den Schweiß in Strömen von seiner Stirn fließen. In der Krypta herrschte Totenstille, die nur von seinen unkoordinierten und verzweifelten Versuchen, seinem Schicksal zu entgehen, gestört wurde.

Als die Angst unerträglich wurde, dachte er an Nancy, an ihr Gesicht, ihr herrliches Lachen, ihre Stimme. Würde er sie nie wieder sehen, nie wieder berühren dürfen? Rasend vor Wut zerrte er erneut an seinen Ketten, und wieder schnitten sie tief und schmerzhaft in seine Handgelenke.

Ein metallisches Knirschen riss Fox aus seiner Niedergeschlagenheit. Hoch über ihm öffnete sich die schwere, mit Eisenspitzen beschlagene Tür. Grelles Licht strömte herein. Mehrere Männer schritten schweigend die Treppe hinab, den Mittelgang des großen Saals entlang und blieben vor dem Gefangenen stehen. Geblendet hob John den Kopf und versuchte, die schwarzen Gestalten zu erkennen. Allmählich gewöhnten sich seine Augen an den Kontrast, und die Gesichter wurden deutlicher.

Das Licht der Laterne fiel auf das Gesicht der Nummer zwei des Vatikans, der den Mann, der in Ketten zu seinen Füßen lag, mit süffisantem Grinsen ansah. Neben dem Staatssekretär stand kerzengerade und mit der Laterne in der Hand ein von den Toten Auferstandener: Klaus Hübner! Er schien die Szene besonders zu genießen, auch wenn er mit der dicken starren Halskrause, die wie ein überdimensionierter römischer Kragen wirkte, ausgesprochen lächerlich aussah. John konnte sich eine spöttische Bemerkung nicht verkneifen: „Nun, verehrter Klaus, wie ich sehe, sind Sie endlich übergetreten und Mönch geworden …"

Der Sicherheitschef presste wütend die Zähne zusammen und versetzte Fox einen kräftigen Tritt mit der Stahlkappe seines Stiefels. John riss die Arme hoch, konnte jedoch nicht verhindern, dass er die verletzte Seite traf. Er schnappte nach Luft und krümmte sich vor Schmerz.

Gespielt vorwurfsvoll griff der Kardinal ein. „Aber, aber, Klaus! Etwas mehr Haltung und Geduld für unseren Gast. Sie wissen doch, dass wir Gewalt nicht mögen."

Er beugte sich zu John hinunter und höhnte zischend: „Na, *Signore Cattuso,* so sieht man sich wieder. Leider war es nicht zu vermeiden, denn Sie sind wirklich sehr hartnäckig. Warum konnten Sie nicht einfach Ihre Arbeit machen? Mussten Sie unbedingt gegen unsere Regeln verstoßen? Sie suchen ja geradezu nach Ärger, Mister John Cattuso, oder sollen wir Sie lieber Fox nennen?"

John erschrak. Nur enge Freunde und die Kollegen des *Herald* kannten diesen Spitznamen. Der Kirchenmann fuhr fort: „Wundern Sie sich? Eigentlich haben wir Ihren Besuch von Anfang an erwartet, und wissen alles, na ja, fast alles über Sie." Scalingeri hielt einen Moment inne und fuhr dann auf Italienisch fort: „Wir werden unser Gespräch in der Sprache unseres schönen Landes fortsetzen, die Sie perfekt beherrschen, nicht wahr?"

John blieb ihm die Antwort schuldig.

„Na schön, Sie haben mich schon verstanden. Haben Sie sich nie gefragt, warum Sie die erforderlichen Genehmigungen für Ihre Nachforschungen bekommen haben? Haben Sie nicht bemerkt, dass sich trotz Ihrer unglaublichen Indiskretion die Türen viel zu leicht öffneten, obwohl der Vatikan den Ruf genießt, seine Geheimnisse sehr gut zu schützen? Erstaunlich, wie ahnungslos und leichtsinnig Sie vorgegangen sind. Aber wenn ich es mir recht überlege, sind Sie vermutlich so sehr von Neugier getrieben, dass Ihre Urteilsfähigkeit dabei auf der Strecke bleibt."

John staunte nicht schlecht. Plötzlich fügte sich alles wie ein großes Puzzle zusammen oder vielmehr wie ein großes Spinnennetz. Seine Vergangenheit hatte ihn eingeholt. Respektvoll musste er anerkennen, dass er völlig blauäugig in die Falle getappt war, die man ihm schon bei seiner Ankunft in Rom gestellt hatte.

Kardinal Scalingeri stand dicht neben John und hatte sich zu ihm hinabgebeugt. Sein magerer Hals war in Reichweite, und die Ketten vermutlich lang genug. Fox spürte den unwiderstehlichen Drang, ihm an die Kehle zu springen und zuzudrücken. Doch als er die Muskeln spannte, ertönte ein drohendes Knurren aus der Kehle der Hölle. Die im Dunkeln zurückgebliebene Dogge hatte seine Angriffslust erahnt und sich zu Wort gemeldet. Mit halb offenem Maul und gefletschten Zähnen war sie in den Lichtkegel gesprungen, ohne auf ein Zeichen oder einen Befehl zu warten.

Der alte Potentat trat ein wenig zurück. Seine tief in den

knochigen Höhlen liegenden Augen glichen zwei Glühbirnen, die zu erlöschen drohten. Dennoch blieb ein erbittertes Schimmern, das dem Blick des Alten paradoxerweise einen jugendlichen Ausdruck verlieh. In süffisantem Ton fuhr er, an John gewandt, auf Italienisch fort: „Wie ich sehe, großer Reporter, hat Sie Ihre unbequeme Lage nicht zur Räson gebracht. Sie gehören zu den Menschen, die blind vor Sturheit sind. In Ihrer Halsstarrigkeit sind Sie weiter gegangen, als wir je vermutet hätten. Sie haben ein Hindernis zu viel geknackt, die letzte Tür hätten Sie nicht öffnen dürfen. ‚Veritas mater omnium animi cruciatuum est.' Jaja, Signore Cattuso, die Wahrheit ist die Mutter aller Qualen. Jetzt kennen Sie die Wahrheit. Und? Was haben Sie davon? Sie haben ein schreckliches Geheimnis gelüftet und gleichzeitig erfahren, dass dieses Wissen gefährlich ist, vor allem, wenn man es nicht nutzen kann."

Bei diesen Worten wurde John klar, dass der Kardinal glaubte, Spà hätte ihm den Inhalt der Manuskripte übersetzt. Er beschloss, ihn in dieser Gewissheit zu lassen.

„Wenn ich Sie richtig verstanden habe, wäre es besser, in Unwissenheit und Lüge zu leben? Für mich jedenfalls ist die Wahrheit keine Qual, sondern eine Notwendigkeit."

Scalingeri erhob die Stimme. „Die Wahrheit eine Notwendigkeit? Armer Narr! Wieder einmal unterschätzen Sie die Konsequenzen. Haben Sie an die Millionen von Menschen gedacht, deren Leben diese Wahrheit zerstören würde? Und an diejenigen, die ihr ganzes Leben auf die Glaubenslehre stützen? Ihre Mission ist heute so stark, dass sie einen wichtigen Beitrag zum religiösen Gleichgewicht der Welt leisten. Die katholische Religion ist das unabdingbare Gegengewicht zu fundamentalistischen Glaubensrichtungen wie dem Islam und auch dem Hinduismus oder Buddhismus. Es geht um eins

Komma fünf Milliarden Menschen, die sich in ihrem Glauben um die Erlösung bemühen, ohne zu wissen, dass sie gleichzeitig ihre Kultur und Freiheit verteidigen! Und Sie wollen uns vorschreiben, die Wahrheit zu verbreiten? Für wen? Und vor allem, warum?"

John war bereit, das Gespräch auf Italienisch fortzusetzen. „Und um dieses wunderbare Gleichgewicht zu bewahren, verstecken Sie in diesem Gewölbe die sterblichen Überreste dieser armen Frauen? Nur um zu verhindern, dass der geringste Zweifel das sorgfältig aufgebaute christliche Wertegebäude erschüttert? Mit jeder dieser Toten hier, die Sie am liebsten vergessen würden, ist ein grausames und unmenschliches Ende verbunden. Glauben Sie, dass diese Verbrechen im Einklang mit der Religion geschehen sind, die Sie vertreten?"

„Diese armen Frauen, wie Sie sie nennen, haben einen Meineid geschworen. Sie haben die Kirche und den christlichen Glauben verraten. Als sie sich für die Ehe mit Gott entschieden, schworen sie, ausschließlich ihm ihre Liebe zu schenken. Doch das haben diese unwürdigen Kreaturen offensichtlich vergessen und ein ihrem Lebenswandel entsprechendes Ende gefunden."

Der harte und schroffe Ton offenbarte, dass Kardinal Scalingeri nicht einmal den Versuch machte, der Inquisition diese schändlichen Taten anzulasten. Er schien zutiefst überzeugt, dass die Bestrafung zu Recht erfolgt war. John wurde bewusst, dass der Geistliche auch in der heutigen Zeit mitleidlos dieselbe Strafe anzuwenden bereit wäre.

„Wollten Sie mit der Ausschaltung von Ingegnere Renato Sorsi auch die Glaubensgrundsätze schützen? Wahrscheinlich ist auch er zu neugierig gewesen ..."

Mit einem Seufzer richtete sich der Kardinal wieder auf.

„Auch dieser rechtschaffene Mann konnte sich nicht damit begnügen, das zu tun, wofür er bezahlt wurde. Entgegen unseren Regeln hat er gewisse Grenzen einfach überschritten … unwiderruflich. Neugier ist offensichtlich ein schlechter Charakterzug.“

„Hat er die Handschriften entdeckt?“

„Nein, bisher hatten nur Sie die Ehre. Sorsi war zwar neugierig, aber zu dünnhäutig. Seine Suche endete mit der Entdeckung der Krypta und ihren Bewohnerinnen. Das allein reichte schon, seinen Glauben ernsthaft zu erschüttern … und seinen Geist. Er versank in tiefe Depression und wurde zur Gefahr … hinsichtlich der Diskretion, die wir unbedingt wahren wollen.“

Fox dachte an den alten blassen Renato und seine eiskalten Hände.

„Das Fieber, an dem er erkrankte, kam zu plötzlich … und vor allem zum richtigen Zeitpunkt. Es war also keine natürliche Erkrankung. Was haben Sie ihm gespritzt?“

Der Prälat betrachtete den angeketteten Mann zu seinen Füßen mit dem Blick eines Falken, der ein Beutetier in den Klauen hält.

„Jaja, die Neugier, die ewige Neugier! Als die Wissenschaft noch als Hexerei galt, entwickelten manche Alchimisten heimlich Arzneimittel zur Linderung der Geißeln ihrer Zeit. Einer dieser Männer, der bei der Inquisition denunziert wurde, suchte seit Langem eine Formel zur Bekämpfung einer schrecklichen Krankheit, die im Orient wie im Abendland grassierte: die Pest. Zu seinem Pech fand der Zauberlehrling nicht die Lösung dieses Problems, sondern entwickelte zufällig ein Medikament mit verblüffender Wirkung. Es versetzte den gemeinen Sterblichen in einen Zustand der völligen und häufig irreversiblen Starrsucht. Wir haben das Geheimnis dieser Formel sorgfältig gehütet und zahlreiche Fälle mit dieser Arznei ‚behandelt'. Übrigens hat dieses Schicksal einen weiteren wertvollen Menschen ereilt. Diesmal sind aber Sie schuld."

John musste sofort an Nancy denken, und vor Schreck blieb ihm das Herz stehen.

„Von wem reden Sie?"

„Von einem Mann, den alle sehr schätzten. Pater Francesco Spà hat uns heute Abend verlassen. Ein großer Verlust für den Vatikan. Friede seiner Seele! Doch sein Verhalten war für uns nicht mehr tragbar. Seit der sonst so tiefgläubige Mann an seinem Glauben zweifelte, bestand die Gefahr, dass er sich jemandem anvertraute."

Plötzlich sah John das unschuldige Lächeln des jungen Priesters vor sich. Mit seiner Herzlichkeit und Sanftmut hatte er schon bei der ersten Begegnung sein Herz gewonnen. Im nächsten Augenblick sah er ihn verzweifelt und in Tränen aufgelöst an der Mauer sitzen. Die Vorstellung, dass er dieses Bild des Paters in Erinnerung behalten würde, war unerträglich. Mit einem Kloß im Hals und einer kaum bezähmbaren Wut fragte er: „Haben Sie ihn umgebracht?"

„Ein schreckliches Wort! Gott allein darf das Leben nehmen. Sagen wir einfach, dass er Pech hatte und unglücklich gestürzt ist."

Angewidert ließ John seinem Groll freien Lauf: „Sie sind ein Widerling! Gauner haben wenigstens den Mut, zu ihren Taten zu stehen, ohne sich hinter dem Anschein von Güte zu verstecken. Leute wie Sie ekeln mich an. Sie sind es nicht wert, diese Soutane zu tragen!"

Hübner grinste. Die Erregung des Journalisten schien ihn zu amüsieren. Dieser Mann, der ihm fast den Hals umgedreht hatte, lag in Ketten zu seinen Füßen und würde so bald nicht wieder freikommen. In diesem Moment träumte er davon, diesen Idiot von einem Schnüffler, der sich für schlauer hielt als alle anderen, loszumachen und zu Tode zu hetzen. Dann würde der dreckige Yankee endlich begreifen, was Schmerz bedeutete. Der Staatssekretär legte dem Schweizer beruhigend die Hand auf den Arm und bedeutete ihm mit einer Kopfbewegung, dass jetzt nicht der richtige Augenblick sei. Dann wandte er sich wieder an den Gefangenen: „Jetzt werden Sie sicher verstehen, warum nur Sie unseren bedauernswerten *Professe* begleiten durften. So waren wir absolut sicher, dass Sie – mit Ausnahme weniger Eingeweihter – als Einziger die gerade entdeckten Handschriften kennen. Das erspart uns Komplikationen, und wir können die erforderlichen Maßnahmen auf das Notwendigste beschränken."

John spürte, dass er verloren war. Dennoch wollte er nicht in Unwissenheit sterben, sondern der Wahrheit, so schrecklich sie auch sein mochte, ins Auge sehen.

„Wie haben Sie diese Dokumente entdeckt? Woher stammen sie? Bekomme ich eine Antwort, oder bin ich es Ihnen nicht wert?"

Scalingeri brach in ein widerliches überhebliches Lachen aus, das durch das finstere Gewölbe hallte.

„Das ist eine lange Geschichte. Aber da Sie das Wesentliche selbst herausgefunden haben, können Sie auch den Rest erfahren. Wir haben ja genug Zeit, nicht wahr?"

In gespielt versöhnlichem Ton wandte er sich an den Chef der Schweizer Garde. „Mein lieber Klaus, dieser Herr wünscht Erklärungen. Ich denke, dass wird Sie nicht interessieren. Sie brauchen also Ihre Zeit hier nicht weiter zu vergeuden. Ihr Hund wird uns Gesellschaft leisten."

Wie auf Knopfdruck zog sich der Scherge wortlos zurück. Kurz darauf fiel die schwere Tür hinter ihm mit lautem Knall ins Schloss. Das dröhnende Echo hallte noch lange durch das Gewölbe. Die Dogge hatte sich neben John gelegt und starrte ihn an. In den unheimlichen schwarzen Augen spiegelte sich der Schein der Laterne, die der Kardinal immer noch in der Hand hielt. Vertraulich trat er näher an John heran.

„Trotz seines hohen Ranges ist Signore Hübner nichts weiter als ein Handlanger. Allerdings macht er seine Sache sehr gut, was wir sehr zu schätzen wissen. Er weiß zwar von der Existenz der Manuskripte, kennt aber deren Inhalt nicht. Den Kreis der Eingeweihten halten wir bewusst klein. Wissen Sie, Signore Cattuso, wir waren schon immer auf getreue Diener angewiesen, die nicht neugierig sind, keine Fragen stellen und nie vergessen, wer die Befehle erteilt. Ihnen brauche ich sicher nicht zu erklären, dass Macht auf Autorität beruht. Aber kommen wir zu Ihrer Frage zurück. Begonnen hat alles mit der römischen Besetzung Palästinas. Das bezeugen zahlreiche alte Texte, selbst die Bibel liefert wertvolle Angaben.“

Der alte Prälat begann seine Schilderung. John hing an seinen Lippen und begleitete ihn auf einer ungeheuerlichen Reise in die Vergangenheit.

13. KAPITEL

Jerusalem, Palästina, römisches Protektorat im Jahr 779 nach der Gründung Roms

Die Sonne des alten Judäa schien auf die Stadt und ihre Bewohner, heizte die Mauern auf und brannte gnadenlos auf die Erde. Schon in den frühen Morgenstunden kündigte sich wieder ein glühend heißer Tag an.

In seinem Palast über der weltoffenen Metropole stand ein Mann im Schutze dicker Mauern am Fenster und betrachtete die aufsässige Stadt. Obwohl sich Jerusalem der Macht Roms beugen musste, war der renitente Geist ungebrochen und konnte beim geringsten Anlass wieder aufflammen. Das hatten die jüngsten Ereignisse bewiesen. Der Mann, der für die Überwachung des siedenden Hexenkessels zuständig war, fuhr sich durch das leicht ergraute und sehr kurz geschnittene Haar. Der alte Soldat pflegte schlichte praktische Kampfanzüge zu tragen und änderte seine Gewohnheiten nur ungern.

Als Dank für seine treuen Dienste hatte ihn Rom zum Statthalter von Judäa ernannt. Kaiser und Senat waren der Meinung, dass die Weitsicht und Autorität des alten Kämpfers ausreichte, das allzu lebhafte Volk der Semiten zu befrieden.

Pontius Pilatus führte den Kelch, den er in der rechten Hand hielt, an die Lippen und fand, dass der Wein aus Galiläa nicht mehr so gut schmeckte wie früher. Es reichte! Er hatte genug von diesem Land, der stickigen Hitze und den ständig rebellierenden Bewohnern. Seit Wochen schlief er schlecht, nicht nur wegen des Klimas. Der römische Gebieter über diese Region hatte seit drei Tagen ein schlechtes Gewissen.

Energische Schritte in der Säulenhalle zwischen dem Korridor und dem großen Saal, in dem Pilatus saß, kündigten Besuch an. Der Mann schien in Eile. Centurio Liberio Magnus, eine imposante Erscheinung von beachtlicher Größe, schlug sich mit strengem Gesichtsausdruck zum Gruß auf das vergoldete Brustschild. Der Statthalter von Judäa mochte diesen Soldaten nicht. Er war gefürchtet, kannte die klare Grenze zwischen Brutalität und Bestialität nicht und gehörte zu den Leuten, die jeden Befehl blind ausführten. Seine Zukunft stand bereits fest. Er würde schon bald in die Eiserne Garde des Kaisers nach Rom gerufen werden.

Eigentlich mochte ihn Pontius Pilatus in den letzten Tagen noch weniger, genauer gesagt, seit dem Tag, an dem er ihn beauftragt hatte, den Nazarener Jesus zu verhören. Der Centurio hatte den Gefangenen selbst vernommen und dabei großen Eifer gezeigt – zu großen Eifer nach dem Geschmack des Statthalters.

Doch heute Morgen hatte er viel von seinem Hochmut verloren. Er war bleich und grüßte mit unsicherer Stimme.

„*Ave*, mein Gebieter, die Götter seien mit dir."

Die ungewohnte Unsicherheit des Centurios wunderte den römischen Prokurator. Und so fiel seine Begrüßung ein wenig ironisch aus.

„Sei gegrüßt, Liberio Magnus. Was hat dein früher Besuch zu bedeuten? Greift der Pöbel den Palast an?"

Der sichtlich verstörte Grobian verstand die Ironie jedoch nicht.

„Nein, Herr. Ich bringe eine Nachricht, die sich in der ganzen Stadt verbreitet. Das Grab des Gekreuzigten, den alle Christus nennen, ist leer …"

Pilatus erschrak. Seine langjährige Erfahrung sagte ihm, dass ein neues Problem auf ihn zukam.

„Was soll das heißen? Wohin ist der Leichnam des Mannes gekommen?"

Der Centurio wurde immer kleinlauter.

„Ich weiß es nicht, Herr. Er ist verschwunden. Seine Jünger sagen, er sei wiederauferstanden und in den Himmel aufgefahren."

Pontius Pilatus lehnte diese Erklärung rundweg ab.

„Ein Toter ist ein Toter! Und der Leichnam eines Toten bleibt, wo man ihn hinlegt! Ich hatte befohlen, die Grabstätte zu bewachen. Wer hat vor dem Eingang des Grabes Wache gestanden?"

„Ich weiß nicht, Herr."

Der römische Präfekt ärgerte sich über die vagen Antworten des Kolosses.

„Erkundige dich, und bringe mir die Wachen! Ich will sie selbst befragen. Geh!"

Wieder allein, dachte der Prokurator von Judäa noch einmal an den Augenblick, als der Verurteilte am Kreuz sein Leben aushauchte. Dieser Mann war wie jeder andere Mensch gestorben. Allerdings hatte er seinen Leidensweg ohne Hass ertragen und seinen Richtern vergeben. Nur diese edelmütige und einzigartige Haltung gab ihm zu denken. Er selbst, Pontius Pilatus, hatte den Tod des Gekreuzigten festgestellt. Er wusste genau, wann ein Gefolterter seinen letzten Atemzug getan hatte und die Leichenblässe eintrat.

Der Prediger aus Nazareth war anders gewesen als jene Priester, die fünf oder sechs verschiedene Sekten vertraten und statt eines gemeinsamen Glaubens undurchsichtige Interessen verfolgten. Dieser Jesus hatte aufrichtig und ehrlich gewirkt, und seine Verurteilung blieb für Pilatus eine schwere Ungerechtigkeit. Wieder kam ihm die Galle hoch, als er daran dachte, dass er gegen seinen Willen an dieser Parodie von einem Prozess, den jüdische Priester angestrengt hatten, hatte teilnehmen müssen.

In dem großen Saal drehten sich die düsteren Gedanken des grauhaarigen Römers minutenlang im Kreis. War es möglich, dass sich dieses Wesen aus Fleisch und Blut in Luft aufgelöst hatte? Wie ein Geist? Oder ein Gott? Es war widernatürlich und kaum zu glauben. Und doch war das streng bewachte Grab leer.

Wieder rissen ihn schwere Schritte auf dem Steinboden aus seinen Gedanken. Der Centurio befand sich in Begleitung von zwei relativ alten gleich großen Soldaten, die allerdings wesentlich zurückhaltender waren als ihr Vorgesetzter. Liberio Magnus trat vor, während die beiden Wachen reglos hinter ihm stehen blieben.

„Herr, hier sind die beiden Wachen, die letzte Nacht von drei Uhr bis Tagesanbruch am Grab Dienst taten. Beide sind Triarier und gehören zur fünften Kohorte der dreizehnten Legion. Es sind äußerst zuverlässige Männer."

Pilatus wandte sich direkt an die beiden Legionäre. „Was ist geschehen? Wie erklärt ihr euch, dass das Grab leer ist, obwohl ihr den einzigen Eingang bewacht habt?"

Die beiden Männer schwiegen und blickten wie ertappte Kinder mit gesenkten Köpfen zu Boden. Jeder wartete, bis der andere etwas sagte.

Verärgert erhob Pilatus die Stimme. „Du da, der Linke! Schau mich an und antworte mir!"

Der Soldat hob verängstigt den Blick und sagte fast flüsternd: „Wir wissen es nicht, Herr. Da war ein großer heller Schein, und gleich darauf mussten wir feststellen, dass das Grab leer war. Genau in diesem Augenblick kamen die Frauen."

„Frauen? Was für Frauen? Und was wollten sie da?“

„Es waren drei. Sie trugen Tongefäße mit Gewürzen und wollten den Leichnam balsamieren, wie es Brauch ist.“

Nachdenklich musterte der Statthalter von Jerusalem die Wächter. Die beiden Männer wirkten aufrichtig, die Ereignisse hatten ihnen offenbar mehr Angst eingeflößt als ihre Anwesenheit hier im Palast. Absichtlich verschwiegen sie sicher nichts. Und doch passten einige Dinge nicht in das logische Denken des Prokurators. Er wusste, dass immer zwei Wachposten aufgestellt wurden. Es war ihnen erlaubt, sich zu unterhalten. So konnten sie sich wach halten. Außerdem wechselten sie sich ab. Während der eine döste, passte der andere auf, bis schließlich die Ablösung kam. Diese Soldaten waren Triarier, im Kampf erprobte, ausdauernde Veteranen, die keine Anstrengung scheuten. Selbst wenn der Schlaf beide übermannt hätte, wären sie doch durch die geringste ungewöhnliche Bewegung aufgewacht.

„Ich weiß, dass der Eingang zur Grabstätte mit einem schweren Stein verschlossen war. Habt ihr ihn beiseitegeschoben, um ins Grab zu gelangen?“

„Nein, Herr. Der Stein war zur Seite gerollt. Wir haben ihn so vorgefunden.“

„Und ihr habt nichts gehört? Kein Geräusch? Keine noch so leisen Stimmen?“

„Nein, nichts, Herr.“

„Wie viele Männer waren nötig, um den Stein zu bewegen? Zwei? Drei?“

„Mindestens vier oder fünf, Herr, denn er lag in einer Mulde.“

Pilatus verlor allmählich die Geduld und hob die Stimme. „Auch wenn ihr beide geschlafen habt, müsstet ihr doch von dem Lärm aufgewacht sein, falls mehrere Männer versucht haben, den Steinblock beiseitezurollen!"

Die beiden Männer schwiegen betreten.

„Na schön. Was ist dann passiert? Was haben die Frauen gesagt?"

Wieder antwortete derselbe Legionär, der andere hörte nur zu: „Eine von ihnen, die von den anderen Maria Magdalena genannt wird, ist ins Grab hinuntergestiegen und sofort wieder herausgekommen. Sie hat geschrien: ‚Der Leichnam unseres Herrn ist verschwunden! Man hat ihn fortgebracht!', und ist fortgelaufen, um die Jünger zu informieren."

„Und dann?"

„Gleich darauf kam sie mit zwei Männern wieder zurück, die allerdings vor ihr eintrafen, weil sie schneller gelaufen sind. Der erste traute sich nicht, das Grab zu betreten. Der zweite, Simon Petrus, beugte sich vor und blickte hinein. Er entdeckte die Tücher, in die der Leichnam gewickelt worden war und rief: ‚Er ist auferstanden!' Bei diesen Worten fielen die drei Frauen und der andere Mann auf die Knie, hoben die Arme und riefen: ‚Unser Herr ist von den Toten auferstanden!'"

Pontius Pilatus versuchte sich die Szene vorzustellen, fand jedoch keine logische Erklärung für das geheimnisvolle Verschwinden des Toten, den das Volk Messias nannte. Nur im Tiefschlaf hätten die Wächter die Grabschändung nicht wahrgenommen. Unwahrscheinlich! Oder doch …?

„Soldaten, was habt ihr bis zum Morgengrauen getrunken?"

Derselbe Triarier, der auch vorher gesprochen hatte, antwortete: „Wasser, Herr. Das Wasser, das uns zugeteilt wird."

Der Statthalter kannte das Leben der Soldaten und wusste, dass die römischen Truppen gern Wein tranken, egal wo sie sich gerade befanden. Obwohl der Genuss von Alkohol beim Wachestehen streng bestraft wurde, kam es doch häufig vor, dass sich die Männer, auf ihren Wurfspieß gestützt, betranken, um die langen Wartezeiten leichter zu ertragen.

„Wirklich nur Wasser?"

Wieder blieben ihm die beiden Männer die Antwort schuldig.

„Ihr wäret die einzigen Soldaten der Legion, die auf Nachtwache keinen Wein trinken! Ich stelle meine Frage also noch einmal. Was habt ihr in dieser Nacht getrunken?"

Die beiden Triarier warfen sich einen Blick zu. Dann räusperte sich der Sprecher verlegen: „Es war sehr heiß. Als wir unsere Ration Wasser ausgetrunken hatten, wurde uns ein wenig Wein gereicht. Aber ich schwöre, Herr, wir hatten bei der Ablösung nur Wasser dabei. Der Wein wurde uns gebracht."

Pilatus zog die dicken schwarzen Augenbrauen zusammen. Allmählich lüftete sich der Schleier der Unwissenheit, und er begann zu verstehen.

„Dem Volk von Palästina ist bekannt, dass es verboten ist, römische Soldaten betrunken zu machen. Das ist ein Verbrechen und zieht harte Strafen nach sich. Wer würde ein solches Risiko eingehen?"

Der Wächter, der den Zorn des Gebieters über Jerusalem fürchtete, verteidigte sich verzweifelt. „Aber Herr, niemand hat versucht, uns betrunken zu machen. Es war nur ein kleiner Krug – für uns beide!"

„Und wer hat euch den Wein gebracht?"

„Als die Nacht hereinbrach, kam eine Frau und reichte uns ein Tongefäß. Sie meinte, es sei heiß und der Wein angenehm kühl. Es waren höchstens zwei Becher für jeden von uns. Aber die Frau habe ich noch nie gesehen."

„Ich, ich kenne sie …“

Eingeschüchtert vom Verlauf des Verhörs und von der Aussicht, ausgepeitscht zu werden, meldete sich jetzt der zweite Legionär zu Wort.

Pontius Pilatus, der sicher war, dass seine Wächter zu tief ins Glas geschaut hatten und keine plausible Ausrede fanden, drehte sich überrascht um.

„Was sagst du da? Woher kennst du sie?“

Der Mann räusperte sich verlegen. „Ich bin mir nicht ganz sicher, Herr, denn es war schon ziemlich dunkel. Aber ich glaube, sie ist Magd in einer Taverne in der Töpfergasse, unten in der Stadt.“

* * *

Der Statthalter von Judäa schwieg ratlos. Zu seinen Füßen lag die zitternde Frau mit gebeugtem Rücken und gesenktem Kopf. Er konnte sich nicht vorstellen, dass dieses schlichte und verängstigte Wesen gegen ein römisches Gesetz verstoßen hatte. Was hatte sie zu gewinnen, wenn sie ein solches Risiko einging?

„Sprich, Frau! Hast du den Wachen am Grab des Mannes, den sie Jesus von Nazareth nennen, heute Nacht Wein gebracht?“

Eingeschüchtert von Pilatus’ gebieterischer Stimme blieb die Magd stumm und blickte nur zitternd auf den Boden. Der mächtige Vertreter des Römischen Reichs bemerkte ihre Angst und setzte die Befragung in etwas freundlicherem Ton fort. „Sprich ohne Furcht. Ich will nur die Wahrheit wissen. Also, ich höre!“

Die Frau fingerte nervös an einem Zipfel ihres langen Kleides und antwortete stotternd, ohne den Blick zu heben:

„Ja, Herr … ich habe diesen Männern zu trinken gebracht."

Pilatus versuchte ruhig zu bleiben, um den Faden, den er gerade mühsam gesponnen hatte, nicht abreißen zu lassen.

„Weißt du nicht, dass es verboten ist? Kennst du die Strafe für dieses Vergehen?"

Plötzlich schluchzte die Frau und bedeckte jammernd den Kopf mit ihrem Umschlagtuch.

„Vergib mir, Herr, ich wusste nicht, dass es verboten ist. Ich schwöre es! Ich habe nur gehorcht."

„Gehorcht? Wem hast du gehorcht?"

Schluchzend versuchte die Magd, ihren Kopf aus der Schlinge zu ziehen.

„Gestern Abend sprach mich ein Mann an. Er hatte einen kleinen Krug Wein dabei und bat mich, ihn um die vierte Stunde den Wachposten vor dem Eingang der Grabstätte zu bringen. Er sagte mir, die Wachen würden sich freuen, denn der Wein sei sehr kühl. Ich habe getan, was er mir aufgetragen hat, und mir nichts Schlimmes dabei gedacht."

„Warum hast du diesem Mann gehorcht? Was hat er dir versprochen?"

„Nichts, Herr! Er hat mir nur eine Kupfermünze gegeben. Zuerst habe ich mich geweigert, denn ich hatte Angst, im Dunkeln durch die Gräber zu gehen. Aber er hat auf mich eingeredet und gesagt, ich hätte nichts zu befürchten, schließlich stünden die Soldaten dort. Ich habe ihm nur gehorcht, weil er ein Tempeldiener war."

Pilatus runzelte die Stirn und zog die schwarzen Augenbrauen hoch. „Sagst du auch die Wahrheit? Denke noch einmal nach, es ist wichtig. Gehörte er wirklich zu den Tempeldienern?"

„Ja, Herr, ganz sicher, ich habe ihn dort schon gesehen."

* * *

Der Blick des römischen Präfekten verfinsterte sich. Sein Verstand und seine Intuition hatten den Weg logisch zurückverfolgt und das erwartete Ergebnis gebracht. Allerdings führten die Schlussfolgerungen daraus zu überraschenden Vermutungen. Was hatte der Tempel damit zu tun? Allein der Gedanke rief unangenehme Erinnerungen in ihm wach.

Jerusalem war schon lange erwacht. Die rebellische Stadt atmete tief durch, und in den zahlreichen gewundenen Gassen herrschte reger Betrieb. Gegen Mittag erstickte die gnadenlose Sonne jede Tätigkeit und fegte die Gassen leer. Der Nachmittag war friedlich und vermittelte den Eindruck, als hätte sich sanfte Ruhe über die Halbwüste gesenkt. Ein trügerisches Bild, denn das allein durch die Macht des römischen Besetzers gezügelte Feuer schwelte noch immer.

Nachdenklich blickte Pilatus auf die Stadt zu Füßen seines Palasts, die mehrfach verloren und immer wieder zurückgewonnen worden war, aber niemals wirklich erobert werden konnte. Ein ewiger Neubeginn! Auf der Terrasse an eine Säule gelehnt wartete er auf einen wichtigen Besucher und dachte über die Unbeständigkeit der Dinge nach. Bei dem Gedanken, den Blick dieses Mannes ertragen zu müssen, verzog er frustriert den Mund. Kein angenehmer Umgang! Sein Besucher war nicht nur durchtrieben, er war ein hinterhältiger Lump.

Der Statthalter ließ die letzten Wochen noch einmal Revue passieren und konnte sich des Eindrucks nicht erwehren, dass sein Besucher ihn, Pontius Pilatus, Vertreter der größten Weltmacht der Geschichte, elegant manipuliert hatte. In dem großen Sitzungssaal des Herrschers über Palästina standen hoch oben über seinem Thron die vier großen Buchstaben S-P-Q-R,

'Senatus Populusque Romanus', und erinnerten jeden daran, dass der Senat und das Volk von Rom ihm Macht und Autorität verliehen haben. Doch diese Tatsache nutzte ihm wenig, sollte in der Region ein unkontrollierter Aufstand entflammen. Ein Scheitern würde Rom ihm niemals verzeihen. Andererseits war der erwartete Besucher sehr wohl in der Lage, solche Ereignisse auszulösen.

Mit dünner, leicht zittriger Stimme grüßte ihn der eintretende Gast.

„Sei gegrüßt, mächtiger Statthalter. Möge dich Jehova schützen. Du hast mich rufen lassen? Womit kann dir der Hohepriester des Tempels dienen?"

Der Römer setzte sich und suchte den düsteren und ausweichenden Blick des Greises. Jener war mittelgroß und wirkte in seiner makellos weißen Tunika eher untersetzt. Über den Kopf hatte er eine Kapuze gezogen. Nur die breite goldbestickte Bauchbinde unterschied den Tempelherrn von den anderen Priestern. Gestützt auf einen mit zierlichen Schnitzereien versehenen Stock, beobachtete er seinen Gesprächspartner aus listigen Augen. Pilatus antwortete unfreundlich und schroff: „Sei gegrüßt, Kaiphas. Ich habe dich holen lassen, weil in dieser Nacht ein Grab geschändet wurde. Es handelt sich um das Grab des Mannes aus Nazareth, den das Volk Jesus nannte, und den du und deine Priester unbedingt kreuzigen wollten."

Der alte Jude ignorierte den kühlen Empfang. Doch seine dunklen hinterlistigen Augen, die dem Statthalter noch immer auswichen, verrieten, dass er aufmerksam zuhörte.

„Ich hatte zwei Legionäre vor das Grab des Gekreuzigten gestellt. Im Morgengrauen des dritten Tages nach seinem Tod, also heute Morgen, war der Leichnam verschwunden. Wie erklärst du dir das?"

Der Tempelherr hob leicht den Kopf. Sein langer weißer Bart zitterte. „Das überrascht mich. Warum fragst du mich? Was habe ich mit dem Verschwinden zu tun?“

Der Ton des Patriarchen war gelassen, obwohl seine Stimme leicht bebte, was seinem Alter zuzuschreiben war. Offensichtlich vertraute er auf die Immunität, die er seinem Amt verdankte. Nur eine direkte Anklage hätte ihn aus der Fassung bringen können.

„Nun ja, rein zufällig haben meine Soldaten während der Wache Wein getrunken, in den vermutlich ein Arzneimittel gemischt wurde. Zufällig kam dieser Wein aus deinem Tempel. Und zufällig war es einer deiner Diener, der den Wachposten den Wein bringen ließ. Und wer kennt den Tempel und seine Diener besser als du?“

„Ich weiß nicht, was jeder einzelne Tempeldiener tut.“ Trotz des kurzen Zögerns klang der alte Jude gelassen. „Es sind zu viele. Du sagst, einer von ihnen ist der Täter? Vermutlich wollte er den Wachen nur einen Streich spielen.“

Kaiphas blickte Pontius Pilatus schief an und versuchte die Tragweite seiner Antwort abzuschätzen. Doch die verschlossene Miene des Römers machte ihm wenig Hoffnung.

Der Prokurator hatte immer schon das Gefühl, dass sein Besucher nicht die Wahrheit sagte, ein Eindruck, der mit jeder ihrer Begegnungen stärker wurde.

„Die Soldaten des Römischen Reichs zu hintergehen ist ein schweres Verbrechen, und noch schwerer, wenn sie dadurch dem Spott ausgesetzt werden. Der Schuldige kann leicht gefunden und zum Sprechen gebracht werden, denn er wurde erkannt. Er wird nicht sehr lange schweigen, schon gar nicht bei der Androhung, ihn mit dem Kopf nach unten ans Kreuz zu schlagen.“

Als die Antwort ausblieb, wusste der alte Soldat, dass er gewonnen hatte. Der scheinheilige Blick des Juden wurde unruhig, suchte nach einem Ausweg. Sein Zögern kam einem Geständnis gleich. Doch ihn zu verurteilen und zu bestrafen war eine ganz andere Geschichte, denn der Priester war sehr mächtig. Nach Rom war er praktisch die zweite Macht in Jerusalem. Deshalb war es klüger, sich zu beherrschen und zu verhandeln. Warum nicht die politische Stabilität der Stadt im Tausch gegen seine Straffreiheit setzen? Doch vor allem wollte Pontius Pilatus der Sache auf den Grund gehen.

„Ich habe keinen Zweifel an deiner Rolle in dieser Sache. Du weißt, dass ich deinen Diener leicht festnehmen lassen kann. Aber ich will wissen, warum du veranlasst hast, den Leichnam des Predigers aus dem Grab zu entfernen."

Wieder schwieg der alte Mann, den Kopf gesenkt, das Gesicht unter der Kapuze und hinter seinem Bart verborgen. Bedeutete sein Schweigen Verzicht, sich zu rechtfertigen, oder brauchte er nur Zeit, sich eine Antwort zurechtzulegen? Der Statthalter wurde ungeduldig, drängte auf eine Antwort, jedoch ohne die Stimme zu erheben.

„Sprich! Oder muss ich erst die Diener holen lassen, die heute Nacht deine Befehle ausgeführt haben? Ich rate dir nicht zu dieser Lösung, denn es könnte auch für dich ungemütlich werden."

Der Herr des Tempels hob den Blick und sah den Präfekten herausfordernd an. „Das ist nicht nötig. Dieser Hochstapler hatte viele Anhänger und war selbst als Toter noch eine Gefahr. Seine Jünger warteten nur darauf, sich den Leichnam zurückzuholen, um ihn zu balsamieren und zu parfümieren und dann anzubeten. Manche haben sogar versucht, von deinem Centurio Longinus die Lanze zu kaufen, welche die Seite des Propheten durchbohrt hat. Du hast seinen Leichnam Joseph von Arimathäa überlassen und damit gegen den Brauch verstoßen. Dieser Galiläer war ein falscher Prediger, der auf der Straße umstürzlerische Märchen erzählte. Leute wie er haben keinen Anspruch auf ein eigens geschlossenes Grab."

„Wie hast du es angestellt, die Wachen vom Eingang der Gruft wegzulocken?"

„Wir haben im Tempel Mohnsamen in den Wein gemischt, damit die Soldaten nach dem Genuss dieses starken Getränks tief schlafen. Als die beiden Wachen bewusstlos waren, haben meine Diener sogleich den Stein zur Seite gerollt und den Leichnam entfernt, bevor die Frauen kamen, um ihn, wie es Brauch ist, zu balsamieren …"

„Was hast du mit ihm gemacht?"

Der Priester antwortete nach kurzem Zögern: „Die Männer haben ihn in das Massengrab geworfen."

Pilatus blickte den Juden wütend und angeekelt an, hütete sich jedoch, lauter zu werden.

„Du hast ihn also ein zweites Mal geopfert und ihn zusammen mit Bettlern und Räubern in das Massengrab werfen lassen, obwohl du wusstest, dass er außerhalb der Stadtmauern streunenden Hunden und Hyänen ausgeliefert ist und niemand mehr seine Überreste identifizieren kann."

Der alte Mann spürte die Feindseligkeit des Statthalters und versuchte, sich zu rechtfertigen. „Wie ich schon sagte, er war eine Gefahr für alle Rechtgläubigen. Er nannte sich Sohn Gottes, seine Reden und Gleichnisse verwirrten die Menschen und stellten eine Bedrohung für das Wort des Tempels dar. Er musste verschwinden – endgültig! Außerdem, was kümmert es dich? Er war nur ein Aufwiegler und gehörte nicht einmal zu den Pharisäern."

Pilatus blieb hart und seine Miene undurchdringlich.

„Als du die Ergreifung dieses Mannes veranlasst und seine Verurteilung durch Rom gefordert hast, geschah es sicher nicht aus Angst vor ihm. Dir war er nur ein Dorn im Auge, weil er die Händler verjagen wollte, die sich im Tempel eures Gottes eingenistet haben und euch Priestern zu Reichtum verhalfen. Du musstest einen Aufstand gegen deine eigene Autorität fürchten. Nur aus Machtgier hast du diesen Mann ausgeschaltet. Du und deine Priester, ihr habt alles darangesetzt, einen Unschuldigen anzuklagen. Du hast Einpeitscher bezahlt, um das Volk aufzuwiegeln und alle glauben zu lassen, dass der Nazarener Lügen und Gotteslästerungen verbreitet. Du wusstest auch, dass die Juden ihn nicht richten durften und nur Rom die Macht hatte, ihn zu verurteilen. Du hast ihn zu mir gebracht, damit ich ihn hinrichten lasse. So ist es gewesen! Ich erinnere mich an den Tag, an dem ich ihn befragt habe, nachdem einer meiner Soldaten ihn verhört hatte. Er blutete aus vielen Wunden, war geschlagen und erniedrigt worden, doch er hegte keinen Groll. Mit keinem Wort und zu keiner Zeit hat er euch beschuldigt oder verflucht. Ich glaube, dass der Galiläer ein aufrechter und ehrlicher Mensch war. Ja, ich glaube wirklich, dass dieser Mann ein Gerechter war."

Der alte Mann hörte schweigend zu. Die weiße Tunika verlieh diesem hinterlistigen Menschen, der vor keiner Intrige zurückschreckte, um seine Macht zu sichern, eine trügerische Unschuldigkeit.

Pilatus richtete seinen strengen Blick auf ihn.

„Am Freitag vor den Festtagen, die ihr Ostern nennt, als ich dir und deinen Priestern den Prediger mit der blutigen Dornenkrone auf dem Kopf mit den Worten ‚Ecce homo' übergab, habe ich von euch erwartet, dass ihr beim Anblick dieses geschundenen Leibes Mitleid zeigt. Ich hatte ihm nichts vorzuwerfen, und ihr hättet mich um seine Freilassung bitten müssen. Stattdessen habt ihr die Menge aufgehetzt, den Tod dieses Mannes zu fordern. Erinnere dich, Kaiphas, ich habe dir die Entscheidung überlassen ... und wasche meine Hände in Unschuld."

Der Hohepriester der Juden hob den Kopf und schaute dem Statthalter zum ersten Mal direkt in die Augen.

„Du wirfst mir vor, dass ich diesen Mann aus Machtgier und Furcht vor einem Aufstand, der den Glauben des Volkes und meine Macht erschüttert hätte, zum Tode verurteilen ließ. Aber du, Pilatus, hast du anders gehandelt? Hast du niemals zum Ruhme Roms getötet oder töten lassen? Warum bist du in Jerusalem? Doch nur, um die Macht des Römischen Reiches zu mehren. Sage mir, Pilatus, worin unterscheiden wir uns?"

Nun senkte der Römer den Kopf. Die Priester hatten ihn manipuliert und benutzt. Aber hätte er sich weigern können? Er hatte die Tempeldiener und die von ihnen so geschickt beeinflusste Menge schonen wollen. Diplomatie oder ein Beweis seiner Schwäche? Rom zu dienen erforderte mehr Entschlossenheit, mehr Stärke und Unbeugsamkeit, als er bewiesen hatte. Neben all diesen Fragen stand eines für ihn fest: Ein Unschuldiger hatte dieses empfindliche und illusorische Gleichgewicht mit dem Leben bezahlen müssen. Der Statthalter von Jerusalem antwortete in ernstem Ton: „Ich bin Soldat und habe immer als solcher gehandelt."

„Auch ich bin Soldat, doch mein Imperator ist nicht von dieser Welt. Sein Name lautet Jehova", antwortete der alte Jude ohne Zögern.

Pontius Pilatus stand plötzlich auf und klatschte in die

Hände. Ein Diener in kurzer weißer Tunika trat vor, verbeugte sich und wartete auf die Befehle seines Herrn.

„Hole mir Schreibzeug. Beeil dich!"

Der Mann zog sich hastig zurück und ließ den Statthalter und den Hohepriester wieder allein. Beide starrten sich lange erbittert an. Keiner wollte den Blick zuerst senken. In dieser wortlosen Auseinandersetzung prallte der Groll des Römers auf die Verachtung des alten Juden.

Der Sklave kehrte mit allen Utensilien, die sein Herr gefordert hatte, zurück. Nachdem er mehrere Rollen auf einen großen Marmortisch gelegt hatte, verschwand er ebenso rasch, wie er gekommen war.

Der Statthalter trat an den Arbeitstisch und befahl in gebieterischem Ton: „Schreib auf, was ich dir diktiere. Du bist verantwortlich für die Ereignisse der letzten Nacht und wirst es protokollieren."

„Und wenn ich mich weigere?"

„Davon rate ich dir dringend ab. Ansonsten wäre ich gezwungen, deine Komplizen dem Volk auszuliefern und zu erklären, dass du das Verschwinden ihres Messias veranlasst hast. Das Volk von Jerusalem wird diese Wahrheit sicher nicht gerne hören und nach derselben Bestrafung für dich schreien, die du für den Galiläer gefordert hast. Dann bleibt mir nichts anderes übrig, als ihm diesen Gefallen tun. Du weißt genau, Kaiphas, dass ich mich nur deshalb nicht gegen die Forderungen der Tempelpriester gestellt habe, weil ich einen Aufruhr vermeiden wollte. Und jetzt befinden wir uns in der gleichen Situation. Dir ist es zu verdanken, dass die Jünger des Gekreuzigten seit dem Morgengrauen in der ganzen Stadt verbreiten, dass ihr Meister von den Toten auferstanden ist. Du bist der Urheber dieses Wunders und im Falle eines Volksaufstands der alleinige Verantwortliche. Diesen Lohn will ich dir nicht streitig machen."

Pilatus öffnete eine der Schriftrollen, legte den Holzstab beiseite und begann zu schreiben. Dabei sprach er laut mit:

„Ich, Pontius Pilatus, Statthalter und Legat von Judäa auf Befehl von Gaius Julius Octavianus Augustus, Cäsar und Imperator des Römischen Reichs, bestätige im Jahr 779 der Augusteischen Zeit in vorliegender Niederschrift das Zeugnis von Kaiphas, Hohepriester des Tempels von Jerusalem, zu den Ereignissen nach dem jüdischen Osterfest."

Er legte die Gänsefeder beiseite und schob dem alten Mann das Manuskript hin. „Du wirst zwei identische Texte, einen auf Latein und den anderen in deiner Sprache, aufschreiben. Diese Dokumente werden sowohl meine als auch deine Unterschrift tragen und dienen als Beweis, dass es niemals eine Irreführung seitens Roms gegeben hat. Schreibe jetzt auf Latein weiter, was ich begonnen habe und übertrage Wort für Wort, was ich dir diktiere!"

Der Priester nahm zögernd die lange weiße Feder zur Hand und begann zu schreiben, was ihm der Prokurator diktierte.

„Ich, Kaiphas, Hohepriester und Diener des Tempels von Jerusalem, erkläre: Am letzten Tag des Osterfestes habe ich in der Nacht dafür gesorgt, dass die römischen Wachen, die das Grab des gekreuzigten Jesus von Nazareth bewachen sollten, schliefen, und nach der vierten Stunde seinen Leichnam von meinen Dienern wegschaffen und in das Massengrab vor den Stadtmauern werfen

lassen. Ich habe die allein mir zustehende Befehlsgewalt genutzt, um zu verhindern, dass die Jünger des Galiläers, der sich ‚König der Juden' nannte, den Glauben an Jehova stören und das Volk aufhetzen, sich gegen das Wort der Priester aufzulehnen. Ich ließ den Leichnam dieses Mannes aus der Grabstätte entfernen, um den von ihm ausgelösten Aufruhr im Keim zu ersticken – für immer."

Der Römer beobachtete schweigend das kantige, vor Anspannung blasse Gesicht des alten Juden. Müde legte dieser die Feder nieder. Offenbar hatte ihn das Geständnis große Überwindung gekostet. Der Statthalter las das Manuskript, brachte am Fuße des Dokuments sein Siegel an und bekundete damit sein Einverständnis. Dann reichte er dem Hohepriester die zweite Papyrusrolle.

„Jetzt übersetze diese Zeilen in die Sprache deiner Vorfahren und achte darauf, jedes Wort getreu wiederzugeben und nichts auszulassen. Um jedes Missverständnis zu vermeiden, werde ich den Text überprüfen lassen."

„Muss das sein?" Die Stimme des alten Priesters zitterte.

„Unbedingt! Dein Geständnis ist dadurch wesentlich beweiskräftiger, wenn es darauf ankommt."

Zögerlich und nervös schrieb er die Schriftzeichen des seltsamen Alphabets von rechts nach links auf die pflanzliche Schreibunterlage. Dann schob Kaiphas, wie von einer schweren Last befreit, den Gegenstand seiner Pein in die Mitte des Tisches. Pilatus blickte skeptisch auf die ihm völlig fremden Schriftzeichen, die, zu Wörtern und Sätzen aneinandergereiht, einem Sprachkundigen erzählten, dass ein rachsüchtiger Mann in einer ganz normalen Nacht denselben Mann zum zweiten

Mal töten ließ und diese Nacht damit zu einem entscheidenden Ereignis machte. Beide Schriftrollen berichteten in zwei völlig unterschiedlichen Sprachen von ein und derselben ruchlosen Wahrheit. Ja, es war alles da, bis auf eine wichtige Kleinigkeit. Der strenge Blick des Prokurators suchte vergebens den ausweichenden Blick seines Gegenübers.

„Hast du nichts vergessen?"

„Was soll ich denn vergessen haben?"

„Deine Unterschrift!"

Als Pontius Pilatus beide Schriftstücke auf ihre Holzstäbe rollte, dachte er flüchtig an diesen großmütigen Propheten, dessen tiefer Glaube stärker war als Leid und Tod. Zum ersten Mal verspürte er den Drang, einen Menschen zu töten, und diesen boshaften Menschen, der vor ihm saß, zu vernichten. Allein aus diplomatischen Erwägungen zog er seine Hand, die sich zum Knauf seines Dolchs verirrt hatte, wieder zurück und wandte sich noch einmal verbittert an seinen Besucher.

„Ich weiß nicht, was die nächsten Tage bringen werden. Der Haruspex wollte sich nicht festlegen und konnte die Zukunft nicht aus den Eingeweiden lesen. Bete, Kaiphas, dass deine verabscheuungswürdige Tat für Rom keine verhängnisvollen Konsequenzen haben möge."

Die tonlose Stimme Scalingeris hatte die Krypta minutenlang mit ihrem monotonen Singsang erfüllt. Nachdem der alte Kardinal verstummt war, herrschte bedrückendes Schweigen in dem kalten Gewölbe.

John war der Geschichte des Prälaten aufmerksam gefolgt. Erstaunlich, wie intensiv und lebendig dieser die Hauptpersonen schildern konnte. Fox hatte das Gefühl, sie alle persönlich getroffen und kennengelernt zu haben. Eine seltene Fähigkeit, Gesichter und unbekannte Ereignisse aus der Vergangenheit wiederauferstehen zu lassen. Auch wenn die Worte verhallt waren, hinterließ diese schreckliche Enthüllung ein deutliches Gefühl der Verbitterung. Der Staatssekretär blickte auf den Gefangenen, der schweigend in sich zusammengesunken auf dem Boden saß.

„Wollen Sie sich nicht dazu äußern? Sie wollten doch um jeden Preis alles über die Herkunft dieser Manuskripte wissen."

Aber John, den Kopf auf die Arme gestützt, hüllte sich in Schweigen. Nach einem Zusammenhang oder einer Erklärung suchend, gingen ihm viele widersprüchliche Gedanken durch den Kopf. Der bloße Gedanke, dass die Wiederauferstehung Christi, einer der grundlegenden Glaubenssätze der katholischen Kirche, zuerst auf einem Irrtum und dann auf einer Lüge beruhte, war ihm unerträglich. Jetzt konnte er Francesco Spàs Reaktion verstehen, für den seine heile Welt plötzlich zusammengebrochen war.

Gefolgt von der unheimlichen schwarzen Bestie näherte sich der Chef der vatikanischen Exekutive dem Mann, der angekettet zu seinen Füßen lag. Er beugte sich ein wenig vor, und John konnte deutlich die dicken Venen an dem ausgemergelten Hals sehen. Seine Stimme war voller Ironie.

„Also wirklich, Signore Cattuso, wenn man Sie so sieht, könnte man meinen, die kurze Geschichte hätte Ihnen die Stimme verschlagen. Aber das Wesentliche kannten Sie doch schon, schließlich hatten Sie ein Gespräch mit unserem viel zu früh verstorbenen Priester, nicht wahr?"

Da er keine Antwort bekam, beschlichen den alten Geistlichen plötzlich Zweifel.

„Aber wer weiß, vielleicht hat Ihr Freund Ihnen die Dokumente ja gar nicht übersetzt?"

Er kniff die empfindlichen Augen zusammen, blickte im Schein der Laterne prüfend in das Gesicht seines Gefangenen und suchte nach einem Hinweis oder einer Bestätigung. John schloss die Augen, um dem inquisitorischen Blick zu entkommen.

„Aha, das ist es also! Spà hat nichts gesagt! Und Sie hatten natürlich keine Ahnung! Sie machen Ihrem Ruf alle Ehre, denn Sie sind gewieft und starrköpfig. Aber ob Sie es nun gewusst haben oder nicht, welchen Unterschied macht das schon? Das ist jetzt nicht mehr wichtig."

„Für mich schon … die Wahrheit, die ich hinter der aufgebrochenen Tür fand, hat mir, was die menschliche Natur angeht, die Augen gänzlich geöffnet. Hätte ich diesbezüglich auch nur einen Funken Hoffnung gehegt, würde ich sie spätestens jetzt verlieren. Aber egal wie, ich wüsste gern, wie die Geschichte weiterging. Was ist danach passiert? Erweist Eure Exzellenz mir die Ehre, mich die Fortsetzung erfahren zu lassen?"

Der fromme Mann neigte den Kopf mit dem kantigen Profil.

„Wir haben uns schon des Öfteren in Ihnen getäuscht, Signore Cattuso. Erstens haben wir Ihre Fähigkeit als Reporter und Ihre Spürnase unterschätzt und zweitens nicht begriffen, dass die Suche nach der Wahrheit für Sie an erster Stelle steht und Sie zu unüberlegtem Handeln verführt. Nun ja, wir waren darauf vorbereitet, und das Ergebnis ist dasselbe. Die Tatsache, dass Sie mit Ihren Nachforschungen weiter gekommen sind, als wir dachten, ändert nichts daran. Dennoch bringt uns Ihre Einstellung etwas aus der Fassung. Anstatt sich Gedanken über Ihre Lage zu machen, die man, gelinde gesagt, als heikel bezeichnen könnte, versuchen Sie, immer noch mehr herauszufinden."

Die lange gebeugte Gestalt des Kardinals trat in den Schein der Laterne und warf einen übergroßen Schatten auf den Boden, der sich im schwarzen Nichts des großen Saals verlor.

„Na schön, dann befriedigen wir eben Ihre unstillbare Neugier …

Nachdem der alte Hohepriester Pontius Pilatus sein Geständnis übergeben hatte, nahm er die verbissene Verfolgung der Jünger Christi wieder auf. Das steht originalgetreu in der Heiligen Schrift. Er verfolgte die Apostel und zwang sie zu einem Leben im Untergrund und auf der Flucht. Selbst Maria, die von Johannes geschützt und geführt wurde, musste nach Kleinasien fliehen, in die heutige Türkei, um dem Hass des obersten Hohepriesters zu entkommen. Sie lebte dort bis ans Ende ihrer Tage zurückgezogen in einem Haus auf dem Berg Pion nahe Ephesus und hat Palästina nie wieder gesehen. Bis zu seinem Tod knapp drei Jahre später konnte Kaiphas einen Aufstand verhindern, womit er sich Pontius Pilatus' Stillschweigen über das Verschwinden des Leichnams des Jesus von Nazareth erkaufte. Aber kurz nach dem Tod des alten Hohepriesters begannen die Hebräer wieder zu rebellieren, zeigten sich ungehorsam und widersetzten sich der Besatzungsmacht. Pilatus, der sich nicht durchsetzen konnte, wurde von Rom in die Hauptstadt zurückbeordert. Er fiel in Ungnade und starb sieben Jahre später, von allen vergessen, in einer entlegenen Provinz des Römischen Reichs. In der Zwischenzeit hatten die getreuen Jünger in ganz Palästina die frohe Botschaft von der Rückkehr ihres Messias verkündet. Wie der Wind verbreitete sich in Judäa der Glaube an die Wiederauferstehung des Gottessohns. Die Bewegung nahm ein solches Ausmaß an, dass es aussichtslos und absurd gewesen wäre, sie aufhalten zu wollen. Durch diese Religion und die Inbrunst ihrer Anhänger sah das Römische Reich die Sicherheit gefährdet. Trotz der brutalen Verfolgung durch spätere Kaiser wuchs ihre Anhängerschaft kontinuierlich."

John zerrte erregt an den schweren Ketten, was sofort ein heiseres Knurren aus dem Halbdunkel zur Folge hatte. Schroff und ärgerlich unterbrach er den Kardinal: „Es wäre einfacher gewesen, diese schändliche Lüge im Keim zu ersticken, um ihre Verbreitung zu verhindern. Dieses verlogene Schweigen der Kirche hat Generationen ehrlicher Gläubiger dazu gebracht, ihr Leben einer Sache zu weihen, die letztendlich ein … ein …"

„Betrug ist? Ist es das, was Sie sagen wollten? Wenn Sie nachdenken, werden Sie zu dem Schluss kommen, dass es so einfach auch wieder nicht war. Anfangs hätten nur zwei Männer die angebliche Wiederauferstehung von Maria und Josephs Sohn richtigstellen können, aber sie waren nicht mehr zugegen. Sie werden zugeben müssen, dass eine Religion, die ewiges Leben verspricht, sehr verlockend ist. Auch heute noch ist diese Tatsache eines der schlagkräftigsten Argumente des Katholizismus gegenüber anderen Religionen. Von Natur aus möchte der Mensch seine Zukunft kennen und glaubt nur allzu gern an ein Leben nach dem Tode. Ist die Vorstellung, dass nach einem langen Leben die Leere unsere einzige Hoffnung, das Nichts unser einziger Ausweg ist, nicht traurig und beunruhigend? Aber all das ist nur Philosophie. Die Realität ist wie immer wesentlich pragmatischer. Jahrhundertelang bekämpfte Rom das Christentum vergeblich. Dieser Kampf wurde im Jahre 312 nach unserem Kalender mit der Schlacht an der Milvischen Brücke, in der Konstantin seinen Herausforderer Maxentius besiegte, beendet. Der Senat hatte begriffen, dass die Ewige Stadt diese Religion akzeptieren musste, wollte sie selbst überleben. Die Bewegung war völlig außer Kontrolle geraten und nicht mehr niederzuschlagen. Also unterstützte der Senat den neuen Kaiser nach besten Kräften und machte aus dem Feind einen Verbündeten. Dank dieser opportunistischen Haltung überdauerte Rom die Zeiten und ist heute die Hauptstadt des Christentums. Sie müssen zugeben, dass hier sehr viel Sinn für Realität an den Tag gelegt wurde."

John spürte den heißen Atem des Wachhundes, der auf jede falsche Bewegung lauerte. Er versuchte seine Bewegungen auf ein Minimum zu reduzieren und hob nur leicht den Kopf.

„Ihr Zynismus ist empörend. Ich kann mich des Gefühls nicht erwehren, dass Sie die Wahrheit, die Sie der Welt vorenthalten, nicht im Geringsten stört. Wie können Sie mit diesem Aberglauben leben, ohne Mutlosigkeit und Verbitterung zu empfinden? Sie sind doch ein Mann der Kirche, ja sogar eine der wichtigsten Persönlichkeiten dieser Institution, aus der Sie hervorgegangen sind. Wie können Sie Ihr Amt mit diesem Wissen bekleiden?"

Der Kardinal seufzte und zog herablassend die Mundwinkel nach unten.

„Das ist ganz einfach, *mio caro Signore.* Die Antwort heißt

Macht. Nur sie interessiert uns. Die absolute Macht, die es uns ermöglicht, mehr als eine Milliarde Menschen zu führen. Sie müssen wissen, unsere Macht ist wesentlich größer als die Ihrer Heiligkeit. Der Papst weiß rein gar nichts von dieser Geschichte. Er ist nur das goldene konformistische Aushängeschild der Kirche. Zugegeben, er ist sehr medienwirksam und versucht, kraft seiner ehrlichen Überzeugung die Werte der katholischen Kirche hochzuhalten. Aber in Wirklichkeit ist er nur eine Lichtgestalt des Pomps, ein Botschafter des Luxus, wenn Ihnen das besser gefällt. Schon seit langer Zeit überlassen die Päpste ihren Staatssekretären alle Geschäfte der Verwaltung. Sie nehmen nur die schönen und repräsentativen Tätigkeiten wahr. Tatsache ist, dass die Abtretung dieser Pflichten sie letztendlich von der wahren Macht fernhält ... und auch von Belanglosigkeiten."

Der alte Mann stand reglos da. Die glänzenden Augen schienen das Dunkel durchbohren zu wollen. Bei der bloßen Erwähnung von Macht und Herrschaft hatten sie ihre ganze Kraft wiedergefunden. Erneut fragte sich John, woher diese unglaubliche Motivation kam, die bei bestimmten Menschen wie eine Droge wirkt und ihnen trotz des hohen Alters eine erstaunliche Vitalität verleiht.

„Sind Sie endlich zufrieden?"

Die autoritäre Stimme des Kardinals riss John aus seinen Gedanken. Mit fast tonloser Stimme erwiderte er: „Noch nicht ganz. Etwas Wichtiges fehlt in Ihrer Schilderung."

„Ach ja? Und was?"

„Sie haben nicht erzählt, wie die beiden Manuskripte entdeckt wurden. Hat Pontius Pilatus beschlossen, die Wahrheit zu enthüllen? Aber vielleicht wissen Sie es selbst nicht."

„Sie sind wirklich erstaunlich hartnäckig. Aber es ist schon spät. Die Unterhaltung hat schon viel zu lang gedauert. Wir beabsichtigen nicht, sie fortzusetzen.“

Der Kardinal hob die Laterne vom Boden auf und drehte seinem Gast den Rücken zu. Mühsam entfernte sich die hohe magere Gestalt, gefolgt von der riesigen schwarzen Dogge. Gleich darauf fiel die schwere Tür ins Schloss und erzeugte dabei ein Echo, das aus dem Jenseits zu kommen schien. John blieb mit dem Gefühl zurück, dass sich der Deckel seines Grabes endgültig geschlossen hatte.

15. KAPITEL

Mittwoch, 31. Mai, 9 Uhr 30, Via Montebello

Nancy wartete am Empfang der Agentur auf Mario Pozzi. Seit gestern plagten sie furchtbare Sorgen. Die ganze Nacht hatte sie, die Beine auf das Bett gelegt, auf dem unbequemen Stuhl gesessen und auf John gewartet. Nach mehreren Stunden war sie schließlich doch eingenickt. Als sie wieder aufwachte, war er immer noch nicht da, und sie beschloss, mit dem Leiter der Agentur zu sprechen. Der erschien zwanzig Minuten später und musterte sie von oben bis unten.

„Guten Morgen, Signorina Shepard. Ich freue mich, dass Sie den Weg in unser Büro gefunden haben."

Als er merkte, dass seine hübsche Besucherin mit leeren Händen gekommen war, schlug er einen etwas schärferen Ton an.

„Eigentlich dachte ich, dass Sie den letzten Teil Ihrer Arbeit mitbringen würden. Offensichtlich habe ich mich geirrt. Könnten Sie mir das erklären?"

Nancy hatte mit einem solchen Empfang gerechnet.

„Ich habe das, worauf Sie so dringend warten, sofort nach meinem Eintreffen Ihrer Assistentin Gabriella übergeben. Das ist schon eine halbe Stunde her."

Mario nahm den Vorwurf ohne Murren hin.

„Gut. Und wie geht es unserem unsichtbaren Starjournalisten? Ich weiß schon gar nicht mehr, wie er aussieht."

„Deshalb wollte ich mit Ihnen sprechen."

„Tatsächlich? Na schön, ich höre."

„Ich habe ihn seit gestern Mittag nicht mehr gesehen."

„Na und?"

„Ich glaube, er ist verschwunden."

Der Mann blickte sie ungläubig an.

„Wollen Sie mich auf den Arm nehmen?"

„Nein, es ist mein voller Ernst. Seit gestern hat er kein Lebenszeichen mehr von sich gegeben. Ich habe ständig versucht ihn anzurufen, aber er geht nicht an sein Handy. Ich bin mir ganz sicher, dass ihm etwas zugestoßen ist."

Pozzi fühlte sich in die Rolle eines Polizisten gedrängt, dem eine Ehefrau gerade anvertraute, dass ihr Mann sie betrügt.

„Aber, aber! Niemand verschwindet einfach so. Machen Sie nicht ein solches Theater. Sicherlich jagt er wieder Hirngespinsten nach und hat darüber die Zeit vergessen. Ich will Ihnen mal etwas sagen, sein fehlender Teamgeist, sowohl Ihnen als auch den anderen Kollegen gegenüber, ärgert mich. Ich hatte große Hoffnung in ihn gesetzt und bin bitter enttäuscht. Das wird sich sicher negativ auf Ihre Reportage auswirken."

Nancy kochte vor Wut über den vorwurfsvollen und arroganten Ton des Mannes.

„Hören Sie mir eigentlich nicht zu? John ist verschwunden! Ich bin mir ganz sicher, dass er in Schwierigkeiten ist. Er hätte mich niemals den ganzen Tag ohne Nachricht gelassen. Zumindest jetzt nicht mehr."

Bei diesen letzten Worten begriff der Agenturleiter, dass die beiden Kollegen das Stadium der puren Zusammenarbeit hinter sich gelassen und eine Romanze begonnen hatten. Tief getroffen von Eifersucht auf den Amerikaner beruhigte er die Praktikantin nur halbherzig.

„Ist ja gut. Beruhigen Sie sich. Wohin wollte er, als er Sie gestern verließ?"

„Zum Vatikan, natürlich! Er war dort mit Pater Francesco Spà verabredet, wie jeden Nachmittag. Das ist der Professor, der uns bei unseren Recherchen behilflich ist. Wir müssen ihn anrufen. Vielleicht weiß er, wo John abgeblieben ist …“

Mario Pozzi wirkte unentschlossen.

„Ich kann doch nicht im Staatssekretariat anrufen und sagen: ‚Bei Ihnen hat sich ein Journalist verirrt, haben Sie ihn zufällig gesehen?‘ Ich mache mich ja lächerlich!“

Nancys smaragdgrüne Augen flehten ihn an.

„Bitte, tun Sie es für mich. Rufen Sie im Vatikan an … bitte!“

In ihrem tränenverschleierten Blick entdeckte Pozzi nicht nur kollegiale Sorge, sondern tiefe Zuneigung. Widerwillig griff er zum Telefonhörer und wählte die Nummer des Gouvernorats. Kurze Zeit später hatte er jemanden am Apparat. Nancy wartete nervös auf das Ende des Telefonats. Als er auflegte, konnte sie seiner bedrückten Miene entnehmen, dass etwas passiert sein musste. Sie traute sich kaum, nachzufragen.

„Und? Was haben sie gesagt? Hat er Pater Spà gestern getroffen?“

„Sie konnten es nicht mit Sicherheit sagen. Der Priester ist gestern Nacht bei einem tragischen Unfall ums Leben gekommen.“

„Was? Pater Spà ist tot? Wie ist das passiert?“

„Näheres habe ich nicht erfahren, aber soweit ich verstanden habe, ist er irgendwo hinabgestürzt. Mehr weiß ich auch nicht.“

„Und John?“

„Ich sagte bereits, dass sie nicht wissen, wo er ist. Spà war der Einzige im Vatikan, zu dem ihr Kollege Kontakt hatte.“

Nancy sank auf ihrem Stuhl zusammen. Instinktiv spürte sie, dass Fox wieder einmal in Gefahr war. Noch einmal flehte sie Mario an: „Wir müssen ihn suchen! Die Tatsache, dass er sich nicht meldet, ist kein gutes Zeichen. Außerdem wollten wir unsere Arbeit gemeinsam fertigstellen. Und dann Spàs plötzlicher Tod …"

Der Römer wusste nicht, was er tun sollte. Das Staatssekretariat zu bedrängen war völlig ausgeschlossen. Außerdem wusste er genau, dass er letzten Endes nichts anderes herausfinden würde als das, was er schon wusste. Und er würde ziemlich dumm dastehen, wenn dieser *Americano* plötzlich mit der ihm eigenen Unbekümmertheit wieder auftauchte. Seine Klugheit und politische Erfahrung rieten ihm, abzuwarten.

„Hören Sie, Signorina, wir sollten uns noch etwas gedulden. Er ist ja erst einen einzigen Tag weg. Sicherlich recherchiert er wie üblich auf eigene Faust. Ich schlage vor, dass Sie den restlichen Tag mit Ivana verbringen. Sie kennen unsere Mitarbeiterin ja schon. Sie kann Ihnen in der Zwischenzeit bei Ihrer Arbeit helfen."

Nancy war bitter enttäuscht. Sie hatte von Anfang an bezweifelt, dass die Freundlichkeit und das spontane Angebot des Agenturchefs, John und ihr zu helfen, ehrlich gemeint waren. Jetzt wusste sie, was sie von ihm zu halten hatte. Dieser Mann war ein typischer Ehrgeizling, berechnend und egoistisch. Von ihm konnte sie keine Hilfe erwarten. Mit schrecklicher Gewissheit wurde ihr klar, dass sie auf sich allein gestellt war.

„Wenn Sie nichts dagegen haben, möchte ich lieber ins Hotel zurück. Das Ganze hat mich ein bisschen mitgenommen, ich muss in Ruhe nachdenken. Kann Guido mich zurückfahren?"

„Natürlich! Er steht zu Ihrer Verfügung!" Und mit einem übertrieben beflissenen Lächeln fügte er hinzu: „Zögern Sie nicht, mich anzurufen, falls Sie etwas brauchen …"

* * *

Beppi fuhr wie immer schnell und bahnte sich gekonnt einen Weg durch den dichten Verkehr. Während er es auf fast wundersame Art schaffte, den anderen Fahrzeugen auszuweichen, dachte er ständig an den merkwürdigen Telefonanruf und fragte sich, was man wohl von ihm wollte. Wie vereinbart hielt er am Eingang zum Petersplatz.

In einiger Entfernung stand die hübsche amerikanische Journalistin, die er letzte Woche gefahren hatte, an einen alten BMW gelehnt. Heiliger Strohsack! Sie war noch hübscher, als er sie in Erinnerung hatte. Was für eine Frau! Ihr Kollege, der täglich mit ihr zu tun hatte, war ein echter Glückspilz! Neben der jungen Frau stand ein dunkelhaariger Mann. In eine penetrante Duftwolke gehüllt kam er auf ihn zu und stellte sich verlegen lächelnd vor: „Guten Tag, mein Name ist Guido Sturlo. Ich habe Sie vorhin auf Bitten der Signorina angerufen. Da sie kein Italienisch spricht, werde ich für sie dolmetschen."

Nancy gab dem Taxifahrer die Hand und stellte ihre Fragen auf Englisch.

„Guten Tag, Beppi. Ich möchte wissen, ob Sie meinen Kollegen, Signore Cattuso, gestern zum Vatikan gefahren haben."

„Na klar, wie jeden Nachmittag. Aber als ich ihn am Abend wie immer um siebzehn Uhr im Belvedere-Hof abholen wollte, kam er nicht. Ich habe lange gewartet und mehrmals versucht, ihn telefonisch zu erreichen, leider ohne Erfolg. Ich habe sogar auf seine Mailbox gesprochen, aber er hat auch nicht zurückgerufen. Dann rief meine Zentrale an, und ich musste eine andere Fahrt übernehmen."

Stockend dolmetschte Guido, was Beppi gesagt hatte. Jetzt war sich Nancy ganz sicher, dass ihre Sorge begründet war, denn John war zwar in den Vatikan hineingegangen, jedoch nicht wieder herausgekommen.

Beppi wusste, dass vor zwei Tagen etwas passiert sein musste, hatte allerdings nichts Näheres erfahren, da sich sein Fahrgast in Schweigen gehüllt hatte. Jetzt sagte ihm die niedergeschlagene Miene der jungen Amerikanerin, dass sein Stammgast immer noch nicht wieder aufgetaucht war und zweifelsohne in ernsthaften Schwierigkeiten steckte.

Ratlos starrte Nancy auf den Petersplatz mit den majestätischen weißen Säulengängen und der gigantischen Basilika, der zeitlos und gelassen in der gleißenden Sonne dalag. Doch plötzlich wusste Nancy, dass John irgendwo in den dunklen unterirdischen Gewölben in der Falle saß.

* * *

Ein Quietschen, gefolgt von leise pfeifendem Atem, störte die Grabesstille der Krypta. Nachdem der Kardinal gegangen war, hatte John zum wiederholten Male versucht, sich von den Ketten zu befreien. Wieder hatten sich die scharfkantigen Eisenringe tief in sein Fleisch geschnitten und blutige Wunden auf seinen Handgelenken hinterlassen. Stechender Schmerz durchfuhr ihn, und er spürte, wie das klebrige Blut über seine Hände lief. Erschöpft und niedergeschlagen hatte er den Kopf auf die Knie gelegt und war eingeschlafen.

Das Quietschen der Tür riss ihn aus dem Schlaf. John wusste nicht, ob einige Minuten oder mehrere Stunden vergangen waren.

Im Schein der Laterne erkannte er die hagere Gestalt Scalingeris, der schwerfällig den Mittelgang entlangschritt. Stumm standen die an die Mauern gelehnten Skelette der Nonnen zu

Ehren des wahren Kirchenoberhaupts Spalier. Ohne die makabren Überreste eines Blickes zu würdigen, ging der Kardinal zu John und blieb, da er allein war, in gehörigem Abstand vor ihm stehen.

„Na? Gut geschlafen? Haben Sie sich vom Weg der Erkenntnis ein wenig erholt?"

„Ich weiß nicht, ob ich geschlafen habe. Ich habe die Orientierung verloren. Welcher Tag ist heute? Wie spät ist es?"

„Was hat das schon zu bedeuten? Tage, Stunden, egal was wir tun, das Leben vergeht viel zu schnell. Aber lassen wir das Philosophieren. Wir haben Ihnen etwas mitgebracht. Wir glauben zu wissen, dass Sie Französisch sprechen. Das stimmt doch?"

John nickte.

„Sehr gut. Hier finden Sie die Antwort auf Ihre letzte Frage. Lesen Sie es in Ruhe. Ich lasse Ihnen die Laterne da."

Er bückte sich, stellte die Laterne auf den Boden, schob sie mit dem Fuß näher zu seinem Gefangenen und hielt ihm mit spitzen Fingern ein Buch hin.

„Passen Sie gut darauf auf."

Kurz darauf schloss sich die schwere Tür und tauchte den großen Leichensaal wieder in totale Abgeschiedenheit.

Größe und Aussehen des Buches erinnerten John an sein Notizbuch, das ihn auf all seinen Abenteuern begleitete und der Erinnerung seines Besitzers oft nachhelfen musste. Aber das kleine Buch, das der Kardinal ihm gerade gegeben hatte, war wesentlich älter. Im Gegensatz zu seinem Notizbuch mit dem schwarzen Plastikumschlag besaß dieses einen Einband aus dunkelblauem Leinen. Vorsichtig öffnete er es und bemerkte, dass die karierten Seiten lediglich von einem Baumwollfaden zusammengehalten wurden. Die dicht beschriebenen, bläulichen Zeilen zeigten eine fast weibliche schöne Schrift, deren dickere und dünnere Stellen darauf hindeuteten, dass sie mit einer Stahlfeder geschrieben worden waren.

Plötzlich spürte Fox etwas an der linken Schulter. Er hob die Lampe und sah in zwei leere Augenhöhlen. Seine unruhigen Bewegungen hatten das Skelett seiner Nachbarin aus dem jahrhundertealten Gleichgewicht gebracht, sodass es auf ihn gerutscht war. Der kahle Schädel hatte sich in fast freundschaftlicher Geste auf die Schulter des Lebenden gelegt. Vorsichtig schob John die anonymen Überreste von sich weg und fing an zu lesen.

16. KAPITEL

Rennes-le-Château

Montag, 1. Juni 1885
Heute Morgen kam ich in strömendem Regen in Rennes an. Le Bugarach lag im Nebel, und als ich den Maultierpfad hinaufstieg, musste ich meinen Mantel festhalten, damit der Wind ihn nicht fortwehte.

Das Bistum Carcassonne hat mich in dieses große, in völliger Abgeschiedenheit liegende Bergdorf geschickt, dessen Gemeindepfarrer ich seit heute bin. Nach Le Clat, einem Dorf mit fünfzig Seelen, kam ich voller Hoffnung und mit guten Absichten hier an, um das Haus des Herrn wieder aufzubauen. Aber schon der erste Tag hat mir das Ausmaß meiner Aufgabe offenbart.

Die Kirche ist sehr klein und zu drei Vierteln zerstört. Ihr Zustand ist so schlecht, dass man den Gottesdienst nicht ohne Gefahr abhalten kann. Das Dach ist teilweise eingestürzt, die Mauern zeigen tiefe Risse. Das Pfarrhaus ist nicht bewohnbar.

Die Illusionen, denen ich mich hingab, bevor ich zu meiner neuen Kirchengemeinde aufgebrochen bin, werden auf eine harte Probe gestellt. Diesen von Gott verlassenen Ort hat man aus Schlamperei und Geldmangel zerfallen lassen.

Ich bin enttäuscht, aber nicht entmutigt. Ist die Aufgabe groß, ist auch der Lohn der Erfüllung groß. Ab heute werde ich dieses Tagebuch führen. Es wird mir helfen, mich zu erinnern und die Fortschritte festzuhalten. Herr, führe mich und gib mir Kraft. B. S.

Donnerstag, 4. Juni 1885
Es ist viel schwieriger, als ich dachte. Ich fand Unterkunft in einem bescheidenen Pfarrhaus mit dem Namen „Weißdorn". Aber leider hat das alte Gebäude außer dem Namen mit dieser schönen Pflanze nichts gemein. Die Mahlzeiten nehme ich bei einer einfachen, aber netten alten Dame namens Alexandrine Marro ein, die mir Kredit gewährt. Während ich auf mein erstes Gehalt warte, das sich verspätet hat, revanchiere ich mich für ihre Freundlichkeit, indem ich manchmal jagen oder fischen gehe. Das bessert ihr karges Auskommen auf, und sie scheint mit dieser Regelung zufrieden zu sein. Sie ist der einzige Mensch in Rennes, der mir hilft und sich um meine Mittellosigkeit sorgt. Gott segne sie.

Eigentlich wollte ich einige Leute um Hilfe bitten, damit die nötigsten Instandsetzungsarbeiten an der Kirche beginnen können. Aber das Leben hier ist hart, die Dorfbewohner sparen jeden Sou und werden mir nichts geben können. Mademoiselle Marro hat mir von einer adeligen Wohltäterin erzählt, die schon meinen Vorgängern geholfen hat. Die nächsten Tage werden zeigen, ob es an diesem Ort noch christliche Barmherzigkeit gibt. Herr, führe mich und gib mir Kraft.
B. S.

Montag, 6. Juli 1885
Heute habe ich der Comtesse de Chambord einen Besuch abgestattet. Welch ein Unterschied! Ich, der ich unter prekären und unbequemen Bedingungen hause, erlebte den Wohlstand der Großen dieser Welt in vollem Ausmaß. Ihr Haus ist prächtig. Wir haben in einem

wunderschönen Garten gesessen und einen kleinen Imbiss zu uns genommen. Ich war voller Hoffnung und wurde nicht enttäuscht. Die adlige Dame ist sehr alt und hört ein bisschen schwer, aber sie blieb meinem Hilferuf gegenüber nicht taub. Dank ihrer Großzügigkeit kann ich unsere alte Kirche Sainte-Marie-Madeleine wieder in einen ansehnlichen Zustand versetzen.

In letzter Zeit habe ich versucht, sie ein wenig herzurichten, aber es hat nicht viel genutzt. Nach jedem Regenguss war wieder alles wie vorher. Ohne helfende Hände und das nötige Geld für die Dachreparaturen ist jede Anstrengung umsonst. Jetzt kann ich mithilfe dieser wohltätigen Seele ein paar Maurergesellen einstellen und mich ans Werk machen.

Endlich sind die Tage schön. Sehr gern gehe ich auf dem Hügel hinter der Kirche spazieren. Es ist ein wunderschöner stiller Ort mit einem herrlichen Blick auf das Aude-Tal.

Ich kann kaum erwarten, bis die Kapelle so weit wiederhergestellt ist, dass ich hier alle meine Schäflein aufnehmen kann.
Herr, führe mich und gib mir Kraft.
B. S.

Samstag, 5. September 1885
Endlich ist das Dach fertig! Mithilfe von drei Dachdeckergesellen haben wir es völlig neu gedeckt. Die gnadenlose Hitze der letzten Wochen hat die Arbeit sehr erschwert. Doch mithilfe meines Glaubens, der mir Kraft und Trost spendet, überwinde ich meine Müdigkeit. Leider sind Material und Arbeitskräfte sehr teuer, und die

erste Baumaßnahme hat meine tausend Francs bereits verschlungen. Da ich selbst nichts besitze, habe ich alles, was Comtesse de Chambord mir gegeben hat, bis auf den letzten Sou in das Dach gesteckt. Es ist mir sehr unangenehm, aber ich werde sie nochmals um ihre gütige Unterstützung bitten müssen. Beim ersten Mal bot sie mir ihre Hilfe ohne Zögern an, aber ich fürchte, dass sie mich nun für aufdringlich hält.

Die Instandsetzung der Gebäude ist ein Fass ohne Boden, und meine Anträge beim Bistum werden einfach ignoriert. Als einzige Antwort hat Monseigneur Billard mir die ungeheuren Ausgaben der Diözese Carcassonne aufgezählt und mir kaum Hoffnung auf Hilfe gemacht.

Herr, führe mich und gib mir Kraft.

B. S.

Freitag, 9. Oktober 1885

Die Tage sind kürzer geworden. Auch wenn die Nachmittage noch warm und angenehm sind, denke ich ständig daran, wie der Winter wohl werden wird.

In letzter Zeit war die Gräfin so müde, dass ich sie nicht besuchen konnte. Bei ihrem schlechten gesundheitlichen Zustand wären Gespräche über Geld auch nicht angebracht. Dennoch müssen die Mauern der Kirche unbedingt vor dem ersten Frost ausgebessert werden. Ich habe jeden Rappen von meinem ohnehin schon äußerst bescheidenen Gehalt für die Arbeiten ausgegeben, aber wenn nicht ein Wunder geschieht, muss ich mich wohl wieder einmal gedulden.

Heute Morgen brachte mir ein Notar einen alten

Text, den er in den Archiven seines Notariats in Quillan gefunden hat. Der Mann mittleren Alters ist sehr freundlich und von angenehmem Umgang. Seine Kenntnisse in klassischem Latein sind beachtlich. Doch das besagte Dokument ist in Niederlatein verfasst worden. Da er kein Schriftgelehrter ist, bat er mich, es ihm zu übersetzen.

Er scheint sich von der Übersetzung viel zu versprechen. Der Text handelt von einem Schatz, der in den Hügeln vergraben sein soll. Die Menschen hier erzählen sich schon lange solche Geschichten, da in dieser Gegend viele verschiedene Völker gelebt haben. Ich habe ihn vor übertriebenem Enthusiasmus gewarnt, doch meine Worte stießen auf taube Ohren. Um mich zu überzeugen, will er jetzt mit mir das Versteck suchen. Ein Spaziergang in der Natur wird mich sicher auf andere Gedanken bringen. Wer weiß? Vielleicht gibt mir Gott ja ein Zeichen.

Herr, führe mich und gib mir Kraft.

B. S.

Donnerstag, 22. Oktober 1885

Welch tragischer Tag! Mit dem Schriftstück unterm Arm bestieg ich mit dem Notar von Quillan und einigen Kindern aus dem Dorf den Hügel von Bugarach, bis wir an den steilen Einstieg in eine Felsspalte kamen.

Der brave Kerl ging voraus und stieg eilig eine Geröllhalde hinauf. Aber in seiner Hast löste er einen Erdrutsch aus, der uns sofort unter sich begrub. Ich habe nur ein paar leichte Steinschläge abbekommen, doch mein Gefährte wurde von einem Stein am Kopf getrof-

fen und war sofort tot. Sein Leichtsinn hatte ihn ins Verderben gestürzt.

Ich habe für den ewigen Frieden seiner Seele gebetet und sie Gott anvertraut.

Es gibt also keinen Schatz. Wieder musste ich mich an den Gemeinderat wenden, um Hilfe für die Restaurierung zu erbitten. Mein Antrag wird gerade bearbeitet. Aber ich habe auch diesmal das Gefühl, dass man mich nicht ernst nimmt.

Es ist eine karge Gegend, und die Bewohner sind ein wenig ungehobelt, aber es ist meine Heimat. Ich bin hier geboren und fühle mich wohl, trotz der lästigen Geldsorgen, mit denen ich täglich zu kämpfen habe. Ich hoffe, dass der Herr Bürgermeister seinen Einfluss im Stadtrat geltend macht, damit mir endlich die für die Gemeinde lebensnotwendige Hilfe bewilligt wird.
Herr, führe mich und gib mir Kraft.
B. S.

John überflog die nächsten Seiten des Tagebuchs. Von 1885 bis 1887 berichtete der Pfarrer von Rennes-le-Château immer wieder von seinen Geldsorgen und dem ständigen Kampf, sich das nötige Geld für den Wiederaufbau seiner Kapelle zusammenzubetteln, wobei er im Dienste seines tiefen und wahrhaften Glaubens eine schier unerschöpfliche Geduld an den Tag legte.

John bewunderte diesen unbekannten Mann, der, vergessen von seinem Bistum und allen Missgeschicken zum Trotz, tapfer seinen Weg gegangen war.

Der Pfarrer hatte alle wichtigen Ereignisse seines gläubigen Lebens sorgfältig aufgeschrieben. Sie zeigten einen feinfühligen, intelligenten und dynamischen Mann, ständig hin- und hergerissen zwischen dem festen Willen, seine Mission zu erfüllen, und der Verzweiflung über die vielen Steine, die ihm der Geldmangel in den Weg legte. Vermutlich hatte er sich mit seinem einnehmenden Wesen immer zu helfen gewusst.

Das Tagebuch war ziemlich dick, die Schrift weiterhin sehr elegant und eng – der Bericht eines ganzen Lebens. Jede Seite wies mehrere Daten auf, doch auf einer stand nur ein einziges. An jenem Tag war etwas besonders Wichtiges passiert und hatte mehr Platz benötigt. Plötzlich änderte sich das Schriftbild, war weniger sorgfältig, nervöser, als hätte der Schreiber große Angst gehabt.

Fox spürte, dass die Antwort, die der alte Kardinal ihm versprochen hatte, in diesen Zeilen zu finden war, die dank des hellen Scheins der Lampe zu seinen Füßen aus der Vergessenheit zu ihm gefunden hatten.

Montag, 28. März 1887
Heute war ein wunderbarer Tag. Den ganzen Tag schien die Sonne. Außerdem habe ich eine unglaubliche Entdeckung gemacht. Gott hat mich erhört und mir seine barmherzige Hand gereicht. Mit Captier, unserem Glöckner, und den beiden Maurern Babou und Roussel, die ich dank des Darlehens von der Gemeinde einstellen konnte, haben wir heute mit den Innenarbeiten der Kirchenrestaurierung begonnen.

Wir vier hatten große Mühe, den schweren Stein des Hauptaltars, der ersetzt werden sollte, emporzuheben. Er ruhte auf zwei behauenen Pfeilern. In dem einen befand sich eine mit trockenem Farn ausgelegte Vertiefung, in der drei versiegelte Holzröhren lagen.

Wir haben eines dieser Siegel aufgebrochen und darin ein auf Okzitanisch verfasstes Manuskript entdeckt, das ich ziemlich mühelos lesen konnte. Darin wurden verschiedene Plätze innerhalb und außerhalb der Kirche beschrieben, wo Teile eines Schatzes vergraben sein sollen.

Um meine Gehilfen nicht in Aufregung zu versetzen, habe ich ihnen den Inhalt verschwiegen und vorgegeben, das Manuskript sei in einer mir unbekannten toten Sprache verfasst. Obwohl ich das Ganze für äußerst unwahrscheinlich hielt, bat ich sie, eine große gravierte Steinplatte im hintersten Winkel der Kirche, wie in dem Manuskript beschrieben, zur Seite zu schieben. Durch den schmalen Spalt entdeckten wir in Lumpen gewickelte menschliche Gebeine … und ein Gefäß!

Da ich günstiger stand als die Maurer, konnte ich sehen, dass sich glänzende wertvolle Gegenstände in dem Gefäß befanden. Um allein zu sein, kündigte ich die Mittagspause an. Captier glaubte, etwas gesehen zu haben, und zögerte. Aber schließlich gehorchten die drei Männer und verschwanden.

Mithilfe einer Holzbohle ist es mir gelungen, den schweren rechteckigen Stein ein wenig weiter zur Seite zu schieben und das Tongefäß, das zwischen zwei Skeletten stand, herauszuheben. Darin lagen viele alte Geldmünzen sowie Halsketten und Geschmeide, alles aus Gold! Das, was auf der Pergamentrolle geschrieben war, stimmt also: Es ist ein Teil eines Schatzes.

Ich habe den Inhalt aus dem Gefäß entnommen, bevor meine drei Gesellen zurückkehrten. Übrigens kamen sie von Neugier getrieben viel früher zurück. Der Glöckner hatte, wenn auch nur kurz, wohl doch den In-

halt des Gefäßes gesehen. Also musste ich lügen und erzählte ihnen, es handele sich um Heiligenmedaillons.

So argwöhnisch, wie die Männer waren, halte ich es für besser, ihre Gier nicht zu sehr anzustacheln. Ich werde nachts weitersuchen. Mithilfe der Angaben aus dem alten Manuskript dürfte es nicht schwer sein, die anderen Verstecke zu finden. Der ganze Schatz dürfte ein kleines Vermögen darstellen und würde mir erlauben, die Arbeiten zu Ende zu bringen.

Gesegnet sei der heutige Tag! Noch nie habe ich eine derartige Erregung, noch nie ein solches Fieber erlebt. Herr, führe mich und gib mir Kraft.
B. S.

Dienstag, 29. März 1887
So wunderbar, so voller Freude und Hoffnung der gestrige Tag war, so schrecklich war die letzte Nacht. Nachdem ich mit den Arbeitern bis spät in den Abend hinein geschuftet habe, beschloss ich, auch die beiden anderen Holzröhren aufzubrechen. Die erste enthielt ein sehr altes Pergament, das um ein Holzstäbchen gewickelt war. Das raue Papier, das in ziemlich gutem Zustand ist, erinnert an einen pflanzlichen Stoff. Es war in einem merkwürdigen, mir gänzlich unbekannten Alphabet beschrieben, das ich nicht entziffern konnte.

Mit dem letzten Manuskript verhielt es sich anders. Obwohl es genauso aussieht und zweifelsohne aus derselben Zeit stammt, wurde es in antikem Latein verfasst. Abgesehen von einigen Schwierigkeiten mit der Syntax konnte ich es schließlich übersetzen … unglücklicherweise!

Nie hätte ich mir vorstellen können, eines Tages eine derart schreckliche Entdeckung zu machen. Ich musste das Apokryph mehrmals lesen, um mir meiner Übersetzung sicher zu sein. Kein Zweifel! Alles darin schreit nach Wahrheit, und trotz meines blinden Glaubens kann ich es nicht leugnen.

Es handelt sich um das eigenhändig geschriebene, entsetzliche Geständnis des Hohepriesters Kaiphas, allein für das Verschwinden des Leichnams von Jesus Christus im Morgengrauen des dritten Tages verantwortlich zu sein. Marias gefolterter und gekreuzigter Sohn war nur Spielball der Politik gewesen und für die Stabilität Palästinas, die nur kurz andauerte, geopfert worden.

Der, den die Heilige Schrift Erlöser nennt, der Sohn Gottes, war nur ein normaler Mensch. Von jüdischen Priestern verurteilt und von Pilatus gekreuzigt, wurde er nicht viel älter, als ich es heute bin. Man hat ihn, entgegen der Lehre des Neuen Testaments, wie einen elenden Bettler in ein Massengrab geworfen, ohne Hoffnung auf Wiederauferstehung. Was für eine Desillusionierung! Was für eine schreckliche Lüge! Und was für ein Verrat seitens der Kirche! Wie viel schon war im Namen dieses Mythos geschehen, wie viele Schicksale wurden besiegelt im schamlosen Versprechen auf ein besseres Leben im Paradies.

Verzweifelt verbrachte ich die Nacht in meiner Kirche, um nachzudenken. Zuerst habe ich versucht, Zuflucht und Trost im Gebet zu finden. Umsonst! Die dunklen Mauern erhörten meine Bitten nicht. Mein Herz blieb verschlossen, meine Seele verstört. Ich glaube, dass meine Überzeugung endgültig erloschen ist.

Wie betäubt von meiner furchtbaren Entdeckung, verharrte ich stundenlang in meiner Verzweiflung. Ich konnte nicht einmal weinen. Nach langem Nachdenken war ich unschlüssig, ob ich die Wahrheit verbreiten oder sie verschweigen sollte.

Ich habe keinen Zweifel an der Authentizität der Dokumente. Allerdings frage ich mich, wer außer mir noch von ihrer Existenz weiß. Kannte die Obrigkeit der Kirche dieses Geheimnis? Der Papst? Der Staatssekretär? Die Kardinäle? Vielleicht der ganze Vatikan? In diesem Fall würde ich ein Chaos verursachen und meine Exkommunikation riskieren ... und bittere Not. Mit den Manuskripten würde man unweigerlich von der Existenz des Schatzes erfahren, und ich müsste der Kirche alles „ihr Zustehende" zurückgeben.

Nein! Auch wenn der Mann, den wir Jesus Christus nennen, nur ein einfacher Sterblicher war, muss Gott dennoch existieren. Er hat mich auf diesen schicksalsträchtigen Weg geführt. Er hat mir diese schreckliche Wahrheit offenbart und mir zugleich Tür und Tor zum irdischen Glück geöffnet. Ist es etwa meine Bestimmung, durch das Wissen um dieses Geheimnis alles zu verlieren? Für wen? Und warum? Nein, meine Entscheidung steht fest: Wenn es schon kein ewiges Leben gibt, werde ich das irdische Leben in vollen Zügen genießen und die Lust und Freuden der Mächtigen dieser Welt kennenlernen, die mir bis gestern versagt blieben.

Ich werde die langen Jahre der Entbehrung und Armut im Dienste eines Hirngespinstes einfach auslöschen ...

B. S.

Montag, 25. April 1887

Seit ich das erste Gefäß entdeckt habe, verbringe ich jede Nacht mit der Suche nach dem restlichen Schatz. Die Sache stellt sich schwieriger dar, als ich es mir vorgestellt hatte, denn der Text kann unterschiedlich ausgelegt werden. Doch dank meiner Ausdauer und mit ein bisschen Glück habe ich gestern Abend einen zweiten Schatz gefunden.

Eine perfekt eingepasste Bodenplatte unter der alten Kanzel bedeckt ein Grab, in dem ich zwischen alten Kleidungsstücken und Gebeinen einen mit Edelsteinen und antiken Schmuckstücken gefüllten Tonkrug entdeckte.

Wie bei meinem ersten Fund spürte ich wieder diese kindliche Begeisterung. Ich muss weitersuchen, denn das auf Okzitanisch verfasste Manuskript scheint verlässlich zu sein und weitere Überraschungen bereitzuhalten. Meine unsägliche Enttäuschung nach der Enthüllung der wahren Geschichte über den König der Juden hat der Abenteuerlust Platz gemacht. Ich erlebe diese Schatzsuche wie eine anhaltende Treibjagd und muss ständig daran denken. Manchmal frage ich mich, ob ich mich in einem Goldrausch befinde. Vielleicht unterscheide ich mich in nichts von den normalen Erdenbürgern. Welch eine Ironie! Ich, der ich Verzicht und Armut predigte! In Zukunft werde ich mein Möglichstes tun, um den Bedürftigen und Notleidenden zu helfen. Dann ergibt das, was ich gelehrt habe, wenigstens einen Sinn.

Captier, Roussel und Babou konnten ihren Mund nicht halten, und so kam das Gerücht, der Pfarrer habe alte Dokumente und vielleicht auch einen mysteriösen

Schatz gefunden, auch dem Bürgermeister zu Ohren. Überall wird schon darüber geredet. Ich muss der üblen Nachrede rasch ein Ende machen, sie könnte sonst alles gefährden.

Morgen werde ich das einzige Manuskript, aus dem mir keine Nachteile entstehen können, ins Bürgermeisteramt bringen. Da ich es nicht übersetzen konnte, wird der Inhalt auch dem Bürgermeister und seinen Stellvertretern verschlossen bleiben. Das sollte genügen, jegliche Neugier im Keim zu ersticken. Falls man mich nach den anderen beiden Dokumenten fragt, werde ich einfach sagen, dass es sich um Kopien des ersten Manuskripts handelt.

Ich werde Rennes für einige Zeit verlassen müssen, um die Schätze, die ich gefunden habe, zu Geld zu machen. Nur in einer größeren Stadt kann man anonym und zu einem guten Preis Gold, Schmuckstücke und Geldmünzen verkaufen.

Nach meiner Rückkehr nehme ich das große Projekt, das ich mir vorgenommen habe, wieder in Angriff.
B. S.

Auf den nächsten Seiten überschlugen sich die Ereignisse. Der Pfarrer hatte alles, was ihn bewegte, präzise aufgeschrieben. Die folgenden Monate bestanden aus einer Aneinanderreihung mehr oder weniger bedeutender Fakten, Episoden eines außergewöhnlichen Lebens.

John widmete jeder Zeile, jedem Gedanken besondere Aufmerksamkeit und lernte diesen Geistlichen, der ungewollt zum Abenteurer geworden war, immer besser kennen.

Dieser bescheidene Landpfarrer schien ein bemerkenswerter Detektiv gewesen zu sein, mit der gleichen Intuition und Neugier, die ihn, John, zum Journalismus getrieben hatte ... und in die Kerker des Vatikans.

In wenigen Jahren war das Vermögen, das dieser unkonventionelle Pfarrer zusammengetragen und auf seinen vielen Reisen zu Geld gemacht hatte, beträchtlich angewachsen, und aus dem mittellosen Pfarrer der verarmten Pfarrei Rennes-le-Château war eine namhafte Persönlichkeit geworden. Sein Lebensstandard hatte sich deutlich verbessert. Er hatte die bescheidene Unterkunft im Pfarrhaus Weißdorn verlassen und sich bei einem Ehepaar der Gemeinde eingemietet, das ihm eine bessere Verpflegung bot.

John bemerkte, dass der Pfarrer im Laufe der Zeit seine Sehnsüchte und Träume verloren hatte und kaum Erklärungen für diese Stimmungsänderung lieferte. Der pragmatische Mann hatte alle Unwägbarkeiten des Lebens gemeistert und war seinen eigenen Weg gegangen. Wie ein treuer Spiegel hatte die aufgewühlte Schrift lange Zeit die Verzweiflung und Bitterkeit des Gottesmannes wiedergegeben. Jetzt wurde sie wieder ordentlich und gepflegt. Offenbar hatte der Schreiber sein inneres Gleichgewicht wiedergefunden.

Donnerstag, 8. November 1888
Seit ich bei den Dénarnauds wohne, habe ich auch Kontakt zu ihrer Tochter Marie. Schon am ersten Tag bemerkte ich, dass sie sich für mich interessierte, hielt es aber für pure Neugier oder Freundlichkeit. Dem war nicht so. Nach einigen Wochen habe ich mich für ihre Liebenswürdigkeit und Hingabe geöffnet.

Das junge Mädchen war noch Jungfrau ... bis gestern.

Wir teilen dieselbe Sehnsucht, den bescheidenen Verhältnissen zu entkommen, denselben unstillbaren Durst nach Leben und Luxus. Sie ist bescheiden, intelligent und spontan und besitzt, trotz ihrer Jugend, einen gesunden Menschenverstand. Ich hege Gefühle für sie, die ich bisher nicht kannte. Ich glaube, es ist Liebe.

Sie hat niemals danach gefragt, aber ich musste mich jemandem anvertrauen und habe ihr alles erzählt. Vermutlich konnte ich die Last des schrecklichen Geheimnisses nicht mehr allein tragen. Marie weiß jetzt alles über meine Entdeckungen. Ich bin glücklich, denn seit heute ist diese Bürde leichter zu ertragen. Sie hat mir versprochen, es für sich zu behalten. Aber das war unnötig, denn ich glaube, dass ihr wirklich viel an mir liegt und ich auf ihre Verschwiegenheit zählen kann.

Die Hinweise des Manuskripts auf Schätze innerhalb und außerhalb der Kirche sind erschöpft. Jetzt muss ich alle Spuren, die auf die Existenz der Schätze hinweisen, verwischen. Ein Grabstein auf dem Friedhof neben der Kapelle muss zerstört werden. Die Inschrift ist zu eindeutig für einen neugierigen und einigermaßen belesenen Geist. Ich muss sie auskratzen.

Inzwischen habe ich erfahren, wem ich den ganzen Reichtum zu verdanken habe. Der okzitanische Text belegt eindeutig, dass der Schatz aus den Zeiten der Ketzerei stammt. Er hat den Katharern gehört!

Die Übersetzung des Dokuments und meine geschichtlichen Nachforschungen über die Gegend haben es mir ermöglicht, seinen Weg zurückzuverfolgen. In der Nacht vom 14. auf den 15. März 1244 flohen vier Männer aus dem Château de Montségur, das seit Mona-

ten von einem katholischen Kreuzzug belagert wurde. Sie mussten zweihundert ihrer Männer, auf die der Scheiterhaufen wartete, zurücklassen und nahmen ihr wertvollstes Hab und Gut mit, damit es nicht den Belagerern in die Hände fiel. Darunter befanden sich zahlreiche wertvolle Schmuckstücke, aber vor allem zwei alte auf einen Holzstab aufgerollte Manuskripte. Noch in derselben Nacht erreichten sie das nahe gelegene Rennes und versteckten mithilfe einiger Sympathisanten die geretteten Schätze. Das gut gehütete Geheimnis kannten nur wenige.

Jahrhunderte später wurde Sainte-Marie-Madeleine erbaut. Da man die Kirche für sicherer hielt, versteckte man den ängstlich gehüteten Schatz an verschiedenen Stellen in ihrem Innern und vertraute das Geheimnis dem in okzitanischer Sprache verfassten Pergament an. Dieses Dokument war der Schlüssel für meine inzwischen beendete Schnitzeljagd, eben jener Schlüssel, der gemeinsam mit den beiden anderen Manuskripten sorgfältig auf getrockneten Farn gebettet worden war …

Kaiphas' Geständnis hatten die Ketzer jahrhundertelang gehütet. Obwohl sie den unanfechtbaren Beweis, dass Jesus von Nazareth wirklich gelebt hat und irdischen Ursprungs war, in den Händen hielten, glaubten sie an die Grundwerte des Christentums, an Nächstenliebe, Vergebung und ein Leben in Demut, so wie es der Messias gelehrt hatte, und nicht an das, was der Katholizismus und das Papsttum daraus gemacht haben. Sie wollten gegen die Lüge ankämpfen und sind von ihren Verfolgern mitleidlos auf dem Scheiterhaufen verbrannt worden.

Mich streift ein schrecklicher Gedanke, noch furchtbarer als die Wahrheit: Vielleicht wusste die katholische Kirche von der Existenz dieser Beweise und suchte ebenfalls danach. Das würde die erbarmungslose Verfolgung und Vernichtung der Katharer erklären. Ein ungerechter und tragischer Kampf, nur um die Lüge und den Mythos aufrechtzuerhalten.
B. S.

Das Tagebuch, treuer Begleiter des Pfarrers von Rennes-le-Château, berichtete vom fantastischen Werdegang seines Besitzers. Nichts schien den Größenwahn des jungen Priesters aufhalten zu können. Er hatte immer mehr Land dazugekauft und seine Besitztümer bis weit über die Grenzen der bescheidenen Kirche ausgedehnt, darunter auch ein großes Grundstück, auf dem er ein großes prunkvolles Landgut errichten wollte.

Seine Maßlosigkeit warf in seiner direkten Umgebung viele Fragen auf, und man versuchte vergeblich, hinter sein Geheimnis zu kommen. John verfolgte gespannt das Leben dieses verschwenderischen Mannes, dessen Gier nach Besitz keine Grenzen kannte.

Der Pfarrer hatte das alte Pfarrhaus aufwendig restaurieren lassen und führte dort mit seiner jungen und ihm völlig ergebenen Magd ein zurückgezogenes, aber luxuriöses Leben. In diesem komfortablen kleinen Reich empfing er nur selten Besucher, und von den Projekten des Pfarrers drang nichts nach außen. Er spielte nach wie vor seine Rolle als Hirte seiner Schäflein in der komplett renovierten, mit Gemälden und Gold verzierten Kirche.

Wie hatte er nach all dem immer noch das Wort Gottes predigen und von Wiederauferstehung und ewigem Leben sprechen können? Möglicherweise schöpfte er die Kraft aus seinem gefestigten Charakter und seiner unglaublichen Vitalität …

Montag, 22. Juni 1891
Die Zeiten haben sich geändert. Der größte Teil des Schatzes, den mir die Ketzer vermacht haben, ist aufgebraucht, obwohl ich das wichtigste Projekt noch nicht einmal in Angriff genommen habe. Bis jetzt habe ich nur das Landgut erbaut und die Kirche von Rennes restauriert. Das alte restaurierte Pfarrhaus, das mir bis vor gar nicht langer Zeit fürstlich erschien, reicht mir und Marie nicht mehr aus. Wir wollen ein größeres und komfortableres Haus.

Heute habe ich eine wichtige Entscheidung getroffen. Ich werde Hinweise auf das Geheimnis hinterlassen, das mich mit diesem Ort verbindet. Die Kirche soll mein Buch sein, in das ich so viele Zeichen setze, wie ich mir ausdenken kann. Verstehe sie, wer kann. Diesen Beschluss nenne ich „Mission 1891". Somit gebe ich der Welt zumindest eine Chance, diese schreckliche Wahrheit, die der Zufall mir anvertraut hat, zu erfahren. Die Hinweise sollen deutlich genug sein, damit ein heller Kopf sie erraten und meine Botschaft verstehen kann.

Anfangs habe ich geglaubt, mit dieser Bürde leben zu können. Doch sie lastet zu schwer auf meinen Schultern, obwohl ich sie mit Marie teile. Der Reichtum hat mein Gewissen zwar ein wenig beruhigt, aber ich komme nicht darüber hinweg, dass diese Lüge im Laufe der Jahrhunderte Tausende von Menschen das Leben gekostet hat.
B. S.

Mittwoch, 11. Januar 1893
Ich bin wieder einmal in Geldnot, denn ich habe zu viel ausgegeben, viel mehr, als ich mir vorgestellt hatte. Die benötigte Summe ist wesentlich höher als das, was ich mir bei verschiedenen Gönnern zusammenbetteln könnte.

Um an das erforderliche Geld für die Bauarbeiten zu kommen, muss ich das Manuskript, das in der unbekannten Sprache verfasst ist, verkaufen. Ich habe es ganz unverbindlich Monseigneur Billard gezeigt. Er riet mir, nach Paris zu fahren und es einem seiner Bekannten zu zeigen.

Natürlich kenne ich den Inhalt, denn schließlich habe ich das zweite Dokument, das ich zusammen mit diesem fand, übersetzt. Ein Risiko durch die Preisgabe des ersten Pergaments besteht kaum, denn es gibt sicherlich nur wenige Menschen, die dieses Alphabet ohne Hilfe des anderen, auf Lateinisch verfassten Manuskripts entschlüsseln können.

Monseigneur Billard hat vorgeschlagen, dass ich Kontakt mit Abt Biel, Generalsuperior der Kongregation der Sulpizianer, aufnehme. Er meinte, Abt Biel sei ein sehr belesener Mann und interessiere sich für alte Texte. Vielleicht kann ich besagtes Manuskript an ihn verkaufen.

Ich werde diese Reise nutzen, um auch die letzten Schmuckstücke, die ich in einem der Friedhofsgräber entdeckt habe, zu verkaufen. Eigentlich wollte ich diese wunderschönen Steine behalten. Aber ich kann mich nicht dazu durchringen, auf mein großes Werk zu verzichten, und brauche das Geld.
B. S.

Samstag, 28. Januar 1893
Ich bin länger als vorgesehen in Paris geblieben und erst seit gestern wieder zurück. Diese Reise war reich an Überraschungen und Erkenntnissen. Monseigneur Biel ist ein höflicher, kultivierter und feiner Mann, der sich sehr für Geschichte und Humanismus interessiert. Aber wie ich schon angenommen hatte, war auch er nicht imstande, das alte Manuskript zu übersetzen. Seiner Ansicht nach handelt es sich bei dem Text um eine sehr alte, tote Sprache hebräischen Ursprungs, vielleicht Aramäisch. Er meinte, die Rolle würde wohl aus Papyrus und nicht aus Pergament bestehen. Seine Hypothesen haben meine eigenen nur bestätigt. Die Texte sind mit ziemlicher Sicherheit authentisch und etwa zweitausend Jahre alt.

Da er mein Dokument weder genau datieren noch seinen Wert festlegen konnte, schlug er mir vor, einen ihm bekannten Spezialisten aufzusuchen. Also musste ich drei Tage warten, bevor ich diese mysteriöse Person sprechen konnte.

Er suchte mich abends in der Pfarrkirche Saint-Sulpice auf. Nachdem Monseigneur Biel uns vorgestellt hatte, ließ er uns in seinem Büro allein, in dem eine merkwürdige Atmosphäre herrschte. Das schwache Licht ließ uns wie zwei Verschwörer aussehen.

Der Mann nannte mir seinen Namen nicht, sondern stellte sich lediglich als Vertreter einer Obrigkeit vor, die anonym bleiben wollte. Er war schwarz gekleidet und schien sich im Halbdunkel wohler zu fühlen als im Licht. Sein schlechtes Französisch hatte einen starken, wie mir schien, italienischen Akzent.

Das Manuskript schien ihn sehr zu interessieren. Er hat es lange und vorsichtig betastet und mich dann gefragt, ob es das einzige sei, das ich besitze. Auch wollte er wissen, wie es in meinen Besitz gelangt war. Seltsamerweise schien ihn meine Antwort nicht zu überraschen, aber sein bleierner inquisitorischer Blick ließ keinen Zweifel daran, dass er mir nicht glaubte. Vermutlich ahnte er, dass ein zweites Dokument existiert. Rasch schlug er vor, mir das alte Blatt aus Papyrus abzukaufen. Ich spürte, dass sein Interesse das eines einfachen Sammlers bei Weitem überstieg. Er hat mir die enorme Summe von 50 000 Francs geboten. Aber ich lehnte das Angebot mit dem Argument, das Dokument sei schließlich authentisch und sehr alt, ab. Zu meiner großen Überraschung bot er mir ohne Zögern das Doppelte, als spiele Geld für ihn keine Rolle. Da wusste ich, dass er den Wert des Dokuments kannte und wild entschlossen war, es zu erwerben.

Er schlug vor, die Bezahlung in mehreren Raten zu leisten, damit, wie er sagte, sich unser kleines Geschäft nicht herumspricht. Als ich ihm die Holzröhre mit der Zusicherung übergab, mit niemandem darüber zu sprechen, beschlich mich das ungute Gefühl, meine Seele dem Teufel verschrieben und das Geheimnis von Rennes verraten zu haben. Dieses unangenehme Gefühl verfolgt mich immer noch.

B. S.

Die schwere Laterne auf dem Boden brachte mit ihrem unpersönlichen Schein Klarheit in die weit zurückliegende und doch relativ junge Vergangenheit. Zwar wirkte der Bericht durch die lebendige Erzählweise und die vielen Details sehr echt, dennoch wurde John den Eindruck nicht los, in einer alten Geschichte hart an der Grenze eines Romans zu blättern.

Dieser Pfarrer aus dem letzten Jahrhundert hatte unbedingt über die außergewöhnlichen Abenteuer, die sein ganzes Leben durcheinandergebracht hatten, reden müssen und seine Geheimnisse lieber einem verschwiegenen Tagebuch anvertraut, als sich auf ein eventuell geschwätziges Ohr eines Vertrauten zu verlassen. Nur Marie teilte sein Leben und das Geheimnis, das ihn umgab. Offensichtlich hatte sie ihr Versprechen der Verschwiegenheit nie gebrochen. Sie war diesem Mann mit den größenwahnsinnigen Plänen treu ergeben, wich nie von seiner Seite und teilte sein extravagantes Leben. Aus der einfachen Magd war eine Dame geworden.

Doch die gewaltigen Bauvorhaben der inzwischen respektablen Persönlichkeit von Rennes-le-Château hatten die mit dem Verkauf des Papyrus erzielte Summe rasch verschlungen.

John las weiter und konnte ermessen, welche Probleme der spendierfreudige Bauherr Woche um Woche zu bewältigen hatte.

In den folgenden äußerst turbulenten Monaten hatte der dem Wahnsinn verfallene Mann nur noch Pläne von Schlössern und aufwendigen Gärten gezeichnet, wobei seine ungezügelte Gier nach Luxus immer wieder auf dasselbe Problem, den Geldmangel, stieß.

Freitag, 9. August 1895
Der Sommer ist herrlich, und Bugarach erstrahlt in voller Schönheit. Eine herrliche Gegend! Ich kann es nicht erwarten, mein großes Projekt abzuschließen, um endlich diese friedliche Landschaft genießen zu können.

Die Geldprobleme der letzten Monate haben ein Ende genommen, allerdings auf etwas unerwartete Art und Weise. Als ich glaubte, die Arbeiten einstellen zu müssen, bot sich mir eine überraschende Gelegenheit. Am Donnerstagabend stand plötzlich zu meinem großen Erstaunen der schwarz gekleidete Mann, dem ich in Saint-Sulpice begegnet bin, im Pfarrhaus. Es war finstere Nacht, und ich habe ihn zuerst nicht erkannt.

Bevor er mir den Grund seines Besuchs eröffnete, bestand er darauf, dass Marie das Zimmer verließ. Die Zimmerbeleuchtung reichte aus, sodass ich meinen Besucher in aller Ruhe betrachten konnte. Er ist groß und sehr schlank, hat ein kantiges Gesicht mit scharfem Profil und trägt einen Ziegenbart, der ihn wie einen gedungenen Mörder aus dem Mittelalter aussehen lässt. Trotz der Hitze trug er einen dicken schwarzen Umhang. Er ist ein komischer Kauz.

Nach ein paar Höflichkeitsfloskeln kam er rasch zur Sache und fragte mich nach dem zweiten Manuskript. Ich tat, als wüsste ich von nichts, aber das schien ihn nicht sonderlich zu beeindrucken. Mit eisiger Miene erklärte er mir, dass seine Auftraggeber das erste Dokument entschlüsselt und großes Interesse am zweiten hätten.

In dem Augenblick beschlich mich das Gefühl, mir selbst ein Bein gestellt zu haben und dass mir meine Entdeckungen wegen meiner Leichtsinnigkeit erstmals schaden könnten. Doch rasch erkannte ich die Chance, die zweite Papyrusrolle zu einem guten Preis verkaufen zu können. Vielleicht war dieses Treffen ja ein Wink des Schicksals. Wenn seine Auftraggeber diejenigen sind, die ich vermute, haben die alten Manuskripte für sie einen unschätzbaren Wert.

Mein mysteriöser Mittelsmann hat die gigantische Summe, die ich gefordert habe, ohne mit der Wimper zu zucken akzeptiert. Wie beim ersten Mal hat er auch diesmal auf Ratenzahlung und absolutem Stillschweigen über die ganze Angelegenheit bestanden.

Ich habe das Gefühl, die Tür zum großen Glück aufgestoßen zu haben. Nachdem der Mann in Schwarz gegangen war, habe ich alles meiner guten Marie erzählt. Nur sie darf es wissen. Aber sie ist ein misstrauisches Wesen und hat mich vor diesem so plötzlich vom Himmel gefallenen Manna gewarnt. Das wahrlich etwas finstere Äußere des Besuchers flößt ihr Angst ein. Allerdings habe ich ihr nicht mitgeteilt, welche Auftraggeber ich hinter dem Mann vermute. Das hätte ihre Befürchtungen nur verstärkt.

Durch den Verkauf des zweiten Manuskripts hat sich das Blatt gewendet. Allerdings befürchte ich, dass die beiden Papyrusrollen dank meiner Hilfe in die Hände der Leute gelangt sind, die sie am wenigsten verdienen. Aber hätte ich anders handeln können? Das ist der Preis für die Vollendung meines Lebenswerks.
B. S.

Donnerstag, 18. Februar 1897
Eigentlich hätte heute ein großer Tag sein sollen … Monseigneur Billard hat meine Kirche Sainte-Marie-Madeleine besucht und ihr seinen Segen gegeben.

Ich habe dieses Ereignis sorgfältig vorbereitet, den Altar mit einer schönen Stickerei geschmückt, unzählige

Kerzen angezündet und überall in der Kapelle weiße Blumensträuße aufgestellt. Endlich sah sie wieder wie ein Gotteshaus aus. Aber dann hat mich der Mensch, der mir bisher mit Rat und Tat zur Seite stand, bitter enttäuscht. Denn der Monseigneur Bischof wollte nach kurzer Zeit wieder gehen und hat uns die ganze Feier verdorben. Als würde der Teufel hier wohnen, verließ er fluchtartig die Kirche.

Sein verändertes Verhalten hat sicher mit den vielen Zeichen zu tun, die ich in der Kirche verteilt habe. Ich weiß nicht, ob er meine Botschaft verstanden hat, aber die Hinweise müssen ihn beunruhigt haben, was auch seine Reserviertheit erklären würde. Vor dem Weihwassergefäß, das ich im Eingang unseres Gotteshauses aufstellen ließ und das eine Dämonenfratze darstellt, ist er regelrecht zurückgeschreckt. Ich glaube, ich habe einen wertvollen Verbündeten verloren. Mir ist natürlich bewusst, dass es bei meinem Lebenswandel schwierig sein wird, weiterhin gute Beziehungen zum Klerus zu pflegen.

Ich habe jetzt genug Geld, um mein Bauvorhaben zu Ende zu bringen, und nichts wird mich daran hindern. Der Mann in Schwarz war noch einige Male da, um mir die vereinbarten Raten zu überbringen. Mit dem Geld schreiten die Arbeiten rasch voran und damit auch der Neid. Aber das ist nicht wichtig, mit derlei erbärmlichen Dingen gebe ich mich nicht ab. Nur Marie ist mir immer noch treu ergeben, bei ihr finde ich die nötige innere Ruhe.

Bei seinem letzten Besuch, der mit der letzten Rate zusammenfiel, hat mich der Handlanger hartnäckig be-

fragt. Er schien an meiner Verschwiegenheit zu zweifeln. Dieser Mann beunruhigt mich. Er kommt immer ohne Vorankündigung. Ich fühle mich bedroht. Vor dem Verkauf des zweiten, auf Lateinisch verfassten Textes habe ich eine Kopie davon angefertigt und sie gut versteckt. Vielleicht brauche ich sie eines Tages … man kann nie wissen!
B. S.

Die graziöse und gewandte Handschrift folgte den gleichmäßigen Linien des Tagebuchs. Mit der enormen Summe aus dem Verkauf der Manuskripte hatte sich der Pfarrer eine prunkvolle Villa bauen lassen, die er hochtrabend „Villa Bethania“ nannte. Sie grenzte an das ehemalige Pfarrhaus und war mit allem Pomp ausgestattet, mit dem sich ein wohlhabender Mann in jener Zeit schmücken konnte.

John wusste, dass Bethanien jenes Dorf in Judäa war, in dem Jesus Lazarus von den Toten erweckt hat. Das sollte sicherlich eine humoristische Anspielung oder ein weiterer Hinweis des Priesters sein, auch wenn es im Tagebuch nicht ausdrücklich erwähnt wurde. Zu diesem eleganten Gebäude war ein zweites imposantes Bauwerk hinzugekommen. Die Seiten des Tagebuchs berichteten über jede Bauphase des gewaltigen Bauwerks. Um einen im mittelalterlichen Stil gehaltenen zweistöckigen Turm, der das ganze Aude-Tal überblickte, führte ein Rundgang durch einen Orangenhain, in dem Edelhölzer kultiviert wurden.

Dadurch, dass er Tag für Tag die Entstehung dieser Bauwerke mitverfolgte, konnte John die größenwahnsinnigen Ideen ihres Erbauers schon bald im Voraus erahnen.

Der Pfarrer hatte dem großen Turm den außergewöhnlichen Namen Magdalenen-Turm gegeben. Fox erinnerte sich an Scalingeris Worte. Es war der Name einer der Frauen, die am Morgen des dritten Tages Christi Grab leer vorgefunden hatte. Die Schnitzeljagd ging weiter.

In den folgenden Jahren hatten dieser B. S. und seine Magd, in völligem Gegensatz zum ländlichen Rennes und der kargen Gegend, in Prunk und Pomp gelebt. Mit ihren häufigen Empfängen hatten sie sich den Lebensstil der Mächtigen dieser Welt zu eigen gemacht. Um sich die Anwesenheit und Sympathie eines ganzen Hofstaats von Adligen zu erkaufen, gaben sie Unsummen aus. Berühmte Persönlichkeiten fanden sich in diesem Haus ein, das eigentlich nicht salonfähig war, und verhalfen dem großen Dorf zu unerwartetem Ansehen. Dieser arme und unbekannte Pfarrer hatte es mit viel Glück und auch, indem er dem Schicksal ein wenig nachhalf, geschafft, seinen eigenen Weg zu gehen.

Offenbar hatte das Paar viele glückliche Jahre erlebt. Doch abends, wenn die Empfänge und rauschenden Feste in der Villa Bethania vorbei waren, zogen sie sich stets in die Einsamkeit des alten Pfarrhauses zurück. Der Pfarrer und Marie führten ein Doppelleben: ein öffentliches im Glanz der großen schönen Villa, und ein heimliches in dem einfachen Pfarrhaus, in dem sie nachts gemeinsam zu Bett gingen.

John ahnte, dass ein Damoklesschwert über dem Paar schwebte. Die Last des schrecklichen Geheimnisses hatte ihr Leben vergiftet und sie zu Misstrauen und Einsamkeit verdammt, der Preis, den sie für den unlauter erworbenen Reichtum und Wohlstand zahlen mussten.

Eines Tages war es soweit. Nachdem er lange keine Sorgen mehr gehabt hatte, plagte den Pfarrer wieder einmal der Geldmangel. Wieder berichtete das getreue Tagebuch von den Ängsten dieses Mannes, dessen Leben durch die fantastischen Entdeckungen völlig aus den Fugen geraten war.

Dienstag, 5. Januar 1915
Seit drei Jahren lässt mir das Bistum keine Ruhe mehr, genauer gesagt, seit dem Amtsantritt von Monseigneur de Beauséjour, der am bischöflichen Sitz von Carcassonne Monseigneur Billard abgelöst hat. Auch wenn dieser mich seit einiger Zeit nicht mehr bedingungslos unterstützt hat, ließ er mich wenigstens in Ruhe.

Die anfänglich kleinen Schikanen haben in letzter Zeit eine ernste Wende genommen. Man hat mich mehrmals über die Herkunft meines Vermögens befragt, aber meine Erklärungen für unzureichend erachtet. Jetzt beschuldigt man mich der Simonie, des Handels mit kirchlichen Pfründen und schwarzen Messen. Welch ein Hohn! Mich, der an diesem Ort geblieben ist, um das Wort Gottes zu verbreiten, anstatt meinen Schatz andernorts zu genießen, weit weg von allen Sorgen …

Das Glück hat mich mit offenen Armen empfangen, ich habe es gar nicht nötig, die Kirche zu berauben! Leider kann ich dieses Argument nicht zu meiner Verteidigung vorbringen, obwohl es die Wahrheit ist. Mir bleibt nur, die Anschuldigungen von mir zu weisen und zu versuchen, mich den Vorladungen des Bischofs zu entziehen. Trotz meiner Suspension vor drei Jahren hört er nicht auf, mich mit seinen Verdächtigungen zu belästigen.

Als wäre der Ärger mit dem Bistum nicht genug, plagen mich auch noch finanzielle Nöte. Mein Geld ist aufgebraucht, aber ich kann mich nicht dazu durchringen, alles aufzugeben. Nach dem Magdalenen-Turm möchte ich jetzt einen noch mächtigeren und höheren Bergfried errichten. Er soll unterhalb der Anhöhe stehen und der grandiose Abschluss meines Werks sein.

Ich habe beschlossen, den Mann in Schwarz noch einmal hierher zu bitten, denn nach langen Überlegungen und Abwägung aller Möglichkeiten bin ich zu dem Schluss gekommen, dass es sich bei dem Auftraggeber dieser tristen Person nur um den Vatikan handeln kann! Nur er kann mit vollen Händen Geld ausgeben, nur er hat Gelehrte, die in der Lage sind, das alte Alphabet zu entschlüsseln, und nur er hat Interesse an absolutem Stillschweigen, um jeden Skandal zu vermeiden.

Zu verkaufen habe ich nichts mehr. Aber es gibt etwas anderes, das ich zu Geld machen kann: mein Schweigen.

B. S.

Freitag, 15. Januar 1915

Gestern war der Mann in Schwarz wieder da. Als er begriff, dass ich ihm mein Schweigen verkaufen wollte, warf er mir einen finsteren Blick zu, der mir das Blut in den Adern stocken ließ. Aber er hat sich darauf beschränkt, mir ohne sichtliche Gefühlsregung zuzuhören. Dieser Mann ist eiskalt und hart wie Marmor.

Als Gegenleistung für die Geldsumme, die ich für meine Bauvorhaben benötige, wollte er mehr über meinen Bekanntenkreis erfahren. Außer Marie sind die meisten meiner Bekannten Geistliche. Ich konnte mir nicht vorstellen, warum er sie kennenlernen wollte. Auf mein Zögern hin hat er mir erklärt, dass unser Handel nur unter dieser Bedingung zustande kommen könne.

Ich habe ihm zwei Namen genannt. Der eine ist Pfarrer Boudet, ein guter Freund, der andere Pfarrer Rascagnères. Letzterer gehört zu den Leuten, die versuchen, ein Komplott gegen mich zu schmieden. Von Monseigneur de Beauséjour beauftragt, versucht er schon lange, „Pfarrer Bérenger Saunières Geheimnis zu lüften", wobei er hartnäckig versucht, Beweise eines wie auch immer gearteten Handels mit schwarzen Messen gegen mich zu finden.

Der Mann aus Rom hat nicht weiter nachgefragt, als kenne er diese Namen schon.

Wir haben unseren Handel dann mit einigen Gläschen eines etwas seltsamen Likörs besiegelt, den er aus Italien mitgebracht hat. Hinter der merkwürdigen smaragdgrünen Farbe verbarg sich eine wahre Köstlichkeit. Doch ich habe etwas zu viel von dem süßen Likör getrunken und litt die ganze Nacht unter bleierner Müdigkeit und heftigem Kopfschmerz.
B. S.

Dienstag, 2. Februar 1915
In der Nacht darauf hat Pfarrer Rascagnères, der bekanntermaßen mit großem Eifer für das Bistum tätig war, diese Welt auf traurige Weise verlassen. Man hat ihn tot in seinem Bett aufgefunden. Schon grassiert das Gerücht, er sei keines natürlichen Todes gestorben. Ich muss zugeben, sein Tod geht mir nicht besonders nahe.

Er war ein durchtriebener Manipulator, der seine kriminalistische Begabung gut einzusetzen wusste, wenn auch auf Kosten der Eigenschaften, die einen Mann der Kirche ausmachen. Ich werde ihn immer als einen Mann in Erinnerung behalten, der verbissen danach trachtete, mir zu schaden. Aber ich bin nicht nachtragend. Gott erbarme sich seiner Seele.

Doch ich frage mich wie alle Menschen dieser Gegend, was wohl die Ursache für sein plötzliches Ableben war. Er war weder alt noch schien er an einer schweren Krankheit gelitten zu haben.
B. S.

Mittwoch, 31. März 1915
Letzte Nacht habe ich einen meiner wenigen guten Freunde verloren … Pfarrer Boudet ist tot. Bei meinem letzten Besuch musste ich feststellen, dass ihm ein merkwürdiger Erschöpfungszustand zu schaffen machte. Er sprach von einem wochenlangen Schwächezustand, dessen Ursache er nicht kenne.

Er war ein sehr freundlicher Mann mit viel Elan. Sein Tod bereitet mir großen Schmerz. Wir haben häufig über Religion und Glauben diskutiert. Er war in seiner Überzeugung so gefestigt, dass ich davon absah, ihm mein Geheimnis zu enthüllen. Ich wollte ihm sein Ideal nicht zerstören, denn ich konnte diesem gütigen Menschen keinen Kummer bereiten. Er gehörte zu den Menschen, deren Seele so rein ist, dass sie die Wahrheit nicht sehen.

Obwohl mich sein Tod tief getroffen hat, zweifle ich doch an seiner Unvermeidbarkeit. Ich kann mich des

Gedankens nicht erwehren, dass die beiden undurchsichtigen Todesfälle keine Zufälle sind. Immerhin handelt es sich um Menschen aus meiner direkten Umgebung, als versuche jemand, um mich eine spürbare Leere zu schaffen.

Vor einigen Jahren, genauer gesagt 1897, wurde in der Gemeinde Coustaussa am Abend vor Allerheiligen Pfarrer Gélis in seinem Pfarrhaus ermordet. Wir standen uns sehr nahe. Auf einem unserer langen Spaziergänge berichtete er mir von seinen Schwierigkeiten. Vergessen von seinem Bistum und ohne einen Sou kämpfte er mit der ganzen Innigkeit seines Glaubens, um dem Wort Gottes treu zu bleiben. Ich bot ihm bereitwillig meine Hilfe an. Doch dann wurde er hinterrücks ermordet. Unwillkürlich muss ich an den Mann in Schwarz denken. Habe ich das Risiko richtig eingeschätzt, als ich seine Auftraggeber noch einmal bemühte? Leider muss ich ihn noch einige Male treffen, um die restlichen Raten unseres Geschäfts in Empfang zu nehmen.
B. S.

Samstag, 6. Januar 1917
Vorgestern habe ich den Auftrag für den großen Turm unterzeichnet. Obwohl meine Suspension immer noch nicht aufgehoben wurde, bleiben mir die Gemeindemitglieder von Rennes treu. Trotz des Krieges und der tragischen Ereignisse empfange ich sie an jedem Sonntag in der Kapelle der Villa Bethania. Mein Nachfolger, der arme Pfarrer Marty, muss seinen Gottesdienst in der alten Sainte-Marie-Madeleine-Kirche vor leeren Stühlen halten. Das geschieht dem Bistum recht!

Das Geld, das ich für mein Lebenswerk so dringend benötige, fließt leider nur unregelmäßig. Der Gesandte des Vatikans hatte kriegsbedingte Schwierigkeiten, mir mein Geld zu bringen. Ich habe beschlossen, diesen Handel, der mich an ihn und seine Auftraggeber bindet, ein für alle Mal zu beenden und ein letztes Mal eine große Summe zu verlangen. Als ich ihm das mitteilte, sah ich den Mann aus Marmor zum ersten Mal lächeln. Den letzten Handel haben wir wieder mit seinem grünen toskanischen Likör besiegelt.

Ich mache mir Sorgen um meine Gesundheit. Seit einiger Zeit verlassen mich die Kräfte. Zuerst war es nur eine leichte Müdigkeit, aber jetzt wird die Erschöpfung jeden Tag lähmender. Ich kann mir diese Mattigkeit nicht erklären, und es fällt mir sehr schwer, dagegen anzukämpfen. Ich lebe und ernähre mich gesund und leide keinerlei Mangel. Die Luft hier in Bugarach ist außergewöhnlich rein und frisch. Dennoch fühle ich mich matt und verbraucht.

Der Winter ist hart, aber nicht härter als die anderen, die ich erlebt habe. Voller Ungeduld warte ich auf den Frühling und die schönen Tage. Die Wärme wird mir sicherlich helfen, gegen die Kälte, die mich erstarren lässt, anzukämpfen.
B. S.

Donnerstag, 18. Januar 1917
Seit gestern hüte ich das Bett. Nur mit Mühe kann ich die Feder halten, denn meine Finger sind taub. Nur mein Verstand ist klar und frei.

Ich kann mich kaum rühren, die kleinste Bewe-

gung kostet mich große Anstrengung und ermüdet mich sehr. Ich erinnere mich noch genau, wann ich den ersten Schwächeanfall hatte. Ich ging mit Marie am Magdalenen-Turm spazieren, als mir Eiseskälte in die Glieder fuhr. Ich musste mich setzen, um nicht umzufallen. Ab diesem Moment konnte ich mich nicht mehr bewegen. Wie ein toter Ast wurde ich in mein Bett gelegt.

Seither schwinden die wenigen Kräfte, die mir geblieben sind, aus meinem steifen Körper. Jetzt weiß ich es! Ja, ich weiß, was es mit all den Toten in meiner Umgebung und mit meinem körperlichen Verfall auf sich hat. Diesen Preis zahlt jeder, der das Gesetz des Schweigens bricht und mit der verbotenen Wahrheit spielt ... Jetzt bin ich mir sicher, dass ich nie wieder gesund werde. Ich, einst stark wie ein Fels, kann mir nicht mehr selbst den Mund abwischen. Nur der Mann in Schwarz ist schuld an meinem Unglück. Dieser gedungene Mörder hat die Menschen in meiner Umgebung umgebracht, um mich zu isolieren!

Wie konnte ich nur so naiv sein zu glauben, dass man ein derartiges Geheimnis ohne Risiko verkaufen könne. Marie hat recht behalten.

Sie sitzt den ganzen Tag an meinem Bett und tupft mir das Gesicht ab, das immer mehr erstarrt. In ihren geröteten Augen kann ich die Liebe lesen, die sie für mich empfindet. Trotz ihres Kummers bewahrt sie Würde und spricht ständig von Hoffnung, ungeachtet der beunruhigenden Worte des Arztes. O Gott, es geht mir schlecht!

B. S.

Samstag, 20. Januar 1917
Mein Zustand hat sich weiter verschlechtert, und es gelingt mir nur mit äußerster Anstrengung, diese Zeilen zu schreiben. Meine Hände werden immer ungeschickter, und Marie muss die Feder oft vom Boden aufheben. Ich sehe alles wie durch einen Schleier, als entfernten sich die Dinge und Menschen von mir.

Heute Nachmittag hat Pfarrer Rivière seine Pfarrei verlassen, um mir beizustehen. Ich habe sofort begriffen, dass mit meinem baldigen Ableben gerechnet wird. Man hat den guten Pfarrer von Esperaza gerufen, um mir die Sterbesakramente zu erteilen, solange mein Geist noch lebt und in diesem versteinerten Körper kämpft. Der Gedanke, mein Leben könnte aufhören, während meine geistigen Fähigkeiten und meine Erinnerungskraft noch funktionieren, war mir unerträglich. Ich wollte diesen winzigen Funken, der immer noch in mir glüht, dazu nutzen, diesem einfachen und rechtschaffenen Mann meine Sünden und mein schreckliches Geheimnis anzuvertrauen.

Wir waren allein. Er hörte mir schweigend zu, ohne mich zu unterbrechen. Nur meine fast unhörbare Stimme störte die völlige Stille im Zimmer. Er kam ganz nah. Sein Ohr berührte fast meinen Mund, um alles, was ich sagte, hören zu können. Schon als ich ihm von meinem Abenteuer in Rennes erzählte, wich er leicht zurück. Aber als ich ihm das Geheimnis des leeren Grabes enthüllte, bekreuzigte er sich hastig und entfernte sich entsetzt von meinem Bett. Dann setzte er sich in eine Ecke des Zimmers, schlug die Hände vors Gesicht und sank in sich zusammen.

Ich versuchte mit ihm zu sprechen. Aber er hörte mich nicht. Die Worte, die nur schwer über meine Lippen kamen, drangen nicht durch seine Verwirrung. Schließlich erhob er sich und kam schwankend näher. Dann sagte er mit zitternder Stimme: „Sie tun mir unendlich leid, Bérenger. Ihr ausschweifendes Leben und die Enthüllungen, die Sie mir soeben gemacht haben, zeigen Ihre Verachtung für den Glauben. Sie haben sich an den schrecklichen Dokumenten, die der Zufall Ihnen in die Hände gespielt hat, bereichert. Sie haben sich wie Judas, wie ein Abtrünniger verhalten. Ich kann Ihnen nicht helfen, Gottes Vergebung zu erlangen. Es tut mir leid, aber das übersteigt meine Kräfte."

Er drückte meine eisige Hand und ging wie betäubt hinaus, wobei er sich mehrmals bekreuzigte.

Jetzt bin ich allein mit meinem Schicksal ...

Die Weigerung Pfarrer Rivières, mir die letzte Ölung zu verabreichen, und sein Weggang haben mich in große seelische Not gestürzt. Vor mir klafft ein unerbittliches Nichts. Wenn ich die Schwelle übertrete, wird mir niemand helfen, Frieden zu finden, nicht einmal meine liebe Marie. Auch sie kann mir die Angst vor dem Nichts und vor dem Unbekannten nicht nehmen.

Um ihr Leben zu retten, habe ich Marie heute Nachmittag das Versprechen abgenommen, Stillschweigen über das Geheimnis von Rennes zu bewahren. Ich habe ihr eindringlich ans Herz gelegt, dieses Tagebuch, in das ich heute vielleicht zum letzten Mal schreibe, gut zu verstecken.

Merkwürdig, jetzt ist mir nicht mehr kalt. Der kalte Schmerz, der mich seit Tagen quälte, ist weg. Ich fühle nichts mehr.
Lieber Gott, ich flehe dich an, hilf mir!
François Bérenger Saunière

17. KAPITEL

Der verzweifelte Hilferuf auf dem letzten Blatt des blauen Büchleins schloss jeden Zweifel aus. Pfarrer Saunière hatte seine Lebensbeichte nicht fortsetzen können und im Winter 1917 ein schreckliches Ende genommen. Seite für Seite hatte der goldene Schein der Lampe diese Jahre wieder aufleben lassen. John konnte die Gefühle dieses außergewöhnlichen Mannes, der sich an der Grenze zwischen gesundem Menschenverstand und Ketzerei bewegt hatte, gut nachvollziehen. Das Schicksal von Pfarrer Bérenger Saunière ging ihm sehr nahe. Der Gedanke an sein tragisches Ende stürzte ihn in tiefe Traurigkeit, vor allem, weil ihn vermutlich schon bald dasselbe Schicksal ereilen würde. Diese verfluchten Manuskripte forderten immer neue Opfer auf ihrem blutigen Weg und stürzten jeden, der den jahrhundertealten tödlichen Schleier dieser Wahrheit lüftete, ins Verderben.

In der großen Gruft waren die Stunden wie im Flug vergangen. Zwei, drei oder gar zehn? Es war völlig unbedeutend. Seit er das Buch in den Händen hielt, hatten die schweren kurzen Ketten an Johns Handgelenken gezerrt. Selbst das Umblättern schmerzte. Als er den Arm nach der Lampe ausstreckte, um sie näher heranzuholen, machten sich die Ketten wieder bemerkbar und holten ihn in die raue Wirklichkeit zurück. Für einen kurzen Moment glitt der Schein über den Boden und die Mauern und projizierte die Schatten seiner Bewegungen auf die makabren Skelette. Obwohl sich die Kulisse nicht verändert hatte, wurde sie ihm immer vertrauter. Die Zeit, die ihm sonst durch die Finger zu rinnen schien, war stehen geblieben. Ohne Anhaltspunkte hatte er jegliches Zeitgefühl verloren und wusste nicht, ob es Tag oder Nacht war.

Den Kopf auf die Knie gelegt, überlegte er, was man wohl mit ihm machen würde. Entweder man holte ihn hier heraus, um ihn verschwinden zu lassen, oder man ließ ihn das Leben in der Krypta aushauchen. In diesem Fall …

Das Knarren und Quietschen der schweren Tür riss ihn aus seinen düsteren Gedanken. John schob das Tagebuch mit dem Fuß von sich. Energische, von einem leisen Klirren begleitete Schritte hallten durch das Gewölbe, während sich ein greller Lichtkegel auf John richtete. Vor ihm baute sich der schwarze Schatten Klaus Hübners auf. Nur sein fahles Gesicht und die breite weiße Halskrause hoben sich von der tiefschwarzen Umgebung ab. Dicht neben ihm stand reglos die Dogge und beobachtete den Mann in Ketten aus wachsamen und unheimlichen Augen. Die kehlige Stimme des Sicherheitschefs zerriss die Stille der Gruft. Mit starkem deutschen Akzent sprach er ihn auf Englisch an.

„Nun, Mister Journalist? Erfreut, uns wiederzusehen? Teufel hat schon angefangen, Sie langweilig zu finden. Nicht wahr, Teufel?“

Er unterstrich seine Worte mit lautem Gelächter, das als metallisches Echo von den Wänden zurückprallte. Der Hund zog die Lefzen hoch und entblößte seinen riesigen Fang mit den elfenbeinfarbenen Zähnen, aus dem dünner Speichel lief. John hatte nur noch einen Gedanken: Sollte er jemals wieder freikommen, würde er diesem dreckigen Köter mit dem erstbesten Gegenstand den Kopf einschlagen und ihn zur Hölle schicken.

Der Sicherheitschef richtete sich auf und musterte den Amerikaner mit Genugtuung. Dann hob er langsam den Arm mit der großen Taschenlampe, richtete sie auf Johns Gesicht und machte sie mehrfach an und aus. Dieses kleine Spiel schien ihn zu amüsieren. Fox beschloss dieses Theater zu beenden. „Anstatt herumzuspielen, könnten Sie mir eigentlich sagen, was Sie mit mir vorhaben."

Hübner fuhr ungerührt mit seinem Spielchen fort, vermutlich um zu zeigen, dass ein Unterlegener ihm keine Befehle zu erteilen hatte. Schließlich ließ er den Schein der Lampe auf Johns Gesicht ruhen.

„Wo ist das Notizbuch, das Ihnen Seine Eminenz überlassen hat?"

„Dort. Vor mir."

Der Sicherheitschef leuchtete den Boden ab, fand es schließlich und bückte sich, um es aufzuheben. In dieser Haltung tauchte allein sein Kopf, an dem sein Leben hing, wie ein Schandfleck aus der Hölle im Lichtkegel auf. Klaus Hübner nahm das Notizbuch an sich und richtete sich wieder auf.

„Machen Sie sich etwa Sorgen um Ihre Zukunft, Mister Journalist? Sie hätten sich lieber damit beschäftigen sollen, anstatt Detektiv zu spielen. Aber Sie haben Glück, denn Seine Eminenz Kardinal Scalingeri ist der Meinung, dass Sie keine Gefahr darstellen. Er hat beschlossen, Sie wieder an die Sonne zu setzen."

John traute seinen Ohren nicht! Frei? Diese Möglichkeit hatte er nie in Betracht gezogen. War es ein Traum oder Wirklichkeit? Und wenn doch, zu welchen Bedingungen?

„Glauben Sie wirklich, dass ich keine Gefahr für Sie darstelle, nach allem, was ich gesehen habe? Ich könnte reden! Schreiben! Warum auf einmal diese Nachsicht? Was steckt dahinter?"

Wieder erklang Gelächter.

„Sie, eine Gefahr? Für wen halten Sie sich? Wer würde Ihnen schon glauben? Was Sie hier entdeckt haben, ist völlig unantastbar. Es wäre Ihnen nie gelungen, bis in diese Krypta vorzudringen, wenn Seine Eminenz es nicht geduldet hätte. Um an diesen Ort zu gelangen, sind unzählige Genehmigungen nötig, die aber nie erteilt werden. Sehen Sie, deshalb haben wir uns auch nicht die Mühe gemacht, die sterblichen Überreste fortzuschaffen. Ich denke, dass es ein viel größeres Geheimnis gibt als das dieses Nonnengrabs. Was mich betrifft, ich begnüge mich damit, meinen Job zu machen und schnüffle nicht herum. Im Gegensatz zu Ihnen bin ich nicht sehr neugierig. Schuster, bleib bei deinem Leisten. Ich gehorche, mehr nicht."

Die verständnislosen Blicke aus sanften braunen und aus stahlblauen Augen kreuzten sich. Die beiden Männer trennten Welten. Ihre Charaktere hätten nicht gegensätzlicher sein können. Der eine ein Freidenker, der Unabhängigkeit und Individualismus schätzte, der andere ein treuer Diener, der weder Gefühle noch ein Gewissen kannte. Es war, als stünden sich Mensch und Maschine gegenüber.

John musste an Nancy denken, die sich sicher Sorgen machte und nach ihm suchte. Mein Gott, wie verzweifelt sie sein musste! Es zog ihm das Herz zusammen.

„Welchen Tag haben wir heute? Wie spät ist es?"

„Warum? Haben Sie es eilig? Wir haben Donnerstag, noch vor Sonnenaufgang. Seien Sie nicht so ungeduldig. Der Tag wird wie immer sonnig und heiß. Halten Sie still, ich werde Sie jetzt von Ihren Ketten befreien."

Pietätlos stieß Hübner mit dem Fuß ein Skelett beiseite, das ihm im Weg war, und befahl schroff: „Drehen Sie sich um!"

Kaum hatte John gehorcht, spürte er, wie der Deutsche seinen knochigen Arm um seinen Hals drückte und seinen rechten Arm festhielt. Mit aller Kraft versuchte er sich aus der

Umklammerung zu befreien. Vergeblich, die Ketten waren zu kurz. Blitzschnell hatte ihn sein Angreifer fest im Griff. Keuchend vor Anstrengung fauchte er: „Mistkerl! Lassen Sie mich los!"

Wieder ertönte Hübners metallisches Gelächter.

„Aber das tue ich doch gerade, Mister Journalist. Ich befreie Sie!"

Zur Bewegungsunfähigkeit verdammt, sah John aus dem Augenwinkel, dass der Sicherheitschef eine Spritze in der rechten Hand hielt. Schon drang die Nadel durch den dünnen Stoff seiner Jacke, und ein eisiges Brennen durchfuhr die Muskeln seines Arms. Unfähig, dagegen anzukämpfen, spürte er, wie die Flüssigkeit in seinen Körper drang und ihn willenlos machte. Im grellen Licht der Lampe floss immer mehr smaragdgrünes Gift aus der Spritze …

* * *

Donnerstag, 1. Juni, 13 Uhr 20, Pension Glyzine

Diffuser Lärm drang durch die Mauern des Zimmers und in Nancys Bewusstsein. Auf den Straßen herrschte der übliche Trubel. Allmählich weckten die Geräusche Nancy aus dem tiefen Schlaf, der sich wie ein schützender Schleier über ihr zermartertes Hirn gelegt hatte.

Seit ihrer gestrigen Begegnung mit Beppi hatte sie verzweifelt auf ein Zeichen von John gewartet. Die Angst, ihn verloren zu haben, war mit jeder Minute größer geworden, die Hoffnung, ihn je wiederzusehen, geschwunden. Quälend langsam waren die Stunden vergangen. Sie kannte niemanden, dem sie sich hätte anvertrauen können, hatte nur den ganzen Tag auf dem Bett gelegen, das Handy neben sich, und stundenlang an die Decke gestarrt.

Lange hatte sie über ihre Pläne und Träume nachgedacht, die sie in all den Jahren harter Arbeit begleitet hatten. Und was war daraus geworden? Dennoch war die Bitterkeit, die sie bei dem Gedanken an das Scheitern ihrer Reportage empfand, nichts gegen die Traurigkeit, die ihr seit gestern, genauer gesagt, seit John zu seinem üblichen Treffen in den Vatikan gefahren war, das Herz schwer machte. Instinktiv hatte sie die nicht greifbare Gefahr gespürt und versucht, den Mann zurückzuhalten, den sie liebte. Aber wieder einmal war sein Starrsinn stärker gewesen. Jetzt machte sie sich Vorwürfe, dass sie sich nicht noch mehr eingesetzt hatte, vielleicht mit anderen Argumenten oder sogar mit Tränen. Aber konnte man wirklich etwas gegen sein Schicksal tun? Auch John konnte seinem Schicksal nicht entgehen. Sie war überzeugt, dass ihn sein Vorgehen, das die elementarsten Regeln der Vorsicht außer Acht ließ, sowieso früher oder später vor unlösbare Probleme gestellt hätte.

Der Nachmittag, der Abend und die Nacht waren unendlich langsam vergangen, bis Nancy endlich vor Müdigkeit in einen tranceartigen Zustand gesunken war.

Aber zurück in der Realität, verdrängte die Angst, die wie gestern von Minute zu Minute stärker wurde, rasch die Müdigkeit und quälte Nancy mit denselben Fragen, auf die es keine Antworten gab.

Bevor er sich auf den Weg zum Vatikan gemacht hatte, schien John sich über die möglichen Konsequenzen seiner handgreiflichen Auseinandersetzung mit dem Deutschen keine Sorgen gemacht zu haben. Von Neugier getrieben, wollte er unbedingt erfahren, was sich hinter der letzten Tür verbarg. Wild entschlossen, sie aufzubrechen, war er allerdings nicht gewillt, darüber zu sprechen. Anscheinend befürchtete er, auf ein Geheimnis zu stoßen, das noch belastender war als die Krypta selbst. Doch gab es etwas Schrecklicheres und Unmenschlicheres als die unzähligen Leichen der Nonnen, die in Ketten gelegt und lebendig begraben worden waren?

Nancy war sich ganz sicher, dass John in Gefahr war. Sein plötzliches Verschwinden, kurz darauf der ebenso plötzliche und tragische Tod von Pater Spà, bestätigten ihre Hypothese, dass hinter den undurchsichtigen Mauern des Vatikans weiterhin dramatische Ereignisse stattfanden. Den Kopf auf die Hände gestützt saß sie auf dem Bett und fühlte sich, allein in der großen Stadt eines unbekannten Landes, ohne Freunde und ohne Hilfe, entsetzlich einsam. Sie wusste, dass es sinnlos war, sich noch einmal an Pozzi zu wenden. Er hatte bereits bewiesen, dass er nicht gewillt war, sich den Zorn der Mächtigen der päpstlichen Stadt zuzuziehen. Und Ellworth war zu weit entfernt, um den Ernst der Lage einschätzen zu können. Er würde ihr nur mehr oder weniger gute Ratschläge geben und ihr raten, abzuwarten. Nein, es gab niemanden, der ihr bei der Suche nach dem Mann, an den sie ständig denken musste, helfen könnte. Sie war auf sich allein gestellt.

Plötzlich schoss ihr ein Gedanke durch den Kopf. Vielleicht stimmte Johns Vermutung über die merkwürdige Krankheit des *Ingegnere* Sorsi! Vielleicht gab es ja tatsächlich diese geheime Macht, die jene beseitigte, die zu neugierig waren! Wenn das der Fall war, dann wusste sie, wo John zu finden war. Um dort hinzukommen, gab es nur einen Weg.

Im zweiten Stock des Pilgerhauses herrschte wie immer ein ständiges Kommen und Gehen. Nancy besaß einen Schlüssel zu Johns Zimmer. Ungeduldig schloss sie die Tür auf. Sofort umhüllte sie sein männlicher Duft, eine Mischung aus hellem Tabak und Rasierwasser.

Sie ging mit klopfendem Herzen zum Nachttisch, auf dem Johns persönliche Dinge lagen. Nach wenigen Augenblicken hatte sie gefunden, wonach sie suchte. Jetzt handelte es sich nur noch um einige Stunden …

* * *

Eine Fahrt nach der anderen, ein Kunde nach dem anderen. Beppi hatte viel zu tun. Das Leben war schön. Das Taxi war ausgelastet und transportierte Gott und die Welt zu den unterschiedlichsten Orten. Er hatte sich gefragt, wie viele Personen seine Dienste wohl schon in Anspruch genommen hatten, konnte es jedoch nicht genau sagen. Es waren sicher Tausende.

Alles lief bestens. Dann bekam er diesen merkwürdigen Anruf. Es war eine Frau, ohne Zweifel Ausländerin. In einem fürchterlichen Kauderwelsch aus Spanisch und Englisch hatte sie ihn gebeten, sie abzuholen. Er witterte einen üblen Scherz und wollte schon auflegen. Doch plötzlich begriff er, wem diese Stimme gehörte.

Um siebzehn Uhr fünfundvierzig hielt der Fiat Croma an der Ecke vor der Via della Croce. Nach einigen Sekunden wusste er, dass es tatsächlich die schöne Amerikanerin war, die ihn angerufen hatte. Sie war zwar nicht so leicht und sexy gekleidet wie beim letzten Mal, aber die indigoblaue Jeans und die hochgeschlossene weiße Bluse taten ihrer natürlichen Schönheit keinen Abbruch. Allerdings überraschte ihn die Niedergeschlagenheit der jungen Frau. Sie war sehr blass, und ihren großen rotgeäderten Augen war anzusehen, dass sie lange geweint hatte. Als sie an den Wagen trat, setzte sie rasch die dunkle Sonnenbrille wieder auf.

„Beppi, können Sie mich zu dieser Klinik auf dem Hügel fahren? Sie wissen schon … wir waren erst kürzlich dort."

Beppi blickte sie ratlos an. Sie sprach Englisch mit einem entsetzlichen amerikanischen Akzent, wobei jede Silbe seltsamer klang als die vorherige. Jedenfalls verstand er kein Wort. Als sie bemerkte, dass sie sich nicht verständlich machen konnte, griff sie in ihre Handtasche, holte ein Blatt Papier heraus, kritzelte ein paar Worte darauf und zeigte ihm den Zettel. Beppis Miene hellte sich auf.

„Ah … Sie wollen zur *Clinica de Santissimo Rosario?* In Ordnung, Signorina, ich habe verstanden. *Andiamo.*"

Während der ganzen Fahrt sagte Nancy kein Wort. Traurig dachte sie an den Tag, als sie diese Strecke mit John zurückgelegt hatte. Dieser besondere Tag schien schon so lange her zu sein. Seitdem hatten sich die Ereignisse überschlagen und ihr Leben völlig durcheinandergebracht, vielleicht für immer. Ihr war zum Weinen zumute, doch aus Scham unterdrückte sie die Tränen. Beppi konzentrierte sich auf den Verkehr und schwieg. Ihre Traurigkeit war ihm sicher nicht entgangen. Sie war froh, ihm nicht erklären zu müssen, warum sie so verzweifelt war. Um achtzehn Uhr dreißig waren sie am Ziel.

* * *

Die Stille des großen dunklen Büros im Apostolischen Palast wurde nur durch das regelmäßige und unaufdringliche Pendelgeräusch der alten Standuhr gestört. Der alte Kardinal arbeitete immer noch. Die langen knochigen Finger blätterten systematisch Seite für Seite der dicken Akte um, die er schon seit

Stunden studierte. Sein Arbeitstag war eigentlich schon lang beendet. Doch mit der Energie, die ihm die absolute Macht verlieh, konnte sich der alte Mann immer noch konzentrieren. Mit erschreckender Ausdauer überprüften die empfindlichen Augen jede Zeile, jedes Wort.

Jemand klopfte kurz und kräftig an die massive Tür, die den großen Raum hermetisch abschloss. Dieses einfache Geräusch raubte ihm die Ruhe und riss ihn aus seinen Gedanken. Ärgerlich rief Scalingeri ein barsches „Herein“.

Hübner, dicht gefolgt von seiner imposanten schwarzen Dogge, trat ein und durchquerte das Büro. Nachdem er sich verbeugt hatte, verkündete er mit kehliger Stimme auf Italienisch: „Auftrag ausgeführt, Eure Eminenz.“

„Sehr gut. Haben Sie daran gedacht, uns das Tagebuch zurückzubringen?“

Der Sicherheitschef zog ein Notizbuch aus der Tasche und reichte es dem Geistlichen. Der nahm es entgegen, wendete es mehrmals in den auffallend großen Händen, öffnete es und blätterte einige Seiten um. Er konnte seine Verärgerung kaum zügeln.

„Was soll das?“

„Aber … das ist das Tagebuch, das ich Eurer Eminenz holen sollte.“

Ärgerlich warf der Kardinal den kleinen Block mit dem schwarzen Plastikeinband auf den überfüllten Schreibtisch. An seinem zornigen Blick konnte der Kommandeur der Schweizer Garde ablesen, dass ihn der Yankee ausgetrickst hatte. Aber was ihn viel tiefer traf, war die Tatsache, dass er ihn, Klaus Hübner, der größten Wert auf Perfektion legte, dazu verleitet hatte, einen unverzeihlichen Fehler zu begehen.

„Wie lange ist er schon dort?“, fragte der Staatssekretär in gebieterischem Ton.

„Seit heute Morgen, genauer gesagt, seit Tagesanbruch."

Mit müden Augen blickte der Chef der Exekutive der römisch-katholischen Kirche nachdenklich auf die alte bronzene Standuhr. Es war achtzehn Uhr dreißig.

„Er hat Sie reingelegt … wir wollen das richtige Notizbuch! Noch heute Abend! Gehen Sie!"

Die Worte des alten Prälaten ließen keinen Zweifel an der Rollenverteilung. Tief in seinem Stolz getroffen, zog sich Klaus Hübner mit einer leichten Verbeugung zurück und schnippte mit den Fingern. Das massige Tier, das zu seinen Füßen gelegen hatte, erhob sich und folgte ihm auf dem Fuß. Mit wutverzerrtem Gesicht verließ der Sicherheitschef das Büro.

* * *

In einer Kurve der Via Spinelli bat Nancy Beppi, sein Fahrzeug anzuhalten und gab ihm radebrechend zu verstehen, dass er hier auf sie warten solle. Sie hatte bewusst diese späte Stunde gewählt, denn beim letzten Mal war es in der Klinik um diese Zeit relativ ruhig gewesen, und sie hoffte, dass es auch heute so sein würde. Die untergehende Sonne tauchte die von Oleanderbüschen gesäumte Straße in ein besonderes Licht. Ein betörender exotischer Duft erfüllte die Luft.

Sie folgte der Straße bis zur Einfahrt des Klinikgeländes. Das majestätische Tor stand weit offen, forderte geradezu zum Betreten des Parks auf. In den Büschen und Bäumen sangen die Vögel und ließen sich durch Nancys Erscheinen nicht stören. Auf der einsamen Allee begegnete ihr niemand. Etwas weiter vorn kreuzten zwei Greise ihren Weg, die jedoch, ins Gespräch vertieft, keinerlei Notiz von ihr nahmen.

Nancy blieb an der Freitreppe der Anstalt stehen und warf einen kurzen Blick in die Eingangshalle, in der Hoffnung, die Empfangsdame nicht mehr vorzufinden. Unglücklicherweise war sie noch da. Ihr blieb nichts anderes übrig, als sich unauffällig vom Eingang zu entfernen und in den Blumenrabatten zu verstecken. Mehrmals schlich sie sich vergeblich zum Eingang, bis die Empfangsdame endlich ihren Posten verlassen hatte.

Nancy beeilte sich, die verlassene Eingangshalle zu durchqueren. Kaum hatte sie einige Meter zurückgelegt, zerriss das schrille Läuten eines Telefons die Stille. Um nicht von demjenigen entdeckt zu werden, der das Gespräch entgegennehmen würde, beschleunigte sie ihren Schritt. Auf den langen Fluren begegnete ihr niemand. Wie beim letzten Mal herrschte eine gedämpfte luxuriöse Atmosphäre. Nur der penetrante Geruch nach Äther erinnerte an den Zweck dieses Gebäudes. Durch einige Türen drangen Gesprächsfetzen, jedoch kein lautes Wort, kein Lachen. In dieser Klinik verliefen selbst die Gespräche nach strengen Regeln, die nicht gebrochen werden durften.

Erleichtert schob Nancy den schweren Hebel zur Seite, mit dem die Tür am Ende des Korridors gesichert war. Die ganze Zeit hatte sie befürchtet, entdeckt und wieder hinauskomplimentiert zu werden. Als die Tür hinter ihr ins Schloss fiel, sagte sie sich seufzend, dass sie bereits die Hälfte des Weges geschafft habe.

Die langsam untergehende Abendsonne tauchte das imposante Kloster in diffuses Licht. Vielleicht noch eine Stunde, dann würde die Kulisse in dem magischen Moment, wenn die Nacht hereinbrach, im Dunkeln versinken.

Zu ihrer großen Überraschung fand sie wesentlich mehr

Menschen in den Wandelgängen vor als bei ihrem letzten Besuch. Rasch verschaffte sie sich einen Überblick, aber ihre Augen trafen nur auf leere Blicke. Diese Menschen hatten eines gemeinsam: Sie waren völlig geistesabwesend. Obwohl physisch anwesend, schienen sie nicht von dieser Welt zu sein und beschäftigten sich mit Aufgaben, deren Sinn nur Wahnsinnige verstanden. Aus Angst, sich durch bloße Berührung mit dieser Demenz anzustecken, drückte Nancy sich dicht an der Mauer an den Kranken vorbei.

Unter all den Verzweifelten, die sich im Zeitlupentempo bewegten, fiel ihr das Treiben eines Mannes besonders auf. Es war der Raucher, der John angebettelt hatte. Auf der ständigen Suche nach einer vermeintlichen Kippe ging er hüpfend den Gang entlang. Ohne den Blick vom Boden zu wenden, kam er an der jungen Frau vorüber. Sein Verhalten war schlüssig. Da Nancy nicht rauchte, war sie für ihn uninteressant. Mit trockener Kehle dachte sie, dass sie sich nie zuvor so überflüssig gefühlt hatte wie in Gegenwart dieser Menschen, für die sie überhaupt nicht zu existieren schien.

Der große Speisesaal war leer. Nur einige Gläser und eine Karaffe standen noch auf dem langen rechteckigen Tisch. Rasch stieß Nancy die niedrige Pforte im hinteren Teil des Saals auf und befand sich, endlich vor Blicken geschützt, in einem kleinen Kräutergarten. Mit zitternden Knien lehnte sie sich an die Mauer. Das einzige Geräusch an diesem stillen, zeitlosen Ort war das Pochen ihres Herzens, das ihr bis zum Hals schlug. Die Heilpflanzen auf den sauber abgeteilten und gejäteten Beeten verströmten eine spürbare Frische, obwohl ihnen die heitere Note richtiger Blumen fehlte.

Nancy wartete eine Weile, bis sich ihr Puls wieder normalisiert hatte, bevor sie an die Metalltür trat, die in den nächsten Hof führte. Sie stemmte sich vergeblich gegen den von der Sonne erhitzten, schweren Sicherheitsriegel. Ihr Herz begann vor Anstrengung zu rasen, und das Blut pochte in ihren Schläfen. Sie schloss die Augen, atmete tief durch und stemmte sich noch einmal mit ganzer Kraft gegen den Hebel.

Höhnisches Gelächter schlug ihr entgegen. Am liebsten hätte sie auf dem Absatz kehrtgemacht und wäre davongelaufen, doch ihr Wille war stärker. Sie riss sich zusammen und blieb, bis das Gelächter allmählich erstarb.

Der Hof bot ein unverändertes zeitloses Bild unglaublicher Freudlosigkeit. Mit seinen baufälligen Mauern und dem bescheidenen Ausmaß glich er eher einem Gefängnishof als dem Innenhof einer Klinik.

Nancy erinnerte sich nicht mehr an die Gesichter, die sie das letzte Mal gesehen hatte, aber es waren ohne jeden Zweifel dieselben. Hier waren etwa zehn Personen eingesperrt. Sie blickte sich kurz um und musste feststellen, dass John nicht darunter war.

Die Gegenwart der Besucherin löste eine Welle der Unruhe aus. Einige starrten sie unentwegt an, als würden sie ihr Gesicht in sich aufsaugen. Verwirrt durch die Andersartigkeit des fremden Wesens, suchten sie vermutlich Gemeinsamkeiten oder wollten es einfach vernichten. Andere beachteten sie überhaupt nicht und widmeten sich ihrem stummen Dialog mit unsichtbaren Gesprächspartnern.

Von ihrem Platz konnte Nancy nicht den ganzen Hof überblicken. Sie unterdrückte ihre Angst und ging einige Schritte in dieses traurige Gehege. Ihre Kehle war so trocken, dass ihr das Schlucken schwerfiel. Schweißperlen bildeten sich auf der Haut. Jetzt wusste sie, wie sich Angst anfühlte. Als sie weiterging, streifte sie der Gedanke, dass sie dem Wahnsinn dieser

Menschen, die in diesem wenige Meter großen Quadrat ziellos umherirrten, hilflos ausgeliefert war. Vor ihr ertönte erneut ein merkwürdiges Gelächter in aufgeregtem Stakkato. Nach einigen Schritten entdeckte sie, woher es kam. Es war das seltsame Lachen eines Mannes, dessen geistigen Zustand man mit der Vorstufe zur Demenz beschreiben könnte. Er spielte ein ebenso albernes wie grausames Spiel. Mit zerzaustem Haar, barfüßig und nur mit einem langen weißen Kittel bekleidet, stach er immer wieder mit kindlichem Vergnügen einen Nagel in die Hände eines Kranken, der reglos im Rollstuhl saß. Mit sichtlichem Vergnügen und einem breiten Grinsen widmete er sich dieser seltsamen Zerstreuung.

Nancys Hand fuhr zum Mund. Nur mit Mühe unterdrückte sie einen Aufschrei des Entsetzens. Sie hatte die vor ihr sitzende Gestalt, obwohl sie ihr den Rücken zudrehte, erkannt. Der Mann im weißen Kittel bemerkte die junge Frau und unterbrach sein Spiel. Er runzelte die Stirn und blickte sie feindselig an. Vermutlich versuchte er zu begreifen, welcher Eindringling seinen Zeitvertreib störte. Als Nancy näher trat, wich er misstrauisch zurück.

Jetzt stand sie vor dem Rollstuhl. Wieder unterdrückte sie hinter vorgehaltener Hand einen Aufschrei. Es war tatsächlich John! Genau wie Sorsi saß er kerzengerade und völlig reglos in seinem Rollstuhl. Sie beugte sich vor und streichelte zärtlich sein Gesicht. Es war eiskalt, und die wächserne Haut fühlte sich an wie trockenes Holz. Seine Hände waren mit blauen Flecken übersät, Male des Spiels, das sie so jäh unterbrochen hatte. Der Nagel war wohl nicht spitz genug, um in die starre Hülle einzudringen, und hatte zahlreiche Hämatome hinterlassen. Vermutlich war es dieser Umstand, der dem Demenzkranken so viel Vergnügen bereitete.

Nancy konnte ihre Tränen kaum noch zurückhalten. Verzweifelt streichelte sie das eiskalte Gesicht, das sie so sehr liebte. Sie forschte in den großen dunklen Augen nach einem Funken Leben, einem Funken Hoffnung. Um ihre Verzweiflung zu lindern, nahm sie Johns eisige Hände in die ihren.

„John, hörst du mich? Wenn du kannst, gib mir ein Zeichen! Ich will dir helfen, bitte!"

Sie war da! Sie war wirklich gekommen! Eingeschlossen in dem Sarkophag aus Eis, der einmal sein Körper war, kämpfte John schon seit Stunden darum, sich einen Funken Leben zu erhalten. Seine Kräfte waren geschwunden, aber sein Geist war hellwach. Klar und deutlich, aber voller Entsetzen erinnerte er sich an alles. Schon länger hatte er weder an die Recherchen für die Reportage noch an das schreckliche Geheimnis gedacht, das er in den Höhlen des Vatikans entdeckt hatte. Seine Gedanken hatten sich ausschließlich ums Überleben und den Kampf gegen das Leiden, das seinen gesamten Organismus einfror, gedreht. Die äußeren Angriffe auf seinen Körper spürte er nicht mehr. Aber das flüssige Eis, das man in seine Venen gespritzt hatte, verbrannte sein Blut und brachte sein Fleisch zum Gefrieren. Er hatte unsägliche Schmerzen. Jetzt begriff er, wie sehr der alte Ingenieur und Pfarrer Saunière gelitten hatten.

Überraschend hatte John wieder angefangen zu beten, inbrünstig und mit großer Überzeugung. Er hatte Gott angefleht, ihm Nane zurückzubringen, ihr die Eingebung zu schicken, noch einmal zur Klinik zu fahren, nach ihm zu suchen und ihn hier zu finden. Jetzt betrachtete er ihre feinen Züge, blickte in die wunderbaren Augen. Sie war hier, ganz nah! Gott war ihm gnädig und hatte ihn erhört.

Zwei völlig gegensätzliche Gefühle erfassten Johns erstarrten Körper – die unermessliche Freude über Nancys Gegenwart und die Verzweiflung, nicht mit ihr kommunizieren zu können – und erzeugten einen tiefen Konflikt. Es gab nur eine Möglichkeit, ihrem inständigen Bitten nach einem Zeichen nachzukommen ... Tränen!

Die junge Frau sah, wie sich eine Träne aus seinen starren Augen löste und über die wächserne Wange rann. Zärtlich wischt Nancy sie mit dem Finger weg und sagte erschüttert: „John, kannst du mich hören? Ich hole dich hier heraus! Ich weiß nicht, ob du mich verstehst, aber ich gebe dir jetzt deinen kleinen Notizblock. Vielleicht gelingt es dir, Zeichen oder gar einige Worte daraufzukritzeln."

Fieberhaft durchsuchte sie Johns Jackentaschen und zog ein dünnes, in blaues Leinen gebundenes Tagebuch heraus, sehr alt und abgegriffen.

Sie erschrak, als plötzlich hinter ihr eine gebieterische ärgerliche Stimme auf Italienisch sagte: „Was machen Sie hier? Wie sind Sie hier hereingekommen?" Instinktiv ließ Nancy das Bändchen in ihre Handtasche gleiten, bevor sie sich umdrehte. Erstaunt wiederholte Doktor Manieri etwas freundlicher seine Frage auf Englisch.

„Ach, Sie sind es! Was machen Sie hier? Wie sind Sie hier hereingekommen?"

Hastig wischte sich Nancy die Tränen aus dem Gesicht.

„John, mein Kollege von der Zeitung, war seit zwei Tagen verschwunden. Da dachte ich, dass er vielleicht hier ist. Können Sie mir erklären, wie er hierhergekommen ist?"

„Leider weiß ich nur wenig über seinen Aufenthalt bei uns. Als ich heute Morgen meinen Dienst antrat, war er schon da. Man hat mir nur gesagt, dass er anscheinend an demselben Leiden erkrankt ist, wie Ingegnere Sorsi, den Sie ja kannten."

Der Mediziner warf rasch einen prüfenden Blick über die Mauern des Hofs in Richtung Direktionsetage der Klinik. Dann nahm er Nancy am Arm und drängte sie sanft durch den Hinterhof.

„Ich möchte Sie bitten, nicht hierzubleiben. Sind Sie sich sicher, dass Sie niemand gesehen hat, als Sie hier eingedrungen sind? Oder beim Betreten der Klinik?"

„Absolut sicher. In der Empfangshalle war niemand und auf dem Weg hierher bin ich nur Kranken begegnet."

Manieri wurde nervös. Man hatte ihn für den Besuch der beiden Journalisten im Gehege verantwortlich gemacht, und die Gegenwart der jungen Dame würde ihm nur noch größeren Ärger einbringen.

„Hören Sie, Signorina. Sie dürfen nicht hierbleiben! Ihretwegen kann ich erhebliche Probleme bekommen."

„Gut, ich gehe, aber vorher werden Sie mir meine Fragen beantworten. Warum ist mein Kollege hier? Und was werden Sie mit ihm machen?"

Der elegante Doktor zupfte nervös an den Ärmeln seines makellos weißen Kittels und antwortete widerwillig: „Ich habe Ihnen doch schon gesagt, dass ich die näheren Umstände seiner Einweisung nicht kenne. Ich weiß nur, dass er mit der Ambulanz direkt aus dem Vatikan hierher gebracht wurde, und zwar sehr früh, noch vor Tagesanbruch. Ansonsten leidet er an demselben Gebrechen wie seinerzeit Sorsi und schon einige andere vor ihm. Ich bin untröstlich, aber das ist die traurige Wahrheit. Ich habe ihn sofort gründlich untersucht. Aber außer einem großen Hämatom an der Seite und einer Schwellung des rechten Arms, die von einer Injektion stammen könnte, habe ich nichts entdecken können, was seinen Zustand erklärt."

* * *

In der obersten Etage der Klinik, hinter dem Fenster seines großen Büros, nahm Doktor Mazzola sein Fernglas und schickte sich an, das Reich, das zu seinen Füßen dahinvegetierte, zu beobachten. Ein Ritual, das er mehrmals am Tag ohne besondere Erwartung durchführte. Im Augenblick bevorzugte er die Abendstunde, wenn die untergehende Sonne mit den schräg einfallenden goldenen Strahlen etwas Poesie in die schmutzige Kulisse brachte und alles Lebendige und nicht Lebendige menschlicher erscheinen ließ, als würde sie etwas von der Misere zurückfordern, die er ihr am Tage vorenthielt. Mazzola war in erster Linie Pragmatiker. Er schätzte diesen Moment, weil die schwächer werdende Sonne ihn bei seinen Beobachtungen weder blendete noch störte.

Die magischen Augen glitten über den Kräutergarten. Das kleine Gärtchen war für den Direktor nur deshalb interessant, weil es eine Sicherheitszone darstellte, zusätzlich zum Gehege. Gehege … er mochte dieses Wort, eine treffende und vereinfachte Bezeichnung des beispiellos sicheren Bereichs für seltene und atypische psychische und physische Herzleiden. Ein echtes Forschungslabor!

Rasch inspizierte er den Hof, fand aber nicht, wonach er suchte. Außer den üblichen Exemplaren spazierte dort hinten niemand herum. Schließlich erspähte er den Bereich hinter dem Rollstuhl, den er nur zum Teil einsehen konnte.

Am rechten Rad des Rollstuhls hing der unbewegliche Arm seines Patienten herab. Diesmal saß der Journalist dort, den er ja schon kannte. Giovanni Mazzola war über seine Gegenwart in der Klinik nicht gerade erfreut. Solche Leute hatten meist einen gewissen Bekanntheitsgrad und als Folge davon unzählige Bekannte und Freunde, was unweigerlich zu Komplikationen führte. Neben dem Rollstuhl bewegte sich etwas, und er erkannte Doktor Manieri in seinem untadeligen weißen Arztkittel. Der liebe, gute Doktor! Wie immer zog er sich zurück, um sich aufopfernd um seine Patienten zu kümmern! Offenbar sprach er mit jemandem, aber mit wem? Sein Gesprächspartner wurde von der Mauer verdeckt und blieb für Mazzola unsichtbar. Die gläsernen Augen starrten eine ganze Weile vergeblich auf die Szene. Unverkennbar machte Manieri jemandem Vorwürfe, aber dieser jemand zeigte sich nicht.

Der Direktor der Klinik *del Santissimo Rosario* wurde ungeduldig. Er kannte jeden Kranken und seine Krankengeschichte und wusste genau, dass keiner zu einem Wortwechsel fähig war, sei er auch noch so dürftig. Was ging dort vor?

Plötzlich sah er durch sein Fernglas noch jemanden. Ein Mann mit zerzaustem Haar, ebenfalls ganz in Weiß, tauchte auf und warf dem vor ihm stehenden Mediziner einen wütenden Blick zu. Mazzola lächelte erleichtert. Matteo, der tapfere Ritter. Sicher hatte er sich von Manieri wieder einmal eine Rüge eingehandelt. Es war der brave Matteo, der zweifellos gerade von Manieri gerügt wurde. Matteo und sein Nagel! Als man ihn das letzte Mal mit diesem Gegenstand erwischte, hatte er gerade einem seiner Mithäftlinge ein Auge ausgestochen. Drei Pfleger waren nötig, um ihn ruhigzustellen und ihm seine Waffe zu entwinden. Anscheinend war es ihm gelungen, sich erneut zu bewaffnen. Höchste Zeit, dem Gehege wieder einmal eine Visite abzustatten. Am besten gleich morgen.

Der Direktor entfernte sich vom Fenster, legte sein Fernglas weg und vermerkte in seinem Patientenbuch unter der Nummer 28, Patient John Cattuso: Zustand unverändert.

* * *

Nancy war am Ende ihrer Kräfte. Sie lehnte an der Mauer unter dem kleinen Vordach, das Gesicht in den Händen vergraben und schluchzte leise. Doktor Manieri ging zu ihr und versuchte, sie zu beruhigen.

„Signorina, ich verspreche Ihnen, alles für ihn zu tun. Wenn jemand sich mit dieser teuflischen Krankheit auskennt, dann bin ich es. Durch meine Recherchen gewinne ich jeden Tag neue Erkenntnisse, vielleicht finde ich auch bald schon ein Heilmittel. Ihr Freund ist sehr robust, und ich hege große Hoffnungen, dass es ihm bald besser geht und er entlassen werden kann. Wenn Sie mir Ihre Handynummer dalassen, halte ich Sie gerne über seinen Zustand auf dem Laufenden, wenn Sie mögen, auch täglich.“ Er zog sie ein wenig zur Seite. „Aber nun müssen Sie unbedingt von hier verschwinden. Sofort. Ich gehe vor, um Ihnen die Türen zu öffnen. Bis zum Speisesaal dürfte es für uns ungefährlich sein, da die Essenszeit schon lange vorbei ist. Danach … nun, wir werden sehen.“

Schweren Herzens beugte sich Nancy zu John hinunter. Sie fröstelte, als sie einen Kuss auf seine wächsernen Lippen hauchte. Es war ein Gefühl, als würde sie eine Marmorstatue umarmen. Dann wandte sie sich wieder dem Arzt zu.

„Ich bitte Sie, Doktor“, flehte sie leise, „schützen Sie ihn vor anderen Krankheiten. Und geben Sie ihm bitte eine Decke, er ist eiskalt.“

Gemeinsam verließen sie den Hof, und während sie Manieri dabei beobachtete, wie er an seinem großen Schlüsselbund den richtigen Schlüssel für die Sicherheitstür suchte, wurde ihr bewusst, dass sie überhaupt nicht darüber nachgedacht hatte, wie sie die Klinik wieder unbemerkt verlassen konnte. Ohne ihn säße sie jetzt in der Falle. Langsam folgte sie dem Arzt in seinem makellosen Kittel, und jeder Schritt des Weges führte sie ein Stück weiter fort von Fox. Nachdem sie so lange mit der Furcht gelebt hatte, den Mann, den sie liebte, nicht wiederzufinden, legte sich jetzt ein dumpfes Gefühl der Apathie und Resignation wie ein schwerer Mantel um ihre Schultern.

Ohne auch nur einer Menschenseele begegnet zu sein, erreichten sie die Empfangshalle der Klinik. Das übliche Personal war schon längst nach Hause gegangen. Nur die Leute vom Bereitschaftsdienst schienen hinter den Kulissen auf einen möglichen Einsatz zu warten. Durch das gläserne Bullauge der Tür beobachtete Nancy, wie der Arzt in seinem weißen Kittel den Vorraum durchquerte, um die Empfangsdame unter irgendeinem Vorwand abzulenken. Nancy gab sich große Mühe, sich schnell, aber unauffällig zu bewegen, und erreichte zitternd den Haupteingang.

* * *

Unter Missachtung jeglicher Verkehrsregeln raste der große schwarze BMW die Via Spinelli hinauf. Er fuhr so nah an Beppis Taxi vorbei, dass dieser sich durch die Rücksichtslosigkeit der leistungsfähigen Limousine provoziert fühlte.

Er senkte seine Sportzeitung für einen Moment, um herzhaft zu fluchen. „*Accidenti!* Wenn du noch einmal so dicht an mir vorbeifährst, kannst du aber was erleben …“

In seinem Rückspiegel konnte er erkennen, dass das Nummernschild der Limousine mit den Buchstaben SCV begann. Verwundert schüttelte er den Kopf. „Die im Vatikan glauben auch, sich alles erlauben zu können.“ Die Chauffeure der päpstlichen Stadt taten jeden Tag so, als genössen sie vollkommene Immunität.

* * *

Mittlerweile war die Sonne fast untergegangen, doch ihr Licht reichte noch aus, um die Schönheit des Parks erkennen zu können. Die üppigen Blumenbeete leuchteten noch ein letztes Mal in einem bunten Farbenmeer, aus den Büschen erklang der wehmütige Gesang der Amseln, und die großen Eichen warfen ihre mächtigen Schatten, bereit, die Dunkelheit der Nacht zu empfangen.

Als Nancy die Stufen der Kliniktreppe betrat, hörte sie das Brummen eines Motors, unter das sich das knirschende Geräusch der Kiesel auf der Auffahrt mischte. Ohne nachzudenken wandte sie sich vom Hauptweg ab und versteckte sich hinter den Büschen. Zwischen den Zweigen sah sie einen schwarzen BMW direkt vor dem Gebäude zum Stehen kommen.

Nancy glitt ein wenig zur Seite, um einen besseren Blick auf den Fahrer zu werfen, der nun aus dem Auto ausstieg. Er war groß, athletisch gebaut und komplett in Schwarz gekleidet bis auf die weiße Halskrause, die im fahlen Licht wie ein grotesker Priesterkragen wirkte. Ein großer schwarzer Hund mit halb geöffnetem Maul und gespitzten Ohren sprang hinter ihm aus der Tür. Der Hund blieb regungslos stehen, den Blick unverwandt auf die Büsche gerichtet, als spüre er ihre Anwesenheit.

Ein Fingerschnippen seines Herrn stoppte den Impuls des Hundes, der Spur nachzulaufen, die seine Nase aufgenommen hatte. Sich an die Beschreibungen von Pasquale und John erinnernd, schloss Nancy, dass es sich bei dem Mann um den berüchtigten Deutschen handelte, der sich eindeutig in einem besseren Zustand befand, als Fox vermutet hatte, wenngleich der Kampf bei ihm seine Spuren hinterlassen hatte.

Gefolgt von seinem Hund begab sich der Sicherheitschef eilig zum Klinikeingang. Bei jedem Schritt fing sich das schwindende Licht in den Stahlkappen seiner Schuhe. Mit enger Kehle dachte Nancy, dass er bestimmt hier war, um John einen Besuch abzustatten.

Sie ließ die Klinik hinter sich und begab sich an den Platz, an dem sie Beppi gebeten hatte, zu warten. Auf dem Weg dorthin wurde ihr das Herz noch schwerer, als sie sich den erstarrten John in seinem Rollstuhl vorstellte, gelähmt von einem fürchterlichen Eisfieber in diesem schrecklichen Innenhof, in dem sie ihn hatte zurücklassen müssen, und dass sie, völlig ratlos, keine Möglichkeit hatte, ihm zu helfen. Die Ereignisse hatten sich überstürzt, hatten eine unerwartete und tragische Wendung genommen. Die Reportage, in die sie so große Hoffnungen gesetzt hatte, war zu einem Albtraum geworden, und beklommen fragte sie sich, wie sie einen Ausweg aus dieser hoffnungslosen Lage finden sollte.

Beppi hatte inzwischen seinen Humor wiedergefunden und legte lächelnd seine Sportzeitschrift zur Seite, als er Nancy kommen sah.

„Ah, Signorina, haben Sie Ihren Freund gefunden?"

Er hatte geahnt, dass die schöne Amerikanerin in die Klinik wollte, um ihren vermissten Kollegen zu suchen. Sein plötzliches Verschwinden musste sie sicher beunruhigt haben, aber ihrer Miene nach zu urteilen, war sie fündig geworden.

Ohne seine Frage wirklich zu verstehen, vermutete Nancy, dass Beppi wissen wollte, ob es Neuigkeiten von John gab. Da sie keine Lust hatte, sich auf eine langwierige Diskussion mit ihm einzulassen, begnügte sie sich mit einer kurzen Antwort.

„Nein!"

18. KAPITEL

Donnerstag, 1. Juni, 20 Uhr 15, Pension Glyzine

In der Eingangshalle der Pension drängten sich Menschen verschiedenster Nationalitäten. Die beiden Angestellten bemühten sich, ruhig zu bleiben und die zahlreichen Fragen der Gäste zu beantworten. Die müden Ankömmlinge wollten ihre Zimmer rasch zugewiesen bekommen und glaubten wohl, dass es schneller ginge, wenn sie ihre Wünsche möglichst laut äußerten. Es herrschte ein babylonisches Sprachgewirr, wobei Engländer, Deutsche, Spanier und Franzosen sich gegenseitig zu übertönen suchten. Nancy, die sich unter die Neuankömmlinge mischte, hatte den Eindruck, dass sich ganz Europa hier traf.

Um nicht an den unsympathischen Empfangschef zu geraten, stellte sie sich auf die andere Seite der Rezeption. Aber der unsympathische Mann hatte sie schon erspäht und reichte ihr den Zimmerschlüssel, bevor sie danach fragen konnte. Er musterte sie von oben bis unten, wobei ihm ihre tiefen Augenringe sicher nicht entgingen, und drehte ihr dann den Rücken zu.

Minuten später ließ Nancy sich erschöpft auf ihr Bett fallen. Von Müdigkeit und Stress überwältigt, schloss sie die Augen und hoffte, endlich etwas Ruhe zu finden. Aber die schrecklichen Bilder gingen ihr nicht aus dem Kopf. Zuerst die verwirrt lachenden Demenzkranken auf dem Hof der Klinik, dann der Rollstuhl, Johns erstarrtes Gesicht und der entzückt lauernde Blick des Mannes mit dem Nagel. All diese Bilder drehten sich in ihrem Kopf wie ein Karussell, das außer Kontrolle geraten war. Plötzlich drehte sich das ganze Zimmer. Ihr wurde übel. Sie setzte sich auf den Bettrand und vergrub den Kopf in den Händen.

Schweißgebadet und mit pochendem Herzen versuchte sie ihre Gedanken zu ordnen, indem sie ein imaginäres Gespräch mit John führte: „Mein Gott, John, warum? Warum musstest du unbedingt nach dem Unmöglichen suchen? Wir haben doch sehr gut zusammengearbeitet und uns gefunden. Mit dir hatte mein Leben wieder einen Sinn und deines auch. Auf einen Mann wie dich habe ich schon immer gewartet. Dein blinder Eigensinn hat uns auseinandergebracht. Warum? Was trieb dich dazu, John? Lohnte es sich, dafür unsere Zukunft und unsere Liebe zu opfern? War deine Entdeckung so schrecklich? Hat man dich deshalb auf so unmenschliche Weise bestraft?"

Plötzlich fiel ihr das Notizbuch ein, das sie in Johns Jackentasche gefunden hatte.

Der dunkelblaue Einband fühlte sich etwas rau an. Das dünne Gewebe war abgenutzt und an manchen Stellen eingerissen. Es musste sehr alt sein. Als Nancy das Tagebuch öffnete, stieg ihr der typische Geruch von altem Papier in die Nase, der nur im Laufe vieler Jahre entstehen konnte. Die Seiten waren mit enger, aber eleganter Schrift beschrieben. Der französische Text bereitete ihr keine Schwierigkeiten, doch die alte fantasievolle Schrift war schwer zu lesen.

Schon die ersten Seiten zogen sie in ihren Bann. Der Stil der vertraulichen Aufzeichnungen war zwar ein wenig altmodisch, doch die geheimnisvolle fesselnde Stimmung war eines Romans aus dem letzten Jahrhundert würdig. Jedes Wort, jede Zeile offenbarte die ungewöhnliche Persönlichkeit des Autors, der Tag für Tag seine Gedanken aufgeschrieben und mit den Buchstaben B. S. unterzeichnet hatte. In dem Bewusstsein, in die Geschichte und Intimsphäre eines einzigartigen Schicksals einzudringen, blätterte sie fast andächtig und mit Respekt für die Memoiren des Unbekannten jede Seite seines Tagebuchs um.

Das Zimmer tauchte in eine zeitlose Stille, und die Stunden vergingen wie im Flug. Obwohl der Anfang der Erzählung ebenso interessant wie spannend war, änderte sich mit den Ereignissen auch Nancys Wahrnehmung. Plötzlich wurde ihr klar, dass sich hinter dem scheinbar wertlosen Tagebuch ein fantastisches Geheimnis verbarg.

Mit klopfendem Herzen las sie weiter. Doch jetzt ließ sie sich etwas mehr Zeit, um den französischen Text richtig zu erfassen. Allmählich war sie sich sicher, dass es sich um einen authentischen Bericht handelte. Das stimmte sie traurig. Manche Worte kannte sie nicht, denn in hundert Jahren hatte sich die Sprache weiterentwickelt. Aber das war für den Kern der Aussage nicht wichtig.

Als sie fertig war, legte sie das Tagebuch beiseite, ließ sich aufs Kopfkissen fallen und schloss die Augen. Tausend Gedanken schossen ihr durch den Kopf, lieferten sich ein absurdes Duell. Sie suchte nach Zusammenhängen und Erklärungen, vielleicht auch nach einer Linderung ihrer Trauer. Mit pochenden Schläfen versuchte sie, ihre Gedanken zu ordnen. Aber sie musste der Realität des Inhalts und der Folgen ins Auge sehen. Ihr schwirrte der Kopf, und sie war zu keinem vernünftigen Gedanken fähig. Endlose Minuten vergingen. Doch dann fand allmählich alles seinen Platz wie in einem komplizierten Puzzle, das plötzlich durch ein einziges Teil zu einem vollständigen Bild wurde.

Nancy dachte an ihre Kindheit in Cedar Rapids, an die sonntäglichen Messen und an den Trost und die Sicherheit, den die Aussicht auf ein ewiges Leben den gläubigen Katholiken spendete. Sie erinnerte sich an die offizielle „Reinwaschung“ von ihren Sünden und an das Vertrauen auf eine bessere Zukunft. Die Antwort auf die Grundsatzfrage nach dem Morgen, dem Danach, war zum Greifen nah. Wie jeder Mensch hatte auch sie sich diese Frage in bestimmten Momenten ihres Lebens gestellt. Und die Religion lieferte jedes Mal mit Gewissheit dieselbe rätselhafte und mysteriöse Lösung. Sie dachte an diese komplexe idealistische Welt, die auf einer einzigen Vorstellung beruhte: der Auferstehung eines Mannes. Aber reichte das, um das Fundament der römisch-katholischen Kirche in Zement zu gießen? Wie viele fantastische Dinge und Ereignisse, Grundlage eines bedingungslosen Glaubens, waren nötig, um diesen Glauben zu vermitteln? Wie viele Kunstwerke ... wie viele Grausamkeiten ... welcher Hohn!

Nancy spann den Faden weiter. Selbst wenn Christus nichts anderes gewesen war als ein Mensch unter Menschen, gemartert und ans Kreuz geschlagen wie ein nutzloses kaputtes Spielzeug, durfte man darüber seine Lehre von Güte und Vergebung, seine Botschaft der Liebe vergessen? Nancy hielt den Beweis, dass der „Sohn Gottes“ tatsächlich existiert hatte, in den Händen. Das allein war schon unschätzbar wertvoll. Diese Frage, die Menschen unversöhnlich entzweit hatte, die katholische Kirche, Historiker, Theologen – in ihren Händen befand sich die Antwort darauf. So einfach sie war, so bedrohlich war sie für den Glauben.

Vor zweitausend Jahren war ein Mensch auf die Welt gekommen. Doch er war anders als die anderen und hatte seinem Leben einen besonderen Sinn gegeben. Durch seine Botschaft und seine Taten schenkte er der Welt einen neuen Glauben, eine gerechte und reine Religion. Doch man hatte ihm den Tod gestohlen und dadurch sein wahres Erbe verloren.

Und Gott? Wo war der Schöpfer und Herr des Universums? Die Vorstellung, dass er existierte, war durch den Tod dieses Mannes nie angetastet worden. Die junge Frau war überzeugt, dass Gott nicht Mensch sein musste, um zu existieren.

Das Läuten ihres Handys riss sie aus ihren Gedanken. Es war schon sehr spät, und nur wenige Personen kannten ihre Nummer. Nervös nahm sie das Gespräch entgegen.

„Ja, Nancy Shepard."

„Guten Abend, Signorina. Doktor Manieri am Apparat. Entschuldigen Sie die nächtliche Störung, aber es ist wichtig."

Nancy stockte der Atem.

„Sind Sie noch da?"

„Ja ... ich höre. Es ist wegen John, nicht wahr?"

„Ja ... ich bin untröstlich. Eine Stunde, nachdem Sie das Haus verlassen hatten, ging ich zu ihm, um ihn in sein Zimmer zu bringen, aber er hatte eine Embolie. Ich habe alles versucht, vergebens. Es ist unerklärlich, ich begreife es nicht."

Der Mediziner sagte noch mehr, aber seine Stimme entfernte sich, bis sie ihn nicht mehr hörte. Nancy hatte das Gefühl, dass er mit einer anderen Person sprach. Seine Worte berührten sie nicht. Erst nach einer Ewigkeit hörte sie die drängende, jetzt laute Stimme wieder: „*Pronto?* ... Signorina Shepard? Hören Sie mich?"

„Ja", antwortete sie sehr leise.

„Es tut mir leid, Sie damit belästigen zu müssen, aber ... was sollen wir jetzt machen? Ich meine, mit seinem Leichnam? Hatte Ihr Freund Verwandte in Italien?"

Ein großer Kloß schien ihr die Kehle zuzuschnüren. Nur mit Mühe konnte sie antworten: „Nein, er hat ... hatte nur mich."

Von John, ihrer gerade gefundenen Liebe, in der Vergangenheit zu sprechen, zerriss ihr das Herz.

„Nun, was sollen wir mit ihm machen?“

„Ich weiß es nicht, jedenfalls jetzt noch nicht. Ich melde mich wieder.“

Zitternd warf sie das Handy auf das Bett. Wie konnte dieses kleine Ding so große Schmerzen bereiten? Sie legte sich hin, schlug die Hände vors Gesicht und begann zu weinen. Von Trauer und Müdigkeit überwältigt, schlief sie schließlich ein.

Als sie Stunden später erwachte, war es in ihrem Zimmer still und friedlich. Einen Moment glaubte Nancy, dass die vergangenen Stunden nur ein Albtraum gewesen waren und die Realität nicht so düster aussehen konnte, bis ihre Hand über den rauen Einband des Tagebuchs strich, das neben ihr lag.

Nach und nach erwachte sie aus ihrer Benommenheit und ordnete ihre Gedanken. Schließlich konnte sie sich vorstellen, wie die Recherchen, die John zuletzt durchgeführt hatte, ihn in den Rollstuhl der dubiosen Klinik gebracht hatten. Er musste alles herausgefunden haben. Die makabre Krypta war nur eine Etappe auf seiner Suche nach der Wahrheit, er vermutete hinter der letzten Tür noch Schlimmeres. Sicher hatte er sie aufgebrochen und die beiden Manuskripte gefunden, die in dem Tagebuch erwähnt wurden.

Als ihr Kopf wieder etwas klarer wurde und sie Johns Schicksal überdachte, gelangte sie zu der Einsicht, dass ihn seine Wahrheitsliebe über kurz oder lang in diesen Rollstuhl hatte bringen müssen. Vermutlich hatte Francesco Spà die Pergamente übersetzt, was er mit dem Leben bezahlt hatte. Die Fortsetzung ließ sich leicht erahnen. John, sich selbst treu, hatte seinen Leichtsinn übertrieben, sich zu lange an diesen Orten aufgehalten und war den Wächtern des schrecklichen Geheimnisses in die Hände gefallen.

Er hatte von Anfang an das richtige Gespür gehabt. Getrieben von seinem Starrsinn und seiner Intuition, hatte er begriffen, dass Sorsi für seine Neugier bestraft worden war und dass der Palast des Heiligen Offiziums das schlechte Gewissen des Vatikans verwahrte. Und schließlich, dass diese Lüge schon zweitausend Jahre alt war.

Nancy glaubte fest daran, dass manche Menschen eine natürliche Veranlagung zum Glücklichsein und zur Sorglosigkeit hatten, andere wiederum erreichten diesen Zustand von Zufriedenheit und Leichtigkeit nie. John hatte sicher zu den letzteren gehört. Immer ernst, immer auf der Suche nach der absoluten Wahrheit, immer zu viele Fragen im Kopf. Er hatte die Freuden derer nicht teilen können, die alles hinnahmen, ohne zu hinterfragen. Nun gab es seinen unstillbaren Durst nach Antworten nicht mehr. Jene ehrenwerte und über jeden Zweifel erhabene Institution, die römisch-katholische Kirche, hatte ihn für immer verstummen lassen. Fox' Überzeugungen waren an ihre ultimative Grenze gestoßen, und er war gegangen, wie er die meiste Zeit gelebt hatte – allein. Sie hatte nicht bei ihm bleiben dürfen, um seine kalte Hand zu halten und ihm das Fortgehen zu erleichtern.

Dass er nicht mehr bei ihr war, zerriss Nancy das Herz, so stark war das Band, das sie mit diesem Mann vereinte. Ein Teil ihrer selbst war mit ihm gestorben, und sie sah ihre Träume vom Glück für immer zerstört.

Sie hatte sich entschieden. Trotz der späten Stunde rief sie die Rezeption an und erkannte sofort die unfreundliche Stimme des Empfangschefs.

„*Si? Pronto?*“

„Signorina Shepard, Zimmer 223. Können Sie mich mit dem Ausland verbinden? Mit einer Nummer in den USA?“

„Natürlich, soll ich in Ihr Zimmer durchstellen?"

„Ja, bitte. Ich gebe Ihnen die Nummer."

Dann legte sie auf, streckte sich auf dem Bett aus und starrte an die Decke, die sich wie ein wolkenverhangener Himmel von der Dämmerung abhob. Das schrille Läuten des Telefons ließ sie zusammenfahren. Sie streckte die Hand aus, griff nach dem Hörer und vernahm eine ferne, leicht verzerrte Stimme. „Andrew Ellworth am Apparat. Bist du es, John?"

„Nein, ich bin es, Nancy."

„Aha! Guten Tag, Nancy. Ich habe mehrfach versucht, John anzurufen, allerdings nur seine Mailbox erreicht. Deshalb habe ich angenommen, dass er mich zurückruft. Wie geht es Ihnen?"

„Nicht sehr gut! Es ist etwas Schreckliches passiert."

„Wie? Was ist geschehen?"

Nancy brachte keinen Ton heraus.

„Nancy? Sind Sie noch da? Ist John bei Ihnen? Geben Sie ihn mir bitte …"

„Das geht nicht."

Mit einem dicken Kloß im Hals schluchzte sie: „Er ist heute Nacht gestorben …"

Schmerzliches Schweigen entstand. Beide Gesprächspartner suchten nach Worten. Nach einer Weile stellte Ellworth die in solchen Situationen üblichen Fragen. „Was ist passiert? Ein Unfall?"

„Nein, es war kein Unfall! Ich würde es eine Hinrichtung nennen."

Wieder schwiegen beide bedrückt. Nach einem kurzen Moment, der ihr wie eine Ewigkeit vorkam, fuhr sie müde und mit schluchzender Stimme fort: „Ich bin hier ziemlich verloren. Ich weiß nicht, was ich tun soll … für John, meine ich. Er ist in der Klinik *del Santissimo Rosario.* Können Sie sich um die Formalitäten kümmern?"

„Ja, natürlich. Machen Sie sich keine Sorgen, ich werde alles Nötige veranlassen. Er hätte sicher neben seiner Frau beerdigt werden wollen, denke ich."

Bei diesen Worten zog sich Nancy das Herz zusammen. Das Bild der Verstorbenen, das sie so gern ausgelöscht hätte, stand nun deutlicher denn je vor ihr. Plötzlich wurde ihr bewusst, dass sie auf eine Tote eifersüchtig war und schämte sich. Sie versuchte sich zur Vernunft zu rufen, indem sie sich vor Augen führte, dass es eigentlich richtig war. Liebende, die das Leben auseinandergerissen hatte, sollten nach ihrem Tod vielleicht wieder zusammenfinden.

„Ich danke Ihnen, Andrew. Ich wollte mit Ihnen über die Reportage sprechen. Ich habe beschlossen, sie abzubrechen, die Zeitung zu verlassen und den Beruf aufzugeben."

„Sind Sie sicher, Nancy? Was die Reportage angeht, kann ich Sie ja verstehen. Die Umstände waren für Sie sicher nicht die besten. Marios Team kann die Arbeit zu Ende führen. Andererseits glaube ich, dass Sie alle Eigenschaften mitbringen, um diesen Job zu machen. Meinen Sie nicht, wir sollten nach Ihrer Rückkehr noch einmal darüber reden?"

„Nein, meine Entscheidung steht fest. Die letzten Tage waren eine sehr schmerzliche Erfahrung für mich, aber sie haben mir die Augen geöffnet. John hatte recht; diesen Beruf kann man nur ausüben, wenn man auf vieles verzichtet und ein großes Engagement mitbringt. Das hat er bis zum Schluss getan und einen hohen Preis bezahlt. Ich bin dafür nicht geschaffen, mir fehlt einfach die Kraft dazu."

Ellworth räusperte sich. Johns Tod ging ihm offenbar sehr nahe. Nur mit Mühe konnte er seine Gefühle unterdrücken.

„In Ordnung, ich will Sie nicht weiter bedrängen, Nancy. Es ist Ihre Entscheidung. Was haben Sie jetzt vor?“

„Ich werde zurückkommen und einige Zeit in Cedar bei meiner Familie bleiben. Ich muss zu meinen Wurzeln zurückfinden und brauche Ruhe. Dann werde ich weitersehen.“

„Gut! Es tut mir wirklich sehr leid, dass es für Sie so enden musste. Ich für meinen Teil habe jedenfalls mehr als nur einen Freund verloren. Auf Wiedersehen, Nancy.“

Die Stimme erstarb. Der alte Mann hatte aufgelegt. Trotzdem erwiderte sie noch: „Auf Wiedersehen, Andrew.“

Das Hotelzimmer, winziges und belangloses Teilchen des Universums, fiel zurück in seine Stille und trügerische Ruhe. Nancy war müde, konnte jedoch nicht schlafen. Sie griff nach dem Tagebuch, legte es auf den Tisch und öffnete es. Dann kramte sie aus ihren Sachen ein paar Zettel und einen Stift hervor und warf einen Blick auf ihren Reisewecker. Es war zwei Uhr dreißig. Etwas Zeit blieb ihr noch …

19. KAPITEL

Freitag, 2. Juni, 8 Uhr 45, Vatikanstadt

Klaus Hübner war merklich irritiert. Seit gestern suchte er vergeblich dieses verflixte Tagebuch. Er konnte es einfach nicht finden und verstand nicht, wo und wie es hatte verschwinden können. Er hatte das Zimmer in der Klinik und die Kleidung des Yankees durchsucht. Erfolglos! Niemand dort wusste etwas. Ein Mysterium! Und dennoch hatte dieser verdammte Journalist es geschafft, die beiden Notizbücher in der Krypta auszutauschen. Allerdings hatte er danach mit niemandem mehr Kontakt aufnehmen können, so viel stand fest! Vielleicht war das Tagebuch ja auch einfach auf dem Transport von der Gruft in die Klinik verloren gegangen. Für ihn kam es aufs Gleiche heraus: Er war an seiner Aufgabe gescheitert und würde nun unausweichlich den Zorn des Kardinals zu spüren bekommen.

Nervös marschierte der Sicherheitschef im Hof auf und ab und suchte nach einer scheinbar unmöglichen Lösung für sein Problem. Da ihm nichts anderes einfiel, machte er seiner Wut mit einem Fußtritt gegen eine Mauerecke Luft. Die Stahlkappe erzeugte auf dem Stein einen kurzen Funken, der die Sinnlosigkeit dieser Gebärde noch unterstrich. Aus seiner Jackentasche ertönte ein Klingeln. Unfreundlich brüllte er in den Hörer: „*Pronto!* Hübner hier!“

„Ich bin’s, Anselmo.“

„Und? Gibt’s was Neues?“

„Ja. Sie ist heute Morgen abgereist.“

„Abgereist?“

„Ja, gegen acht Uhr hat sie den Schlüssel an der Rezeption

abgegeben. Ich war nicht im Dienst, mein Kollege hat ihre Abrechnung gemacht. Sie hat ihr ganzes Gepäck mitgenommen, bevor das Zimmerpersonal auf dem Gang war."

„Hast du meine Anweisungen befolgt?"

„Ja, natürlich. Wir haben nichts angerührt. Ich habe den Zimmermädchen verboten, das Zimmer zu betreten. Nach der Abreise der Amerikanerin war niemand mehr in dem Zimmer, nicht einmal ich."

„Sehr gut, ich komme."

Der Kommandant der Schweizer Garde steckte sein Handy ein und ging, gefolgt von seiner Dogge, zum Parkplatz. Obwohl er in einen leichten Trab fiel, musste der riesige Hund kaum größere Schritte machen, um mit seinem Herrchen auf gleicher Höhe zu bleiben.

* * *

Freitag, 2. Juni, 9 Uhr, Flughafen Fiumicino

Nancy saß in der Abflughalle. Während sie traurig auf die Startbahnen jenseits der großen Fensterfront blickte, dachte sie mit Verbitterung an die letzten Tage in Rom und an die tragischen Ereignisse, die ihre Träume zerstört und ihr Leben für immer verändert hatten.

Tränen stiegen ihr in die Augen. Insgeheim verfluchte sie diese Stadt, diese gnadenlose Metropole, die sich den Gegebenheiten, sobald sie diese nicht mehr diktieren konnte, so geschickt anpasste. Über die Jahrhunderte hatte es viele Mächte gegeben. Aber Rom allein hatte es bis ins moderne Zeitalter geschafft und genoss sogar großes Ansehen in der Welt. Ein echtes Modell der Langlebigkeit. Nancy musste an die Aufzeichnungen von Pfarrer Saunière denken. Jetzt bekam die Geschichte für sie eine ganz andere Bedeutung. Sie suchte in ihrer Erinnerung nach Daten und Epochen des römischen Heldenepos. Alles schien einer unerbittlichen Logik gehorchend abzulaufen. Der Ruhm der von Barbarei bedrohten Ewigen Stadt und ihrer verschiedenen Kaiser war im Laufe der Jahrhunderte immer mehr geschwunden. Daraus ergab sich die Notwendigkeit, etwas Neues zu finden, das die kraftlosen Heere ersetzen konnte. Rom entschied sich für das Christentum.

Anfänglich verabscheut und verachtet, hatte sich diese subversive Bewegung trotz der Verfolgungen als nicht bezwingbar herausgestellt. Während das Zentrum der bekannten Welt auf den zweifachen Mythos Stärke und Macht setzte, schöpften die Christen ihren Überlebenswillen aus einer anderen Ideologie, dem Glauben an ein ewiges Leben. Eine starke und offensichtlich unschlagbare Vorstellung. Sie anzunehmen und zu nutzen sicherte ewigen Ruhm. Was Waffen nicht zusammenhalten konnten, schaffte die Hoffnung auf Wiederauferstehung – wahrlich ein wunderbares Beispiel, wie man mit Opportunismus und Realismus die Zeiten überdauerte.

* * *

Via della Croce, 9 Uhr 30, Pension Glyzine

Hübner durchquerte den langen Gang des zweiten Stocks, ihm voraus Anselmo. Die Leute, die ihnen begegneten, wichen der riesigen Dogge, die dem Empfangschef und dem Mann in Schwarz dicht auf den Fersen folgte, ängstlich aus. Der große Kopf des Hundes pendelte bei jedem Schritt hin und her, sodass der Sabber aus seinem halb offenen Maul auf den Boden tropfte. Mistköter, dachte der Empfangschef und warf einen misstrauischen Blick auf das Tier. Aber er wagte nicht, etwas zu sagen.

Das Zimmer lag im Dunkeln. Anselmo machte Licht und blieb neben der Tür stehen. Als der Deutsche eintrat, bemerkte er sofort das Notizbuch, das auf dem Tisch lag. Obwohl er es zum ersten Mal erblickte, wusste er, dass es das war, wonach er suchte. Allerdings konnte er sich nicht erklären, wie es hierhergekommen war. Von etwa gleicher Größe wie das andere, unterschied sich dieses Notizbuch hauptsächlich durch seinen verblichenen blauen Stoffumschlag. Der Sicherheitschef fuhr andächtig mit dem Finger über die abgegriffenen Kanten, öffnete es jedoch nicht. Endlich lag dieses berühmte Tagebuch, das Seine Eminenz so sehr beunruhigte, vor ihm. Wie es hierher gelangt war, blieb ein Wunder. Aber eines war sicher: Dieses Luder hatte es an sich genommen und gelesen.

* * *

Flughafen Fiumicino, 9 Uhr 30, Abflughalle

Nancy fiel die Warterei unendlich schwer. Ihr Flug nach Philadelphia ging erst um elf Uhr fünfzehn, und die Zeit schien nicht zu vergehen. Sie hatte so viel Hoffnung in diese Reise nach Europa gesetzt, aber jetzt wollte sie nur noch so schnell wie möglich fort von hier.

Da sie nicht gebucht hatte, war sie schon sehr früh zum Flughafen gefahren und hatte glücklicherweise noch einen Platz für einen Flug in die Vereinigten Staaten erhalten.

Zwischen den voll besetzten Sitzreihen tobten fröhlich Kinder umher und riefen sich Neckereien auf Englisch zu. Ein kleines blondes Mädchen hüpfte sorglos lachend umher, wie nur Kinder es können. Mit wippendem Pferdeschwanz tanzte sie unermüdlich durch die Sitzreihen. Ihr sommersprossiges Puppengesicht und der Unschuldsblick, dem man jede Dummheit verzieh, erinnerten Nancy an ihre kleine Schwester Kathy. Aber das war lange her. Jetzt war ihre kleine Schwester schon zwanzig.

Seufzend lehnte sie sich in ihrem Sitz zurück und starrte auf die Startbahn. Langsam und unerbittlich übermannte sie die Müdigkeit. Das Stimmengewirr in der großen Halle, das sie wie ein leises Schnurren empfand, tat ein Übriges.

Nach der ganzen Aufregung der letzten Tage siegte jetzt die Erschöpfung, und sie glitt langsam in einen tiefen Schlaf.

* * *

Vatikanstadt, 10 Uhr 20, Apostolischer Palast

Hübner legte das Tagebuch auf den überfüllten Schreibtisch Seiner Eminenz Staatssekretär, der es aus müden Augen anstarrte und dann in die langen knochigen Hände nahm. Als seine Finger über den alten abgegriffenen Einband fuhren, war Scalingeris seit gestern anhaltende Verärgerung plötzlich verflogen. Der Ansatz eines Lächelns huschte über sein faltiges Gesicht, und sein Ton war ungewohnt versöhnlich.

„Sehr gut. Wo haben Sie es gefunden?“

„Im Hotel. Es lag in ihrem Zimmer, aber ich habe keine Ahnung, wie es in ihre Hände gelangt ist.“

„Das ist unwichtig. Wichtig ist nur, dass wir es jetzt wiederhaben. Was haben Sie mit ihr gemacht?“

„Sie hat die Pension heute Morgen verlassen. Ich habe es zu

spät erfahren und konnte ihre Abreise nicht mehr verhindern.“ Der Sicherheitschef wirkte merklich kleinlaut. Auf das Tagebuch zeigend fügte er hinzu: „Ich denke, sie hat es gelesen …“

„Mit Sicherheit“, erwiderte der alte Geistliche.

Klaus Hübner blickte den Kardinal verständnislos an, der immer noch den Anschein eines Lächelns im Gesicht trug.

„Ich weiß ja nicht, was drinsteht. Aber sollte sie es tatsächlich gelesen haben, könnte es für uns gefährlich werden. Ich habe mich erkundigt, ihr Flug geht erst in einer Stunde. Noch ist es möglich, etwas zu unternehmen …“

Der eigentliche Chef des Vatikans richtete sich mühsam zu seiner ganzen Größe auf und ging zu einem reich mit Perlmutt und Elfenbein verzierten Sekretär. Das Holz des mit Patina überzogenen antiken Möbelstücks schimmerte im blassen Schein der Schreibtischlampe.

Kardinal Scalingeri drückte auf einen unsichtbaren, in eine Intarsie eingelassenen Knopf. Darauf schob ein raffinierter Mechanismus, der schon mehrere Jahrhunderte überdauert hatte, geräuschlos eine geheime Schublade auf, die sich kurz darauf wie von Geisterhand wieder schloss und die Memoiren von Pfarrer Saunière stillschweigend in sich aufnahm.

Dann ging der Prälat zum Schreibtisch, ließ sich schwerfällig in seinem Sessel nieder und nahm das unterbrochene Gespräch mit der üblichen Strenge wieder auf.

„*Testis unus, testis nullus.* Ein Zeuge ist kein Zeuge. Egal was sie zu sagen oder zu tun gedenkt, ohne Beweise entbehren ihre Anschuldigungen jeglicher Grundlage. Soll sie doch in ihr Land zurückkehren und mit dieser Gewissheit leben.“

Bei diesen Worten ertönten plötzlich die Glocken des Petersdoms und erinnerten die Gläubigen an die Stunde der Reue und des Gebets. Es war zehn Uhr dreißig.

* * *

Flughafen Fiumicino, 11 Uhr 10, Abflughalle

Die Fluggäste des Auslandflugs hatten die große Halle, in der es still geworden war, verlassen. Nur Nancy war immer noch da. Tief schlafend hatte sie die wiederholten Durchsagen für den Abflug nicht gehört, und die wartenden Passagiere waren ohne sie zum Gate geströmt.

Eine Hand legte sich auf ihre Schulter und rüttelte sie sanft. Die Stimme, die auf Italienisch mit ihr sprach, schien von sehr weit zu kommen.

„*Signorina … Signorina …*"

Die junge Frau, die sie gerade geweckt hatte, trug ein elegantes dunkelblaues Kostüm mit glänzenden goldenen Knöpfen. Das fiel Nancy als Erstes auf, als sie schlaftrunken die Augen öffnete. Die Flugbegleiterin warf einen Blick auf die Etiketten der Gepäckstücke, die neben Nancy standen, und sprach sie nun auf Englisch an.

„Sind Sie Amerikanerin? Entschuldigen Sie die Störung, welchen Flug haben Sie gebucht?"

Nancy versuchte ihre Gedanken zu ordnen und konnte sich nur mühsam erinnern.

„Einen Flug mit Zwischenlandung in Philadelphia, aber die Flugnummer habe ich vergessen."

„Philadelphia! Der Elf-Uhr-fünfzehn-Flug! Beeilen Sie sich. Das Flugzeug startet in wenigen Minuten."

Hinter der jungen Flugbegleiterin, die einen ihrer Koffer trug, hastete Nancy, der noch letzte fehlende Passagier von Flug 0003, an Bord der Boeing 747. Kaum hatte sie ihren Sitz gefunden und sich angeschnallt, liefen die Triebwerke der

US-Airways-Maschine auf Hochtouren. Sie versuchte wieder einzuschlafen, doch die nervöse Anspannung der letzten Tage war zurückgekehrt und verdrängte ihr Bedürfnis nach Ruhe. Die eine Stunde Schlaf, die sie sich in der Abflughalle gegönnt hatte, schien ausgereicht zu haben, um ihren Verstand wach zu halten.

Hinter geschlossenen Lidern ließ sie die beängstigenden Szenen der letzten Stunden noch einmal vorüberziehen. Bei jedem Bild wurde ihr schwerer ums Herz, bis sie fast krank war. Wie aus dem Nichts tauchte Johns Gesicht vor ihr auf. Es zeigte das Lächeln eines Mannes, der wieder an das Leben glaubte. Es war vor drei Tagen in der Pension *Glyzine*. Er hatte sie gerade ein letztes Mal geküsst, bevor er zu Spà fuhr. Drei lange Tage und doch so nah. Nancy beschlich das undefinierbare Gefühl, dass ihr Gedächtnis den zeitlichen Ablauf und die Gründe für ihren Kummer verschwimmen ließ, um ihr das Weiterleben zu erleichtern.

Sie dachte wieder an das Tagebuch, das gut sichtbar im Hotelzimmer auf dem Tisch lag. Nach reiflicher Überlegung hatte sie sich dazu durchgerungen, es zurückzulassen. Andernfalls wäre sie das Risiko eingegangen, verfolgt zu werden, denn die Wahrscheinlichkeit, dass jemand seine Zweifel aus der Welt schaffen und das Tagebuch wieder an sich nehmen wollte, war groß. Es dort zu lassen, war zwar ihr Eingeständnis, das Dokument in den Händen gehabt und gelesen zu haben, doch nun hatte sie keinen Beweis mehr und damit auch ihre Glaubwürdigkeit verloren. Auf alle Fälle war diese Lösung die vernünftigere. Sie hatte begriffen, dass Grenzen und Entfernungen, auch über Kontinente, keinen ausreichenden Schutz gegen die Rachsucht mancher Menschen boten.

Mit dem schrillen Pfeifen der Triebwerke hoben dreihundert Tonnen Stahl von der Startbahn ab und gewannen rasch an Höhe. Der Vogel der US Airways durchquerte ein Meer aus weißen Wolken und überließ Rom seiner ruhmreichen Vergangenheit und den Vatikan seiner geheimen Macht. Während der letzten Stunden hatte Nancy beschlossen, ihr Leben neu auszurichten. Sie wollte dem Journalismus den Rücken kehren und sich der Schriftstellerei widmen. Johns tragisches Schicksal hatte bei dieser Entscheidung eine wichtige Rolle gespielt. Das sagenhafte Geheimnis, das er ihr wie durch ein Wunder offenbart hatte, die unzähligen Notizen, die sie sich letzte Nacht anhand von Pfarrer Saunières Tagebuch gemacht hatte, waren von unschätzbarem Wert. Sie verspürte die moralische Verpflichtung, die Wahrheit in die Welt hinauszutragen.

Die Reise würde viele Stunden dauern. Sie wartete auf den Schlaf, der nicht kam. Also nahm sie ein paar leere Blätter aus ihrer Handtasche und schrieb die ersten Zeilen einer Geschichte, die, noch bevor sie das Licht der Welt erblicken würde, ihr Leben verändert hatte.

Worte, mit denen man wunderbare Ideen vermitteln oder ewige und schreckliche Gedanken festhalten, Lügen oder Wahrheiten verbreiten konnte, mit diesen Worten begannen die ersten Zeilen auf dem leeren Blatt Papier:

„Tiefe Stille lag wie ein bleiernes Tuch …“

– ENDE –

Jasmine Cresswell
Die Formel der Macht
Band-Nr. 25267
7,95 € (D)
ISBN: 978-3-89941-435-6
416 Seiten

Cameron Cruise
Das Auge der Athene
Band-Nr. 25274
7,95 € (D)
ISBN: 978-3-89941-434-9
512 Seiten

Laura Caldwell
Römisches Roulette
Band-Nr. 25254
7,95 € (D)
ISBN: 978-3-89941-419-6
336 Seiten

Heather Graham
Mörderisches Paradies
Band-Nr. 25245
8,95 € (D)
ISBN: 978-3-89941-404-2
400 Seiten

Lisa Jackson
Nie wirst du vergessen
Band-Nr. 25241
8,95 € (D)
ISBN: 978-3-89941-395-3
304 Seiten

Karen Young
Aus reiner Notwehr
Band-Nr. 95004
6,95 € (D)
ISBN: 978-3-89941-366-3
464 Seiten

Deutsche Erstveröffentlichung

Sharon Sala
Der Jünger
Band-Nr. 25218
7,95 € (D)
ISBN: 978-3-89941-335-9
384 Seiten

Deutsche Erstveröffentlichung

Sharon Sala
Wie ein stummer Schrei
Band-Nr. 25193
7,95 € (D)
ISBN-10: 3-89941-286-9
ISBN-13: 978-3-89941-286-4
400 Seiten

Karen Harper
Brennendes Inferno
Band-Nr. 25257
7,95 € (D)
ISBN: 978-3-89941-423-3
[illegible]16 Seiten

Suzanne Forster
Das Internat
Band-Nr. 25244
7,95 € (D)
ISBN: 978-3-89941-403-5
608 Seiten

Erica Spindler
Entscheidung einer
Sommernacht
Band-Nr. 25258
8,95 € (D)
ISBN: 978-3-89941-424-0
304 Seiten

Erica Spindler
Der Engelmörder
Band-Nr. 25230
7,95 € (D)
ISBN: 978-3-89941-347-2
512 Seiten